CINE
O
SARDINA

CINE O SARDINA

Guillermo Cabrera Infante

EXTRA
ALFAGUARA

ALFAGUARA

© 1997, Guillermo Cabrera Infante
© De esta edición:
1998, Grupo Santillana de Ediciones, S. A.
Torrelaguna, 60. 28043 Madrid
Teléfono (91) 744 90 60
Telefax (91) 744 92 24

• Aguilar, Altea, Taurus, Alfaguara S. A.
Beazley 3860. 1437 Buenos Aires
• Aguilar, Altea, Taurus, Alfaguara S. A. de C. V.
Avda. Universidad, 767, Col. del Valle,
México, D.F. C. P. 03100
• Ediciones Santillana, S. A.
Calle 80 Nº 10-23
Bogotá, Colombia

ISBN: 84-204-8269-2
Depósito legal: M. 8.416-1998
Impreso en España - Printed in Spain

Cubierta:
Fotograma de la película *En busca del arca perdida*

PRIMERA EDICIÓN: SEPTIEMBRE 1997
SEGUNDA EDICIÓN: OCTUBRE 1997
TERCERA EDICIÓN: NOVIEMBRE 1997
CUARTA EDICIÓN: NOVIEMBRE 1997
QUINTA EDICIÓN: DICIEMBRE 1997
SEXTA EDICIÓN: ENERO 1998
SÉPTIMA EDICIÓN: MARZO 1998

Índice

A José Luis Guarner
in memoriam

El hombre que nació con una pantalla de plata en la boca

Sí, una pantalla pero no en la boca: en sus dos ojos. Debo saber lo que digo porque fui yo quien nació con una pantalla de plata en los ojos. La pantalla era la del cine y lo que primero vi fue como humo en los ojos, ya que era una imagen gris y nublada como el humo pero pasaba no en la platea sino en la pantalla. Como sabemos, la visión del cine está en los ojos del que mira. Las películas no son más que un *trompe l'oeil* con éxito y desde la llegada del sonido un *trompe l'oreille* aún con más éxito.

Pero hay que admitir que hay algo de excesivo en el cine. Debe de ser la pantalla, que ya no es como era en la era heroica una sábana blanca sino, según *Katz,* la enciclopedia del cine, «el material reflector sobre la que se proyecta la película». En vez de reflector debería decir reflexivo porque para mí el cine es una lección de moral a 24 cuadros por segundo, que es lo que hace la ilusión de movimiento. Debida, como se sabe, a un defecto del ojo: la persistencia de la imagen en la retina.

Como en la magia de salón, donde la mano es más rápida que el ojo, para el cine el ojo es más lento que la imagen. La pantalla además tiene una desproporcionada proporción: 1:33:1. Nunca desde que la manzana le cayó a Newton en la cabeza una ecuación ha dado tanto que hablar y este formidable aspecto nos convierte a todos (las estrellas, los actores y lo que les rodea) en versiones de Gulliver y nosotros, hormigas o cigarras, liliputienses en la playa viendo a los gigantes dormir, despertarse y, en estos tiempos, fornicar con actitudes (y aptitudes) de trapecistas con la cama por red.

13

Viejo muere el cine

El cine, que es el arte del siglo XX, es el único arte que nació de una tecnología. Es cierto que para construir una escultura hace falta un cincel y un martillo, utensilios anteriores, pero antes de la piedra y el mármol se hacían figuras de barro cocido (¿quién inventó el fuego, Prometeo?) o eran sacadas de la madera mediante un cuchillo —una simple cuchilla bastaba. No hacía falta la laja negra de *2001* para que el hombre prehistórico aprendiera a hacer arte, como en Altamira. El óleo, una nueva técnica inventada en el Renacimiento, tuvo su precedente en la tempera y el carboncillo, cuyos orígenes se pierden en la antigüedad. La arquitectura comenzó con la primera casa hecha para salir de la cueva, mientras la música tenía ya en el mundo mitológico el caramillo o flauta de Pan y, todos, más a mano, la voz humana.

Sólo el cine ha sido posible gracias a un avance de la tecnología. Está, es verdad, la imperfección fisiológica de la persistencia en la retina de una imagen cuando ya ha desaparecido —o, en la invención del cine, cuando ha sido sustituida por otra imagen. Pero fue la fotografía, al exhibir unas cuantas fotos sucesivas la que permitió que unos pocos inventores del siglo pasado pensaran en acelerar el paso de las imágenes a 16 fotos fijas por segundo (en el cine sonoro se elevó esa aceleración a 24 fotogramas por segundo y la ilusión de movimiento se hizo perfecta) y así hace con los artefactos que jugaban con las sombras (chinescas o no) aparatos asombrosos por eficaces en la creación de ilusiones no muy lejanas de un juguete o, si se quiere, de la magia de salón. Uno de esos videntes que nos permitieron ver fue Thomas Alva Edison. Lo llamaron, sin ditirambo, el mago de Menlo Park.

Edison, que había inventado la bombilla incandescente (sin la cual no habría proyección de películas) y el fonógrafo (que sería central al cine sonoro), inventó también la cámara de cine, con el auxilio de George Eastman, el hombre que fue Kodak, creador de la película de 35 milímetros, esencial al cine. (Todavía está en uso hoy). Pero Edison, que era un inventor despectivo, dijo de uno de sus innumerables inventos: «El fonógrafo jamás reproducirá la voz de soprano». *Pace* María Callas.

Si el cine no es una invención sino un proceso en que colaboraron Edison, Eastman y los hermanos Lumière (para no mencionar los inventores anteriores que crearon el fonokistoscopio, el zoetropio y el dibujo animado del ciego belga Plateau), el resultado final de un rodaje, la película, el film, la cinta o como se llame es un esfuerzo colectivo del fotógrafo primero que nadie (no hay película sin fotografía), el director, que puede ser un genio o un megalómano obtuso o un simple artesano, los actores y los técnicos detrás de la cámara, del foquista certero, artero, a los anónimos electricistas, las atentas maquilladoras y los hombres y mujeres del vestuario y la guardarropía, todos, *todos,* colaboran para fabricar un mismo producto que fue hasta entonces proyecto y ahora pertenece al productor y tal vez al público. La estética francesa de los años cincuenta, llamada *la politique des auteurs,* (el director como autor) y que no era más que la política de los *amateurs* para hacerse profesionales, ha dejado de ser verdad. Es decir siempre fue mentira, pero las mentiras críticas francesas tienen el atractivo elegante de París y duran un solo verano de fidelidad. (Véanse todos esos ismos que riman con istmo, que es un pasaje estrecho).

Edison luego se desentendió del cine, que no fue para él más que un *peep-show.* Es decir no un espectáculo sino unas imágenes que se veían por un agujero: el artefacto complacía a aquellos que se entretenían espiando por una cerradura. Cuando Méliès, el originador del cine como espectáculo de magia, fue a visitar a Louis Lumière para adquirir su cámara/proyectora recibió de Lumière una respuesta extraordinaria. «El cine», le dijo, «es una invención que no tiene futuro». Sin embargo Lumière no sólo había inventado la cámara tomavista, el proyector y la pantalla blanca, sino que fue más importante por la creación de los géneros del cine del futuro.

En la primera proyección pública (no en un cine sino en un billar en el que ya se cobraba la entrada) se exhibieron, con asombrosa eficacia técnica, los ejemplares primeros de los géneros del cine. He aquí ese programa iniciático: *La salida de los obreros de la fábrica Lumière* (el producto que es una muestra de su producción, como tantos comerciales de la televisión) establecía el género documental, que en color y montaje audaz inunda ahora las pequeñas pantallas, y el subgénero semidocumental favorito de todos los cineastas totalitarios, de Leni Riefenstahl a Lev Kuleshov. En *La llegada del tren a la estación de la Ciotat,* por la posición de la cámara y la ausencia de tercera dimensión parecía que la locomotora saldría de la pantalla para aplastar a esos primeros espectadores, toma obligada de las series de episodios, de los *thrillers* y creadora del dramatismo del tren, el gran vehículo melodramático de los primeros cincuenta años del siglo —y del cine. Finalmente con *El regador regado,* Lumière establece las premisas mayores de la comedia futura, muda o parlante, con un objeto cotidiano que se rebela al revelarse.

Estas muestras del arte que nacía con su propia invención son el verdadero legado de Louis Lumière y su Auguste hermano. Edison, que inventó una forma de cine (creó el primer estudio, al que llamó Black Maria, aludiendo al cuarto oscuro de las revelaciones), produjo también la primera película en colores y sus invenciones fueron la base de la industria que se llama Hollywood y de ellos recibió un homenaje doble. En 1940 la Metro hizo no una sino dos biografías del inventor: *El joven*

Edison y *Edison el hombre,* en que Mickey Rooney crecía para convertirse en Spencer Tracy.

George Eastman, que hizo posible el kinetógrafo de Edison y a la vez el cinematógrafo de Lumière, al inventar la película de 35 milímetros, fue más escéptico que Lumière y que Edison acerca del futuro del cine y se suicidó. Eastman tiene su monumento mínimo en cada rollo de film que insertan, profesionales y aficionados, en cada cámara, pero el artefacto se llama no con su nombre sino con el de Kodak, un nombre derivado de una onomatopeya: el clique o claque del obturador. No ha habido hasta ahora un homenaje adecuado a Louis Lumière, tal vez por su adhesión al nazismo.

Pero todos esos inventores y creadores, ilusos y soñadores tienen su monumento que es su momento en este arte que ya tiene un siglo —y que muere para nacer de nuevo en su vástago más vilipendiado pero más visto en la historia de la humanidad, la televisión. Viejo muere el cine pero renace cada día. Es decir, como el acto sexual que es, cada noche. El cine es, qué duda cabe, un afrodisíaco.

Méliès el mago inicia el viaje maravilloso

Las sesiones del festival de Cannes comienzan con una frase común en francés pero que la repetición hace ritual: *«La seance commence»*. En ninguno de los idiomas que conozco la traducción es remotamente eficaz y alusiva: «Comienza la función» o *«The show is about to begin»*, no tienen el misterio ni la significación que creo que tiene en francés, donde *seance* convoca a todos los espíritus y la intervención de Madame Blavatsky, espiritista magna. Lo que Milton reunió ante sus ojos de ciego y de poeta, Homero inglés: «innúmeros espíritus armados / en lucha incierta», puede ser una perfecta evocación del cine de aventuras que jamás verá. Los «innúmeros espíritus» son las sombras vagas convocadas sobre la sábana blanca de la pantalla, la envoltura del espectro que todavía no tiene color: no es el espectro solar sino el enigma de la noche y de la luna.

Georges Méliès fue el primer mago, el primer cineasta, el primero que convocó la fantasía, dejando detrás a esos hermanos Lumière que sólo veían obreros saliendo de una fábrica, un tren entrando en la estación o tal vez un regador regado en una suerte de porno para bobos. Pero no para el Gran Georges. Para Méliès sólo había la posibilidad del viaje: los primeros hombres en el espacio exterior y el cohete disparado que iría a herir el ojo de la luna mirando a la noche, invenciones que hacían posibles no sólo el cine sino el tránsito maravilloso. Méliès estaba preparado para su futuro al haber sido mago de salón, ilusionista y ventrílocuo, adelantándose a los actores que hablarían con una voz desplazada. Méliès, además, había comprado el teatro Robert Houdin (del que era dueña la viuda del mago: ¿no recuerdan a su imitador, que osó llamarse el Gran Houdini?) y destacarse como maestro del ilusionismo: las ilusiones vendrían con el cine. Así fue el primero que dijo: «La aventura comienza», anuncia *la séance*.

El nacimiento de un género

No hay momento más emocionante en el cine que ver nacer un género, esa noción que vuela por sobre los espectadores como un paráclito de imágenes. El paráclito no es un periquito del Paraguay sino el espíritu del cine. No hay ni una sola cinemateca que se respete que no haya exhibido *El gran robo del tren,* de Edwin S. Porter. Es una película corta, casi peliculita, que comienza y termina con un caballero de mostacho y sombrero que apunta al fotógrafo con un revólver Colt calibre 45 y dispara a quema grupos seis balazos —todos dirigidos por supuesto al espectador. Esta fanfarronada indica el inicio del género del oeste y cada oeste contenía como un gene esta célula fotográfica, hasta que Michael Cimino decidió que los géneros se destruyen como una forma perecedera de la materia. *Las puertas del cielo* se abrieron a la destrucción como si fueran las del infierno. Algún día galopará otra vez el oeste y de hacerlo así veremos al caballero de sombrero y mostacho fiero disparando hacia ustedes, los que saben que el oeste no puede morir.

Otro género que pudimos ver nacer no en las cinematecas sino en la televisión es el cine de gángsters. *Underworld,* dirigida por el raro Joseph von Sternberg, nacido Joe Stern, contiene a todos los filmes de gángsters. Borges, que descubrió esta cinta bajo el título más sugerente de *La ley del hampa,* la declara una de sus influencias literarias y la alaba por su «laconismo fotográfico, organización exquisita y procedimientos oblicuos y suficientes». Esos adjetivos servirían para elogiar a la reciente *Intocables,* en la que Brian de Palma reconoce la precedencia del género y lo continúa. El cine criminal ha acabado con sus enemigos y sigue vivo y coleando, como un megaterio del siglo XX.

El género musical desde *El cantor del jazz* (hay que advertir que el sonido hizo a los films de gángsters realistas, mientras que la comedia musical nació ya irreal) hasta *El detective que canta* o su predecesora *Pennies From Heaven* con un mismo autor, el guionista Dennis Potter, ha sido afónico, cojo y lamentable muchas veces. Pero sigue bailando con un solo pie, haciéndonos llorar y obligándonos si no a cantar bajo la lluvia por lo menos a hacerlo en la ducha. No hay un solo espectador nacido después de 1929 que no haya sentido el sortilegio de la música en el cine: volando hacia Río de Janeiro bajo las alas de Ginger, pasando un día en Nueva York detrás de Vera Ellen o bailando en la oscuridad con las inmensurables piernas de Cyd Charisse tejidas como una boa amable. ¿Quién, de veras, no ha querido una vez ser Fred Astaire con Rita y con Audrey y de nuevo con Cyd campeadora? Quien no lo quiso no ha vivido en el siglo.

Críticos y espectadores cínicos comentaban la muerte de la comedia muda, que, efectivamente, murió, como todos los mimos, cuando nació la palabra. Pero esos mismos comentaristas (no hay que olvidar que, como Don Juan, había que sacar al Comentador del cementerio para invitarlo a cena y cine) no podían ver, no *querían* ver, que a lo largo de la década un género cómico que no debía nada a los cómicos mudos y casi todo a la palabra escrita para ser hablada, era la comida diaria después de la cena en el cine. Hoy, claro, se pueden citar títulos, mentar nombres y hacer genealogías. Los espectadores que pagaban la entrada para divertirse, podían ser otros por un rato, los que olvidaban la comedia muda para gozar la comedia hablante. Esta clase de cine se llamó la comedia loca y tuvo obras maestras como *Bringing Up Baby, Primera Plana, El siglo veinte, Medianoche,* en esos últimos treinta y aún en los cuarenta seguía sana, malsana. Los años cincuenta, con el apoyo del mismo Billy Wilder que escribió *Media-*

noche tuvieron a *Stalag* 17, y *La comezón del séptimo año,* que como *Primera Plana* y su secuela invertida *His Girl Friday* venía del teatro: el verbo hecho risa. Todavía en los años sesenta Billy Wilder podía cosechar unas cuantas comedias locas, como *Con faldas y a lo loco* (noten por el favor el título español) y *Bésame, estúpido,* en que el erotismo era una forma de idiotismo. Hay comedias locas-locas como *Más allá de la terapia* en que Freud sale por el foro y ni Howards Hawks o Billy Wilder podrían reconocer sus herederos putativos. Pero ahí están en su dulce demencia para declararse locas en una jaula de plástico.

Literatura y Cine
Cine y Literatura

Larga es la historia de la relación entre la literatura y el cine. Menos larga pero tal vez más importante es la relación entre el cine y la literatura.

A pesar de sus orígenes como invención visual el cine aspiró al prestigio de la literatura. La primera escena de amor de *El beso* en 1896, que se creería un acto de puro cine erótico, viene de una pieza de teatro, *La viuda Jones.* Méliès, tan inventivo, se apoyó en adaptaciones de H. G. Wells y de Jules Verne. Uno de los grandes éxitos del cine en todo el mundo fue *El asesinato del duque de Guisa* (1908), de un texto literario y teatral. Sí hubo, bien al principio, un gran éxito originado en el cine, con recursos cinematográficos, *El gran robo del tren* (1903), al que se atribuye no sólo la invención del *close-up* sino, algo más importante, la creación de un género que no creó Lumière, el oeste. El primer largometraje exhibido en Estados Unidos, *La reina Elizabeth,* fue un vehículo para que Sara Bernhardt mostrara su histrionismo excesivo. Los primeros críticos de cine, como el poeta americano Vachel Lindsay, venían de la literatura. Bela Balazs o mejor Balas, otro esteta temprano, fue libretista para Bela Bartok y amigo de Bela Lugosi, cuyas reuniones nocturnas en Buda y en Pest fueron las Noches en Belas. Pero Balazs produjo una frase famosa ya en 1924: «El cine está a punto de inaugurar una nueva dirección en nuestra cultura». Esa nueva dirección no la produjo una estética sino, como siempre en el cine, una tecnología, en este caso el sonido que dio lugar al cine sonoro tres años más tarde. Pero contrario a lo que creía Lindsay y a lo que predicaba Balazs el cine se hizo más teatral y se convirtió en *the talkies,* los que hablan —y hablaban y hablaban. El acto pionero de la Bernhardt progresó en una avalancha de actores de teatro, de directores de teatro y de escritores de teatro. Shakespeare siempre fue un favorito del cine, que filmó ahora más versiones de sus obras que nunca antes con resultados, durante el cine silente, de intentos que tratan, inútilmente, de hacer visual la poesía del Bardo, que siempre fue una música de palabras. Hubo, incluso, sus rarezas: la actriz danesa Asta Nielsen hizo en 1920 una versión muda de *Hamlet* con la señora Nielsen interpretando no a Ofelia o a la reina Gertrudis sino ¡al propio príncipe!

Pero en el zenit del sonido, los años treinta, ocurrieron transfiguraciones. Hubo una película titulada *Mimi* que era *La Bohème* —sin música. Al año siguiente la Metro produjo una ambiciosa versión de *Romeo y Julieta* por William Shakespeare —con «diálogo adicional de Talbot Jennings». Afortunadamente el sonido hizo posibles comedias maestras como *El siglo veinte, La fiera de mi niña* y *Medianoche.* También permitió la creación de una obra maestra absoluta que es la extraña simbiosis del teatro, la radio y el expresionismo, servido todo por una literatura venida de ninguna parte pero hecha para el cine. Se llama *Citizen Kane.* A partir de esta obra maestra el cine no estaba hecho de literatura sino que hacía literatura por otros medios, excepcionalmente visuales.

El cine, a su vez, ha influido en la literatura a la vez que usa la literatura con fines propios. Una muestra son los diálogos de Hemingway que han modelado todos los bocadillos del cine, desde *The Last Flight* en 1931 hasta Quentin Tarantino en *Pulp Fiction* (1994), cuyas conversaciones no serían posibles de no haber existido la esticomitia de Hemingway. Otro viaje de ida y vuelta es *El beso de la mujer araña* de Héctor Babenco. Esta película debe no sólo sus diálogos sino sus imágenes a la novela de Manuel Puig. Pero Puig, su literatura, no existiría sin el cine, en un perfecto ejemplo del dilema del huevo y la gallina: ¿qué creó Puig, quién lo creó? Una película ideal sería hecha de una historia de Puig por Tarantino: el cine como alimento de sí mismo. Ésa es «la nueva dirección» que disparaba Balazs, Bela: bellas balas.

Kafka va al cine
Centenario del Hombre que fue K

Franz Kafka es el único verdadero escritor metafísico del siglo y curiosamente es ahora más popular que nunca: como Nostradamus todo mistagogo deviene siempre folklore. Kafkiano es un adjetivo de uso corriente y suele denominar cualquier extrañeza o arbitraria trampa y aun un encuentro absurdo diario. «Una confusión cotidiana» es una paradoja de Kafka y también ese sucedido que nos ocurre a menudo cuando vamos a visitar a un amigo que a su vez ha salido a visitarnos —y no nos encontramos nunca. Kafka, además, ha entrado al arte del siglo por la pantalla. James Joyce ha sido torpemente explotado o, peor, homenajeado con incompetencia disfrazada de ditirambo. Marcel Proust todavía espera la búsqueda de su tiempo perdido por una cámara que mire y recuerde mientras pasea por el camino de Swann. Pero ya hay un cine kafkiano sin Kafka: ese conocimiento es un reconocimiento.

Hay que declarar de entrada que a Kafka le gustaba mucho Chaplin. La abigarrada humanidad postvictoriana por la que deambulaba Charlie con paso de pato pero nada inseguro divertía el esmero escueto del autor de «Josefina la cantora». El humor de Kafka, siempre presente en su prosa, se hace en «La metamorfosis» tan evidente como una comedia muda: Mack Sennet rueda en la *Mala Strana*. Nada hay más risible que el incestuoso insecto (cucaracha que no puede caminar, escarabajo no debajo sino arriba de la cama, chinche devenida vegetariana de súbito) con su carapacho incrustado de manzanas que se pudren en el ambiente raro del cuarto de Gregorio Samsa. No es un sueño ni una pesadilla sino una película de horror cómico como *El gato y el canario* en el gueto. Lo curioso es que Kafka escribiera su novelita maestra en 1912 y Chaplin no rodara su primera película hasta dos años más tarde. Como Samsa en su caparazón y con seis patas, Chaplin no estaba preparado para el cambio. Para conseguir su metamorfosis cómica Chaplin necesitaba un ropaje de insecto social perfecto y sus tres patas (contando el bastón) lo hacían sólo medio insecto. Esta transformación ocurría, por supuesto, *avant la lettre*.

Al comienzo de *América* Karl Rossman (otro K, otro Charlie) se queda de pie en el barco que entra a la bahía de Nueva York «cuando un súbito rayo de luz solar iluminó la Estatua de la Libertad y la vio bajo una nueva luz... El brazo de la estatua con la espada en la mano se levantó altivo». Todos sabemos que la Estatua de la Libertad no sostiene una espada sino una antorcha en su brazo en alto. Es la estatua de la Justicia la que tiene siempre los ojos vendados y sostiene en sendos brazos una balanza y una espada. No hay el menor intento político, es decir satírico, en Kafka: no puede haber una literatura más irreal, menos física: metafísica. Es por eso que su arte, aunque superficial, ha podido ser profético. Esa superficie alucinante es lo que lo acerca al cine que, como Kafka, sueña por nosotros. Kafka soñaba siempre en forma de cine. Su viñeta «Quién fuera piel roja» muestra que Kafka también conoció el Oeste de niño: el escritor en el barrio judío de Praga anhelaba la vasta llanura, el caballo y el arrojo de un bravo que, como en las paradojas del Zen, pierde primero los estribos, luego las riendas y finalmente su misma montura, pero no en la exótica pradera sino en la marisma familiar y cercana.

En *El Inmigrante* (1917) al entrar al puerto de Nueva York el buque en que vienen Charlie y otros emigrantes todos son acordonados por la policía de inmigración mientras navegan frente a la estatua de la Libertad. Aquí, pese a la comicidad buscada, sí hay una intención satírica, es decir política. Sin embargo si dos artistas del siglo se parecen son Chaplin y el hombre que escribió «Un artista del hambre» y «Un artista del trapecio». No es casualidad que Chaplin y Kafka sean judíos. Kafka asumió su condición aún frente a su propio padre, judío asimilado. Chaplin siempre mantuvo un ambiguo silencio cuando le preguntaban si era judío. ¿Chaplin o Kaplan en inglés?

François Truffaut compara a Hitchcock con Kafka y con Poe y es una comparación ligera. Todo director de cine es superficial: su mundo tiene sólo dos dimensiones. Pero *El problema de Harry* es un ejercicio en absurdo cómico que nunca habría tenido lugar si Kafka no hubiera escrito sus cuentos en que el horror absurdo se muestra como la única forma de vida posible. «La metamorfosis», por ejemplo, está en el origen de *Los pájaros* en que Hitchcock hace que las aves más inofensivas sean la forma mayor de la amenaza.

El Pasajero de Antonioni es Kafka invertido: un hombre que pierde voluntariamente su propia identidad para verse perseguido y finalmente acosado y exterminado por culpa de su nuevo pasaporte. Kafka hay que reconocerlo, ha devenido, como Shakespeare y Poe, un escritor de cine. Aún en una película menor y mediocre como *The Domino Principle,* del infatigable productor Stanley Kramer, el argumento no sólo debe su tema y su estructura a Kafka sino que uno de los personajes, para atrapar al espectador y hacerlo cómplice, se declara kafkiano y le pregunta al protagonista como si hablara de *comics* de domingo: «¿Tú no has leído a Kafka?» El resultado obvio es Kramer contra Kramer. El atroz Godard cita a Kafka emparedado entre Rimbaud y Lewis Carroll en *Banda aparte* y lo imita a través de Borges, un epígono, con su universo cerrado en *Alphaville,* en que otra galaxia es *Paris vu par:* Lemmy Caution se puede llamar aquí Lemmy K. Hasta el venerable Carl Dreyer en su intolerable *Días de ira* toma toda su parafernalia teológica de Kafka y su metafísica futura. Mientras que Robert Bresson, que profesa una religión ajena a Kafka, el catolicismo, en su obra maestra

Un condenado a muerte se escapa describe lo que se ha llamado el orbe cerrado kafkiano —en este caso una cárcel de la Gestapo en Francia durante la Ocupación. Víctor Hugo dijo que el siglo XIX se había shakespearizado. Ahora se puede decir que en el siglo XX, tanto la vida como el cine que es la vida por otro medio, se ha kafkanizado.

Parecería que Kafka alcanzó su culminación en el cine con *El proceso* de Orson Welles, película en la que Welles confesó haber adaptado la novela «con bastante libertad». Welles estaba mejor equipado para llevar *El proceso* al cine que el literal Joseph Strick con su *Ulises* de Joyce, al que sin embargo destruyó al rodarlo en una Dublín actual haciéndola pasar por genuina. Pero Welles cometió un crimen sin perdón y para el que el castigo vendría antes que el veredicto: redujo toda la ambigüedad de la novela a la desaforada realidad de una pesadilla. Ya al inicio de la película Welles con su voz ominosa anunciaba: «Se dice que la lógica de esta historia es la lógica de un sueño... o de una pesadilla». Cuando, si se entiende a Kafka, la historia tiene una lógica teológica. Si K no es el inocente culpable su proceso que nunca llegará cobra sentido para Welles pero no para Kafka. De cierta manera una película muy anterior de Orson Welles, *La dama de Shanghai,* resulta más kafkiana que *El proceso.*

Paradójicamente el momento cumbre de Kafka en el cine llegó con Joseph Losey y un guión original de Franco Solina, titulado neutralmente *M. Klein.* Esta cinta es la más cabal dramatización del concepto de la angustia paranoica. Los títeres (no se les puede llamar héroes) de Kafka siempre son seguidos o perseguidos (o como en *El castillo* llamados pero no elegidos), por fuerzas desconocidas o irracionales que los demás toman como perfectamente lógicas. La paranoia es una manía de persecución, pero la manía termina allí donde la persecución es real. Un estado totalitario es la cura para toda paranoia pura y es en esta trampa, más lógica que teológica, que cae Klein, ese actual M. K. que vive en un París visto por los nazis. Toda la película está magistralmente actuada (por Alain Delon, una sorpresa, y por Jeanne Moreau, una vampiresa tan carnal que Kafka hubiera retrocedido ante ella de horror al crimen de la concupiscencia), concebida y dirigida por Losey con la convicción de que estilísticamente el nazismo es la puesta en escena más violenta del *Art Déco*. Klein no se despertó una mañana convertido en culpable, sino que se somete a su proceso gradual como a un juego de identidades trocadas y para su culpa —ser judío por elección— toda sentencia viene antes del veredicto: la condena está implícita en la arbitrariedad de su arresto que no llega. Para que *M. Klein* sea la película kafkiana perfecta ha sido necesario medio siglo de experiencia con Kafka en el cine. De las imaginaciones primeras de Hitchcock a la cruda pornografía neonazi de Lilliana Cavani en *El portero de noche* todos han pasado por Kafka: Hitchcock como melodrama, la Cavani como vicio gótico en colores, donde el campo de concentración se convierte en *camp* concentrado. Klein es culpable, claro. Siempre lo fue, de Borges a Beckett pasando por Ionesco, que es Kafka y carcajadas.

Cuando su discípulo el juvenil Janouch le dijo a su maestro que su obra era «el espejo de mañana», Franz Kafka se cubrió los ojos, se balanceó de manera hasídica y exclamó: «Tienes razón. Es cierto. Es probable que sea por eso que nunca puede terminar nada». Hoy el siglo y el cine son ese espejo oscuro y al escribir sobre Kafka no se puede nunca terminar del to-

El viejo y el mal

No me llamo Ismael, como en Melville, pero estuve en la búsqueda de un Moby Dick de la vida real: el enorme pez espada que saldría a la superficie, vencedor vencido, en la película *El viejo y el mar.* Nunca apareció. Pero que yo estuviera al lado de Ernest Hemingway (desde entonces llamado Hemingway a secas), en su yate, navegando en la corriente del Golfo para la busca, caza (los grandes peces no se pescan, se cazan) y destrucción del gran pez espada y atraparlo con la fotografía en movimiento que se llama cine —y en glorioso technicolor, hizo a la ocasión uno de los mejores momentos de mi vida de joven reportero en La Habana. Pero no era exactamente un reportero sino un cronista de estrenos que acompañaba al famoso escritor laureado y leyenda viva, junto con una tripulación de Hollywood, para tratar de atrapar al gran pez necesario a la película de Warner Brothers que se hacía en Cuba entonces. Entonces era 1955.

La aventura comienza. «Era un viejo que pescaba en el mar», dice al principio *El viejo y el mar,* «solo en un esquife en la corriente del Golfo y había pasado ochenta y cuatro días en el mar sin coger pescado». El héroe solitario de esta historia es Santiago, un viejo pescador cubano, «que estaba definitivamente *salao*». Hemingway, cubanizado, dice que salao es el colmo de la mala suerte. También, como un pescador, llama al mar *la* mar y explica: «como llaman al mar en español los que *la* aman». *El viejo y el mar* se parece demasiado a *Moby Dick* para que los puntos de contacto sean coincidentes.

Hice la cita del libro porque había hecho una cita con
su autor para estar en Cojímar (pequeño puerto pesquero cerca
de La Habana donde comienza la novela) al día siguiente temprano para embarcarme en su yate *Pilar*. Tenía que estar en el
atracadero a las seis de la mañana que eran las cinco en mi casa.
Fui puntual pero para lograrlo no me acosté en toda la noche.
Cuando llegué ya Hemingway estaba allí sentado dentro de su
descapotable rojo, que conducía su mujer Mary. Antes de subir
me dijo Hemingway: «Espero que no te marees». Le contesté
que nunca me mareaba: para asegurarme me había atiborrado
de dramamina, la droga contra el mareo. Ahora puedo decirles
a ustedes lo que nadie sabía en el muelle: nunca me había subido siquiera a un bote de remos. Íbamos hacia alta mar, a alcanzar la corriente del Golfo, ese río de agua salada que corre, del
golfo de México hasta Noruega, a doce millas náuticas por hora.
Es una carretera líquida.

Hemingway fue atacado a bordo por una sed persistente, como si el Golfo fuera el desierto de Gobi: no hacía más que
beber de un termo. Luego supe que el frasco no contenía agua
sino un potente brebaje (vodka con zumo de lima) que consumía no a discreción sino a indiscreción. Un trago y otro fueron
su desayuno. El viaje fue lento hacia el rápido río tropical que
viaja a Europa, como estas páginas. Llevados ahora por la corriente, no habíamos visto otra cosa que peces voladores. Según
Gregorio, el otro capitán a bordo, los peces voladores vuelan
fuera del mar porque son perseguidos por peces voraces: tiburones y tal vez *pejes* espada. Pero no vi un pez espada cazando
peces voladores para cazarlo en todo el día. Sólo vi a Hemingway. Se veía aburrido y su interés en el mar en general y en el
pez espada enorme en particular disminuía según avanzaba la
inclinación del termo de su codo a su boca. De pronto dejó su
puesto de mando a popa, se escurrió a estribor, cruzó a babor
con dirección a la proa —terminología marina que no aprendí
de Hemingway sino de Conrad. Luego, todavía con su frasco en

la mano, fuese y no hubo nada. Ahora se tendió en cubierta cuan largo era (un metro ochenta por lo menos), usó uno de sus fuertes brazos bajo su cabeza como almohada —y se quedó dormido. Tal vez estuviera soñando con los leones en una playa de África. Así termina *El viejo y el mar:* en el fracaso pero no en la derrota.

Cuando se despertó Hemingway repartían un almuerzo caliente sacado de los termos que usan en el cine para dar de comer a dioses menores: todo el equipo de filmación que vino a filmar el más gran pez espada del océano Atlántico y tal vez del mundo occidental. Hemingway ni siquiera olfateó mucho menos probó uno de los enormes bistés humeantes que sacaban de sus vasijas como un mago de salón extrae conejos de su chistera. Pero de pronto Hemingway gritó: «*Number one!*». Creí que era que avistó el primer pez espada. Pero era un anuncio de que iba a orinar. Como su yate carecía de urinarios por dar amplitud a la cabina, se fue a orinar en el mar. Parecía una injuria pero Hemingway se arrimó a la borda (no recuerdo si a estribor o a babor) y meó en el mar, en la majestuosa corriente del Golfo.

Más tarde y al grito de «*Number one two!*», Miss Mary, como era conocida Mrs. Hemingway, se acercó tambaleante y femenina a la otra borda. Pero Hemingway, púdico, pidió que todos volviéramos la espalda al mar y a Miss Mary. Nos volvimos y no supe con qué maña imitó a su marido.

Todo lo que cogió Hemingway no fue una borrachera (siempre lo vi bebido pero nunca borracho) sino dos tiburones: feos, color tabaco lavado, persistentes, que colgaron cogidos con una cuerda por la boca siguiendo al *Pilar* durante media tarde. Todavía estaban vivos cuando dimos (dio el *Pilar)* una vuelta entera para regresar a puerto. Antes de llegar a Cojímar con los dos tiburones como motores fuera de borda, Hemingway entró al interior del yate y, de donde debía haber habido un retrete, ¡salió con una ametralladora Thompson! Por un momento temí que me fuera a fusilar: un intruso en el mar que no se marea. Pero lo que hizo fue inclinarse por la borda de popa y ultimar con su metralleta a los dos *galanos* —cuyo único crimen era haber sido tiburones (los villanos de *El viejo y el mar* que devoran al gran pez espada) y dejarse coger por la carnada y el anzuelo cebados para *the great marlin,* el castero que fue gloria y miseria de un pescador— de un «viejo que pescaba en el mar».

La música que viene de ninguna parte

Ningún arte ha estado tan indisolublemente ligado a otro como el cine a la música. El teatro aparece íntimamente conectado con la poesía, pero los dos son formas literarias. Es cierto a su vez que la unión del teatro con la música está en los orígenes griegos, pero no hay una relación de dependencia tan decisiva como entre el cine y la música y se puede decir que el verdadero drama musical, que Wagner creyó hallar en la ópera, está en el cine. Sin siquiera contar las comedias musicales, el cine necesita tanto de la música como de las imágenes en movimiento. Si existen películas sin música (como se empeñaba en hacer Luis Buñuel: el director era sordo y, como un enfermo siempre quería hacer partícipe a los demás de su mal, contagiarlo: así, al contrario de Beethoven, Buñuel trató de negar la música al no dejarla oír) también hay films compuestos de foto-fijas, como *La Jetée,* la pretenciosa cinta de Chris Marker —fijeza que no niega el movimiento. Sin embargo el cine sonoro no se desarrolló hasta treinta años después de la invención del cine. Las artes, desde la más remota antigüedad, habían dependido de la percepción humana, de los sentidos y solamente su transmisión necesitaba de la técnica. Algún arte, aparentemente nuevo, como la novela, parecía haber surgido con la imprenta. Pero ya había novelas antes de haber imprenta. El cine, sin embargo, siempre dependió del cinematógrafo: el arte nació de la invención. Pero había algo en el cine mismo que necesitaba de la música y así desde los primeros años las películas eran acompañadas por pianistas, cuartetos de cuerda y hasta pequeñas orquestas. En época tan temprana como 1908, el afamado compositor Camille Saint-Saëns compuso música para el film *El asesinato del duque de Guisa.* Ésta es la primera asociación entre un compositor sinfónico y el cine. Después de la invención de la banda sonora habría muchas, tal vez demasiadas. La primera película hablada, *El cantor del jazz,* era significativamente una película cantada. En ella Al Jolson, con su entusiasmo de siempre, se atrevió a decir dos o tres frases históricas que no estaban en el guión. El objetivo inmediato de la película era dejar oír la voz humana haciendo música. Esta cinta sonora terminó con el cine silente, un arte que era incompleto porque le faltaba el primer elemento de comunicación dramática, que es la voz. Pero al mismo tiempo hizo desaparecer el piano o la orquesta que sonaban delante de la pantalla, a plena vista, para hacer a los músicos invisibles: la música producida no en la misma pantalla sino detrás, aparentemente viniendo de ninguna parte.

Las primeras películas sonoras tenían como música préstamos hechos a Chaikovski, a Wagner, a Chopin, pero pronto los estudios contrataron a compositores vivos menos eminentes, aunque mucho más eficaces. No habría un Saint-Saëns entre ellos (más bien Honegger y William Walton y Aaron Copland que vendrían después), pero los mejores músicos resultaron ser compositores desconocidos con un gran dominio de la técnica musical y una comprensión cabal del rol de la melodía en el cine. Así nació la música de películas tan distinta, reconocible. Como Hollywood era el centro del mundo del cine (y de paso quien mejor pagaba) allí sin buscar mucho habría que encontrar a estos compositores. Uno de los primeros fue Max Steiner, inevitablemente venido de Viena y ya establecido en Hollywood en 1931. Entre sus créditos iniciales están *Cimarrón* (1931), *King Kong* (1933) y en 1934 gana su primer Oscar con la música de *El delator,* esa insoportable mezcla melodramática de John Ford y Dublín insurrecto que es más bien Dostoievski en Irlanda visto desde Hollywood. Cinco años después Steiner tiene su momento de gran popularidad al componer la música para *Lo que el viento se llevó.*

Sin embargo, para mí la cumbre de su talento está un poco más allá, en la música de *La excéntrica (Now Voyager),* que es tan inolvidable como la cursi frase final dicha por Bette Davis. Steiner hizo muchas más películas y se ganó otros dos Oscares pero aunque vivió hasta 1972, ya en *El tesoro de la Sierra Madre* (1947) su canción se oía cansada.

Otro gran compositor de Hollywood, Erich Wolfgang Korngold, también nació en Europa Central, en Checoslovaquia, pero (la música en la ópera cuando no es una gran guitarra para acompañar a los cantantes, ahoga las voces —los ejemplos diversos están presentes en un solo compositor, Verdi— con un torrente musical y las palabras son siempre ininteligibles: la ópera más que una forma de arte es un magma musical) había sido un niño prodigio musical y era un compositor sinfónico de nombre cuando se instaló en Hollywood en 1935. Como Steiner, Korngold vino contratado por la Warner, la compañía que no por gusto produjo *El cantor de jazz,* para introducir el sonido —es decir, la música— en el cine. Korngold compuso la partitura de la pretenciosa *El sueño de una noche de verano* (un gran atrevimiento, sobre todo desde que existe la obra maestra de Mendelssohn) y para *Engaño (Deception,* 1946) llegó a componer hasta un concierto para cello y orquesta. Sin embargo su monumento musical en el cine es la partitura para *Las aventuras de Robin Hood* (1938), en que no se sabe quién es más galante y audaz y risueño, si Errol Flynn o Korngold —los dos extranjeros en Hollywood, los dos convertidos en memorables gracias al cine sonoro.

Miklos Rozsa es el tercer gran compositor llegado a Hollywood de Centro Europa, más tarde el músico elegido para hacer oír la música que viene de ninguna parte. Nacido en Budapest, Rozsa tuvo una excelente educación musical y fue alumno de Arnold Schoenberg en Viena —que es como decir de un pintor que fue discípulo de Picasso en París o un escritor secretario de Joyce en Zúrich. Después de haber compuesto en Londres la música para dos de las más espectaculares producciones de Alexander Korda, *Cuatro plumas blancas* y *El ladrón de Bagdad,* Rozsa se instaló definitivamente en Hollywood y enseguida compuso la música de tres películas inolvidables, *Pacto de sangre (Double Indemnity,* 1944), *Días sin huella (The Lost Weekend,* 1945) y *Cuéntame tu vida (Spellbound,* 1945). En la última las melodías son más memorables que las imágenes, aunque éstas combinaran los talentos visuales de Alfred Hitchcock y Dalí. En ella Rozsa, siempre innovador, usó por primera vez un instrumento nuevo, el Theremin, mezcla de música electrónica y las viejas ondas Martenot francesas, recurrente que tuvo el raro honor de ser no sólo imitada sino de merecer esa forma de homenaje torcido que es la parodia. Rozsa siguió con su nueva veta dramática en films como *Los asesinos* y *El abrazo de la muerte (A Double Life,* 1947), con la que ganó otro Oscar (el primero lo consiguió con *Cuéntame tu vida),* para regresar más tarde a su primer estilo heroico, con *Quo Vadis, Ivanhoe* y sobre todo *Ben Hur,* en 1959, que le ganó otro Oscar. Pero en esta etapa nunca consiguió igualar su gran manera musical majestuosa de *El ladrón de Bagdad.* Sin embargo, con *El Cid* Rozsa volvió por un momento (y fue un momento memorable) al viejo esplendor inglés y su música contribuye grandemente a hacer de *El Cid* un espectáculo grandioso, mejor sin duda que *Ivanhoe* y *Quo Vadis.* Rozsa vivió luego oscuramente —que para un músico de cine es decir en el silencio.

El cuarto músico que hace del trío de grandes compositores de música para el cine un cuarteto de acuerdos, no vino de Europa y aunque su nombre podría indicar un origen austríaco o alemán, proviene de Nueva York. Se trata de Bernard Herrmann, compositor de un repertorio creador completo, que se encuentra cómodo en una orquesta de cuerdas solas (en *Psicosis)* y es a la vez capaz de componer una ópera para la pantalla —o fragmentos de ella, como su *Salambó,* oída a retazos en *El ciudadano (Citizen Kane).* Fue Orson Welles precisamente quien llevó a Herrmann a Hollywood en 1940 para componer la música de *El ciudadano.* Al año siguiente ya había ganado un Oscar por su partitura para *Un pacto con el diablo (All That Money Can Buy).* Por esa fecha Herrmann compondría otros acompañamientos memorables (en *Soberbia —The Magnificent Ambersons)* pero lo que lo hace notable como compositor cinemático no es su talento inmediato, sino su capacidad para sobrevivir a largo plazo todos los estilos, diversas épocas del cine y diferentes generaciones de cineastas.

En 1955 Herrmann formó pareja con otro maestro de las imágenes como Welles, pero con un diverso uso de las posibilidades técnicas, dramáticas y visuales del cine. Este hombre orquesta es Alfred Hitchcock. Su primer film juntos fue *El hombre equivocado,* que es un Hitchcock fallido. Pero ya al inicio Herrmann tiene una obertura que es su firma de la película y una marca de agua sonora para todo el tiempo que durara su colaboración con Hitchcock.

La colaboración con Hitchcock continúa creadora y en los próximos cinco años Herrmann trabajará exclusivamente con este director meticuloso, fastidioso, perfeccionista. A *El tercer tiro (The Trouble with Harry,* 1956), que es olvidable, sigue *Vértigo,* en que Herrmann da rienda suelta a su romanticismo derivado del buen Wagner y algunas muestras de su arte propio, como son un *ostinato* obsesivo que es el tema del film y una habanera, que llamé depravada en su estreno y ahora llamaría desquiciada, en el sentido mental y musical. Pocas veces el arte de un director de cine ha sido tan bien servido por su músico como en *Vértigo,* una película que se puede oír transcurrir con los ojos cerrados mientras la música suena sugerente. A *Vértigo* siguió *Intriga internacional (North by northwest,* 1959), en que las notas de Herrmann son tan juguetonas como las tomas de Hitchcock. Luego vino *Psicosis,* en 1960. Aquí Herrmann usó la orquesta de cuerdas con la amplitud de una sinfonía y la intimidad de la música de cámara. Después de *Vértigo* esta es la mejor partitura que Herrmann compuso para Hitchcock —y sería la penúltima. Aunque conspiraron en *Los pájaros* (Herrmann orquestó los sonidos de alas, el piar, el barullo de las aves como si fueran instrumentos en una partitura, pero, desde luego, esto no es música), la última vez que colaboraron fue en *Marnie,* en 1965, donde Herrmann inyectó en su vena romántica una transfusión de fluido neurótico que traduce fielmente en sonidos la personalidad patológica de su protagonista, una ladrona compulsiva. Herrmann debería haber compuesto la música para la siguiente película de Hitchcock, *Torn Curtain,* 1966, pero hubo una confusión de intereses y de intenciones, en las que el estudio Universal objetaba a Herrmann ser un músico pasado de moda y Hitchcock lo acusaba de no haber seguido sus instrucciones al pie de la letra —como si Herrmann lo hubiera hecho en el pasado, cuando se limitaba a traducir en sonido oculto el sentido de las imágenes hitchcockianas.

Es irónico que Herrmann fuera acusado de ser atrasado en los sesenta, cuando terminaría su vida y su carrera (murió de repente en Hollywood en 1977) colaborando con los directores más avanzados de los años setenta y sirviendo de maestro de inauguraciones musicales a las visiones aún imperfectas de estos novatos novedosos —esas imágenes serían completadas por la música de Herrmann. No otra cosa ocurre con *Obsesión,* 1976, que es un homenaje y una parodia seria de Hitchcock, del Hitchcock romántico de *Vértigo.* Si las imágenes son nuevas (de una manera que las imágenes de Hitchcock ya no lo son, como muestran *Frenzy* y *Family Plot,* de 1972 y 1977 respectivamente, la música mantiene la atmósfera de suspense o de miedo y se completa con el tema del amor, recurrente, obsesivo. Es una de las mejores muestras del talento —su obra maestra— de Herrmann. Pero en música para el cine, extraordinaria es la que suena mientras discurren las imágenes de *Taxi Driver* (1976). Sin estos acordes bajos, sombríos, temerosos, la película perdería su eficacia para inducir el terror al tiempo que invoca una visión del infierno. Bernard Herrmann vivió en Nueva York y es esta traslación de la ciudad en sonidos lo que nos hace penetrar el misterio de la urbe que es un orbe: esa música que parece subir de las alcantarillas, surgir entre los callejones sin salida, emerger de los edificios ominosos es una miasma sonora: esa música no viene de ninguna parte, viene de todas partes, es la música ubicua, la música total, la música del cine —en que las imágenes son otra forma de música pero donde la música es la forma final de las imágenes.

Un homenaje anónimo

Ahora que ha muerto Miklos Rozsa se puede contar. Todas las musicales notas necrológicas han hablado de su niñez de prodigio, pero el *Diccionario de la Música de Oxford* ni siquiera lo menciona. Habla, sí, de su íntimo rival en Hollywood, Eric Wolfgang Korngold, también niño prodigio y luego «compositor para el cine», categoría que molestaba a ambos. Pero sin el cine el compositor, admirador perenne de Bela Bartok y de Zoltan Kodaly, sus compatriotas eminentes, no hubiera pasado de ser otro compositor moderno rápidamente relegado al archivo de partituras del Museo Británico. Fue su música de fondo o *soundtrack* la que me hizo, por primera vez, reconocer esa música para empapelar (como le hubiera gustado llamarla a Erik Satie), con los acordes extraños del theremín en *Spellbound* (o *Recuerda* o aún mejor, *Cuéntame tu vida* con su feliz matrimonio de Freud y el melodrama), que a Alfred Hitchcock, sin embargo, le molestaron mucho porque, dijo sir Alfred, «se hacían oír demasiado, perturbaban». Claro que perturbaban: de eso precisamente se trataba.

Mi homenaje no es mío.

Entra entre meditativo y sombrío Jaime Soriano, el eterno *Outsider* del cine. Pero un ausente siempre se mantiene fuera y Jaime, más conocido en ciertos cuarteles de antaño como Chori Gelardino, entró estando afuera. Ocurrido en la vieja Cinemateca de Cuba, la verdadera, fundada en 1950.

El cuartel general de la Cinemateca era La Habana, pero su sala de exhibición había estado en la vetusta despertada Artística Gallega. Allí se habían iniciado sus funciones públicas con *Un perro andaluz,* con el salón colmado de espectadores expectantes y algunos que se habían tenido que sentar en la escalera afuera o desparramado por la acera. Como *Un perro andaluz* era muda esta visión invisible demostraba más devoción por el cine que la esperanza de verlo. La nueva sede de la Cinemateca (a la que yo había bautizado con cariño como la *Cinemanteca*), estaba ahora en el Colegio de Arquitectos en la calle Infanta, casi en El Vedado.

Una noche, ya empezada la función, vi en la acera del frente a un individuo que se me hizo sospechoso. Todavía no estaba en el poder Batista ni Fidel Castro había sustituido una política por otra, pero aún en esos tímidos tiempos democráticos había sospechosos en La Habana. La característica del sospechoso es que crea sospechas en todas las direcciones: Se lo advertí a Germán Puig, uno de los fundadores con Ricardo Vigón y Néstor Almendros de nuestra cinemateca. Germán, con esa alegre audacia que lo caracteriza todavía, cruzó la calle, habló con la figura de enfrente y la trajo consigo al teatro. «Quiere pertenecer», dijo Germán, indicando que Jaime Soriano, su nuevo nombre, no sólo quería ver las películas sino participar. A la siguiente semana Jaime era, por su conocimiento de idiomas, nuestro traductor. Mejor, era el intérprete de los letreritos de las películas que exhibíamos, venidas primero de la *Cinémathèque Française,* gracias a Henri Langlois pero también gracias a Germán que convenció al enorme Henri, se tuteaban, de que en una isla remota cinéfilos no menos remotos querían compartir el tesoro del cine. Luego las obras maestras, mudas pero elocuentes, venían de Nueva York, de ese museo que nadie llamaba MOMA pero lo era.

La *Cinemanteca,* tenía que ser, produjo momentos de hilaridad que hacían eco al silencio de las cintas. Uno de esos momentos ocurrió cuando se proyectaba *L'Innundation* y la película tenía huecos en los ojetes que se corrían hacia el ojo. Ocurrió varias veces y varias veces se interrumpió la proyección. En una de estas veces, con la sala a oscuras, Germán corrió hacia el micrófono de las interpretaciones y dijo en su voz poderosa ahora amplificada: «Las interrupciones son debidas a las perforaciones». Si un violador insistente quería hacer de esta frase una divisa, nosotros la hicimos un programa para nuestra *Cinémathèque* del pobre.

Jaime, ya instalado entre nosotros, produjo otra frase memorable cuando traducía los letreritos de un programa doble en que la segunda parte sería *La Chute de la maison Usher, d'après Alampó*. Terminó la primera película pero la proyección de la segunda se demoraba aún más allá de lo que para nosotros era lo normal. De pronto, las luces encendidas, el intermedio todavía interludio, se oyó la voz del que un día sería el actor Leonardo Soriano. Dijo Jaime joven: «Unos minutos mientras preparamos la caída de la casa Usher». Soriano se refería al título de la obra maestra para nosotros, conocida por nosotros. Pero yo, en el público, creí oír golpes de martillo, ruidos de sierras y las arrítmicas mandarrias que destruían no sólo la casa sino ¡la pieza de Poe!

Todos los que no murieron, como Ricardo Vigón, cogimos sin escoger el camino del exilio. Jaime, judío descendiente de sefarditas, se decidió por San Juan, ciudad nombrada en honor de uno de los guionistas de la vida, pasión y muerte de Jesús, en Puerto Rico. No sé bien por qué. Debió irse a Hollywood por su amor por el cine y su habilidad para decir mucho en pocas líneas y su arte de actor. Pero el hecho es que se estableció en San Juan, viviendo oculto excepto para unos pocos amigos. Fue como autor anónimo que le rindió, en vida, el más secreto homenaje que recibió jamás Miklos Rozsa. No como el autor de sinfonías inéditas ni de un concierto de violín que sólo existe, sonoro, en la trama visual del *Sherlock Holmes* de Billy Wilder. El homenaje de Jaime rendía tributo a unas de las obras maestras de Rozsa.

Nadie sabe qué fue a hacer Miklos Rozsa, septuagenario, a San Juan. Nadie supo cuándo llegó ni cuándo se fue. Nadie

44

excepto Jaime, por supuesto. Rozsa llegó y sin sacudir el polvo del tiempo a sus viejas partituras europeas, se hospedó en uno de los grandes hoteles de la costa de San Juan. Estuvo varios días de incógnito, como viajaba siempre y no por elección: nadie sabía realmente quién era. En uno de esos días, el segundo o el tercero, Jaime, que seguía siendo tímido, de hablar tan bajo que sus declaraciones eran siempre susurros, se llegó a la cabina de la bella borinqueña que controlaba la música indirecta, esa música que tanto se parece a la música en el cine, y susurró sus deseos. También le entregó un *tape* a la joven técnica que se volvió nemotécnica. Extrañada le concedió a Jaime sus favores —o mejor un solo favor.

Jaime le indicó que se apostaría en el *lobby* como se había apostado frente a la Cinemateca tantos años atrás. Claro que no le dijo tanto (la interpolación es mía de ahora), sino que le pidió que cuando él levantara su mano visible (la otra la tenía tras su espalda, los dedos cruzados que es signo judío para la eficacia que depende de Jehovah) ella debía tocar el *tape* que le había dado y la música, porque era música, sonaría en todo el ámbito. Jaime no esperaba más que la llegada del ilustre visitante ya sin lustre, con el lastre de los años, viejo y (presten atención) como siempre anónimo, como conviene a un músico del cine. Cómo Jaime supo en qué hotel se hospedaba el músico es menos misterioso que cómo identificó de lejos a un hombre apenas visto en una foto vieja, ahora un anciano. No quiero olvidar que el hombre que entraría por la puerta del hotel era otro judío de otra diáspora.

Miklos Rozsa entró por fin al hotel. Jaime del otro lado del *lobby* hizo su seña que era otra entrada —¡y el vestíbulo, como en el oído, se colmó de música! De la música que Rozsa había compuesto para *El ladrón de Bagdad,* una de sus obras maestras y la que le abrió no las puertas del cielo sino la entrada a Hollywood. Pero Rozsa atravesaba el *lobby* ahora sin atender (nadie, creía él, lo esperaba), casi sin oír. De pronto ¡se paró en seco! Había reconocido los acordes estruendosos con que hacía su magia negra Conrad Veidt, el vicioso visir. ¡Ésa era su música! ¿Por qué sonaba aquí en San Juan, tan lejos de Hollywood y del Dios de los creyentes?

Miklos Rozsa nunca supo. Pero nosotros lo sabemos ahora. Jaime Soriano montó el mejor homenaje que podía recibir el viejo compositor. Era un homenaje en vivo como son los verdaderos homenajes. Un homenaje a Miklos Rozsa, al cine que hizo posible al compositor y a Hollywood que hizo posible el cine.

Cine sonoro, siglo de oro

Hace más de medio siglo que el cine canta y baila, pero ese medio siglo largo es una eternidad de delicia.

En realidad el cine siempre había hablado. Edison, inventor del fonógrafo y parcial inventor del cine (en este caso el cine horizontal para espiar por una rendija, ayudando a la pornografía futura con la intimidad de uno solo: el cine se hizo para masturbadores), ya que el resto lo harían los hermanos franceses Lumière, inventores del cine vertical, proyectado, espectáculo público. Este Edison inventivo y voluble y mercenario había ideado antes de fines del siglo pasado un sistema de sonido que desarrolló sólo a medias. Ya en la Exposición de París de 1900 la voz descarnada de Sarah Bernhardt declamaba a un público doblemente asombrado, ¡Sarah se mueve y habla: está viva la diva! Unos pocos años después la Bernhardt interpretaba a Margarita Gautier en una versión breve de *La dama de las camelias*. La tuberculosis mata, pero la técnica primitiva mataba más rápido todavía y nadie recuerda nada de esa Camille que tosía audible desde la pantalla.

No sólo era tos y teatro. El cine silente bailaba, como lo mostró la inmortal Joan Crawford en su gran éxito mudo, *Our Dancing Daughters*. La Crawford se estableció allí no sólo como una de nuestras hijas que bailan mejor sino como la reina del charlestón en el cine: toda movimiento mimado sin música. Al año siguiente, ya sonora, ella cantaría los blues. Pero la primera muestra de canto y baile en el cine tuvo lugar un año antes de que el lamentado judío disfrazado de Al Jolson cantara *The Jazz*

Singer. (Donde, por cierto, cantó la primera canción escrita especialmente para el cine, que años después haría ricos a los compositores, pero ahora, cosas del *copyright,* sólo alimentarían las arcas millonarias del estudio su plañidera *Mammy,* de tan noble como cursi sentimiento filial.) Esa primicia inadvertida fue un programa filmado y grabado para cultos ocultos en la oscuridad de la sala y unidos en la exaltación venerada de la música clásica. Con la Orquesta Filarmónica de Nueva York, el tenor Giovanni Martinelli y el violinista Efrem Zimbalist (padre de ese Efrem Zimbalist envaselinado y sonriente, actor de cine y agente modelo del FBI en la televisión) y entre ellos, ¡sorpresa!, la *troupe* de bailarines flamencos anunciados como The Cansinos. Nada menos que los felices padres de una niña, la diminuta bailaora llamada Margarita Carmen Cansino —a la que luego conocería el mundo feliz como Rita Hayworth, pelirroja y audaz. Muchos aseguran que la precoz Rita, Lolita de la danza, estaba en ese corto. Si es así, no era el surgir del canto y del baile en el cine lo que vieron, sino las primicias de una de las personalidades más luminosas de la comedia musical, superestrella de la Columbia Pictures, melodramática Gilda, dramática dama de Shanghai, mujer de Orson Welles, princesa de Alí Khan y uno de los mitos del siglo. Pero ese momento musical marcó el nacimiento de Venus entre las ondas de Vitafón, precario sistema de sonido que se oye aún peor en *The Jazz Singer.*

Después de *El cantor de jazz* (en la que Jolson nunca cantó jazz: sólo hacía burdas imitaciones, su voz tan teñida de negro como su cara) vinieron las inevitables imitaciones. Al ver empresarios, productores y *bosses* del cine cómo un estudio en quiebra, Warner Brothers, se convertía de la noche a la mañana en otro El Dorado, todos siguieron el río de oro sonoro. La Warner inclusive se imitó a sí misma y Al Jolson se hizo no su autorretrato sino una copia burda de su cara parda en *The Singing Fool:* ese idiota que canta ciertamente no hacía la cinta autobiográfica, pues Jolson fue uno de los *entertainers* más astutos del cine y del teatro. Las secuelas se hicieron serie: *Sonny Boy, Dilo cantando* y *Mammy,* que a pesar del título es curiosamente la mejor película de Jolson.

Desgraciada o afortunadamente la popularidad de Al Jolson cayó en picado a partir de 1930 —y la misma suerte corrieron las recién nacidas comedias musicales que todavía no se llamaban *musicals.* Un año antes la Metro había entrado en la carrera a última hora, pero compitiendo de lleno su productor estrella, el malogrado Irving Thalberg, al contratar a un escritor de letras de canciones llamado Arthur Freed, que a su vez se convertiría años más tarde en el gran productor de *musicals* (como la premiada, elogiada, copiada *Un americano en París),* para la Metro, y a Nacio Herb Brown, que compondría la música de una canción que haría historia veinte años después como melodía, como letra y como título de una de las obras maestras del cine musical y del otro: *Cantando en la lluvia.* La película con que el león de la Metro debutó con tan buena pata peluda fue la famosa y hoy olvidada *Melodía de Broadway.* Por primera vez el espectador vería en ella lo que era hacía rato el *habitat* de la comedia musical del teatro: la vis cómica y la vida vivida entre bastidores. A veces, en el futuro, serían los *entresets* del estudio los que servirían de entretelones.

En 1932, con Al Jolson, antiguo líder, arrastrando a pique a la pantalla y a la taquilla, la comedia musical boqueando ritmos, pidiendo auxilio con pasos de baile y a la vez inundada por el drama fotografiado, parecía que iba a ser telón final para este gran género del cine americano que compartía ahora las pantallas con el oeste, la comedia de porra y camorra (evolucionando hacia la comedia de salón, la comedia orate y aun hasta la comedia de situaciones, el glorioso antepasado de esa atrocidad que en la televisión se llama ahora *sitcom)* y el film de gángsters.

El musical era por cierto el único género que debía su voz cantante a una invención recientemente adoptada por el cine, el sonido que todavía se reproducía por medio de discos sincronizados con la visión y no gracias a la banda sonora simultánea. Es debatible que hubiera o no películas de pandilleros sin que el sonido aumentara a andanada el ruido débil o inaudible de cada disparo. Pero no cabe duda de que sin un sistema sonoro (inicialmente el ineficiente Vitaphone, más conocido como Vitafón, y el pionero Phonofilm, de Lee De Forest, que la Fox sabiamente rebautizó como Movietone y que nosotros llamamos Fonofilm por razones personales), sin la banda sonora nunca habría habido *musicals*. Pero el sonido mejoraba día a día mientras paradójicamente cada noche el interés del público disminuía a ojos vista.

Fue entonces que Darryl Zanuck, que luego sería dueño de la 20th Century Fox, ahora productor jefe de la Warner (de nuevo ese estudio salvador del cine musical), contrató a un antiguo actor de teatro, convertido en director de escena y luego en productor de comedias en Broadway, para que dirigiera los números bailables de una cinta musical con la que Warner se jugaría su fortuna hecha con la música cantada, en una suerte de ruleta americana que se podía convertir en ruleta rusa para todos. Esa ficha por jugar a todo o nada se llama *La calle 42*. Este hombre de teatro convertido en coreógrafo de milagros del cine se llamó Busby Berkeley. Cuando llegó a Hollywood, Berkeley cambió al momento al ver el cine por dentro: un estudio, la cámara, la jirafa de sonido. Cuando Busby llegó al *set* de la Warner la comedia musical cambió para siempre.

Busby Berkeley encontró una comedia musical en el cine que bien podía ser una comedia teatral con música: *music hall*, vodevil, opereta. Exteriormente las exigencias de Berkeley fueron innúmeras aunque limitadas al decorado, la tramoya y los participantes, sobre todo las partiquinas o coristas. Sin embargo, se mantuvieron razonables. Pero en el plano técnico su petición fue de veras inusitada. Entonces se acostumbraba a rodar un musical, por muy rudimentario que fuera (o precisamente por ello), con cuatro cámaras. Berkeley, contra lo que ofrecen en apariencias sus resultados, exigió una sola cámara. «No hacen falta más», declaró, «todos mis emplazamientos ya los tengo en la cabeza antes de empezar. ¿Para qué necesito más de una cámara?». Berkeley declaró años más tarde, cuando ya estaba olvidado y no recordaba sus logros con precisión, que nunca había habido método en su locura de imágenes que bailan con piernas de mujer, sino que todo era instintivo en sus películas. Inútil decirle que era un instinto que precisaba de la tecnología fotográfica, del electrón y de la banda sonora. Todos sus efectos especiales tendrían lugar en el *set* realmente. Aparte de la coreografía nunca vista, Berkeley concedió una enorme importancia a la mujer —o mejor, al cuerpo femenino. En el plano sonoro Berkeley seleccionó una particularidad de la danza americana, el *tap dancing*, y lo elevó a himno sin música ni voces: sólo se oye el sonido de los pies golpeando al bailar sobre las tablas. Este ruido particular (que luego formaría parte del arsenal sonoro de bailarines —Fred Astaire, Bill Robinson, Gene Kelly, Dan Dailey —y bailarinas— Ruby Keeler, Ginger Rogers, Eleanor Powell, Ann Miller —de toda la comedia musical) ganaría volumen físico no por medios acústicos sino por el aumento del número de ejecutantes. En *Goldiggers of 1935* Busby Berkeley haría que 300 bailarinas y bailarines zapatearan durante tres minutos, solos, sin oírse más que el ruido persistente de los pies en su zapateo creando un rumor rítmico intoxicante, obsesivo.

Pero su amor por las mujeres (por las coristas), llegaría como todo amor excesivo a la veneración y al desprecio, a la exaltación y al sadismo, al amor loco. Sólo dos o tres creadores hay en el *musical* que tengan la originalidad de Busby Berkeley (Minnelli, Donen, Bob Fosse y no muchos más, tal vez Gene Kelly) y todos exaltan a la mujer como heroína y como figura secundaria, como estrella y como extra, como cara y como cuerpo. Berkeley, produjo números maestros (como ese extraño sueño coreográfico, *Lullaby of Broadway,* que termina en la pesadilla del suicidio o asesinato o mero accidente danzario, para resaltar violento y perfecto de entre la ganga mediocre de *Goldiggers of 1935),* pero aparte la creación de caleidoscopios de cuerpos está su curioso fetichismo musical en que bellas mujeres adornan planos blancos que bailan al mismo ritmo, configuran ellas enormes violines luminosos y ¡hasta se convierten algunas en mascarones de proa de arpas gigantescas! (Esta aberración sexual más que coreográfica hizo a un padre pudoroso que era crítico poderoso rechazar la película en que aparece, *Modas de 1934,* y con una frase casi acabar con las coreografías extravagantes, si no dementes, de Berkeley: «¡No traje mi hija al mundo para servir de arpa humana!» *Finis corpus humanum harpae.*)

A Vincente Minnelli debemos al mismo tiempo el regreso de la comedia musical tradicional y origen del *musical* moderno. Al revés de Berkeley, gracias a Minnelli es que gozamos la visión demorada de dos o tres mujeres bellas, un gusto impecable, una dirección de actores infalible, un control absoluto de la cámara y una extraordinaria armonía visual —más algunas obras maestras como *Una cabaña en las nubes, Meet me in St. Louis, Un americano en París, El pirata* y *Brindis al amor (The Band Wagon).* Y a Gene Kelly debemos su coreografía atlética, su dinamismo americano y el atractivo a la vez helado y tórrido de Cyd Charisse: la de las piernas perfectas y largas como un delicioso infinito de carne. Y a Stanley Donen debemos la apoteosis de la comedia musical moderna, con *On the Town, Cantando en la lluvia* y *Funny Face.* En esta última reveló Donen en el cuarto oscuro del cine la cara cómica de Audrey Hepburn fascinante y prolongó la duración, lo increíble del arte eterno de Fred Astaire. De este bailarín asombroso que en sus sesenta años y los sesenta del siglo se reunió de nuevo con Cyd Charisse para bailar él en sus zapatos siempre implacables y ella en las medias de seda que dan título al musical, *Silk Stockings.*

Fred Astaire es un bailarín de veras asombroso, a quien ni siquiera el Gran Gene (Kelly) puede emular aún cuando menos lo imita. Ese perfecto bailarín total va del caminado al baile y la apoteosis de la danza que consigue aún en su número menor.

Pero es que Astaire nunca bailó números menores. De él se dijo en broma que baila sobrio como uno cree que está bailando borracho. Una autoridad absoluta ha dicho de él en serio: «Es el más grande bailarín del siglo». Esa voz con acento que no duda es de Nureiev —a quien ha hecho eco su colega y coterráneo Mikhail Barishnikov. Ambos podían haber susurrado el nombre de Nijinski, pero han gritado, saltando por encima de la barra del ballet y de la barrera rusa, FRED ASTAIRE. A ese Fred *as peus* que debutó en el cine en 1931 contra la opinión de un ejecutivo del estudio que reportó (y esto es histórico) después de una audición: «No canta, no actúa, baila un poquito». Para ese artista que ha hecho siempre parecer fácil lo imposible (burlar la ley de la gravedad, por ejemplo, o al tiempo) todo ha sido *per aspera ad Astaire*. Pero si Fred Astaire domina la comedia musical con sus pies, son las mujeres con sus cuerpos (grávidos, ingrávidos) a las que el *musical* debe su atractivo perpetuo: el eterno femenino baila *ad eternam* gloria.

A pesar de la presencia de Astaire mis ojos del cine me llevan siempre de sus pies a las piernas de Cyd Charisse, peligrosas por perfectas; a la cadera sinuosa y a la espalda erótica y a su término de nuca-nuca de Ginger Rogers, la única rubia que baila; a la frigidez cadavérica que promete un deshielo necrofílico de Lucille Bremer; a la melena cálida y móvil como con vida propia, a la alegría de piernas a labios rientes y al atractivo animal de Rita Hayworth; al cuello de cisne y a la boca gráfica y a los ojos de moda muda de Audrey Hepburn. Esa pentarquía que gobierna toda mirada masculina se continúa hoy en las musculosas mujeres de Bob Fosse, todas hembras con hambre de hombre que baile, en *All That Jazz,* donde el coreógrafo es el héroe no el bailarín. Esas muchachas maravillosas redimen una película fracasada en más de un sentido aunque no en el sentido musical: las bellas que bailan alcanzan una suerte de triunfo de la carne coreografiada sobre el espíritu pretencioso y vacío: la física interrumpe con su felicidad carnal a la mala metafísica. Todas esas mujeres mencionadas son una sola mujer que baila por último en esa Audrey Hepburn de color de *Fama,* curiosa cruza de cubana y de puertorriqueña en Nueva York, como la salsa, ella llamada Coco, llamada Irene Cara, pero, en realidad, llamada Terpsícore, esa diosa de la danza que encarna en cada comedianta musical. Son todas ellas inolvidables porque la musa es hija de Mnemosine y Mnemosine, no lo olvido, es la diosa de la memoria.

«La commedia (musicale) e finita!»

La comedia musical es el único género cinemático que nació para la felicidad —o al menos para hacernos felices. Pero el *musical,* como todos los géneros del cine, siempre ha estado en crisis. Una película puede fracasar que la siguiente quizás sea un éxito y hay películas que son un fracaso inicial y luego se hacen éxito, como *Bonnie and Clyde.* Pero los géneros (ya sea el Oeste o la comedia musical o las películas de gángsters) tienen que demostrar cada día que existen y para existir deben tener un éxito tras otro, para poder seguir existiendo —es decir, haciéndose en películas. Michael Cimino con *Las puertas del cielo* parece haber cerrado tras sí, con un portazo que rima con fracaso, las trepidantes puertas del oeste. Francis Coppola con todos sus *Padrinos* abrió una puerta grande al decadente cine de violencia mafiosa.

Pero con *One From the Heart* ha ayudado a que el *musical* en vez de estar en crisis haya entrado en agonía. John Huston con su megalómana *Annie* (una ballena a colores del cine), el *musical* más costoso de todos los tiempos, con 43 millones de dólares de presupuesto declarado y 52 millones efectivos gastados en una película que se limita a hacer todo cada vez más grande, no más grandioso, para aplastar con sus pretensiones a lo que era una grata comedia musical con menores encantadores (al menos fue así como la vi en escena en Londres), y convertirla en una película con niños que parece producida por Herodes.

Pero el musical se ha movido siempre con el péndulo del éxito sobre el pozo del fracaso. Vincente Minnelli (para mí el más notable director de comedias musicales) debuta con un éxito, *Una cabaña en las nubes,* celebrada por la crítica y comprada por el público, se continúa con un éxito de taquilla: *Las Follies de Ziegfeld,* y tras el estruendoso éxito de *Meet Me in St. Louis (La rueda de la fortuna)* realiza *Yolanda y el ladrón,* una película tan fresca como la bella Lucille Bremer, que la protagoniza, que es un ruidoso fracaso universal. Tal vez la clave de esta primera caída del joven Minnelli está en haber escogido para el papel del ladrón al bailarín que menos podía parecerlo, Fred Astaire. Sin embargo la presencia de Gene Kelly junto a Judy Garland, uno y otra más exitosos que nunca, no convirtió en un éxito de taquilla ni de crítica (los críticos siempre se equivocan) a una de las obras maestras del cine musical, *El Pirata.* Esta deliciosa comedia a lo Goldoni tenía además canciones tal vez *demasiado* originales. Cole Porter, que es uno de los grandes compositores del cine y del teatro americanos, quiso olvidar sus increíbles dotes de melodista para entrar mejor en el espíritu de la farsa furiosa. Si me dieran a escoger cinco comedias musicales para llevarme los vídeos conmigo a una isla desierta (tendría, claro, que llevarme una máquina de vídeo y un televisor y corriente eléctrica y agua corriente y a Miriam Gómez —y la isla dejaría ya de estar desierta) escogería sin ninguna duda a *El Pirata* —aunque no soy precisamente fanático de Judy Garland. Es más creo que fue ella quien determinó el fracaso final de *Nace una Estrella* a la que convirtió en *Nace una Histérica.* Tal vez la culpa fuera de George Cukor, quien a pesar de su éxito en *My Fair Lady* nunca pudo manejar bien la comedia musical, género que requiere un espíritu boyante, flamboyante como el de Minnelli o Stanley Donen.

En *My Fair Lady,* con la pieza de Bernard Shaw como sólida estructura de comedia, la letra de Alan Jay Lerner y la música de Loewe (no confundirlo con el peletero español del mismo nombre), la coreografía de Hermes Pan (recuerden que éste fue el brillante coreógrafo que ayudó a Fred Astaire en sus trajines de *tap* y de danza, aunque hoy Hermes Pan diga menos que Herpes Dos) y el vestuario de Cecil Beaton: con todos esos ases en la manga, Cukor hizo una película como la obra y la comedia musical teatrales, totalmente verbal. A mí me habría gustado, por ejemplo, presenciar la educación de Eliza Doolittle para la vida, para la sociedad, para la urbanidad en una palabra —o mejor en muchos movimientos. Si *My Fair Lady* hubiera estado dirigida por Minnelli hubiéramos visto, estoy seguro, esta metamorfosis de la larva que se hace espléndida mariposa. Como ocurre en *Gigi* con Leslie Caron, una estrella de cine que no tiene nada que hacer en belleza, elegancia y *savoir faire* al lado de Audrey Hepburn. Aunque Audrey Hepburn en pleno apogeo no puede evitar que *Funny Face,* de Stanley Donen, fuera un ruidoso fracaso de público. Puro perigeo, *Funny Face (Una cara con ángel)* con un Fred Astaire al aire como una cana, pero al que ya hay que retratar con foco suave y una Audrey Hepburn versátil, vibrátil, es uno de los *musicales* más hermosos visualmente hablando que se han hecho y tiene una partitura toda llena de melodías y de música de alas de George Gershwin. Sin embargo nada ni nadie la salvó del fracaso apenas atenuado por la crítica. La cara tendría ángel pero la película, a pesar de Astaire, se movió con pies de plomo para el público.

Lo mismo había ocurrido antes a Minnelli con Fred Astaire otra vez, y Cyd Charisse desplegando las piernas más sinuosas, suntuosas del cine musical en *The Band Wagon,* que es uno de mis films favoritos —y parece que lo fue de nadie más. Esta *Melodía de Broadway* de 1955, que se llamó en América *Brindis al amor* y fue estrenada en Cuba en 1955, ocasión en que cubrí de elogios y ditirambos a ambos y duró tres días en la cartelera habanera. Así era yo de persuasivo entonces.

Cuando Stanley Donen dirigió *Funny Face* no era un recién venido. Donen había debutado como director en *On the Town* junto a Gene Kelly, una de las películas realmente innovadoras del cine musical (junto con *Meet Me in St. Louis,* a la que Gene Kelly atribuye el primer paso de baile de la era musical moderna), y de enorme éxito de público. Después del paso en falso de *Boda Real,* Donen se recuperó con creces en *Cantando bajo la lluvia* la comedia musical más exitosa de todos los tiempos, película que ilustra con puras imágenes *pop* el axioma primero y último del cine musical: la búsqueda (y el encuentro) de la felicidad. Donen sabía como nadie poner en práctica el viejo adagio griego que declara que la felicidad consiste en saber unir el fin con el principio —por poder. Pero, como dice la canción carioca, «Felicidad es una quimera». En el cine la felicidad es un sueño y, a veces, una pesadilla. En Hollywood ese mal sueño tiene nombre y se llama fracaso.

      La unanimidad de los extraños ante la comedia musical como el arte americano por excelencia (yo me inclinaría a pensar que el Oeste es este arte: la prueba es lo a menudo que Hollywood extrae el oro de sus *musicals* de la gran mina que es Broadway) es sorprendente y tiene a tan distintos, distinguidos encomiastas como Nikita Khuschev, que hizo su alabanza ante Benny Goodman en Moscú y después, de visita en Hollywood, pidió ver la filmación de *Cancán* —para opinar, crítico, que esas mujeres tan, tan desnudas eran el producto de la degeneración capitalista. ¿Qué habría dicho de haber ido al rodaje, de *Hair* este calvo Nikita que tampoco tenía pelos en la lengua? Los *hippies* después de todo eran nietos de Marx. André Malraux, al visitar Nueva York, propuso al *musical* para elevarlo al panteón del arte americano. Alain Resnais ha declarado a menudo que siempre quiso dirigir un *musical* francés. Pero haciendo una mueca hacia Demy, añadió: «En Hollywood». Me temo que este *musical* del autor de *El año pasado en Marienbad* sería una tragedia musical, bajo el título de *Hollywood, mon amour.* Balanchine, coreógrafo y esteta, dijo una vez que el mejor bailarín americano se llamaba Fred Astaire. Le siguieron por esa vía voluptuosa del zapateo y el arrastre con bastón y chistera, del deslice, y el desliz coreográfico, Nureiev y Barishnikov: «Fred Astaire». dijeron a dúo, «es el bailarín del siglo». Como Nijinski pero mejor que Nijinski porque es un bailarín popular, con temas populares en un arte popular. Toda esta excelencia no ha salvado a Astaire del fracaso —con su público precisamente. En sucesión sus fracasos, sus fiascos casi con *The Barkelys of Broadway, The Band Wagon, Funny Face, Silk Stockings* y *Finian's Rainbow* —todas juntas, creo, tienen un nivel de calidad excesivo. ¿Será que Fred Astaire, como el Tony Hunter en *Melodía de Broadway* de 1955, es veneno para la taquilla? Ahí he puesto cinco interrogaciones cinco, sucesivas, que ustedes no pueden oír, porque me niego a creer que el primer artista de un género (que él mismo concibe como eminentemente popular) puede ayudar a acabar con sus días —y lo que es más terrible, con sus noches.

Pero no es sólo Stanley Donen quien ha fracasado dos veces con Astaire (en *Royal Wedding* y luego en *Funny Face,* una verdadera obra maestra, la otra una mediocridad: pero el cine está lleno de mediocridades con éxito) sino también Rouben Mamoulian, el mismo que a principio del cine hablado, consiguió una de sus *masterpieces, Love Me Tonight.* Mamoulian y Astaire se encontraron en *Silk Stockings,* que tenía ya un personaje de éxito, la Ninotchka creada por Lubitsch para hacer reír a Greta Garbo (y a mí y a usted) y música de Cole Porter, con ese ritmo de vago beguine que él supo hacer tan suyo. Rouben Mamoulian, uno de los ojos más abiertos del cine, consiguió eso que todo el cine alemán y parte del cine francés siempre quiso componer: la sinfonía de la ciudad. En *Love Me Tonight,* a pesar de la execrable Jeanette McDonald (conocida en Hollywood como la *Calandria de Cromo*) y con la gracia gruesa de Chevalier, Mamoulian se permitió otra audacia, otro lujo formal: la tonada-secuencia. Pocas veces en el cine se unieron la música y la fotografía y el montaje para crear un momento musical con imagen y melodía. Ese mismo, Mamoulian, después de diez años de retiro, regresó al cine lleno de entusiasmo —no se sabe si por las piernas de Astaire o de Cyd Charisse. *Silk Stockings* tiene un momento en que el ojo de la cámara (y mi ojo y el suyo, si es tuerto), se queda en el cuarto de hotel de Cyd Charisse, donde realiza ella un *strip-tease* a la inversa: las piernas más voluptuosas de la comedia musical (un género en que como en el poema de Drummond de Andrade a menudo sólo hay «piernas, piernas, piernas»: las extremidades se tocan o hacen como que se dejan) se visten de seda, mientras Cyd canta y encanta. ¡Ah el cantar de la mía Cyd! Este esplendor de música, imagen y piernas es el número titulado *Satin and Silk*, satén y seda..., y oír luego de fondo tenue y perturbador *I've Got You Under My Skin,* en que el roce de seda sea como una suave sarna sentimental: la comezón de todo el año. Y esto, todo esto, señores del jurado —fracasó con el público que debía haber amado las piernas sedosas de Cyd en un fetichismo feliz. El único atenuante es que estaba también aquí Fred Astaire. Pero una comedia musical de Fred Astaire (y ya conocen ustedes el género al paño) sin Fred Astaire es como poner en escena a *Hamlet* sin el príncipe de Dinamarca. Se puede hacer, se ha hecho, pero uno siente siempre que falta algo, no sé qué, la esencia, sobre todo a la hora del *To be or not to be* o cuando vienen ese bastón y esa chistera y aparecen los zapatos de charol y alguien tararea *Putting on the Ritz* y una voz de timbre, dice: «Señor Astaire, acuda al *set* del vestíbulo».

No hay nada nuevo bajo el sol, ni siquiera bajo un eclipse: el fracaso es tan viejo como el éxito y lo que es éxito en español en inglés no es más que la salida a la que se añadió un cero —*EXIT O.* Ante el éxito de *Love Me Tonight* de Rouben Mamoulian no podía haber otro triunfo *Tonight* sin Mamoulian. Sin embargo usando los mismos compositores de *Love Me Tonight,* Richard Rodgers y Lorenz Hart, y además intensificando un artificio usado ya aquí (los parlamentos rimados) se procedió a contratar no a Mamoulian, como sería lógico, sino a Lewis Milestone. Después del éxito mundial de *Sin novedad en el frente* y del éxito local de *The Front Page,* en que ese ruso asimilado llamado Lev Milshtein fue capaz de manejar diálogos tan americanos como una primera plana tabloide o de poner en remojo la menuda, pero ansiosa anatomía de Joan Crawford en *Rain,* en la que le caía a la futura presidenta de la Pepsi-Cola toda la lluvia del Pacífico mientras ella cantaba como en la ducha y lloraba de vez en cuando y secaba lágrimas y agua y, como Melisa, doraba sus cabellos al sol de una bombilla polinesia —para lujuria religiosa de Walter Huston, pastor de agua. Si eso hizo Lewis Milestone entonces éste es nuestro hombre en *Nirvana* para salvar la carrera de Al Jolson, a quien, como se sabe, todos debemos esto que se llama *the talkies*: el cine hablado pero, sobre todo, cantado, cantando, encantando.

Si el cine necesitó una invención, la fotografía en movimiento, para nacer, al cine parlante (y a veces parlanchín) le fue necesario otra invención para ser sonoro: el sonido, el Vitafón, la célula magnetofónica. Pero si para los franceses fueron los Lumière los que inventaron el cine, para todo el mundo el cine sonoro fue inventado por Al Jolson —como quien dice, *Son of Lumière.* En realidad la verdad no está muy lejos. Jolson vino a Hollywood entonces directamente desde sus éxitos en Broadway. Ole Al no fue sin embargo, la primera selección para debutar en la primera comedia (o folletón) musical, *The Jazz Singer.* El elegido por la Warner fue George Jessel, intérprete de la obra original en Broadway. Pero Jessel, después de contratado, pidió más dinero. Los Warner, sonoros pero sordos a cualquier pedido de plata, contrataron a Jolson en su lugar. Pero *El cantor de Jazz,* de 1927, no es, como se cree, la primera película musical. El año anterior la Warner había presentado un programa de variedades musicales en el que aparecía una *troupe* de bailarines españoles, los Cansinos.

Tal vez debamos la aparición temprana del cine hablado a la impetuosa naturaleza histriónica de Al Jolson. Jolson estaba contratado para cantar varios números, pero nunca para hablar. Como saben, el primitivo cine sonoro se grababa en discos que luego se sincronizaban a la imagen en la caseta del proyeccionista. Dice Jack Warner, uno de los hermanos Warner:

«Es irónico que *El cantor de jazz* se califique como cine *hablado* sólo por un accidente extraviado». Sam, otro Warner más, supervisaba la grabación de las canciones, cuando Jolson, en un ataque de exuberancia suyo exhaló: *«You ain't heard nothing yet, folks! Listen to this!»* que gracias a mi doblaje de hoy dice: «No han oído ustedes nada, gente! ¡Oigan esto ahora!» Con esta frase pero en inglés surgió el cine hablado —y también la comedia musical. «Hay cine mudo, pero no puede haber comedia musical sin sonido», esta declaración del cuarto Warner, José Luis Warner, es un axioma ahora.

Ahora, cinco años más tarde, Jolson necesitaba revivir su carrera casi afónica y aceptó el rol del vagabundo en *Hallelujah I'm a Bum.* Aquí Rodgers y Hart intensificaron sus hallazgos de *Love Me Tonight,* ayudados por un guión de S. N. Behrman que dulcificaba la acidez de melodrama entre vagabundos dentro y alrededor del Parque Central de Nueva York —un Central Park tan idealizado que parecía tener por escenario una novela pastoril entre rascacielos. Los diálogos eran todavía más irreales, escritos como estaban en verso, casi como coplas. Por otra parte en la película apenas se canta. Declaró Lorenz Hart entonces: «La acción dramática será inherente a la música, así como el flujo de la foto y el humor de la acción y el drama de los personajes: todo estará en la música. Hemos escrito», Hart y Rodgers, «letra y música especialmente para la cámara». A pesar, o por ello mismo, la película fue un fracaso. Un desastre mayor que acabó con la carrera de Al Jolson —hasta que en 1946 lo rescató la mímica maestra de Larry Parks doblándolo en *The Jolson Story.* Así fue Al Jolson: de Central Park a Larry Parks. Pero esta biografía, en la que no aparecía más que la extraña magia de su voz, fue lo que Richard Rodgers y sobre todo Lorenz Hart querían que fuera *Hallelujah I'm a Bum* —una película popular y una obra de arte. La obra de arte es *The Al Jolson Story,* obra maestra del *pop art.*

Pennies From Heaven es una obra de arte, pero no es popular: pocas veces desde *Hallelujah I'm a Bum* ha habido una comedia musical con tantas ambiciones, todas logradas, y el resultado ha sido la peor forma del fracaso, el fiasco total. Pero, como con *Hallelujah, I'm a Bum,* no es un fracaso para el arte. Al contrario, pocas películas y muy pocos musicales han logrado lo que se proponían sus autores con una certeza mayor. En *Hallelujah I'm a Bum* rara vez se canta, mientras que en *Pennies From Heaven* los personajes se expresan en canciones de moda de hace medio siglo y dicen más cantando que con el escaso diálogo dramático. Su trágico protagonista, Arthur Parker, declara como programa que quisiera hablar como hablan las canciones: porque «las canciones siempre dicen la verdad». Esto es una revelación. Sólo los que crecimos entre boleros como una selva amable de música y palabras podemos saber lo que quiere Arthur Parker, ese vendedor ambulante tan trágico como el protagonista de *Muerte de un viajante.* Pero la tragedia de Willy Loman es la esquizofrenia que se debate entre la ilusión del éxito y la realidad del fracaso. La tragedia de Arthur Parker ahora es que quiere *ser* una canción. Sabemos que es un sueño imposible, entre los muchos que tiene —todos expresados con canciones. Cuando hacia el final consigue imaginar que él y su amante son Fred Astaire y Ginger Rogers en la pantalla es que el cine, con su poder sobre la imagen, está imaginando por él sus canciones: el cine lo sueña —como nos sueña a todos: no hay arte más vicario, más hecho de ilusión.

Hay un viejo debate sobre quién dirige una película —agravado en este caso por tratar de saber quién dirige una comedia musical. Sabemos quién dirige una película como sabemos quién dirige una orquesta, aunque el conductor es en apariencia más visible. Es decir, más obvio. Pero el problema es que en el cine la imagen en la pantalla es la partitura. Toda película es un conjunto de imágenes en busca de un autor. Tenemos ahora dos problemas en el cine: cuál es la partitura, quién es el autor. En una película el problema de la autoría se agudiza cuando se sabe que la orquesta está compuesta de solistas, a veces virtuosos y ¡hasta compositores! Otras veces la orquesta está borracha, como ocurrió a Francis Coppola en *One From the Heart*. Los autores posibles de una comedia musical son su bailarín (Astaire, Kelly), su coreógrafo (Busby Berkeley, Gene Kelly) y su director a veces (Minnelli) y a veces su co-director, como Stanley Donen con Kelly. A veces es su productor (como Arthur Freed de Metro Goldwyn Mayer) o su fotógrafo (como Richard Avedon en *Funny Face)* y, aunque parezca increíble, su guionista —y no sólo en el caso de Alan Jay Lerner, escritor de *Un americano en París,* de *My Fair Lady* y de *Gigi,* ésta como *Un americano en París* escrita especialmente para el cine. John Kobal, autor de *Gotta Sing, Gotta Dance,* afirma que el verdadero autor de una comedia musical ¡es el público!

Pero si alguien es el autor de *Pennies From Heaven* es el escritor inglés Dennis Potter, que concibió la trama bordada con canciones americanas de la era de la Depresión y la escribió inicialmente para la televisión, en una serie inglesa curiosamente exitosa. Tanto que fue comprada por la Metro y convertida por Herbert Ross en una de las obras maestras indiscutidas de la comedia —¿comedia? Bueno, *tragicomedia* musical. La película fue visualizada por Ken Adam, director de arte de las películas primeras de James Bond, pero también de *La Reina de Espadas,* de *Dr. Strangelove* y de *Barry Lindon.* El cinematografista fue Gordon Willis, tal vez uno de los cinco primeros fotógrafos del cine actual, conocido por su colaboración con Coppola en los dos *Padrinos* y con Woody Allen en *Annie Hall* y *Stardust Memories.* Uno de sus productores fue Nora Kaye, antigua *ballerina,* con su marido Herbert Ross.

Uno se pregunta en efecto cómo el adocenado Herbert Ross, coreógrafo de esa Arca de un sí es Noe que se llama *Dr. Doolittle,* es el balletómano mediocre de *Turning Point,* el fanático cursi, inepto y vacío de *Nijinski,* cómo Herbert Ross, ¡por Dios!, ha logrado esta obra maestra buscada de *pop art,* esta emotiva crónica musical, esta tragedia de Racinema de un condenado por fracasado y llevado al patíbulo por un solo delito: su delirio de belleza. Una belleza fugaz y dudosa como toda belleza popular, pero no menos válida —y quizás más válida como belleza por su encanto que se escapa. Las claves del éxito son las claves del fracaso y quizás estén dadas más atrás. En todo caso ahí está la respuesta única, porque el público ha rechazado a *Pennies From Heaven* con una fuerza casi feroz que debía emplearse sólo en casos extremos. *Cine die* como con esos que hacen películas *pane lucrando* —o los estetas de siempre: Bergman, Godard, Antonioni: aquellos que cometen crímenes contra el cine en nombre de la angustia.

Hay un momento en *Pennies From Heaven* que es una isla de maestría. La película ha reproducido fotográficamente varios cuadros del pintor irrealista americano Edward Hopper, como su famoso *Nighthawks,* en que irónicamente los halcones de la noche son una pareja solitaria en una cafetería. En *Pennies,* Steve Martin y la de veras adorable Bernadette Peters están, en efecto, en el cuadro, dentro de la cafetería. Pero el momento maestro a que me refiero es cuando se ve de lejos un restaurante de carretera —*Jimmy's Diner*— y dentro está Steve Martin, actor limitado y poco atractivo, como un François Truffaut que ha perdido su encanto y el excepcional bailarín Vernel Bagneris. Como siempre en la película, de la nada cotidiana surge radiante una canción: *Pennies From Heaven,* el viejo *hit* de Arthur Tracy de 1932. Afuera llueve y de pronto, como por oficio teatral surge un artificio del cine —y Bagneris arranca a bailar dentro y fuera del *diner.* Su canción se hace conmovedora, emotiva y feliz —mientras del cielo llueven peniques, cobre como oro. Este momento es tan perfecto como aquél cuando Gene Kelly canta y baila en la lluvia, pero tiene además un contenido patético que le hace menos físico y más metafísico que *Cantando bajo la lluvia.* Esa infelicidad de la trama es nuestra felicidad por un momento.

Habría que darle gracias a *Pennies from Heaven* por su fracaso: total, absoluto. Tanto que la película se ha visto en pocas partes: ni siquiera se distribuyó en América después de haber sido subtitulada. No sé si se llegó o no a doblar en España, en ese paso doloroso que casi cantó John Donne. (¿Por quién doblan las películas? Están dobladas por ti). La Metro o la centímetros que quedan al rabo del león desistió de estrenarla en la península y aun una diligencia que hice ante la UPI (*née* CIC) en Londres tuvo no la callada sino la negativa por respuesta a ponerla por un día en el Festival de Cine en Color de Barcelona. *«Not interested»*, maulló el león de la MGM —o Muchas Gracias Muchachos. No hay que insistir en la desgracia de un género feliz. El fracaso de *Pennies from Heaven* es un triunfo si no para el género por lo menos para esta película, que ha pasado a ser la obra maestra desconocida. Nadie la ha visto. Nadie la verá. Balzac, que no podía ver el cine, ya sabía: *La Commédie (Musicale) est finie!*

Por quién doblan las películas

En el invierno de 1965 vivía en Madrid con Miriam Gómez y mis dos hijas de siete y once años. Por Navidad estrenaron *Mary Poppins,* una de las pocas películas que podían ver niños y adultos a la vez. Como gancho para mí, la última tanda era en versión original. Era la primera vez que ocurría en Madrid. Me apresuré a alistar a mis hijas y a Miriam Gómez, que me dijo: «¿Por qué la prisa? La película se acaba de estrenar». «Es la versión en inglés con subtítulos», le dije. «Tal vez no tengamos otra oportunidad de ver a *Mary Poppins* con subtítulos». Fuimos todos a ver a Mary Poppins con falda larga que levita. Dos días después por petición popular desaparecía la versión original para no verse más. Fue sustituida por la versión doblada, como en todas las tandas. Ahora Mary Poppins, suplantada la deliciosa dicción inglesa de Julie Andrews, levitaba en español para desaparecer en nubes de doblaje que nunca oyó Walt Disney. Hay que decir que Disney doblaba sus cartones y largometrajes en español para la América hispana. Pero no hay voz original que perder entre dibujos animados.

Fue esta intrusión del doblaje en *todas* las películas visibles en España lo que me consoló de perder a Madrid y ganar Londres, V. O.

Mi madre no me crió en el cine para ver películas dobladas. Pero hay un experto en cine americano, un pintor amigo que vive en Madrid (en un minuto les doy su nombre y dirección y una descripción de sus cuadros) que no podía soportar el cine doblado. Como tenía que vivir en España y prefiere morir en Madrid a no ver cine, como antídoto pagó un estupendo estipendio para tomar un curso en Londres en el Institute for the Hard of Hearing. Los ingleses, más eufemísticos que místicos, llaman a los sordos «duros de oído». (El pintor apodó a la clínica The Van Gogh Institute for the Ear.) Aquí aprendió a leer los labios en inglés y ahora va al cine en Madrid y lee los labios dorados de Kim Basinger pero evita la boca ávida de Robert De Niro, también llamado Robert Dinero. «¡Un horror!», lo declara nuestro Apeles, que vive feliz entre películas dobladas de cuyo mensaje español ni se entera. El pintor Audaz (ese es su nombre) se ha ahorrado con su método mudo el tener que pagar ya más a su alienista, que le dijo en una sesión doble: «Su fobia al doblaje es una forma española del complejo de Edipo». Pincel Audaz, que nació en La Habana de padres españoles, habla con un acento asturiano que rechina —lo que no le impide hacer desternillantes caricaturas cubanas. Pero para él las películas en España están en un inglés visible pero silente.

Lo que determinó que el pintor que ama el cine más que la pintura (le interesa, como al genio de Altamira, todo lo que se mueve) inventar su Método Van Gogh fue una experiencia con una película japonesa. Aunque mi amigo todo lo que sabe en japonés es Akira Kurosawa y tal vez Toshiro Mifune se apresuró a ir a ver la película seguro (otra palabra japonesa) de que no estaría doblada. No *podía* estarlo. No lo estaba. Cómodamente instalado en su butaca, disfrutaba la película que tenía un tema medieval, con espadas y caballos y un elenco de geishas guturales. El argumento versaba sobre una virgen de la aldea violada por seis o siete samurais que pasan. El resto es pura peripecia. En ese momento vino a sentarse delante del pintor una pareja adulta o adusta. No bien se sentaron el marido preguntó a la mujer: «Pero, ¿qué cosa están diciendo?» La mujer respondió con esa ignorancia que da la penumbra: «No sé, José. Yo no entiendo nada». El marido aferrado a su sobretodo como un náufrago a la última balsa decía: «¿Qué cosa están hablando ahora?

Español no es». La mujer admitió: «¡No, en cristiano no hablan!».
Entonces el marido con decisión de capitán de barco propuso:
«¡Vámonos, vámonos!». Pero al levantarse espetó lo que mi amigo
consideró un *punch line:* «Esto lo hacen a propósito. Dan estas
películas para que nadie entienda nada». Es decir *pour épater le
bourgeois* español. El matrimonio salió rápido del cine, mientras en la pantalla Mifune hablaba el inescrutable japonés de
una versión original.

Ése fue el testimonio de un pintor que nació con el cine
hablado. Ahora habla un arquitecto español cuya obsesión era
la imagen de Humphrey Bogart. Vestía como Bogart, fumaba cigarrillo tras cigarrillo como Bogart, trataba a las mujeres como
Bogart: duro y al cuerpo. Lo único que le faltaba era la voz de Bogart: el actor no hablaba español. Cuando supo de una retros-
pectiva americana de Bogart (era la primera vez que exhibían
todas su películas juntas), compró un billete de avión, voló a
Manhattan y del aeropuerto fue al cine New Yorker, donde
ocurría la vida, pasión y muerte de H.B. Nuestro arquitecto (es
una manera de decir) se sentó en su luneta, miró a la pantalla y
vio arriba a Humphrey Bogart en sombras y en sonido. Al momento quedó extático por el rechazo. ¿Era esa voz gangosa, nasal y
con un ceceo atroz la voz de *Humphrey Bogart?* ¡No podía ser!
Pensó que se trataba de un fallo mecánico. Seguramente esta
copia estaría defectuosa: algo pasaba con el sonido. Salió del
cine corriendo, corrido. Decidió volver al día siguiente. Cuando
lo visitó de nuevo el espectro de Bogart hablando con acento de
Brooklyn (Bogart, entre paréntesis, habló siempre con acento) le
temblaban las piernas y creía que era el edificio que se venía
abajo. Esa misma tarde tomó el avión de regreso a Madrid y no
volvió a tratar de parecerse a Bogart, al que había llegado en su
intimidad a llamar Bogey.

Al conocer años más tarde al arquitecto cansado de Bogart por otros mares de locura me contó su aventura americana.
Le dije que esa voz que consideraba atroz era no sólo tan genuina

como el actor sino que era la característica mayor de Humphrey Bogart después de sus ojos. Sus imitadores podían llevar sólo un sombrero de fieltro y una trinchera usada y hablar con ese ceceo silbante y esa nasalidad odiosa o amorosa —y ya conseguían, si no ser, por lo menos parecerse a Bogart. Le informé que en Inglaterra transmitían por radio un anuncio que, sin identificar a Bogart, anunciaba con eficacia la voz a un restaurante más o menos marroquí. Bogart era su voz o no era. En España evidentemente Bogart no era Bogart. Era un ersatz, similor, diamante de diamanté.

El doblaje además se usaba para desvirtuar no sólo las voces. Todo el mundo conoce el caso de *Mogambo,* en que el imposible adulterio original se convirtió en incesto perfecto, gracias a varias voces desencajadas y al arte narrativo de la censura franquista capaz de dar envidia a Balzac. Todo estaba hecho con espejos orales. Pero hay un ejemplo reciente que pocos conocen. Tarde en la noche en el cuarto de un hotel de Madrid donde todo aburrimiento había hecho su habitación encendí el televisor, cíclope en su cueva. Pasaban como por casualidad *El dulce olor del éxito.* En esta película Tony Curtis, que trajinaba servil para el vil Burt Lancaster, calumniaba en la prensa de Nueva York al novio de la hermana de Lancaster, cuya pasión incestuosa era la araña de la trama. En el original Curtis llamaba al renuente Romeo, que era un *jazzman,* con los epítetos épicos de drogómano, mal músico y comunista. En la versión doblada el pobre calumniado seguía siendo mariguano y mal músico ¡pero había desaparecido el carnet del partido! ¿Quién blanqueó al músico rojo? Cualquiera sabe. Pero el que sabe sabe que el membrete estaba ahí antes en la banda sonora.

Hablando de bandas sonoras se puede encontrar tal vez al culpable. El doblaje para acomodar al español polisilábico los monosilábicos labios en inglés debe hacer maromas, cabriolas y saltos morales. Así el diálogo original no es nunca el verdadero y el esperante espectador español tiene que acomodarse a lo que ofrecen los traductores que desesperan de alcanzar al inglés más allá del *yes*. Por otra parte las películas americanas (y también las inglesas) están hechas con una técnica minuciosa que desde los primeros años del cine hablado presta una gran atención a la banda sonora. No sólo a lo que se habla sino a todo lo que se oye. Esto incluye al sonido ambiente, a los efectos sonoros y a la música. Casi siempre el doblaje (que debiera llamarse mejor doblez), al acomodar las voces, destruye el resto de la banda sonora y lo que se oye es una reconstrucción hecha con escasos medios técnicos y a la carrera. Ahora, con las películas dobladas para la televisión, esos crímenes que se cometen en nombre del español (y, ¿por qué no decirlo?, también del catalán) llegan a sustituir toda la música original y he oído oestes ¡con Chaikovski de fondo! Patético.

No es que el doblaje pueda servir como he dicho a una forma obsoleta de censura, sino que el mismo doblaje es una forma de censura.

Es una muestra de ignorancia o un *canard* de celuloide decir que el doblaje se inició en Hollywood a fines de los años veinte. Lo que comenzó con el cine hablado fue la doble versión. Es decir, determinada película *(Drácula,* por ejemplo, con Bela Lugosi hablando su imitado, inimitable inglés y Carlos Villarías hablando español) tenía un reparto americano y al mismo tiempo se filmaba a un reparto español, en la mayoría de los casos sudamericano en los mismos papeles. Que éste es un método de filmación válido y de valor se ve bien claro en una obra maestra, *Lola Montes.* Max Ophuls filmó tres veces el mismo guión pero en diferentes idiomas. Martine Carol, doblada al alemán o al inglés, no hacía sufrir a las versiones simultáneas. La película por otra parte tenía en su reparto privilegiado a actores como Peter Ustinov, Oscar Werner y Anton Walbrook que eran perfectamente ¡trilingües!

Las películas no se empezaron a doblar en España bajo Franco o Primo de Rivera sino bajo la República en 1934. En esa fecha se inauguraron los primeros estudios de doblaje en español, propiedad de la poderosa Metro Goldwyn Mayer. El cine hablado americano, causa y efecto del doblaje, aparece tarde en España. Pero entre 1930 y 1934 todas las películas de Hollywood llevaban, como en la América hispana, ubicuos, conspicuos letreritos. Fue en 1946, con una preocupante excedencia de producciones, que Hollywood intentó vender el doblaje al por mayor en toda la América hispana. Metro, Warner y Fox y luego Paramount contrataron actores de radio de todas partes, desde La Habana hasta Buenos Aires, y empezaron a doblar como campanas. Las grandes producciones a las que afectó este mal babélico fueron, entre otras, *Tener y no tener, El retrato de Dorian Gray* y *El filo de la navaja.* Tengo que decir que Humphrey Bogart, doblado por un actor mexicano, era tan falso y falaz como doblado en España. Todo este doblaje para América se hizo en Nueva York. No hubiera sido mejor en Hollywood. Afortunadamente el público, de Buenos Aires a La Habana, rechazó el doblaje y reclamó la vuelta del subtítulo y también del familiar sonido original. Nadie en América creía que Humphrey Bogart nació hablando español. De este travesti verbal atesoro un momento de *Tener y no tener* en que el pseudo Bogart rechazaba los avances de Marcel Dalio con la frase «Besos no, francés, por favor». Es de una comicidad irreal que Bogart nunca soñó.

Primo de Rivera no era aficionado al cine pero Franco era un guionista de raza y se aprovechó de la posibilidad de canje que había en las voces dobladas. En 1941 Franco refrendó una ley imponiendo el doblaje como razón de estado. La ley, copiada de la *Legge di Diesa del Idioma* (Franco no sabía italiano pero la ley le fue traducida) que se originó con Mussolini, a quien gustaban más las actrices que los actores: para divo *il Duce.* Ambas leyes (o una sola ley repetida) prohibían totalmente las versiones originales de películas extranjeras. Curiosamente esta legislación nacionalista parecería proteger al cine español. No fue así. El cine se vio afectado en España por un aluvión de pelí-

culas americanas dobladas poco después de la Segunda Guerra
Mundial, contra el cual ninguna producción nacional podía competir. El beneficiario por supuesto no fue el idioma sino el bolsillo voraz de productores y distribuidores.

Un escritor al que no se puede tachar de ignorante del
cine, Jorge Luis Borges (fue siempre al cine y al final ciego oía las
películas), dice: «Quienes defienden el doblaje, razonarán (tal
vez) que las objeciones que pueden oponérsele pueden oponer-
se, también, a cualquier otro ejemplo de traducción. Ese argumento desconoce o elude el defecto central: el arbitrario injerto
de otra voz y otro lenguaje. La voz de Hepburn o de Garbo no es
contingente: es para el mundo uno de los atributos que las defi-
nen. Cabe asimismo recordar que la mímica del inglés no es la del
español». (Donde Borges dice mímica habría que decir entonación). Cita en esta nota de 1945 (cuando se intentó implantar el
doblaje en América hispana) a Garbo y a Hepburn precisamente.
Nadie puede decir que ha visto a Garbo si no la ha oído. Ese
duro acento de hielo, esa voz gutural y esa declamación entre
desmadejada y desdeñosa (que da todo el sentido a la frase famosa «*I want to be alone*»), a la vez erotizante y asexual, no pueden
ser imitadas. Si lo son no pueden serlo ciertamente en español.
Katharine Hepburn, por su parte, con su voz de niña nasal pero
bien educada, de muchacha rica que quiere pasar por popular y
altiva al mismo tiempo, es también inimitable. Así *La fiera de mi
niña* (sin siquiera hablar de Cary Grant, poseedor de la dicción
más original del cine) es un pálido reflejo de *Bringing Up Baby*
aunque sean la misma película.

Ninguna de las verdaderas voces del cine (la de Lee
Marvin por ejemplo) puede ser imitada con éxito. Hay además
el problema de la escasez de los imitadores (o más bien de los
que no son imitadores) y la pluralidad de los originales. Después
de vivir un tiempo en Madrid y estar yendo al cine todos los días,
comencé a observar que la voz del actor español que doblaba a
Burt Lancaster era muy parecida a la voz de quien doblaba a John

Wayne. Y a James Stewart y a Gregory Peck y a Gary Cooper y así, *ad infinitum,* anónimo. Luego me enteraría de que ¡un solo actor los doblaba a todos! También a Lee Marvin. Tamaña proeza histriónica merecía un premio. Se trataba de una versión oral de Lon Chaney, el hombre de las mil caras. ¡Era el actor de las mil voces! El doblaje, por fin, había logrado su obra maestra.

Borges parece estar pensando en este artista múltiple, un *aleph* del doblaje, cuando dice: «Las posibilidades del arte de combinar no son infinitas pero suelen ser espantosas».

Esas imitaciones (si lo son) no van más allá del audaz imitador del bachillerato que nunca buscó un premio en metálico con sus pobres parodias. El actor de doblaje se ha graduado pero sus logros no son menos torpes: el profesional no es más que una versión del *amateur.* Me susurran voces a veces para decirme que de suprimirse el doblaje los actores doblarían a muerto: perderían su empleo. Esto no es del todo cierto. Doblajes y versiones originales podrían coexistir, como ocurre en Francia. Además, ¿por qué el vegetariano debe preocuparse por el carnicero?

Las películas dobladas no son nunca el equivalente de la literatura traducida. Cuando alguien lee, por ejemplo, los poemas de Cavafis o de Pessoa jamás piensa que lee a esos poetas en versión original. Pero muchos espectadores llegan a creer que las voces desencajadas que vienen de detrás de la pantalla pertenecen, por la magia del cine, a las imágenes proyectadas del lado radiante. Al contrario, el equivalente de la traducción son, precisamente, los subtítulos, que dejan la versión original intacta y la versión traducida queda reducida a los letreritos. En la mayoría de los casos, al no padecer la premura del tiempo dramático y la imposición del espacio oral, los letreros son mucho más fieles al texto original, que es literario pero al mismo tiempo pertenece al dominio histriónico: cada actor es su versión original de los diálogos del guión. Una simple ecuación derrota al doblaje. Es la que se establece entre la abertura de la boca del actor (espacio) y el diálogo (palabras en el tiempo) que no hay forma de resolver ni eliminar. Einstein y Eisenstein se negaron siempre a ver películas dobladas.

«¿Qué hacer?» se preguntaba Lenin cuando doblaba a Marx (Karl). ¿Qué hacer, en el doblaje, con las voces de grandes actores que fueron o son grandes voces? No sólo de las mujeres únicas como Marilyn Monroe o Judy Garland, siempre cómicas, siempre tristes en sus voces que desmienten sus cuerpos, sino de actores como Edward G. Robinson, que alteraba su discurso según fuera el grotesco gángster de *El pequeño César* o el pobre profesor de *La mujer del cuadro* o el sosegado sabio de *Verde de Soylent.* O su imitador actual Robert De Niro. O Ronald Colman, cuya voz se podía pesar en oro: un actor todo voz. O John Gielgud, reputado como el actor con la voz más bella del cine. O Sir Laurence Olivier, el mejor actor shakesperiano de todos los tiempos, que en el cine podía ser el vacilante Hamlet, el implacable nazi Dr. Sel en *Marathon Man* y el repelente cómico de la lengua escindida en *El comediante.* O todavía más cerca, el astuto asesino de *Sleuth,* donde por estar enfermo Olivier llevó todo el peso de la pieza con sólo su voz. ¿Y qué decir del órgano vocal de Orson Welles, cuyos registros van del murmullo al rugido, del estruendo a la más sutil *sotto voce?* ¿Qué actor de doblaje es capaz de imitarlo? ¿No pertenece esta voz resonante al enorme cuerpo de Welles por siempre?

¿Qué hacer con la gran Bette Davis, ahora y antes, cuya voz es una trompeta capaz de derribar la muralla de su fealdad? Los que no la han oído a ella oyen una trompeta con la peor sordina.

En *El hombre que tomó a su esposa por su sombrero* viene un curioso experimento médico que es a propósito ahora porque demuestra cómo un espectador no puede identificar a una actriz conocida porque su médico «prendió el televisor, *cuidando de apagar el sonido.* Había una vieja película de Bette Davis, pero el doctor P no pudo identificar a la actriz». El Dr. P, paciente, padece de una enfermedad cerebral que le impide identificar las imágenes pero no los sonidos. Es lo que ocurre a cualquier espectador de películas extranjeras dobladas al español.

¿Qué decir, después de Lenin, de los hermanos Marx? Que el doblaje sólo puede ser fiel a Harpo.

Sé que mis antologías son antiguas, pero el espectador que no recuerda las películas viejas está condenado a ver *remakes* —y no precisamente en versión original.

Podrán observar que no he hecho hincapié en los actores negros americanos (como Richard Pryor, como Eddie Murphy) cuyo doblaje es una muestra sonora de racismo. El problema no pudo resolverlo ni el mismo Virgil Tibbs, el Sherlock Holmes negro de Sidney Poitier en *En el calor de la noche*. Estoy seguro de que el estúpido, tupido dialecto sureño de Rod Steiger no recibió igual tratamiento.

Me dicen que hay protestas por el doblaje. ¡Excelente! No, no, me aclaran. Es un malentendido. Se trata de espectadores que no quieren la versión original, que les encanta la doblada. Por eso protestan y exigen ahora el doblaje en catalán, en vasco. (En Gibraltar, supongo, pronto querrán doblaje al inglés.) La voz del pueblo no es siempre la voz de Dios. Hay gente, parece, que protesta porque la televisión no sólo ofrece versiones originales sino también películas en el sistema original: Cinemascope, Vistavisión, etcétera. Hay gente que prefiere ver «Las meninas» impresas en una revista que ir al Prado. Este es el siglo de la reproducción, es verdad, pero una película en versión original es una reproducción exacta. No hay adulteración excepto en el doblaje. El recuerdo de Bogart es la presencia de Bogart. No sólo en sus ojos gachos y en sus manos que tiemblan ante una mujer como ante una pistola, sino en su voz viva.

Otro arquitecto español, que hace sus edificios firmes, pero se conmueve ante la imagen que se mueve en el cine, no padeció *horror vacui* al oír la voz de Bogart ni se sintió sacudido por la verdadera Greta Garbo o la Marilyn Monroe original.

No podía decir que las conocía a pesar de haber frecuentado, escurriéndose ante el qué dirán, las salas oscuras donde se mostraba la belleza de la virago intacta sueca o las carnes apenas controladas por la tela de la rubia del siglo. Pero, me preguntó, ¿cuál es la alternativa? Me declaró, con lágrimas en los ojos, no poder leer los letreritos (léase subtítulos) al pie de la pantalla, grande o pequeña. Le hice saber enseguida (mi pseudónimo es Ipso Facto) que todo es cuestión de hábito, como bien sabe el monje. Aprendí a leer subtítulos tan pronto como aprendí a leer y llevo leyéndolos más de medio siglo. Aún ahora, la fuerza de la costumbre, cuando veo una película francesa (o en español como *Simón del desierto)* en la televisión inglesa no sólo leo los letreros sino que comento su idoneidad o su torpeza, sin dejar para nada de ver la película. El arquitecto, no sin ironía, me declaró: «Eres un espectador superior». Es verdad, le dije. Pero no menos cierto es que los otros espectadores suelen ser inferiores.

En una reciente Fiesta de los Oscares se ofreció un montaje de doblajes: francés, italiano, alemán, japonés y por supuesto español. Esta selección suprema tendía a satirizar el doblaje. Por alguna razón oscura los doblajes españoles eran los que mayor risa causaban después del indescifrable japonés. Pero no sólo el doblaje español, es el sistema mismo que está en cuestión. En francés, el amor por el cine que se transforma en desprecio, comete los peores crímenes contra la *virgo intacta* de la voz humana y así combinan el estupor con el estupro. Como en el caso de *Le Cid,* donde Charlton Heston declama ante la carne trémula de Sophia Loren: «*Je t'aime, Ximene!*». En inglés conozco tres ejemplos infames. En *E la nave va,* doblada por crasas razones de Creso como *And the Ship Sails On,* las voces en inglés, para hacer entender lo que era comprensible aún sin subtítulos, destruyeron la apoteosis de la ópera para transformarla en una ópera bufa. *Carry On,* Fellini. Cuando se dobló al inglés *Il Gattopardo* fue para aprovechar la presencia de Burt Lancaster, aristócrata americano, en el papel principal del príncipe.

Todo el resto del reparto, excepto Alain Delon, era italiano. Italiana era la novela que adaptaban, italianos eran el ambiente y el vino, italianas eran las mortadelas que comían con gusto italiano los extras. Que todos ellos hablaran inglés no sólo era incongruente, era criminal: con cada frase anglosajona se mataba un siciliano. *Il Gattopardo,* finalmente, parecía una *vendetta* contra la Sicilia cínica que Luchino Visconti, italiano del norte, supo recrear tan bien. Viendo esta película recordé otra película de Visconti, *Senso,* vista en España con todos los italianos y los austríacos y cada *carabineri* mascullando el idioma de Castilla como si fueran nativos. Tal capacidad para hablar otro idioma dejaría a Berlitz con la lengua afuera.

En Hollywood se ha usado el doblaje a la inversa: un cantante invisible canta en las sombras y un actor mima su voz. El modelo más notable (y exitoso) fue el de Larry Parks doblando a Al Jolson en *The Jolson Story.* Otro doblaje notorio fue el de la cantante Marnie Nixon que prestó su voz a Audrey Hepburn en *My Fair Lady.* En una inversión inverosímil Lauren Bacall cantando en *Tener y no tener* lo hacía con ¡la voz del joven Andy Williams! Y hasta la erotizante Rita Hayworth de *Gilda* mimaba cuando era más mimada. Mientras Angie Dickinson, tan sólida, dobló a una actriz española en su debut de Hollywood. Era la primera vez que mujeres tan espléndidas producían entre ellas una dulce voz descarnada y una deliciosa carne sin voz. El *doblaje* es entonces un pecado carnal.

Es cierto que en Italia también doblan. No que las películas extranjeras sean dobladas, que lo son, mucho, sino que las mismas películas son sometidas a un proceso llamado *doppiaggio.* Pero se trata de otra cosa. El hecho de que los propios actores se doblen a sí mismos con una técnica que nunca destruye la banda sonora y es anterior a la musicalización y contemporánea con el sonido, no significa que la película está doblada. Que Federico Fellini se aproveche del viejo uso neorrealista de emplear como actores a gente que nunca lo ha sido y luego proceda a doblarlos por profesionales, no es más que una idiosincrasia de Fellini. Todo está, claro, a años luz de oír a Humphrey Bogart de sombras con una voz que niega la ultratumba que pertenecía a Juan Pérez. ¿Y qué pasa cuando muere la voz? Hace poco murió un conocido actor de doblaje especialista en doblar a un conocido actor de cine vivo, es decir capaz de seguir actuando. Cundió el pánico en la sala de doblaje hasta que apareció un actor capaz de imitar no al actor original ¡sino al actor de doblaje!

Me queda una última pregunta hecha en español al espectador español pero que pronto será doblada. ¿Por quién doblan las películas? No preguntes. Están dobladas por ti.

Epílogo

Dos grandes del cine, autores ambos, Marcel Pagnol y Preston Sturges, discutieron el doblaje. He aquí su diálogo:

STURGES: ¿Cree que mi público es capaz de leer subtítulos?
PAGNOL: ¿Y por qué no? ¿Es que es tan diferente? Con las películas mudas la gente leía los títulos con *placer*. Si con este método el público de un país puede disfrutar lo mejor de otro país sin la idiotez del doblaje y oír a un joven de la Provenza hablando con su madre en la jerga de Brooklyn o en francés insólito, me parece que el público ¡debe estar dispuesto a aprender a leer!

La película B ha muerto
¡Viva la película B!

Surgió, como una Venus para ver de entre rollos de celuloide, en los comienzos de Hollywood, aún antes de que Hollywood se llamara Hollywood. Mary Pickford, la Novia de América, cuando ni siquiera era conocida en su barrio, ya era heroína de películas B. (El nombre o mejor dicho, la gradación, parece tomada de la leche en botella: Grado A, Grado B —las películas A son, por supuesto, todas las producciones, grandes y menores, dignas de llamarse films, pasteurizadas. Las B son meras películas, como quien dice peliculitas.) Vastas reputaciones fílmicas tuvieron su comienzo en minúsculas películas B: (la de Cecil B. (sin connotación) De Mille por ejemplo y de John Ford y hasta la del gran Griffith. Poderosos estudios futuros, como Columbia Pictures, comenzaron produciendo películas B. Otros, como Universal, se vieron obligados a producir películas B para sobrevivir y renacer más tarde al poder de las fauces fílmicas. Otros estudios todavía que parecieron nacer ya poderosos, terminan sus días de gloria entre las penas de películas B: *El verdugo viajero,* al comienzo de los estertores en 1970, hasta *Telefon* en 1978, a la que el renombre de una o dos estrellas y la categoría de su director no eliminan la marca malvada de la película B a pesar suyo, ¡son películas Metro Goldwyn Mayer!

Cuando todos los géneros del cine se afirmaron y definieron en los años treinta, en que aún la comedia, que parecía insuperable en su excelencia silente, ganó una nueva pátina, y la comedia musical se consolidó coreográfica y el film de gángsters y el oeste cobraron su aspecto letal por el sonido de rifles y pistolas, la película B era el complemento necesario a cada programa doble. Pero por alguna razón caprichosa (muchas veces en Hollywood los motivos, aunque basados en un pragmatismo oportunista, resultan inescrutables) la película B alcanzó su gran momento en la doble década de los 40 y los 50, cuando los rellenos eran tan atractivos y sugerentes como la película principal. (Algún cinéfilo costarricense, que los hay, tal vez argüirá que los años treinta tuvieron su cuota caudalosa de películas B. A ése podría responderle que en esa época gloriosa del cine aún las más ínfimas películas B tenían el aspecto de formidables producciones.) Esa fue la década en que reinó —sus súbditos estaban subyugados por su atrayente esbeltez— Carole Landis, cuya misteriosa imagen del cine casi prefiguraba su suicidio en la vida. En esa década hay comedias maestras, jocosas ya desde el título, como *Up in Mabel's Room* y *Getting Gertie's Garter* y la RKO Radio, recordando su pasado, arrebata el cetro del horror a la Universal con obras maestras de terror que son a la vez películas B —*Cat People, I Walked with a Zombie* y *The Leopard Man* no sólo son perfectas sino que alimentan la mitología popular del hombre que en un cine sueña pesadillas.

Si Jacques Tourneur es el gran director de películas B de los años cuarenta, los años cincuenta hacen surgir, como de una chistera de imágenes, los nombres de Jack Arnold, Phil Karlson, Irving Lerner, Irvin Kershner y Richard Fleischer de entre el montón de directores de películas B (algunas verdaderas obras maestras no sólo de las películas B sino del cine, como *El hombre increíble,* en que Jack Arnold cumple la promesa hecha en su debut en *It came from Outer Space* y luego repetida en *El monstruo de la laguna negra*) y dos directores que llegarán a convertirse en maestros del cine, Don Siegel y, especialmente, Stanley Kubrick. Siegel dirige en esa década admirable *Riot in Cell Block* y *Baby Face Nelson,* pero su obra maestra (nunca volverá a hacer otra película tan perfecta) es *Invasión de los Muertos Vivientes,* mayor film de horror y alevosa alegoría. Ese imperio de la gran década de la película B tiene una reina, Marie Windsor, quien en *Estrecho margen,* de Richard Fleischer y, sobre todo, en *Casta de malditos,* de Stanley Kubrick, se muestra ambiciosa y letal, engañosa y fatal como una diosa Kali del cine.

Los años sesenta se presentan óptimos para la música, pero pésimos para el cine, al menos para la producción de películas B. Los maestros de la década anterior se ven atacados de gigantismo, como Kubrick con *Espartaco,* en la misma arrancada de los sesenta y aunque produce tres obras maestras (*Lolita, Dr. Strangelove* y *2001: Odisea del espacio)* cada vez sus pretensiones son mayores, sus declaraciones más portentosas. Otro tanto le ocurre a Richard Fleischer, a Irvin Kershner, y a Irving Lerner, y Don Siegel que, poseído de su importancia, se entrega al culto de la personalidad de las estrellas: Richard Widmark, Shirley McLaine y Clint Eastwood sustituyen a los antiguos conocidos que hoy son desconocidos: Neville Brand, Kevin McCarthy, y hasta su trato con Lee Marvin (en *The Killers*) se convierte en el contacto con una estrella a punto de ser descubierta.

Here come the Seventies! Los años setenta ven a Hollywood acogiendo a los hijos prodigios que regresan de todas partes del mundo: Inglaterra, Italia, España y el resurgir de la gran producción, ahora increíblemente inflada en superproducción. A partir de *El padrino* con crasa riqueza a lo Craso (sus millones ganados son tantos que su director, que tiene lo que en Los Ángeles se conoce como «un pedazo de la acción», es decir, acciones, no sabe en qué invertir sus ganancias y lo hace en otras películas, revistas y diversos proyectos oscuros), todos buscan el toque de Midas y muchas veces lo encuentran: hasta una película modesta, como *American Graffiti,* se convierte en una mina de oro. A *El padrino* seguirá *Jaws,* en que un director, Steven Spielberg, que había comenzado haciendo películas B (las películas B habían encontrado, como Humphrey Bogart en *High Sierra,* su último refugio en tierra hostil: la televisión) consigue romper el record de *El padrino* —y el resto es historia contemporánea del cine: la secuela de secuelas y la inversión por la inversión misma: *El padrino 2, Tiburón,* etc. Mientras que el antaño nada pretencioso director de *American Graffiti,* George Lucas, estalla la supernova de la taquilla: *Guerra de las Galaxias.* Así ahora es difícil no hacer, sino siquiera concebir en Hollywood una película que cueste menos de diez millones de dólares: a mayor inversión, parece ser la máxima, mayores los dividendos. Es en esta atmósfera en que nadie podría siquiera no pensar sino, un ejercicio más leve, recordar la película B, en Hollywood, en pleno *boom* de los setenta diluvianos, en la era de los megaterios del cine es cuando surge —*voilà!*— la serie B rediviva, el cine menor de nuevo, otra vez la pequeña película —y el recién nacido es un monstruo: una obra maestra.

Assault on Precinct 13 (que se debiera traducir no por *Asalto a la Estación de Policía* sino por *Atentado contra la superproducción)* con su título que recuerda a *Riot in Cell Block 11,* es la película más excitante que he visto en mucho tiempo. A mí que *Guerra de las Galaxias* me dejó helado en el espacio y *Encuentros en la tercera fase* me encontró parcialmente frío en el tiempo (aunque tengo que reconocer que es una película que gana en el recuerdo, pero creo con todo que le sobró dinero y le faltó necesidad inventiva), *Assault* me envolvió con un sentido de la amenaza que está lejos del suspense como lo concibe Hitchcock pero que es aquí una opresión que alcanza a la angustia. El argumento es, como en casi todas las grandes películas, bien simple. Un hombre que se ha encontrado, juegos del destino o de la historia, con una pandilla de asesinos terroristas (ellos han matado a su hija, él en venganza mata a uno de sus cabecillas) se refugia en lo que aparentemente es una estación de policía. La estación es aparente porque está siendo desmantelada y trasladada a otra parte de Los Ángeles (aquí no la ciudad de Hollywood sino la sede de la insidia) y no hay en ella más que dos empleados, un policía y un teniente negro que se encarga de supervisar los últimos momentos de la mudada. Por azar han llegado antes varios reos, delincuentes peligrosos, que son confinados en los calabozos. El momento en que el refugiado, casi catatónico, viene a asilarse es el crepúsculo —y al atardecer apacible, casi burocrático en la estación seguirá una noche de terror que rodea al edificio como un aura depravada. Los terroristas emplean armas sofisticadas: rifles de gran calibre, balas de alta velocidad y silenciadores. Esta última innovación técnica es de una gran novedad dramática: los sitiados caen uno a uno fulminados por disparos silentes. Es también un buen subterfugio de la trama: como no se oyen tiros nadie detecta el asalto a la estación.

La película ha sido escrita, producida y dirigida por John Carpenter, un joven director americano que, antes de estrenarse la *Guerra de las Galaxias,* había producido su *Dark Star* ¡que costó sesenta mil dólares! Carpenter es también el autor de la excelente música de *Assault* y, lo que es más importante, el director que ha recobrado los valores eternos de la película B. Su historia está contada con gran economía (este ahorro de imágenes llega al extremo que Carpenter planeó y dibujó cada plano mucho antes de filmarlo: un ojo puesto en la imagen y el otro en el presupuesto: *Assault* costó sólo 200.000 dólares, lo que en estos tiempos cuesta solamente el guión de cualquier película) y al mismo tiempo que rinde homenaje a sus antecesores, es una sutil parodia de las películas de gángsters de los años treinta, con su reo rudo pero-bueno-en-el-fondo, que tanto recuerda al George Raft de la gran época. El Asalto, relatado desde el punto de vista de los sitiados, toma la forma de un oeste clásico, con los terroristas de todas las razas y clases sociales unidos como indios urbanos en su sitio sevicioso manteniendo un odio que nunca descansa, los sitiadores vistos apenas pero siempre presentes, como una amenaza invisible pero cierta. El final tiene la culminación heroica de la convención épica y el salvamento de última hora, el grupo de policías providenciales es presentado como una versión burlona de la *US Cavalry,* tan cara a John Ford. Ciertamente *Assault on Precinct 13* podría llamarse Rescate de la Película B.

Las fotos del cine

Obsérvese que no digo «Las fotos en el cine» ni «la foto y el cine». No hablo de la relación entre la fotografía y el cine. Ni siquiera de la importancia que la fotografía tuvo para el cine —que no sería mala idea subrayar. Todo el mundo sabe que el cinematógrafo surgió de la fotografía, que en cada momento del cine hay veinticuatro fotografías proyectadas por segundo, otras tantas fotos fijas que crean la ilusión de movimiento, aprovechando que el ojo humano, por una imperfección fisiológica que tiene un nombre poético, la persistencia de la visión, no puede asimilar muchas imágenes simultáneas— o que casi ocurren al mismo tiempo. Pero si la fotografía permitió la invención del cinematógrafo, como dicen los teóricos franceses, hay que distinguir el cinematógrafo del cine, el aparato que crea la ilusión de la ilusión creada, como el sueño y la memoria. Así una foto se diferencia fundamentalmente de una imagen del cine. La diferencia no estriba en que una película, por ejemplo, narra una historia. Hay fotos reveladoras, que cuentan un cuento y hasta toda una vida: una foto puede ser una biografía. No está la diferencia tampoco en que la foto refleje la vida y el cine sea ficción. Hay fotos fantásticas y películas de un realismo atroz. La diferencia está en que una película es todo movimiento y la condición esencial de una fotografía es la fijeza. Las fotos animadas revelan enseguida un carácter grotesco, contrario a la nobleza que puede producir una fotografía —o ciertas características que no son aparentes en ese arte, el cine, que tuvo su origen en la animación de las fotos.

Las fotos en cuestión, ahora surgieron del cine, como necesidad de su aparato publicitario, al servicio de la materia de que están hechos los sueños del cine, de sus estrellas. Pero estas fotos fueron esencialmente diferentes al cine. Cuando el cine se hizo consciente del poder encantatorio de sus actores (que no eran actores como los entendía el teatro, por ejemplo), de la fuerza de sus imágenes y vino a llamarlos —hábilmente, casi con sabiduría de nación— estrellas, sintió que había que reproducirlos también, por otros medios que el cine, que era su vehículo, por los órganos de difusión —es decir, la prensa diaria y semanal, por supuesto ilustrada. Así nacieron las foto-fijas. Este nombre, que habitualmente se emplea en español para traducir lo que en inglés se conoce como *stills,* nada tiene que ver con los *stills* corrientes. No eran fotos de una producción en rodaje, sino que eran avisos de futuras apariciones o bien recuerdos de una aparición del pasado inmediato. Pero fundamentalmente servían de publicidad a las nacientes estrellas, a los actores consagrados, a las estrellitas que ascendían de la mera turba de extras a distinguirse individualmente. Estas primeras foto-fijas —es decir, las que se han conservado— tenían como motivo la fealdad fotogénica de una Lillian Gish varias veces vetusta o, tenía que serlo, el perfil latino de Rodolfo Valentino. Entonces los nombres de estos fotógrafos de las estrellas no tenían mayor importancia, pero hoy podemos recordarlos como pioneros de un arte. Precisamente, uno de los primeros fotógrafos notables fue James Abbe, que retrató a Rodolfo Valentino en poses mucho más inmortales que sus películas. Otro fotógrafo contemporáneo era George Hesser, que cubrió casi toda la década de los veinte con sus imágenes que creaban sueños de otras imágenes de sueño, el cine.

Pero es en los años treinta que la foto-fija de estrellas —lo que un historiador del cine canadiense, John Kobal, ha llamado *glamour portraits* y efectivamente eso son: retratos de glamor— alcanza su momento más brillante. En este apogeo, en su centro, se mantienen tres nombres notables: George Hurrell, Ernest Bachrach y Clarence Sinclair Bull. Bachrach es un artista elegante, mientras Clarence Bull da una nota a veces verista, pero es George Hurrell quien se muestra a la altura de los fotógrafos maestros del siglo, compitiendo no sólo con aquellos maestros de la fotografía en movimiento, los grandes directores de fotografía del cine, que a veces se dejan llamar humildemente *lighting cameramen,* meros iluminadores, sino también con los nombres consagrados por la prensa. Edward Steichen es, posiblemente, el más grande retratista fotográfico del siglo. Ninguno de los otros que se dedicaron a las celebridades o son maestros de la publicidad personal, pueden acercarse a la maestría de Steichen. Hay una foto de Steichen cuyo objeto es Greta Garbo y la elección de la Garbo es ya de por sí hábil, porque Steichen está recogiendo en una foto una *summa* del cine. Aquí está la gran estrella, el gran rostro de la pantalla, la gran actriz y además viene cargada de hieratismo y de misterio, de reticencia personal. No podía fallar —y no falla Steichen: la foto es una obra maestra. Pero George Hurrell escoge a otra estrella de la pantalla mucho menor que la Garbo (de hecho en alguna película, como *Gran Hotel,* hacía de una mera mecanógrafa mientras Greta Garbo era la Garbo, con la aureola argumental de una gran *ballerina* a la que rodea la tragedia como una miasma visible), a Joan Crawford.

Ahora hay que hablar aparte de Joan Crawford. Nunca fue mi actriz favorita, hasta *¿Qué le pasó a Baby Jane?* cuando era evidentemente demasiado tarde para celebrarla. Si recordaba alguna película suya en el pasado, *Humoresque,* era para identificarme con John Garfield, que resulta un visible violinista díscolo. La reconciliación en *Gran Hotel* estaba precedida por *Baby Jane,* aunque me obligó a reconocer que si no pudo superar a Bette Davis en esta última película, en *Gran Hotel* casi llega a robarle la atención a su real oponente, Greta Garbo. Joan Crawford, la persona, que no interesa al cine, sino su presencia física en fotografía, es difícil, resulta demasiado pequeña para sus hombros y su cabeza. (Observen por favor que hablo de ella en presente aunque ha muerto no hace mucho: no es una sesión espiritista, es que las estrellas de cine nunca mueren: viven tanto como vive la materia de que están hechas las películas, que son los sueños, y aún el perecedero celuloide es increíblemente duradero.) Pero Crawford nos hace olvidar todos sus defectos por su presencia —no escénica: ella va mucho más allá de la escena, más lejos que la pantalla que siempre parece situada en el horizonte— en el cine. Pero aún en el cine es posible recordar sus faltas que a veces sobran. George Hurrell retrató a Joan Crawford en sus años de apogeo con resultados milagrosos. Hay una secuencia fotográfica entera de ella con Clark Gable en *Possessed* (¡cuán crawfordiano es ese título!), los dos uniéndose, juntos, abrazándose —y Clark Gable desaparece por completo, su prestancia devorada por la presencia de esta mantis atea del cine. Otra foto de Joan Crawford que puede competir con Steichen (de hecho hay una foto famosa de Sinclair Bull de la Garbo, en que no se ve más que una de sus manos, su rostro desnudo y su cabello estirado hacia atrás que es más Garbo, más bella y más una imagen que el retrato de Steichen: todos la han visto pero nadie recuerda a Sinclair Bull, mero fotógrafo, gran artista) y está hecha en 1931. Joan Crawford aparece sentada, aunque no se ve la silla. Está rodeada de pieles: una piel de un gran abrigo o varias pieles envolventes: en todo caso aparece envuelta en pieles. Lleva un sombrero corto ladeado, que deja ver parte de su frente amplia y en el centro del cuadro está su cara, el triángulo que casi es un óvalo perfecto. Tiene los labios pintados en lo que será muy pronto conocida como la boca crawford y tendrá tantas imitadoras y tantos detractores. Esa foto es un retrato.

Pero la foto magistral de George Hurrell es la que le hizo a Jean Harlow al año siguiente. Jean Harlow no era entonces famosa ni era conocida como la rubia de platino, sin embargo en esta foto tiene el pelo platinado y sus cejas dibujadas a lápiz en un arco fino y los labios provocativos: su marca de fábrica. La foto es en blanco y negro (como todas de las que he hablado, por cierto) pero se ve el bronceado de la piel de Harlow, el yodo en contraste con el oxígeno, como en un conflicto químico. No se ve a Jean Harlow más que de medio pecho para arriba, ausentes sus exhibidos pezones turgentes, aunque muestra sus axilas afeitadas y gordas. Está acostada sobre unos almohadones ligeros o sobre un sofá modesto y así los únicos centros de atracción de la imagen son la cara y la cabellera rubia platino abundante. Esta foto muestra la influencia de la moda de su tiempo y de su arte, el Art Déco, pero lo deja ver por reflejo: todo el retrato es puro Art Déco, no podía haber sido hecho más que en su tiempo y al tener como objeto —objetivo, diría George Hurrell— a Jean Harlow, a la rubia de platino, es ciertamente imposible haberlo hecho en otro lugar que Hollywood, California, USA en los primeros años treinta. Este icono —la foto provocaría reverencia al poco tiempo de hacerse, idolatría a los pocos años de impresa, al morir la estrella— es una prueba del arte temporal pero imperecedero de George Hurrell y de los otros fotógrafos como los que inventaron por ese tiempo una forma de arte inmóvil salido del arte del movimiento, que hicieron surgir del cine el arte, ahora justamente apreciado, del retrato glamor.

Estrellas, actrices y pecadoras

Una vez Alfred Hitchcock acuñó una frase que era digna de John Ford (el director que se presentaba a sí mismo diciendo: «Mi nombre es Jack Ford y hago westerns»), esa frase de western fue: «Los actores son ganado». Observen, por favor, que Hitchcock no dijo «Las actrices son ganado». Sin embargo consideraba a la memorable Kim Novak una vaca, sin duda porque la Novak más que una estatua es un busto. Alma Reville fue más dura. Al ver *Vértigo* dijo: «Hitch, esa actriz tuya tiene piernas como columnas. ¡Si la tomas de la falda para abajo te juro que no te vuelvo a hablar!» Alma Reville era la señora Hitchcock y Hitch, mejor marido que director, oyó el consejo y tomó medidas. En *Vértigo* Kim Novak no aparece nunca mostrando sus piernas que no son las de Cyd Charisse pero que son piernas que sirven para algo más que caminar. Hay que recordar que detrás de cada cámara no está el director de la película sino la mujer del director. Un fotógrafo es una cosa buena, un productor es una cosa mala pero una esposa es cosa decisiva.

Pero un crítico de cine también puede ser implacable cuando quiere ser sólo placable. En una crónica sobre una película de Kim Novak llamada *En la mitad de la noche* (que es una buena hora para ver películas) yo dije de Kim Novak, cuando todavía no era la mujer de un veterinario, «entrañable vaca neurótica». Afortunadamente la última línea de esa crítica dice así: «su aparición es siempre contraria a toda impavidez». En otras palabras, esa rubia ampulosa de ojos malva es una de mis apariciones favoritas. (Aparición es como llaman los espiritistas a los

fantasmas. Así es como yo llamo a mis fantasmas.) Kim Novak
ha convertido películas baratas como *La historia de Eddie Du-
chin* y *La historia de Jeanne Eagles* en ese museo donde, central,
está el cuadro de una mujer tan bella y misteriosa que uno tiene
que volver a esa sala, a ese museo, a esa musa que nació llamándose Marilyn y que recorrió los Estados Unidos abriendo y ce-
rrando refrigeradores. Era conocida entonces como Miss Con-
gelador. No conozco mejor origen desde que Stella Stevens, otra
rubia de rabia, nació en Hot Coffee, Mississippi. Nacer en Café
Caliente y adornar las páginas centrales de *Playboy* sirvieron a
Stella Stevens de contraseña a la fama. Eso y haber sido la más
bella batería de la historia del jazz en *El cortejo del papá de Eddie,*
bajo Vincente Minnelli, otro director con problemas con las rubias, pero capaz de convertir a Lana Turner en la favorita de
todos menos Néstor Almendros, que también tuvo problemas
con Lana Turner —pero no detrás de la cámara.

Néstor llegó tarde una noche a Nueva York y llamó a su
amigo Manuel Puig, que no había escrito todavía *El beso de la
mujer araña,* y vivía en Greenwich Village, pero era, como siempre, un apasionado de las estrellas (femeninas) del cine. Manuel
insistió en que Néstor dejara su cómoda habitación del Sheraton
Plaza para venir a su apartamento que era tan pequeño que Manuel había convertido su máquina de escribir, todas horizontales,
en un teclado vertical. La insistencia de Manuel era compulsiva y
compelente: «Ven y vamos a hablar de cine toda la noche!» Néstor fue. Es decir vino y hablaron de cine toda la noche y parte de la
madrugada. Tengo que recordar ahora que Néstor descubrió *La
traición de Rita Hayworth* cuando todavía era un manuscrito y
Puig un Manuel desconocido de la literatura. Manuel le preguntó
a Néstor de pronto: «¿Y a ti te gusta Lana Turner?». Y Néstor dijo:
«Para nada», y «¿Hablas en serio?». «Serísimo». «¡No te puedo
creer!» «Pues créeme. Lana Turner me parece horrenda». Manuel, que ya se había puesto de pie, pegó el grito en el cielo raso,
que es donde están las estrellas. «¡No puedo estar bajo el mismo

techo con una persona que detesta a Lana, que es divina!». Néstor podría haber pensado que Manuel bromeaba, pero todos sabemos que Manuel nunca bromeaba cuando se hablaba de cine. Manuel dijo gritando: «Ahora mismo te vas de mi casa». Manuel era definitivo y Néstor salió como pudo de la casa. Manuel, como Katharine Hepburn a Cary Grant en *La historia de Filadelfia,* le arrojó detrás su equipaje —que no eran palos de golf. A esa hora (las tres de la mañana: en algún lado sonaba el vals de ese nombre), Néstor tuvo que buscar un taxi y regresar a su hotel donde, afortunadamente, el portero de noche (o de madrugada) lo reconoció y pudo terminar la noche que había comenzado como pesadilla en un sueño sin Lana.

Manuel sabía ser de veras vehemente con respecto al cine —que es casi con respecto a casi todo. Se peleó con el difunto crítico uruguayo Emir Monegal porque Emir le confió que detestaba a Susan Hayward. Procuré toda mi vida estar de acuerdo con Manuel, aunque me hiciera el elogio de Melina Mercouri. Pero una vez lo vi resbalar. Estábamos en el festival de cine de San Sebastián y caminábamos hacia el teatro Reina Cristina. Iba con nosotros John Kobal, el historiador de cine dueño de la más grande colección de fotos de cine del mundo. Kobal era, como Manuel, un fanático absoluto de Rita Hayworth, de la que escribió una biografía. De pronto Manuel propuso: «¿No creen ustedes que hay que revisar la carrera de Barbara Stanwyck?». Fue John Kobal, que medía un metro noventa y tenía una voz atronadora, quien hizo justicia poética a Néstor y Emir. «¿Cómo se te ocurre no ya decir sino siquiera pensar semejante idiotez?» Manuel había encontrado su némesis: John Kobal lo intimidó tanto que ni siquiera siguió hablando, con la amenaza del enorme Kobal justo al lado, esperando un silencio más atroz que el del cine silente.

Sucede que Barbara Stanwyck no es sólo una gran actriz sino una gran estrella. La palabra estrella es un invento del cine que se usa ahora hasta en política, donde los ángeles no se aventuran pero los incapaces dan traspiés y se llaman errores de recorrido. La famosa frase «Más estrellas que las que hay en el cielo», usualmente atribuida al jefazo de la Metro Louis B. Mayer, no es de Mayer sino de un publicitario del estudio. Inclusive la categoría de estrella fue el invento de otro publicitario, esta vez del cine mudo, pero no se vino a popularizar hasta los años treinta, en el apogeo del cine hablado. Prefiero hablar de estrellas a hablar de actrices. El teatro, que de alguna manera es un antecesor del cine, hace muy poco que admite a las mujeres y a menudo, como en el teatro isabelino, eran muchachos y jóvenes los que encarnaban los papeles femeninos.

Hay que celebrar que la costumbre fuera desechada por poco real: no hay mejor mujer que la mujer. Al menos en el teatro y luego en el cine. Aunque hay algunas mujeres en el cine (no voy nunca al teatro) que parecen encarnadas por hombres. Una de ellas es Greta Garbo. No hay más que ver *La dama de las camelias* para darse cuenta de que Robert Taylor, un actor nada afeminado, resulta femenino en comparación con los anchos hombros suecos de la actriz, su voz de bajo y su estatura. Su mejor momento en el cine fue en *Ninotchka,* donde era un comisario ruso.

Otro ídolo (ella es más que una estrella) que nunca me ha gustado es Marlene Dietrich. Invención exclusiva de Joseph von Sternberg, sin duda uno de los grandes maestros del cine, Marlene Dietrich fue en la parte más interesante de su carrera poco más que un títere rubio. No sólo en su maquillaje, en su voz y en su manera de comportarse sino además en la fotografía, en que la luz la envolvía como un halo irreal pero nunca angelical. Después que Von Sternberg dejó a Marlene Dietrich (la publicidad nos hizo creer lo contrario: no hay hombre que deje a Marlene), esta actriz, o mejor esta personalidad, cayó en una decadencia histriónica que nunca sufrió como personaje. Aún uno de los directores verdaderamente grandes del cine, Ernst Lubitsch, pudo apenas hacer de su *Ángel* una creíble pecadora.

La otra actriz de la época que se creía dramática cuando era una comedianta en busca de una tragedia pesimista, es Katharine Hepburn. Mientras fue una actriz cómica en *La fiera de mi niña, Stage Door,* o *Holiday* y aún interesante en *Alice Adams* (adaptación de una novela social que parece más bien una obra de teatro y que antecede en una década al Tennessee Williams de *The Glass Manegerie)* todo estuvo bien, pero en *María Estuardo* todos sus defectos (dicción, alcance dramático, voz) se hacen tan evidentes que la película, a pesar de estar dirigida por John Ford, resulta apenas soportable. Después de haber sido declarada veneno para la taquilla, Katharine Hepburn se refugió en la comedia y alcanzó junto a Spencer Tracy el *status* de gran dama de la comedia.

¡Llegaron las rubias! Parecería que miento cuando digo que en la vida (eso que se llama sin equívoco la vida real) no me interesan las rubias. Pero, claro, el cine no es la vida. Ni siquiera es real. Así me encuentro haciendo una lista de mujeres gloriosas del cine y aparecen las rubias como en un cuento de hadas. Hay que aclarar que entre las rubias no hay que considerar a Ingrid Bergman ni a Greta Garbo, suecas sospechosas. Pero hay algo que tiene la actriz rubia que Hitchcock vio bien temprano: sentido del humor. Aún cuando la película no fuera una comedia. La primera de esas rubias fue Annie Ondra, que la leyenda quiere que fuera amante de Hitler como Claretta Pettaci fue amante de Mussolini.

La primera rubia riente fue Jean Harlow. Los críticos quieren que sea una mala actriz. Yo prefiero que se la crea una comedianta magnífica. No hay más que verla en *Bombshell* para darse cuenta de que, a los 26 años, el cine perdió con su muerte a una mujer magnífica. Otra rubia renuente fue Thelma Todd, a veces la seductora que le hace creer a Groucho Marx que es irresistible. Thelma Todd, que tenía además las formas de una Venus griega con las facciones de una walkiria, murió trágicamente en circunstancias que nunca se aclararon y pueden ser producto del chantaje, la Mafia y el asesinato gratuito. La tercera rubia riente fue Carole Lombard, una de las mujeres más naturalmente cómicas del cine, dentro y fuera de la pantalla. Fue ella quien dijo después de su luna de miel con Clark Gable: «Un gran amante en el cine pero un desastre en la cama». Ella y Hitchcock se encontraron en *Mr. y Mrs. Smith* y ella insistió en ver los *rushes*. «¡Extraordinario!», dijo Hitchcock. «Una actriz que se interesa en su profesión». Lombard miró al gordo inglés y le dijo: «¡Hitch, mira que eres tonto! ¿No te das cuenta de que quiero ver cómo se me ven las tetas en la pantalla? Es la primera vez que uso sostén». Uno echa de menos de veras a Carole Lombard, con o sin sostén.

Ciertas pelirrojas, aún en blanco y negro, eran tan visibles como una luz roja pero invitaban como una luz verde, que es la luz que alumbra a los viejos verdes. De entre ellas mi preferida es Ginger Rogers. Katharine Hepburn dijo que Ginger Rogers le había dado el sexo a Fred Astaire y Astaire le había dado a ella el estilo. No sé nada del *sex appeal* de Fred Astaire porque cuando baila con Ginger Rogers no veo más que a Ginger Rogers, que es, en movimiento, la mujer más bella del cine, además de tener unas piernas que suben más allá del *tap dancing,* una espalda a la vez elegante y sensual y unos labios y unos ojos que no se han vuelto a ver en el cine hasta Michelle Pfeiffer. ¿Quién puede echar de menos a Fred Astaire cuando está Ginger Rogers de cuerpo presente?

Ann Sheridan era bella y glamorosa (no hay más que recordarla en *El hombre que vino a cenar* donde ella es la belleza y el sexo, que el seso lo tiene Bette Davis), pero la Sheridan prefería ser una mujer popular como en *King's Row,* en que se convirtió en lo que le faltaba a Ronald Reagan y en *They Drive by Night.* Ann Sheridan, que no era una mujer muy inteligente, rechazó oportunidades sobre las que otras actrices saltarían con piernas ágiles y bellas. Una de estas ofertas fue *Strawberry Blonde,* que aceptó encantada un verdadero mito del cine, Rita Hayworth, sirena mitad belleza y mitad bailarina española. Pero la más bella pelirroja del cine y mejor actriz fue Eleanor Parker, en comedias como *La voz de la tórtola* (con Ronald Reagan, el hombre amado por las pelirrojas elocuentes que se vino a casar con una muda, Jane Wyman) o en dramas como *Enjaulada* o en melodramas como *Cuando ruge la marabunta.* Eleanor Parker tenía la nariz más dramática del cine.

Pero la pelirroja con mayor talento de actriz, con carisma de la crisma a las piernas exhibidas, es esa conocida que Manuel Puig ninguneó en la explanada de San Sebastián. Se llama, para el cine y para el siglo, Barbara Stanwyck, la actriz capaz de ser una amenaza rubia en *Double Indemnity* y una centelleante comedianta en *Bola de fuego.* No hay más que verla temprano en su carrera como una misionera en China seducida por un señor de la guerra con maneras de mandarín. O en su plenitud como una estafadora internacional en *The Lady Eve.* Rita Hayworth podrá ser más seductora, Ann Sheridan más audaz y Eleanor Parker más bella, pero Barbara Stanwyck, a pesar de que parece un elefante rojo, es realmente única, incomparable a pesar de las comparaciones. Si cometiera la estupidez de escoger la mejor de todas, la Stanwyck estaría entre mis finalistas.

Antes de pasar a los pesos pesados del cine y del mito hay que hablar de dos o tres mujeres que tienen el pelo tan negro como las intenciones. Me refiero, por ejemplo, a Jennifer Jones, que en *Duelo al sol, Retrato de Jenny* y *Ruby Gentry* es el nombre del deseo. Hay pocas actrices que pueden ofrecer un atractivo sexual poderoso con solo entreabrir la boca y curvear los labios al tiempo que se introduce entre los dientes lo que en otra actriz no sería más que un mondadientes. Jennifer, Miss Jones *to you,* es, como Mary Astor en *El halcón maltés,* de la estofa que está hecho el engaño. Pero su verdadera contrapartida es María Félix, una actriz capaz de decir una frase que en otra mujer sería cómica y llenarla de pasión y peligro. En *Doña Diabla,* su gran momento, alguien viene a comunicarle que su amante, por el que habría dado la vida y dado muerte, se había fugado con otra mujer y María, a la que siempre llaman La Doña en México, echa fuego por los ojos, humo por la nariz (sin estar fumando) y de la boca le sale un juramento que es una promesa: «¡Ahora seré Doña Diabla!» —¡y más vale que el espectador lo crea!

María, que es esa rara avis, el fénix que arde de ardor, es en la vida diaria tan fogosa (y peligrosa) como en el cine. Una vez sentada en el Café de Flore en París, temprano en la mañana, esperando a una amiga, María, que es una mujer en extremo cuidadosa con su dinero, no pedía nada, no quería nada, sólo esperaba. Un camarero, francés sin duda, le daba vueltas de vez en cuando. Al rato se dirigió a María y le preguntó, extrañamente cortés: «¿Madame tomaría un café crème?». María lo miró de arriba abajo aunque ella estaba sentada y el camarero de pie y le dijo: «¿Es que acaso tengo cara de ser una mujer que toma un café crème?». Esto suena mejor en francés pero mi francés es peor que el de María.

La mujer morena más bella del cine y tal vez del mundo fue Hedy Lamarr, que no tenía ningún talento, ningún ángel, ningún carisma. Era la belleza pura si estaba desnuda (como en *Éxtasis* cuando tenía diecisiete años y aparecía sin otra prenda que un collar de perlas durante diez minutos que conmovieron al censor) o si estaba muy vestida (como en *Una mujer sin pasaporte,* donde, extrañamente, nadie en La Habana tenía ojos para desnudarla) o semivestida (como en *White Cargo,* donde los críticos trataron de ridiculizarla) sin advertir que es imposible caricaturizar la belleza. La Lamarr, que fue una Helena de Troya que hundió todos los barcos, tuvo su mejor momento tonsurando a Sansón. Era desde el principio una belleza judía. Es decir, una mujer fatal que dedicaba sus fotos a Maybelline, «el maquillaje moderno».

Habrán observado que, como dice la canción, «acentúo lo positivo». Es decir la belleza. Pero hay actrices como Claudette Colbert que están lejos de ser bellas y sin embargo son excelentes comediantas. Aquí interviene otro elemento inventado por el cine (o tal vez por otro agente publicitario hábil) y es el glamour o glamor o glamur que así se pronuncia en diferentes países pero siempre significa lo mismo. Glamour lo tiene Ella Raines pero no lo tiene Dorothy Lamour. Lo tiene Ava Gardner a pesar de que nació en una choza. Lo tiene Elizabeth Taylor que es una mujer vulgar. Lo tiene Vivien Leigh pero no lo tiene Joan Fontaine, aunque ambas tuvieron que ver con David O. Selznick, que insistía cuando le preguntaron qué tiene una estrella que no tiene ella y dijo sólo tres cosas: «¡Glamour, glamour y glamour!» Glamour tenía Mirna Loy aún en *Los mejores años de nuestra vida* y no lo tenía Virginia Mayo, una hembra de la especie peligrosa para Dana Andrews, y letal a James Cagney.

Entre las grandes pecadoras del cine hay una que es la Actriz y otra que es la Estrella. Una pecadora es algo más que una vampiresa (palabra inventada por el cine para el público) y no necesariamente una villana. Aunque nuestras heroínas han sido ambas ambivalentes. La actriz por excelencia del cine es Bette Davis, una mujer fea (primero rubia, después pelirroja y finalmente más o menos morena) que llegó al estrellato actuando. La estrella por antonomasia es Joan Crawford (primero pelirroja, luego morena), una belleza vulgar sin mucha escuela y ninguna técnica dramática (venía de los concursos de baile), que llegó al estrellato más con talante que con talento. Si alguien puede llamarse estrella en el cine es esta Crawford cuyo nombre original, en francés, quiere decir El Sudor. A golpes de sudor llegó como estrella más lejos que nadie. Ambas, la Davis y la Crawford, se reunieron en esa danza demente que se llamó *¿Qué le pasó a Baby Jane?* Las dos dieron una doble lección de lo que Edgar Allan Poe llamaría de lo Grotesco y lo Macabro. Que el público acogiera esta exhibición de fealdad y maldad es una prueba del arte de una y el fulgor que nunca muere de la otra. Ambas, al final, resultaron intercambiables. Bette Crawford y Joan Davis: bestias en blanco y negro, monstruos profanos, eminencias nada grises.

Hitchcock, usualmente conocido como El Maestro o el Mago, decía preferir a sus heroínas rubias porque usualmente son como un iceberg encima de un volcán: se derrite el hielo y aparece debajo la lava. La mejor prueba de esta teoría es Tippi Hedren en *Marnie,* en que la rubia helada esconde un presente (y sobre todo un pasado) turbulento. La peor prueba de la misma teoría es Julie Andrews en *Torn Curtain.* ¡Se rasgan sus vestiduras y debajo del iceberg aparece otro iceberg!

Mi ejemplo de la teoría sobre lo que pasa debajo del volcán es Gloria Grahame, la Bette Davis del pobre. Una mujer capaz de engañar con éxito al ogro de Broderick Crawford (sin parentesco con Joan), de poner cuernos a un domador de elefantes (de hecho le pone colmillos) y, sobre todo, de echar café caliente a la cara cujeada de Lee Marvin, es la pecadora por defecto: no un iceberg sino un refrigerador. Su mejor película, mi preferida, es *En un lugar solitario,* que es a donde va a parar el amor. Aquí ella es extrañamente pasiva, pero su amante es un Humphrey Bogart tan violento volcán que la Grahame, con su largo labio helado, parece estar paralizada por una descomunal dosis de novocaína. Es bueno después de todo que no se haya casado con Humphrey Bogart. Entre los dos, en ese beso infinito, habrían tenido un vástago con el más largo *stiff upper lip* del cine.

Gloria Grahame demuestra muy bien que una mujer puede ser fea y ser feliz como actriz, que las actrices no deben hacer caso a Baudelaire cuando dijo «Sé bella y cállate», y que no hay que ser bella para ser estrella. A quien la cámara quiere también la quiere el público y a quien no quiere la cámara, como a Gloria Grahame, la quiero yo.

Travestidos tras vestidos

El teatro clásico inglés (Marlowe, Shakespeare, Ben Jonson) era un teatro sin mujeres: los hombres hacían las veces —y las voces. Para la reina Isabel en *La tragedia de Romeo y Julieta* había en escena dos Romeos y ninguna Julieta y el aya era un ayo. Cuando Otelo mataba a Desdémona con un beso estaba besando a un actor. Casi siempre un joven imberbe: las barbas podían ser postizas pero el cutis del actor tenía que ser de fresca rosa y rocío.

O, como lo prefería el Bardo, de melocotón. Imaginen a Helena, «la cara que echó al mar miles de barcos», siendo solicitada por Fausto con un verso y un beso: *«make me inmortal with a kiss»*. Helena, la más bella mujer del mundo antiguo según Marlowe, en vez de afeites necesitaba afeitarse. Pero, como dice Otelo, «lo exige el caso, corazón, el caso». Lo exige el caso y el género que todas las heroínas sean héroes escondidos entre las faldas y la noche.

A los que se crean que Ru Paul (una mulata con atributos de negro estibador: él es de los muelles, ella cubre el litoral) es una novedad puedo trasladarlos en mi máquina (de escribir) del tiempo un poco más lejos.

En la mitología griega, el carnaval de los dioses más a mano, la madre del héroe escoge su ropaje al hijo como su mejor disfraz. La diosa Tetis, una mujer dada a la contradicción, se casó con otro dios reducido a mortal para que su hijo (de ella) no fuera inmortal y cometiera incesto o un ciento al ser (o no ser) mortal.

Ese hijo mortal luego se hizo inmortal en la guerra de Troya y se llamó Aquiles. Para que no muriera mañana en la batalla, Tetis escondió a Aquiles —pero antes, observen por favor, lo vistió de niña o mejor, de muchacha. Ulises, deseoso de tenerlo cerca en el cerco de Troya, mostró a la muchacha varios abalorios de vanas fruslerías —y una espada. De la manera que Aquiles acarició la espada (todavía Freud no había nacido y no era, por tanto o por tiento, un símbolo fálico) supo Ulises que era Aquiles —ahora no sólo el primer travestido sino un bisexual. En el sitio de Troya Aquiles peleó por la burla de Briseida birlada y murió por amor a Patroclo que, descuidados, los troyanos habían matado antes. Paris (el del dicho «París bien vale una moza» —que era Helena la griega por la que se armó la de Troya) descubrió que Aquiles era sólo vulnerable por su tierno talón y lo mató con su espada por la espalda.

Entra Changó bailando. Este dios yoruba de la santería está representado en Cuba por la virginal Santa Bárbara. Changó es la versión africana de Aquiles: una máquina de pelear. ¿Cómo, entonces, es adorado como una mujer? Gajes del sincretismo. Changó, como Aquiles, era buscado pero no por sus amigos para ir a la guerra sino por sus enemigos para enviarlo al otro mundo. ¿Qué hizo este viril Changó de las mil vírgenes para escapar a sus acreedores? Se disfrazó de mujer. Pero siempre hay un descosido en un disfraz: debajo de la enagua para hacer agua creció una espada. Changó se dio a la fuga bailando.

Pero ¿por qué se convirtió en Santa Bárbara, una santa que según el Vaticano ya no es santa? *Non sancta* Bárbara aparece en cromos, imágenes y estatuas pías rodeada de atributos que parecen pertenecer a Changó: cáliz en una mano, espada en la otra, la santabárbara es un polvorín de un barco y, recuerden, uno sólo se acuerda de ella cuando truena: en las imágenes sagradas hay siempre una tempestad en su apogeo. Changó, casi no hay que decirlo, es el dios del trueno. La fiesta de Changó se celebraba en Cuba el 4 de diciembre. ¿Qué dice el almanaque ahí junto al letrero que recomienda la sal de uvas Picot para la acidez? Santoral al dorso. *4 de diciembre —Festividad de Santa Bárbara.*

El siglo se ha trasvestizado, del Trastévere a Transilvania, y qué mejor antiparra que la pantalla para ocultarse un momento y, ¡tará!, ver al que entró hombre salir mujer. Eso lo ha hecho el cine muchas veces, como en *La tía de Carlos* en que Carlos se disfraza de Carlota o *Con faldas y a lo loco* en que Tony Curtis y Jack Lemmon se convierten en Josephine y ¡Dafnis! Pero nunca como ahora el varón es la varona (y el joven la jóvena) que canta el canto del cine. Terry Stamp es Priscila en *Priscila, la reina del desierto,* mientras Patrick Swayze y Wesley Snipes rivalizan en feminidad en *A Wong Fu —Gracias por todo, Julie Newmar.* La ironía del título es que la verdadera Julie Newmar ha sido una de las mujeres más hermosas y sexy del cine. Recuerdo a la Newmar.

Tuve el placer de Tántalo de tenerla a mi lado en 1958 en un estudio de cine en La Habana cuando filmaba Errol Flynn su última película —titulada apropiadamente *Las mujeres rebeldes de Cuba:* zona de amazonas. De nuevo vi sus interminables piernas con más curvas que una carretera española, en 1985 en casa del difunto John Kobal, aquí en Londres. En ambas ocasiones parecía más una amazona que una tanagra. Recuerden que quien mató a Pentesilea, la reina de las amazonas, fue Aquiles. Tal vez trataba de saber el secreto de su sexo de un solo seno.

Estos actores, todos vivos, expresan un enorme placer en vestirse y hacer (o ser) de mujeres. Quien mejor lo expresó fue el suave Swayze cuando dijo de su trasvestido tras vestido: «Es como si fuera ese momento en la vida de un hombre —que quiere ser lindo». Terry Stamp sin embargo cuando se vio trasvestido en la pantalla exclamó: «¡Nunca me imaginé que sería tan feo de haber nacido mujer!».

Pero, ¿qué quieren que les diga? Prefiero darle las gracias a Julie Newmar. No olvido que su última película se llamó *Se requieren desnudas.* Esa mujer siempre cumplió lo que dejaba entrever debajo del vestido —y no era una espada.

Latinos y ladinos en Hollywood

¿No les parece a ustedes extraño y a la vez familiar que la Divina Greta se llamara Garbo? Su verdadero nombre era Greta Gustaffsson y aunque hay un acta judicial sueca que la declara legalmente Garbo, un nombre que nunca apareció en las guías de teléfonos de la época, parece proceder de Hollywood más que de Estocolmo. Tengo razones para creer, y de paso hacerlo creer a ustedes, que viene del garbo español que tiene una raíz árabe, bien lejos de Suecia. Garbo, por si lo han olvidado a causa de esa fábrica de amnesia llamada el tiempo, quiere decir, según el diccionario, «gracia, gracejo, desenvoltura en los movimientos». Garbo en inglés o en sueco quiere decir exactamente nada.

Garbo, como en la frase «la gran Garbo», es la invención de un publicista particularmente dotado de la primitiva Metro-Goldwyn-Mayer, el mismo que inventó la hipérbole astronómica que declaraba que en el estudio «había más estrellas que en el cielo». En ese firmamento iba a brillar como una supernova Greta Garbo, donde entonces resplandecía la obra entera de un escritor español, hoy injustamente olvidado, Vicente Blasco Ibáñez, que en español se llamaba Blasco y en Hollywood era conocido como Ibanez.

Blasco fue en su tiempo el escritor español más popular no sólo de España sino del mundo. En Francia y Alemania su fama no tenía par y llegó a Hollywood, donde el gran éxito del momento era *Los cuatro jinetes del Apocalipsis,* la novela de Blasco que catapultó a Rodolfo Valentino a la fama de vértigo y tal vez a la muerte. Pero Valentino (cuyo nombre no era Valentino sino Rodolfo Alonzo Raffaele Pierre Philiberto Guglielmo di Valentina) fue creado por la frase «*Latin lover*», el amante latino, en *Sangre y arena,* otra novela de fama de Blasco Ibáñez que, junto con *Los cuatro jinetes,* sobreviviría a Valentino. Tal era el arraigo del novelista valenciano en Hollywood.

Tierra ya de sueños y fantasía que atrajo en su edad madura al realista Blasco. Fue precisamente una novela suya, *Entre naranjos,* que la Metro retituló como *El torrente* y escogió para el debut en Hollywood (es decir, en el cine) de Greta Garbo. Su pareja no fue un latino sin embargo sino un ladino: el actor judío nacido en Viena Jakob Krantz, que imitando a Valentino se cambió el nombre para Ricardo Cortez. Krantz, apodado Jake, adoptó el nombre de unos habanos espurios de entonces llamados «Don Cortez». Louis B. Mayer, el jerarca mayor de la Metro y hombre (como todos los jerarcas, jefes y alcaldes) que no tenía sentido del humor pero sí del escarnio, espetó contra un emigrante como él, judío: «Imagínense, Jake Krantz es el único actor de Hollywood que se llama como un puro». Sin embargo Ricardo Cortez (su hermano, contaminado, se cambió el nombre para Stanley Cortez y llegó a ser uno de los grandes maestros de la fotografía del cine) era una estrella cuando Garbo era una principianta. Le llamaban «el amante latino con ojos de alcoba». Aunque lo único que dormía en ese lecho eran sus ojos.

La próxima película de Greta Garbo fue con Antonio Moreno (que se llamaba, cosa curiosa, Antonio Garride) que era ya todo un veterano cuando compartió el reparto con Garbo. Moreno (a quien conocí en La Habana de viejo junto a otro amante latino, Gilbert Roland, a quien la *Enciclopedia del cine* de Ephraim Katz llama «*durable latin lover*» (¡y de verás que fue duradero Roland mientras duró!) sufrió bajo el régimen de Garbo en *La tentadora.* O mejor —o peor— bajo la batuta de Mauritz Stiller. El descubridor sueco de Garbo obligó a Moreno, que era más bajo que la amazona sueca, a montarse en cajas, escaleras y escalones para parecer más alto. También tuvo que usar zapatos tres números mayores para hacer lucir los grandes pies suecos de Garbo femeninos.

Pero Moreno duró en el cine más que Garbo. Su última película es *The Searchers,* de John Ford (a quien conoció de actor mudo), junto a John Wayne. Es un papel corto pero memorable en que se llama Don Emilio Figueroa (una broma de Ford a Emilio Fernández y su afamado fotógrafo Gabriel Figueroa). Aquí tiene un intercambio final con John Wayne que hay que saber español, como lo sabía Wayne, para saborearlo. Moreno propone un brindis: «Salud y pesetas», y Wayne le responde: «Y tiempo para gastarlas». Tiempo para gastar sus pesos y sus pesetas fue lo que más tuvo Antonio Moreno.

Pero más tiempo y pesos y pesetas que Moreno tuvo Dolores del Río, una de las grandes bellezas de Hollywood. Su verdadero nombre era María Dolores Martínez Asúnsolo y Negrete, era hija de un banquero y ella misma decía pertenecer a la aristocracia. Aunque no fuera verdad en la vida, ha habido pocas mujeres en el cine tan aristocráticas. Katz afirma en su *Enciclopedia* que fue «una de las mujeres más bellas que jamás agració la pantalla americana». No hubo en todo el mundo mudo una cara más bella y sólo con la aparición, a finales de los años treinta, de Hedy Lamarr pudo otra mujer igualar su belleza. Su primera película fue en 1925, la última (la lamentable *Los hijos de Sánchez,* híbrido de Hollywood y de México) de 1978. Entre estas fechas se extiende una carrera americana, durante la cual Dolores tuvo que aprender inglés, idioma que siempre habló en el cine con un encantador acento de Durango, donde nació. Su última película americana de protagonista *Jornada de terror* (1943), la hizo con su amante que casi fue su marido, Orson Welles, cuya relación con Marlene Dietrich y Rita Hayworth lo hace un conocedor no sólo de puros y películas.

La belleza de Dolores no se puede describir: hay que verla. Aún en películas menores como *Volando hacia Río de Janeiro* (que invita al juego: volando hacia Dolores del Río) o *Won-*

der Bar, donde eclipsaba a otra belleza bruna, Kay Francis, y, no podía ser menos, semidesnuda en *El ave del Paraíso:* su belleza, de hecho, originó esta fantasía paradisíaca. En uno de sus famosos *memorándums* el productor David O. Selznick expresó así sus deseos: «Quiero ver a Dolores del Río en un romance de los Mares del Sur. No me importa para nada la historia a menos que la llamemos *El ave del Paraíso* y veamos a la Dolores tirándose dentro de un volcán al final».

Dolores del Río fue una gran belleza pero nunca murió ni siquiera vivió en un volcán. Era una mujer más bien fría: la pasión la ponían los otros. Aunque Dolores siempre estuvo orgullosa de su cuerpo, que conservaba, según declaró en su apogeo, con baños de inmersión en una bañera ¡llena de hielo! Además dormía entre trapos empapados en aceite. Otro de sus consejos para conservar sus senos erectos era muy simple: no dejarlos tocar jamás por un hombre. Nadie se atrevió a preguntarle a la altiva actriz si hacía una excepción con las mujeres.

Para explicar el éxito de Dolores del Río en el cine hablado, dice George Hadley-García en su estimable catálogo *Hispanics in Hollywood:* «un acento siempre se consideró más aceptable y aún más glamoroso en una actriz». Georg Lichtenberg explicó por qué en el siglo XVIII: «Es delicioso oír a una mujer extranjera hablar nuestra lengua y observar sus bellos labios cometer errores. No es el mismo caso con un hombre». Dolores, sin embargo, regresó a México donde también fue una estrella. Curiosamente, de una rara belleza india, la impasividad de su cara la hacía siempre una heroína estoica.

Ramón Novarro no fue una copia de Valentino. Tampoco lo fue Antonio Moreno, que estuvo antes. Moreno explicó por qué la preferencia del cine silente por los *latin lovers.* «Entonces», dijo Moreno, «las americanas querían creer que la gente latina era más, ¿cómo decirlo?, *picante*». Moreno, que era español, y Novarro, que era mexicano, fueron picantes por un tiempo. José Ramón Samaniego, el verdadero nombre de Novarro era primo de Dolores del Río y fue, después de Valentino, segundo de nadie en el cine silente. Si Valentino hizo *El sheik,* Novarro fue *El árabe* ese mismo año. No sólo se convirtió en un símbolo sexual, sino que las mujeres lo llamaban *Ravishing Ramón* que es un hombre convertido en bocadillo. Pero Novarro (como Moreno) tenía un secreto a voces: era homosexual. Moreno se había casado y llevaba una vida de apariencia normal. Louis B. Mayer (en Hollywood entonces todos los magnates tenían una letra intermedia en su nombre) insistió en que Novarro hiciera lo mismo. Novarro se negó a casarse y ahí comenzaron los problemas de su carrera, que él atribuyó a su acento mexicano y no a su seseo. Pero en 1926 Novarro fue el protagonista de la película más costosa (y ya se sabe que en Hollywood costo se asocia siempre a calidad) del cine mudo. *Ben Hur* resultó un enorme éxito de taquilla y el *New York Times* la calificó de «obra maestra». Su impacto en el público tuvo tanta repercusión que la Metro la volvió a hacer en 1959. Pero en 1926 Mayer, hablando por la boca del león, le envió un recado a Novarro: «Regresa Ramón. Papá te perdona».

Novarro, que había sido Ramón el Camarero que Canta y se había refugiado en el vodevil antes de entrar en el cine como extra, fue para quien se acuñó, irónicamente, la etiqueta de *latin lover.* Mejor actor que Valentino (nunca se le ve abrir los ojos desmesurados), más conmovedor que John Gilbert (lástima que le abrumó su fracaso en el cine sonoro), Novarro duró más que sus dos rivales y su actuación en *El príncipe estudiante* fue maestra, mostrando una calidad encantada que Valentino ni Gilbert nunca tuvieron. Era, se veía, un hombre fino. Con el cine sonoro su único éxito fue, sorprendentemente, junto a Greta Garbo en *Mata Hari.* Su acento era mexicano todavía, es decir suave y melódico, pero una parodia le persiguió por el resto de su vida. Los guasones americanos de entonces, al encontrar a una muchacha, en vez de saludarla, le preguntaban: *«Wat's de matta, Mata?».* Después de eso Novarro fue de mal en peor y finalizó haciendo papelitos. Entre los últimos, en *Crisis,* junto a José

Ferrer, uno de sus herederos dramáticos. Su última aparición fue con otro de sus seguidores, Anthony Quinn, en *Heller in Pink Tights,* dirigida por su amigo George Cukor. En 1968, como la Norma Desmond de la ficción del cine, Ramón Novarro interpretó su último rol ante las cámaras como en su célebre fotografía de los años veinte —completamente desnudo. Ahora su cabeza era una pulpa sangrienta y estaba muerto. Dos delincuentes menores (o menores delincuentes) atraídos por la fantasía de tesoros ocultos en la casa del actor, lo ultimaron a golpes de atizonadores de chimenea en la sala de su casa.

Lupe Vélez, que fue el epítome de la mexicana con más sexo que seso, se educó, ¿quién lo diría?, en un convento en Tejas. Como Dolores y como Ramón, Lupe venía del cine silente. En uno de los mejores filmes de Douglas Fairbanks, *El gaucho,* ella era la protagonista: ya entonces fiera furiosa de amor y de celos. En eso que en Hollywood se llama «la vida real» y que no es más que el cine por otros medios, se la llamó la «Clara Bow latina», por sus amores más allá de la pantalla. Su relación tempestuosa con Gary Cooper estuvo en todos los periódicos de la época. Como ocurrió con su matrimonio con Johnny Weissmuller, el Tarzán de los monos por antonomasia. Lupe, que no se andaba por las ramas, insultaba, peleaba, golpeaba al noble gigante que fue Weissmuller, que sólo decía «Yo Tarzán, ella la selva».

Después de haber actuado con Griffith el clásico y con el eminente Cecil B. De Mille, fue en los cuarenta, con Tarzán abandonado en la jungla que fue su matrimonio, que Lupe Vélez encontró un nicho en la noche: interpretó el papel de la *Mexican Spitfire* o la mexicana que escupía fuego y era un avión de caza en la casa. Lupe fue, por primera vez, popular en la pantalla. Pero ella, como ocurre con todos los comediantes, quería que la tomaran en serio. Nunca lo consiguió. Ni siquiera en la hora de su muerte. Ya mayor y siempre enamorada, concibió por despecho un suicidio ideal, tan mexicano como un vaso de tequila mortal. Contrató a un mariachi que le recordara su niñez (pasada, recuer-

den, en un convento americano), llenó la casa de flores (tan mexicanas como la magnolia y la gardenia) y ordenó a los músicos mexicanos tocar sin parar en mientes. Con la ayuda del tequila se
tragó veinte pastillas de *Seconal,* el somnífero de moda y se acostó
en su vasto lecho hecho para el amor, ahora para la muerte del
amor y para la muerte a secas. O con tequila. Mientras, el mariachi
sonaba. De pronto, Lupe, que estaba lejos de estar moribunda,
sintió ganas incoercibles de vomitar. Era el efecto no sólo del tequila con el *Seconal* sino de su extraordinaria vitalidad. Corrió ella
al baño —y esa salvación fue su perdición. Mientras los mariachis
tocaban y cantaban a toda voz, nadie oyó los gritos de auxilio de la
actriz —que se ahogó en la taza del inodoro. Tampoco tomaron
su muerte en serio. María Guadalupe Vélez de Villalobos tenía al
morir sólo 36 años. La misma edad que otra comedianta que quería ser seria y para probarlo tomó una sobredosis de otro somnífero de moda. Se llamaba o decía llamarse Marilyn Monroe.

Gilbert Roland (verdadero nombre, Luis Antonio Dá-
maso de Alonso, nacido en Chihuahua de padres españoles) es,
hasta ahora, la más duradera figura hispánica en Hollywood. Modelo temprano del *latin lover,* entró al cine a los 13 años y, que
yo sepa, no ha salido todavía: las estrellas no mueren, sólo se apa-
gan para convertirse en soles negros. Roland hizo su primer papel
protagónico en 1926, nada menos que junto a Norma Talmadge
encarnando, ésa es la palabra, a la pareja que luego completarían
Greta Garbo y Robert Taylor. Roland fue el Armand para esa
Dama de las Camelias. Con fama de ser un galán de medianoche,
en el cine como en la vida, Gilbert Roland era de veras simpático
y acogedor, tanto como el *latin lover* que interpretó para Vincente Minnelli en *The Bad and the Beatiful,* tal vez su mejor película.
Al menos muere entre los brazos (y supongo que entre las piernas) de una de las mujeres más atractivas del mundo, Gloria Grahame, que sin embargo ha pasado a la historia del cine como la
mujer a la que Lee Marvin, mal malvado, le echó café hirviendo
a la cara para desfigurarla.

Roland que compartió el reparto de *Crisis* no sólo con Antonio Moreno, Ramón Novarro y José Ferrer, sino con Cary Grant, tal vez el actor romántico ideal del cine, fue también una figura romántica en español en la versión española de *La vida bohemia*. (Un *soap opera,* no una ópera.) Hubo entonces en Hollywood una moda de doblar. No de doblar a los actores sino de doblar las películas, haciendo una versión en español de los grandes éxitos del momento. Muchos actores hispanos (de España, de Sudamérica) hicieron carrera, una breve y apenas memorable carrera. Los pocos que aún se recuerdan son Catalina Bárcena y, especialmente, Carlos Villarías, que sería el doble español de Bela Lugosi en *Drácula*. Villarías, a veces, es mejor actor que Lugosi, pero por supuesto el viejo Bela *es* Drácula.

En esta época surgieron dos actores duraderos, César Romero y Anthony Quinn. Pero Romero era una estrella con la Fox cuando Quinn todavía luchaba por hacerse notar. El tiempo ha hecho cambiar sus respectivos papeles. Fue Romero a quien primero bautizaron con la frase «alto, moreno y buen mozo». Romero, que no era alto sino muy alto, era un excelente bailarín ya en Broadway. En Hollywood, pues, fue una estrella de la comedia musical y actor ligero y actor de carácter. Ya en su vejez fue famoso en todas partes como el Joker de la serie original de televisión de *Batman*. César Romero, como curiosidad personal, no sólo es de origen cubano, sino que su bisabuelo por parte de madre fue ¡José Martí! Muchos cubanos, dentro y fuera de la isla, lo niegan. Esa negativa es una forma patriótica del machismo. ¡Cómo el Apóstol, Martí mismo, va a ser el abuelo de este bailarín que es para colmo actor! No hay más que mirar esa frente, esas cejas, esos ojos y ese bigote refinado por Hollywood para saber de dónde vienen. Martí, me parece, habría estado orgulloso de su nieto —que nació y vivió en el monstruo pero hizo de sus entrañas la materia del éxito.

Anthony Quinn, la virilidad misma, es otra cosa. Nieto de irlandeses (Quinn es su verdadero nombre), nació, ¿dónde si no?, en la mera Chihuahua. Vino con su familia de niño a los Estados Unidos, donde adquirió ese inglés sin ningún acento —a menos que él quiera acentuarlo. Padeció de joven incontables trabajos y humillaciones y como actor que empezaba, padeció incontables humillaciones y trabajos. Es posible todavía verlo en televisión de extra en una o dos películas viejas. Cuando se ganó algún papel, muy secundario, se le puede ver con el pelo acharolado y las cejas afinadas, como una versión tardía de Valentino. Es, simplemente, que querían disfrazarlo de *latin lover*. Pero Quinn ha tenido en su voz un tono bronco y en sus maneras un desplante brusco como para ser no sólo una estrella muy individual, sino también un actor de carácter.

En el principio se casó con una de las mujeres más bellas con un paso más raudo por el cine, Katherine de Mille, hija adoptiva de Cecil B. de Mille. De Mille accedió a casarla con Quinn con la promesa (cumplida) de que no lo ayudaría para nada en su carrera. Quinn, siempre individualista, aceptó el reto —y terminó él ayudando a su suegro a dirigir la segunda versión de *El bucanero*. Es posible ver dos veces (hacía de gemelos) a Quinn en la parte siniestra de *Los cazafantasmas,* la original de Bob Hope. Donde Hope era tan cobarde como siempre y Quinn ya amenazaba con ser una estrella futura. Ese momento le llegó en *¡Viva Zapata!* en que fue Eufemio, el hermano de Emiliano Zapata, encarnado por Marlon Brando. Quinn, que había sustituido a Brando en Broadway en *Un tranvía llamado deseo,* en *Zapata* le robó todas las escenas posibles, incluyendo su muerte. La muerte de Brando fue dramática pero conseguida con efectos (de balas) especiales, la muerte de Quinn fue patética —y más todavía, trágica. Ese momento memorable le valió un Oscar al mejor actor secundario. De ahí arrancan su Zampanó en *La Strada* de Fellini, el viejo siempre verde en *Zorba, el griego,* el compasivo guardia civil en *Behold a Pale Horse,* el esquimal de *Sombras blancas,* el jeque árabe de *Lawrence de Arabia* —y un largo etcétera que lo hace la más internacional de las estrellas hispanas de Hollywood. Pero no es un actor-orquesta, sino una figura versátil dentro y fuera del cine.

Anthony Quinn, como su Gauguin en *Lust for Life,* es nada menos que un artista y debajo de su exterior brusco hay un enorme temperamento. Quinn es un actor que elabora sus películas aún antes de que se haga el guión. Varias veces desde 1972 ha intentado que trabajemos juntos, pero por una razón o por otra no ha sido posible. La última vez fue un proyecto que incluía varias obsesiones suyas: la pintura, el genio creador y la vejez. Sería una película sobre los últimos años de Picasso. Quinn que es en la vida real un pintor que actúa más que un actor que pinta, trató de hacer que yo reescribiera un guión que él ya había escrito. En un punto de la conversación, en que actuaba no sólo el papel de Picasso sino el de cada una de sus amantes, representaba sus cuadros más famosos y hasta hacía actuar a su caballete y su paleta, Quinn me dijo: «Mira hermano, nosotros los mexicanos...»

Tuve que interrumpirlo. «Tony», le dije, «yo no soy mexicano, yo soy cubano». «Cubanos, mexicanos», me aclaró. «Todos somos lo mismo. ¿Por qué crees tú que yo puedo ser Picasso? ¿Porque soy un mal pintor? No, porque puedo ser tan español como él». La única nota falsa de este diálogo es que Anthony Quinn no es un mal pintor —tampoco lo cree él. Pero es un actor superbo que no sólo ha ganado todos los honores y mucho más dinero y ha hecho de su oficio un arte del siglo XX. Hay que agradecer a Hollywood que lo haya formado sin haberlo deformado, como hay que estar orgulloso de que Quinn exista.

Un actor hispano que fue de Broadway a Hollywood y de ahí a la fama internacional fue José Ferrer (no confundirlo con Mel Ferrer, hijo de cubanos y cuyo mérito mayor para la fama es haberse casado con la bella, grácil y siempre elegante Audrey Hepburn). *José* Ferrer nació en Puerto Rico pero su inglés, culto y perfecto, lo preparó para los más diversos roles. Su gran momento ocurrió en 1950 cuando interpretó —no, cuando *fue*— Cyrano en *Cyrano de Bergerac.* Si ustedes creen que Gérard Depardieu estaba excelente en su Cyrano (que lo estaba) es que no han visto —y oído— a José Ferrer. Ferrer hizo de la desventaja de decir los versos de Edmond Rostand traducidos al inglés una ventaja histriónica. No por gusto ganó ese año el Oscar al mejor actor que debió darse al mejor tragediante.

La carrera de Ferrer en Hollywood no fue ascendente: estaba en la cumbre desde el principio. Su debut fue en *Juana de Arco* junto a Ingrid Bergman en el papel de Delfín. La Bergman, que había eclipsado a casi todo el mundo desde su venida de Suecia (ya, ya sé: menos a Humprey Bogart en *Casablanca* y a Gary Cooper en *Por quién doblan las campanas)* fue eclipsada por Ferrer casi como ocurrió en la historia de Francia: el Delfín, débil pero terco, domina a Juana, fuerte pero débil. De *Juana de Arco,* Ferrer pasó a ser galán a pesar de que Puerto Rico le dio el acento (solamente en español) pero no la belleza. Luego fue director-actor, después productor-director-actor y de nuevo pasó a ser actor. Ya no de galán porque el tiempo es un mal maquillista. No obstante Ferrer fue memorable más de una vez. Como el increíblemente encogido Toulousse-Lautrec para un John Huston que se hacía más alto según avanzaba la filmación. Fue el reverendo que pierde su alma por el cuerpo de Rita Hayworth en *Miss Sadie Thompson,* versión medio musical del cuento de Somerset Maugham, «Lluvia», filmado más de una vez o una vez de más. Fue un Dreyfus acusado más de catatonia que de traición en *J'Accuse.* Hizo, mal aconsejado (obviamente por su mujer la cantante Rosemary Clooney, a la que un día le cantará «Oh, Rosemary, te odio») y el fruto del mal consejo fue una versión (francesa, ¡oh la la!) de *Cyrano,* casi con su nariz original. Pero, ya en declinación («Las estrellas, dijo un astrólogo, «declinan pero no obligan») fue un actor secundario maestro, bajo la batuta de Billy Wilder, en *Fedora.* Allí, resumía autoridad, malevolencia y disimulo. Es decir, era de nuevo todo un director de cine. Pero (lo que nunca creí) cuando murió le eché de menos.

La única dominicana, creo, que fue una estrella en Hollywood se llamó María Montez. Nadie es capaz de creer ahora lo lejos que llegó María a pesar de sus vehículos. No fue una actriz del cine mudo, sino de las muy locuaces películas de los primeros años 40. No era una mala actriz, era una actriz pésima. Era bella si uno tiene la idea de la belleza femenina que tenía Borges senil. No cantaba, no bailaba. Era de hecho esa zona de desastres que siempre declaran a un territorio después que pasa un huracán. Sin embargo, demostrando que el amor en el cine es no sólo ciego sino sordo, tuvo millones de *fans* feroces que atacaban a cualquiera que siquiera dijera: «Pues yo no sé que le encuentran». Yo no sabía qué le encontraban y fui mordido varias veces por vecinos de luneta. María Montez, cuyo verdadero nombre era África Vidal de Santos Siles y era hija de un cónsul español en la República Dominicana (vean lo que hacen los cónsules españoles cuando están destacados en América), era la reina de esa tierra que inventó Hollywood, Exótica. Pero era tan exótica como su compatriota Flor de Oro Trujillo, a quien su tirano-padre (en realidad un productor de malas pesadillas) decretó Belleza Nacional, ¿dónde si no?, en Ciudad Trujillo, capital de la República Dominicana. (¡Y pensar que ésta fue la tierra que Cristóbal Colón escogió para establecerse!) ¿Algunos *hits* de María Montez? Los ofrezco con la condición de que no me hagan relatar sus argumentos —porque no existen. *La mujer invisible, Asaltante del desierto, Al sur de Tahití, Las mil y una noches* (ya lo adivinaron: ella era *Sheherezada), La salvaje blanca, La mujer cobra, La gata salvaje, La sirena de Atlantis:* que es sólo una muestra. A pesar de estos pesares, el actor favorito de Andy Warhol, en homenaje se cambió el nombre por Mario Montez. Era, por supuesto, un travestí. María Montez, en la mejor tradición creada por Lupe Vélez, feneció en el baño, escaldada en una bañera de agua hirviente. La «Reina del Tecnicolor», como llegaron a llamarla, murió también a los 36 años. Algunas actrices simplemente no debían declarar su edad.

Rita Hayworth debía ser serruchada en dos ahora —como lo hacía en la escena su entonces marido, el afortunado Orson

Welles. La primera mitad de la estrella volvió loco al padre de
Manuel Puig (leer *La traición de Rita Hayworth*) para desenga-
ñar al hijo cuando la conoció, como se dice, en persona. Era y se
llamaba Margarita Carmen Cansino, hija del bailarín y maestro
de flamenco Eduardo Cansino. Algunos han querido emparen-
tar a Cansino con el escritor Cansinos-Assens. (Como lo hizo
John Kobal, inolvidable historiador del cine y biógrafo de Rita.)

Haciendo honor a Hollywood, hay que decir que los estudios Columbia transformaron a Margarita Cansino, una empe-
cinada mujer cuyo arte era el flamenco y que estaba lejos de ser
bella (no hay más que verla en *Charlie Chan en Egipto,* en que era
tan oscura como persona que como actriz: con una línea de frente visiblemente estrecha, fea con ojos pequeños) para convertirla
en una mujer bella y elegante y sofisticada en sólo tres años en
Sólo los ángeles tienen alas y poco después en la Gran Seductora
de *Sangre y arena* y *¡Ay qué rubia!,* hechas el mismo año, 1941, y
al mismo tiempo dejar el flamenco por el jazz y bailar como una
veterana ¡con Fred Astaire! La magia de su cara se llama maquillaje, pero el sortilegio de gracia de su cuerpo estático o en movimiento se llama revelación: esa mujer había nacido para ser estrella de cine —y lo fue de manera magistral.

A la guerra, desde que allá fue Troya, han ido los hombres (según Homero y el cine, los héroes) y detrás se quedan
solas las mujeres. Penélopes sin Ulises, tejiendo fantasías de día y
proyectándolas de noche como un tapiz de sombras. Ésa era la
situación en Hollywood durante la Segunda Guerra Mundial y
para aliviar la carencia de galanes simplemente se importaron de
la zona vecina, casi en el traspatio —esa parte del continente que
se llamó, cómicamente, América *Latina.* De allí venían los latinos
y también, ¿por qué no?, los *latin lovers.* Los primeros importados ya eran importantes en su país. Me refiero a Pedro Armen-
dáriz y Arturo de Córdova —que vinieron, fueron vistos y venci-
dos y regresaron a México. Dos de los que vinieron llegaron para
quedarse son Desi Arnaz y Ricardo Montalbán. Arnaz, que nunca

se tomaba en serio, y Montalbán, que siempre se tomó en serio, son dos ejemplos diversos de *latin lovers*. Montalbán, inclusive, hizo una película que se llamaba, ¿quién lo diría?, *Latin Lovers*. Los dos recién venidos hicieron pareja pronto con americanas. Montalbán se casó con la hermana de Loretta Young, Arnaz con una actriz original, Lucille Ball, que devendría una comedianta única, con o sin Arnaz. La Ball, después de triunfar en la televisión, se hizo ejecutiva del estudio RKO y finalmente se lo compró en una rebaja. Arnaz, ahora ya para siempre Desi, al ser preguntado por qué no aparecía más en el cine, declaró: «Me he casado con una industria, ¿para qué quiero otra?». Desi, ¿quién lo creería?, era mucho más eficaz como ejecutivo que como actor y la compañía de la pareja se llamó *Desilú,* que viene de desilusión. ¿Quién llevaba los pantalones en el dúo? Hombre, que duda cabe, Lucille Ball.

Arnaz (que también tiene su nombre: se llamaba Desiderio Alberto Ernesto Arnaz y de Acha sin ache) vino al cine de la música cubana. En este caso vía Xavier Cugat y su orquesta, que además de dar a luz a Lina, Abbey y Charo, dio a Desi. Su primera película se llamaba *Demasiadas muchachas,* pero entre ellas estaba una Penélope, Lucille Ball, que no sólo tenía un gran cuerpo sino una buena cabeza y, como Penélope, la habilidad de parecer tonta a los pretendientes, que no eran pocos aunque eran del sexo opuesto. Se casaron enseguida y enseguida se fueron cada uno por su lado —hablando en (pantalla de) plata. Las películas de Arnaz se llamaban, con sutileza, *Fin de semana en La Habana* y *Cuban Pete* o sea *Pepe el cubano*. Pero, juntos de nuevo, hicieron una comedia maestra, *La caravana larga,* dirigidos por el gran Vincente Minnelli. Arnaz nunca perdió su fortísimo acento cubano, para deleite de todos —menos de los espectadores españoles, que siempre lo oyeron hablar doblado con acento de Madrid.

Ricardo Montalbán, que hablaba inglés con un ligero acento de todas partes —es decir, de ninguna parte— dejó detrás los galanes ligeros y se convirtió en un actor dramático en películas dramáticas, como *Battleground* y *My Man and I,* las dos dirigidas, cosa casual, por William Wellman, el director que dio su primer papel importante a Anthony Quinn como el mexicano valiente de *The Ox-Bow Incident.* En *My Man and I* Montalbán es el héroe mexicano que siguiendo la Ley de Goldwyn (Sam Goldwyn, que dijo: «Estoy harto de tantos viejos clichés. Tráiganme clichés nuevos») es el bueno —y todos los americanos son malos: asesinos, estafadores y chulos. En suma, una película para espectadores antiimperialistas. Fue un fracaso.

Pero Montalbán fue un éxito y ha seguido haciendo películas, no, ay, de bueno sino de malo o más malo, como en *Startrek Tres* en que es el rey de los villanos estelares. (En inglés, *King of the Klingons).*

Los 80 fueron como los 40 —pero sin guerra— una plétora o una bonanza de actores y actrices. Primero las damas. En *La vuelta al mundo en 80 días* Charles Boyer, un agente de viajes, le habla a Cantinflas de las mujeres de Bali para decirle: «Pero, ¡qué va!, no puedo siquiera describirlas». Y Cantinflas que le dice: «Por favor, ¡trate!» Voy a tratar. Primero está Raquel Tejada, que, como Rita Cansino, hizo fortuna al cambiarse el nombre. Ahora en el cine se llama Raquel Welch. No hay más que ver *El viaje fantástico* por su anatomía o *Un millón de años antes de Jesucristo* en que como quería Sacher-Masoch, es una Venus en pieles. La Welch viene de bolivianos. Su única rival, Bárbara Carrera, es nicaragüense y no ha habido, entre latinas o entre las tunas, una cara más bella hispana desde Dolores del Río —y una cara bella en el cine es la carabela hecha de descubrimiento y pasmo.

Está Elizabeth Peña, que es la mejor actriz de todas estas bellezas, y Talisa Soto, que es tan bella que produce un efecto raro: su fotogenia es invertida y se ve en la pantalla como un pálido reflejo de su belleza de andar por calles.

Entre los hombres está Martin Sheen (verdadero nombre Estévez), hijo de asturianos que siguió por el camino de

Hayworth. Sin, por supuesto, su aura de estrella. Edward James Olmos, más conocido como el teniente Castillo de la serie *Miami Vice,* es un actor considerable y, actor de carácter, puede, como J. Carrol Naish o Akim Tamiroff en los años cuarenta, hacer, *ser,* de todo. No hay mas que verlo en *Blade Runner,* donde la última voz humana que se oye es la suya diciendo premonitorio: «Ella va a morir. Pero, considerando, ¿quién no muere?»

De entre los actores hispanos, el único que es una verdadera estrella (y llegará a ser una superestrella) es el único que no quiere ser una estrella: quiere ser actor de carácter. A pesar de que las mujeres de todas partes lo idolizan (y lo idolatran) como a ningún actor hispano desde Ramón Novarro. Se llama Andy García y desde su contrabandista de drogas en *Ocho millones de maneras de morir,* hasta la reciente *Héroe,* García (nacido en La Habana y llevado por sus padres a Miami cuando tenía cinco años) tiene no sólo un seguro dominio del inglés hablado, sino también el equipo como actor para ser, *hacer,* lo que quiera. Es, como César Romero, alto, moreno y buen mozo. Es, como Anthony Quinn, un actor de actores y un profesional dedicado exclusivamente (como Quinn con la pintura, la música popular cubana es su *hobby* y su obsesión) a la actuación en el cine. Es, como Montalbán, ligero y simpático cuando quiere y dramático y aún trágico cuando puede. Es en estos momentos el actor más adulado por la prensa de los Estados Unidos, de América del Sur y de Europa. Pero lo que más desearía Andy García es ser un actor en Cuba libre —como él dice. Al paso que van las cosas irá de Hollywood a La Habana de que salió.

Raúl Juliá (los americanos convierten su apellido en un nombre de mujer, Julia) nació en Puerto Rico en 1940 y, sorpresa, adquirió su inglés ya de mayor. Juliá viene de la televisión y del teatro neoyorkino, pero su presencia en la pantalla desmiente su origen. Como García, Juliá debe su estrellato a Coppola, que lo dirigió en una comedia musical sonada (o llena de trompeti-

llas), *Corazonada,* que es de veras excelente, y aunque fue protagonista en *El beso de la mujer araña,* se ha destacado más como
secundario en *Presunto Inocente* y en *La Habana* que en sus posibilidades como protagonista. Juliá es, sin embargo, descendiente directo de José Ferrer en los 90.

Hay en Hollywood artistas que nunca han estado en Hollywood pero se ha sentido su presencia en el cine americano
como si hubieran vivido allí toda su carrera. Me refiero a grandes
veteranos como Fernando Rey, famoso en todo el mundo por su
capo que es a la vez un hombre refinado, un *gourmet* y una inteligencia superior para el mal en *The French Connection* o el rey
Fernando en *Cristóbal Colón.* La otra presencia es más cercana:
se trata del genuino cubano que consiguió Antonio Banderas, luchando con gracia con dos acentos ajenos, en *Los reyes del mambo,* que lo ha convertido en un actor internacional (ahora es un
chileno en *La casa de los espíritus)* y un galán con un futuro promisorio. El más influyente de los artistas (porque eso es lo que
fue) hispanos de Cuba, de España, contemporáneos fue el gran
director de fotografía Néstor Almendros. Ganador de un Oscar
en 1979, reconocido en todas partes del mundo del cine y un
cineasta total, Almendros sin embargo nunca pudo trabajar en
Hollywood por razones sindicales no artísticas. Otro de los grandes del cine que nunca aparece en la pantalla (aunque su obra es
lo más visible del cine) es John Alonzo, el extraordinario fotógrafo americano de Tejas. Su primera verdadera película *Vanishing
Point,* para la que escribí el guión, es desde el punto de vista visual una obra maestra americana. Francisco Day, que también estuvo en *Vanishing Point* en un papel protagónico oculto, es hermano de Gilbert Roland y un estratega del cine. No soy irónico,
no. Day era el gerente de producción que estaba mejor visto como
creador de muchos de los directores con que trabajó en silencio.
Es sabido que en *Patton* ganó más batallas que el famoso general.
Chico Day, siempre modesto, era quien buscaba, seleccionaba y
hacía fácil los difíciles territorios donde ocurría la acción. (Y el

acento hay que ponerlo aquí en acción). Chico era además un genuino mexicano que había vivido en Hollywood desde 1922. Que
es el año exacto en que Blasco Ibáñez llegó al cine. Donde todo
movimiento es circular, como el de la película en la cámara y las
cintas en las bobinas.

No podían, no pueden, faltar en esta relación somera los
actores secundarios hispanos, pero son cientos. Desde Thomas
Gómez en los años cuarenta a Héctor Elizondo en los ochenta, los
hay mucho mejores actores que las estrellas citadas. Voy a escoger
sólo dos porque son típicos y a la vez atípicos. Juano Hernández
(nació en Puerto Rico en 1896 con el nombre de Juan García Hernández) fue en su tiempo el más grande actor negro del cine. Su
primera película fue la mejor: *Intruso en el polvo,* basada en la novela de William Faulkner, en que era un negro orgulloso y valiente
en medio del Sur más racista. Hernández impresionó a todos con
su dominio del inglés sureño. Esa fue su única ocasión protagó-
nica, pero después fue tan magnífico como actor secundario en
Young Man with a Horn, como el conmovedor trompeta que es el
mentor de Kirk Douglas, y en *Las aventuras del joven Hemingway*
y en *El prestamista* y en muchas, muchas más. Juano Hernández
era eso que son pocos actores: de veras conmovedor.

Fortunio Bonanova (es imposible que nadie se llame así
y es que nació en la Bonanova en Mallorca y se consideraba el
más afortunado de los mallorquines) este año 1993 cumple 100
años. Es una lástima que esté muerto porque con su corpulen-
cia, su optimismo capaz de vencer todos los infortunios, con su
enorme simpatía catalana, a Bonanova daba gusto verlo en el
cine. Cantante de ópera (era un barítono natural), escritor, director teatral, a los 21 años dirigió y actuó en una versión de Don
Juan en Madrid. Antes de cumplir 25 estaba en Broadway, actuando junto a la afamada Katharine Cornell y entró en Hollywood por la puerta más grande: debutó en el cine americano en
El ciudadano Kane en el papel del maestro de ópera de la imposible soprano Susan Alexander, también conocida como la señora

Kane. Son muchas las películas que agració con sólo una escena o dos. Una de ellas fue *El beso mortal,* en que era el melómano coleccionista, de discos raros de óperas raras, a quien el sadista Ralph Meeker le rompe uno a uno sus preciadas, inapreciables obras maestras del *bel canto.* Su otro momento brillante es en una parodia del Descubrimiento de América, con música de Kurt Weill en que es ¿qué otra cosa si no?, Cristóbal Colón dominando el motín a bordo con su canto a la reina Isabel para sobreponerse a la queja de la chusma amotinada: «Hace mucho, mucho que no pruebo minestrones/ Hace mucho, mucho más que no como macarrones».

No puedo con mis pobres palabras hacerles ver (y oír) a ustedes el arte magnífico de Bonanova. Pero puedo citar ese momento en que Orson Welles, haciendo de Charles Foster Kane, convence y vence a Don Fortunio, maestro de ópera.

> *(Susan berrea, Matisti toca el piano. Kane se sienta cerca.)*
> MATISTI: ¡Imposible! ¡Imposible!
> KANE: No es asunto suyo darle a Mrs. Kane su opinión sobre su talento. Sólo se supone que usted la entrene. Nada más.
> MATISTI: Pero es imposible. Se reirá de mí todo el mundo de la ópera. Mr. Kane, ¿cómo podría persuadirle?
> KANE: No podrá.
> *(Silencio. Matisti no responde).*
> KANE: Sabía que vería por mi punto de vista.

Esta escena es maestra no sólo porque Welles actúa en ella, sino porque está en ella Bonanova: no había otro Matisti posible. Ojalá que pueda yo persuadirlos y vean mi punto de vista en la pantalla.

Una cosa más. El Cristóbal Colón de Fortunio Bonanova no descubre América —descubre a Cuba.

¡Fortunio Bonanova!

Es un nombre de villancicos, de mañanitas y de *jingles:* es un nombre de Nochebuena, de Navidad, de centenario del cine y propio de esa tierra de fantasías, Hollywood, poblada por los mejores actores secundarios de nunca jamás. Entre ellos Fortunio Bonanova. No hay nombre propio más apropiado a la Navidad que Fortunio Bonanova: *jingle bell, jingle name.* Yo que conocí el infortunio conocí también a Fortunio Bonanova, aún como seudónimo. Pero me hubiera gustado más conocer a Fortunio Bonanova en persona. Debió de ser tan feliz como Plácido Domingo: hombres alegres con nombres sonoros como campanas. Cosa curiosa, Bonanova también era cantante de ópera y español —y cantaba, en español, en la ducha. Ducha suya, dicha nuestra.

Con José Luis Rubio, crítico musical del *ABC,* que sabe más de música española que Falla pero nunca falla (aunque esta vez falló: fallamos los dos), planeamos hacer un homenaje más que merecido a Bonanova. Hubiera sido una buena nueva para Bonanova aunque estuviera ya bastante difunto. Pero (esa palabra, pero, que rima con cero, echa a perder los mejores planes) hubo una discrepancia seria en cuanto al año de nacimiento de Bonanova. La *Enciclopedia Katz,* que es la biblia de los laicos del cine, decía que había nacido en Palma de Mallorca. Lo que por su nombre era incuestionable, indudable lugar de nacimiento. Pero (otra vez pero) *Katz* decía que ocurrió en 1893. En España (donde saben cuándo Colón descubrió a América pero no podían decidir algo tan próximo como 1893) hubo autoridades que decían que Bonanova nació en 1894 o 1895. Esto en balística se llama tirar por aproximación, pero nosotros, los homenajeantes, queríamos ir a tiro seguro. Resultado: el homenaje resultó un ojo ajado —y nadie festejó el centenario de tal buena ventura. Pero, si ustedes quieren, y quieren un novísimo Fortunio, vamos a considerar este año, al terminar, la fiesta de Fortunio. (Hay que decir que de joven, en Mallorca, perteneció al cenáculo en que brilló un imberbe argentino llamado Borges).

Graduado de derecho en Madrid, estuvo en el Real Conservatorio y luego en el conservatorio parisién. A los 17 años inicia su carrera en la ópera no como Carreras, que es tenor, sino como barítono. Aparece en la Ópera de París y reaparece por toda Sudamérica. Pero poco después, a los 21 años, encuentra su vocación y produce, dirige y protagoniza una versión de Don Juan para el cine. Llega luego (¿cómo llegó?) a Broadway y hace su debut con la gran Katharine Cornell. Sabiendo que no se puede debutar en Broadway con la gran Katharina más que una vez en la vida, se va a Hollywood y hace *Tropical Holiday* en 1932. Sin embargo, desaparece de los repartos para reaparecer glorioso en *¡Ciudadano Kane!* Donde es, prodigio, el único actor capaz de robar escenas al mismo mimo Orson Welles, que es el diablo y sabe más que el diablo dónde se pone la cámara.

Aunque es memorable —Fortunio es siempre memorable, aún en películas que no merecían su talento— en *Por quién doblan las campanas, Cinco tumbas al Cairo* (para Billy Wilder), en *Double Indemnity* (también para Wilder), *Going My Way, El fugitivo* (para John Ford), *Whirlpool* (para Otto Preminger), *La luna es azul* (también para Preminger: un Otto que vale por ocho), y su obra maestra como secundario inmortal es en *El beso mortal,* para Robert Aldrich y para la memoria del cine. Es el viejo barítono que ama tanto la ópera que hace dúo al disco que oye. Cuando el cruel Mike Hammer quiere sacar algo de él (como una dirección vital) no tiene, para torturarlo, más que romperle un disco. De su colección. De Caruso. Pieza de coleccionista. El gran Bonanova exclama antes de recibir la visita del mal en nombre del bien: «¡El gran caruso!», en español.

Su aparición realmente única ocurre en *Ciudadano Kane,* como el maestro de canto contratado por ese mismo magnate mordaz para que enseñe a cantar ópera a su amante. Pero Bonanova ama más el canto, que para él es siempre *bel canto*.

Kane todopoderoso, Orson el actor, Welles el director han desaparecido. El desastre de la señora Kane en su noche en la ópera es el triunfo de Fortunio Bonanova y es en estas secuencias centrales de *Ciudadano Kane* tan memorable como Orson Welles y su panoplia histriónica. ¿No es eso, como dice Shakespeare, un golpe de gracia, un golpe palpable? Un fortunato bonanovaso. Creo que sí, claro que sí. Es la única vez que alguien hizo sombra al sol de Orson.

Su momento más maestro sucederá cinco años más tarde, en 1945, en *Where Do We Go from Here (¿Adónde iremos de aquí?),* que fue su canto del cine. Es un film de historias sobre la historia. Pero la única parte de arte es el momento en que Cristóbal Colón encuentra su némesis marina: un motín a bordo. La música es de Kurt Weill, la letra es de Ira Gershwin, pero quien se lleva la mejor parte es, por supuesto, Fortunio Bonanova, cantando y actuando en el papel (casi mojado) de Colón. Es, *tiene* que ser, el mejor Colón del cine. Fortunio no hace de Colón, *es* Colón y Bonanova canta que encanta.

Llevé este fragmento fantástico al exclusivo festival de cine de Telluride, en Colorado —y fue el éxito de la mostra. Tuve que repetirlo cinco veces cinco a un público de cineastas, actores y conocedores. Este fue el momento maravilloso de Fortunio Bonanova, que canta y encanta más allá de la muerte pero no del olvido. Dentro de unos segundos lo volveré a exhibir, gratis, a mis lectores. Para que oigan su voz de barítono a bordo de la carabela llamada *Inmortalidad*.

Ave Félix

Cuando surgió María Félix en el mes de abril era, como Afrodita, ya una mujer hecha. Uno de los dones de la Félix es que siempre fue una mujer: nunca nadie la recuerda como una muchacha o una adolescente alta. Aun las otras diosas del cine, versiones de Venus, venidas entre ondas de celuloide, como Greta Garbo o Marlene Dietrich, jamás fueron mujeres completas. La Garbo, años después de su bautizo mítico, era en *Gran Hotel,* por ejemplo, una temblorosa niña neurótica, *ballerina* patética. La Dietrich en su dudoso debut decisivo en *El ángel azul* era una púber pervertida. Pero María Félix fue siempre muy mujer. Hasta los manuales de cine americanos la califican de «actriz mexicana de fuerte carácter». Dije libros americanos y podía haber dicho historias inglesas y es que ni en Hollywood ni en otras partes del mundo anglosajón pudieron comprender la personalidad de María Félix. Ella no era una malcriada versión mexicana de la fierecilla domada ni una bella máscara hierática y helada bajo la piel cobriza ni una india pasiva y apática. Para no mencionar más que a tres estrellas internacionales mexicanas, hay que compararlas diciendo que María fue siempre su propia ama, la doña, y su carácter no le permitía jamás descender a la mera moza sumisa. Años antes del *Women's Lib,* de moda ahora, María Félix no sólo era una mujer liberada sino dueña de su destino —y, a veces, del destino de los hombres que se atrevían a cruzar su camino en el cine. Dije la doña al pasar pero muchos mexicanos la llaman siempre La Doña.

En sus películas mandaba a menudo, de mala manera a veces. En *Doña Bárbara* dio cuerpo hermoso y definido al personaje de cartón de Rómulo Gallegos. En otra película era el ama absoluta. Aún en otra, cuando se consideraba traicionada por el hombre que amaba, rechazaba su regreso contrito con una declaración: «¡Ahora seré Doña Diabla!». Hay que decir que en todas estas apariciones María Félix fue siempre una mujer joven y bella, una criatura fascinante no sólo por su misterio secreto sino por sus revelaciones: su cara y su carácter mostraban el rostro de una diosa implacable, como la Diana que al ser sorprendida en su baño del bosque por un incauto cazador de imágenes, mata al mirón con sus propios perros, pero la orden de matar es dada por la divinidad desnuda. María Félix era de temer y aún enamorada su amor era tan terrible como su odio y los celos hacían de Otelo un moro moroso.

La mención del celoso cauto, engañado no por su mujer sino por su hombre de confianza, es un paralelo apto. Aunque el mismo Shakespeare declara que «el clamor venenoso de una mujer celosa es ponzoña más mortal que un diente de can con rabia», de alguna manera los celos de María Félix siempre fueron, a la mexicana, muy machos. Cuando se piensa en las dos otras mujeres verdaderamente bellas que ha visto el siglo, María Félix es la única que abandonada en una isla desierta sería una real Robinsona, capaz no sólo de sobrevivir y de reconstruir su civilización con dedicada, delicada minuciosidad, sino también de rechazar a Viernes por superfluo y exterminar a todos los caníbales con su odio destructor. Uno piensa en una belleza similar y singular, esa Hedy Lamarr de dos culturas, de óvalo perfecto, pálida piel y pelo negro partido al medio para acentuar la simetría con un centro absoluto. Pero sus hermosos ojos son azules, incapaces del fuego y el fervor de la Félix. La Lamarr habría sido violada por Viernes y devorada por los antropófagos regalados con esa delicadeza de Viena. Marlene Dietrich, que tenía una voluntad erótica en *El ángel azul,* y un temperamento tórrido en *Destry Rides Again,* a pesar de su sonrisa sardónica, rictus rubio, fue reducida por Von Sternberg a mero adorno: un objeto singular y sugestivo, capaz de todas las versiones y perversiones de una pasión, pero cuando conocí a Marlene Dietrich en 1957, en público, aunque se veía de una belleza que no pasa, voluntariamente se subordinó a Von Sternberg, su descubridor, su maestro constructor y mostró que Von Sternberg no mentía: él había inventado a Marlene, mujer y mito. Ella parecía casi la muñeca animada por una mezcla de los inventores vesánicos Spalanzani y Coppelius, bella pero dependiente y su famosa exclamación durante una filmación infeliz fue hecha medio en serio, medio en broma y sin embargo conmovía: «*Joe, where are you?*», clamando por un Joseph von Sternberg ausente. ¿Alguien puede imaginarse a María Félix suplicando «Indio, ¿dónde estás?», pidiendo el atroz regreso de un Emilio Fernández, repleto de tacos y tequila? Si a alguno le parece excesiva esta comparación, reducida a tres estrellas del cine, es porque aparte de (por orden de edad) Greta Garbo, Marlene Dietrich y Hedy Lamarr, no encuentro otras bellezas de la pantalla del tamaño de María Félix. Parodiando a la Norma Desmond (Gloria Swanson) de *El ocaso de una estrella* y viendo tantas estrellitas en la pequeña pantalla de la televisión hay que decir: «No es que la pantalla haya reducido a las estrellas. Es que antes las estrellas eran grandes». María Félix, no hay que olvidarlo, es grande entre las grandes.

Su belleza era original. Aunque ha habido muchos facsímiles, María Félix, cuando surgió, no se parecía a nadie. Se podía esperar su suave piel morena, pero no su cara larga y sin embargo simétrica y fijada por la barbilla perfecta. No era una cara ancha, toda pómulos pero los pómulos útiles y altos estaban ahí para enmarcar con las cejas de acento circunflejo sus grandes ojos negros. La boca no era una boca mexicana sino de labios largos, casi rectos y llenos, como los labios de un maniquí. Toda ella no era la esperada máscara azteca de Ciudad México o de un museo antropológico. Al contrario su belleza no podía ser más original. No se puede explicar diciendo que así son las mujeres del Norte: María Félix nació en Sonora. Sería como decir que

Greta Garbo adquirió su belleza por nacer en Suecia. He visto muchas suecas, muchas actrices suecas y ninguna entre ellas, ni siquiera Ingrid Bergman, se acerca a Greta Garbo en esa combinación de belleza que es una máscara de misterio —detrás de la cual se esconde un enigma. María Félix, morena, es esa clase de belleza. Sólo una belleza del cine esconde para mí mayor placer y se llama Louise Brooks. Pero la Brooks es un misterio evidente: su cara esconde lo que exhibe: la más inmediata realidad del animal debajo de la apariencia sociable: la seda, el pelo peinado a lo paje equívoco, la boca decididamente unívoca: detrás de esa máscara transparente está la voz del sexo. Louise Brooks es el sexo: desnudo, directo, perverso. En María Félix no se encuentra necesariamente el sexo, sino una bestia civilizada pero no domada que aflora a la superficie en sus tratos —comerciales, de amor, de parentesco— como un animal social pero peligroso.

Todo eso hace de María Félix una original. Ella es su propio canon de belleza y sólo es posible compararle consigo misma. Su *gestalt* se descompone en la larga cabellera en ondas, la barbilla partida y los ojos en los que baila una llama: la danza del fuego fatuo: está ahí brillando viva, ya no está, ahí reaparece. Pocos ojos del cine consiguen ese resplandor visible aún en las fotos fijas. Pienso en la joven Vivien Leigh, en Susan Hayward y a veces en Silvana Mangano. Vivien Leigh adquirió esa mirada en una neurosis profunda, Susan Hayward y la primera Silvana Mangano parecieron epígonos de María Félix. Los hubo a montones en el cine mexicano, en actrices bellas como María Elena Marqués y Elsa Aguirre: ninguna habría sido posible de no haber existido el original de María Félix. Hasta las ondas de la bellísima Elsa Aguirre surgían de la cabeza de la Félix. Es posible que Silvana Mangano, momentáneamente, supiera quién era María Félix y enamorada de la belleza femenina decidiera imitarla. Podría haber duda de si Susan Hayward copiaba en sus rizos rojos y aire indomable a la Félix. Al argumento de que Susan Hayward estaba en el cine mucho antes de que surgiera María, se puede oponer que Joan Crawford, por ejemplo, estaba en el cine antes que Hedy Lamarr y eso no le impidió copiarla en un período de su carrera. Igualmente Vivien Leigh imitó el pelo de ala de cuervo partido al medio y las ondas negras que caían alrededor de la cara menos perfecta que la imitada de Hedy Lamarr. Pero una imitación perfectamente verificable de una de las mujeres más bellas de Hollywood y una gran estrella durante décadas, que siguió en el cine después del retiro de María Félix. Esta imitadora se llama Ava Gardner.

He visto todas las películas de María Félix desde *El peñón de las ánimas,* donde la vi casualmente, hasta su despedida definitiva. Nunca he olvidado su cara pero tampoco sus brazos delgados ni sus piernas ni ese cuerpo que cuando pocas lo hacían se desnudó en *French Cancan,* en que Jean Renoir supo apreciar lo que Buñuel, sordo a la belleza, no pudo ver. Conocí de manera menos íntima que mi copia de Ava Gardner a su original en 1956. No tuvimos un *tête à tête* indiscreto porque yo entrevistaba a María Félix, de paso por La Habana. El director de *Carteles* me aconsejó que evitara las manos de María Félix, que eran feas. Recuerdo que no hice otra cosa que mirar sus manos, fascinado con ellas tanto como por su cara o su voz baja, grave, de secreto que no había divulgado al cine. Las manos de María eran para mí bellísimas. Tal vez no fueran fotogénicas, pero eran como las manos de Rita Hayworth, como las garras amables de un ave de presa, peligrosas en potencia, hostiles aún inertes, tal vez terribles desplegadas para apresar. La voz velada de María Félix reveló su verdadero secreto: la estrella no sólo era una actriz, era una mujer inteligente que contestaba mis preguntas con extrema seriedad y atención y sin la menor sonrisa a lo que debía ser un cuestionario para poner en cuestión. Atento a las manos y a la voz y a la cara de una belleza inescrutable me había olvidado de que la esfinge no tiene sentido del humor. Tampoco lo tiene Greta Garbo. O Hedy Lamarr. La belleza es hierática: es por eso que impone y cautiva y se hace memorable, como una imagen.

María Félix se dejó pintar entre velos por Diego Rivera, uno de los hombres más feos de la historia de la pintura. En ese retrato que es un avance veraz de su aparición desnuda en el cine y una idealización de la carne de María en alma sola, Rivera consiguió su obra maestra: su único cuadro bello. No se me escapa que es gracias a la presencia de María Félix que deja de ser modelo, objeto a pintar, para ser sujeto de la pintura. Una vez el compositor Agustín Lara, en esa época el hombre más feo de México, compuso un vals que oscilaba rítmico y melodioso entre Johann Strauss y Richard Strauss, en honor de María Félix. Se llamaba «María Bonita» y Lara, consumado compositor de canciones, incurable romántico, tuberculoso tenaz, creó una tonada de gran gracia que todos cantaban y algunos bailaban. María Félix se divorció de Agustín Lara para casarse con el charro cantor Jorge Negrete, alcohólico atroz. Este matrimonio terminó en la muerte y María fue viuda por primera vez. Lara murió frustrado porque María Bonita no quedó encerrada para siempre en su vals venéreo y Jorge Negrete murió en el delirio tremendo, su igual, mientras María Félix venía a Europa a buscar su propia imagen, su pareja, y convertirse en *La bella Otero* en el cine: dos leyendas en una sola sombra. Fue también una de las pocas bellezas que captó Renoir hijo, uno de los hombres más feos del cine. María Félix se retiró del cine y ahora a veces se la ve en un palco de Longchamp atenta al trote de un potro, el galope de un caballo, a esa insólita yegua que ganó la séptima carrera; el ruido de cascos la emociona más que el aplauso. Se sabe que se casó otra vez y de nuevo es viuda —nunca alegre, siempre dramática— y que vive entre París y México y es capaz de cambiar sus joyas por un potrico con estampa de purasangre. Me dijeron, confidencialmente, que es todavía bella. Respondí que «todavía» es una palabra mezquina para María Félix, eterna como Venus, que es la belleza y el amor: su belleza, nuestro amor. Sé que ahora le harán un homenaje en Huelva, no lejos de Palos de Moguer, donde el Gran Almirante empezó todo al hacerse a la mar, desde donde descubrieron otra isla larga que hace balance geográfico con la Inglaterra en que vivo, de donde salió Hernán Cortés para conocer a una belleza india llamada Malinche y juntos hicieron posible el México moderno. A su vez los hermanos Lumière hicieron posible el cine mexicano, mientras México hizo posible a María Félix y la unión del cine y su rostro creó a su vez el mito de la belleza que no muere, de alguien que es algo más que María Bonita, que es María la Bella.

Quiero agradecer con estas páginas el placer que María Félix me ha regalado sin pedirme nada en cambio. Lo escrito se une a los diversos homenajes que otros hombres le han rendido a su persona de distinta manera. Solamente nos une la fealdad, la mía, y la belleza, de María Félix.

Ni flores ni coronas

No hay que confundir *La corona negra* con *La corona de hierro* ni con *Las joyas de la corona* ni con *Corona de espinas,* ni, por supuesto, con La Corona, cerveza clara en botella oscura. Nuestra *Corona* fue escrita, aparentemente, por Jean Cocteau. Pero de Cocteau sólo se ve un epígrafe para un epitafio que habla de coronas y de buitres, todos negros —y de muerte. Los buitres serán un *leitmotiv* visual y ocurren y recurren para acosar a la protagonista en busca de carne viva, contrarios. Quedan, de Cocteau, como despojos, unos brazos con molleros que surgen del desierto en un recuerdo rencoroso de *La bella y la bestia* y el héroe, es un decir, se mira en un espejo, como para hacernos recordar a *Orfeo.* Fue así donde Cocteau emitió un epigrama especulante: «La muerte siempre entra por los espejos». Pero las artes (y las partes) de Cocteau han sido a menudo un juego de derivaciones. Dijo Oscar Wilde en su *Salomé* cincuenta y cinco años antes: «No hay que mirar en los espejos, porque los espejos no nos muestran más que máscaras». Cocteau, tal vez hablando de los espectadores de *La corona* escribió *Un amigo duerme.* También los enemigos, creo, duermen.

En *La corona* hay, tenía que haber, espejos: un espejo es, precisamente, causal de suerte —y de muerte. Pero para que funcione el maleficio del azogue hay que echarle agua caliente a la luna. (La del espejo naturalmente.) Si se quiebra el espejo la muerte es segura y dura. La muerte, que siempre viene a través de espejo oscuro, esta vez trae agua clara: no hay espejo o cristal frágil que soporte el contenido de una olla de agua que hierve a cien grados de calor. Así se raja el espejo y comienza el dudoso maleficio.

Relatar el argumento de *La corona negra* es reincidir. Pero hay, sí, ay, sus derivados: esos brazos de braceros que acosan sexualmente a la heroína. Surgen de la cegadora arena blanca igual que emergieron de las paredes negras del suntuoso palacio de la Bestia que hacía Marais. Allí eran fascinantes lámparas humanas, aquí el efecto es burdo, zurdo, absurdo. Los pedazos de brazos pertenecen sin duda a mineros del desierto que no advierten que han quedado de *córpore sepulto*. El surrealismo, como el avestruz, es altamente contagioso en África.

El director de este tenebroso melodrama con espejos es Luis Saslavski, el más prestigioso director argentino de su tiempo. Fue, según una nota de prensa rencorosa entonces, el primer director de Argentina que «traspasó los umbrales de Hollywood». Aunque «fue convocado en 1941 para realizar un frustrado *remake* de su *Historia de una noche*». «Frustrado *remake*» es, como diría Polonio, una frase aviesa. Pero Saslavsky tuvo el raro privilegio de dirigir a las dos mujeres más bellas del cine en español —tal vez del cine *tout court*. Dolores del Río y María Félix. De alguna manera —en el tiempo pero no en el espacio— compartió a la Dolores con Orson Welles y John Ford. La otra versión de Venus, María alias la Doña, alias Ave Félix, es lo único que redime a *La corona negra* de un tedio tan vasto y pertinaz como el desierto. Cesáreo González, su incomprensible productor, hizo naufragar su nave española entre acentos descollantes.

La aparición (y eso es lo que es) de María Félix como una Afrodita en África vale la pena (la condena más bien) de tener que ver los trajines de Rossano Brazzi y Vittorio Gassman en su repetido y ridículo pugilato. María está aquí más bella que nunca, les anuncio. Más delgada que en *French Cancan,* coetánea, donde Jean Renoir, para demostrar que era hijo de su padre, mostró su busto (el de María) para revelar sus senos sensuales y secretos y probar que en el cine, en todo el cine, no tiene ella otra rival que Hedy Lamarr. Pero la Lamarr era blanda, blanca, mientras María despliega un mestizaje ideal por perfecto. Cocteau creó un proverbio que parecía un programa para María Félix: «Los privilegios de la belleza son inmensos». En *La corona* su presencia es nuestro privilegio. Pero ella, final fatal, demuestra que toda belleza es terrible. El odio, no el amor, le restituye la belleza que estuvo a punto de perder en la muerte. Aparentemente apabullada por los hombres, ella domina toda la película con su belleza hierática, ayudada por un *chador* negro que es el sudario, como dijo el poeta Santos, de «la belleza que el cielo no amortaja».

Jaime Soriano, el inventor de la «cápsula crítica», declaró una vez que es tan difícil hacer una mala película como una buena. Con el tiempo esta cápsula específica se ha convertido en verdad absoluta.

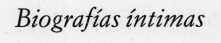

Biografías íntimas

Hasta cuándo Catalina

Katharine Hepburn (una Catalina llamada Kate por sus amigos) ha sido por más de sesenta años una de las actrices de cine más conocidas en todas partes y es tal vez la más intrigante de todas las grandes estrellas después de Greta Garbo. A pesar de varias biografías (la primera escrita por su amigo íntimo Garson Kanin, escritor de dos de sus grandes éxitos) y por lo menos dos autobiografías —una de ellas llamada típicamente *Yo*— permanece, cuando todo se ha dicho y escrito, un enigma menor.

La presenta en su última biografía Barbara Leaming (biógrafa de Orson Welles y Bette Davis) como la mujer sufrida en sus líos románticos con un psicópata, un abusador y un borracho incurable. Es lo que eran, respectivamente, Howard Hughes, John Ford y Spencer Tracy. A pesar de sus disfraces públicos. Pero, según parece, Hepburn les cayó atrás a estos personajes pertinaces y no al revés como se creyó. La historia de sus amores se lee como un caso clínico de masoquismo. Este término fue descrito por primera vez por Krafft-Ebing como una «perversión particular», en la que «sus víctimas aparecen superadas por sus sentimientos sexuales... como subyugadas por la voluntad de una persona del sexo opuesto». Pero, es significativo que en su *Psicopathia sexualis,* un análisis sexual maestro, Krafft-Ebing añade: «Esta concepción enferma queda coloreada por el placer».

En el caso de Katharine Hepburn estos rasgos patológicos sexuales se complicaban con el hecho social de que se enamoraba siempre de hombres que no podían (o no querían) casarse. Ella se conformaba con convertirse en amante y quedar

sometida a un *status* de inferioridad. En el caso de su último amante, Spencer Tracy, no podía inclusive estar con él a solas y cuando conseguían pasar la noche juntos tenía que dormir ¡en una
colchoneta en el suelo! ¿Es romántico este gesto o simplemente
traumático? Si él le hubiera lanzado un palo para que lo reco-
giera y al hacerlo pegarle con él, ella lo hubiera hecho movien-
do con alegría el rabo atávico. Esto es lo que Krafft-Ebing llama
esclavitud humana. Es irónico entonces que esta actriz fue ex-
perta en protagonizar papeles que eran el retrato de una mujer
independiente, feminista inclusive. Como en *La mujer del año,*
la película que la unió con Tracy por primera vez.

Pero antes Hepburn era una actriz deliciosa, mejor des-
crita como «testaruda y elocuente» —que iba de capa caída. Pensaba ella entonces que la cima de su carrera era *María de Escocia,*
donde, como dijo Dorothy Parker al verla en el teatro, «ella reco-
rría toda la gama de la actuación —de A a B». Ésta fue su única
colaboración con el director John Ford, cuya técnica de dirección favorita era ultrajar a su reparto tanto como a su equipo.
Ford filmaba por medio del pelotón de fusilamiento y el paredón
era el desierto. Un día malo durante la filmación de *La diligencia,*
Ford había pinchado a todos y cada uno. Pero le faltaba Thomas
Mitchell. Cuando Ford trató de apabullarlo el veterano actor se
escudó con una frase: «Recuerde, Mr. Ford, que yo vi *María de
Escocia*». Ford lo dirigió pero no volvió a dirigirle la palabra.

La Hepburn, tan agresiva como Bette Davis y tan franca como Dietrich, era demoledora. Cuando era buena podía ser
insuperable, como en *Locura de verano* de David Lean. Pero cuando estaba mal, como en *Christopher Strong* o *Sylvia Scarlett* (¡sin
mencionar a *María de Escocia!)* podía hacer crujir los dientes. Así
no mucho tiempo después fue declarada veneno para la taquilla. Había desarrollado un método de actuar cantando que era
realmente odioso. Como por Anselmo, *ensalmo,* todo desapareció cuando comenzó su pareja con Spencer Tracy al principio
de los años cuarenta. Antes había cometido el error de todos los

actores de entonces (por lo menos los que se consideraban, ay, «intelectuales del Este») de alabar al teatro y denostar a Hollywood no como una meca sino como una mera fábrica de films. (Nunca los tales decían películas si podían evitarlo.) No hay más que echar un vistazo a las obras de Broadway puestas en escena entonces para ver que la mayoría —tanto en la escritura como en la actuación— eran mediocridades que posaban de alta cultura cuando ni siquiera eran alta costura.

Pero sucedió algo bueno: conoció a Spencer Tracy para hacer una película juntos. El encuentro fue casi una cita bonita, según la concibió un guionista de Hollywood. Dice Leaming: «Se hablaba mucho de Tracy en el círculo de Ford... pero Kate nunca se lo había encontrado. Ocurrió ahora fuera del edificio Thalberg en la Metro». El encuentro fue casual: ella salía y Tracy entraba con Mankiewicz (el director de *Eva al desnudo*, entonces productor) de regreso del almuerzo. Iban a actuar juntos en *La mujer del año*. Hepburn vio que Tracy no era tan alto como en la pantalla. (De hecho nadie lo es nunca.)

—Mr. Tracy —dijo Kate—, creo que usted me quedará corto.

—No te preocupes —rió Mankiewicz —que él te cortará a su medida.

Tracy, que era a menudo lento pero contento, dijo una última frase después que Hepburn los dejó: —No quiero tener que ver nada con esa mujer. Nunca.

De hecho Tracy y Hepburn tuvieron que ver el uno con la otra hasta el día que murió Tracy. O de 1942 hasta 1967. Entre ellos hicieron nueve películas juntos. Hepburn, siempre sabidilla, dijo de la pareja de baile Ginger Rogers-Fred Astaire: «Ella le dio a él sexo, él le dio a ella el estilo». Ahora se podía decir de la pareja de actores de comedia que ella le dio a él algo de estilo pero él le dio a ella humanidad. (O sea, no más *María de Escocia*.) Pero este libro prueba que Spencer Tracy no sólo era el mejor actor del dúo, sino la persona más interesante. Vean: su verdadera personalidad, un alcohólico enfermo incurable, era totalmente diferente al hombre que vemos en la pantalla todavía. Como actor siempre proyectó estabilidad emocional, salud mental y aplomo. Era todo lo contrario en la vida real.

Pero Leaming pinta un retrato de Hepburn como un alma sufrida, una especie de monja laica tan estoica como la madre Teresa con acento patricio. Ella es, ni más ni menos, una actriz y de lo que la biografía habla menos es de actuación. Lo que Katharine Hepburn ha logrado se envasa en latas: rollos de película no rollos. Se la presenta como un caso de masoquismo pero al final del libro cualquier lector está hasta las orejas —a menos que se llame Van Gogh— de tanta miseria humana. Se da que Sade probó con sus libros que el masoquismo puede aburrir tanto como el sadismo: después del primer latigazo todo es una lata. Hepburn sufre a Tracy como una perra fiel a su amo cruel: se le sienta a los pies, lo cuida y mima cuando está enfermo (léase resaca), le lame el ego constantemente y dice cosas como: «¿No es verdad que es grande?», «¡Es formidable!», «Es un actor de actores» y todo lo que consigue como recompensa son rechazos, insultos y castigo. Pero, un momento. ¿No es este rebajarse una forma sutil del control?

Hubo un momento revelador en Cuba cuando Tracy filmaba *El viejo y el mar* en una playa cerca de La Habana. La Warner asignó a un cubano muy capaz llamado Guido Álvarez para que cuidara (léase vigilara) a Tracy. Su tarea específica era mantener a Tracy lejos del whiskey. Tracy había jurado ante su contrato que no tocaría el whiskey mientras estuviera en Cuba. Cumplió su palabra y nunca probó una gota de whiskey —¡pero se emborrachaba con Dubonnet! Un día llegó Katharine Hepburn de Los Ángeles, vino a la playa, entró no sin antes abrir las puertas del *bungalow* y le dijo al actor, ya borracho, tres palabras : «Spencer, aquí estoy». Desde ese momento Spencer Tracy no volvió a probar el Dubonnet.

Es virtualmente (y este adverbio deriva de la palabra virtud) imposible escribir una biografía balanceada de una mujer tan contradictoria que solía darse *seis* duchas al día y sin embargo siempre tenía las uñas sucias de mugre. Pero de cierta manera Leaming ha cumplido su cometido. Ella se las arregla para escribir biografías no autorizadas que no suelen ser desautorizadas pero parecen voceros del biografiado. Como ocurrió antes con Welles —en cuya biografía Orson se las arreglaba para hablar con voz de mujer. En este libro Katharine Hepburn parece atacada de *folie de grand dame,* cuando, al terminar el rodaje de *De repente en el verano,* de repente se acercó al director Joseph Mankiewicz y le escupió a la cara. ¿Lo hizo, tal vez, porque éste fue el hombre que le presentó a Spencer Tracy? Barbara Leaming, más miñona que *mignone,* no explica.

Plutarco, el más grande biógrafo de la antigüedad, se fiaba más de los chismes que de las fechas. Así la biografía de Katharine Hepburn, la que amó a John Ford y a Spencer Tracy, católicos casados hasta la muerte, es la historia de una viuda paralela.

Marlene cuenta el tango

Marlene (¿me perdonan si la llamo Marlene?) fue un icono capaz de superponerse a su persona —que era mitad máscara, mitad excesivamente franca. Aunque inventada prácticamente por un director de cine, Joseph von Sternberg, quien a su vez se había inventado a sí mismo asimismo: hasta su nombre era inventado. Se llamaba originalmente Jo Stern, judío que se apropió un nombre noble y luego, a propósito, fue apodado en Hollywood «el *von*». Con él, bajo él, Marlene asumió el rol de una de sus películas y se convirtió en una Venus rubia. (La película se titulaba *Blond Venus.)* Fue un icono para el ojo pagano y como una Venus en pieles nació del mar decadente que era Berlín en 1929 en *El ángel azul.* Von Sterberg le dio otro nombre, Lola-Lola, sacado de *La caja de Pandora,* de Lulú, pero declaró que la moldeó de acuerdo con su imagen de una falsa *Frau.* Los franceses, que siempre admiraron a Sacher-Masoch, inventor del masoquismo, la llamaron *la femme fatale:* una mujer de tan irresistible sexo que lleva a los hombres a la perdición. Von Sternberg hizo esta declaración de principios como fines en *Diversión en el lavadero chino,* su autobiografía tan idiosincrática como la de Marlene, subtitulada «Mi vida».

Ésta no es la primera autobiografía de Marlene. En el pasado otros hombres la escribieron por ella. En su larga (nació en 1901) vida venturosa (por no decir aventurera) ha sido sujeto y objeto de más de una biografía —que ella ni siquiera recuerda haber autorizado. Al principio de su libro, no de su vida, declara que «decidió escribirlo para aclarar numerosos equívocos». Declaración asombrosa en una mujer que ha sido siempre toda equívocos. Declarada bisexual tuvo amantes hombres pero casi siempre actores (Gary Cooper, el escritor Erich Maria Remarque, que parecía un actor, y Jean Gabin) y combinaciones homosexuales. Aún antes de *El ángel azul* era notoria en los teatros de Berlín por su afición a ejercer la *cunnilingua* con sus compañeras de reparto —entre escena y escena. Su hija María, muchos años más tarde, la acusó de haberse ido en un yate con una amante y dejarla con una niñera lesbiana —que procedió a violarla. María ahora dice que su madre conocía las tendencias de la niñera, lo que la divertía. Marlene afrontó estas revelaciones con su habitual sonrisa entre cínica y divertida. Como su persona en la vida no era diferente de sus personajes en el cine, Marlene nunca sufrió un solo desaire, ni de sus colegas ni de su fanaticada. Ella fue la que se salió con la suya.

En el amoroso retrato de Marlene (tenía que ser para el cine) que le hizo el actor y director Maximilian Schell, como una niña victoriana se la oía pero no se la veía. Por primera vez en la vida Marlene le tenía miedo a la cámara y permaneció en la oscuridad. Así le pasa al lector de esta autobiografía fraudulenta. Hay tantos hoyos negros en la nébula de esta estrella fugitiva aunque no fugaz, que nadie recuerda la vieja especie de que Marlene se llamó realmente María Magdalena von Losch, aunque su verdadero nombre es Dietrich. Marlene es una amalgama de los dos nombres bíblicos, aptos para una actriz que en el cine fue una santa y una puta —y a veces las dos encarnaciones en la misma película, como en *La Venus rubia*. Los franceses tienen una frase para ella (los franceses tienen frases para todo) y fue Jean Cocteau quien la acuñó: «Su nombre empieza con una caricia y termina como un látigo».

Desde el principio del libro Marlene se dedica a disipar viejos mitos suyos y luego procede a crear mitos nuevos —y esta tarea la lleva a cabo cuando tenía casi noventa años. Dice: «Cuando empecé este libro decidí relatar los sucesos esenciales de mi vida y mi carrera». Habla, primero que nada, de Von Sternberg.

Dice que le dijo a él, al Von, una vez: «Eres Svengali y yo soy Trilby». Von Sternberg fue en realidad mucho más. Fue su Cristóbal Colón (la descubrió como una América alemana), su venerado Vespucio (le dio el nombre para el cine y para el mundo), su mago Magallanes (viajó alrededor de ella con su cámara). Dice ella: «Fue el más grande cameraman que vio el mundo». Y mucho, mucho más, fue Von Sternberg quien exclamó: *«Ich bin Marlene».* Que se puede traducir como yo soy Marlene —o más bien, Marlene soy yo. La leyenda quiere que cuando ella hacía su primera película sin Von Sternberg gritaba desesperada: «Jo! Jo! ¿Dónde estás cuando más te necesito?»

Ahora, anciana, se recuerda más sabia de lo que nunca fue. En vez de Von Sternberg (muerto hace tiempo) tiene a Jo(hann) Goethe por maestro. En vez de oír del cine el *cant,* lee a Kant. En vez de la publicidad se tutea con la literatura. Pero concluye que no hay lógica en la lógica: «no es una actividad femenina». A veces Marlene se presenta como una mujer frágil, otras como una virago blonda: la primera mujer que llevó los pantalones en el cine, en Hollywood. En su casa usaba pijamas. Con pantalones pero sin *panties:* bragas, braguetas. Como mujer era muy hombre. Hija de un oficial alemán muerto en la Gran Guerra, le dijo que no a las invitaciones de Goebbels, que decía, si cedía, sería esencial a la maquinaria de propaganda del Führer. *Nein, nein,* dijo dos veces ella y luego recorrió los frentes de Europa para entretener a las tropas americanas no lejos de las líneas alemanas. Lo primero requería valor, lo último era sólo arriesgado: Hitler la declaró traidora contumaz. Pero siempre fue tan alemana como el *sauerkraut* y así, la Kraut, la llamó su íntimo amigo Ernest Hemingway, a quien ella, mucho mayor, llamaba Papa. Pero tiene cuidado en su libro de decir que Papa era su amor, no su amante. Como dijo otra Venus rubia, Mae West, no eran los hombres en su vida lo que contaba sino la vida en sus hombres.

Marlene, rubia y musical, no fue un canario porque nunca cantó en jaula. En cada película que hacía lo que cantaba eran cantos de pecado, como una versión femenina de Salomón: su cantar de cantares eran canciones lúbricas. En *El ángel azul* cantó «*Ich bin die fesche Lola*». (Traduzca por favor. No, no, es demasiado para mí.) En su última película canta y hace cantar a David Bowie «*Just a Gigolo*». Dice *Collins:* «*Gigoló* n. hombre mantenido por una mujer, sobre todo ya mayor».

Von Sternberg nos dejó saber que Marlene podía cantar, pero el lector de las memorias de Marlene se entera de que fue una niña prodigio al piano y al violín y que muy joven acarició (entre otras cosas) la idea de una carrera como concertista. Su maestro de música entonces se llamaba el doctor Fleisch, que quiere decir carne, un nombre de lo que vendría después: todas sus películas tratan de la carne y no aluden precisamente al filete. Pero saber del violín y del piano y del doctor Fleisch es como oír que Greta Garbo tocaba el saxofón. Por cierto, una Greta aspirante y una desconocida Marlene estuvieron juntas brevemente en una misma película alemana, *La calle sin alegría,* no sin alergia como se ha escrito en alguna parte. Garbo era la segunda en el reparto, Marlene una extra fugitiva. Unos años más tarde las posiciones se invirtieron: Marlene era cada vez más famosa y la Garbo sólo repetía: «Quiero estar sola» —y nadie la oía.

No me vuelvo loco por *El ángel azul:* me gusta el azul pero no los ángeles. Pero aquí Von Sternberg estableció de una vez por todas la imagen de un ídolo que el siglo adoraría —aunque entonces tenía demasiada carne en todas partes. Su mejor película, *El diablo es una mujer,* fue la última que hizo para Von Sternberg. Es una fantasía erótica (¿qué otra cosa podía ser?) que pasa en una Sevilla donde llueve siempre. Primero llueve el agua improbable, después las profusas serpentinas: es carnaval y Marlene se llama Concha Pérez. Es, ya lo vieron, una fantasía de la carne en carnaval sin Cuaresma: la película se acaba antes del miércoles de ceniza con el triunfo de doña Carnal.

Con Marlene, Von Sternberg, un vienés, hizo sus mejores películas. Con Billy Wilder, un vienés, hizo sus peores pelí-

culas: *Asuntos exteriores* y *Testigo de cargo.* Con Alfred Hitchcock hizo una de las más atroces películas de suspense hechas
jamás. Se llamaba *Miedo escénico,* pero debió llamarse Mierda
cínica. Como dijo el propio Hitchcock: «Marlene fue de Lola-Lola
a no, no, no». Pero ella disparó a Hitchcock una de sus risas
sardónicas con buena puntería y mejor tino.

Desde los días de ensalada de Von Sternberg la mejor actuación de Marlene se la regaló a Orson Welles (sin cobrarle: un
lazo de admiración los unía) en *Sed de mal,* momento de magia
para el mago de salón que solía serrucharla en dos en la escena
del Prestidigitador y la Malena. Marlene, toda de negro, era Ta-
na, una puta envejecida que es ahora una cartomántica cerca
de la frontera. «Adivíname el futuro», le pide Orson disfrazado de
hombre gordo. Él es un policía corrupto y ella su vieja novia: tan
vieja que ninguno de los dos recuerda el primer beso. «No tienes
futuro, querido», dice Marlene con una cheruta entre los labios.
«Lo has malgastado todo». Pero en realidad ninguno de los dos
tiene ni futuro ni fruto.

Esta fue la última película de Welles en Hollywood y
Marlene, al usar una peluca negra, gastó su imagen rubia. Era
además contagiosa y Orson se hace adivino. «Éste es su último
gran papel», profetizó. Al final de la película, con el policía Hank
Quinlan abatido por su segundo un segundo antes, alguien le
pregunta a Marlene qué pensaba del muerto. «Era una clase de
hombre», queriendo decir de los que ya no hay. Lo que se puede
decir también de Marlene Dietrich: qué clase de mujer. En la
pantalla, en este libro, en el siglo.

El canario cojo

Cuando un grupo de fanáticos (*fans*) vino a visitar a Louis B. Mayer en la Metro, en 1938, en su apogeo, el *tycoon* tiránico sentó en su regazo a regañadientes, a la joven Judy Garland para aseverar severo: «¿Ven a esta niñita?», señalando con la cabeza a la Judy que con 16 años ya comenzaba a ser la Garland. «Miren en lo que la he convertido. Por si no lo saben, ella era gibosa», y volviéndose a Judy Garland preguntó más retador que retórico: «¿No es verdad, Judy?». De acuerdo con el historiador del cine David Shipman, quien ha escrito la biografía definitiva de Judy llamada *Garland* (que podría tener un subtítulo, «El caso del canario cojo»), hubo una breve pausa (comercial) asombrada por parte de los visitantes pero Judy respondió: «Claro, Mr. Mayer, es así. Supongo». Supongo no queda cerca de Cipango pero Judy se alejó un tanto. Hasta Shipman, que es más generoso con Garland de lo que fue nunca con Brando, su otro biografiado, dice que el gran logro del ogro de la Metro fue disfrazar la realidad anatómica de Judy que no tenía cintura. Luego cita a una tal Frances Marion que dijo: «Judy tenía todas las características de una tortuga. Una tortuguita». Caritativo escribió Shipman: «Su anatomía podría ser perfecta para una cantante, pero no se veía muy bien en la pantalla».

La biografía cuenta cómo y a qué costo Judy Garland, la actriz infantil Ethel Gumm, creció para desmentir a Mayer y volverse una jorobada mental. De acuerdo con sus respectivos biógrafos, Marilyn Monroe y Judy Garland eran gemelas idénticas —pero reflejadas en el espejo aberrante de Hollywood. Ambas

fueron producto del sistema de estudios: Garland con la MGM,
Marilyn con la Fox. Garland, como se ve, no era ciertamente una
belleza pero tenía un enorme talento de cantante y actriz. Marilyn
no tuvo otro talento que su considerable belleza. Ambas eran in-
seguras y enfermizas y usaban el sexo como el medio de conseguir
lo que querían. Ambas sufrían de un complejo de inferioridad que
tenía su contrapeso en el delirio de grandeza. Ambas eran adictas
a los somníferos y como antídoto cogieron el vicio de las anfetami-
nas. Ambas tenían problemas con el tiempo físico y si Marilyn fue
apodada La Tardía, se podía llamar a Judy La Tardísima. Ambas
se hicieron difíciles y luego imposibles y tuvieron problemas con
los jefes del estudio: Monroe fue despedida al final de su carrera (y de su vida) y Garland en medio del camino por llegar tarde.
(A veces con varios días de demora en una filmación donde eran
esperadas ansiosamente.) Ambas murieron por propia mano,
ambas gozaron de una fama mórbida póstuma una vez que la vida
las trató con igual *rigor mortis*. Marilyn se hizo una leyenda luego.
Judy ya lo era cuando subió a ese cielo lleno de estrellas de la
Metro, como proclamaba Louis B. Mayer, a sentarse en el regazo
del Gran Productor, como Cecil B. de Mille llamaba a Dios.

Mientras tanto en la tierra Judy se había casado con el
gran Vincente Minnelli, quien la dirigió en sus mejores películas:
su obra maestra *Meet Me in St. Louis (La rueda de la fortuna),*
además de *The Clock (Bajo el reloj)* y *El pirata,* tal vez su mejor
comedia musical. ¿Lo agradeció? En absoluto. Llegó a despre-
ciar a Minnelli no porque fuera el hombre ideal (tres de sus cuatro maridos eran también homosexuales) sino porque con
Vincente odiaba ser Mrs. Minnelli porque él era paciente y lo so-
portaba todo y obedecía sus menores caprichos. Pero, como cuando
era niña y jorobada, montaba en cólera con él —en privado y en
público. Además no conocía el significado de la palabra lealtad y
sin decirle nada a su marido Vincente le dijo al estudio que no
quería que Minnelli la dirigiera en su próxima comedia musical,
programada para ambos. Ni nunca, añadió definitiva.

Minnelli no se divorció de ella en esa ocasión, pero nunca hizo ella otra película siquiera tan buena como las tres que habían hecho juntos. Donde por otra parte y gracias al arte de Minnelli había dejado de ser una tortuga para ser un canario que canta canciones. Aún su logro considerable en *Nace una estrella,* más tarde en su vida, palidece al compararle con el trío triunfador. Lo que hizo después de hacer sus mejores películas con Minnelli fue actuar en un *remake* de una de las comedias clásicas del cine, *La tienda al doblar la esquina,* titulada ahora *En el viejo verano* —que sería verano pero no para ver y casi para no oír. Curiosamente en el reparto aparecía otro grande del cine diluido en alcohol, Buster Keaton. A quienes el cielo quiere destruir primero los hace estrellas.

La compañía constante de Garland era un miedo al fracaso, que era el miedo a caer despacio. En *Nace una estrella* estaba casada con una estrella del cine que se apaga, borracho y suicida, que al final por fin consigue lo único decente que podía hacer y, sobrio, se suicida en el vasto océano. La ironía poética es que aquí Garland hacía de esposa fiel y leal (¿recuerdan a Mrs. Minnelli?), mientras que en su otra escena, la vida, *ella* murió sentada en la taza en el inodoro de su casa, proceloso pero no el mar, no el mar.

Su vida sexual fue, para no variar, demente y sórdida. Pero, aparentemente, no tuvo vida fuera del sexo. El sexo, cualquier clase de sexo, fue su teatro, su escena y su único crítico —todo revuelto y mientras más impulsivo, revulsivo, mejor.

En una ocasión salió del teatro en Londres para meterse en su auto y sentarse al lado del chofer. Una vez que el auto arrancó trató de abrir la bragueta al chofer, que la rechazó violentamente. Pero al ver que en el asiento trasero viajaba uno de los asistentes de maquillaje, que era casi un travestí, saltó hacia él y comenzó a masturbarlo. El maquillista no protestó y se dejó hacer, pero toda la maniobra (nunca mejor venida la palabra) tenía un repelente desespero.

Comparada con ella Marilyn Monroe vivía entre algodones asépticos, como una versión rubia de Florence Nightingale: mitad misionera, mitad monja. Además Garland estaba tan desquiciada como para decir que le gustaba ¡el clima de Londres! «Es estimulante», decía. ¿Puede Londres ser considerada una anfetamina urbana? David Shipman revela la verdad de su amor por Londres: «quedaba a un océano y medio de sus acreedores». Cuando murió —en Londres, ¿dónde si no?— sólo tenía cuarenta y siete años de edad, pero «cuatro millones de dólares en deudas». ¿Dónde? En los USA, ¿en qué otra parte?

Nunca me gustó Judy Garland. Todavía no me gusta. Mucho menos después de leer su biografía reveladora que es a veces atractiva y otras veces, las más veces, repulsiva. De actriz niña había algo extraño en su cuerpo: tal vez Mayer no hizo su trabajo bien del todo. Como mujer había algo pegajoso en su cara que salía por debajo del maquillaje. Cierto que tenía una voz potente. Pero también la tenía Al Jolson y no creo que el blanco que tenía la cara negra fuera muy adorable que digamos: el betún era su maquillaje mejor. Judy Garland por otra parte, en su famosa escena con el jefe de estudio (Mayer tratando una vez más de enderezarla) en *Nace una estrella,* donde se la ve pintándose pecas pequeñas en su cara muy maquillada mientras combate las lágrimas por su marido muerto, me pareció terrible: terriblemente falsa. Otros piensan que estuvo grandiosa que rima con diosa. En esa arena movediza descansa su fama póstuma, ya que terminó sus días y sus noches en el teatro convertida en una cantante calva. Ahora un transformista hace su papel en su lugar como un doble grotesco: mitad canario, mitad loro. John Kobal, *fan* de Garland, tuvo razón en odiarlo en un impulso apenas póstumo.

Pero hay que decir que en el cine como en la vida Judy Garland estuvo siempre al borde de la extinción. Como la cinta que le envían a Mr. Phelps que se inmolará en «cinco segundos», su carrera fue una misión imposible. Louis B. Mayer, hacedor de estrellas extraordinario, falló desde el principio. Judy Garland nació en un baúl donde se jorobó y quedó jorobada en un baúl para siempre.

Cukor quiere decir azúcar

Una impronta suave marcaba en Hollywood a George Cukor como un director de mujeres: un sólo dolo. Otros directores (como el elegante y epiceno Mitchell Leisen o un Max Ophuls loco por la cámara o el titiritero de Marlene Dietrich, Joseph von Sternberg) merecían mejor este epíteto. Pero sólo Cukor sufrió la humillación de ser despedido a cajas templadas de su posición de maestro de ceremonias (aunque inceremoniosamente: ¡Qué palabra más larga!) en *Lo que el viento se llevó,* ese circo de diez pistas cuyo amo era el Barnum del momento, David O. Selznick. (Esa O del medio, apropiada, no significaba nada: era mero ruido de asombro.) Selznick quería a Cukor. La bella y encantadora Vivien Leigh necesitaba a Cukor más de lo que le hacía falta su nuevo marido, Laurence Olivier. Hasta Leslie Howard (el judío húngaro que fue en el film un caballero sureño) encontró a Cukor más necesario que a su maestro de acentos.

Pero (peor) Clark Gable, que antes había acordado que Cukor fuera su director, descubrió (un poco tarde: a tres semanas *dentro* de la filmación) que Cukor era homosexual. Cualquier mozo de estoques en Hollywood le habría evitado el choque de la noticia. Pero Gable, en la escena, durante una toma, delante de todo el equipo, mandó a parar la cámara para gritar: «¡No me voy dejar dirigir por un maricón! No soy el señuelo de un pato. ¡Quiero que me dirija un hombre de verdad!» Gable exigió de hecho un maestro de ceremonias viril. El bebedor, vividor, compañero de cacerías Victor Fleming sería ideal —y lo fue. Delante del *Viento* apareció, final, su firma.

A partir de ese momento Cukor se volvió el espíritu de la discreción —pero no los chismosos de la aldea y los traficantes en chismes. *Georgie,* decían, era un hombre capaz de acariciar a varias mujeres con la cámara al mismo tiempo, pero no de hacerles el amor, como era costumbre de los directores de pelo en pecho de rodillas ante un pubis profuso.

Cukor, un hombre que no se arredraba, tuvo su venganza: una cena (de las burlas) fría. Ese mismo año dirigió *Mujeres,* una película con un reparto todo de estrellas y ni un solo hombre entre ellas —excepto *darling Georgie. Mujeres* fue un enorme éxito de taquilla aún antes de que terminaran *Lo que el viento se llevó.* Pero Cukor no olvidó la humillación a manos de su antiguo amigo y nunca volvió a trabajar con Selznick. Aunque se llamaba a sí mismo, con suave escarnio, el hombre a quien echaron a patadas del espectáculo más grande del mundo, no lamía esa bota.

Es por supuesto debatible si Cukor era un director de mujeres (¿existe ese oficio?), pero sí era un hecho bien conocido que Cukor era homosexual. De acuerdo con una biografía exhaustiva, la vida sexual de Cukor era tan activa y promiscua como una obsesión privada. Aunque muchos de sus amantes eran ocasionales encontraban un nicho cómodo en sus películas. Cukor, por cierto, hasta fue a la cárcel por practicar la sodomía en público. Solamente el vilipendiado Louis B. Mayer lo salvó de que su función se hiciera conocida por el público. Si no, habría hecho el amor sin nombre entre las ruinas de su carrera. Clark Gable habría dicho: «¡Qué les dije!» (Por cierto persiste el rumor de que Cukor no conoció a Gable en la Metro sino en una casa *non sancta* sólo para varones en L. A.)

Las biografías autorizadas de figuras relatan a menudo sólo anécdotas amables. La biografía de un muerto es una biografía autorizada por otros medios: los labios como los ojos del difunto ya estarán cerrados —pero no los de los amigos y enemigos que lo sobrevivan. Los datos de la larga vida (New York 1899-Hollywood 1983) del difunto George Cukor tienen una maliciosa tendencia a convertirse en chismes. El chisme es, desde Herodoto, la reserva amoral de la historia. La biografía, como lo demostró temprano Plutarco, siempre paga tributo al dios del chisme. ¿O es que es una diosa? Llamémosla Chisma y sabremos por qué esta biografía se lee con tanta intimidad. Es el arte de la fascinación, naturalmente, pero gran parte de su atractivo emana, contra natura, de la tierra natural del chisme, llamada Hollywood. Lo prueba más de una biografía de las estrellas y aún esa repulsiva confesión sin par (ni nones), *No volverás a almorzar en este pueblo,* un emético mimético. Como cualquier película de Cukor, *Vida doble,* es siempre divertida, aunque no habla de una vida doble sino de la doble vida de un soltero obsesivo: un hombre que es siempre maníaco pero nunca depresivo.

Cukor fue un director de cine de distinguida versatilidad en una profesión, el cine, donde los versátiles duran más. Pero al revés de otros directores versátiles (Michael Curtiz, W. S. Van Dyke, Henry King), Cukor siempre atrajo al ojo crítico. Los otros rara vez lo lograron. *Casablanca* es un ejemplo. Es la película de más culto de todo el cine, pero casi nadie menciona a su director Curtiz, como si hubiera sido dirigida por Humphrey Bogart o, tal vez más mundano, por Claude Rains. Se habla de su guión (en el que todo el equipo escritor de la Warner puso un diálogo o dos), de la fotografía (como si Edeson hubiera inventado la cámara), de la música (en que las dos canciones principales, *As Time Goes by* y *Perfidia,* fueron compuestas años antes) y hasta se elogia el vestuario de Ingrid Bergman, como si lo hubiera comprado ella en el París de anteguerra. Pero, cosa curiosa, los mejores críticos de la obra de Cukor no son mujeres sino hombres. Suerte suya que Clark Gable no fuera un crítico —ni siquiera un escritor de gacetillas.

Cukor sin embargo permaneció durante toda su larga carrera (de *¿A qué precio Hollywood?* en 1932 a *Ricas y famosas* en 1981) como el intelectual de los directores populistas: una suerte, es un decir, de marxista burgués. Pero a veces algunos críticos lo tildaron de pelele de los grandes estudios —lo que parece peor que ser un pelele de los pequeños estudios. Es cierto que rara vez fue su propio dueño, pero hay simetrías singulares en su carrera. Desde sus primeras películas trabajó con Katharine Hepburn, estrella que brillaba en su firmamento fílmico y huésped perenne en su casa de Hollywood. Hubo sus más y sus menos pero hizo sus casi dos últimas películas con ella: la muy bien llamada *Amor entre las ruinas* y *El trigo verde.* (Trigo en inglés es *corn,* que como se sabe también quiere decir cursi.) Disfrutó de una rara intimidad con Garbo y, en la cumbre ambos, la dirigió en su mejor película, *La dama de las camelias.* Pero Cukor sufrió el estigma indeleble de terminar la carrera de Garbo con *Mujer de dos caras,* con la que nadie quiso cargar ni con una sola cara.

En persona George Cukor era modesto pero molesto, con un ingenio mordaz y muy generoso. Muchas de esas características personales se hicieron su marca de fábrica como director. Corto pero nada perezoso y miope y femenino había algo formidable en él —quizás su parecido con Selznick no era porque fueran judíos. Creo más bien que tenía que ver con su extraña boca, que le daba el aspecto de un Carlos Quinto de Hollywood: un emperador capaz de sobrevivir sus pompas fúnebres. Pero se podía ver en su perfil prognato la voluntad de mandar de un director —dictadores, grandes y pequeños, todos.

Lo conocí en 1970 en Hollywood y lo volví a ver en 1980, cuando dirigía una secuencia de su última película, *Ricas y famosas* (título que le venía tan bien) en el vestíbulo del hotel Algonquin en Nueva York. Durmió todo el tiempo en su esquina favorita —soñando tal vez con otro proyecto querido que nunca llegó a hacer. Era su unción *in extremis.* O la senilidad en el lugar que antes ocupaba la creación. Los directores viejos nunca mueren: simplemente hacen, como al terminar la película, un *fade-out* —que quiere decir cierra en negro.

*«Yo tengo un amigo muerto
que suele venirme a ver.»*

JOSÉ MARTÍ

Retrato del artista como coleccionista

Conocí a John Kobal en un cine. Ocurrió en 1971 cuando Miriam Gómez y yo fuimos a una proyección privada de *Tres camaradas* en el National Film Theatre. Nos invitó el difunto Carlos Clarens, fanático del cine y crítico que conocí en La Habana en 1954 a través de Néstor Almendros. Dije fanático del cine primero y luego crítico porque es lo que habíamos sido, lo que éramos.

John era un hombre muy alto (de más de dos metros) y bien parecido, tanto que pensé que era un actor americano. En realidad había sido actor y era canadiense y su verdadero nombre era Ivan Kabaoly. Estos datos, junto con su edad, los ocultaba John celosamente. Cuando niño su familia había emigrado a Canadá y ahora vivía en Londres. Era de veras un extranjero en todas partes o, si se prefiere, un cosmopolita. Carlos Clarens era ya su amigo y los cuatro éramos ahora cuatro emigrados que cruzaban el puente de Waterloo, siempre llamado por nosotros *El puente de Waterloo,* en recuerdo de Vivien Leigh que hacía la calle y moría en el puente. John, Carlos y yo éramos presa de la fiebre del film, siempre llamado película. Poco después John se hizo rico con el cine.

Siempre insomne, John solía pasar las noches jugando un juego de cartas postales al arrojar de la cama fotos de sus estrellas favoritas para ver quién caía encima de quién. Unas veces Joan Crawford tapaba a Bette Davis, otras veces Bette Davis cubría a Hedy Lamarr (a quien John consideraba la mujer más bella del cine) y otras veces todavía venía arriba Margaret Sullavan, que era una de sus favoritas. Todas eran sus favoritas y las había conocido a todas en el cine, en persona, y en personaje de fotografía.

Fue el insomnio y las estrellas lo que lo llevó a organizar lo que se conoce como la Colección Kobal, la más grande fototeca del cine en el mundo. No hay libro de cine ilustrado ni programa de televisión sobre el cine ni memorias de una estrella que no lleve la impronta de la Kobal Collection como fuente gráfica. Primero la Colección fue un cuarto en el apartamento de John, luego tres cuartos, luego una oficina en Covent Garden con doce empleados y cinco líneas telefónicas. John estaba realmente orgulloso de su éxito comercial pero todavía más de que el museo Victoria y Alberto, uno de los más exclusivos del mundo, le hubiera encargado una exposición de un arte que John había redescubierto sin ayuda de nadie, el retrato con glamor. Fue John quien puso de nuevo en circulación los nombres olvidados de los más importantes artistas del retrato fotográfico. O más bien, cinematográfico. Había que verlo de contento cuando organizó una exposición personal en la prestigiosa National Portrait Gallery, el ala del retrato de la Galería Nacional. El artista que invitó fue el memorable, entonces olvidado, Clarence Sinclair Bull. La exposición en su honor se llamó, como su libro memoria, *El hombre que disparó a la Garbo*. El nombre era también un hallazgo de John, que, con el tiempo, se había convertido en escritor.

No creo que tuviera nunca ambiciones de ser director de cine, mucho menos de ser actor ahora, pero siempre quiso ser escritor —y lo fue. Fanático del cine se hizo también fanático de la literatura y ahí tuvo su venganza. Cuando era niño en Canadá un maestro de escuela cruel lo señaló ante toda la clase como el que nunca triunfaría. Ese mal maestro debió morir de vergüenza o víctima de los disparos de John, directos al blanco. No sólo había escrito la primera y mejor biografía de Rita Hayworth, a la que adoraba en el cine y en la vida más o menos real de Rita, sino que escribió diversos libros sobre el cine (mudo o sonoro) y sobre las estrellas del cine, y ya seriamente enfermo se embarcó en una biografía en dos volúmenes sobre Cecil B. De Mille. Murió cuando ya había completado el primer libro (de unas mil quinientas páginas) y trabajaba en el segundo volumen. Pudo encontrar verdadero solaz en la escritura y era fácil verlo trabajando diez, doce horas diarias a pesar del malestar y los dolores. John murió no de una sino de varias enfermedades sucesivas. Pero en realidad murió de la enfermedad que no se atreve a decir su nombre.

Lo más doloroso es que John era el ser social por excelencia y siempre era capaz de hacer nuevos amigos. En mi casa conoció algunos españoles notables que pasaron a ser amigos al instante. Aquí conoció a Terenci Moix, a Molina Foix, al pintor José Miguel Rodríguez, al periodista José Luis Rubio, al escritor José Luis Guarner y, último pero no el último, al teatrista Celestino Coronado. Fue Celestino quien hizo que John gozara una película inusitada y diera también muestras de su capacidad crítica. Era esa obra maestra desconocida, *Víctimas del deseo,* de Emilio Fernández, con la estupenda Ninón Sevilla. John entendió la película en un idioma, el español, que era para él *terra incógnita.* Gran conocedor de la belleza femenina enseguida proclamó a Ninón, rumbera rauda, una versión (tal vez por sus piernas exhibidas) de Marlene Dietrich. Enseguida propuso a Celestino con su antiguo entusiasmo que había que hacer un *remake* en colores. En esa ocasión John se veía más vivo que nunca y sin embargo estaba cada día más cerca de la muerte.

John era caluroso, brillante en más de un sentido y un gran conversador, lleno de anécdotas acerca de actrices, actores y pecadores, pero siempre con admiración y sin malicia, ya que los respetaba a todos, como mostró en su mejor libro, *La gente hablará.* Era encantador y había encantado a todos los entrevistados que había atrapado con su conversación en su libro.

Siempre vivió desde que lo conocí en casas espaciosas y era, como con todo, generoso con su hospitalidad. Algunas estrellas caídas habían aterrizado en su casa, para hallar allí refugio permanente. Como la difunta Verónica Lake, a quien travieso llamaba Connie Ockelman, su verdadero nombre. Lo veía muy a menudo y hablaba aún más a menudo por teléfono con él —es decir él hablaba conmigo: John siempre hablaba porque la conversación era su arte privada. Uno de los recuerdos más queridos que atesoro ocurrió en su nuevo apartamento, del que estaba realmente orgulloso. Como siempre, lo había decorado él mismo. «Esto no es un apartamento», le dije. «Es una mansión». Complacido nos hizo la turné. Todo era magnífico, especialmente el baño, un cuarto decorado en madera y mármol. «Es digno de Waldo Lydecker», le dije admirado. Lydecker era el escritor, preciosista en *Laura,* que escribía en su bañera. La analogía le gustó más que nada. John, como Waldo, era *debonair* y elegante y amaba a Gene Tierney desde lejos: era, John Kobal era, fanático de toda belleza.

Adiós al amigo con la cámara

El contestador automático no es tal. Es una máquina que revela el alma o por lo menos el carácter. El autor de la respuesta que se repite pero que no es nunca automática, se encuentra enfrentado con el micrófono oculto, con la necesidad de decir algo y ser breve. Mediante el contestador, tiene que componer su libreto y ser un autor que se dobla (o se desdobla) en actor. Algunas respuestas son de veras ingeniosas y hasta divertidas. John Kobal, por ejemplo, que fue actor, cambiaba a menudo su respuesta, siempre con música de fondo, para informarnos, casi en secreto, dónde estaba y qué hacía y cuándo regresaría. Paquito D'Rivera, que es músico, toca el clarinete y responde a dúo con su mujer, Brenda, que es cantante, al son de su último disco, *Tico Tico*. Néstor Almendros era diferente. Nunca cambiaba. Es decir, era el mismo. O él mismo. Su respuesta era siempre igual: un poco seca (como su padre castellano), un poco catalana (como su madre), y, en inglés, tenía un leve acento cubano. Era además directo, informativo y deferente, y separaba cada palabra para que no hubiera duda de lo que decía. Si todo mensaje puede ser terrible, ahora lo duro es que no habrá otro mensaje de Néstor, doble, como cuando se escondía tras su máquina, y decir, al reconocer a un amigo, «ah, eres tú». No habrá más, es triste, un amigo de casi medio siglo.

Néstor llegó a La Habana en 1948 para reunirse con su padre, educador y exiliado español, a quien no veía desde su fuga en 1938. Néstor tenía entonces 17 años. Lo conocí en el curso de verano sobre cine que tenía la Universidad de La Habana, ese año. El cine nos reunió, el cine nos unió. Creo, estoy seguro, que Néstor es el más viejo de mis amigos. Dolorosamente, donde dije *es* ahora tengo que decir *era*. Pero, por Néstor, conocí amigos que eran amigos del cine y otros que demostraron ser más amigos del poder que del cine. O amigos del poder por el cine.

Para Néstor, como para mí, La Habana fue una revelación. Pero si yo venía de un pobre pueblo, Néstor venía de Barcelona y su sorpresa fue siempre un asombro mayor. Lo asombraron la multitud de cines (y una sorpresa que nunca fue mía: todas las películas estaban en versión original); lo asombraron los muchos periódicos, las revistas profusas y entre ellas las dedicadas especialmente al cine. Lo asombró cuánta gente rubia había en La Habana. «Por culpa de ustedes», le dije. «¿No has visto cuánto apellido catalán hay en Cuba?». Incluso un presidente se llamó Barnet; otro, Bru. Le alegró que el primer mártir de la independencia de Cuba en el siglo XIX fuera catalán. Néstor, que tenía un padre castellano de pura cepa y que en Cuba se hizo cosmopolita, era catalán y en esa extraña lengua se comunicaba con su madre, la bondadosa María Cuyás, que le sobrevivió, y con sus hermanos María Rosa y Sergio. Su luminoso apartamento de El Vedado era una casa catalana.

Siempre supimos que iba a hacer cine. Néstor escogió el arte más difícil, la fotografía. Joyce declaró una vez que él era original por decisión propia, aunque estaba menos dotado que nadie para tal tarea. Néstor se hizo fotógrafo por voluntad, por una veta férrea en su carácter que asombraba a quienes no lo conocían. Empezó con una cámara ordinaria y llegó a ser un fotógrafo de primera. Pero cuando me hizo mis primeras fotografías, que estuvo dos horas fotografiando, al final de la sesión descubrió ¡que había dejado la tapa sobre la lente! Era, desde muchacho, sumamente distraído, y ya como fotógrafo profesional tenía asistentes para asegurarse de que no olvidaba nada. Solía tropezar con todos los objetos que estaban en su camino y aún con algunos que no lo estaban.

Néstor, al descubrir La Habana se descubrió a sí mismo, y al declararse homosexual cambió su vida. Pero siempre fue la discreción misma: en el vestir, al hablar, y uno piensa que así debió de ser Kavafis. La Habana fue entonces su Alejandría. Pero, entre amigos, solía bromear de una manera que era asombrosamente cubana y a la vez muy suya. Néstor, tan serio, solía ser en la intimidad devastadoramente cómico con sus apodos para amigos y enemigos: a un conocido comisario cubano lo bautizó para siempre La Dalia.

Néstor se fue de Cuba cuando la dictadura de Batista y regresó al triunfo de Fidel Castro. Casualmente había conocido a Castro al fotografiarlo en la cárcel de su exilio mexicano. Pronto se desilusionó al descubrir que el fidelismo era el fascismo del pobre. Tenía, me dijo, su experiencia en la España de Franco. «Esto es lo mismo. Fidel es igual que Franco, sólo que más alto —y más joven—». Ambos habíamos fundado, junto con Germán Puig, la Cinemateca de Cuba, que naufragó en la política. Ambos fuimos fundadores del Instituto del Cine. Ambos descubrimos que era sólo un medio de propaganda manejado por estalinistas. Cuando la prohibición por el Instituto del Cine (ICAIC) de *PM,* un modesto ejercicio en *free cinema* que habían hecho mi hermano Saba y Orlando Jiménez, Néstor, que había devenido crítico de cine de la revista *Bohemia,* escribió un comentario elogioso. Fue echado de la revista en seguida. Esta expulsión fue su salvación. Poco después salió de Cuba por última vez.

Néstor se hizo un fotógrafo famoso en Europa. Ésta es una reducción de la realidad. Néstor pasó trabajo, necesidades y hasta hambre, como lo atestiguó su amigo Juan Goytisolo, en París. No fue el fotógrafo favorito de Truffaut y de Rohmer de la noche tropical a la mañana francesa. Lo vi a menudo entonces y supe que llegó a dormir en el suelo de un cochambroso cuarto de hotel que alquilaba un amigo. Néstor siempre fue indiferente a la comida, pero lo que tenía que comer en la Ciudad Universitaria no era *nouvelle cuisine* precisamente. Para proseguir su vocación, llegó a rechazar una oferta de un lujoso colegio de señoritas americano (donde ya había enseñado en su segundo exilio), y persistió en su empeño en Francia, donde se sostenía haciendo documentales para la televisión escolar. Pasaron años antes de que lo invitaran a fotografiar un corto en una película de historietas. Fue así, con trabajo, a través de su trabajo, que se hizo el fotógrafo que fue.

Tengo que hablar, aunque sea brevemente, de su oficio, que era una profesión, que era un arte, que era una sabiduría. Néstor no era el escogido de Truffaut, de Rohmer, de Barbet Schroëder, de Jack Nicholson, de Terry Malick y, finalmente, de Robert Benton por su cara linda, que nunca tuvo, a pesar de su coquetería de lentillas y sombrero alón. («Tengo», solía decir, «cara de besugo»). Todos esos directores, y otros que olvido, usaban a Néstor una y otra vez porque Néstor no sólo fotografiaba sus películas, sino que resolvía problemas de decorado, de maquillaje, de vestuario, con su considerable cultura, sino que reescribía los guiones, como hizo con la fracasada penúltima película de Benton. Trabajaba con el director antes y después de la filmación, enderezando entuertos, que eran muchas veces del director, y hasta resolvía problemas de actuación durante el rodaje. Y aún antes, mucho antes. Hace poco, un guionista americano laureado le pidió que leyera su guión sobre la vida y hazañas de Cortés. Néstor hizo sus comentarios siempre sabios. Incluso evitó al escritor una metida de pata hercúlea cuando descubrió Néstor que Cortés estudiaba en el cine su plan de campaña ¡sobre un mapamundi! Néstor, más cortés que Cortés, le indicó al guionista que era un anacronismo, como cuando Shakespeare en *Julio César* hace sonar 21 cañonazos a la entrada de César en Roma. La comparación con Shakespeare no sólo era caritativa, sino halagadora. Así era Néstor Almendros.

Si Néstor tuvo una vida sexual discreta, tuvo una vida política abierta de ojos abiertos. Pocos extranjeros (aunque Néstor era un cubano honorario: la mayor parte de sus amigos y muchos de sus enemigos somos cubanos) han hecho tanto, pero ninguno más, por la causa de Cuba. Fue Néstor quien alertó al mundo, gráficamente, cómo era la *caza de brujas* sexuales en la Cuba castrista con su *Conducta impropia,* en la que se hablaba y casi se veía por sus protagonistas los campos UMAP para homosexuales que Castro creó. Muchos podrían decir que le iba un interés en ello. Néstor produjo otro documental, aún más revelador, en *Nadie escuchaba,* sobre los abusos contra los derechos humanos en la Cuba castrista. Fue este documental esencial para que se condenara al régimen de Castro en todas partes y sobre todo en las Naciones Unidas ahora. Como con *Conducta impropia,* Néstor había venido a estos proyectos por una visión que era una convicción: transmitía su horror antifascista, nacido en la España de Franco, pero reencontrado en la Cuba de Castro. Ahora mismo, ya herido de muerte, trabajaba (junto con Orlando Jiménez, su colaborador de *Conducta impropia)* en un documental hecho de documentos sobre la vida, juicio y muerte del general Ochoa, la más propicia víctima de Castro.

Es dura la muerte de Néstor. Para mí, para sus amigos, para sus fanáticos, que juraban que era uno de los grandes fotógrafos de la historia del cine. Para mí, como espectador que cree que la fotografía es la única parte esencial de una película, sólo tiene, si acaso, un rival actual en Gordon Willis, el que fue fotógrafo favorito de Woody Allen y de Coppola. La ventaja de Néstor es su modernidad clásica, visible tanto en *El niño salvaje* como en *La rodilla de Claire,* o su aura romántica en *Días de cielo* (que le ganó el Oscar en 1979), o su elegancia *art déco* en *Billy Bathgate,* su última película, que contribuyó tanto a su muerte.

Sabía, como todos sus amigos, que Néstor había desaparecido un domingo, supe que esa desaparición fue en un hospital en busca de un tratamiento desesperado. Aunque Néstor no había dicho a nadie cuál era su enfermedad, muchos sospechábamos que era la *enfermedad.* Oí su discreto mensaje grabado otra vez, pero cuando me disponía a dejar mi mensaje, salió el propio Néstor diciendo: «¡Ah, eres tú!». Aunque Néstor estaba casi sin voz y su mismo mensaje parecía venir del más allá, me contó, sin motivo, el día de su llegada a La Habana en 1948, cómo fue retenido en cuarentena en el barco y cómo vino su padre a rescatarlo con un amigo que era amigo de un inspector de inmigración. «En Cuba», recordó Néstor, «siempre había un amigo que conocía a otro amigo que venía a salvarte». Después nos despedimos, esta vez para siempre. Al otro día, lunes, Néstor entraría en coma para no salir más.

Érase una vez cuando Billy Wilder encontró a William Wyler en el entierro de Ernst Lubitsch. «¡Qué pena!», dijo Wyler. «No más Lubitsch». Le respondió Wilder: «La pena es que no habrá más películas de Lubitsch». ¡Qué pena que no haya más películas de Néstor Almendros! ¡Qué pena mayor que no haya más Néstor Almendros!

El único Guarner posible

Si es cierto que las verdaderas amistades, las que duran toda la vida, se hacen en el bachillerato, entonces mi amistad con José Luis Guarner debió comenzar en el bachillerato. Sé que nuestro bachillerato común no ocurrió nunca. No sólo en el tiempo (le llevo diez años) sino también en el espacio: él vivía en Barcelona, yo en La Habana. Pero sentíamos el uno por el otro una intensa amistad que quedaba en un bachillerato futuro. Éramos, los dos, amigos de toda la vida y ahora a José Luis se le ha acabado la suya. Pero la relación comenzó mal o casi no comenzó.

José Luis vino a conocerme a Londres y su visita coincidió con una de mis crisis de mutismo. Me conocía por mis libros, todos tan gárrulos, y se pasmó de asombro. Años después me contaba: «Lo más elocuente de mi visita es que no dijiste nada». Luego, claro, diría yo mucho y José Luis y Mari Carmen nos visitaron muchas veces en Londres y me invitaba cada año a su festival de cine, que era, como él, fuera de serie. José Luis había visto todas las películas, actuales o pasadas, sabía todo del cine y mucho de la técnica de la televisión. Fue él quien me reveló un día, cruzando Cromwell Road, una frase mágica que contenía una palabra de magia: «Tengo un *betamax* en Barcelona». Era la maravillosa máquina de exhibir, mediante la televisión, todas las películas, viejas, nuevas, posibles de ver de nuevo: el tiempo del cine se había hecho reversible y el televisor era su espacio. Como José Luis, me convertí en más experto que Roberto (Rossellini, uno de los dioses de Guarner) en atrapar el cine al vuelo. José Luis era, por derecho propio, el primer crítico de cine que escribe en español: su actitud crítica era asombrosa. No lo digo porque siempre estuviéramos de acuerdo (no lo estábamos: Guarner atacó duro a una de las películas para mí claves de los años ochenta: *Blue Velvet)* pero sí lo estuvimos en reconocer, contra la crítica mundial, que *Blade Runner* era una obra maestra. Curiosamente hace poco distribuyeron la «versión del director» de esa película y José Luis, que lo veía todo antes que yo, la vio y me comentó por teléfono: «Será el corte original pero prefiero el corte viejo. Además no añade nada nuevo». Cuando vi la versión de *Blade Runner* estuve de acuerdo con él una vez más.

José Luis siempre tuvo problemas con la visión, como yo, y además oía mal, pero la comunicación por teléfono era perfecta. Yo lo llamaba a veces Don Guarner y otras veces *The Guarner Brothers* y era todas esas cosas. Don Guarner porque era un perfecto caballero. No sólo por su cortesía sino por su comportamiento. Dice sir Thomas Browne que un caballero es aquel que arma menos líos y José Luis no armaba nunca líos. Ni se quejaba.

Antes de su terrible última enfermedad hubo otras. Incluso sufrió entonces un accidente en que un automóvil que salía de un callejón le arrolló los pies y ni se quejó. Los problemas de visión me alarmaban más a mí que a él y habiendo sido yo paciente de un extraordinario oftalmólogo inglés, concerté su visita anual a Londres con una cita al médico. El profesor Bird, una eminencia, lo consultó y me dijo como diagnóstico: «¿Su amigo habla inglés?» Le dije que sí pero le señalé que con su acento, el del médico, no entendería mucho más que yo. El doctor Bird me dijo que José Luis padecía de *retinitis pigmentosa.* Es decir, lo que ya sabíamos pero en latín: tenía visión de túnel. Era una enfermedad genética y degenerativa: en menos de diez años se quedaría ciego. Pero nunca le concedieron esos años. Guarner murió pero no murió ciego: vio el cine hasta el final.

Cuando le dije al doctor Bird que Guarner era crítico de cine de profesión, el oculista se mostró un científico: «Entonces tiene la enfermedad perfecta. Su visión se concentra en la pantalla».

El diagnóstico era terrible y no le dije nada a José Luis, que sonrió sabio. Había entendido al médico pero, como siempre, había escogido no quejarse. A la salida de la consulta vio en el escritorio de recepción un gorrión disecado: un calambur visual. *«A bird for Dr. Bird»,* fue todo lo que dijo.

El oculista le había recomendado como terapia que evitara la luz del sol. «Como me paso la vida en el cine», fue lo que dijo Guarner con su impenetrable inglés. Pero sí entendió que debía llevar gafas oscuras, lo más negras posible, cuando saliera al sol. Lo hizo. Le dije que acababa de completar su parecido con Lermontov, el empresario Diaguilev en *Zapatillas rojas,* interpretado por Anton Walbrook, un actor con el que siempre tuvo un parecido curioso —excepto que Walbrook, al revés de Guarner, era un experto en histerias. Una de las últimas veces que lo vi caminaba Guarner con su curioso paso con que tanteaba el suelo escurridizo y llevaba sus gafas negras y le dije: «¿Va Boris tras las huellas todavía rosadas de Vicky Page?» Sabía y se rió. Siempre se reía. Nos reíamos, por teléfono muchas veces, en persona, ahora dolorosa persona.

No ya con un pie en el estribo o con dos, sino montando como un pálido jinete, José Luis escribió un alegre obituario de Fellini que tituló «El único Federico posible». Es, como su prosa siempre, diáfana y directa, que muestra al profesional consumado aunque estuviera consumido. Como en el verso, Guarner duró poco y es oscura la noche. Es decir buena para un estreno o volver a ver *El beso mortal.* Lo que venga primero.

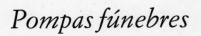

Pompas fúnebres

James Mason
Los juegos prohibidos
de un villano inteligente

James Mason devino de actor romántico (no hay más que recordar *La noche tiene ojos, El castillo del odio, El hombre de gris, Fanny en luz de gas* y, la más popular de todas, *El séptimo velo,* en que sustituyó a la brava belleza bruna de Margaret Lockwood por la desvaída rubia Anne Todd a ser el paria de las calles de Dublín y el más ruso de los terroristas irlandeses.

Fue en *Larga es la noche* precisamente que Mason dio su salto de calidad de actor y de cantidad en millas: se fue a Hollywood. Allí continuó con su imagen romántica aún cuando trabajara con Walt Disney, para quien fue el atormentado capitán *Nemo* en *Veinte mil leguas de viaje submarino.* O, subiendo a la superficie, el holandés errado que busca no a su Senta soprano, sino a Pandora y su caja de resonancias. Fue esta película, en que se debatía entre el zurdo absurdo y el risible ridículo, lo que cambió la carrera de Mason, que dejó de ser un romántico tardío para convertirse en un villano cabal. Así fue nuestro nazi favorito, el mariscal Rommel, dos veces, y una víctima de la batalla por el éxito en *Ha nacido una estrella.* Con el tiempo nosotros, los que amamos y admiramos a Judy Garland otrora, escogemos esta cinta no para ver nacer sino para oír morir a una estrella. James Mason, con el nombre más conocido del cine después de Tarzán, King Kong y Rhett Butler, fue llamado para siempre Norman Maine. Si Judy Garland canta todavía algo que nos toca es esa frase favorita final: «Les habla la señora de Norman Maine».

Por este tiempo James Mason hizo una de las películas de espionaje más exitosas desde *La máscara de Demetrio,* la notoria *Cinco dedos,* en que Mason, llamado Cicero, justifica la frase: «El culpable es el mayordomo». Los nazis, con diez dedos, lo burlan y castigan y convierten en el mayor mono. Pero Mason volvió pronto por las suyas y fue un excelente villano en *El prisionero de Zenda* y en *El Príncipe Valiente,* en que su untuosa, suntuosa malignidad tiene la eficacia elegante de una daga envuelta en seda. Un poco antes, James Mason, actor, hizo un pacto de no agresión con uno de los grandes directores de cine de dos continentes, Max Ophuls.

Juntos hicieron *Atrapada* y *El momento imprudente.* En la última, junto a una Joan Bennett que recordaba a la vez a la morena Margaret Lockwood y la exangüe Anne Todd, Mason tuvo uno de sus momentos no imprudentes, sino memorables, y volvió a recordar al héroe vulnerable, al mártir moderno de su gran momento inglés en *Larga es la noche,* el hombre impar, impío al que el amor regenera y reivindica antes de morir.

De hecho James Mason fue el gran actor romántico inglés más que por antonomasia por naturaleza. Con una figura sombría que recordaba a veces a Laurence Olivier, con una dicción que se oía rodar por los guijarros de los dientes como algo tan natural como un arroyo, James Mason era una de las grandes voces inglesas del cine. Con una suavidad de terciopelo que podía esconder una sierpe, el Mason villano o héroe susurraba siempre. Pero su sonoridad no era bastante para el teatro y de no haber existido el cine sonoro habría tenido que derivar a la radio. Tal era su sedosa sevicia que su suave seductor pudo encontrar papeles perfectos cuando se dio cuenta de que no sería una gran estrella del cine como su precedente Ronald Colman o su seguidor Richard Burton.

Aún da placer oírlo más que verlo actuar en una película como *Con la muerte en los talones,* en que es el vitriólico villano Vandamm, amante de Eva Marie Saint y rival de Cary Grant. En una escena de memorable confrontación en que ha vencido temprano a Cary Grant, ayudado por sus sibilinos secuaces, deja al confundido Cary cariacontecido, mientras abandona la falsa biblioteca en que Grant será preparado para fortificarlo al mortificarlo con una botella entera de ese bourbon que tanto se parece a Cary Grant: Seagrams, V. O. Que quiere decir versión original: en ella verán ustedes a James Mason dejar atrás a Grant ya saliendo y de dolida despedida decir: «Que tenga usted muy buen viaje».

La frase es en sí un adiós leve y va perdiendo intensidad a medida que Vandamm se aleja. Pero su premonitora virulencia está dada por la soez suavidad ceceante con que la pronuncia, nítida, James Mason. Es además el combate de dos estilos de actuación (la de por libre de Cary Grant, la de escuela de Mason), dos voces, dos pronunciaciones y un sólo idioma verdadero: el inglés de Inglaterra. Los que han tenido el privilegio de oír a James Mason, más que verlo, los que pueden captar su distinta dicción, los que han visto no *Con la muerte en los talones* sino *North by Northwest. V. O.,* sabrán lo que digo, gozaron lo que oigo. Hay que repetir aquí aquello que dijo el doctor Johnson de Garrick: «Si hay un placer contra natura hay que hallarlo en la voz de un buen actor».

Hay otro momento óptimo de la actuación de James Mason en el cine (nadie parece haberlo visto nunca en el teatro) y ocurre en toda *Lolita.* Allí, a pesar de la belleza blonda de Sue Lyon (que debiera haber sido menos canéfora y más impúber), del patetismo grasoso y grosero de Shelley Winters y la historia inmortal, amoral del hombre maduro que pudre a una púber americana con sus encantos europeos, podemos gozar a ese Humbert Humbert del cine que por dos veces se somete a la tiranía del sexo de Sue, su Sue, nuestra *Lolita.* Uno de ellos es visible tras los créditos (o nombres propios de actores, actrices y técnicos) y muestra a James Mason en una labor de amor esclavo.

El humilde Humbert Humbert pinta una a una cada uña de los pies de Lolita Lyon. Esta escena es de un erotismo tan germano que nos sorprende encontrarla en una película tan americana como un rascacielos, aunque haya sido rodada en Inglaterra. Luego nos damos cuenta de que fue utilizada primero en *Scarlet Street,* casi veinte años antes, por un director alemán. Esta forma de servidumbre humana no pertenece ni al ruso Nabokov ni al judío americano Stanley Kubrick (a veces llamado Stanley Hubris) sino al espíritu teutón y burlón de Fritz Lang y al arte pictórico de Edward G. Robinson. A pesar de este robo con atenuantes, *Lolita* es un triunfo de Kubrick, pero sobre todo es un triunfo de James Mason.

Como en *Lolita,* como en *Lord Jim,* como en *Los juicios de Oscar Wilde,* James Mason, imitando a Ricardo III, ya que no podía ser el bello galán se dedicó a ser, con mesura, el villano asiduo. Aún en la televisión, como en la larga *Verdadera historia de Frankenstein.* O en el cine actual, como en el sedoso, sevicioso neonazi de *Los muchachos de Brasil.* Pero prefiero recordarlo siempre como el suave y siniestro Vandamm, tan cerca de la palabra *damned* por condenado, y tan libre en su juego histriónico. Habría que decirle a James Mason ahora lo que él dijo a Cary Grant antes de enviarle al otro mundo: «Que tenga usted muy buen viaje». Pero fue Hitchcock quien tuvo, como siempre, la última palabra, que era su axioma para el buen cine: «A mejor villano, mejor película». Estaba hablando, por supuesto, de James Mason.

La venganza a caballo

Fue ciertamente una desgracia para la música que el mismo día que murió Stalin muriera también Prokofiev. Es una lamentable coincidencia que el día que murió Randolph Scott, más una leyenda que un actor de cine, muriera también el bufón Danny Kaye, payaso pasado de moda.

La leyenda quiere que Randolph Scott, alto y rubio, se hiciera actor ante la recomendación de Howard Hughes. Alto y buen mozo, el mismo Hughes dedicó todo su tiempo y su dinero, que era considerable, a la excentricidad y las mujeres. La leyenda dice que al ver Hughes a Scott jugando golf en Pasadena le dio el tip que cambió su vida. John Ford recomendaba que entre la verdad y las leyendas del oeste había siempre que escoger las últimas. Ahora, invirtiendo a Ford, hay que imprimir la verdad. Randolph Scott era un aspirante a actor que sabía montar a caballo, hablaba con acento sureño pero no era más alto que cualquier *cowboy* del cine. La primera oportunidad de Scott (*alias* Randolph Crane) la tuvo en *La herencia del desierto*. Se la dio Henry Hathaway, el director que después dirigiera más de uno de sus éxitos ya de estrella. El sonsonete sureño le sirvió a Scott para enseñar a Gary Cooper a hablar como virginiano, precisamente, en su rol en *El virginiano*.

Scott hizo dinero en los oestes instantáneos de Zane Grey y al morir era uno de los hombres más ricos de Hollywood: su fortuna se estima en más de ¡100 millones de dólares! Su salario y unas cuantas inversiones bien aconsejadas (pozos de petróleo, bonos, acciones y no malas razones) lo hicieron tan rico como

177

su amigo Cary Grant, al que llevaba solamente cinco días y con quien compartió casa y piscina en los años treinta. Ante los persistentes rumores de que eran una pareja, el estudio obligó a Grant a mudarse solo a pesar de su notoria tacañería. Comentó Grant entonces: «Vivimos en la misma casa pero no freímos huevos juntos». Nadie le advirtió a Cary que su salida sería en español de doble y triple sentido.

Fue en *Hasta el último hombre,* de 1933, donde Scott consiguió esa «austera seguridad» que sería su sello a caballo y a pie en el desierto rocoso. (Aviso a todos los pedófilos: fue en esta película apta que Shirley Temple, de apenas seis años, debutó bañándose desnudita. Escenas como éstas movieron a Graham Greene a un comentario que le costó un pleito, una compensación y las costas.) A partir de entonces los críticos insistieron en que Scott era muy natural sobre la silla y sobre el horizonte. De hecho, Scott es el menos natural de los *cowboys* del cine y su estilo parece pertenecer a un teatro kabuki del oeste: su cara es la máscara muda de la muerte. En *El tejano,* de 1938, Scott encarnaría con notable autoridad un rol que John Wayne heredó más tarde en *Río Rojo:* ambos son ganaderos que, ya que las reses no pueden ir solas al matadero, las llevan ellos a través de miles de millas y de incontables peripecias. Igual que Wayne, que durante décadas fue una figura que era fuente de risas, Randolph Scott se graduó lentamente en su carrera que va del vaquero benévolo hasta el icono final. Scott fue también la estrella de *Frontier Marshal,* la primera película sonora del legendario director Allan Dwan. *Frontier Marshal* se parece extrañamente a *Pasión de los fuertes,* la obra maestra de John Ford hecha muchos años más tarde. ¿Plagio? Contagio: todas las epopeyas son la misma epopeya. En *Jesse James* y bajo la dirección magistral de Henry King (un director genuino muy maltratado por mal entendido por la crítica, lo que por supuesto nunca afectó la salud de su taquilla), Scott es un *sheriff* benévolo y comprensivo. En *Virginia City* Randolph Scott tiene ocasión de mostrar su suave acento virginiano al compartir honores con Errol Flynn y por encima de Humphrey Bogart, que es un villano de pacotilla y patilla. Mientras que en *Belle Star* el parco Scott no sólo divide honores y deshonores con la Reina de los Bandidos sino que, privilegio del héroe sombrío, suele besar a Gene Tierney, siempre gloriosa en technicolor: nadie la olvida en *Que el cielo la juzgue* a caballo esparciendo las cenizas de su padre, matadora.

Su obra maestra de esta época es *Western Union,* dirigida por el gran Fritz Lang, que observaba la lucha del bien y del mal en la pradera indiferente con su monóculo alemán sobre su mejor ojo. En una versión malvada de Caín contra Caín, Scott es asesinado por su hermano, modelo de truhanes, y el héroe negativo muere esa muerte violenta y dulce que tanto gusta a los actores desde que Nerón, de coturno y toga, se quitó la máscara para exclamar: «¡Qué artista muere conmigo!». En *Western Union,* que es una saga capitalista (el título se refiere a la compañía de mensajes alámbricos primero, inalámbricos ahora), Scott encontró su destino. Se llamaba Harry Joe Brown, antiguo director del cine mudo, que sería su productor cuando los dos se hicieron independientes para hacerse ricos. Scott en su eminencia de entonces hasta corrió parejas con las piernas de Marlene Dietrich en *Los despojadores.* Por debajo de Scott y de los extremos de Marlene estaba todavía un John Wayne naciente.

Coroner Creek fue la primera vez que Scott se embarcó en una venganza violenta pero fútil. Al final, el acosado villano cae contra el cuchillo de Scott y se empala accidentalmente. La rencorosa hoja fue con la que se suicidó su mujer ante la odiosa perspectiva de ser violada por los indios, el racismo uniéndose por primera vez al feminismo. Pero en *El regreso de los malos* Scott es de nuevo el *sheriff* que ejerce su oficio de venganza sin ardor ni rencor, convencido de que la ley es dura pero es la ley. Todos los oestes de Randolph Scott dirigidos por André de Toth son una serie fuera de serie si se considera que poseían una perspectiva nada unidimensional en la bidimensionalidad del cine. Toth era tuerto, lo que no le impidió dirigir la mejor película en tres dimensiones, *El museo de cera*. El único ojo de Toth fue suficiente para guiñarlo a Verónica Lake con su cabello sobre un ojo. Toth la cazó (y casó), demostrando que un ojo enamorado vale por dos.

Ahora llega en su carrera y ante nuestros dos ojos la famosa serie final de Randolph Scott en el oeste. Conocida también con el nombre de Ciclo Ranown (de Randolph y Brown, la estrella y el productor), están todas dirigidas por un director que prometía y aquí cumple su promesa. Budd Boetticher es un hombre que entiende el género (de hecho esta serie lo colocará entre los grandes directores de oestes: nunca nadie ha hecho tanto con tan poco) y lo que es más importante, entiende a Scott en su saga solitaria, con su cara cuarteada, su mirada de águila vieja y su sentido del honor a pesar de la venganza que siempre lo impulsa y de los malvados que lo detienen y entretienen, encarnados por brillantes actores secundarios que luego serán de *primo cartello*: Robert Ryan, Richard Boone, Lee Marvin. Ambos, director y actor, saben que lo que dijo Pitágoras es verdad ahora y siempre: «La compañía con hombres malvados contagia al bueno». Scott además no es el acostumbrado hombre que conquista el oeste. Como con Gary Cooper en *Solo ante el peligro* la vejez empieza antes de la muerte.

La serie se estrenó en 1956 con *Siete hombres desde ya*. Aquí, como en casi todas sus películas de la serie, la venganza se desata porque un hombre pierde a su mujer, a menudo con violencia y siempre con alevosía. Todos los demás oestes (al revés de *Duelo al sol*, *Lanza rota* y *The Big Country*) son callados, poquita cosa y de una ferocidad inusitada. Tienen las características de la zorra y son así de astutos. Aquí el paisaje equivale al rostro de Scott y en «un desierto hosco de cardos y peñascales» un vaquero se hace Némesis de los malos. Con la boca que es una raya horizontal entre las arrugas cruzadas en un mapa violento, a veces plisada en una sonrisa arcaica de desdén o de sabiduría, Randolph Scott parece una momia a caballo a la que una maldición egipcia obliga a cabalgar de nuevo. El formato es de película B pero la forma es pura poesía épica.

Cuatro cintas de la serie están escritas por Burt Kennedy, que luego sería conspicuo director de oestes, con un estilo tan marcado que se puede detectar desde los créditos. Las mejores del grupo a caballo —*Siete hombres desde ya, Decisión al morir la tarde, Cabalga solo, vaquero* y *Estación Comanche*— son del género de la venganza violenta y bronca y resultan si no obras maestras, absolutamente imprescindibles al género: al oeste por el oeste. Mi favorita, *La alta T,* es un oeste cuya modestia, pureza y ascetismo formal salen de la personalidad de Randolph Scott, uno de los actores más veraces de este género que ha visto mejores días (y noches) pero al que Michael Cimino no pudo matar.

Hay, después del Ciclo Ranown, un hiato en que Randolph Scott parece retirarse a contar sus centavos hechos dólares. Pero de pronto resurge en la más dudosa compañía, bajo la tutela iconoclasta de Sam Peckinpah. Se trata de una película con dos nombres y dos hombres: *Ride the High Country* o *Guns in the Afternoon*. El último, que tanto recuerda a *Muerte en la tarde,* es el que mejor declara su mercancía: la codicia, la vejez y la muerte. Un crítico elogió a esta cinta como «el más simple, tradicional y grácil de todos los oestes modernos». También podía haber dicho que es una obra maestra. Aquí es que Scott llega a declarar: «Un hombre tiene que tener más de una razón para cabalgar estos pagos». Como tenía entonces suficiente dinero para retirar a un ejército a un balneario, hay que concluir que su razón es el arte que es la razón de su vida desde el principio de su carrera. Otro lema famoso de Scott es «nadie puede ver las cosas de rodeo», queriendo decir, en la vieja filosofía de los oestes, que «un hombre tiene que hacer lo que tiene que hacer», en un admirable espíritu estoico. La última imagen de este oeste pertenece a su colega Joel McCrea malherido, que literalmente «cae como caen los muertos», al decir de Dante. Fue Randolph Scott quien debió de morir. Que no haya muerto significa que ha sobrevivido al fin. Este obituario es entonces un brindis.

Aquel que quería ser William Holden

Cuando teníamos veinte años en 1950 (y es asombrosa la cantidad de gente que podía tener entonces veinte años) todos queríamos semejarnos a William Holden. Pero yo no quería parecerme a William Holden. Eso hubiera sido para mí improbable y aun absurdo. Con su alta estatura, su pelo rubio, sus ojos azul americano, sus labios de una línea y su porte atlético no habría sido yo su seguro seguidor sino otro Tom Castro: un imposible impostor. Yo quería mucho más: quería ser William Holden. Ocurrió por cierto poco después de haber querido escribir como William Faulkner sin serlo. Ahora yo quería ser sólo Joe Gillis, ese fracasado escritor de guiones y fallido amante de una leyenda del cine todavía viva para su última desgracia. Ella se llamaba, aún lo recuerdo, Norma Desmond, pero era, me parece, Gloria Swanson. Había acabado de ver yo (¿se me nota?) *El ocaso de una vida,* que algún chusco llamó *El caso de la viuda* pero para mí tenía un más promisorio título: uno que hablaba del brillo y la hermosa decadencia del Hollywood silente, *Sunset Boulevard.* Esa calle era más que una calle: era la visión de toda imagen que se mueve a 24 cuadros por segundo. En ese bulevar del cine, Holden era un renuente gigoló y en una de sus escenas más memorables queda desenmascarado ante sí mismo como mantenido de la muy madura y rica dama retirada. Antigua estrella del cine mudo que era, ella quiere comprarle un ajuar público para su boda secreta (tan oculta que sólo existe en su mente enajenada), imposible. En una sastrería de moda Gloria Swanson insiste en que él se pruebe una magnífica chaqueta de vicuña exóticamente cara. Holden se niega resuelto. Siempre fue él un poco deshonesto pero ahora juega el papel de hombre honesto y resulta no virtuoso sino torpe: los escritores son siempre malos actores. Pero el vendedor, avisado, le susurra celestinamente al oído: «¿Por qué no se lleva el caballero la vicuña? Después de todo, es la señora la que paga». Ese momento de cinismo vienés —viejo aire continental: vals vicioso, vidas viscosas— está pedido prestado por el director Billy Wilder a su coterráneo y predecesor Arthur Schnitzler, el de las comedias agridulces y a veces sólo ácidas, como naranjas que se saben limones del árbol de la vida. Este breve intercambio muestra a Holden en su falsa cima y verdadera caída, nada angélica. Su miseria moral la logra con tal genuino arte de actor sutil revelado tan súbitamente que su actuación le debió ganar el Oscar aquel año. No lo ganó, claro, porque el Oscar, como todo premio, es la justicia al revés: el veredicto primero. Lo vino a ganar tres años más tarde con *Stalag 17,* en el papel del héroe americano que lleva siempre la careta del cinismo —pero debajo hay un verdadero patriota de sí mismo. Ese premio fue la sentencia después: a través de espejo justo tardío. Pero a partir de *Sunset Boulevard* hasta el mismo William Holden quería ser William Holden. No siempre fue así.

William Holden, como Robert Taylor, salió del colegio para entrar al estudio. Ocurrió en esos años treinta en que incluso el esplendor que sería Lana Turner era esa *teenager* que entra en este mismo momento en una botica americana (sita en Sunset Boulevard, la calle, precisamente, llamado ahora en justicia The Strip) para pedir una batida de fresa y dos pajitas y le dan en cambio una prueba para pasar a la posteridad —o a ese cielo raso promisorio que es el cine. Todo lo que tenía que hacer ella era entrar así como estaba en una botica de cartón y telón pintado pero más verdadera que la real y caminar hasta el mostrador falso usando ese mismo suéter que apenas contenía su carne turgente, urgente. («See, Ma? No bra») Así entró Lana como materia prima a esa fábrica de cuerpos celestes llamada Metro Goldwyn Mayer, donde entonces el astuto Louis B. Mayer, astrónomo bizco, miraba, veía doble siempre sobrio y anunciaba que había más estrellas en su estudio que en el firmamento. *Ad astra.*

Ambas carreras, las de Taylor y Holden, se parecieron en que corrieron precisamente en dirección opuesta. Taylor fue famoso por su belleza para algunos femenina (¿si las mujeres llevaran patillas y bigotes se parecerían a Robert Taylor?) y su fama fue instantánea y mundial. A finales de los años treinta, y aun ya entrados los cuarenta, cuando se afirmaba que un hombre era un Robert Taylor se quería decir que era guapo y no guapo de barrio por cierto. Nadie decía de nadie que era un William Holden entonces y él lo sabía: su belleza era tan americana como una soda —y tan sosa. Taylor sin embargo perdió pronto su belleza, masculina o femenina, la que fuera, y se convirtió en un hombre (o al menos en un actor) hosco y amargado, peor comediante que cuando comenzó, esa época en que hasta mereció el resplandor de la Garbo, que lo invocaba, tísica, «Armand! Armand!» en *La dama de las camelias.* Holden tuvo un debut promisorio en *Golden Boy* (título que se le quedó como apodo por un tiempo) en el papel de un boxeador de mala gana que es en realidad un violinista zurdo. Fue esa calidad de gracia de violín *versus* presión del músculo lo que hizo finalmente a Holden el actor que fue en su década dorada, esos años cincuenta que comenzaron precisamente con *El ocaso de una vida.*

El gran Rouben Mamoulian fue quien dirigió a Holden en la memorable *Golden Boy.* Pero el gran Mamoulian no dirige a un mero Holden en *Golden Boy* todos los días y William Holden perdió el apodo (y el aura áurea) de chico de oro y se quedó en un simple y familiar Bill, su nombre de pila en Hollywood y en la Casa Blanca: Reagan lo llamó siempre así, aún hasta el otro día cuando hizo su obituario presidencial: Holden había sido su padrino en su segunda boda. Después de la guerra (con la aviación americana) y de incontables por inocuas misiones aé-

reas, todas aburridas, estuvo en contadas películas, todas mediocres —peores que la guerra porque los críticos sí tiraban a
dar. Así cuando le preguntaron si le dio miedo la guerra, declaró desganado: «Más miedo da la paz». Fue al final de esa década de doble desperdicio que la suerte vino a tocarle a la puerta
con el dingdong alegre de «Avon llama». No era Avon, productos
de belleza, sino Billy Wilder, hablando inglés con acento aus-
triaco, todavía era anatema en Hollywood tener acento alemán y
ser uno bueno.

El cartero llamará dos veces pero el director de cine
llama a veces hasta tres: se juega en definitiva más cartas. Wilder quería que Montgomery Clift, entonces el actor del momento (todavía no habían debutado en el cine Brando ni James
Dean), fuera el condenado por débil Joe Gillis, a quien el fracaso insistente convierte en amante a desgana de Norma Desmond, reliquia patética porque su corazón latía todavía entre
las ruinas. Clift, después de firmar contrato, lo rompió aduciendo que semejante relación erótica (el héroe en sus veinte, la heroína cincuentona) le era tan repulsiva que no podría actuar jamás con Gloria Swanson. Ni siquiera estar en el mismo set con
ella. (En su vida apenas real Clift era amante de una mujer tan
vieja como Norma Desmond en el film, mayor aún que Gloria
Swanson y además nada gloriosa sino una triste viuda por ho-
micidio exonerado. En Cuba, al sol de Varadero, cogidos en la
doble luz del cielo tropical y de la arena de la playa, se veían una
pareja obscena: él ebrio y tímido, ella sobria y repugnante sin
usar repelente. (Los mosquitos saben).

Después Wilder acudió a otro galán indiferente a quien
él mismo había convertido en actor famoso en *Pacto de Sangre*,
ahora uno de los hombres más ricos de Hollywood por cuenta
propia: Fred McMurray. Mac le dijo que no. Wilder, desesperado, recayó en Holden. Casi fracasado como actor pero todavía
con orgullo de estrella, Holden exigió, increíble, que le amplia-
ran su papel. Wilder se negó de plano —«Se trata de la tragedia

de una actriz, no de un guionista», adujo— y apeló al estudio que gobernaba los días de William Holden, ahora el *golden boy* más viejo del mundo.

Finalmente y a regañadientes, con su gesto característico de mala gana que mejora, Holden tomó la decisión de su vida y accedió a convertirse en Joe Gillis —y de paso en William Holden.

Su personaje —verdadero protagonista moderno— encarnaba la imagen del fracaso de la ilusión abatida (a balazos) por el triunfo del amor, por la locura y la muerte. Todo contado desde esa piscina fatal en que el narrador, famoso por 15 minutos, flota decúbito prono, iluminado en el agua en que yace muerto —pero todavía hablando desde el más allá, como el escritor eterno que quiso ser. La voz de Holden, la cara de Holden no podían ser más emotivas en su impasiva pasividad. Si el héroe existencial, de moda entonces, tenía un rostro y una lengua y un tipo— una persona en fin, era la que encarnaba William Holden en *El ocaso de una estrella* (que ése fue su título primero), en *Sunset Boulevard*. La filosofía de Sartre («El infierno son los otros») y la ética de Camus («Mamá murió ayer. ¿O fue anteayer?») contemplaban por fin una imagen virtual, sin virtudes. Es por eso, creo, que todos los que teníamos 20 años en 1950 queríamos ser William Holden: encarnar a Joe Gillis, escritor en el fracaso, sí, pero no morir de tres tiros certeros en una piscina anónima, en un patio ruinoso de cualquier Sunset Boulevard de la vida, la calle como crepúsculo.

William Holden logró ese milagro: había sido Joe Gillis por hora y media y en blanco y negro pero seguía viviendo aún. Siguió vivo todavía mucho más de un cuarto de siglo. Ahora, cuando nosotros, los de entonces, tenemos más de medio siglo vivido y el pelo en blanco y negro, William Holden ha muerto solo en su cuarto en un charco de sangre. Sin melodrama ni tragedia, casi de muerte natural a un ebrio eterno y ya nadie podrá ser más William Holden, de súbito decúbito supino.

Pero entre su gran triunfo y su derrota final Holden, el actor, tuvo éxito en su carrera y en su vida. Tuvo también fracasos y mediocridades. Y algunos buenos golpes comerciales imprevistos, suerte y sesos, como ése de haber pedido, ante dificultades de producción, que no le pagaran tan alto salario y cobrar sólo un porcentaje por su aparición en *El puente del río Kwai* —que fue uno de los éxitos de taquilla más devastadores de los años cincuenta. Así sucedió que fue él quien más dinero ganó en esa película, ¡aún más que el director! Durante un momento o dos volvió a ser en los sesenta el antiguo antihéroe. En *The Wild Bunch*, con otro director de implacable intensidad, Sam Peckinpah, donde más que un héroe existencial es un frío *desperado*, esa palabra del cine del oeste que indica un grado de desespero que lleva siempre a la locura y a la muerte violenta, no gratuita, como ocurrió a Joe Gillis, sino buscada deliberadamente, como la solución final, la única salida a la trampa de la vida. Eso se llama suicidio.

Al final de su carrera hizo tres películas seguidas en que la crítica una vez más alabó su pasmosa profesionalidad, el actor que no actúa —aparentemente. Ya esta habilidad suya era visible desde *Nacida ayer*, hecha después de *Sunset Boulevard*, en que era el *straight-man* que dejaba actuar a sus gafas ante las *gaffes* del tronante Broderick Crawford y la rubia tonta de Judy Hollyday que se cree hacerse linda y lista en esta versión del mito de Galatea en que Shaw es *show*: Pigmalión reside en Washington. Dos de ese trío de cintas del adiós son otras tantas obras maestras, *Fedora* y *SOB*. La tercera despedida es un horror informe, film feto fétido titulado *Network*. Su presencia fue un crédito entre tanto descrédito. Pero *Fedora* (de nuevo dirigida por Billy Wilder, ya viejo pero todavía tratando de ser más Wilde que Oscar, de hecho Wilder) es una versión modernizada de *Sunset Boulevard* en que la estrella retirada no es un icono maduro sino una anciana preservada en el formol de la fama que fue, casi como Evita Perón disecada, más mito que momia. *Fedora* es una mezcla de nostalgia, reflexión sobre la estrella y sus reflejos y su vida y la violencia vana, con Holden de catalizador de nuevo. Como en su gran triunfo de 1950 aquí, treinta años después, todo está hecho con espejos y William Holden se refleja con su cara simple y compleja a la vez, soprendentemente ajada: Joe Gillis es Norma Desmond ahora. Pero se puede ver por debajo de las arrugas prematuras (Holden tenía apenas 58 años cuando hizo esta película) la ética esencial a este americano tranquilo pero turbador, una vez más, de la calma que cubre un agua honda.

SOB, su última película, es una obra maestra de no se sabe qué carajo: una bufonada trágica, un carnaval contra la carne, una sátira sucia. Pero en otro reparto de viejas caras (máscaras como las tetas de Julie Andrews), del Hollywood de *Sunset Boulevard,* William Holden muestra su pálida pero pulida decencia americana, ejemplar hasta el final —su propio final.

De su vida privada se supo siempre poco excepto que se casó o juntó con tres de las mujeres más secretamente bellas del cine: caras fascinantes, cuerpos de misterio: Brenda Marshall, Capucine, Stephanie Power, todas estrellas fugaces. (Lo que tocaba Holden se hacía invisible, desde su arte de actor a sus mujeres. Aun el brillo mundano de Capucine desapareció entre grises que la apagaron cuando mejor ardía, Brenda Marshall desapareció con su cabellera de azul flameante y Stephanie Power reapareció en la televisión, que es otra forma de desaparición). Al saber que esas mujeres radiantes fueron sus esposas o amantes más de una vez quise volver a ser William Holden pero por motivos puramente carnales. Lamentablemente para mí, para ellas no puedo serlo, nunca pude, Brenda del miocardio, Capucine del cine, el poder de Estefanía *heart to heart:* todas para mí como una prebenda pero no pre-Brenda, Kaputtcine, Estafanía. No quise ser, claro, sólo William Beedle (su verdadero desvalido nombre) sino el hombre que poseyó a todas esas mujeres intercambiables pero diferentes, indiferentes para mí. Esa impersonalización, también se llama querer ser otro William Holden —esta vez no entre las sombras del cine sino por persona interpuesta, de cuerpo presente. Pero, presumo, también entre las sábanas se puede ser un fantasma.

Cantinflas, que te inflas

Una de las etimologías posibles para el pseudónimo de Cantinflas cuenta que el cómico, en sus primicias en el circo como payaso menor, fue insultado por un espectador dado más al mezcal que al agua bautismal que le gritó: «Que te inflas, mano, ¡que te inflas!» —y de ahí surgió un apodo conocido mundialmente. Lamentablemente Cantinflas pareció seguir al pie de la letra la exclamación y según se hacía más popular más se inflaba, se hinchaba. Que parece ser la suerte de todo comediante —menos de Buster Keaton, que siempre fue *sui generis.*

Harry Langdon acabó rápido con su carrera cuando, en el pináculo, creyó que podía sustituir al director, al escritor y casi al camarógrafo. Su caída fue tan rápida como su ascenso. Charles Chaplin, que era el Charley un si es no es judío del barrio más miserable de Londres, llegó a ser, en poco tiempo, multimillonario y el hombre más conocido del globo después de otro Charles, Lindbergh. Se tuteaba con los grandes y hasta Winston Churchill le pedía, según Chaplin, consejos políticos. Su vida fue larga pero su carrera, después de las megalomanías de *Un rey en Nueva York* y *La condesa de Hong-Kong,* fue a dar al limbo, que es la zona fronteriza del olvido. Murió en la senilidad, exclamando: «¡Quiero conocer a Chaplin!», como si quisiera tener una entrevista con Dios.

Keaton (a quien Louise Brooks, hombreriega, llamó «el hombre más bello que había visto») fue víctima no del delirio de grandeza sino de la constante intimidad con ese hombrecito llamado Johnnie Walker: murió atrofiado pero todavía con una hermosa cara cujeada por el tiempo y el alcohol. Pero la inmortalidad ha sido suya: de todos los cómicos silentes es el que conserva su arte con una modernidad absoluta. Keaton es el rey sin corona de la comedia americana.

Que uno pueda mencionar el apodo de Cantinflas entre estos nombres míticos muestra hasta qué punto era un gran comediante —y no sólo del cine mexicano. Lo frustrante (para el cómico y para el espectador) es que realmente nunca fue grande. Cantinflas, me parece, no lo creyó así. Lo extraordinario es que, dados sus inicios, su carrera fue de veras notable.

Como Jerry Lewis en su fase inicial, Cantinflas era un dúo al principio: Mario Moreno (su verdadero nombre) y Manuel Medel: MM-MM. Cantinflas y Medel hicieron varias películas juntos (la mejor, *Águila o sol,* de 1937), aunque ya en 1940 Cantinflas volaba solo. Pero con o sin Medel, su casi *cuate,* Cantinflas era Cantinflas. Sus mejores películas son, tenían que ser, las primeras: *Ahí está el detalle, El gendarme desconocido* y las parodias de *Los tres mosqueteros, Romeo y Julieta* y *Ni sangre ni arena,* en la que mostró su talento taurino de sus días sin sangre en la arena donde fue un Tancredo excepcional. (Como muestra de su personalidad pugnaz, cuando le recordé que la suerte de Don Tancredo, cosa curiosa, se había originado en La Habana, donde detestan los toros y es la única suerte de toros inventada en América, luego copiada por el torero español Tancredo López, Cantinflas dio un salto patriótico y gritó: «¡No, no! Está usted equivocado. Esa suerte la inventó un torero mexicano llamado Quedo porque se quedaba tan quedo ante el toro».)

El arte de Cantinflas, además de elevar al *pelado* (versión mexicana del *tramp* de Chaplin y Langdon), consistía en una bailable ligereza física natural, desplegada entre intrincados vericuetos verbales. (Que originaron el verbo *cantinflear,* una suerte de laberinto locuaz para el que no había Ariadna azteca posible, excepto la necesidad cada vez más urgente de comunicarse.) El personaje del *pelado,* vestido con más harapos que el *tramp* de Chaplin (el único vestigio de una más supuesta que real elegancia era una especie de chal chapucero que Cantinflas insistía en llamar su *gabardina),* siempre pretendía a una muchacha humilde que, fatalmente, aspiraba a una mejor posición social que la ofrecida por el *quinto patio* miserable en que vivían ambos. Pero Cantinflas también aspiraba a un puesto al sol social —y a veces casi lo conseguía. Venía vestido ahora de frac, chistera y capa, pero cuando se da vuelta se ve en su espalda ¡el anuncio de un sastre! El enojoso chasco lo resuelve Cantinflas con una salida que es una cita del cine que entonces el cine no hacía: «¿No le parece que me doy un aire (golpe de capa negra) así como si dijéramos al mismo conde Drácula?»

O Cantinflas salvado de ahogarse en las aguas sociales del ridículo por la parodia que no para. Su cine, Susini *dixit,* abunda en estas situaciones seudosartoriales, como cuando un policía secreta se abre la chaqueta para mostrar sus señas de identidad, pero, miope, Cantinflas lee la etiqueta con el nombre del sastre anónimo y no el nombre epónimo de la ley.

Como Chaplin, como Langdon, Cantinflas estaba identificado con su personaje en un grado que nunca lo estuvo, por ejemplo, Keaton. Como Jerry Lewis y como Chaplin el personaje de Cantinflas era de natural cobarde y sólo la necesidad de aparentar valor ante la heroína, lo hacía un momentáneo paliativo a su cobardía. Harold Lloyd era un valiente gracias a la tecnología o al azar. Langdon fue siempre un bebé inflado por las circunstancias, pero también sabía recurrir a una carrera contra el valor. Es que el heroísmo puede ser trágico, pero nunca es cómico. A no ser que sea un heroísmo momentáneo o como punto final a un comportamiento cobarde en Keaton. Como sus otros pares cómicos (excepto Keaton y Lloyd), Cantinflas podía ser insensible, incluso cruel. En una ocasión una pobre vieja, una viejita harapienta, mendiga *in extremis,* pide limosna a Cantinflas: «Por favor, señor, que hace tres días que no como». Cantinflas le responde: «¿Y por qué tan desganadita?»

Cantinflas, no el personaje, la persona, estaba siempre, como Chaplin, obsesionado con su origen humilde. Como todo mexicano del pueblo comía todas las comidas (incluyendo el desayuno) ayudándose con tortillas de maíz. Cuando tenía una cena con invitados, que eran sus iguales ahora pero que él estimaba todavía como sus superiores, acudía a un pase de manos digno de un mago de salón. Se hacía instalar en el comedor, a su lado pero cubierta por el mantel, una mesa baja en la que había una cesta con tortillas y con destreza metía una mano bajo el mantel, destapaba las tortillas, cogía una y, todavía bajo el mantel, la colmaba de comida, siempre sonriendo a sus invitados y sin olvidar las otras gracias sociales comía su emparedado.

Cantinflas era, personalmente, un hombre insoportable. Cuando lo entrevisté en pleno auge de su carrera, me declaró con una insistencia estúpida que quería hablar *solamente* de sus obras pías. Le expliqué lo mejor que pude que había venido a verlo por sus películas. Pero repetía que había que reconocer su importancia como benefactor no de las artes y las letras sino de grupos sociales en todas partes. La entrevista fue, literalmente, un evento que no tuvo lugar y nunca la publiqué. Pero pensé que Cantinflas se había creído, en un sentido samaritano, su pregunta a la viejita que encontró desganada entonces y no muerta de hambre. Ahora Cantinflas daba limosnas.

Tenía con qué: era uno de los hombres más ricos de América, además de gozar de una popularidad, en su auge, que era mayor que la de Keaton, Langdon o Lloyd. Así exigía siempre que sus películas se exhibieran solas en tandas múltiples. Y cuando la Columbia (inadvertida o porque su popularidad declinó) puso en el mismo programa, de relleno, otra película, Cantinflas rompió con la compañía americana. Como Greta Garbo, quería estar solo o brillar como una estrella solitaria en el promiscuo firmamento del cine.

Pero los críticos de cine y los intelectuales mexicanos siempre insistieron, torpemente, en desconocer a Cantinflas como cómico. Era no sólo el mejor comediante del cine mexicano, cuando podía llamarse cine, sino de toda América hispana. Solamente Luis Sandrini en Argentina y dos cómicos cubanos, Leopoldo Fernández («Trespatines») y Alberto Garrido («Chicharito») pueden comparársele. Cantinflas por su parte, con su entonación de barrio bajo y su sentido del tiempo cómico, podía hacer reír con una sola frase. Un policía al interrogarlo le pregunta: «¿Y usted qué cree?». Cantinflas sólo le responde: «¿Y usted qué cree que yo creo?».

Además Cantinflas dio un salto de cantidad (y de calidad a lo Hegel) al interpretar el personaje de Passepartout (olvídense SVP de su francés) en *La vuelta al mundo en 80 días,* donde logró animar hasta al paraguas de David Niven, un actor que estaba, justamente, en sus antípodas. Un intercambio con Charles Boyer es típico de Cantinflas pero no, ay, de la película. Boyer con toda su picardía parisina insiste, en su agencia de viajes, que no puede siquiera describir (guiño) a las mujeres de Bali. Cantinflas: «Por favor, trate». (Esto, en su inglés con acento mexicano, más que verlo hay que oírlo.) Cantinflas entre tantas estrellas era *la* estrella.

No sucedió así a la siguiente vez porque, de veras, nunca segundas partes serán buenas. Cantinflas hizo otra película en Hollywood, *Pepe,* que era también una superproducción, como se dice, «tachonada de estrellas». Pero que fue finalmente un estruendoso fracaso y su última aventura anglosajona. He aquí la lista de sus no pocos *partenaires:* Dan Dailey, Shirley Jones, Ernie Kovacs, William Demarest, Maurice Chevalier, Bing Crosby, Richard Conte, Bobby Darin, Sammy Davis, Jimmy Durante, Zsa Zsa Gabor, Judy Garland, Peter Lawford, Janet Leigh, Jack Lemmon, Kim Novak, Donna Reed, Debbie Reynolds, Greer Garson, Edward G. Robinson, César Romero, Frank Sinatra, Tony Curtis, Dean Martin y Charles Coburn. No hay duda de que fue aplastado, como una enana blanca, por el peso específico de las otras estrellas.

La vanidad (favor de usar el espejo retrovisor) ha sido la perdición de hombres más sabios que Cantinflas, que sólo tenía una astucia primaria. Después del enorme éxito personal de *La vuelta al mundo* vino la derrota decisiva de *Pepe*. Después de descubrir, como todos los hombres, que envejecía cada día, hizo lo que hacen muchas actrices y unos cuantos actores: se sometió a la cirugía estética. El resultado (cómico como la atroz operación ejecutada por Peter Lorre a Raymond Massie en *Arsénico y encaje antiguo,* melodramático como la urgente plástica a Humphrey Bogart en *La senda tenebrosa*) fue trágico en Cantinflas. El cirujano, el bisturí, lo que fuera, eliminó todas sus arrugas —pero ¡le cambió la cara! Cantinflas ya no era más Cantinflas. Hasta la voz parecía haberle cambiado. Pero como en las películas de horror de Hammer o de Corman, no había ya marcha atrás.

Dicen que murió Cantinflas. Habrá muerto Mario Moreno, porque Cantinflas murió hace rato en la mesa de operaciones, junto al paraguas de David Niven (y una máquina de coser caras). Murió exactamente cuando recobró el conocimiento pero perdió su cara. Ni siquiera Chaplin, el más vanidoso de los comediantes de antes, se atrevió a alterar su máscara —que en el cómico es su persona.

Goodbye Charlie

Los obituarios son contagiosos. Tienen además la manía de unir el epitafio y el bautizo. Celebrar un centenario es participar a la vez del nacimiento y de la muerte. Casi todo el mundo, excepto Irving Berlin, cuando cumplen cien años hace rato que tuvieron su obituario. Todos los obituarios (con la excepción tal vez de Hitler) llevan una inscripción latina. *De mortuis nihil nisi bonum.* El vulgo lo traduce como de los muertos no hay que hablar mal. He hablado antes mucho de un vivo. Es hora, creo, de grabar un nuevo epitafio no con agua regia sino con agua tofana. Recuérdese que este es el veneno con que tradicionalmente Salieri mata a Mozart.

Chaplin, Hitchcock y Cary Grant son los tres grandes artistas *cockneys* que Londres dio al cine, precisamente al cine americano. Es cierto que Cary Grant nació en Bristol, pero era de clase obrera y creció en el mundo del *music hall* de Londres, donde tradicionalmente todos los cómicos son *cockneys*. Los tres modificaron sensiblemente su acento y hasta Hitchcock que no era un actor (o tal vez el mejor actor del trío) cambió su voz de verdulero por un acento petulante y espeso. Parecía como un anatomista que hace un gran esfuerzo por ser médico pero se queda en veterinario. Al revés de Grant y de Chaplin, Hitchcok se burlaba a veces de su entonación. La seductora voz de Cary Grant, que era *cockney,* que era culta, que era neutral fue definida por el director Billy Wilder en *Some Like it Hot.* Tony Curtis, para seducir a Marilyn Monroe, imita a Cary Grant. Jack Lemmon, también enamorado de Marilyn Monroe, que en la película se llama Azúcar de Caña, enfrenta a Curtis con sus pretensiones de millonario y su acento: «¡Qué ridículo!», le grita. «Nadie habla *así*». Es verdad: nadie hablaba así hasta que Cary Grant impuso su acento de clase obrera modificado y creó un estilo que muchos imitaron. Incluso Tony Curtis y no por parodia.

Se dice que Chaplin agonizó ante la decisión de hacer hablar a su vagabundo. La agonía más que estética fue social. Es cierto que Chaplin habló pestes (fuera de la pantalla) del cine sonoro y hasta dijo: «Ahora tenemos películas parlantes. ¿Cuándo vendrán las películas odorantes?». Pero no es menos cierto que pronto convirtió a su muñeco a la cháchara pura y su ventrílocuo se hizo gárrulo en extremo. En *El gran dictador, Monsieur Verdoux* y *Un rey en Nueva York,* sin olvidar a *Candilejas,* su personaje, fuera un barbero judío, un asesino francés o un rey sin corona, y aun un viejo cómico de *music hall,* hablaba. A veces hablaba mucho y a veces demasiado. Al final de *El gran dictador* hasta pronuncia un discurso interminable que Chaplin impuso a su propia productora.

El cantor de jazz se estrenó en 1927 pero produjo más una avalancha que un cataclismo. Las víctimas de lo que era más que un nuevo sistema una verdadera revolución (de tan vasto alcance de hecho como la misma invención del cine) fueron tan pocas que se pueden contar con los dedos de una mano rencorosa. John Gilbert, más que tener una voz inadecuada como se cree, había tenido escaramuzas sociales con Louis B. Mayer, el *boss* (más que un zar era un *capo)* de la Metro Goldwyn Mayer, que era su jefe. Norma Talmadge era una mala actriz que para colmo no pudo sacarse de encima su acento de Brooklyn nunca. (Para los que tienen una memoria perversa hay que recordarles que Lina Lamont, la estrella que debe doblar Debbie Reynolds en *Cantando bajo la lluvia* era una caricatura nada afectuosa de Norma Talmadge. La Talmadge que se había cubierto de plata tanto como la pantalla, es la autora de una de las frases famosas de Hollywood. Acababa de retirarse cuando un *fan* funesto se le acercó en pleno

Broadway con una libreta de autógrafos y una pluma en la mano. «Por favor, Miss Talmadge...» empezó el cazador. La Talmadge movió una mano más imperiosa que imperial y dijo: «Vete, muchacho. Ya no te necesito». Fin del *fan.)* Y hasta Greta Garbo aprendió inglés: Garbo habla.) Mientras tanto en 1928 Chaplin produce uno de sus peores largometrajes, *El circo,* que comparado con dos obras maestras de Buster Keaton *(Steamboat Bill Junior* y *El cameraman)* y con dos películas seminales de Joseph von Sternberg *(Bajomundo* y *Los muelles de Nueva York)* y todavía más: ese mismo año Victor Seastrom había hecho en Hollywood su poema del desierto, *El viento.* Erich von Stroheim dirigió *La marcha nupcial* y su obra trunca, *Queen Kelly,* inacabada por Joseph Kennedy, padre epónimo, y Howard Hawks completa *Una novia en cada puerto,* que será un modelo de la comedia americana por venir.

Mientras tanto Chaplin espera.

¿A que el cine hablado caiga en oídos sordos? ¿A que vuelvan los días mudos? ¿A regresar al *music hall* de donde había venido?

No, a algo más importante: a aprender hablar para el cine. Un crítico inglés se preguntaba qué se preguntaba Chaplin. ¿Cómo hablaría su vagabundo, en *cockney* o en acento del Bronx? Queriendo decir un acento popular americano. Pero igualmente podría haber hablado con acento de Brooklyn o con los judíos de Manhattan saldría de la Cocina del Diablo. El crítico es, como todos los críticos ingleses, de alta clase o cosa parecida. Además, lo ataca ese mal que es la fiebre de todo crítico, el patriotismo. Chaplin no podía hablar con acento del Bronx porque su personaje no es americano. Chaplin es en realidad el último autor victoriano, originado bajo el reino de Victoria como Dickens. Pero Chaplin estaba tan inseguro de cómo iba a hablar su héroe que lo enmudeció para siempre. No habla ni en *Luces de la ciudad* ni en *Tiempos modernos* y cuando lo hace en *El gran dictador* no es un *tramp* americano quien habla sino un héroe de la guerra, un alienado y un hombre tan seguro de su oratoria que es capaz de sustituir a Hitler en la arenga más luenga en su lengua. Un escritor español, Antonio Ortega, que fue el mejor crítico de cine que he conocido, solía decir: «Chaplin se acabó cuando mató a Charlot». Se refería a que en *Tiempos modernos* Chaplin era un obrero y en *El gran dictador* un barbero. El último vagabundo, en efecto, había aparecido y desaparecido en *Luces de la ciudad*. Antonio Ortega tenía y no tenía razón porque Chaplin haría, *post tramp,* una obra maestra impopular y la que es su película más popular. Se trata de *Monsieur Verdoux* y *Candilejas.* Pero hay que hablar de *Luces de la ciudad* como el fin de un arte.

Luces de la ciudad no era exactamente una cinta hablada pero su concepción y su realización eran sonoras. Además tenía, como todas las películas a partir de 1929, una banda de sonido. Es decir, había ruidos y música y carcajadas. Chaplin ahora, como hizo luego con la sonorización de *La quimera del oro,* decidió componer él mismo la partitura de *Luces de la ciudad.* Pero la música incidental se le hizo accidental. Toda la banda sonora, excepto por una serie de rudas onomatopeyas al principio, está ocupada por su música. Aunque no toda la música es suya. El tema de la película es «La violetera», la tonada que hizo famosa a Sarita Montiel. A Chaplin lo hizo infame. Sucedió que, como otras veces, Chaplin hizo suyo lo ajeno y sin pedirle permiso ni a Padilla ni a Montesinos, sus verdaderos compositores, puso su nombre en los créditos «Music Composed by Charles Chaplin». Es posible que la olla podrida de valses sentimentales, acordes victorianos y todo ese jazz le perteneciera, pero no le pertenecía en absoluto ese aire español que cantaba su amiga Raquel Meller. «La violetera» no era sólo el tema de la película y, como se dice ahora, la *song of the movie,* sino que la protagonista, una patética pero linda cieguita vendía violetas posada en una acera. El vagabundo, enamorado de su belleza o tal vez de su ceguera (las películas de Chaplin resultan tan sentimentales que uno se sorprende de encontrar algún sadismo entre tanto masoquismo), y los envolvía a los dos un magma musical basado en la tonadilla de Padilla. Chaplin, que siempre siguió el lema: «Nada humano me es ajeno», creyó que «La violetera» (la canción, no la ciega) le pertenecía tanto como la banda sonora, el guión, los personajes, etc. Padilla y Montesinos (o tal vez Montesinos y Padilla) entablaron pleito. Chaplin, que todavía creía que esos doce compases ajenos eran de su propiedad, se negó a transarse y decidió pelear en los tribunales. No fue nada difícil para los españoles probar que ya habían compuesto «La violetera». Hasta había discos de Raquel Meller cantando mejor el tema de Chaplin que Chaplin. Aún más, la misma música (y hasta la letra en español: «cómpreme usté este ramito/ que no vale más que un real», es lo que quiere decir la ciega muda con sus violetas) parece haber sugerido no sólo un personaje principal sino todas las peripecias a que Chaplin somete al roto enamorado: el *tramp* en la trampa. Aconsejado por sus abogados (que debían pertenecer a la firma *Flywheel, Shyster & Flywheel),* se sintió aquejado de amnesia. «Pensé», suplicó, «que esa tonada era mía, la tarareaba, la tocaba al piano, ¡hasta la cantaba en la ducha! Y éste es el resultado». «Pero usted se da cuenta, por supuesto», dijo el juez, «de que la melodía es idéntica a la que los acusadores compusieron hace años y que hasta la letra original alude a su película». «Sí», concedió Chaplin, «me doy cuenta *ahora».* «Es decir», terminó el juez, «que usted considera que una melodía es suya nada más que por que la puede silbar». No hay que decir quién ganó el pleito. Desde entonces Chaplin odió a los jueces americanos. Desde entonces o tal vez un poco antes, cuando Chaplin se casó a la cañona (prácticamente ante el altar y una escopeta) con Lita Grey, una menor a la que había conocido (bíblica o de otra manera) cuando ella tenía solo doce años. La tragedia de Polanski es que siempre quiso parecerse a Chaplin.

Pero no sólo la melodía podía ser una trampa para Chaplin. También podía serlo la letra. En 1941 Orson Welles, recién estrenado *Ciudadano Kane,* fue a cenar con Chaplin en la mansión en que una serie de mujeres fáciles habían dejado una huella difícil. Chaplin tenía un truco, ya viejo por conocido, en que hablaba en perfecto japonés con su mayordomo Akito. Chaplin por supuesto no sabía una palabra de japonés, idioma que Akito ignoraba también por ser un *nisei* o descendiente de japoneses nacido en Estados Unidos. Orson no se inmutó y cuando terminó el falso diálogo alargó la mano y sacó del bolsillo de la costosa fumadora de Chaplin un pollito amarillo y blanco. El asombrado fue Chaplin que no sabía que Welles era un mago de salón experto. Durante la cena Orson Welles le habló a Chaplin de un proyecto que quizás pudieran hacer juntos. Era la historia real de Henri Landrú, el francés asesino de mujeres por dinero. Chaplin dijo no haber oído nunca de semejante truhán. Tal vez Welles era indiscreto al hablar de Landrú con un hombre como Chaplin con tantas mujeres, a algunas de las cuales deseó la muerte por dinero. Welles le confió que el verdadero nombre de Landrú era Desiré, el deseado. Al oírlo Chaplin se animó. Orson se ofreció para colaborar juntos en el guión y tal vez en la película Chaplin se retrajo: odiaba las colaboraciones a nivel de guión, dirección y actuación. Era, como Orson Welles, un hombre orquesta. Welles no le recordó a Chaplin que a veces necesitaba colaboraciones musicales. Terminó la cena. No sin antes sacar Welles del bolsillo de su pechera un interminable pañuelo de todos los colores. Chaplin fingió asombro. Orson Welles anunció que su próxima película sería en colores. Chaplin dijo que odiaba el color. Orson dijo: «Goodbye Charlie».

Pero no fue un adiós muy largo. Siete o nueve meses más tarde Charles Chaplin anunció que su próxima producción sería sin su vagabundo. Los tiempos cambian, también los caracteres. Ahora haría una comedia de asesinatos basada en el conocido asesino francés Desiré Landrú. Como siempre escribiría el guión, dirigiría la película, actuaría y compondría la música. Ni la más mínima mención a Orson Welles y su idea. Landrú era del dominio público y como pertenecía al pueblo y él era el pueblo, le pertenecía a Chaplin. Pero Orson Welles no era un desconocido como Padilla o un don nadie como Montesinos. Welles era Orson, ahora más famoso que Chaplin. El agente de una parte llamó al agente de la otra. Pero Chaplin no recordaba nada. Fue entonces que Orson llamó a Charlie y le refrescó la memoria. Ahora Charlie recordó la noche de la cena con pollos y pañuelos de colores y acordó ofrecer a Orson 5.000 dólares por sus dolores al recordarle a ese notorio asesino francés conocido de todos. Orson pidió además un crédito en la película y Chaplin, siempre generoso, permitió que en la portada de *Monsieur Verdoux* un letrerito debajo del título dijera: «Basada en una idea de Orson Welles».

En *Monsieur Verdoux* Chaplin habla —y habla y habla. Su acento no es *cockney* ni de Brooklyn sino un inglés atlántico, cuidadoso y petulante.

Monsieur Verdoux es, de veras, algo más que una comedia de crímenes: es una obra maestra y la última película que hizo Chaplin que valga la pena copiar al vídeo. *Candilejas* es una obra menor, terriblemente sentimental, que no tiene nada que ver ni con el *tramp* ni con *Verdoux*. *Un rey en Nueva York* no tiene otro atractivo que el despliegue sexual de Dawn Addams, una de las mujeres más bellas que ha dado el cine inglés y a quien en *La luna es azul* Otto Preminger exhibía ligera de ropa y de cascos para confundir al espectador. ¿Cómo es posible que estando presente esa Dawn turgente William Holden persiguiera a Maggie Macnamara, una enana difícil? El único comentario posible a *La condesa de Hong-Kong* lo hace el mismo Chaplin. Sólo aparece en la película para vomitar fuera de borda.

La última obra de Chaplin es su autobiografía, que para que no queden dudas se llama *Mi autobiografía*. Éste es un libro que narra una vida y es inexplicable cómo Charles Chaplin no se dio cuenta antes de publicarlo que es el retrato de un hombre pequeño (no sólo de físico), vano, ególatra, implacable con sus amigos y profundamente desagradable. Es, inclusive, un libro estalinista. El hombre que tanto protestó de que se le acusara de comunista tiene una entrevista con H. G. Wells, que acaba de venir de entrevistar a Stalin. Cuando Wells le dice que el sueño socialista se ha convertido en una brutal realidad totalitaria, todo lo que dice Chaplin, bloqueando la siniestra visión de Wells, es: «Sí, se cometen errores pero...» Es ese argumento, tan caro a la izquierda que, salvando distancias, cuando se habla de que las pesadillas del Sena son la realidad de La Habana, declara que no son más que *accidents de parcours*. Es decir el terror es sólo un error.

En su libro Chaplin no sólo conoce, entrevista, conversa, come y cena con H. G. Wells. También lo hace con Gandhi, con Chu En-Lai, con Einstein, con Eisenstein, con Churchill y Pavlova y Caruso y Nijinski y Hearst y su novia (a la que Chaplin hizo cosquillas y le costó la vida al director Thomas Ince) y Nehru y Picasso —*ad nauseam*. (La lista no es caprichosa: viene en la contracubierta de la primera edición de 1964 de Bodley Head, que diseñó el propio Chaplin. La autobiografía para colmo, fue corregida por Graham Greene, el autor de *Buscando a mi general*.)

Presentes los famosos y los poderosos, en la autobiografía de Chaplin están ausentes gente como Buster Keaton, que estuvo con él en *Candilejas* (por cierto la secuencia del dúo Keaton-Chaplin, maestros del *music hall,* en que el viejo Buster se hizo culpable por su excelencia, fue reducida al mínimo para que el segundo brillara más que el maestro), ni Harry Langdon, ni Groucho Marx o al menos Harpo que también se negaba a hablar ni a Laurel (que vino con él a América y juntos fueron a Hollywood) ni a Hardy. Su memoria se hizo tan renuente como cuando olvidó que Raquel Meller cantaba cuplés. Pero el olvido mayor ocurre cuando no recuerda para nada a su fotógrafo de 35 años, el leal Rollie Totheroh, que lo acompañó hasta *Candilejas*. Este olvido se hace peor en un recuerdo parcial. En la autobiografía hay una línea que dice: «Rollie, el fotógrafo, vino a mi camerino». Es un libro para olvidar.

Charles Chaplin se casó con una última mujer bella y joven y vino a vivir Europa, tuvo hijos que se hicieron actores y saltimbanquis, devolviendo a la familia al *music hall,* fue nombrado caballero por la reina Isabel II a petición de nadie y, finalmente murió en su doble exilio: de Inglaterra y de Estados Unidos. Antes del fin Néstor Almendros y un director de cine de fama efímera fueron a visitarlo con el propósito de hacer una película de su vida actual que era su vejez. Al recibirlos Chaplin aparecía viejo pero parecía normal. El director le explicó: «Hemos venido a conocer a Chaplin». Inmediatamente, como un eco, Chaplin respondió: «Yo también quiero conocer a Chaplin», con genuino entusiasmo. De haber sido, por ejemplo, una visita a Jean-Paul Sartre, esta respuesta habría sido una proposición filosófica: conócete a ti mismo. Pero inmediatamente un secretario, ubicuo, les hizo señas a los visitantes para que no hablaran más. Al poco rato, Chaplin ido doble, explicó a los visitantes que Chaplin estaba muy mal, que había empeorado en los últimos días. No sería posible entrevistarlo porque padecía de ecolalia senil. Es decir, todo lo que se le dijera lo repetiría *ad nauseam.* El cómico mudo terminaba su vida en una infinita banda sonora.

Néstor y el director fallido, decidieron volverse a la ciudad. Cuando se iban camino abajo Chaplin apareció a la entrada. Néstor lo recuerda enmarcado por la mortaja de la puerta. El director, americano al fin, tuvo un gesto sentimental familiar. Levantó la mano y dijo casi alegre:

—Goodbye Charlie!

Charles Chaplin respondió con alegría:

—Goodbye Charlie!

Orson Welles
Un genio nada frecuente

Una vez escribí una semblanza de Orson Welles y la titulé: «Un genio demasiado frecuente». El título era una parodia de una pieza de Christopher Fry, dramaturgo inglés, titulada *Un fénix demasiado frecuente*. Ambos títulos, ambas piezas de literatura eran en realidad un *jeux d'esprit*. Fry, sin embargo, tiene otro título que parece venirle de perilla (término de tabaco) a Welles. Es aquel de *Que no quemen a la dama*. En el caso de Orson Welles habría que pedir «Que no quemen sus películas» porque a nuestro genio intentaron quemarlo vivo varias veces y él se portó, de veras, como un puro fénix —o un fénix con un puro.

Desde el Renacimiento no había un artista como Orson Welles de quien se pudiera decir con justicia que era, precisamente, un hombre del Renacimiento. Welles era actor de teatro, director de escena, mago de salón, escritor, adaptador, productor, director de cine, actor de cine y una personalidad única de quien hay que decir que le echaremos de menos hasta el día en que nos reunamos de nuevo en el cielo de celuloide. De otros artistas similares siempre podemos decir «Pero queda su obra». Esto no es cierto en el caso de Orson. (Esa es otra característica wellesiana: siempre, a pesar de su rareza, lo trataremos familiarmente. John Ford o Ford, Howard Hawks, Hitchcock, pero por siempre Orson.) No es cierto que Orson Welles haya dejado una filmografía completa detrás. Con excepción de *El ciudadano Kane* siempre tuvimos de él no la obra entera sino fragmentos, pedazos de películas, retazos y en el caso de *The Magnificent Ambersons* hasta un final que nunca filmó. Con todo, como muchas veces con Orson, los fragmentos componen una obra maestra, mientras las obras de sus muchos contemporáneos se ven a trozos, trizas, atroces. No estaban hechas, evidentemente, para durar.

Orson siempre suscitó la envidia cuando no el encono. Ya al llegar a Hollywood se dejó crecer una barba que era una cortina de pelos para ocultar su doble barba. Las críticas, hoy día, parecerían ridículas. Muchos directores llevan ahora barba por un tiempo: Spielberg, Lucas, Scorsese. Nadie por supuesto ha pensado que son barbas radicales. Pero sucede que en 1940 ninguna figura pública había usado barba desde el asesinato del zar Nicolás. Marx y Engels usaban barba, Lenin tenía barba en todas sus manifestaciones políticas, Trotsky con su barbita hacía parecer a Stalin con su bigote absolutamente lampiño. La barba de Orson era profusa y los periódicos dieron por llamarle La Barba. Orson podía haber sido la mujer barbuda de un circo (en realidad cultivaba su pilosidad para su rol de héroe de Conrad) y todavía habría sido criticado. Hay figuras así en la historia de las artes. Todo lo que hacía Byron, de un incesto a un ciento, era criticado. Pushkin estaba hecho de escándalo ruso y el escándalo le costó la vida en un duelo que nunca debió ocurrir. Mark Twain se quejaba ya de que la prensa lo perseguía. En este siglo Hemingway profirió idéntica queja, con barba o sin barba. Dalí, con su bigote en guía, ha sido devorado por la prensa más de una vez. Todos tienen en común con Welles una indudable capacidad publicitaria: crean atención y son noticia y después se quejan. Lo que hace que la persecución no sea mera paranoia: todos son de una manera u otra perseguidos por la notoriedad, el escándalo y la fama.

Pero en el caso de Orson ese acoso se ha extendido a su arte. Nadie impidió que Hemingway escribiera y publicara sus libros, Dalí pintaba. Pero Orson, a partir de su completo control de *Citizen Kane* (por lo que todos tenemos una deuda con la RKO Radio de entonces que nunca cedió a la presión de la Prensa Hearst y sus adláteres), después de terminar esta obra maestra absoluta se encontró en Hollywood no con los mecenas florentinos que le habían prometido sino con una oposición casi universal. Así Orson pasó de ser *enfant terrible* a ser solamente terrible. Las alabanzas de prodigio se convirtieron en las acusaciones de pródigo y Orson se transformó en una *bête noire* y su nombre de osito de peluche devino un monstruoso Oso Welles. Nadie en la historia del cine (ni siquiera los dos falsos *vons,* Stroheim y Sternberg o el director que era para el cine lo que Einstein para la ciencia, Eisenstein) fue de tal victoria alada a la derrota total. Orson, como Eric von Stroheim, pudo salvar la cara con afeites, barbas falsas y narices postizas porque era un actor de carácter y tenía el físico y la voz y una personalidad extraordinaria. El hombre que en plena juventud había creado una obra maestra absoluta del cine se vio en su vejez reducido a una voz que alababa la bebida que odiaba, la cerveza. Eisenstein tuvo que complacer al más terrible crítico de cine, José Stalin, que le enseñaba siempre la vía recta aunque muchas veces fue la *via smarrita.* Von Stroheim terminó fingiendo que dirigía a una Gloria Swanson demente que insistía en confundirlo con el epítome del director de éxito, Cecil B. De Mille. Von Sternberg acabó obligado a hacer una Marlene morena de Jane Russell en una Macao de cartón piedra como esa misma ciudad concebida por Orson en *La historia inmortal,* con el beneficio de dos mujeres (Blixen, Moreau) menos llamativas que la estrella ampulosa que *Von* Sternberg quería desinflar con sus puyas. Con Jane Russell el Von habría tenido que usar *dos* puyas.

Pero Welles fue en la RKO de la cima a la sima. Su siguiente película *The Magnificent Ambersons* fue montada (el verbo casi sugiere una yegua) en su ausencia, terminada del todo y exhibida antes de que Orson pudiera decir OK. Para añadir injuria al insulto la cinta fue exhibida en un programa doble junto con la obra maestra de Lupe Velez, *La fogosa mexicana ve un fantasma.* De cierta manera en ese programa Orson compartía las carteleras con Leon Erroll. Nadie, tan pronto, pudo caer tan bajo. Por supuesto Orson pasó a crear más de una obra maestra, como *El extranjero,* que Orson para darse lija llamaba su peor película. En

Hollywood hizo también *La dama de Shanghai* que no sólo es un *thriller* maestro sino una de las películas más hermosas de los años cuarenta. Poco después y como adiós a Hollywood dirigió y actuó en una de las cintas más feas de los años cuarenta. Pero su fealdad es como la del día con que comienza la obra: «Un día tan feo y tan bello no he visto», dice Macbeth y lo repite Orson con un atroz acento escocés, pero con un sentido de la imagen épica trágica sólo igualable al de Eisenstein en *Iván el terrible.* No voy a hacer una crítica de todas las películas de Orson Welles, ni siquiera mencionar la media docena de obras maestras que tiene en su haber.

Quiero hablar momentáneamente de Orson Welles actor. Criticado por muchos como un *ham* (palabra inglesa que quiero traducir por jamón, ya que guarda la misma alusión al jamón ahumado, a la pierna de cerdo y tiene connotaciones con mojama, es decir cecina, jamaca y jamás: un actor que ronca en sus laureles), como un *ham* que es la peor clase de actor, aquel que da ganas de reír en la tragedia, de llorar en la comedia y de irse del teatro en el melodrama. Pienso por el contrario que Orson Welles es el mejor actor shakesperiano que ha tenido el cine, solamente igualado por Laurence Olivier en el teatro. Curiosamente, después de las últimas actuaciones de Olivier en el cine, mucha gente empieza a decir, privadamente claro, que Sir Larry es un *jamón.* Es la misma gente que en el apogeo de Orson creían que Gregory Peck era un gran actor. Es la que al ver *The Marathon Man* piensan que Dustin Hoffman le dio lecciones de actuación a Olivier. Es la que prefiere un jamoncito dulce a un gran jamón. Por supuesto a nosotros, los que estamos aquí, nos parecerá siempre que John Barrymore era irresistible, fuera jamón de York o curado en alcohol. Jamón, *jambon,* James Bond.

Orson Welles actor tocó fondo cuando actuó en *Casino Royale.* Allí permitió ser ninguneado por un caso patológico llamado Peter Sellers. Si ustedes quieren saber qué es el delirio de grandeza no hay más que seguir los pasos esquizoides de Sellers a partir de *Lolita.* Quienquiera que crea que John Lennon volaba en un globo de mariguana cuando dijo «Soy más popular que Cristo», esperen a oír a Sellers diciendo sin el menor dejo cómico en su voz de vodevil: «Dios tiene un pacto conmigo». Welles tuvo que soportar el desaire de este actor patético cuando rodaron una escena juntos. Tomaron, a petición, todos los *close-ups* de Sellers y dijo sus bocadillos. Welles estaba a un lado de la cámara leyendo del guión. Cuando le tocó a Welles hacer los planos opuestos, Sellers dejó el set sin ninguna explicación, sin excusa. Orson tuvo que ser a su vez su arte y la parte del doble. Había perfeccionado una técnica, que le había servido de mucho en *Otelo* (donde un plano se filmaba en Mogador, Marruecos y el contraplano en Venecia muchos meses después), y que consistía en imaginar que en los *close-ups* hablaba con un actor invisible que más parecía un trípode que una bípeda figura humana. Pero no dejaba de ser de parte de Sellers un insulto deliberado. Sellers, tenía que serlo, era un actor de vis cómica, pero su ego, comparado con Welles, era de una dimensión abismal.

Ahora llegamos a otra calumnia levantada contra Orson: su don de derroche, su desprecio por la industria que lo acogió, su extravagancia. Nada puede ser más falso. Orson de hecho hizo siempre las películas más baratas del cine de su tiempo, cualquiera que fuese, y en *Macbeth* consiguió hacer cine con miserias. Después de su ida a Europa, en sus obras maestras como *Otelo, Falstaff, Mr. Arkadin* y hasta *Fake* fue Orson el que puso dinero de su bolsillo, ganado aceptando los más irrisorios roles, para terminarlas. No hay, por otra parte, director en toda la historia del cine al que el cine le haya costado dinero, además de los proverbiales sudor y lágrimas. Con Orson todo productor estaba dispuesto a cobrarse su libra de carne —y muchas veces lo conseguían. Orson por supuesto de carne tenía más de una libra.

Iba a hablar de la máxima calumnia contra Orson, perpetrada por una crítica eminente, Pauline Kael del *New Yorker*. La señora Kael escribió todo un libro para demostrar la cuadratura de un círculo vicioso: Orson no hizo *Citizen Kane*. Todo es el concepto de un guionista menor, Herman Mankiewicz. Orson sólo siguió sus pautas, como un músico anónimo la partitura. El argumento, absolutamente *ad hominem,* es tan falaz que la sola visión no de la película sino de una sola foto-fija de *El ciudadano Kane* nos convence de la mediocridad de Mankiewicz, casi un *hack,* frente a la concepción visual de Orson, maestra.

Orson fue, a pesar de los Sellers y los *buyers,* un gran actor de cine. Dicen los que lo vieron que también fue un extraordinario actor teatral. Pero en el cine está la evidencia y todos podemos comprobarla. Del joven Charley hasta el sexagenario Charles Foster Kane hay una extensa gama de actuación, tan notable como la visión del paso del tiempo en la cara del actor. De aquí arrancan todos los grandes momentos histriónicos que nos ha regalado Orson. Algunos ingratos (críticos tanto como público) han rechazado estas piezas de bravura como el peor histrionismo. Nadie les prohíbe que detesten su delicioso Falstaff que es un monumento a la gula y a la cobardía pero también a la lealtad. En *Touch of Evil* Orson logró en Hank Quinlan su mejor actuación, a pesar del sebo y la sevicia. Pero por mi parte prefiero para siempre su Harry Lime, el más atractivo de todos los villanos de esa década de malvados minuciosos que son los años cuarenta. Usando un sombrero y un abrigo negro y la oscuridad rota por un *spot,* Orson no tuvo más que dirigir su mirada de soslayo, de abajo arriba, como el malhechor que surge de las alcantarillas para casi conquistar de nuevo el amor de un Joseph Cotten, tan gris como la ciudad en la niebla. La apoteosis del melodrama es ese hombre lívido vestido de negro: bolsa negra, negro él mismo, cine negrísimo.

Hay dos anécdotas (y la historia del cine, como la otra historia, no es más que una cadena de anécdotas, chismes y la constante reescritura del texto por el ganador) que sirven para mostrar a Orson en una luz más cruda que la de un reflector en una calle de Viena, ejerciendo ahora una suerte de picardía noble, que era a la vez su salvavidas particular y su modo de financiar su cine. Había un bailarín cubano a quien le gustaba comer más que bailar y se puso gordo, inflado: un globo que nunca tuvo su ascenso. Su gran momento en *Words and Music,* junto a Judy Garland brevemente, en un paso de rumba o dos, su enorme culo coloreado moviéndose alrededor de una casi caquéctica Garland. Este rumbero con más kilos que kilómetros recorridos de Cuba-USA se llamaba Sergio Orta. Todavía se llamaba así cuando regresó a Cuba pensando que tenía nombre en el cine. No ocurrió nada con él en La Habana y tuvo la luminosa idea de venir a España. En Madrid no pudo dar un paso de rumba pero se hizo coreógrafo. Como se sabe, la coreografía es el último refugio del bailarín, pero Orta hizo dinero y cuando se cruzó en su camino Orson —de gordo a gordo— tenía cuarenta mil dólares en el banco y más de cincuenta años. De alguna manera Orson, que podía ser muy persuasivo, convenció a Orta de que invirtiera en su película. *(Mr. Arkadin,* por supuesto). Sería un éxito seguro de taquilla y además de recobrar su dinero ganaría mucho, tendría un papel en la trama y su nombre en las marquesinas de todo el mundo civilizado. ¿Y quién quiere estar en las marquesinas del mundo bárbaro? Orta cayó. O mejor dicho, mordió y Orson capturó su ballena y la arrimó a orilla segura. Escribió especialmente para el bailarín de plomo una secuencia que ocurría en la cocina de un restaurant de Munich, pero estaba toda hecha en el estudio en Madrid. Orta y Orson orquestaron un ballet rojo. Akim Tamiroff entraba a la cocina buscando el paté de sus sueños, sin saber que mientras perseguía al ganso lo perseguían con menos afán. Pero el verdadero ganso fue Orta. Después de estar filmando durante días una escena en que finalmente le clavaban en la crasa espalda un cuchillo dirigido a Tamiroff, Orta moría en una agonía de rumbero caído. Pasaron los meses, se estrenó *Mr. Arkadin* y cuando Orta llevó a la *première* a algunos amigos advertidos de su participación digna de un Oscar, Orta con Orson, vio que de su participación en el crimen y en la muerte, quedaba un cocinero gordo, iracundo y violento que esgrimía un enorme cuchillo ante la visión patética (debe de venir de paté) de Tamiroff. Durante días Orta persiguió a Orson con un idéntico cuchillo. Los gordos porosos nunca se encontraron.

La otra ocasión fue cuando el muy rico, muy emprendedor Michael Winner se hizo director de cine. Orson supo que Winner (cuyo nombre en inglés quiere decir ganador) era millonario por su familia y firmó enseguida el contrato para la primera película del muy bisoño director. Se titulaba, creo que se titula todavía, «*I'll Never Forget What's his name*». Winner fue temprano al estudio a esperar a Welles, que vino dos horas más tarde. Cuando Winner le explicó la secuencia, los encuadres y la *mise en scène,* Orson (que ya le había dicho a Winner con una sonrisa, «Llámame Orson») miró el set, dio vuelta a la cámara y a la tramoya y le explicó a Winner: «Mira Mike, en esta escena tú tienes a tu actor principal y lo coges con la cámara de frente, conmigo de espaldas. Luego vas dando la vuelta con la cámara en *dolly* y recorres toda la habitación, siempre con tu actor en cámara». Winner estaba encantado. ¿Cómo no se le habría ocurrido antes? «Perfecto, Orson. Tú te sientas aquí.» Orson lo interrumpió: «No exactamente. Como yo estoy de espalda a la cámara, no me necesitas. Puedes usar un doble, cualquier doble. Y como vas a estar ocupado toda la mañana en ese *shot* (no olvides los *dollies*), y tendrás que hacer *retakes,* yo ahora me voy a Londres, a almorzar al Savoy y vengo por la tarde y completamos mis *close-ups*». Winner todavía no ha olvidado la lección de Orson. Le hizo falta para controlar a Charles Bronson, un Orson bronco.

Cuento estas historias porque son divertidas y porque muestran que Orson era un hombre del Renacimiento. En el Renacimiento estuvieron contratados por el mismo estudio el violento Miguel Ángel y el Dulce Rafael y el inventor de la *mise en scène* en pintura, Leonardo, quien como Orson, fue acusado de que nunca terminaba un cuadro. Recuerden que en inglés cuadro se llama también a las películas: todos son *pictures.* La *Mona Lisa* y *F. for Fake, La última cena* y *The Magnificent Ambersons* y *La creación* y *Citizen Kane.* ¿Presuntuoso? En todo caso, presuntu *Orson.*

Laurence Olivier
Un actor de teatro en el cine

¿Quién se atrevería siquiera a imaginar que Greta Garbo en su apogeo rechazó un día a Laurence Olivier y evitó que fuera su amante español en *Reina Cristina?* Si se recuerda a la Garbo en su última escena, haciendo de mascarón de proa, medio imperial, medio virago, se comprende el rechazo: la belleza de un Olivier muy joven habría hecho luces y sombras a la máscara sueca. Olivier tendría que haber dicho como Antonio: «El clima es todo. No se puede no cantar una serenata bajo la nieve», y casi decir: «Lo mismo que el fuego fatuo, lo mismito es el queré». El consuelo que le quedó a Larry, como se le llamaba entonces, fue que la excelsa sueca rechazó también a Leslie Howard, a Franchot Tone y, a su compatriota Nils Asther (sueca de Estocolmo le dice que no a sueco de Malmo), que en *El amargo té del general Yen,* ese mismo año 1933, creó uno de los personajes más románticos del cine: exótico, tóxico. Franchot Tone era canadiense y la Garbo detestaba a la policía montada del Canadá por haber sido el pretexto en *Rose Marie* del *aria di bravura* «Oh Rose Marie. *I love you!*». Ella la cantaba así: «Oh *Rose Marie,* te odio!»— En cuanto a Leslie Howard, que se llamaba en realidad Laszlo Stainer, había nacido en Hungría y era judío, adujo que no se podría concentrar (ella en las escenas de amor con él) por culpa de sus ojos bizcos. Como se ve, Greta era toda garbo y salmuera.

Olivier dirigió todos sus pasos al teatro y en la escena inglesa se convirtió pronto en un actor eminente. Lo que no es poco. Los ingleses, por ser impecables hipócritas, son un pueblo de actores y espías. No es casualidad que las cumbres de su teatro y de su poesía dramática, Christopher Marlowe y Shakespeare, fueran, respectivamente, un espía y un actor. Olivier (que se pronuncia Olívieh) fue un actor romántico que parecía clásico. Su mirada lánguida ocultaba un misterio y un tumulto, toda tormenta y desvarío, mientras una dicción precisa en su voz metálica a veces aguda, desmentía sus ojos de párpados caídos. Con estas armas conquistó a la belleza mestiza (de inglés y de india) de Merle Oberon a su vuelta triunfal a Hollywood en *Cumbres Borrascosas.*

Curioso que la Oberon fuera la muy inglesa Catherine y Olivier, tan inglés, encarnara a Heathcliff, el oscuro gitano apasionado. O que, luego, renuente y evasivo y aristócrata, rindiera a la apenas presentable Joan Fontaine. Sin embargo, algo tenía que tener la Fontaine, pues su vestido, un jersey o un cardigan, se llama en España una rebeca, olvidadas las espectadoras de que Rebeca no aparecía nunca en la película. (¿O es que el fantasma de la señora de Winter le robó hasta el vestuario a la narradora sin nombre?)

Para Olivier habían mediado seis años desde que Hollywood (o la Garbo: entonces Greta Garbo era la Metro Goldwyn Mayer y MGM eran las iniciales del cine) lo rechazó para preferir a su amigo o amante, el sin duda mediocre John Gilbert, que ya ni siquiera era el inexplicable ídolo del cine mudo. Pero en ese mismo año de desgracia, 1933, en *Perfect Understanding,* una comedia romántica, Olivier fue un considerable galán para nadie menos que Gloria Swanson, bien lejos del ocaso de una estrella.

En 1940 Olivier fue un perfecto Darcy a pesar de la pedestre adaptación de *Orgullo y prejuicio* para la Metro, en la que curiosamente un eminente escritor inglés, Aldous Huxley, no entendió para nada a Jane Austen, la más grande escritora inglesa de todos los tiempos y, después de Dickens, la mejor novelista del idioma y ahora, justa justicia, tan popular como Shakespeare en el cine. Más tarde Olivier encarnó al almirante Nelson en *Lady Hamilton,* en medio del torbellino de su amorío, pasión y tardío casorio con Vivien Leigh, envueltos ambos en las «candilejas del doble adulterio», que culminó, tórrido, ante el incendio de Atlanta en *Lo que el viento se llevó:* la Leigh era la actriz, Olivier el espectador. Ahora, casi casados, eran los amantes históricos Horatio Nelson y Emma Hamilton, ya marido y mujer en la tenue realidad de la vida.

Mediados los cuarenta Laurence Olivier interpreta (y produce y dirige su primera película) a *Enrique V,* un auxilio fílmico al esfuerzo de guerra, que le gana su primer título, caballero o *knight,* y todos pueden llamarlo ahora Sir Larry. *Enrique V* es no sólo la mejor versión de una pieza de Shakespeare en el cine, sino una producción compleja y una muestra de cómo el teatro puede dar lugar al cine y todavía dejar oír la música de las palabras shakesperianas. *Enrique V* es una de las obras maestras del cine inglés. Nada mal para un debutante.

En 1948 Olivier produce, dirige y actúa en *Hamlet,* basada en la obra maestra de Shakespeare —que no es una obra maestra. No la película pero su interpretación del príncipe danés, que es a veces brillante y a veces opaca, le gana un Oscar. Debieron darle unas tijeras por la forma en que podó (o trucidó según algunos) a Shakespeare para añadir innúmeros paseos de la cámara por un Elsinore que perdió los muebles por falta de pago. Sin embargo, a la manera de Orson Welles, la banda sonora es a veces más interesante que la imagen, con los monólogos realmente interiores (la voz en *off,* como había inaugurado en el soliloquio mudo en *Enrique V)* y un corazón delator de latidos intensamente trágicos. *Hamlet* es, con todos sus defectos, una experiencia dramática.

Otra incursión en el vasto territorio teatral de Shakespeare, *Ricardo III,* es la última versión shakesperiana de Olivier: una película lenta, monótona y sucia de colores aunque brillante, como siempre, en actores. Olivier en su Ricardo pierde en belleza facial pero gana en maquillaje, que incluye una nariz casi ciranesca y una joroba pedida prestada a Quasimodo. Pero, dice Caín, «ella sola», la actuación, no la joroba, «vale el precio de la entrada... y ésta sería una obra maestra», la actuación, no la cinta, «del teatro puesto en pantalla». Caín, sin embargo, ante el barroco discurso de Olivier, declara preferir el parco *yep* de Gary Cooper.

La última película de Olivier como director-actor, *El príncipe y la corista,* es la caída de otro príncipe, más carnal que Hamlet, por culpa de la carne rosada de una dama en el ajedrez rosa del amor (ella es Marilyn Monroe con su batalla de rosas y risas) y Olivier es el príncipe ruritano pero no puritano. Olivier, como siempre que hace comedia, se vuelve un chiste alemán y es pesado y pasado de rosca.

Ahora Olivier dirige las energías que le quedan al teatro y lo hacen lord: el primer actor que consigue tal honor en toda la historia de Inglaterra. Sólo Shakespeare merecía otro tanto, pero ya se sabe que como actor Will no pasó nunca de hacer el rey Hamlet ya convertido en fantasma.

Después en el cine y del desastre con ruedas de *The Betsy,* Olivier no hace más que *cameos* que a veces son camafeos. Fueron momentos más o menos fugaces en películas que eran interesantes por la fulguración dramática de su aparición a veces con acento. Pero una excepción primera fue *Carrie,* hecha en Hollywood, en que prestó una presencia conmovedora y casi trágica. Es una de sus mejores actuaciones para el cine, desnuda y a la vez compleja, en un hombre común —un eficiente *maître d'hotel* —al que el amor *fou* pero no feliz por Carrie lo lleva a la fuga, al fracaso y a la muerte.

Hubo también un catálogo de teatro en el cine, con su *Otelo,* teatro mal fotografiado o *The Entertainer,* teatro bien fotografiado, y una curiosa mezcla de Otelo y Gunga Din el Malo en *Khartoum,* en que hacía de Mahdi pero empleaba los trucos vocales de *Otelo.* Así cuando el Mahdi se refería a sus hermanos musulmanes, Olivier pronunciaba «*Beloved*», amados, como «Biloj» y la frase encantatoria era árabe del Sudán.

En *Sleuth,* verdadera pieza de convicción histriónica, con sólo Michael Caine como contendiente —y aquí tengo que hacer una interpolación. Caine, conocido como astuto negociante, al enterarse en una conversación entre tomas de que Olivier estaba mal de dinero, le dio un consejo que Olivier tomó al pie de la letra— con mucho éxito. «Larry», le confió Caine «acepta todos los papeles que te den en el cine. Pero mientras más cortos mejor». A esa revelación debe la viuda Lady Olivier no estar en la inopia porque ella cobra y nosotros, los que pagamos, tenemos la oportunidad de gozar a Olivier en joyas de acento y acierto, como en *Los chicos de Brasil,* en que su parodia del inglés que habla un judío alemán es más hilarante que el maquillaje nazi de Gregory Peck —que recuerda a Jorge Negrete en su decadencia. Olivier afinó los acentos, tanto como para revelar: «El que hace un acento hace un ciento».

Y efectivamente, así lo probó en *Marathon Man* en que no sólo hizo otra variante del acento alemán —en *Los chicos* era un judío de origen alemán, una suerte de cómico Dr. Wiesenthal, en *Marathon Man* es el Dr. Sel, un dentista nazi que se hizo millonario sacando muelas de oro de los judíos muertos en campos de concentración —sino que en vez del apasionado cazanazis era una fría, metódica y eficaz versión del dentista como torturador, en que fresas quiere decir dolor, no fruta. Olivier se permitió una lección de elocución en medio del terror con una sola frase, *«Is it safe?»* (¿Es seguro?), que repite siete veces, cada vez con diferente entonación, que van de la pregunta de aparente inocencia a la orden imperiosa, pasando por todas las variaciones posibles en una frase cotidiana, casi inocua. Olivier así ilustró dramáticamente la frase de Hannah Arendt, al referirse a Adolf Eichmann juzgado en Israel, que caracteriza a todo nazi. Arendt mencionaba como impresionante la última «banalidad del mal». Olivier encarnaba a un nazi, pero como actor era todo menos banal, era un maestro del mal.

Fue en *Sleuth* que Olivier llevó una multitud protagonista bajo su bisoñé y sobre la sotabarba. Su admirable actuación está hecha sólo con su dicción, unos pocos gestos y el más variado elenco de acentos jamás oído en el cine. En *Sleuth,* Lord Olivier calvo, viejo y achacoso rutilaba como múltiples estrellas contra un cielo de cartón pintado, en una escena tan variada como el idioma inglés —el similor hecho oro. Esta función, señoras y señores, no es una película ¡es una antología de voces! Para conseguirla hizo falta vivir muchas veces en la escena y casi morir en la vida. Olivier, pasen y vean, acababa de ser operado de cáncer de la próstata.

En *Lady Hamilton* hay una escena crucial que es como una metáfora. Vivien Leigh encuentra de nuevo a Olivier y éste no es ya la joven estrella de los mares que conociera un día: fugaz, audaz. Cuando el actor, antes de marino, ahora de almirante, de héroe de toda Inglaterra, se vuelve hacia la lámpara (y hacia nosotros los espectadores), después de años de campaña, y Vivien Leigh, su amante, ahora su esposa, ve con horror su cara macerada por el tiempo y por la guerra, su ojo tuerto, su brazo manco —ya no puede menos que enamorarse de nuevo de él: de Laurence Olivier, de Lord Nelson. He ahí la metáfora en un breve momento del cine. Así caemos nosotros los espectadores rendidos de admiración ante Lord Olivier, antes Sir Larry, Olivier a secas en varias personas interpuestas. Se levanta el telón para mostrar la pantalla: el más grande actor de teatro que haya tenido el siglo será sólo visible en el cine —ahora y para siempre. Pero.

Será un actor para la eternidad.

Muere Minnelli
¡Viva Minnelli!

¿Fue 1986 un año siniestro para el cine? No tanto. Los dos grandes caídos hace tiempo que no hacían cine. Vincente Minnelli dejó de dirigir cuando se estrenó *Nina* (o *Cuestión de tiempo*), que era su homenaje a su hija Liza como *El pirata* había sido su homenaje a su esposa y madre. (De Minnelli, de Liza Minnelli.) Grant dijo adiós al cine en 1966 con su *No corras, camina.* Un doble cordón umbilical más tenue que la muerte une a estos dos *entertainers* excepcionales, aunque Minnelli nunca estuvo delante de una cámara y Cary Grant jamás detrás de ella. Con cierta ligereza se ha acusado a estos dos artistas superiores de ligeros. Habría que ver cómo las culpas determinaron su arte. Otro error doble: a Minnelli se le hacía italiano a veces, a Cary Grant siempre inglés. No hay sin embargo artistas más americanos. Cary Grant —pero hay que enterrar al primer muerto primero.

Debo esta ocasión ahora a la muerte de Vincente Minnelli y sin embargo debo la felicidad muchas veces al arte de Minnelli vivo. Vincente Minnelli fue un maestro de ceremonias de la alegría, del drama con un final feliz y de la comedia que sabe que su rival no es la tragedia sino el aburrimiento. Pascal dijo que todo malestar humano viene siempre de que un hombre (y supongo que una mujer) no puede sentarse mucho tiempo en un cuarto a solas. Seguramente el *ennui* pascaliano se aliviaría mucho si en una de las paredes se proyectara una película. Aun por televisión, sobre todo por televisión. Durante una buena parte del siglo ese pesar lo disipó una sola persona: el hombre orquesta del cine. La frase comedia musical, que un día fue novedosa, fue durante mucho tiempo otra manera de decir el nombre de Minnelli. Y sin embargo Minnelli hizo más dramas que comedias, musicales o no, en una carrera que empezó con *Cabaña en las nubes,* precisamente una comedia musical en que el diablo tienta en su tienda, un cabaret, y Mefistófeles es Mefistofelia, una cabaretera. El aniversario de Fausto es un día infausto.

Minnelli, medievalista, fue un hombre prodigioso (uno de los pocos directores naturales del cine) y un niño prodigio. Pero al revés de Orson Welles, fue un prodigio no del teatro sino, ay, del vodevil, oficio de tablas al que lo habían condenado sus padres de por vida si no hubieran ellos (y con ellos el joven Minnelli) fracasado con estrépito de pitos. Vincente (ni él mismo supo decir cómo adquirió esa otra ene) entró de nuevo al mundo del espectáculo de la manera menos espectacular: pintando letreros en los cines. No arriba en la marquesina sino abajo y afuera en los carteles que nadie ve, que nadie siquiera mira. Con sus inclinaciones artísticas (añadía siempre una tilde innecesaria a cada letra y un serife a cada nombre: ya era barroco) fue a caer bajo el imperio de Balaban y Katz, empresarios feudales del área de Nueva York.

En 1935 Minnelli pasó (¿por Balaban o por Katz?) a ser diseñador teatral y ya era capaz de hacer a las plumas rosadas más eróticas que la carne desnuda en *The Body Evil* y a crear los escenarios y el vestuario de más de un éxito de Broadway. Allí dirigió luego una memorable *Du Barry* con Grace Moore que, como dijo S. J. Perelman, no se veía nunca nada igual: jamás volvió a aparecer Grace Moore en otra *Du Barry.* Vincente había sido así lanzado y lo que es más, cayó con buen pie. De esa época data que Minnelli le cogiera el gusto a la comedia musical, al dirigir *Las Follies de Ziegfeld, El espectáculo comienza* y otros títulos tan banales pero más propicios a las plumas que un pollo. Los melodramas le estaban prohibidos entonces por poner la calle de gallina. Pollos y plumas, plumas y pollos eran la especialidad de la casa. Fue de este aviario glorioso que el productor Arthur Freed sacó a Minnelli para llevárselo a Hollywood. No hizo una película nada más llegar («Veni, vide Vincente», era su lema hasta entonces), sino que, como Orson Welles otra vez, tuvo dos años de práctica aprendiendo el manejo de toda la parafernalia técnica del cine, desde las cámaras con trípodes hasta, sí, el uso de las grúas, siempre llamadas por Minnelli grullas. Lo que diferencia a las grúas de las grullas son por supuesto las plumas.

La primera película hecha por Minnelli, *Cabaña en las nubes,* era una comedia musical pero religiosa. Hecha toda con actores negros, tuvo la suerte Minnelli de encontrar entre ellos a Ethel Waters, a Lena Horne y a John Bubblett, maestros de música. (La película es todavía un éxito en la televisión, ¿dónde, si no?) Después dirigió una comedia dramática, a colores y con música, *La rueda de la fortuna,* que Gene Kelly, luego discípulo y maestro de Minnelli, confiesa que fue para él la primera comedia musical moderna, aunque había en ella menos música que lágrimas. De ahí en adelante todo debiera haber sido bailar y cantar. Pero no fue así. Minnelli se vio obligado a hacer varias películas dramáticas, como *Debajo del reloj* (con una Judy Garland amorosa y morosa: ya ella era novia del joven Vincente), *Madame Bovary* y hasta melodramas como *Corrientes ocultas,* cuya única música era una sinfonía de Brahms. Pero las hizo con tanta excelencia que la mayor parte de sus películas, contrariamente a lo que se cree, no han sido musicales pero han sido felices. Aún su película más dramática, *Sed de vivir* (en que Van Gogh sufre en azufre, pega fuego a una mano, amenaza a Gauguin con un cuchillo, cambia de opinión, se corta una oreja y finalmente se suicida, todo hecho con los dientes más melodramáticos de Hollywood: los de Kirk Douglas) no es una tragedia porque Minnelli muestra que lo mejor de Van Gogh no era su oreja sino su ojo y ahí quedan en la pantalla los cuadros que inauguran toda la pintura moderna. No puede haber, aún para Van Gogh, un final más feliz.

Como conocí a Vincente Minnelli puedo decir que se parecía mucho a sus películas. Era visiblemente urbano: espigado, con pelo todavía y todavía negro a sus sesenta años cumplidos y una expresión entre divertida y distraída en su cara: la participación y al mismo tiempo la lejanía, como Kirk Douglas en Roma en *Dos semanas en otra ciudad,* dividido entre orgía y Borgia. La sonrisa de Minnelli no sería tan enigmática como la de Mona Lisa pero era singular para el ambiente. Era un *party* en un club de Beverly Hills, con el espectáculo mundano de los *habitués* representando diversos roles en la vida —que no estaban tan lejos del cine. Pensé enseguida que Minnelli, que había organizado los mejores *parties* en la pantalla, estaba ahora en un *party* de este lado de la cámara. Me pregunté si Minnelli habría reflexionado cómo la vida americana, si no se había vuelto una comedia musical, se disponía siempre como un *party.* La música sin embargo era una sola (todas las variaciones del rock-and-roll) y no podía ser de su agrado.

Quise decirle todo esto allí, bajo el estruendo de las risas y de las rusas (las hermanas Wood, Lana y Natalie, nacidas Gurdin, todas sonrisas), todo menos el estruendo de las rosas. Es decir de su poesía. Pero, como de costumbre, no dije nada. Afortunadamente porque en ese momento Minnelli abrió la boca no para bostezar sino para decir algo sin duda pertinente. ¿Qué me confiaría ese único poseedor de la verdad si no de la vida por lo menos del cine? ¿Qué me comunicaría acerca del genio de la comedia musical, tan elusivo? ¿Qué elevada digresión de parte del hombre que inventó la grúa, como le llamaban los técnicos del cine? O tal vez, viendo al fondo las bellezas en coro casi coritas, ¿fabricaría plumas de elogio para cubrirlas?

Minnelli estaría abriendo la boca, pero no salía ningún sonido y era que la banda estaba ebria de ruido. Minnelli pareció de pronto víctima del aburrimiento fulminante. Dijo algo pero no oí, claro, lo que dijo. Alguien a mi lado, el director de cine Richard Sarafian, me iluminó con su obesa oscuridad. Cuando al irse Minnelli le pregunté qué había dicho, repuso el oso celoso: *«Vincent said it's too damn hot».* ¿Cómo traducirles esta frase final y feliz? Había dicho que hacía mucho calor. Minnelli, que ha sentido y comunicado una pasión por los *parties,* había dejado este parte de *parties* para salir a respirar el aire de Hollywood, que está hecho de *smog,* atmósfera enrarecida compuesta en parte por el tufo del celuloide que arde consumido como el fénix del cine y en parte por polvo de estrellas. Vincente Minnelli desapareció en la noche violeta.

Este hombre tímido y displicente escribió su epitafio, que es displicente y tímido. Este cineasta tan teatral lo dijo con aire final pero con su tono desganado de siempre. Este creador sin el cual no se podría escribir la historia del cine, dicen que dijo haciendo de la vanidad el quinto jinete del Apocalipsis: «Si paso a la posteridad será sólo por haber sido el marido de Judy Garland y el padre de Liza Minnelli». *Sic transit Vincente.*

La breve vida feliz
de François Truffaut

Lo que tiene la muerte de irremediable es que convierte siempre a la vida en historia. Aun una vida sin consecuencias se transforma al morir en biografía. La muerte de François Truffaut, una vida para el cine, nos hace revisar la historia de su vida. No es necesario reescribirla para apreciar su importancia.

François Truffaut era un hombre para el que la vida sin cine no habría tenido sentido. Sus primeros recuerdos, él mismo lo cuenta, no fueron suyos: fueron películas. O fueron películas que hizo suyas. En su libro *Las películas en mi vida,* en su prólogo «Qué es lo que sueñan los críticos», comienza a hablar de su recuerdo más lejano y es una ida al cine: «Un día de 1942 estaba tan ansioso por ver *Les Visiteurs du Soir* de Marcel Carné, que decidí furtivarme de la escuela». Truffaut tenía entonces diez años, pero nada cuenta para el niño que, como dice Rimbaud del niño que fue, «él se ayudaba». Se ayudaba, es decir, a fabricar sueños. (Hay que avisar que estas memorias transcurren en los años de la guerra y la ocupación nazi que, demás está decirlo, no cuentan ni siquiera aparecen.) Declara enseguida Truffaut: «Vi mis primeras películas como un furtivo: escapado de la escuela y colándome en los cines sin pagar». Esto es algo que todos nosotros, los hijos del cine, hemos hecho. Es una deliciosa culpa pero que tiene castigo. Dice Truffaut: «Pagué por estos placeres grandiosos con dolores de estómago, retortijones, dolores de cabeza neuróticos y sentimientos de culpa, que no hacían más que exaltar las emociones evocadas por cada película». No sabía nada de esto cuando me encontré a Truffaut por primera vez, que fue un encuentro con un crítico. Nunca sospeché que me encontraría con Truffaut más de una vez, siempre distinto, siempre igual a sí mismo.

Fue una derivación natural, es decir histórica, que los que fundamos la Cinemateca de Cuba (Germán Puig, Ricardo Vigón, Néstor Almendros, Tomás Gutiérrez Alea y yo), al derivar del Cine-Club de La Habana, dirigido por Germán Puig y Vigón, que exhibían nada más que películas europeas, terminamos no sólo leyendo, estudiando *Cahiers du Cinéma* sino suscribiendo sus posiciones críticas. Allí la firma más joven, pugnaz y combativa era la de François Truffaut. El goloso fanático infantil se había convertido en espectador ávido y crítico considerable. Como yo había empezado a hacer la crítica (o mejor, crónica) de cine profesional a fines de 1953 y tenía casi la misma edad que Truffaut no fue difícil prever que la lectura se convirtiera en identificación con el escritor y decisiva influencia crítica. Fue precisamente a principio de 1954 que Truffaut formuló con coherencia la «política de los autores», sistema de evaluación del cine a través de la autoría posible o cierta de cada director. Teoría que iría no sólo a influir en espectadores, críticos y directores, sino hasta en el curso de la historia del cine, pasada, presente y futura. Truffaut, casi sin quererlo, se había convertido en esteta del cine.

Dice Truffaut: «A menudo me preguntan en qué punto de mis amoríos con el cine comencé a querer ser director de cine. De veras que no lo sé. Todo lo que yo quería era estar cada vez más cerca del cine». Pero era evidente, en sus críticas, que Truffaut no quería ser sólo una autoridad en el cine, también quería ser un autor. Así no fue extraño que dirigiera una película. Lo extraño es que esa primera película, realizada sin medios, sin actores profesionales, hecha a trozos, fuera una obra maestra. Me refiero por supuesto a *Los 400 golpes*.

Vi *Los 400 golpes,* primero que nadie en Cuba, en Acapulco, México, como jurado del Festival de Festivales. Todavía recuerdo lo que escribí sobre ella:

«Todavía recuerdo cuando hace un año y medio François Truffaut no fue invitado al Festival de Cannes (temían sus críticas, duras, terribles) y cómo escribió sobre ello en el periódico *Arts*. Al año siguiente —cosa curiosa— Truffaut era la máxima figura de Cannes y no hubo más remedio que darle un premio por su film *Los 400 golpes*».

En Acapulco, asqueado por la política de los festivales, no voté a *Los 400 golpes* como la mejor película sino a Buñuel y a *Nazarín*. No me arrepiento de ese voto porque no hubo en Cuba, a pesar de las presiones políticas, mejor defensor de *Los 400 golpes* que yo. Así hablaba, así:

«Se detiene, mira atrás (al pasado o al público) y una vista fija inmoviliza su huida, su rostro, su vida, mientras el tema de Doinel suena nostálgico, tierno y aparece la palabra FIN... Pocas veces el cine ha sacado menos elementos de su arsenal técnico —un *dolly* de la cámara de cinco minutos, más una vista fija— y ha obtenido mejores resultados... Calvert Casey dijo a la salida: "Es terriblemente desoladora"... ¿Qué más decir? Lo que dije cuando vi el film en México... cuando le escribí al difunto Ricardo Vigón diciéndole: "Es una obra maestra y curiosamente no lo parece". *Los 400 golpes* es el cine del futuro. Mientras se anticipa es necesario gozar su delicada belleza, su tenue poesía, su lívida candidez: éste también puede ser el último cine».

Ésta, de 15 de junio de 1960, fue mi última crítica de cine. En ese mes cerraron *Carteles*. No sospechaba entonces que iba a conocer a Truffaut, ni que una de sus películas futuras, *El cuarto verde,* tal vez la más hermosa suya, dedicada al culto de los muertos, sería fotografiada por Néstor Almendros.

Los azares no de la vida sino de la política y la historia me llevaron a conocer al menos político de los directores de cine. Truffaut ha dicho, tajante: «Echo a un lado las historias de gángsters, porque no me gusta esa gente. Echo a un lado las historias de policías y políticos por las mismas razones». En diciembre de 1962 yo era agregado cultural cubano en Bélgica y tenía muy buenas relaciones con Jacques Ledoux, curador de la Cinemathèque de Belgique. Un tarde me llamó: «¿Viene usted a ver *La última risa?* Porque viene a verla Truffaut y quiero que lo conozca». Le dije que sí, claro. Truffaut, con su amor al cine de siempre, venía en coche desde París a Bruselas a ver esta obra maestra del cine mudo. En la pequeña sala, repleta, había una silla reservada al cineasta. Por pura casualidad quedaba delante de la mía. Truffaut llegó tarde, con la película ya empezada. Se abalanzó hasta su luneta con tanta vehemencia que el asiento cedió y fue a parar al suelo. Al principio de *La última risa* silente hubo una sonora carcajada. Pero Truffaut no se inmutó y vio la película sentado en el suelo, embargado, devoto del cine y de Murnau.

Al final, después de las presentaciones, fuimos a tomar algo al hotel Metropole en la Place Brouckere. Truffaut y Ledoux discutían sobre Murnau y su *Última risa.* Ledoux, que siempre tuvo veleidades socialistas decía que no podía soportar la decadencia humana, la decadencia de esta película, la decadencia de Murnau, la decadencia de Emil Jannings, el actor que al ser rebajado de portero del hotel a sirviente del urinario lo sufría como la última degradación. Truffaut terminó la discusión con una última risa sobre el asunto: «Amo la degradación». Luego me preguntó por Cuba, que era la última moda política en Francia. Le dije la verdad. No la verdad política ni la verdad diplomática sino la verdad verdadera. A cada revelación mía (revistas literarias clausuradas, magazines populares cerrados, exilio de escritores cuando no prisión de escritores por razones literarias y aun nada literarias) Truffaut se volvía a Ledoux y le decía: «¿Qué te dije, Jacques? ¿Qué te dije?» La noche terminó con Ledoux tan aplastado por la historia como Emile Jannings por la sociedad.

Truffaut me dio sus direcciones de París: las de su productora *Les Films du Carosse* y la privada. Todavía conservo la libreta de teléfonos en que con letra cultivada anotó sus direcciones.

Luego estuve en contacto con su arte a través de sus películas y con su oficio a través de Néstor Almendros, que se había convertido en su fotógrafo favorito. De sus películas me gustan muchas (*Jules y Jim, La novia lleva luto,* que es un divertido homenaje a su maestro escogido Alfred Hitchcock, *Besos robados* en que el personaje de *Los 400 golpes* se hace adolescente ya adulto, *La noche americana,* su película más fea, y *El hombre que amaba a las mujeres),* como actor que devino pero no divino prefiero a *El niño salvaje* o *Encuentros en la tercera fase,* a *El cuarto verde.* Néstor Almendros me contaba cómo todo el equipo rodaba la escena de su muerte con pañuelos embutidos en la boca para no reír y cómo Truffaut, al encontrarse que estaba rodeado de ojos llenos de lágrimas por la risa, creía que los había conmovido a todos con su arte dramático. También me hablaba Néstor de la bondad de Truffaut, rara en el cine, rara en todas partes y de su generosidad con el dinero, más rara en Francia que en ninguna parte. Fue por Néstor que me enteré de su trepanación el año anterior. No fue un derrame cerebral, como todos creyeron, aún Truffaut. Era un cáncer y nadie debía saberlo, ni siquiera Truffaut —que nunca se enteró de su mal. Aunque debía preverlo o tal vez intuirlo. En los últimos meses completó el capítulo final de su *Hitchcock* y terminó un nuevo montaje de *Las dos inglesas y el continente.* Muchos aseguran, al verla ahora, que es su mejor película.

No hay que llorar la muerte de Traffaut porque fue un hombre feliz: hizo todo lo que quiso, llegó a ser todo lo que soñó ser de niño y de adulto. Pobre de nacimiento y con problemas de

conducta, fue apadrinado bien joven por quien fue, tal vez es el
más grande crítico de cine francés, André Bazin. Loco por el cine
fue crítico (aunque él mismo había dicho que nadie nace para ser
crítico de cine), luego director de cine muy joven (a los 27 años,
aunque él dijo que cuando se recuerda que Orson Welles hizo *El
ciudadano Kane* a los 24 años todo el mundo se siente más modesto), dueño de una productora y de sus películas y una influencia considerable en todo el cine, de Alfred Hitchcock a Arthur
Penn y compañía, a Steven Spielberg y los suyos. Fue la suya una
breve vida feliz detrás de la cámara y en la cama: no hay que olvidar que sus muchas mujeres del cine también fueron suyas en la
realidad. Es cierto que la crítica que él había engendrado lo trató
duro y mal a veces, pero Truffaut lo olvidaba siempre. ¿O no lo
olvidó? El joven Truffaut fue a conocer al director Julien Duvivier para hacer su epitafio: «Cuando me encontré con Duvivier
poco antes de su muerte y poco después de haber hecho mi primera película, traté de que admitiera —siempre se quejaba— de
que había tenido una magnífica carrera, variada y plena, y que
considerándolo todo había tenido un gran éxito y debía sentirse
contento. «Claro que me sentiría contento», dijo Duvivier, «si no
hubiera existido la crítica». Ese epitafio podía también ser el de
François Truffaut.

Una visión de Fellini

Una cita de *Del amor* se convirtió en mi primer encuentro con el cine de Federico Fellini y la metamorfosis de Stendhal: *La strada* es un espejo que se pasea a lo largo de un camino. La película surgió, simplemente, de una visión de Fellini. Un día se detuvo en una carretera y divisó una carreta detenida en un claro. Fellini penetró en el bosque y vio junto a la carreta una pareja de gitanos. Arrimados a un fuego los gitanos, un hombre y una mujer, comían en cuclillas y en silencio. Terminaron de comer y la mujer guardó las vasijas. En todo el tiempo no habían hablado palabra.

Los críticos condenaron una vez a Fellini de no tener nada que decir. El cine es precisamente el arte de no tener nada que decir. De ahí su influencia en la novela moderna. ¿Qué tiene que decir, por ejemplo, *El acorazado Potemkin?* Unos marinos rusos encuentran que sus raciones, rancias, saben a queso de Limburgo y en ellas anidan unos gusanos blancos. En protesta se amotinan pidiendo un mejor menú. Las consecuencias del motín es que otros acorazados, tal vez con mejor comida, imponen el orden zarista a cañonazos. El resultado visible es que, como relata Borges, tres leones de mármol sufren al hacerse añicos. Hay más ejemplos ilustres, pero ¿para qué seguir? El cine está hecho de la banalidad de otras artes y la mayoría de las películas ni se pueden contar. Ésa es la grandeza del cine americano, del expresionismo alemán y, ¿por qué no decirlo?, de las películas de Fellini, aún las que cuentan con textos canónicos como *El satiricón* y *Las aventuras del caballero Giacomo Casanova*. *Ocho y medio* por ejemplo, es toda forma y a la vez una experiencia gárrula en un contexto absolutamente visual. Es, además, la mejor película italiana de los últimos treinta años. Los críticos, de nuevo, condenaron a Fellini por haber hecho cine autobiográfico. Pero, ¿qué cosa es *El ciudadano Kane?* Fellini supo extender su biografía a artebiografía, con elementos que vienen de su vida y se transforman en autobiografía. Cuentan que Fellini de niño se escapó de casa para unirse a un circo. Ese circo, por supuesto, es el cine. Como Noé el cineasta ha poblado su arca con animales varios. Fellini ha sido acusado de relapso (por la curia), un reaccionario (por la comuna, de París a Moscú), misógino (por las feministas) y hasta algunos machistas lo han acusado de homófobo por su versión del *Satiricón.* Nadie ha declarado que para ver la vida a través del cine sólo tiene dos contrincantes: Orson Welles y Alfred Hitchcock. El cine moderno sería otro de no haber existido Fellini y su colección de grotescos vistos por una cámara amable, amorosa. Películas tan distintas como *All that Jazz* y *Radio Days,* para no mencionar un casi plagio del mismo Woody Allen, *Stardust Memories,* o el final de la mediocre *Honeymoon in Vegas,* son vistas con la visión de Fellini. Bob Fosse murió a tiempo, pero uno tiembla en la luneta al pensar en un Woody Allen sin Fellini. Sería el judío errando en busca de Bergman.

Fellini fue vago de afición, caricaturista de profesión y corrector de pruebas. Este último empleo le permitió pintar con precisión los esclavos de las galeras del *Satiricón.* Es curioso que un bombardeo aliado, que destruyó la posibilidad de ser soldado del Duce (a la fuerza), lo condujera ese mismo año a casarse con Giulietta Massina, *attrice.* El *raid* aliado impidió que Fellini fuera un fascista, como fueron todos los grandes directores del cine italiano de posguerra. Tal vez sea la razón por la que Roberto Rossellini contratara a Fellini para escribir el guión de *Roma, ciudad abierta,* cinta oportunamente antifascista. La Roma real permitió que Fellini entrara a la Roma del cine. Su cine, a partir de su primera película a dúo, *Luces de variedades,* es personal y pasional y tiene un gusto grande por la caricatura.

El sheik blanco fue la primera película de Fellini, un homenaje a los *fumetti,* el verdadero cine popular de entonces aunque las imágenes nunca se movieran. Se le conocía como la *comistrippa,* una suerte de Corín Tellado *avant la lettre.* En *El sheik* entre fantasías eróticas y comentarios sociales, sexuales encontramos por primera vez al verdadero Fellini, *il vero vate.*

Luego vino, en 1953, su gran éxito comercial, *I vitelloni,* su memorable encuentro con Alberto Sordi que tiene un bocadillo todo boca: *«Lavoratori»,* grita Sordi a toda voz y después produce una trompetilla que se oyó en todas partes. Es una lástima que por su vanidad (Fellini se creía un buen mozo) Sordi no fuera su *alter ego.* Lo fue el galán Marcello Mastroianni en *La dolce vita,* la película que dio una frase al siglo y un nombre, *papparazzo,* a una profesión: fotógrafos, periodistas chismosos —el destino que habría sido el de Fellini de no haber existido el cine.

¿Es ésta mi película de Fellini favorita? Aunque hay un Cristo de cemento que levita con auxilio de un helicóptero y un mambo, *Patricia,* que fue como un himno a las mamas mayúsculas de Anita Ekberg, *La dolce* no se sostiene en una visión actual. Mis películas suyas preferidas son *Ocho y medio, Amarcord* (Proust a la italiana) y *La nave va,* una película que es una visión de la ópera cantada por un rinoceronte.

Fellini es el último de los grandes directores de cine italianos, tal vez el más grande, por lo menos el más divertido y diverso. A Fellini hay que decirle ahora como lo saluda y lo despide Anna Magnani:

Al abrir y cerrar la puerta negra como un final en *Roma:* «Ciao, Federico».

«Sic transit»
Gloria Grahame

Gloria Grahame tendió su pasaporte real no a la fama (ya hacía más de un cuarto de siglo que había cruzado esa frontera) para mostrar la fecha en que había nacido y demostrar que no mentía. El pasaporte americano decía «Gloria Grahame, nacida en Nueva York en 1933». Nada de esto era verdad. Gloria Grahame se llamaba en realidad Gloria Hallward y había nacido mucho antes de esa fecha. Le había alargado su pasaporte a John Kobal, el biógrafo de Rita Hayworth, historiador del cine y el hombre que creó la más extensa colección privada de fotos fijas del cine sonoro y ahora su amigo de Londres. Luego, le dije a John: «Pero te das cuenta, John, que si Gloria Grahame hubiera nacido en 1933 tenía once años cuando debutó en el cine. ¡Sería la vampiresa más precoz de la historia!». John se rió y dijo: «Ya sé, ya sé. Pero no es mentira. Es sólo la verdad vista por la vanidad». La vanidad viste a la verdad, es la verdad vestida. Fue esa vanidad incapaz de ver la verdad desnuda lo que mató a Gloria Grahame, según John Kobal.

Vi a Gloria Grahame por primera vez en el cine (la otra, la de la vida, apenas si existía) en *La fiebre rubia*. Ocurrió en La Habana en 1944, en el fétido cinecito Lara de comienzos del paseo del Prado, en el que la pantalla se veía más turbia que el piso de luneta, sucio de suelas y de semen, y la proyección era un agua estancada que apenas atravesaban rayos grises de una luz depravada. Pero aún allí la fiebre rubia de Gloria Grahame, muy joven, pero nunca una niña, se veía luminosa. Luego, en *La vida maravillosa,* Gloria Grahame era una muchacha de pueblo que ya olía a ciudad en esta obra maestra de Frank Capra, su última gran película y tal vez la más incomprendida. Pero en *Encrucijada de odios (Crossfire)* pudo por fin mostrarse Gloria Grahame tal como sería siempre: fea, fascinante y fatal.

Fue poco después que me enamoré de Gloria Grahame para siempre: mientras más fea más fascinante. Su pelo rubio era tan escaso como para no hacerle competencia a Verónica Lake, su frente jamás se iluminó como ese medio domo de belleza de Elizabeth Taylor, sus ojos eran chicos, de párpados pesados, y parecía siempre estar a punto de caer dormida o de no haberse despertado todavía a media tarde; su nariz no era ciertamente la de Katharine Hepburn y su boca estaba presidida por su labio superior, que se extendía peligroso más allá del labio inferior y de toda la boca, como un toldo desmedido y casi fuera de control.

Afortunadamente estaba paralizado por una novocaína natural, y al hablar, Gloria Grahame dejaba escapar su vocecita fañosa de tan nasal que era y a la que su labio hacía displicente y, a veces, letal. Era el amor, sin duda. Gloria Grahame ha sido para mí, que no me gustan las rubias, la fascinación en persona —o mejor, en sombras—. Fascinación era la palabra que los romanos usaban en lugar del mal de ojo, pero para mí Gloria Grahame era el mal de mente. No quería hacerle el amor, solamente acostarme con ella sobre esa amplia sábana vertical del cine, sólo sombras los dos, cada noche. La gloria era ella.

En 1950, Gloria Grahame hizo su obra maestra, que es también la obra maestra del que era entonces su marido, Nicholas Ray. Se titulaba *En un lugar solitario (In a lonely place)* y es una de las historias de amor más hermosas que conozco. A su lado, como actor, como amante perdido, como sombra sola, estaba Humphrey Bogart, quien nunca actuó mejor en su papel de escritor de cine demasiado violento para la gloria del amor de Gloria y que al final se va solo rumbo a su infierno. O a ese purgatorio del escritor que es su escritorio. Gloria Grahame, con esa misma voz chata y nasal, de niña pervertida, recita como último adiós un verso que Bogart le enseñó («Nació cuando se conocieron./ Vivió en su primer beso./ Murió cuando se fue». Cito y trucido el verso, porque el recuerdo del cine no es la literatura, sino la memoria de las imágenes), y la conjunción de su voz inexpresiva, de ese labio en que murieron mil veces mil besos, su cara vacía, son de una desolación absolutamente poética. Gloria Grahame era la Garbo del olvido.

Después vinieron otros papeles, inclusive uno que le ganó un Oscar, en *Cautivos del mal (The bad and the beautiful),* casada esta vez con otro escritor, Dick Powell, a quien corneaba con ayuda de Gilbert Roland, para morir los dos en un accidente de aviación que era como la retribución del ángel vengador a la adúltera. Pero esa tonta sureña no era Gloria Grahame —equivocado estaba yo.

Prefería a la Gloria Grahame de *The big heat* (tal vez la mejor película de Fritz Lang en América), en que era la amante de un gángster, Lee Marvin, su víctima y su victimaria. En *Human Desire,* de nuevo vista ella a través del monóculo de Lang, era una heroína de Zola de celos, vestida por Glenn Ford y por mí en mi barrera de umbra y penumbra. Gloria Grahame era siempre la amante de violentos, siempre amada en violencia, siempre envuelta en sombras alevosas —y a veces moría súbitamente.

Su belleza codiciada, más que atesorada, pertenecía al mundo en blanco y negro, que es el reino de los sueños. El color, tanto como la luz del día, no convenían a su cutis graso ni a su boca insolente. Su belleza era nocturna y era la estrella del cine que sabía quitarse de encima un abrigo de pieles con mayor desenfado elegante y echarlo por tierra sin siquiera mirar. Así, al descuido, eliminaba también amantes tan ricos como onerosos. De esa manera me eliminó de entre sus devotos, al no hacer más que cine en Metrocolor y televisión mediocre, también en colores.

En su última película, *Melvyn y Howard,* hizo de una abuela fugaz, y cerré los ojos antes de que apareciera: que no quise verla. Mejor recordarla en ese lugar solitario donde espera todavía el regreso de un Humphrey Bogart de sueños.

Pero hace poco, en Londres, Gloria Grahame demostró por qué era una estrella, cuando tantas figuras principales del cine habían ido y venido a su alrededor sin siquiera dejar recuerdo. La entrevistaban y el entrevistador trataba de desentrañar su arte dramático. «¿Por qué actuó bajo la dirección de su marido de entonces, Nicholas Ray?». Sin siquiera mover su labio eterno, dijo Gloria Grahame: «Él me dio trabajo». El entrevistador, de nuevo: «¿Por qué fue dulce y engañosa en *Cautivos del mal?*». «Era un trabajo». «¿Por qué era tan perversa en *Miedo súbito?*». «Era un trabajo, ¿no?»

Todo era un trabajo para Gloria Grahame, la última profesional sobre una sola sábana. Su profesionalidad no explicaba la escena más famosa de su carrera en el cine en la que le pedía a su amante, Jack Palance —entonces la última palabra en villanos brutales— que le contara cómo masacraba a sus víctimas. Jack contó, y según contaba Jack cómo destripaba, más aumentaba el ardor amoroso de Gloria Grahame, sadista entre sedas.

Tal como se quitó diez años de su pasaporte y burló a la Prensa, trató Gloria Grahame de burlar el cáncer. En vez de operarse ideó subterfugios quirúrgicos y, por cinco años, ella y el cáncer jugaron el juego que antes había jugado con Lee Marvin, o con Robert Ryan, o con Jack Palance: toreando al verdadero villano en su vida: un cáncer de seno, lento pero letal. Como en un melodrama moderno, la muerte la alcanzó al vuelo, en un avión entre Londres y Nueva York, con un intercambio urgente entre pilotos y médicos en tierra y ambulancias esperando en la pista a la estrella moribunda que hacía rato que había dejado de ser una actriz de cine, pero era todavía una estrella, sería siempre una estrella.

De haberse operado a tiempo, habría salvado la vida; pero Gloria Grahame había escogido morir de una pieza, y no desfigurada, como en *The big heat*. «La mató la vanidad», dijo John Kobal que guarda un tesoro de fotos de Gloria Grahame en blanco y negro. No lo creo. La mató la vida como a todos, pero la conserva su nombre. En Gloria estuvo, y en gloria estará. Para nosotros, los vivos, queda lo que fue: un regalo de sombras eternas. Que en Gloria estemos.

«Sic semper Gloria»

Nacer con el cine hablado significó para mí haber aprendido a hablar con el cine. Así nunca me interesó el cine mudo, que siempre me pareció como una conversación no demasiado importante que alguien (una pareja, por ejemplo) tiene del otro lado de una vidriera: falta el sonido para interesarse en lo que dicen. ¿Y qué es el cine sin una conversación? Ilustraciones en movimiento y alguna acción tal vez. Al cine mudo le faltaba, además, la música, que es muchas veces más esencial al cine que el sonido, meros ruidos a menudo. No es extraño, pues, que nunca viera una película de Gloria Swanson hasta 1950. Fue entonces que vi *Sunset Boulevard*. Verla (y oírla) fue como quedarme mudo. Es ella realmente la que da dimensión trágica a esta última aventura del gigoló renuente.

Pero, por poco, Gloria Swanson (sin quien *Sunset Boulevard* no sería el clásico que es), no estuvo en esta película. Su director, Billy Wilder, pensó primero, ¿quién lo diría? (yo casi no me atrevo a repetirlo), en ¡Mae West! Que dijo que no. Luego en Mary Pickford, que también dijo que no. Más tarde en Pola Negri que, claro, dijo que no: ese papel era para una estrella olvidada y a ella la recordaba *todo* el mundo. Finalmente, Gloria Swanson, retirada del cine hacía una década, dijo que sí pero se negó a hacer una prueba del papel. Finalmente, convencida por el director George Cukor, vino a Hollywood de su retiro en Nueva York y rodó la prueba. Su cara ahora, sus gestos, su sentido del cine, hicieron cambiar su papel y toda la película. Hoy, cuando vemos una vez más esa casona casi en ruinas y a William Holden que avanza o retrocede en el patio junto a la piscina vacía, que se llenará de agua y luz y melodrama, y arriba se abre de pronto una ventana y una mujer dice entre imperiosa y patética: «Joven, ¿va a subir o no?», el espectador sabe que va hacia la tragedia edípica típica y, a la vez, única.

Toda la película, como la casa palaciega raída y ruinosa, está llena de Gloria Swanson o, mejor dicho, de sus ojos. Tal vez los ojos más bellos del cine, los más expresivos (con los de Bette Davis), los más fotogénicos (junto a los de Joan Crawford) son, sin duda, los más reconocibles porque son a la vez sofisticados y feroces. Hay en esos ojos un lejano rumor salvaje que sólo tienen los gatos: una fiera doméstica que nunca ha sido domada. Una de las mujeres más pequeñas del cine, más pequeña aún que Louise Brooks, Swanson —déjenme detenerme en su nombre. Para nosotros, ella es la Swanson, para Hollywood fue siempre Swanson, para Inglaterra es Gloria Swanson—, y verla firmar ejemplares de su autobiografía en el almacén Barker's de Londres hace poco era conocer cuántos ingleses, inglesas, inglesitas, la gente más inerte del mundo, son fanáticos firmes de Gloria Swanson todavía. Hay en su nombre, además, el eco del canto del cisne —*the swang's song*—. Swanson, baja, menuda, casi breve, llenaba la pantalla en *Sunset Boulevard* con su cabeza de gorgona: toda ojos terribles. Así, cuando William Holden la reconoce como Norma Desmond, la antigua estrella de cine y le dice: «Usted era de las grandes», puede la Swanson replicar: «Soy grande. Son las películas las que se han hecho pequeñas». (Esta respuesta cobra un nuevo retintín cuando se ve *Sunset Boulevard* por televisión.) Es Norma Desmond, estrella silente, la que dice por boca de Gloria Swanson al ver una película muda: «Teníamos caras entonces».

Por ese *comeback,* por esa interpretación, por esa reencarnación fue nominada Gloria Swanson para el Oscar ese año. No lo ganó. Ella perdió, pero ganamos nosotros. Su aparición es justamente un eterno regreso: la diosa ardiente de los ojos glaucos vuelve una y otra vez siempre que vemos *Sunset Boulevard;* desde

que aparece en lo alto de su palacete hasta el final en que en el re-
llano de la escalera ya la loca homicida se dirige a las cámaras anó-
nimas de los noticiarios para preguntar a su mayordomo que fue
su marido, que fue su director, que fue su descubridor, que será su
cómplice y decirle confundiéndolo, fundiéndolo en su locura:
«*I am ready for my scene, Mr. De Mille*». Frase que sólo tiene todo
su sentido en la voz, en los labios y en los ojos de Gloria Swanson.
Ése es, sin duda, uno de los grandes momentos del cine.

El homenaje que yo quisiera hacerle ahora se lo hizo la
noche del estreno de *Sunset Boulevard* en Hollywood otra gran
actriz, Barbara Stanwyck. La perversa heroína de una anterior película de Wilder, *Pacto de sangre,* vio a Gloria Swanson en la acera,
pequeña y atolondrada por tanta celebración súbita y sin decir
nada, se acercó a ella, se le arrodilló delante, cogió la falda de *lamé*
entre sus dedos y besó la bata en silencio. Cuando Barbara Stanwyck se levantó vió, llorando, que Gloria Swanson lloraba. Se abra-
zaron y luego la Stanwyck se fue sin decir nada. Gloria Swanson
se quedó en la acera, muda. Ahora comprendo por qué ella decía
que antes (en el cine silente) fue grande. Hollywood, es evidente:
era un gigante que empequeñeció al perderla. Mi título latino
quiere decir, de paso, «Así siempre Gloria», pero también «Así
siempre Swanson».

«Bye bye Barbara»

No me vengan con Garbo ni con el salero de Marlene ni con la gracia petulante de Katharine Hepburn ni con todos esos grandes nombres del cine que son Joan Crawford o Bette Davis. Si quieren saber lo que es una actriz de comedia, de tragedia, de melodrama y de drama aprovechen que acaba de morir Barbara Stanwyck para ver todas sus películas. O casi todas: hizo tantas tan buenas que un catálogo resultaría una guía de teléfonos. Precisamente uno de sus melodramas más intensos se originaba y se resolvía por teléfono (equivocado), esa *Sorry, Wrong Number* en que inválida en una cama y aunque se llamaba Leona esperaba ella la muerte súbita en su cuarto, condenada por el miedo y la maldad de Burt Lancaster, su marido, asesino por larga distancia que, arrepentido o simplemente sádico, le conminaba a correr, a ella que no podía dar un paso, para salvar la vida. Sin embargo, tullida toda, se movía y conmovía a todos demostrando que era una leona histriónica, la Stanwyck.

Sin embargo la Stanwyck no siempre fue la Stanwyck. Nació llamándose Ruby Stevens, que es casi un nombre para Jennifer Jones en *Ruby Gentry*. O para la odiosa bailarina Ruby Keeler. Huérfana de niña, muy en carácter se escapó de casa a los 13 años y siempre hubo en ella algo de golfa de solfa. Pero también había algo de bailarina en Ruby (¿determinismo del nombre?), aunque fuera una *strip-teaser* sólo para profesores. Como en *Bola de fuego,* en que se paseaba entre siete eruditos como una Blanca Nieves corista corita (o casi corita, ya que sólo mostraba por entre la abertura de su bata de andar por la escena unas piernas tornasoleadas por los reflejos de la inmodesta lentejuela alcahueta) y se

quedaba a vivir entre libros y librescos. Aunque el director fue
Howard Hawks el guión era de Billy Wilder, que sabía que Barbara Stanwyck había sido corista en esa fiesta para mirones que fueron las *follies* de Ziegfeld y además había sufrido (él no ella) a *Blanca Nieves y los siete enanitos,* no sólo por el abrumador éxito de
Walt Disney sino porque, como decadente europeo, Wilder vio el
erotismo inherente en el cuento de hadas de la princesita virgen
que dormía con siete enanos adultos, adustos. La Stanwyck parecía todo menos una virgen y su oficio del siglo era el de una Salomé
Cada Noche: pelos, velos. Barbara Stanwyck salió de entre las bien
formadas filas femeninas de Ziegfeld para entrar en escena, en eso
que esos hijos ilegítimos que son los actores de cine llaman teatro
legítimo. Entró ella a Hollywood por la puerta estrecha, sin embargo, para acompañar al oscuro actor de vodevil que era su marido, pero para terminar siendo no sólo una estrella de cine sino una
gran estrella y casarse con otra estrella grande, Robert Taylor. Fue
una boda que un guasón llamó la unión del bello y la bestia. Robert Taylor, sin duda, era el bello de la pareja porque es cierto que
Barbara Stanwyck nunca fue bella. Con sus ojos pequeños y juntos
y su larga nariz recordaba más a Dumbo, el elefantico rosa que
aprendió a volar a raso. La Stanwyck llegó a volar alto y pronto la
cubrieron si no de premios sí de elogios. Fue la actriz preferida de
Cecil B. De Mille, de William Wellman, de Frank Capra y sobre
todo de Billy Wilder, convertido ahora en el director de *Double Indemnity.* Y aquí, señoras y señores, llegamos al momento culminante de Barbara Stanwyck no en el cine sino en mi vida, que es para mí más importante que ese juego de luces y sombras que más me
ha divertido y convertido en lo que soy: un oficiante del siglo XX.

Double Indemnity se llama a veces *Perdición* en español y
otras *Pacto de sangre.* Prefiero por supuesto esa original doble in-
demnización que es un pacto mortal. Cuando la vi en su estreno de
1945 ya era yo un fanático del cine. Pero, como dice el bolero «la
vida todo me enseñó/ ésa es mi universidad», yo no sabía nada del
amor en el cine. Todo era entonces aventuras en el misterio. De

pronto, vertiginosa, vi a Barbara Stanwyck más grande que la vida y verla fue descubrir el sexo. El vértigo no es solo del tiempo sino del espacio en la pantalla. Ella, llamada Mrs. Dietrichson (con una enorme peluca rubia que le hacía a la vez menos cuello y más baja, y que Wilder confesó en un raro momento de debilidad que era su parodia de Marlene Dietrich, de ahí el nombre de Dietrichson —en la novela ella se llama Mrs. Nirdlinger) y dispuesta a tejer, tejiendo ya, la red de mentiras de amor con que capturó a Fred McMurray, uno de los agentes de seguros más listos y a la vez más torpes que he conocido —y he conocido algunos.

Salía ella del piso alto de la casa californiana en que vivía para encontrar a McMurray abajo. Se oía su voz (nasal, inolvidable, toda hecha de engaño) y enseguida comenzaba a bajar la escalera de las delicias. Sólo se veía entonces su pierna perfecta que llevaba un guillo al tobillo, esclava que me ató para siempre a esa pierna (y la otra en sombras) y a la mujer a que pertenecía toda esa parafernalia erótica. Acababa de descubrir el sexo y continué, retrógrado, la pierna hacia el muslo de *music hall* que se veía en *Bola de fuego.* Desde entonces Barbara Stanwyck sólo significó el sexo en el cine.

Claro que ha significado otras cosas. Como una comediante sin igual en *La dama Eva,* en que convertía en un pelele millonario a Henry Fonda y era a la vez Eva y la serpiente sutil y sabia. Como en *Thelma Jordan,* donde era la carnada y el anzuelo para el adocenado Wendell Corey. Como la vi, trepadora ágil, en *Baby Face,* en que tenía cara de niña boba pero el cuerpo de la más peligrosa oportunista carnal, escalando de cama en cama por todo un edificio de oficinas hasta llegar al jefe en el último piso que siempre fue su meta sexual y social. Como en *El amargo té del general Yen,* película de un atrevimiento erótico que no era nada común cuando se hizo. (Las dos últimas fueron de 1933 pero las vine a ver gracias a esa cinemateca privada que es la televisión.) Como la recuerdo en *El extraño amor de Martha Ivers,* donde atrapa a Kirk Douglas y sufre, como casi siempre, un castigo que es ejemplar porque ella es la pasión, el amor que mata pero dura más allá de la muerte.

Ava se pronuncia Eva

Ava Gardner nació Lucy Johnson en Nochebuena en Carolina del Norte y se ha ido en un día de huracán en Inglaterra. El destino es sastre y desastre. Lucy en su avatar de Ava tuvo una vida a su medida, pero como a todos la gracia se le volvió desgracia. La descubrió para el cine y para el siglo, según la leyenda, Louis B. Mayer, el hombre que declaró que había en su estudio «más estrellas que en el cielo». Fue él quien vaticinó: «Es sorda, no sabe actuar, ¡pero es tremenda!». Toda Venus es tremenda y Mayer decretó que a ésta le cambiaran el nombre y la educaran a lo Hollywood.

En 1941 Lucy, ya Ava, se casó con Mickey Rooney, que era una gran estrella entonces. Pensar que esa belleza nueva tuvo una luna de miel con un enano escandaloso todavía subleva a la fanaticada. Afortunadamente el matrimonio duró solamente un año. (¿Solamente?) Luego se casó ella con Artie Shaw, cuyo nombre suena en inglés a alcachofa y que de músico, poeta y loco tenía más de un poco. Artie, clarinetista de pretensiones literarias, se empeñó en ser el Pigmalión de esta colosal Galatea y la hizo leer de Shakespeare a Shaw (Bernard). El matrimonio duró dos años, cuando Ava iba ya por el camino de *Hamlet* y declamaba *«To be or not to be»* como *«To bed or not to bed»,* que en ella quería decir, «Coma y a la cama».

Antes de divorciarse, muy importante, fue la heroína como droga en *Los asesinos*. Todo el mundo piensa que fue su debut porque era el debut de Burt Lancaster y era la primera vez que se veía a Ava como una asesina de hombres. Por ella no sólo moría Lancaster sino también Albert Dekker, un actor de segunda que se haría de primera plana al suicidarse años después. Se colgó de una viga en una cochambre de cuarto de hotel y su última voluntad fue su vestimenta: llevaba al morir zapatos de tacón alto, medias de seda negra sujetadas por un liguero negro, bragas negras y negros sostenes y nada más. Pocos pudieron descifrar su mensaje final. (Esto no tiene nada que ver con Ava pero creo que es una interpolación intrigante.)

En *Los asesinos,* donde se la ve por primera vez de espaldas, sus primeras palabras a Burt Lancaster (que son las primeras suyas en la película) también revelan la traición. Están dichas como una daga envuelta en tibio terciopelo: «Me dice Jeff que es usted boxeador. Detesto la violencia». Ella, que es instrumento de engaño y de violencia. Algunos han reparado que la voz de Ava Gardner era su atributo sexual más envolvente. Una mujer que acaricia con la voz así no puede ser del todo mala.

Ava Gardner fue ese ideal de la poesía bucólica: una campesina de una belleza que sale de la tierra. Era, para tormento de todo Quijote, una Aldonza Lorenzo que es a la vez una Dulcinea toda busto. North Carolina se diferencia de South Carolina en la dirección pero no en el sentido. En su primera película, *We Were Dancing,* fue una aparición de una belleza que nadie recuerda allí a Norma Shearer, una de las grandes estrellas del cine. *We Were Dancing,* comedia nada cómica, digna de verse ahora sólo porque contiene a una Ava joven y a punto de brotar. Hizo otras 22 películas hoy memorables solamente porque son hitos en su carrera vertiginosa hacia una fama nada efímera. Viéndola surgir como una Venus frecuente se sabe que sólo la aparición extraña de Hedy Lamarr impidió que fuera la actriz, es un decir, más bella del cine americano.

Con tres países tuvo Ava Gardner una relación especial, en este orden: Cuba, España, Inglaterra. En La Habana tuvo un mal encuentro con un monstruo de la noche libre habanera llamado (y no porque vistiera de colores) Supermán. Todavía se cuentan chismes grandes y gordos de esa breve asociación y de la cirugía no precisamente plástica que sufrió la estrella. Era también visita a menudo de la finca de Hemingway al sursuroeste de La Habana. Ava Gardner había sido una heroína hemingwayana las más veces *(Los asesinos, Las nieves de Kilimanjaro y Siempre sale el sol)* y Hemingway gustaba de rodearse de las mujeres bellas del cine (Marlene Dietrich, Ingrid Bergman) para llamarlas enseguida «Hija» y marcar con la insinuación incestuosa una efectiva distancia sexual. Estas mujeres, como las hijas en algunos matrimonios, eran un adorno familiar.

En 1951 Ava se casó con Frank (Sinatra, ¿quién si no?) y el tornado de las Carolinas amenazó varias veces con volar su tupé italiano. La pareja era de la estofa que están hechas las tormentas privadas y el escándalo público. Se separaron tres años más tarde y se divorciaron otros tres años después, Uno, dos y tres. Ava decidió no casarse más y no por mera superstición. Desde entonces, como dicen sus biógrafos, «se reunió con ricos románticos y magníficos matadores». Ava decidió que podía encontrar ambos especímenes en España y se mudó a Madrid.

En Madrid, para suerte de Andrew Lloyd Webber, autor de *Evita,* Ava (que se pronuncia Eva) se mudó a los altos de donde vivía el general Perón. El general se levantaba al amanecer, que es la hora de los madrugonazos pero era la hora en que las fiestas de Ava estaban en su apogeo. El general, a quien no preocupaba el fantasma de Eva (Perón), no pudo soportar más el cuerpo presente de Ava y la denunció a la autoridad competente, que debió de ser un ser intermedio entre un médium y un guardia civil. Ava, que había tenido un romance o dos con un matador o dos (creo, recordando a Supermán, que nunca tuvo un picador en su cama) decidió marcharse con sus fiestas a otra parte y se mudó a Inglaterra que era entonces un *party* perpetuo. Aquí, años más tarde, ya no bella, ya no una estrella, se la llevó la muerte. Como en *Pandora* se fue con el viento huracanado de la peor galerna que ha azotado a Londres en años. Como se dice en inglés, se fue con estilo. Estilo era precisamente lo que sobraba a Ava, una Eva que llevaba consigo el paraíso —y su perdición.

Cuando un periodista le preguntó si había nacido en Virginia, en vez de enmendarlo Ava dijo: «Sí, pero pronto cambié de estado». Ella era todo menos hipócrita. Preguntada por su arte, declaró: «Siempre he sido una mala actriz». Lo que no era verdad. «Me avergüenzo cuando me veo en la pantalla. No sé qué pasa pero siento que me falta algo». Lo que era verdad. Ava no era una actriz —cualquier mujer puede serlo si se empeña—, ella era una estrella, que se nace siendo. En *El juez Roy Bean* fue Lily Langtry, «la mujer más bella del mundo», según Oscar Wilde, su contemporáneo. Viendo las fotos de la Langtry uno sabe que la magnolia americana era mucho más bella que el lirio inglés. Ava era también más honesta. A veces (como en *Los asesinos)* una mujer fatalista. Pero Ava Gardner era, *es,* no la belleza que pasa sino la belleza detenida en su movimiento para que podamos verla veinticuatro veces cada segundo —que es lo que dura la eternidad en el cine.

Al revés de Greta Garbo, que era una mujer para mujeres, o Marilyn Monroe, que era una mujer para hombres, Ava Gardner era una mujer para hombres y mujeres y alguien más. Delgada y alta cuando joven, siempre fue una mujer que llevaba su sexualidad a flor de piel, como un perfume barato. A menudo era en el cine una *tart,* que sugiere algo comestible pero astringente. Por esa extraña alquimia del cine que convierte todos los metales en el mismo oro, ella vino a sustituir, en la Metro, a su exacto opuesto Jean Harlow, que era rubia y robusta pero también una tarta abierta. Para acentuar lo positivo Ava repitió el papel de la Harlow en *Mogambo* en 1956 con el mismo actor de la primera versión, Clark Gable, en *Red Dust,* donde la realidad siempre copia al cine aún cuando el cine sea una copia, Ava fue casta en el *cast* de *Mogambo.* Mientras Grace Kelly (que en la película era una niña rica seducida por Clark Gable) llegó a seducir a Gable al bronco ruido feroz de los gorilas —que como se sabe están en el camino de toda extinción por el pobre apetito sexual de las gorilas. En *King Kong,* el desmesurado gorila de las islas del Pacífico se robaba a la rubia, pero después ya en su cueva nupcial no sabía qué hacer con ella. Feral no es lo mismo que feraz.

En *La condesa descalza,* donde Ava se llamaba María Vargas y era una gitana gloriosa, la publicidad del estudio la apodó «el animal más bello del mundo». Pero Ava Gardner daba en el cine más mujer que animal y sus facciones eran exquisitas —aunque no lo fueran sus modales. En *Algo de Venus* ella era en efecto la diosa Venus y considerando que la deidad original era griega su belleza bruna era el reparto perfecto. Para acentuar su cara morena fue una mulata en *Show Boat* y una mestiza india en *Bhowani Junction.* Había algo en ella, algo que no era americano y su parecido con María Félix era tan insólito que podía parecer un aire de familia. Esa familia es la de las mujeres que de alguna manera no son de este mundo. Ava sin embargo era mundana. Ella era poseedora de una belleza casi ideal para el cine: ojos (y pestañas y cejas y sobre todo su mirada), nariz, boca y barbilla eran de una rara perfección vistas una a una. Pero la coincidencia en esa cara de óvalo y huesos y piel perfectos la hacía parecer extraordinaria. Era su carácter el que era ordinario. Nunca fue una actriz de carácter porque siempre tuvo mal carácter. Fui testigo no de excepción de uno de sus exabruptos extraordinarios, ordinarios.

En 1971 las huelgas de mineros tan enconadas terminaron con el gobierno del primer ministro Edward Heath y se caracterizaron por apagones de paz peores que los de la guerra. En una de esas noches frías adentro y afuera me invitaron a una cena que sería la *soirée* del demonio. Cuando llegamos Miriam Gómez, mi hija Carolita y yo a la casa de la cena todo estaba oscuro, menos la gran sala iluminada por innumerables candelabros. Detesto comer con velas porque no veo la comida, pero en esta casa frente al museo de Victoria y Alberto las velas creaban una atmósfera, ¿cómo diré?, romántica. Al sentarme vi que había otra persona en la sala, sentada bebiendo de una copa que creí vino. La anfitriona dijo: «Por supuesto, ya ustedes conocen a—» y se detuvo y no tuvo que decir más, ¡era Ava Gardner! Ya era mayor pero se veía espléndida a media luz.

La conversación, por una de esas casualidades que crea el diablo, se desvió hacia cirugías plásticas. Pero era la dueña de la casa y Ava Gardner las que hablaban. De pronto recordé que una actricita en Hollywood, que también por casualidad era hermana de mi traductora, había sufrido un accidente que le desfiguró la cara. Desesperada envió recado a su hermana que inesperada me pidió a mí ayuda. «Si acaso ves a Ava Gardner en Londres», me suplicaba, «por favor pídele el nombre de su cirujano plástico, que le quitó la marca que le dejó una cornada». Sabía que Ava Gardner era torera pero no en el ruedo, mucho menos cogida por un toro como Pasifae. Con estas prevenciones que debieron ser previsiones, oí una voz diciendo: «Miss Gardner, ¿quién es su cirujano plástico?». Era yo. Esta sola pregunta hizo que la Gardner tirara su copa, que creí de vino, al suelo y me dijera, no, me gritara: «¡Cómo se atreve! ¡Yo nunca en la vida me he hecho una cirugía plástica! ¿Qué se cree?». Con la misma furia de la voz se levantó de su sofá y por un momento, tal era su enojo, pensé que me abofetearía hasta la sangre como un toro. Pero sólo hizo dar tumbos hacia la puerta para consternación de todos, la mayor consternación de la anfitriona que iba tras ella suplicando: «¡Ava! ¡Ava! Miss Gardner, *please*». Pero tras tres traspiés Miss Gardner ya ganaba la escalera y la calle. Por el camino, se encontró con las hijas de la dueña y mi hija, todas de diez años, y las conminó a que fornicaran si no lo habían hecho ya. «¡Empiecen temprano como yo!», dijo, y desapareció en la oscuridad.

Lo cómico es que me quedé, que me tuve que quedar, a la cena, bien alumbrada ahora porque se había hecho la luz eléctrica. Más tarde, la embajadora americana vino a sentarse al lado de Miriam Gómez y se quejó: «¿Usted no sabe que Ava

Gardner estuvo aquí?». Era para decirle: «¿Como Kilroy?». Pero la embajadora añadió: «Se fue porque la insultó una cubana. ¡Estos cubanos!».

Pero esa desgraciada ocasión no fue la última desgraciada ocasión en que vi a Ava Gardner. Caminando una mañana rumbo a Harrod's vimos venir a una señora vestida con un abultado traje de correr que no corría. Caminaba hacia nosotros y según avanzaba más rollos se le veían alrededor del cuerpo y según venía era menos Ava Gardner. Es decir, era ella. Pero esa obra maestra que había hecho la vida estaba en vías de destrucción por la vida. Para colmo llevaba dos bolsas de tiendas, una en cada mano, cargadas de víveres. La vi una última vez más, repuesta pero aún más corriente, con el pelo corto y teñido de rojo y paseando un *corgi,* que es el perro favorito de la reina. Había adoptado ella ahora la imagen real pero como se sabe la reina Isabel es la más burguesa de los monarcas. Ava había regresado. Ahora era (y parecía) Lucy Johnson. Pero es Lucy Johnson la que ha muerto, mientras Ava Gardner es inmortal.

Por siempre Rita

Rita Hayworth fue más que una belleza del cine, más que una vaga vampiresa, más que el ídolo en efigie en que la convirtió el siglo. «Dios ha muerto», decretó Nietzsche pero en seguida resucitaron los dioses. Rita Hayworth fue una diosa hecha a la medida de los tiempos, pero curiosamente nadie con menos talento fue tan lejos. Su belleza se construyó poco a poco y quien como yo la vio en *Charlie Chan en Egipto* (frente estrecha, ojos minúsculos, cuerpo chato: encarnaba a una criada y una criada parecía) en 1935 apenas podría compararla con la elegante desdeñosa del héroe (nada menos que Cary Grant) en *Sólo los ángeles tienen alas* de tres años más tarde. ¿Cenicienta en Hollywood? ¿Pigmalión que encuentra una estatua de celuloide? ¿Magia blanca? Era solamente la distancia que mediaba entre Margarita Cansino (que sólo sería una versión española de Dolores del Río) y Rita Hayworth, con un padre bailarín de flamenco y una madre irlandesa, corista rubia.

Pero ya en su primera aparición como una mujer de cuidado con un marido cobarde en *Sólo los ángeles* era evidente que su misterio radicaba en su voluble vulnerabilidad: uno podía enamorarse de una mujer así y muchos lo hicieron. Incluyendo, casi, a Cary Grant, una presa difícil de capturar y más aún de conservar. Su próxima aparición (me quiero olvidar de pobres bodrios como *Bajo la luna de la pampa, Cargamento humano* y *Trouble in Texas,* en compañía del legendario *stuntman* Yakima Canutt, porque en *El infierno de Dante* ella no bailó más que una danza) fue en *¡Ay qué rubia!* donde sustituyó a la espléndida testaruda de Ann Sheridan. Si aún hoy uno puede lamentar la ausencia de la pelirroja sexualidad de la Sheridan (una hembra que no había que inventar), no hay duda de que la combinación de Irlanda y de España produjo en Rita católica una mujer a la medida del siglo que sería proyectada, en todos sentidos, más allá de su vida. Luego, en *My Gal Sal,* fue una corista de alto copete capaz de enamorarse de Victor Mature en la película y en la realidad. Rita mostró además una gran elegancia en colores como hizo amagos de roja vampiresa en *Sangre y arena.* Aquí, todavía, era la fuerza sexual de la cinta. Fue poco después que se encontraron dos mitos del siglo en una sola fruta prohibida, la Orsonrita.

Nosotros sus amantes en la oscuridad cómplice la admiramos en *Cover girl* y *Esta noche y todas las noches* donde bailaba algo más que flamenco. En *Sangre y arena,* sexo y sangre, su Doña Sol esclavizó bajo la luna de la pampa a Manuel Puig hasta que éste se liberó en su *Traición de Rita Hayworth,* (aunque hay técnicas de seducción fílmica en *El beso de la mujer araña* que Doña Sol no desdeñaría). Pero fue en *Gilda* donde la Hayworth cometió el más resonante *striptease* desde que Friné se desnudó ante sus jueces en la Grecia antigua. Como su verdad, Friné lo revelaba todo, Rita (ya para entonces no había más Hayworth: es la apropiación de un nombre español más rotunda hasta Lolita), de mentira, con sólo quitarse unos luengos guantes negros que convertían sus codos en rodilla oculta tras el raso, a la vez que cantaba (otra traición de Rita: estaba doblada) «*Put the Blame on Mame*» y su larga cabellera negra (en el blanco y negro nunca se veía su rojo) era ella misma un fetiche, que es lo que todo amor quiere que sea la hembra de la especie: mamantis, amantis, mantis religiosa que promete devoraciones en público y en privado. Sacher-Masoch, inventor del masoquismo, se habría perdido y encontrado en un solo guante de una mujer llamada, como el lirio, Gilda.

Después vino su aparejamiento (miento) y boda (oda) con Orson Welles para crear la envidia del cuerpo y de la mente. Orson, nunca llamado Welles, entendió que Rita era algo más que cabellera longa y seso breve: era un mito misoginista. En *La dama de Shanghai,* hecha después de deshecho el matrimonio, una Rita rubia podía ser el amor que se esconde detrás de una esquina del Parque Central o la pistola que se oculta entre las faldas y que no siempre enfunda el hombre. Rita masculla en chino y emascula a los hombres: lesa vampiresa. Ella, además, se mostró en la película y en las palabras posteriores de Welles vindicándola, como una actriz insegura y un ser humano vacilante, nada violento, siempre víctima. Saber que esa asesina blonda y lironda era en realidad (palabra que el cine nunca admite: sólo sueños) una mujer a la que vigilarle las manos cuando empuña la dura Colt calibre 32 fue un escalofrío nuevo. Desde entonces me cuido mucho de las rubias que me encuentro bajo un árbol del Parque Central —aún en La Habana. Para el ojo no hubo nunca manos más bellas, más expresivas y más asesinas. Iban de la garra en la caricia a la ponzoña (un instrumento para los labios se llama la zampoña) en el beso mortal pero aparentemente inerme. ¿Para qué hablar de sus piernas? Tormento torneado que acompañaron Fred Astaire y Gene Kelly, mejores bailarines, ay, que yo. Mientras las tetas de Rita, impertérritas, siempre permanecieron fuera del alcance del ojo oscuro.

Las leyendas que acumuló Rita a lo largo de su vida fueron muchas (prima de Ginger Rogers nunca fue, sobrina del escritor sefardí Rafael Cansinos-Assens tampoco, gran bailarina de flamenco mucho menos, pelirroja natural sin tinte porque su padre le teñía el pelo de negro, belleza que nunca necesitó afeites cuando se depilaba) y a las leyendas creadas por el cine se unieron las verdaderas leyendas del siglo: amante de Victor Mature, conocido como el bisté, que la perdió en la guerra, esposa y madre de la hija de Orson Welles, mujer del Alí Khan y princesa mucho antes de que Grace Kelly, rubia natural, cazara a su príncipe y lo mantuviera si no azul a su lado y finalmente enferma de un mal misterioso y fatal: Rita, memoria fugitiva, terminó sin poder recordar que había sido Rita.

Pero Rita era una diosa y las diosas, a pesar de Nietzsche, no mueren. Cuando el historiador del cine John Kobal, autor de su primera y mejor biografía, le sugirió el título de su libro, derivado de una conocida canción, *El tiempo, el lugar y la chica,* Rita lo objetó y propuso un cambio de nombre: *El tiempo, el lugar y la mujer.* ¿Por qué?, quiso saber Kobal con tacto sin contacto: hablaban por teléfono. «Es que», susurró Rita, «yo nunca he sido una chica». Las diosas, ya se sabe, siempre han sido mujer.

Mi memoria de Mae

Mae West ha muerto y los compositores de notas necrológicas escriben las cosas más tristes esta tarde: «Mae, la malograda», porque fue famosa nada más que medio siglo. O un obituario: «Mae llevaba más tiempo muerta que ninguna otra estrella viva». O esculpen este epitafio: «Con la prematura inmortalidad de una momia, murió Mae West a los 88 años en disputa».

Son las frases de *rigor mortis,* pero cuando estaba bien viva todavía decidí seguir las señales de Horace Greely, que apuntaba: *«Go West young man»,* tal vez queriendo decir «Viaje al Oeste, joven». A mí me pareció siempre, no sé por qué, como que me urgía a conocer a la West en carne viva, como un destino. Cuando se lo dije a Mae West de viva voz en Hollywood y agregué: «Es por eso que estoy aquí, miss West», Mae me sonrió su sonrisa sabia, pero torcida, y me corrigió: «Ah el viejo y querido Horacio», y por un momento pensé en el poeta latino que declaró: «Las ruinas me encontrarán impávido», pero ella se refería al mismo Horace Greeley, el editor, y añadió: «Lo que dijo Horace en su carta al joven aspirante fue que de no encontrar fortuna en otra parte viniera a enfrentar a West la Grande».

Apabullado por su erudición americana y al mismo tiempo por mi tarea de traducir, *to face,* que es enfrentar, pero también dar la cara (y el espejo si hay porqué), me olvidé cortésmente de que estaba en realidad en el Oriente y encaraba a la esfinge cerca de las pirámides. Una voz corta, incortés, me dijo al oído: «En esta rubia legendaria contemplas casi ochenta años». Ése era el rumor más persistente en el estudio: Mae West no declaraba su edad en ninguna aduana y todos creían que cumpliría ochenta. En realidad sólo tenía 77 años. No lo parecía.

No me lo pareció a mí por lo menos esa tarde de la vista y la visita privada y mucho menos después por la noche de espectador fascinado, que es la palabra de Horacio para el mal de ojo que encanta. Cuando canta.

Había visto a Mae West en películas, por supuesto, como *She done him wrong* (título de imposible gramática rubia), donde ella invita a Cary Grant, bien verde, con una famosa frase verde: «Ven a verme un día de éstos», y su entonación era insinuación de un solo sentido. O *I'm no angel (No soy un ángel),* con un Cary Grant más maduro, pero una Mae West siempre verde. Sólo la ausencia de la *Legión de la decencia* (todavía por crear) permitió que esta película, tal vez su mejor vehículo, la disfrutaran desde niños prodigios sexuales hasta viejos verdes.

Mae danza decente (como la actriz que nunca fue: siempre fue un fenómeno) en un circo, y su conflicto es no haber cometido otro crimen que poner a la vista su sexo antes de tiempo. Mae, después de la censura de Hays y su código, parece casi doméstica, pero nadie pudo domarla nunca y logró hacer una serie de películas (una con un título que es el mío: *Go West, young man)* y otra con ese viejo padre que fue W. C. Fields.

Siempre se creyó que esta personalidad indestructible (cuando empezó *Myra Breckinridge* tenía ya 77 años y nunca se supo cuántos tenía cuando la terminó) era un símbolo sexual, Eros espectacular, pero en realidad Mae West fue una comedianta singular y una escritora infatigable en su búsqueda de la picardía perdida por la vía de la parodia impúdica. No era una Venus sino una *vedette:* su vis cómica, más poderosa que su sexualidad.

Pero ella dominaba la comedia de Cupido sin carcaj con carcajada. Su nota dominante en cada acorde cómico era la insinuación amoral, pero amorosa, y tomar el sexo como un juego de manos y sobre todo de palabras. Su última película, que escribió, actuó y controló, inmarcesible, a los 85 años, se titula *Sexteto.* Mae West vivió lo suficiente como para ver ese título, prohibido en los años treinta, ahora en letreros luminosos ubicuos y al mismo tiempo convertido, medio siglo después, en ingenuo ingenio: su arte atrevido era su inocencia.

En 1970 viajé a Hollywood a ver cómo mi guión *Vanishing point* se hacía película por la Fox. Conocí a un productor que quería que le escribiera un trillado *thriller* y supe sorprendido que producía entonces *Myra Breckinridge,* en la que Mae West era la agente artística ficticia de Raquel Welch, que en la ficción del filme era un transexual de imposible anatomía: toda neumática de hormonas. Ninguna de las dos estrellas se hablaba en la realidad del *set* entre otras cosas porque Mae West se empeñaba en llamar a Raquel Welch *exótica Rachel,* como en la Biblia, pero por pura perversidad.

El productor, cogido entre las pullas de las estrellas, hizo, sin embargo, tiempo y tregua, y tuvo la gentileza de invitarme a ver filmar los dos números musicales cantados por Mae West sola —privilegio pasmoso, conocer a la misma Mae West—. La oí doblar al mediodía su número primero con profesionalismo impecable y luego la vi caminar cogida del brazo por un hombre enorme —que supuse un *sansón* de utilería— hasta el *trailer* dentro del estudio, que era el camarín de Mae, símbolo de ser superestrella. La siguió el productor atareado. Al poco rato éste me llamó a su lado y entré al *trailer.* Allí, sentada en una silla recta, vestida con una bata blanca de raso, las manos de arrugas cruzadas sobre el vientre para tratar de ocultar el visible bulto de la vejez, llevando una evidente peluca rubia y con el maquillaje como máscara para la cámara todavía en la cara, me recibió sonriendo con labios largos: una increíble bisabuela sin biznietos.

Detrás de ella, de pie, estaba apocado su acompañante, uno de esos atletas altos, facsímiles de Adonis con que se rodeaba en sus *shows* sicalípticos de los años cincuenta. Pero hasta este mismo Atlas era ya un viejo: Paul Novak, su de veras eterno acompañante. Mi futuro productor era también un veterano del cine. Pero, así y todo, con mis cuarenta años cumplidos, me sorprendí cuando la voz, antes inimitable y ahora una imitación de Mae West no muy buena, dijo: «Bien venido, joven», y la última careta de Mae West me sonrió una sonrisa sincera, pero falsa de dientes. ¿Qué decir? ¿Cómo saludar a una actriz que era ya leyenda, que era una diosa divertida convertida en un triste monumento? ¿Qué se le dice, por otra parte, a la esfinge? Inventé una tarjeta de visita digna de Edipo: «Miss West, es un honor y un privilegio y la realización de un sueño imposible estar aquí».

Ella sonreía postiza mientras yo improvisaba un complejo homenaje: «He venido desde Cuba vía Madrid, vía París, vía Londres solamente para conocerla».

Era, curiosamente, verdad. Sólo omití decirle que de mi salida de La Habana a mi llegada a Los Ángeles había tardado cinco años. Pero la esfinge alegre, vulnerable ahora, no sonrió al hablar: «Es un desvío bien grande sólo para verme, ¿no le parece?»

Esa respuesta y no las pasadas (y futuras) cirugías cosméticas fue un rejuvenecimiento verdadero: esa sí era Mae West. La otra, la que caminó pasito a pasito para atravesar con terror geriátrico el estudio vacío, la que vestía su vetustez, la que llevaba esa enorme peluca que ahora era un turbante de baño turco para su frente y su cara muy maquillada, ésa no existía.

Hablamos de cosas intrascendentes, sin encontrar un lugar común. ¿Qué puede decirle Edipo a la esfinge que ella ya no haya oído? En un vacío de voces, el productor, maestro de presentaciones, le recordó a ella que yo era escritor, que había escrito una película para el estudio, que escribiría otra para él ese año. Mae volvió a iluminarse en otra candileja lejana: «Ah, escritor. ¡Qué intimidante! Usted sabe, yo también escribo a veces».

«Lo sé, miss West. Y sé que usted es una autora de genio».

No le dije que ella era una autora que había tenido el genio de inventar a Mae West, personaje y persona. Pero no hizo falta, porque ella lo sabía y sabía que yo lo sabía. Todos lo sabíamos, incluso los funerarios futuros. Cuando casi se levantó para darme la mano (fofa, tierna) y despedirme, olvidándose de su camuflaje carnal, me dijo: «Venga a verme esta noche», que casi me sonó al *«Come up and see me sometime»* merecido por un Cary Grant joven y apuesto.

Esa noche, efectivamente, Mae West doblaba su último número, que era su última escena en su penúltima película. El estudio estaba de nuevo cerrado, para privacidad de miss West, celebridad perturbable. Miré un rato a su *trailer* de estrella. De pronto se abrió la puerta. Salió, subió a un altillo y surgió en ondas sonoras. No bien sonó la orquesta invisible, con música ya grabada (era un ritmo *funk* o un *frug*) y el coro la acompañó en su baile: los bailarines, todos vestidos de frac, chistera y bastón, varias versiones negras de Fred Astaire, giraron y bailaron en compases de espera para la melodía enlatada, cuando, para sorpresa de todos, aun del productor, incluso del director de la película, que esperaban el *play back,* Mae West arrancó a cantar su canción en directo, innecesariamente en vivo.

Cantó con tal contento y brío y ritmo perfecto, con su voz característica de mulata rubia de Brooklyn, moviéndose ondulante en su traje negro, estrecho, que al final del número todo, absolutamente todo el mundo en el estudio, que era entonces el mundo, cuando ella acabó, el mundo aplaudió.

Aplaudimos felices de haber sido testigos de un milagro: Mae West, la leyenda, mostraba cómo nace y también cómo se perpetúa un mito. La clave está en su frase más famosa. Ella sabía dónde estaba, dónde estaría, dónde estará esperando siempre a que subamos todos a verla a ese altoplano en que el arte y el artista se hacen uno, solo, inmortal. Mae West no ha muerto hoy. Mientras haya tiempo morirá mañana.

Una mujer mundana

Conocí a Anita Loos en Hollywood en 1970 —en un *party:* claro está—. En Los Ángeles hay más *parties* que recepciones en Washington. Ésta es, como en la diplomacia, la única tierra de nadie en la paz. Ya había conocido a ese mito del sexo rubio, Mae West, pero con Anita Loos me encontraba con la leyenda literaria: la escritora de *Los caballeros las prefieren rubias,* novela ejemplar, casi la obra de una giganta literaria. Pero me encontré con una enana, tan baja era.

Me pregunté al inclinarme y darle la mano cómo prefieren los pigmeos las rubias, ¿asadas o en guiso? Anita Loos, además, no era rubia, sino una mujer de pelo teñido de oscuro y pelado corto en llovizna. «Encantado», le dije desencantado. «*Miss* Loos. Se dice luus, ¿no?», había pronunciado su nombre a la *loose,* que en inglés aplicado a una mujer la hace fácil. *Loose morals* es de una dudosa moralidad. «Yo digo Loos», dijo ella, francamente. «Mi familia toda dice *Lo-os. Loose* luce picante en una mujer, ¿no cree? Mi disgusto con mi nombre ocurrió en Londres al saber que *loos* son los retretes. Feo, ¿no? Pero me consuela México cuando llego allá y me llaman *luz.*»

¿Qué hay en un nombre?, pregunta Shakespeare. A veces, todo. Esta mujer delgada, vieja y pequeña había escandalizado a una época que se creía libre con un título que ha pasado al vocabulario del siglo. Varias frases suyas están en los diccionarios de citas. «Los caballeros parecen recordar mejor a las rubias.» «Abandónalos mientras luzcas bien.» «Un beso en la mano te hará sentirte muy muy bien, pero un brazalete de diamantes te dura mejor, como en *Los diamantes duran siempre.*»

Es difícil admitir que antes del libro de Anita Loos nunca se habían oído. Su novelita, publicada en 1925, dio a Loos fama y fortuna y esa felicidad literaria que dura hasta el próximo libro de éxito, propio o ajeno.

Anita Loos, californiana, comenzó a escribir a los quince años para el cine, arte californiano, en Hollywood, ciudad californiana, y pasó prácticamente toda una vida (más de cincuenta años) en California, aunque murió en esa meca del hombre del desierto californiano, Nueva York.

Su primer escrito, una sinopsis, lo compró D. W. Griffith, el genio que él solo había inventado el cine americano y a Hollywood de paso. Una fuga, la primera a Nueva York le consiguió a Anita, huerfanita, la estima, el amor y el odio. Las dos últimas pasiones, venidas de la misma persona, John Emerson, actor fracasado y mediocre director, que, como otro a lo Loos sugiere, se casó con la morena, para explotarla como si él fuera rubio. Curioso destino de una mujer con talento mundano que terminó comparándose a menudo con la ingenua Colette, la escritora que más admiraba y de la que adaptó obras al teatro. Como se sabe, Colette, en su juventud, hizo de *negro* (o *negrita*) para su primer marido, Willy, notorio chulo literario.

Como Colette, la Loos no tuvo suerte con los maridos mediocres, pero sí con los hombres de genio. Apadrinada por el gran Griffith, escribió en 1912 su primer triunfo para el cine, *Un sombrero de Nueva York,* en que actuaron nada menos que Mary Pickford, Lionel Barrymore y las hermanas Gish. Fue Anita Loos también quien escribió la película que lanzó a Jean Harlow, la famosa rubia de platino, perversamente titulada *La Pelirroja,* en 1932. Veinte años después, *Los caballeros las prefieren rubias* consagraría al mito de la mujer rubia, Marilyn Monroe. Su carrera fue de escribir los títulos de *Intolerancia* al guión de *San Francisco:* un desastre legendario aquélla, un éxito económico ésta. Curiosamente, ella estaba más orgullosa del bodrio que de la obra maestra. En el medio conoció a todos los hombres interesantes del siglo, Douglas Fairbanks, Griffith y Chaplin, a Clark Gable, a H. L. Mencken (que le dijo: «¿Se da cuenta, jovencita, que es usted la primera escritora americana que se burla de esa institución *non sancta,* el sexo?») a William Randolph Hearst, a H. G. Wells, a Aldous Huxley (quien después de declararse «arrebatado con su libro», la nombró su *tête* favorita), y todos esos caballeros la encontraron deliciosa y querían casarse con ella. De veras.

Mirando esa noche de Hollywood, oyendo más que mirando (porque ella hablaba y hablaba todo el tiempo) a esa esfinge anecdótica, me preguntaba cuál sería su fascinación para todos, enigma para mí. Entonces recordé que esta mujer, Anita Loos, ya había escrito su epitafio: *Los caballeros las prefieren rubias.*

La rubia y los caballeros

Nunca como en este siglo han sido tan populares las rubias. Es más, el siglo parece haberse poblado de rubias. Es cierto que este es el siglo que inventó el peróxido permanente que hizo posible a la rubia oxigenada. Mientras más falsa la rubia, más verás. Pero cuando Anita Loos (una morena menuda) acuñó la frase «los caballeros las prefieren rubias» no estaba más que comprobando una realidad moderna. Sin embargo la mitad del mundo las escoge pelinegras de ojos rasgados, como son las chinas, japonesas y coreanas. Mientras que una tercera parte del globo las quiere morenas, con un lunar escarlata en la frente y que huelan a curry. Todavía hay una humanidad negra, morena, con el pelo ensortijado o con rizos negros y trenzas de azabache. Por lo visto queda muy poco terreno para las rubias. Pero esas rubias, falsas o naturales, han dominado el cine que ha creado las imágenes del siglo. Un solo director, Alfred Hitchcock, no admitía más que heroínas rubias y a partir de la decadencia del cine mudo, cine latino, las rubias, esta vez con voz y veto, se hicieron con las ansias femeninas y los deseos masculinos. No sólo los caballeros las preferían rubias: también, aparentemente, las señoras. Las peluquerías respiraban oxígeno puro.

Tomando la ocasión por los pelos claros, hay que hablar ahora de dos o tres rubias, dignas paradigmas. Tal vez la primera fue Mae West. Debajo de su abundante cabellera rubia, parecía un camionero con peluca, hablaba como una libertina liberada y se comportaba como una mantis religiosa que ha devorado demasiados machos de la especie. Su lema: «Sube a verme un día de éstos», parecía una invitación a la devoración. La rubia de al lado, Jean Harlow, era una pobre seguidora de la ciencia cristiana en la vida (y en la muerte) pero en la pantalla daba muestras de una agresiva vulgaridad que desde entonces se deletrea s-e-x-o. Siempre apareaba a Clark Gable por su machismo moderno, Harlow, que fue la primera rubia que perdió el pelo del otro lado de la pantalla. Para seguir siendo la rubia explosiva (sin pelo rubio no hay rubia) tendría que usar peluca hasta el fin de sus días, que no fueron muchos. Pero pudo hacer hasta el final pareja con Gable cuya famosa sonrisa estaba hecha de dientes postizos.

La otra rubia relámpago, Carole Lombard, tenía el atractivo blondo y lirondo que tuvo Jean Harlow con el sentido del humor de que hizo gala Mae West. Lombard era esa rara combinación: una rubia que no es tonta, que es sexy, que es cómica. Su mejor momento ocurrió en *Ser o no ser,* una comedia en que tenía tantos amantes como dudas Hamlet, encarnada por un hastiado, astado marido, que era Jack Benny. La película fue la obra maestra de Carole Lombard y de Jack Benny en su hilarante papel de Hamlet que no duda: su ser o no ser significa contar las astas de la testa. Lamentablemente, cuando Carole Lombard era más bella (su cara una máscara cara), más apetitosa (tenía las formas femeninas más generosas de Hollywood) y su talento más apreciado (era una comedianta consumada), se apareció el destino en forma de un avión que volaba bajo y terminó su carrera con un gran ruido de estrella que se estrella. Todavía es lamentada. Ahora le toca el turno a otra rubia, como Harlow, tonta y vulgar. Esa era la Marilyn Monroe del cine. Tengo que confesar que, como rubia, nunca me gustó demasiado. Mi rubia favorita fue Kim Novak o Lana Turner, venerada vidente en mi afecto.

Pero, hay que rendirse a la evidencia, la Monroe es la rubia más famosa del siglo. Viva o muerta o colocada en ese pedestal del arte que se llama limbo. De la actriz se puede decir poco. Era una comediante cariñosa (sus ojos ingenuamente abiertos se convirtieron en su marca de fábrica) en manos hábiles, pero como actriz dramática fue de una incompetencia realmente lamentable. Debió, como Mae West, no hacer más que comedias. Sin embargo, tenía ambiciones dramáticas y hasta ser una heroína de Dostoievski. No lo logró. Lo más que consiguió fue ser una neurótica americana no a la manera de Tennessee Williams sino de Arthur Miller, su marido más en el espíritu de Jack Benny casado con Carole Lombard que en el de O'Neill. Al final de su carrera sin embargo en *Something Got to Give,* era posible detectar la presencia de un icono carnal y húmedo que se acercaba a los ojos masculinos de este lado de la pantalla como pidiendo una tregua amistosa. Si lo prefieren, parecía decir, que los caballeros por favor no me consideren rubia, sino un ser humano. Lamentablemente, a su muerte ha vuelto a ser el amuleto oxigenado que fue al principio de su carrera.

Tal vez la razón por qué Marilyn Monroe nos es tan preciosa como imagen (que es todo lo que queda de ella) la tenga Carl Denham, el director de cine que descubrió a King-Kong en la selva feral de *King-Kong.* Al notar Denham el entusiasmo que despertaba su rubia importada entre los nativos de la isla remota, dijo: «Las rubias escasean por aquí». Las rubias de veras escasean por todas partes. Aún en *King-Kong* la rubita que literalmente se echó al mono era, quién se atreve a decírselo al súbito simio, una falsa rubia, como Marilyn y todas esas rubias del cine. La tarea de Marilyn fue que nos creyéramos que era una real rubia ingenua. Su hazaña es que lo hayamos creído tanto tiempo. Era esa condición de falsa de veras la que la ha hecho la rubia por antonomasia. Mientras Lana Turner era la preferida de un bribón o dos y Fay Wray de un desmesurado gorila, Marilyn Monroe fue la preferida de los caballeros. Todavía lo es.

Beldad y mentira de Marilyn Monroe

Nadie llora ya a Marilyn Monroe, excepto tal vez Joe Di Maggio, pero todos la evocamos, como la luna de ayer. La miramos, la admiramos hoy, la admiraremos siempre al verla, única y diversa, en el cine tantas veces como la primera vez. En el despliegue de su espléndida vulgaridad al caminar calle abajo en Niágara, toda caderas: carne tan móvil sobre la que se podía oír la piel crujir bajo la tensa tela. La aplaudimos una vez, la aplaudiremos varias veces, al subir ella, cimbrear y bajar luego la empinada escalinata de neón, una rubia hecha de piernas, en *Los caballeros las prefieren rubias:* cien amantes, cien diamantes y una muchacha que es una joya. Querremos protegerla, la protegeremos en su pervertida inocencia carnal de *Bus Stop.* Trataremos de acogerla con la paternidad incestuosa de Clark Gable en *The Misfits.* Pero sabemos que gozar sólo su visión de animal joven, implorante y devastadora (*«Do I have to go, Uncle Lon?»*) de la queridita que se queda sola, Caperucita entre lobos, con el cansado ojo senil del sexo: seremos como el veterano Louis Calhern en *The Asphalt Jungle.* Suyos son los oscuros ojos del *voyeur* condenado a escrutar eternamente a su radiante objeto de deseo. Ésa es la mirada de impotente social de Alonzo Emmerich, todavía deseando a la muchacha rubia que va a desaparecer para siempre ante sus ojos, como el resto que se apaga: el mundo concebido como una linterna sórdida que fue una linterna mágica —ésa es la visión del espectador de cine. De ustedes y mía, de nosotros los *voyeurs* de antes que todavía somos los mismos mirones: esa mujer se hizo para tu ojo sólo.

No otra cosa que una sombra fue y será Marilyn Monroe para todos. Ahora se trata de explicar la fascinación, obsesiva y recurrente como la luna, de esa sombra, de esas sombras o de esa sola sombra pálida que dura más de un cuarto de siglo en las reticentes retinas y su perenne manifestación entre nosotros sus médiums. Esa presencia sobrehumana, más allá de la muerte y del olvido, es el mito manifiesto que ahora llamamos Marilyn Monroe.

La mujer —es decir, la tenue apariencia detrás de la presencia poderosa de la sombra— nació y murió como pocas estrellas del cine americano: en pleno Hollywood. El mito surgió, como todos los mitos, dondequiera, pero al mismo tiempo: todo el mundo prefirió esa rubia. Su exacta geometría tiene la forma del círculo mágico: su circunferencia está en todas partes y el centro en ninguna. Cuando sucedía este fenómeno único en la antigüedad la aparición era una diosa —o un dios. (Pero, realmente, Marilyn Monroe, para mortificar a Unamuno, era todo menos un hombre.) En la Edad Media esta manifestación sería la de la Virgen —aunque es ridículo pensar en una Marilyn Monroe virgen. Ni siquiera, como Greta Garbo, en una suerte de vestal vegetariana. Marilyn Monroe, como Afrodita, es el apogeo del amor: nacida del amor, para el amor. Como era posible pagar por ese amor vicario (todavía lo es, aunque más caro ahora: los boletos cuestan un horror en todas partes) ella era nada más y nada menos que una *hetaira* prodigiosa —como una Cleopatra rubia, por ejemplo. Es decir, mera ramera. Marilyn Monroe, hay que decirlo claro, era una puta —la puta platónica, hembra cósmica. Ella era la representación virtual de la mujer para el vicio y la virtud del amor. Venus no era menos. Marilyn no fue la mujer que inventó el amor, pero pareció haber adquirido temprano la patente. ¿Quién no ha estado enamorado de Marilyn Monroe o de una de sus reproducciones húmedas de agua oxigenada?

No quiero detenerme, pues, en las últimas revelaciones sobre la vida luminosa o sórdida de Marilyn Monroe, la mujer, como ha hecho Norman Mailer en su torcido homenaje público y notorio. ¿Qué importa ahora si ella se suicidó o la mandó a matar Robert Kennedy por encargo de su hermano Jack para que no arruinara la futura carrera política de Ted, el tercer Kennedy? No hay que hablar tampoco de documentos genuinos sobre una niñez infeliz, su pubertad temprana y la juventud arruinada de Norma Jean Baker o Mortensen o como se llamara. ¿Qué nos importa si su madre murió loca o no? ¿O si de niña Normita fue violada por un huésped brutal o experto? ¿O si de mujer inmadura tuvo que afrontar una sola o diversas indignidades sexuales para sobrevivir o hacer carrera y ser famosa? Son los gajes del oficio de actricita con más tetas que talento. No me interesa saber si es cierto que Norma Jean, ya Marilyn para siempre y por toda la eternidad (nadie recuerda por cierto a las otras Marilyns del cine: Marilyn Maxwell o la misma Marilyn Miller, a quien debe su nombre, y aún la gloriosa Kim Novak cuyo verdadero nombre era, inoportuno, Marilyn Novak), esa Marilyn por antonomasia, ingeniosa y cínica, fue la que al ver la recién colgada estrella en la puerta de su camerino, en señal de ser ya una *movie star,* dijo o dicen que dijo su promesa de amor: «Ahora se la voy a hacer nada más que a quien me guste». Ella, meretricia, había cometido felación por la causa del triunfo, pero ésa era otra mujer y el ultraje ocurrió en ese otro mundo, en tinieblas, detrás de la pantalla. Además la hembra está ahora muerta —como bien dijo Kit Marlowe hace casi cuatrocientos años, hablando de otra doña deferente. Sí, es verdad que Marilyn, la criatura carnal, está muerta. Pero parece mentira, con lo viva que se la ve: nadie diría que de ella ya no queda nada, excepto unas cuantas películas y muchas fotos: pocas mujeres de la historia han sido tan retratadas. Además, claro, queda el recuerdo. Todo el mundo tiene un recuerdo recurrente de Marilyn Monroe. Sólo sus iniciales son la doble entrada al Mnemocine de su memoria.

Sam Shaw —fotógrafo, productor de películas y animador de actores— tiene todavía recuerdos precisos de Marilyn Monroe que resultan vagos ante sus fotos precisas. Caminando por Manhattan, cerca del Parque Central, a comienzos del verano me dijo Sam señalando: «En uno de esos bancos le hice unas fotos a Marilyn. Era verano. Marilyn llevaba mucha ropa para lo que llevan las mujeres ahora, pero para entonces estaba desnuda. Así vino. A veces Marilyn venía vestida con un abrigo de visón. Era, como siempre con ella, verano y el calor era sofocante. Cuando le reproché cómo podía llevar ese abrigo de pieles, ella lo abrió —y debajo no tenía nada. ¡Pero nada! Era su chiste favorito. Ese mismo día de las fotos en el parque llevaba un simple vestido sin nada debajo. Nunca usó *panties*. Esa tarde caminó por la orilla del parque, se sentó en un banco y leyó o hizo que leía el periódico. Estuvo sentada junto a dos novios de verano un rato y yo hice fotos, justo ahí al lado de la pareja, ¡y ninguno de los dos la reconoció! Creo que ni la miraron —y estaba en su apogeo como estrella y como mujer. Marilyn la de la vida diaria era tímida, apocada, casi poquita cosa. Era su imagen del cine, y de las fotografías, la que se hacía grande y poderosa, enorme. Como dice Howard Hawks, la cámara se enamoraba de ella y a través de la cámara, todos nosotros. Esa era su magia».

Marilyn, viva, no olía bien además. Era en la pantalla que ella se convertía en el perfume de una imagen, en el aire del cine, en un aura. Todos tomamos fotos de ella con nuestra *Zeitgeist,* de Seiss-Ikon.

El recuerdo de Tony Curtis, antiguo galán, es bien diferente y nada deferente: es irreverente. Los dos fingieron juntos varias escenas de amor tórrido en un Miami de cartón en *Some Like it Hot:* ella estaba casi desnuda de veras, él llevaba gafas que nublaban la pasión simulada. «¿Cómo fue el beso de Marilyn?», le preguntaron a Tony Curtis después. «Como un beso de Hitler pero sin el bigote», confesó Curtis que es judío. «Además, no usaba desodorante». Como Hitler.

Hacia el final de su carrera —es decir, de su vida— Marilyn se volvió una actriz chabacana y chapucera. O indiferente.

En esa escena con Curtis, en que él la enamora mientras mordisquea un magro muslo de pollo, ella no tenía más que un bocadillo o dos. Pero siempre se equivocaba, casi adrede. La toma tuvo que repetirse 27 veces por culpa de Marilyn y Tony Curtis se vio obligado a comer otros tantos muslos fríos. Al final él quería darle a ella mordiscos no de amor sino de rabia. Curtis no fue cortés, pero Billy Wilder, el director, fue cortante: «Ella es costosa y poco profesional, es verdad. Pero mi abuela es muy profesional y cobraría poco. Todos pagan por ver a Marilyn vestida, ¿pero quién va a pagar por ver a mi abuela en *negligé*?»

Fue Wilder quien creó la imagen más memorable de Marilyn Monroe en movimiento. Es esa secuencia en que ella camina por una fingida calle de Manhattan y desde una parrilla en la acera un Eolo malicioso y solícito sopla una ráfaga vertical de aire tibio —o más bien fresco— que le levanta las faldas y muestra sus pulidas pantorrillas pálidas para revelar sus muslos arqueados hasta los púdicos pantaloncitos desusados —tan blancos como sus piernas perfectas. Esa visión es imperecedera: es idéntica a la reconstrucción ideal que hizo Botticelli del nacimiento de Venus en el mar Egeo: Marilyn es una Afrodita urbana surgiendo sobre el ajetreo del *subway* ahora.

Hace poco una joven película francesa (Wilder podría ser el abuelo de su director y de casi todos sus actores) llamada *Diva,* hacía caminar gratuitamente por un París real a una rubia irreal —y de pronto el aire del metro le levantaba las faldas hasta la cadera, en un golpe de nostalgia que no abolirá la cita. Al otro lado del Atlántico el público de un cine de Manhattan, neófitos más que cinéfilos, rió de veras. Era que habían reconocido el homenaje francés a la Venus americana. El mismo Wilder, en esa su última comedia juntos, *Some Like it Hot,* daba una nalgada figurada a Marilyn y guiñaba después un ojo avisado al espectador cómplice. Es esa escena en que una muy mona Monroe, música que toca mal el ukelele pero a quien se le puede tocar bien todo, viene bella y boba por el andén simulado hacia la cámara. Su distracción es total: como si fuera la misma muchacha miope de *Cómo casarse con un millonario,* aquella rubita que sin lentes tropezaba con su sombra. Ahora la espléndida criatura blonda avanza hacia nosotros, el público, todavía inocente. Pasa cerca del tren y de entre los vagones sale un doble chorro de vapor, uno para cada nalga mórbida, con un silbido soez de frenos en desenfreno. Ella salta asustada y luego sigue su camino, pero su culo no escapó a mis ojos sorprendidos.

Pero ningún homenaje mejor que el del recuerdo: recordar a MM cuando M muerta era M viva. Ese recuerdo, ese tesoro, este privilegio pertenecen a G. Caín, aquel fanático furibundo que tenía en su estudio tres fotos, tres: Marilyn desnuda en el calendario notorio, toda tetas y muslos muelles. Marilyn vestida en *Some Like it Hot* (es decir, peor que desnuda: casi vestida y con mamas magnas), Marilyn forrada en pieles, como la quería Caín, discípulo de Sacher-Masoch, masoquista memorable: Venus en cueros. Ese Caín, que al revés de Sam Shaw no conoció a Marilyn nunca, que jamás sufrió al besarla como Tony Curtis curtido, que, impar de Mailer, no llegó a enterarse de que la estrella había muerto pero siempre supo qué cosa era ella viva —un mito del siglo—, ese Caín, atroz *alter ego,* escribió en 1961 un elogio nada fúnebre (no tenía por qué ser de luto: Marilyn no había muerto todavía). Pero la loa se le convirtió en boa y el cronista se internó, perdido, en el laberinto de sus propias obsesiones: Marilyn devino una encarnación de la fatal diosa rubia pagana que nació con Helena para perder a Paris, burlar a Menelao su marido y destruir a Troya. Según Caín el mito, ya cristiano, se hace luego la Isolda celta de la Edad Media, toda filtros y música de Wagner. En la leyenda renacentista del Dr. Fausto, es el fantasma de la Helena rubia que hace al alquimista moribundo suplicar ser hecho inmortal con un beso —como el final feliz de una película cualquiera. Y con el cine regresa la diosa rubia (por cierto, de Jean Harlow a Kim Novak, todas ellas fueron falsas rubias: solo Ginger Rogers era rubia real, rubio su cabello, rubio su vellocino) o la mujer rubia como ideal erótico y signo fatídico que se convierte en un símbolo —Marlene Dietrich, por ejemplo. Esa encarnación culminó del todo en Marilyn Monroe. Después de ella fue el diluvio de rubitas mojadas por la lluvia del tiempo y la moda (un desfile de facsímiles: Beverly Michaels, Cleo Moore, Joy Lansing, Barbara Nichols, Jane Mansfield, Mamie Van Doren, y en un salto atlántico, Diana Dors y Anita Ekberg, y muchas, muchas más que la memoria ahita de pelo pajizo rechaza), todas muñecas de paja hasta llegar disminuida, desmejorada a Bernadette Peters, muñequita de New York: pelito pintado, ojos redondos, boca rotunda, prognata —y esa Mae West de monte adentro que es Dolly Parton, enana neumática que amenaza desinflar con su canto, no su encanto, sus senos como un busto de goma que hace piss.

Ahora a casi medio siglo de su muerte se sabe que la culminación celebrada por Caín fue como un *hybris:* después de esa cima todo sería decadencia. Marilyn Monroe hay que admitirlo sin lamentarlo, es la cumbre, el tope del iceberg nórdico, el Everest mítico que hay que escalar (con los ojos porque está ahí: sus fotos en blanco y negro y en colores, en todas sus películas y en la televisión). MM no es el más breve epitafio sino una clave: Marilyn es la última rubia radiante —pero también la rubia eterna, la inmortal, el mito de la mujer rubia, la diosa blanca, la luna que nace, que renace y en ella misma cada visión la cambia.

Vivas, bien vivas

Melanie Griffith
es una deshojante margarita

Quien conoce a Melanie Griffith no podrá ya jamás olvidarla. Como una margarita de celuloide ella se deshoja en la pantalla mientras nosotros el público nos desojamos. Melanie Griffith, esa rubia a veces gorda, a veces esbelta y a veces con el pelo negro de negra noche, pertenece a esa generación de rubias de los 80, inolvidables castigadoras, liosas letales, legión de la que también forman parte las formas de Kathleen Turner, Kim Basinger y Michelle Pfeiffer, sin olvidar a la acrobática, aerobática Daryl Hannah. Grupo bautizado como Daryl Hannah y sus hermanas, son todas tan obviamente peligrosas como una domadora de látigo, silla y revólver: mujeres que Sacher-Masoch encontraría ideales.

Melanie Griffith es primero de pelo de ala de cuervo en su mejor película, *Something Wild*. Al revés de las otras rubias de rabia, Melanie es hija de actriz y tuvo su primera lección dramática de nadie menos que Alfred Hitchcock cuando tenía solo cinco años. Ella, no Hitchcock. Su madre es Tippi Hedren, la obsesión blonda y lironda de Hitchcock y de todos nosotros los que teníamos entonces treinta años y creíamos que las rubias preferían a los caballeros. Error tan craso como Hitchcock. La creencia en la genuinidad de las rubias duró hasta que leímos la primera biografía de Hitchcock de cuerpo presente. Tippi Hedren había sido descubierta por el Alma de Hitchcock (su mujer Alma Reville) en un *spot* publicitario: pasaba ella y un niño la piropeaba. Hitchcock, Cupido crecido, la vio y quedó flechado por sí mismo. Pero para Tippi, Hitch era un hombre entrado en carnes que podía convertirla en una diosa blanca. Hitchcock sin embargo quería más: no quería su talento, sino su cuerpo espléndido. Hitchcock, que llevaba a Tippi casi cincuenta años, creó para ella dos películas: *Los pájaros,* en que Tippi era asaltada aún sexualmente por todo un aviario (hay que recordar que en inglés pájaro es sinónimo del sexo masculino, además de la argucia de fotógrafo ambulante que quiere que el objeto fotografiado «¡Mire al pajarito!»). En *Marnie la ladrona* Tippi Hedren ya le había robado el gordo corazón a Hitchcock y de paso su alma. Tippi, como su hija años más tarde, era aquí alternativamente rubia natural y alevosamente pelinegra, toda teñida. Como su madre, Melanie tuvo un mal encuentro con Hitchcock. El violador metafórico de su madre tenía setenta años, Melanie Griffith recuerda. Ella sólo cinco.

Antes de que empezara a rodar *Marnie* (sí, sí: la ladrona), un Hitchcock todavía traumatizado por el rodaje de *Los pájaros,* en que había convertido a Tippi Hedren en ave cautiva, envió a Melanita, que era una niñita, un regalo inquietante aún para un adulto. Era una minuciosa muñeca minúscula con los rasgos típicos de Tippi, vestida como aparecía entre pájaros, con su traje en miniatura verde (el verde significa en Hitchcock, viejo verde, el recuerdo erótico), con un elegante peinado *bouffant* y una bufanda al cuello blanco. La muñeca venía, toque de Hitch, en una cajita de pino que era la reproducción de un ataúd. El verde del recuerdo para Hitchcock se convirtió en el color del odio para Melanie, que recuerda todavía esa muñeca morbosa. ¿Tuvo que ver esta broma macabra («Alfred Hitchcock *presents*») con los traumas que convirtieron a Melanie, apenas diez años más tarde, en una niña problema y en una actriz de talento? Sólo Freud lo sabe y los labios de Freud están sellados. Lo único cierto es que esta mujer que nos alivia la vista tiene todavía un problema insoluble. O soluble sólo al siete por ciento. Todo tal vez comenzó con un regalo de Santa Claus. Eso o ver a su madre en *Marnie* muchas veces. Nadie sabe por qué late el corazón de una actriz. Sólo se sabe que late a 24 cuadros por segundo.

Melanie Griffith no tiene ahora las gloriosas piernas de su madre (ver *Los pájaros* como un combate entre piernas y patas: nailon *versus* plumas), pero contiene en medias y mallas unos muslitos pálidos, pulidos que recuerdan las muy comestibles ancas de rana que solía servir suculentas La Grenouille, restaurant restaurado. Arriba, cuando la pierna se quiere hacer cadera, lleva ella un tatuaje canalla. Declara el *tattoo* en *Body Double,* acebo en sus ramas verdes y en su frutilla roja (acebo es *holly* en inglés y también malvaloca), que ella es Holly Body, su alias audaz. Pero parece decir Lulu cuando imita a Louise Brooks cuando fue Lulu, la última, ultimada amante de Jack el destripador. Ese peinado paje es la tapa negra de la caja de Pandora en *Something Wild.* Ella, *femme* fútil, quiere ser la Brooks por otros medios, aunque Melanie es alta, rubia de veras y lleva en los brazos los pesados atributos de un nuevo culto cubano, la santería. Mas Melanie, como Lulu, es sexual, impulsiva y, *beware*: cuidado, morena moral. Créanme, esas mujeres amorales enamoradas son peligrosas. Pauline Kael, la crítica cítrica de la revista *The New Yorker,* siempre entusiasta de la belleza de las mujeres del cine, aplasta con su crónica a *Body Double* (que comete un sólo crimen: ser Hitchcock después de Hitchcock) para exaltar a Melanie mucho: «La película no tiene centro y es tibia», opina Kael, «hasta que aparece Holly Body cerca de la medianoche. Esperábamos algo», confía, «y ese algo es ella... Es como una quinceañera seductora y lo que dice tiene un elemento de sorpresa aún para ella misma». Y concluye: «Su conversación es tan *sexy* que le da ideas que le levantan las cejas» —y a los espectadores les paran los pelos de punta.

Esa vampiresa menor de edad es la hija de Tippi que es mejor que Hedren. Donde la madre altiva interponía entre el espectador y su visión violeta (o violenta) una distancia fría que era de *rigor mortis* para las heroínas de Hitchcock y sobre todo para esa Marnie cleptómana que era además frígida como un cadáver esquizoide. Melanie no es nunca una de esas rubias heladas pero ardientes como un Alaska horneado. (Ver la biografía de Grace Kelly que sacudió a Mónaco como una revelación en palacio.) Así de sorprendentes habían sido todas esas mujeres glaciales, de Madeleine Carroll a Kim Novak, muñeca mustia, y Eva Marie Saint, rubia sin rabia, hasta llegar a Ingrid Bergman, cuya cara era la cumbre de un iceberg ardiente, mientras abajo su cuerpo se consumía como una pavesa pávida por Cary Grant o en su real pasión por Rossellini: hombres todos, como quería el poeta Ángel Lázaro, de barba negra y ojos como carbones que arden en la oscuridad. Melanie (cosa curiosa, su nombre significó originalmente mujer morena) rubia-rubia, de piel lechosa y ojos azules no se encuentra entre las rubias glaucas de Hitchcock. Tanta franqueza física (en *Something Wild* ella, como la Celia de Swift, caga ante la cámara) no convenía al mago del suspense, que en el sexo era la larga espera del día a la noche. El personaje de Tippi Hedren en *Los pájaros* se llama —¿por casualidad?— Melanie Daniels.

«Hitchcock era un *jerk!*», declaró Melanie Griffith en Londres. *Jerk* puede querer decir estúpido pero también masturbón. «Lo que sufrió mi madre a manos de ese memo fue terrible. Habla muy bien de ella que se callara entonces y no dijera nada a la prensa». Lo que Tippi Hedren no dijo fue la ordalía (algunos pronuncian la palabra ordalia, sin acento agudo, como una flor del mal) de ser una aparente Galatea asexuada a la que el Pigmalión de la Metro convirtió en una estatua de carne y hueso y sexo para Paramount. Tippi Hedren, una de las mujeres más obviamente decentes del cine, aún en esas cintas verdes en que es una ladrona frígida, mentirosa y potencialmente criminal, puede decirle a su madre, prostituta postrada en la película: «Sí, madre. Soy decente. Seré todo lo demás pero decente sí soy», y todavía estar diciendo la verdad como personaje. Como persona resistió los ataques de un Hitchcock rijoso y casi demente que quería fornicarla cuando hacía mutis por el foro. Todo el mundo la admiró. En silencio. ¿Quién sabía si Hitchcock tendría un papel para otra Eva futura? Hablando en su inglés americano de moda, con consonantes líquidas y vocales apenas, declaró Melanie; «Francis», hablaba con Coppola, *«I don't give a damn!»,* queriendo decir que le importaba un ardiente ardite la reputación póstuma de Hitchcock: «Era un zoquete». ¿Qué es eso? Según la Real Academia de la Lengua zoquete es «un hombre de mala traza, pequeño y gordo». Esa definición, señores de la Academia, es un retrato.

Hitchcock estaba reviviendo *Vértigo* (que hizo con la tierna vaca neurótica de Kim Novak) con Tippi Hedren en *Marnie la ladrona* (título español que no permite la sombra de una duda) en 1963. Ahora, es decir en 1984, Brian de Palma (autor de *Caracortada* y *Carrie* y *El fantasma del Paraíso,* rehízo *Vértigo* por otros miedos en *Body Double* (literalmente cuerpo doble como en pasodoble) y la estrella era esa hija de Tippi que no recuerda para nada a su madre: es inclusive una buena actriz y mejor comedianta. *Vértigo* fue la agorafobia como auxilio al dolo y la Novak, dolosa, era el cebo celestial. Mientras más alto subía tras ella James Stewart, mayor sería su caída, como un ángel que asciende al infierno. *Body Double* es la claustrofobia que ayuda al crimen y al asesinato mismo. Como picante erótico De Palma añadía su versión de *La ventana indiscreta:* el mirón neutro que se hace culpable por mirar a la carne y al crimen a través no de espejo oscuro sino de un muy claro, casi clarividente anteojo que muestra lo que queda ante los ojos. ¿Y qué ve el escoptofílico, *voyeur* vicioso? *Una* fantasma, un objeto de carne culpable que danza lenta, fraudulenta ante sus ojos en apariencia pero muy lejos en la realidad, ese tenue velo de la vida. Lo que ve el *voyeur* (lo que vemos a través del doble lente del telescopio y de la cámara) es una de las versiones posibles de Melanie Griffith, de nuevo de negro, que se convierte en esta película en el remoto objeto del deseo —y de esa última proyección erótica que es la violencia. Es decir, la violación, que los surrealistas llamaron el amor por la velocidad. El héroe, como el espectador, no ha cometido un solo crimen pero los ha presenciado todos: eso es el cine. La cámara (y la pantalla de televisión también) es una *rape machine:* la máquina de violar imágenes. Pero Melanie Griffith, por supuesto, nunca fue virgen.

En *Body Double,* en una transformación propia (y también impropia) de Hitchcock, la asesinada Melania, cuerpo doble, reaparece como una heroína, droga dura, de películas porno y a la vez como una de las comediantes naturales más fascinantes del último cine americano. Ella es la Venus rubia de los años ochenta, que surge impoluta de la espuma del mal. No es Malanie sino Melanie. Ella es un pubis público pero a la vez su monte de Venus es una zona erógena privada: podemos intuirlo pero como los escaladores perpetuos del Venusberg no veremos nunca la cima, sólo la nieve que nos ciega. En su lugar no hay un *ersatz* sino una personalidad nada inhibida, exhibida, protagonista del puro porno: una profesional de su arte y oficio, Salomé sin velos. Melanie en esta película, en este papel ha desbancado a la oposición. Kathleen Turner, enorme mole, Michelle Pfeiffer, la diminuta querida de *Caracortada,* y Daryl Hannah, la letal muñeca de *Blade Runner,* sirena varada en *Splash,* son todas rubias perfectas, imperfectas y sin ningún sentido del humor. Sólo Melanie en *Body Double* y la reciente *Something Wild* (que se estrenó en el Festival de Barcelona) muestra y demuestra que es una rubia natural con un tatuaje en la nalga, indecente, inocente, docente. Esta marca de fábrica o impronta de ternera («Los actores son ganado», declaró Hitchcock una vez), es su firma: cada vez que se desnuda impoluta aparece culpable la firma de su sexualidad. Pero también, ay, del artista del tatuaje que la vio primero, que la marcó con su arte público en una propiedad privada. Es posible, creo, ver a Melanie antes de que la viera el tatuador de su anca que es un ancla: ese adorno nos salva, esclava, de andar al pairo por su anatomía. Áncora, pécora, peca.

Melanie, *melody,* debutó en *Night Moves,* la película que es un juego de ajedrez (de ahí su título, *Knight Moves:* el caballo avanza) que se convierte en un melodrama horrible. El alivio viene dado por la misma Melanie que a los quince años es una Lolita de los cayos: la trama se espesa en el sur de la Florida como un mar de mangle. Todo verdor no es una esperanza: ella perecerá. La película, compleja, perpleja, llena de mujeres fáciles, difíciles, imposibles sufre un brusco corte que no abolirá al recuerdo al matar a Melanie. Idos con la trama traumática estén los momentos en que la pura púber cinéfila aparece casi desnuda entre sábanas verticales, semidesnuda junto al mar, desnuda del todo entre las aguas del Golfo. ¿Habló alguien de una Venus inversa, inmersa? La primera gran declaración de Melanie es casi la misma que usó con Hitchcock: «La gente es sosa». En su debut muestra una vocecita entre grandes tetas blancas, francas, identidad que mantendrá hasta su última aparición en *Two Much*. Dice de ella en sus quince en su primera aparición astuta, Gene Hackman en *Night Moves,* catador que es: «Liberada niña, ¿no es cierto?». Para agregar la otra mujer no menos difícil una declaración que yo compartiría: «Si fuéramos todos tan liberados como ella, habría motines en las calles».

Motines no hay en las calles sino en los cines cuando aparece esta versión de la rubia al estado puro. En *Something Wild,* violenta encarnación (viene de carne) de la imagen de Melanie Griffith, es la mujer blanca con pelo negro, cuervo que se posa sobre un pecho de leche. Luego, según se hace más evidente y más peligrosa para el héroe (que es, ya lo habrán adivinado, un *jerk)* descubre su verdadero yo: una rubia de cabellos cortos y de ideas largas. La película es ella: según va su cuerpo corito y su cara de inocencia así irá nuestro interés. En *Body Double* Melanie aparece anunciada con un lema: «*Holly does Hollywood*», en el sentido más metafórico y a la vez más directo: hacer la ciudad como se hace la calle. Ahora esta ingenua que no ignora nada, realmente *nada, hace* Hollywood al tiempo que Hollywood la hace a ella. Es el viejo dilema de la perla y la ostra. ¿Hace la ostra a la perla? Algunos sabemos que la perla permite que la ostra, más grotesca, se lleve todo el crédito. Después de todo la perla es la belleza.

Hay que decir de una vez por todas que Melanie Griffith no es una perla de cultivo aunque parezca barroca. Venus violenta, ella es una verdadera perla. A veces, sin embargo, parece una margarita para los cerdos verdes.

Sharon Stone
¿Bomba o bimbo?

Todos ustedes saben lo que es una bomba, me parece. Pero ¿un bimbo? Bimbo que rima con limbo que queda entre el infierno y la gloria. Es una palabra que viene del argot del espectáculo: farra y farándula. Dice el *Dictionary of Contemporary Slang:* «una mujer tonta, vacía y frívola». Por lo general se las describe rubias y de ojos azules y despampanantes. ¿Es Sharon Stone un bimbo o una bomba como era, por ejemplo, Marilyn Monroe? Habrá que hacer una historia de la rubia que estalla en la pantalla (perdón por la rima) y esparce su imagen como una granada de fragmentación del sexo.

La primera, la que inventó si no el personaje por lo menos su aspecto, fue Jean Harlow. En 1929 Harlow suplantó a la muchacha del *It,* Clara Bow, el ideal sexual de todos los hombres y de algunas mujeres (como la novelista Elinor Glyn que inventó el *It:* para Clara claro), que era pequeña, morena y nada espectacular. Harlow llegó, tenía que ser, de la mano de ese conocedor que se llamó Howard Hughes, en *Ángeles infernales.* Jean Harlow era ampulosa de formas, rubia platino y con tetas que desplazaban, sin sostén, a la competencia más cercana. Que fue Fay Wray, falsa rubia, que engañó a King Kong y a millones de espectadores, pero que hizo decir al fingido director Carl Denham, al ver a los nativos enardecidos al elegir a la rubia Wray como un rayo de sol en la playa. «Parece que las rubias escasean por estos pagos».

No sólo por los predios del mono mayor sino que también escaseaban en Hollywood, tierra de promoción de ilusiones. Cuando Jean Harlow murió en 1937 a los 26 años se reveló que aún en la vaga realidad del cine era un espejismo. Su cabellera rubia fue casi siempre una peluca, sus senos se veían turgentes, urgentes gracias a la técnica (o treta) de frotar con hielo sus pezones y sus conquistas amorosas incluían a un viejo *cameraman,* a un actor maduro y a un ejecutivo del estudio que, impotente ante tanta sexualidad potente, se suicidó.

Pero su presencia en la pantalla siempre fue como una perspectiva (plana) de otra ilusión. Así abundaron las rubias, algunas sexy sólo en movimiento, como Ginger Rogers. Otras sexuales cuando más lánguidas, como Kim Novak. O que deben agitarse antes de tomarlas, como Marilyn Monroe: espléndida comedianta, ridícula actriz dramática. No hay más que comparar *Con faldas y a lo loco* con *The Misfits,* su última película: cuando la tragedia se hace farsa falsa.

Después de que la vida de Monroe se hizo tan trágica al final como la de Jean Harlow, abundan las rubias por los pagos del cine ahora. Algunas prefieren quemarse bajo los arcos voltaicos y frente a la cámara, pero pocas serán las elegidas. Jessica Lange, Michelle Pfeiffer, Cibyll Sheppard, la estupenda pero estúpida Kim Basinger, Melanie Griffith que fue una niña desnuda en su debut y ahora es una señora mal vestida. ¡No más banderas! Pero, un momento, que ahí llega Sharon Stone.

Nacida en un pueblo pequeño su debut tenía que ser en un papel pequeño. Casi mínimo de hecho. Era la boca, menos que una cara, que estampaba un beso pintado en la ventanilla de un tren para Woody Allen. Al final de *Stardust Memories* los créditos decían solamente: «muchacha linda en el tren». Ni siquiera tenía nombre. Pero ahora y 16 películas más tarde en que salía casi antes de entrar, Sharon Stone, llamada a veces bomba y otras bimbo, es no sólo la intérprete de varias películas peligrosas (como *Instinto Básico* en que cruzaba y descruzaba las piernas para mostrar no sólo su sexo rubio sin bragas a la policía, sino que era una bisexual asesina con un cuchillo de hielo entre las manos y entre las piernas todas las posibilidades del sexo) se ha convertido en la gran estrella del cine actual. Impedida al principio por su helada belleza perfecta (ninguna actriz tan linda puede ser del todo buena) Stone está ahora en todas partes. Candidata casi segura a ganar el Oscar a la mejor actriz, caballero (la ambigüedad no es mía, es francesa) de la Legión de Honor en Francia, visitante de las portadas de todas las revistas (alguna del corazón, otras de otras vísceras menos mencionables), la única razón para ver *Casino,* una película que glorifica al criminal nato y al tahúr profesional, increíblemente bella con las facciones más perfectas del cine, capaz de hablar de todo lo divino y mucho de lo humano en innúmeras entrevistas en las que habla, habla, habla con un eco repetido: blablablá. Hace mucho que una actriz americana no hablaba tanto. Sharon Stone debía atender lo que dijo Baudelaire de Marilyn Monroe: «Sé bella y cállate».

La cinemateca de todos

«Imago mundi»*

Todo comenzó con un juguete y un belga. El belga, como los verdaderos videntes, era ciego y sin embargo fue el primero en investigar los principios de la persistencia de la visión. Como se sabe, éste es un fenómeno al que se debe principalmente la posibilidad del cinematógrafo, invención que proyecta figuras fotografiadas en constante movimiento. A este defecto del ojo humano, que es la retención momentánea de una imagen en la retina, donde permanece en la visión segundos después de haber desaparecido (o es suplantada por otra imagen) para permitir la ilusión de movimiento.

No creo que se le escape al lector que la palabra clave aquí es *ilusión*. Sin tener que penetrar en la cueva de Platón, esa suerte de Altamira de las almas. O mirar por el hueco negro donde se podía ver claro el oscuro futuro en Delfos. O convocar a Tiresias (que fue por cierto el primer transexual: al atacar con su bastón a dos serpientes que fornicaban al sol fue convertido en mujer, pero esa condición de hombre-mujer o de mujer-hombre le permitía predecir la suerte de hombres y mujeres —tipo de pregunta de griego: «¿Quién ganará el maratón?», tipo de pregunta de griega: «¿Quién me robó mis almohadas?»— ya que Tiresias-todo-tetas podía ver más lejos por no tener ojos), convocar ahora a Tiresias-el-del-báculo para agradecer a ese

---

* La frase «imagen del mundo», de cuño medieval, está, cosa curiosa, en el origen del descubrimiento de América. Con ella quiero invocar el mundo de la imagen.

pionero belga, al que podíamos llamar el Ciego de las Maravillas, por haber inventado lo que él mismo bautizó con tino el Fantascopio —literalmente «para ver fantasías». Este juguete o esta máquina maravillosa, producía aparentes imágenes en movimiento para convertirse en el antecedente directo del dibujo animado que nos permite encender hoy la lámpara que alumbra a *Aladino* según Disney. El Fantascopio está considerado el más antiguo antecedente del cinematógrafo. Ese iluminado, que a su vez ha dado a luz a Hollywood, se llamó, como conviene a un hombre destinado a la fundación del cine, Joseph Plateau.

De esa bellota belga ha crecido el frondoso árbol del séptimo arte. Una de sus ramas es la televisión, que, curiosamente, tiene entre sus elementos electrónicos una válvula en forma de bellota. El cine, ¿quién lo niega?, es el arte del siglo XX —y lo será también del siglo XXI. Esta enorme maquinaria de producir imágenes ha generado una nueva forma de cultura y muchos términos de la jerga del cine son esenciales hoy día a la comunicación. Las palabras *close-up, star, thriller* son de uso común, desde Los Ángeles, donde se originaron, hasta donde los ángeles no se aventuran: en el dominio del lenguaje. El teatro, que en un principio creyó poder dominar al cine a través de los actores, ha terminado dominado por el glamour que emana de la pantalla como un exudado de plata: hoy la gente va al teatro a ver, en carne y hueso, a los adorados fantasmas del cine. Cuando en 1948 se estrenó el *Hamlet* de Laurence Olivier, hombre de teatro, se calculó que más personas verían la película que las que habían visto la pieza desde su estreno en 1602. No sólo su *Enrique V* sino *Macbeth* y *Otelo* (ambas de Orson Welles) no eran versiones de Skakespeare sino el último destino del teatro isabelino. Así toda una tradición teatral dependía de un invento, la cámara de cine y la proyección de imágenes fotografiadas pero en movimiento sobre una sábana —que fue la *mise-en-scène* fatal que acabará con la escena, llevada a cabo por dos fraternos franceses, los hermanos Lumière, los dos pilluelos a quienes hay que perdonar porque no sabían lo que hacían. Un golpe de dados, como bien saben los tahúres, no abolirá la cultura, pero un golpe de manivela cambiará, ha cambiado, no sólo la cultura sino la percepción de las cosas. El cine ha sido además una poderosa arma de propaganda no para cambiar la vida, como pedía Rimbaud, sino para dominar el mundo, como dijo Adolf Hitler por boca de Goebbels, su ministro de propaganda y luces (atención a este título), y lo probó la bella y peligrosa Leni Riefenstahl con sólo dos documentales. Los comunistas por supuesto no se quedaban atrás. Fue Lenin quien dijo la frase torcida para que la entendieran derecha, es decir izquierda, sus secuaces: «El cine, de todas las artes, la que más nos interesa». Fidel Castro, más militar que militante, ha dicho: «El cine es nuestra mejor arma». Mao Tse-Tung tenía el cine en tan alta estima que se casó con una actriz. Por su parte, esa versión moderna de la Dama del Dragón, veía constantemente cine (de Hollywood, es claro) para su solaz y esparcimiento. Mussolini, por su parte en el arte, creó Cinecittà, que fabricó a algunos de los mejores directores del cine italiano. De Sica, Rossellini y hasta el aristócrata comunista (un oximorón perfecto) Luchino Visconti colaboraron con el Duce en su labor de amor y de odio. Franco, lo sabemos, llegó aún más lejos y no sólo amaba al cine como espectador, sino que, como Faulkner y Fitzgerald, escribió guiones de cine. Mientras tanto en Argentina una mediocre actriz, Eva Duarte de Perón, tuvo lo que siempre anhelaron las estrellas, un público cautivo y, por un tiempo, cautivado.

El cine no sólo había cambiado la cultura, sino que todas esas subculturas mencionadas arriba (nazismo, comunismo, maoísmo, fascismo, franquismo, peronismo), dirigidas al predominio primero y luego al dominio total, hubieran sido diferentes, si se hubieran diferido, literalmente, *cine die.* ¿Es que se puede pensar en una obra de teatro llamada *El acorazado Potemkin?* ¿Qué hubiera sido de *El triunfo de la voluntad* como ensayo político? ¿Habría Franco, ese bajo continuo, escrito un poema épico para llamarlo *Raza?* Piensen en ello.

En otra dirección de la cultura, francos fascistas como T. S. Eliot, su maestro Ezra Pound y el mentor de los dos, William Butler Yeats, tres poetas puros, lamentaban la existencia de lo que ellos creían baja cultura, sin darse cuenta de que la alta cultura, en este siglo de chacota, sonaba a veces como alta costura. Eliot se quejaba en todos sus ensayos (y al que lo venga el ensayo que se lo ponga), se dolía, como le dolía España a Unamuno mientras que a Hamlet le olía Dinamarca, que eran todos un largo lamento por la cultura, que de elevada pasaba a ser enana. Eliot al mismo tiempo cambiaba cartas amorosas con Groucho Marx y atesoraba una foto del cómico, *solicitada,* en que tenía un bigote pintado, cejas de betún y en la mano un puro como una pira. Los tres, Eliot, Pound y Yeats, eran antisemitas, pero este Eliot elitista se comunicaba con un comediante judío educado en un gueto de Nueva York: no se podía surgir de más abajo para hacer, *ser* cultura y ser adorado por un mandarín meticuloso.

No hay altas ni bajas culturas, lo sabemos. La cultura es una sola, sino ¿cómo poder apreciar a Homero, a Petronio o a Dante sin ser graduado de humanidades o conocer el dialecto florentino en que está escrita la *Divina Comedia?* Quiero hacer un poco de autobiografía, que es siempre una historia íntima. Me crié en un *solar* habanero, en condiciones de pobreza que he relatado en otra parte sin arte. Estudiando bachillerato, cuando sólo me conmovía la práctica del *base-ball* y una o dos muchachas que pasaban tan lentas como para que las aprehendiera mi ojo ubicuo, oí a un profesor que era un pedante elitista, pero que amaba la literatura cuya historia repetía con su palabra prolija. Este maestro hablaba de un héroe que regresaba a su casa después de diez años de exilio (¿cómo iba a saber entonces lo que significaba esa palabra ahora íntima como un cuchillo clavado en la conciencia?) y era sólo reconocido por su perro. Lo que me conmovió de la narración era que el perro moría momentos después de haber reconocido a su amo. Para mí, tan amante de los perros que siempre he odiado que los llamen perros, esta historia de

Ulises, ése era el nombre del héroe, y su perro Argos, esa historia se convirtió en mi biografía. Es decir en mi vida, la que cambió para siempre cuando frecuenté los libros, ese libro. Olvidé la vida de los héroes del *base-ball* y cambié el diamante en que se juega ese deporte por la biblioteca en que los libros fueron más que un diamante, un tesoro. Lo dije antes y lo digo ahora, ya que siempre me repito, así, con los ojos de un perro que se muere, cambió mi vida. Si no creyera que la cultura es de todos y para todos, ustedes tendrían que preguntarme: ¿y qué hace el muchacho que era yo en un libro como éste?

No quiero terminar sin hablar de la televisión, esa radio en imágenes. Antes era costumbre de ciertos intelectuales que debían escribir ese nombre con hache, denostar al cine. Recuerdo a un poeta catalán, una columna dorsal de esta cultura en ese tiempo, diciéndome al convidarlo yo al cine: «Nunca voy al cine» con desprecio. Este era un poeta, pero la frase, palabra por palabra, la repetía siempre un escritor madrileño. El poeta que odiaba al cine decía también, como si la frase fuera su lema: «El inglés es un idioma de bárbaros». Ya ven, ya veo.

Sin embargo, ahora es posible oír a otro prohombre de la cultura, decir, repetir como un eructo: «Yo no veo televisión». Pues bien, ¡él se lo pierde! Como se perdían otros antes el cine. Pero esa no es la cuestión. La cuestión es que haya un clima cultural que no permita tales exabruptos sin responder: «¡So bruto!»

Quiero decir que si la televisión, como hacen algunos canales, no hiciera más que reponer películas viejas (ése es el término usual, aunque nadie habla de libros viejos sino de libros de viejo) estaría justificada. El vídeo, que es una raíz adventicia de la televisión, nos ha permitido, nos permite cada día y cada noche, ver esas películas viejas que son eternas. Nos permite, todos lo sabemos, aunque las autoridades pretendan lo contrario, grabar, pasar, reponer, hacer revivir, vivir de nuevo, la gloria que fue Ginger Rogers en movimiento, el arte de Fred Astaire, la dramaturgia de Orson Welles, las tragedias de John

Ford, las comedias de Howard Hawks y entre ellos la presencia leal de John Wayne —y más, mucho más.

Aquí entre nosotros y sin que salga de este libro (que no se entere ese Big Brother que no mira la televisión sino que nos vigila a ver quién mira esa Altamira actual), aquí quiero decir que soy el orgulloso poseedor de una videoteca de más de mil películas —todas en versión original. Ahora la televisión y la aún más maravillosa máquina de vídeo nos permiten, a ustedes y a mí, tener una cinemateca propia —que fue el sueño de Henri Langlois y la pesadilla de las productoras de todo el mundo unidas, que tienen todo que perder, hasta su derecho de copia. Si sólo esa cinemateca de uno solo, o de una familia sola, fuera la única contribución de la televisión al placer de todos, su invención de una bellota que se convierte en un frondoso árbol de imágenes, estaría justificada, porque el placer debe convertirse en haber en la cultura.

Dice Víctor Erice, eminente cineasta español, que ha rendido uno de los más señalados homenajes que el cine pueda hacer a la pintura, en su retrato de Antonio López que pinta el retrato de un membrillo, dice Erice: «El día no se acaba cuando se apaga el sol. El día se acaba cuando se apaga la televisión». Esta frase, que es una imagen, vale por todas mis palabras.

La invasión de los colores vivos

Los estados totalitarios reescriben la historia y a veces retocan las fotografías, como en la trágica vida pública de Trotsky.

El capitalismo no retoca las fotos, solamente las colorea. Recuerdo que en ese lejano pueblo de Cuba donde nací, flor y espina del tercer mundo, venía cada cierto tiempo una figura foránea cargada de prestigio y con una maleta negra que, al abrirse, lucía colores como un arcoiris dentro de un ataúd. Este visitante periódico era una presencia mitológica porque revelaba una visión del pasado que todos habían olvidado: cómo eran realmente los muertos. El viajero, que era un artista o se presentaba como tal, se brindaba a colorear o mejor, a iluminar las fotos viejas. Entonces todas las fotos eran viejas o lo que es peor, lo parecían. El retocador, que no era otra cosa, se ofrecía mediante módica suma a restaurar lo que nunca tuvieron las fotos. Es decir, el color. El visitante coloreante se anunciaba como animador de lo inanimado. «Puedo», aseguraba, «dar vida a sus fotografías». Las fotos siempre fueron consideradas muertas en mi pueblo o tal vez sólo faltas de vida. De calor, de color. Las fotos viejas estaban como muertas antes de la aparición del mago con los colores. El artista viajero era en realidad un iluminista del otro mundo en el tercer mundo.

Mi madre hizo colorear una foto de su padre, que estaba vivo pero al divorciarse (o sólo separarse) de mi abuela, ella lo desterró al olvido, que era como un limbo: «Para mí está muerto y enterrado», decía siempre que veía su foto en blanco y negro. Para mi abuela no cobró vida coloreado con colores que nunca tuvo: sus ojos se hicieron amarillos, sus labios rosa. Mi madre,

que adoraba a su padre, desplegó el cuadro en el lugar más prominente de su sala. Cuando mi abuelo murió por fin, mi madre
solía decir de su imagen a color: «¡Parece que está hablando!».
Desde entonces para mí una foto coloreada era como un renacer
o un regreso de entre los muertos. Hasta ahora.

Acabo de ver en la televisión inglesa un programa del
movimiento *gay* que se anunciaba, de Oscar Wilde a Allen Gins-
berg, propio de pederastas y poetas. Ya en el anuncio mismo
había una foto de Walt Whitman, poeta y pederasta. Whitman
merece la defensa que le hizo Lorca en *Poeta en Nueva York*
(«viejo y glorioso Walt Whitman»), pero en la foto, que fue trans-
mitida en un íntimo gran plano, se muestra a Whitman en 1865
reducido a un familiar Walt: los ojos azules, los labios pintados y
un leve colorete en las mejillas. Whitman se soñaría en colores
pero nunca apareció así, como Dirk Bogarde en *Muerte en Venecia*. No en público al menos. Se trata de un milagro de la técnica
colorante que hace lo gris rosa, lo negro rojo y lo blanco un color
a escoger. Sin duda por una nueva versión del viejo visitador con
una maleta negra que era como el estuche de un violín que puede
contener un Stradivarius o extraños virus.

Pero pronto un dominio que parecía reservado a las imágenes en blanco y negro se coloreará si no con todos los colores del
arcoiris por lo menos con los colores que van del amarillo al ma-
genta. Ahora no todas las películas profesionales son en colores,
pero se colorean aún las que eran en blanco y negro. Los sueños
son siempre, o casi, en blanco y negro y sólo los sueños excepcionales disfrutan del color, sobre todo del rojo, del escarlata que es el
color del pecado. Las películas antes eran todas, o casi, en blanco y
negro y eran como los sueños. *Eran* nuestros sueños. Rara vez, *rara
avis,* rara visión esos sueños fueron en colores. Freud cree que sólo
las mujeres sueñan en color, pero Freud suena a fraude a veces: yo
sueño en colores a menudo y eso no me hace más mujer que mi
barba. Vinieron luego al cine tiempos de confusión en que los sueños se hicieron si no rojos al menos color de rosa. Como en la más

torpe literatura la magia del cine fue sustituida por el realismo o peor, por el naturalismo. Visitaba al cine el ánima Zola.

Como avance del alud de colores que se nos viene encima, ya convirtieron al macabro maestro Alfred Hitchcock, en blanco y negro en el original, en una suerte de momia móvil con vendas apenas sucias. El retocador viajero conseguía mejores efectos. Era vil, era bilis pero al menos era sólo una presentación de su programa de televisión. Allí *in anima viles,* Hitchcock se convertía en Hitch, un introductor de ultratumba a quien la tumba lo encontraba impávido.

Pero ¿qué pasa cuando se escoge una obra maestra en blanco y negro, como *Un mundo maravilloso* de Frank Capra, y se la convierte en una torpe versión de sí misma: el *remake* que nunca existió. Es como darles color a los dibujos de Leonardo o a los grabados de Doré. Es, como diría William Blake, una odiosa simetría. ¿Qué piensan los espectadores, juez y jurado, de esta lluvia de colores? Los espectadores de televisión rara vez piensan, pero sometidos a un *survey* cuando una compañía de cable privado de Nueva York exhumó *Yankee Doodle Dandy* con el duro James Cagney de punta en blanco (y negro) convertido en un monigote de color indefinido, los espectadores inundaron la emisora con peticiones, «que llegaron al 61%, de querer ver más «películas viejas», esa es la frase, «rejuvenecidas», esa es la palabra. En la emisora, ni cortos de cable ni perezosos para el dinero, ordenaron 100 películas más de las filmotecas de MGM y Warner, precisamente allí donde el blanco y negro se hizo de plata, para colorearlas «a gusto del consumidor». Un ejecutivo ejecutó: «No tratamos de convertir las malas películas en buenas. Tratamos simplemente de hacer a los grandes filmes más grandes todavía, si cabe». Si cabe se cava y las tumbas se hacen bóvedas.

La operación de colorear obras maestras del cine (y aún obras menores) recuerda la práctica de pintar por números (Picasso 70, Gauguin en Tahití 380, Van Gogh sin oreja 700) o mejor aún, al entretenimiento infantil de animar furtivos los manuales escolares con lápices de colores que harán de los libros de historia, tan grises, una historieta coloreada. Aunque hay en estos prodigiosos promotores el mismo respeto por la historia del cine que tienen los escolares por la otra historia: no hay nada gratuito en la operación. Se trata en todo caso de lograr viajar del gris al verde que tanto anima los billetes de a dólar. Dice uno de estos colosales colorantes, con algo que es algo más y algo menos que una excusa: «¿Qué prefieren? ¿Una película pura olvidada y cubierta de polvo en los anaqueles del estudio o que la vea una enorme cantidad de televidentes porque está coloreada?». El argumento es digno de Hitchcock cuando decía: «Pero si no es más que una película».

Pero el guilde de directores americanos llama a este proceso «un acto de vandalismo cultural y una distorsión de la historia». Algún Herodoto heterodoxo dirá: «La historia siempre se ilustra». Mientras tanto, Woody Allen, que ha filmado cuatro de sus siete últimos filmes en blanco y negro, no tuvo un chiste en los labios sino una queja en la boca: «Es una mutilación de una obra de arte y a la vez un acto de desprecio por el público». Billy Wilder, siempre en carácter cínico, declaró el procedimiento «un caso de lógica en blanco y negro». Martin Scorsesse, que tiene una memorable película novedosa en blanco y negro, *Toro salvaje,* dijo furioso al ver el color rojo: «Las películas en blanco y negro quedarán destruidas por este proceso. Es una locura hacerlo para conseguir público». Pero ¿no es este fin el medio en que se hace toda película? Un director de menor estatura, Jeremy Paul Kagan, logró mayor altura: «Es como pintarle los ojos de azul al *David* y decir que seguro que le va a encantar a Miguel Ángel».

El procedimiento dista mucho de ser perfecto pero no así las intenciones técnicas. Cada película elegida se transfiere electrónicamente a un vídeo que degrada, esa es la palabra, sus componentes en blanco y negro hasta convertirlos en reducciones a una gama de grises. Un «director de arte» (que no ha tomado parte nunca en la creación de una sola película) se sienta a su consola y se consuela escogiendo los colores (es un eufemismo técnico: todo tono sepia vencerá) para cada cara, cada vestido, cada utilería y cada decorado.

Cada color se «pinta» cuadro a cuadro en una especie de animación por *computer*. Cada fotograma queda así reanimado. Los colores hasta ahora parecen gastados y abundan las tierras (como en todo arte pedestre más que telúrico), muy parecido todo a un viejo procedimiento de colorido llamado Trucolor (es decir, el color de la verdad o color verdadero) que daba risa entonces al Technicolor —que una vez fue una forma de Trucolor. Pero los viejos espectadores, vivos que somos, sabemos con qué rapidez las tecnologías avanzan y se refinan en el cine. No hay más que oír el sonido de *El cantor de jazz* de 1927 y compararlo con las bandas sonoras de sólo tres años más tarde. Las técnicas también suelen ser avasallantes, como demostró el Cinemascope, formato que en un principio era execrable y todavía está en uso. El ejemplo más a mano del aluvión tecnológico sonoro se puede observar en el arte de Charles Chaplin. Negado de plano a admitir el sonido («Si seguimos así», declaró, «pronto habrá películas odorantes»), Chaplin resultó en poco tiempo el más sonoro de los directores y el más gárrulo de los actores.

    ¿Es éste el fin del blanco y negro? De ninguna manera. Mientras haya ojos habrá colores. Pero otra tecnología, la cinta de vídeo y su máquina productora y reproductora, tan similar, permite ver, grabar, conservar y volver a ver cuanto uno quiera las obras maestras del cine en blanco y negro, mudas o habladas, antiguas o modernas, con una facilidad que es una felicidad. La televisión, tecnología bien diferente del proyector de películas, se ha convertido casi a pesar suyo en un magno museo del cine. Por otra parte queda el feo aspecto físico de los colorines. Lo ha escrito certero el director George A. Romero (la rima es prima), escapado de Hollywood, que hizo un film de horror llamado *La noche de los muertos vivientes*. Romero es el autor de este epitafio para fantasmas en blanco y negro resucitados a todo color: «Los actores de estas películas parecen, me parece, muertos vivientes». ¿Será este exorcismo suficiente para impedir la invasión de los adornacadáveres? Quiero advertirles que la foto de mi abuelo recobró con el tiempo su color original. Trotsky por su parte espera todavía a su restaurador.

Chaplin resucitado
(por la televisión)

En mayo de 1968 fui a París por culpa de un guión hecho y una película que nunca se hizo. Allí, en la ciudad de los Lumière, mientras conversaba calmo en la Place du Beret Rouge, al fondo se oían ruidos sordos y se veían emblemas ciegos: lecturas de *La educación sentimental* en Braille sin duda. Me despedía así en el *bistro* vecino de un escritor sudamericano (cortar al azar) al que dije como adiós: «Tengo que irme. Quiero ver *El cameraman*». Le vi cara al alto autor de preguntar y eso qué es. «Una comedia de Buster Keaton», le dije y añadí, error, horror, una explicación no pedida: «Es sin duda el más grande de los cómicos silentes». (Ah, *accusatio manifesta!*) El escritor, expositor, rizó el rizo de su labio lampiño para decir displicente: «Sí, Keaton parece estar de moda ahora». Ignoraba mi opositor oportuno que Demócrito debió decir, materialista absoluto, que no hay más que moda y vacío. Todo lo que no es o deja de ser o ha sido, fue moda y la misma moda es moda y se pone de moda o es *demodé*. De moda estaban, *ese* año, en París, además del genio visible de Keaton, la minifalda que ya bajaba, *le glamour a l'anglaise* de Mary Quant (pr. *Marie Kwán),* el esperado español Paco Rabanne sustituía, con un golpe de dones que no aboliría la moda, a Balenciaga ya aciago y a Courrèges de plástico y melenitas. Estaban de moda atrasada el último álbum de los Beatles, que había sido «un tiro» (expresión de moda en La Habana teatral de antes) el año *anterior* en Londres (la moda cruza el canal), Jane Birkin se había ido a París (el canal inglés busca la moda) para mugir de amor temprano en un disco —¡imagínense!— escandaloso, una balada de Lennon y McCartney, precisamente hacía rugir de rabia a Joe Cocker, *Baisers volés* robaba aplausos, *Je t'aime, Je t'aime* avergonzaba al Club de Amigos de Resnais, Godard iba ya cuesta abajo en su rodaje, y esos ruidos parásitos en el *background,* ahora tan históricos como histéricos, tan de moda, pasarían al desvío, luego al desviacionismo y finalmente al desván del olvido —como esa misma primavera, fuera de Fraga o de Praga o de bragas al aire. Todo pasa y se hace pasado— hasta la prosa de Proust. El escritor explícito, alabado como un dios argentino entonces, sería dejado de un lado luego y dejaría de ser mi amigo tan pronto como (gracias a la biología de la hormona) cambiara de seso y se dejara crecer una barba revolucionaria —muy a la moda además. Se convertiría así en el Che Guevara del cuento corto, *tout court.* Che Gerezada, ¿tal vez?

Pero el tercer argentino tenía su razón: ese año y otros atrás Buster Keaton estaba de moda póstuma y había dejado de estarlo Charles Chaplin en vida. El cómico más famoso de la historia del cine (o de la historia, punto) pudo haber dicho una vez, con John Lennon, antes de ser asesinado por la fama: «¡Soy más famoso que Cristo!». Chaplin había sido en efecto más famoso que Cristo y que Marx y que Freud, judíos todos. Había sido, inclusive, más famoso que John Lennon y todos los Beatles juntos. ¿Cuándo Wiston Churchill se dejó llamar Winnie por Ringo Starr? Stalin, en el Kremlin, reía con *Canillitas* y cargaba a Svetlana en sus rojas rodillas y exclamaba con codazos *«Joroschó».* (¿Presentiría tal vez a Kruschev?) Hasta Hitler mismo, *mimo,* ario, sect*ario,* le había copiado el bigotito y su melancólica comicidad impensada. (¿Alguien, en su más desatada pesadilla, habría imaginado a Atila queriendo parecerse a Charlot? ¡Ah, ahíta historia!) Chaplin, Charlie para ellas, fue además amado y amante de incontables mujeres, buenas, bellas, muchas muchachas, algunas niñas *(thanks Hollywood for little girls)* y casado contadas veces: una con Oona, mujer muy, *muy* joven, hija de un genio, atractiva, atrayente, con la que tuvo hi-

jas de talento, equilibradas (una era equilibrista) y hasta hijos a
la moda *(happy hippies),* y retirado en Suiza sería armado caballero por un país que desertó. Todavía viviría casi diez años más
entre proyectos por realizar, la falsa fama del sobreviviente de
todos los buques a pique (un capitán debe siempre saber nadar
entre naufragios) y el último limbo de la senilidad. ¡Oh, cruel
Svevo, Zenon anciano!

El daltónico Karl Kalton Lahue, en *El mundo de la risa,*
dice y se contradice: «Ningún comediante en toda la historia de
la comedia en el cine ha recibido una exposición semejante en
los últimos cincuenta años». (¿Cincuenta años de qué? ¿De su
vida? ¿Del cine? Los historiadores del cine tienen, a veces, la im-
precisión de gacetilleros en día de semana.) Buster Keaton, el
Trotsky de la comedia (¿era Chaplin entonces el Stalin?), favo-
recido ahora por lo que Brownlow llama el «revisionismo histriónico», en la vida y en el cine de la cumbre cayó (y calló) al
foso de una película más mediocre aún que la anterior: arruina-
do, borracho, divorciado, borracho, solitario, borracho —y, ya
el colmo, escritor de chistes visuales para mediocres cómicos de
la lengua, sujeto al ridículo, objeto de nostalgia y, como actor,
«figura de cera» con quien jugar al bridge (¡con su cara de po-
ker! que el crítico James Agee llamó de la misma «belleza americana» de la de Lincoln) con Gloria Swanson y H. B. Warner
(«el hombre que fue Cristo», según Cecil B. De Mille) y finalmente un patético (cuando Keaton fue siempre peripatético) conductor de trenes en *La vuelta al mundo en 80 días,* en la que (reducido al epigrama de Warhol, invertido, que dijo que todos
debíamos ser famosos por 15 minutos) ¡fue infame durante 15
segundos! Ni el homenaje de Samuel Beckett, el más trágico de
los escritores cómicos modernos, lo salvó ya a las puertas de la
muerte del desastre de lo que puede pasarle a un genio cómico que va camino del foro, en mutis mudo. Sin embargo, Chaplin, como Stravinski dijo de Schoenberg, habría podido decir:
«Mía es la fama y la riqueza, suya fue la oscuridad y la ruina

física y fiscal —y sin embargo, ¿de quién es realmente el arte?». Este temor debió sentirlo Chaplin cuando, después de ver a Keaton en *Sunset Boulevard* (tan justamente titulada en España *El ocaso de los dioses),* hizo un dúo para dos veteranos del vodevil de la vida, arcaicos ambos. La secuencia la dominó Keaton con tal destreza y limpia precisión que Chaplin decidió dejar la mayor parte de este ejercicio estético, como se dice, en el subsuelo del cuarto de corte y edición. Ahora (un golpe de hados que no abolirá el azar del arte) tres películas hechas para la televisión comercial inglesa muestran que si Chaplin podía ser cruel con Keaton, era capaz también de ser implacable consigo mismo en el cine —es decir, en el arte.

Charles Chaplin (en el cine «Charley» o «Charlot» o «the little man») estaba muerto años antes de morir: para el arte y, precisamente, para la vida —y aún para la viuda. Lo vino a salvar para la inmortalidad ahora este museo móvil del cine que es la televisión (y, sobre todo, los aparatos de grabación instantánea: los *video-tape recorders,* más valiosos para el cine que el vitafón que creó el cine sonoro y revolucionó este arte del siglo XX), con doble y triple ironía. El hombrecito que había detestado y rechazado y negado de plano el cine hablado durante dos décadas aseguró antes de morirse la venta más lucrativa de todas sus comedias cortas a la televisión gárrula y grosera, en una movida comercial astuta, oportuna: así era Charles Chaplin como hombre de negocios. Néstor Almendros, fotógrafo de fama, fue poco después, junto con el director Peter Bogdanovich, a hacerle un retrato documental en su casa suiza y el más ilustre vecino de Vevey, bien vivo, recibió a los visitantes en la puerta. Pero cuando le dijeron que venían a hacerle una película al gran Charles Chaplin, el hombre bajito, rubicundo y cano se frotó las manos y dijo entusiasmado: «¡Ah qué bueno!», y dejó paralizados a los cineastas con esta declaración: «¡Así podré conocer yo también a Chaplin!» No era una inútil ironía ni una *boutade* barata: era, simplemente, que Chaplin no recordaba haber sido *nunca* ¡Charles Chaplin!

Cuando este móvil mimo, ágil acróbata y divo danzante (de él había dicho W. C. Fields, otro maníaco de la coordinación muscular, al verlo por primera vez, al hacerle homenaje, al exclamar: «¡Es un cabrón bailarín de ballet!») fue a recibir el título que le faltaba y que le importaba más que nada (ser *sir*) y tuvo que ir al palacio de Buckingham a recoger el Oscar real en una silla de ruedas, produjo un comentario filosófico: *¡vita brevis!* Pero esta serie de televisión, hecha de tomas de desecho, de *rushes* y secuencias rechazadas, *Unknown Chaplin,* muestra que la vida de Chaplin sería, como la de todos, breve, pero el cine de Charles Chaplin, como el de pocos, es *ars longa* —y lo será todavía por mucho tiempo. Esta recopilación, excavada de la tumba de celuloide del cómico del bigotito, el bombín barato, el chaqué chiquito y en ruinas y el bastón de fina caña y los zapatones burdos, absurdos, zurdos fue —no, es— uno de los grandes artistas del cine, del siglo y (¿por qué no afirmarlo?, después de todo no arriesgo más que la risa) de aquí a la eternidad —que puede estar en estos tiempos atómicos, al doblar de la página: hecho añicos. O como quería Demócrito, átomos y vacío.

Kevin Brownlow (a quien debemos, como historiador del cine, el libro *The Parade's Gone By,* «Pasó de largo el desfile», y la serie *Hollywood* en la televisión) y su asociado David Gill han logrado producir ahora para la televisión comercial inglesa con *Chaplin Desconocido* lo que hiciera, en música, Mendelssohn con Bach: rescatar a un genio de entre los muertos. Chaplin, hay que admitirlo, por la moda o el uso y el abuso, había caído en desuso. En la comedia, hasta Stan Laurel y Oliver Hardy parecían más frescos, inventivos y eficaces: en una palabra, cómicos. Chaplin sonaba sucio, abusador y ventajista como personaje y atiborrado, sentimental y manipulador como creador y hasta visualmente, junto a la simpleza heroica de Keaton o el barroco dikensiano y doméstico de W. C. Fields, se veía victoriano bajo y torpe en la solución de su espacio cómico. Ahora, en esta serie de tres episodios, con copias nuevas de cada fragmento, Chaplin surge, resurge, refulgente y de paso su fotógrafo de siempre, el modesto Rollie Totheroh, se muestra como uno de los grandes directores de fotografía de todos los tiempos. Como comenta pausado y ponderado James Mason (que narra el comentario de Brownlow —¿o es de Gill?), Totheroh era más que un fotógrafo: era el segundo de a bordo y en ocasiones de naufragio, el primer oficial con la cabeza siempre a nivel del agua.

La serie hace una disección (y las metáforas quirúrgicas son inevitables: ésta es una anatomía del genio) de una de las mejores comedias medias de Chaplin, *El peregrino*. Aquí la vemos convertirse de un *sketch* indeciso sobre un restaurante donde los clientes que no pagan pierden los dientes por abrir la boca y no el bolsillo, transformar la historia de amor de un inmigrante y dar muestra (y rienda suelta) a su patetismo preferido y de paso hacer de la peliculita una de sus obras maestras menores.

Chaplin trabaja, al principio y al revés de sus años finales, sin guión y a veces sin idea de qué va a hacer exactamente. Como en la famosa «Docena del Millón», en que la productora Mutual le pagó un millón de dólares, entonces una cifra alarmante, por doce películas. Aquí se muestra cómo Chaplin que había visto un *escalador* en un almacén de Nueva York, se hace construir uno en el estudio y jugando ante la cámara convierte el mero invento mecánico en una invención cómica inagotable. Ésta fue la primera vez que la escalera eléctrica, luego usada en tantas películas de perseguidos y perseguidores, se usó en el cine. Como tantos trucos cinemáticos su primer uso fue para hacer reír.

En Hollywood (en los tiempos del cine silente y sobre todo al principio de convertirse la Ciudad de Todos los Ángeles en suburbio de todos los demonios) se usaba el incinerador para quemar toda película indeseable, positiva o negativa. Este incinerador funcionaba como en los campos de concentración a toda hora y con un propósito criminal: se destruía todo lo que se quería hacer desaparecer. Las escenas que vemos ahora (y ojalá que vean ustedes pronto) muestran a un creador en su trabajo y no siempre para su beneficio. En *La cura,* que pasa en un balneario para curar ebrios ricos, Chaplin prueba toda clase de situaciones para quedarse con la película que conocemos. Pero el final actual es banal y romántico, con Chaplin alejándose (de la situación) del brazo de la bella Edna Purviance. Un posible final ahora deja ver a Chaplin que cae por accidente en la fuente vigorizante, mientras Edna ríe como una loca.

Pero en esta colección de fragmentos, bocetos y estudios al por mayor se ve al artista cuando joven: en su trabajo. Con método doloroso (todo prueba y error), Chaplin hace sus películas ante nosotros mismos: reconstruye escenas, sustituye actores, revisa el material (todo con tomas sucesivas, innúmeras, casi vertiginosas pero en su cambio progresivo y metódico) y a veces en saltos bruscos que son los golpes de la inspiración. A veces Chaplin, como todo artista, hace de los defectos efectos y de los accidentes propósito creador. Pero no todo es facilidad (o felicidad) creadora. Otras veces se ve a Chaplin suspendiendo toda una filmación por una toma. Entonces se pasea por el *set* como un prisionero del arte. En estos fragmentos que son casi escenas Chaplin no está lejos de Fellini o de Antonioni en su método de prueba y error: horror. Un momento único en la historia del cine (visto por el cine) muestra a Chaplin meditando y contando sus pasos por el *set.* Todo movimiento se ha suspendido en el estudio, menos este paseo pensante y todo el mundo está pendiente del creador, en suspenso mientras el mismo Proteo aparece perdido esperando la llegada de una musa tardía. O, a veces, perdida en el tránsito.

Hay que agradecer que esta serie muestre a las mujeres de Chaplin (menos Paulette Goddard, Claire Bloom y Dawn Addams o la fugaz y perecedera Marilyn Nash, protagonista de *Monsieur Verdoux),* todas jóvenes y bellas —y algunas adolescentes adelantadas, como Lita Grey, a quien conoció Chaplin (y a la que hizo aparecer tantalizante en *El chicuelo)* cuando tenía *sólo* 12 años. Estuprador con suerte, Chaplin también conoció a Mildred Harris a los 14 años, a Joan Barry a los 17 (esas dos asociaciones terminaron en escándalo) y hasta su aparente esposa, Paulette Goddard, no tenía veinte años cuando se juntó a Chaplin. (Polanski, me parece, debía tomar nota). Pero la aparición más mágica de toda la serie es la de Edna Purviance. Se la ve aún más bella que en las películas (recuérdese que se trata aquí de *out-takes,* tomas de desecho) pero de una figura casi trágica para los espectadores que la conocieron en su esplendor y supieron su fin (murió en un sanatorio años más tarde, olvidando y olvidada y envejecida por la droga), aquí la verán como una muchacha deliciosa, camarada en el trabajo y en el dormitorio de Chaplin: una mujer casi feliz. Ella era, se ve, como Carole Lombard después, una bella comedianta con sentido del humor —doble milagro.

En una vista de la visita de los accionistas de la compañía durante la filmación de *El chicuelo* se ve a Jackie Coogan, el niño prodigio más niño del cine, bailando como una niñita una danza de contorsiones lúbricas a los cuatro o cinco años, mientras Chaplin ríe y los negociantes aplauden. Es en *El chicuelo* que se ve por primera vez a la adolescente Lita Grey, pero más cerca de Chaplin, que en estas escenas pasa de ser CH. CH. a ser H. H., abreviatura de Humbert Humbert, estuprador de Lolita.

La quimera del oro (o *La avalancha del oro* o *Fiebre del oro*) es la obra maestra del Chaplin mudo y una de sus películas más complejas (sólo la aventaja *Tiempos modernos*) y la serie muestra su construcción y filmación con demorado detalle. La cinta comenzó de una manera realista o si se quiere neorrealista —antes de que esta palabra significara Rossellini, De Sica *et al.* Chaplin se fue con su *troupe* y sus técnicos (y hasta huéspedes) al Yukón, a filmar la nieve en la nieve, que no siempre es la mejor manera de mostrar la nieve en el cine. Naturalmente (o al natural) no pudo utilizar más que el comienzo con los cateadores (buscaoros) en la nieve y en el paso nevado entre montañas. Pero esta escena tiene más que ver con Jack London que con Londres, la ciudad en que se crió Chaplin y donde nació su humor: entre *cockneys* y *fish and chips.* Chaplin, notorio en su sentido del humor tanto como por el del ahorro (al que nunca quiso llamar sexto sentido para no malgastar los otros cinco) gastó una fortuna (propia, no como Orson Welles y Coppola, ajenas) en la reconstrucción de escenarios en el estudio y la sustitución de actores (Lita Grey, ya su mujer, estaba en estado) para poder terminar su comedia. La secuencia más memorable en que los dos buscaoros, atrapados en su covacha por la nieve y acuciados por el hambre, se comen un zapato negro (que Chaplin prepara como un bonito asado) se revela tan ardua al estómago de los actores como de los protagonistas. El zapato estaba hecho de regaliz (el cuero), de pasta (los cordones) y de caramelo (los clavos), pero el perfeccionismo de Chaplin hizo que las escenas tuvieran que ser repetidas tantas veces que el cómico se fue esa noche a casa ¡con una indigestión de «zapato asado a la parrilla!»

La serie que deja ver los romances que permite Lady Chaplin y sus sucesivos matrimonios, también revela las dificultades de sus actrices —especialmente Virginia Cherrill, la que años después sería la primera esposa de Cary Grant. Virginia Cherrill tuvo que repetir una *sola* toma una y otra vez, durante horas, días y ¡*meses*! No era más que un gesto: cuando la ciega florera tiende al vagabundo una flor pero no canta «Cómpreme usté este ramito» porque la escena es muda, pero el ramito vale más que un real. No sólo por las repeticiones (que son debidas a las interrupciones y no a las perforaciones), sino por lo que Chaplin tuvo que pagar a los compositores españoles Padilla y Montesinos. Todo por una flor en el ojal que una violetera no acierta, ¿ciego el ojal o ciega la actriz?

Esta película, que tomó años en hacerse (un balance de trabajo muestra a Chaplin yendo al estudio 166 días, y ausente, no siempre por enfermedad, 368: un año y tres días de no hacer nada), parecía que iba a ser su fracaso final —y fue de sus triunfos totales: de taquilla, de publicidad y de arte. Una película casera, rescatada por Brownlow o por Gill, nos enseña por una sola vez a Chaplin trabajando. Se ve al cómico, en suéter y pantalones blancos (su color preferido detrás de la cámara: Chaplin también era supersticioso de colores) usando un método caro (en ambos sentidos) a los directores que son también actores: ensayando en cámara —es decir, fotografiando su ensayo. Chaplin quiso además, disgustado con Virginia Cherrill y consigo mismo traer a Georgia Hale (que había sustituido con tanto éxito a Lita Grey en *The Gold Rush)* y rehacer *toda* la película. Ésta no es una invención de la actriz: los dos arqueólogos del cine han rescatado las tomas en que Georgia Hale sustituye a Virginia Cherrill en la escena cumbre y final. Pero Chaplin no era Keaton y enseguida entró en razón: en el cine George Washington es el primer americano. (Washington es el patriota retratado para siempre en el dólar.) Entre lo suprimido está, asombrosa, la secuencia con que iba a comenzar *Luces de la ciudad.* La pérdida para la película es ganancia de la televisión y para nosotros ahora: esa secuencia es una obra maestra del cine cómico y del cine *punto.*

Abre con la ciudad en bullicio de gente que va y viene para inaugurar siete minutos exactos (en el cine un tiempo bien largo) de «comicidad sostenida», de inventiva y del humor menos visible en Chaplin: el de la sonrisa. Entre la muchedumbre aparece el vagabundo: *tramp, tramp, tramp.* Huye del mundanal rugido para refugiarse en una calle lateral, junto a un escaparate de ropa de mujer, a pararse sobre una parrilla ventiladora. El ridículo personaje mira a todos lados y descubre, sobre la rejilla y acostadas sobre el *gridiron,* como si se tostara, una tablita: un simple pedazo de madera amarilla, que brilla sobre el hierro negro como oro de pino —y pronto será oro del cine. El vagabundo tira una puya a la tablita con su bastón de caña para hacerla desaparecer por entre la rejilla —y con esos solos, simples elementos Chaplin consigue los más novedosos, hilarantes, hermosos minutos de todo su cine.

Esta lección de humor, de verdadero arte angélico, nunca fue el comienzo de *Luces de la ciudad,* pero es el gran fin de fiesta, el broche de oro, el toque final de *Unknown Chaplin.* Habría que dejar a Kevin Brownlow, su descubridor, nuestro guía, Colón del cine silente, dar su veredicto: «*A great artist*». Es sin duda una nueva admiración: no la vieja servilidad de declararlo un genio siempre: es la admiración actual ante el artista. Esta labor de amor contra el viejo odio que había matado a Charles Chaplin para mí (y para otros), sea o no sea moda, fuera oportuna o inoportuna, es, qué duda cabe, una resurrección. Es sabio que Chaplin resucitado termine aquí, en esta secuencia sin consecuencia aparente. De ese palitroque que desaparece en la parrilla pública, de la explicación graciosa al policía presente por fin, un «Ya lo ve» de gestos, hay un salto sentimental por toda *Luces de la ciudad* hasta la ecolalia demente de *Tiempos Modernos*. Antes de desaparecer para siempre el vago vagabundo en la demencia totalitaria de Adenoid Hinkel: cuando la comicidad alcanza a la sátira, inevitablemente lo cómico desaparece —y es que ha sido devorado por la política en *El gran dictador*. Ese momento es cuando *Charlot, Charlie, Canillitas* canta por primera y última vez con la voz del inglés que tuvo siempre dentro y que parece su ventrílocuo, amante también del sí de las niñitas —ese Charles Dodgson, alias Lewis Carroll:

> *Ponka walla ponka waa!*
> *Señora ce le tima*
> *Le jonta tu la zita*
> *Jeletú le tu la twaa!*

¿Qué le pasó a Harry D'Arrast, el genio vasco de la comedia americana?

La historia del cine está llena de minúsculas notas al pie, asteriscos hechos de polvo de estrellas y capítulos decapitados. Una nota falsa notable la dio el prometedor Monta Bell, que dirigió la primera película de Greta Garbo en Hollywood, *El torrente,* con argumento de Blasco Ibáñez, para desaparecer en la oscuridad detrás de la pantalla. Un asterisco que fue una estrella fue Henri d'Abbadie d'Arrast, aunque para muchos en el cine se llamaba solo Harry D'Arrast. Vasco francés de origen, noble de nacimiento pero nacido en la Argentina, el árbol genealógico de D'Arrast tenía sus raíces en las provincias vascongadas, sus ramas sobre la Pampa y dio sus frutos en Hollywood: el lugar más improbable del mundo para injertar a este aristócrata elegante y desdeñoso. Terminó sus días seco y torcido en el castillo propiedad de su familia junto a su esposa, la bella actriz Eleanor Boardman, quien lo dejó en un final. No sin antes hacer un film en España que fue su último fracaso.

Fue en el cine mudo donde D'Arrast prometió un talento inusitado contenido en una personalidad rara en el cine. Sin embargo su arte delicado y a la vez demente mostró su mejor logro en la que es su obra maestra, *Laughter* (1930). Esta *Risa* sonora fue la primera comedia loca americana (el género se extendió hasta más allá de los años sesenta y la mejor película de Robert Altman, *Más allá de la terapia,* ingresa en este manicomio gárrulo) y se ha revelado ahora en la televisión como una película que se puede ver más de tres veces sin sentir la fatiga del tedio ni el repudio del odio en un arte amatoria, alegre y actual.

311

Otras dos cintas sonoras de D'Arrast, *Raffles* (1930) y *Topaze* (1933), son todavía memorables en un programa doble de mi videoteca. Una tiene a Ronald Colman con manos (y voz) de seda robando cámara y la otra contiene a un John Barrymore entre estúpido y estupendo. Aún más memorable es lo que D'Arrast pudo hacer en un Hollywood adverso cuando no perverso y poblado de los más improbables villanos no necesariamente reflejados en la pantalla. Uno de ellos y no el menor fue, ¡sorpresa!, Charles Chaplin. D'Arrast no podía ganar y sin embargo su *Laughter* mantiene su visible penúltima risa hasta hoy. (La última risa es la del espectador que se ríe en la oscuridad). *Risa* surge ahora de la nada y uno vuelve a creer en el milagro del cine: cada noche una aurora boreal con luz de arcoiris.

La *Enciclopedia dello Spettacolo,* publicada en Roma en 1954 por Silvio D' Amico, amigo del cine, tiene nada más que en la letra A nada menos que ¡1.198 páginas! Sin embargo ese compendio monumental dedica a Henri d'Abbadie d'Arrast una nota no mas larga que su nombre. La carrera de D'Arrast fue así de breve: de 1927 a 1934, tiempo en el que completó ocho películas. Eric von Stroheim hizo cinco películas en toda su carrera, Eisenstein sólo seis. Uno tuvo que enfrentarse a los mogules, el otro a los comisarios y al mismo Stalin. D'Arrast compitió con su excelencia contra los estudios y además contra su propio carácter. Nadie ganó realmente pero el público perdió. D'Arrast fue enterrado antes de morir y no hubo más películas de D'Arrast con D'Arrast vivo. Uno de los errores más usuales es creer que la moda hace historia. Es al revés. Sólo que la moda no siempre se repite. Dijo Herman Weinberg, historiador y amante del cine, del octeto de D'Arrast: «Fueron ocho de las más deliciosas películas jamás hechas» y casi todas han desaparecido. Para ser más honestos, han sido destruidas.

Se decía que D'Arrast no podía fotografiar un simple teléfono sin convertirlo en un objeto de arte, siempre que fuera un teléfono blanco para que hable una mujer hermosa en su alcoba de seda sola. Hablar por teléfono en sus comedias o en sus dramas era algo más que sostener una conversación. Oscar Wilde dijo que un teléfono no tenía otra importancia que lo que se hablara por él. D'Arrast, otro esteta, creía que el teléfono no, la conversación era lo importante. Sobre todo en el cine mudo donde la conversación jamás se oía. Pero hasta en el cine sonoro D'Arrast insistía: los teléfonos primero, después la conversación. *Risa,* comienza, precisamente, con una llamada por teléfono. Contrario a lo que se cree, D'Arrast no padeció la influencia de Chaplin, siempre vulgar, pero sí la de Lubitsch, maestro de los maestros de la comedia hablada: Frank Borzage, Mitchell Leisen y Billy Wilder le deben todo su arte. En *Risa* es D'Arrast quien crea su influencia, con un estilo tan personal y urbano que su película mejor se podría llamar *Sonrisa:* contagiosa, sabia pero no arcaica. Pionero de la comedia excéntrica, astuto manipulador de actores y creador del final desplazado, donde el clímax depende del clima, todas esas características están presentes en el D'Arrast de *Risa:* sardónica, sana. La lección de sabiduría sofisticada, en la que hay un drama doméstico, un melodrama invertido y el convencimiento de que el dinero no crea felicidad, solamente crea más dinero: filosofías financieras y argucia y fiducia. D'Arrast era en realidad un rebelde en busca de una causa en la que no creer. No era un cínico sino un escéptico. Es decir un elegante sin ilusiones.

Al principio de *Lío en el paraíso,* la obra maestra de Lubitsch, en una góndola un gondolero gandul canta y encanta y la música es una melopea melismática. Desembarca el barquero lejos del Puente de los Suspiros, ¡ay!, para estibar su carga nocturna que es la otra cara de Venecia. Así recoge cada noche la hedionda basura de cada día. Si ahora se colma la barca con otra carga preciosa (una mantenida bella y perfumada por ejemplo) y se hace del gondolero cantor un músico que fue su amante, el lector tendrá la idea aproximada de *Risa.* Venecia, claro, será Nueva York bajo la lluvia y el gran canal será la Quinta Avenida o la más rica Park Avenue y los autos serán góndolas con cuatro ruedas:

pronto tendremos otro lío en el paraíso. Nuestro músico no canta canzonetas sino que compone sinfonías inauditas, inéditas. El músico ama a la dama dejada detrás, que escogió el dinero: ella ilesa, él iluso. Una cuenta de banco es la mejor venganza. Pero el desencanto no es nunca desengaño y el engaño continúa hasta hacerse de nuevo encanto. ¡Vivan los novios! Y fueron felices hasta El Fin.

Pocas veces ha habido en el cine otro maestro de la felicidad a toda costa, costo, como D'Arrast. Según los griegos la felicidad consiste en saber unir el fin con el principio y tiene forma de círculo. Pero a veces la vida es un círculo vicioso. Sólo la comedia puede ser un círculo perfecto. D'Arrast creía en la comedia porque sabía que la verdad está en la risa. *In riso veritas.* Ríe y el público reirá contigo.

Las pocas películas de D'Arrast fueron *Servicio de damas, Un caballero de París, Serenata, Amorío magnífico, Dry Martini, Risa* y *Topaze. Raffles* está en disputa, aunque todas las historias del cine la conceden a D'Arrast. Su última película se llamó, significativamente, *Sucedió en España* y estaba basada en *El sombrero de tres picos,* que son los alardes de Alarcón. Antes de D'Arrast el alucinado Hugo Wolff creó una ópera con el cuento y Manuel de Falla compuso un ballet. Aparentemente D'Arrast debió haber sido tan exitoso como Falla pero falló como Wolff. Ese fue el fin de su carrera. Hay que ver cómo fue el principio.

Henri d'Abbadie d'Arrast tuvo entre sus antepasados al infame Aguirre y al famoso Daguerre, inventor comercial de la fotografía, algo así como el tatarabuelo del cine: daguerrotipos en movimiento. D'Arrast no nació en la Francia de sus abuelos ni en la España de sus anhelos sino en Buenos Aires, donde había ido en busca de aventuras en el vientre de su madre. D'Arrast nació, como el cine, en el exilio. Regresó a Francia cuando ya era un muchacho a estudiar en París y luego fue a Inglaterra a completar su educación. Hablaba español, francés y por supuesto inglés con corrección extrema. Combatió, fue herido y luego condecorado en la Primera Guerra Mundial. En la paz buscó la guerra y se fue a Hollywood, donde el cine bélico se preparaba para hacer ruido con la llegada del sonido más inminente. D'Arrast conoció enseguida a quien había que conocer en los *parties* más sonados, donde Hollywood no era nada silente. D'Arrast conoció también a un hombre empecinado en no hablar, al menos en el cine: Charles Chaplin. Chaplin que no había visto a un genuino aristócrata francés en su vida, se entusiasmó con D'Arrast. Preparaba entonces *Una mujer de París* y contrató a D'Arrast como asesor técnico que quería decir alguien que supiera cuál es la diferencia entre un tenedor y un cuchillo de pescado. D'Arrast, claro, sabía y su nombre era el eco del estudio a cada problema: «*Ask Harry*».

Chaplin el *cockney* vio en D'Arrast todo lo que él no era: un héroe de la guerra, un aristócrata y un hombre alto, apuesto y elegante. Era de esperar que lo hiciera una estrella, pero sólo lo hizo su ayuda de cámaras. Otro auxiliar de Chaplin, Monta Bell, como D'Arrast se sintió «oprimido por el enorme ego de Chaplin». Mientras completaba su misión de asesor en *Una mujer de París* y luego en *La avalancha del oro,* D'Arrast ejecutó mínimas misiones dramáticas, maniobras melancólicas y trajo y llevó pequeños papelitos. Chaplin a su vez lo inició en el «círculo mágico» que presidía el potentado William Randolph Hearst, hoy conocido como el original del retrato del *Ciudadano Kane* y a la vez como una invención de Orson Welles.

Hearst era entonces un poderoso periodista. D'Arrast conoció, como todos, a la amante del magnate, la actriz Marion Davis. También le tocó ser testigo de uno de los escándalos mejor guardados del cine. D'Arrast, cosa casual, estaba a bordo del yate de Hearst cuando mataron a Thomas Ince, eminente director, poderoso productor y una de las figuras más fascinantes de la historia del cine. Su mismo nombre era un anagrama del cine, Ince. Nunca se supo quién mató a Ince. Ni siquiera se sabe de qué forma murió. El forense favorito de Hearst opinó que se trataba de un ataque al corazón producido por indigestión aguda.

Pero Ince sangraba profusamente por la cabeza la última vez que se le vio vivo. Ningún indigesto mana sangre por la nuca, a menos que se muerda el cuello. Una hipótesis propuso a un Hearst presa de celos incoercibles, que se empeña en darle una lección a su mujer matando a Chaplin, su amante ahora. Otros dicen que Hearst odiaba la comedia. Desgraciadamente para el pionero del cine, Ince se parecía demasiado a Chaplin en genio y figura. Un estampido, una estampida y el doble se convirtió en señuelo.

Para D'Arrast «la influencia de Chaplin fue total». Era de esperar. Pero más adelante precisó: «Era imposible pensar con Chaplin», y descubrió demasiado tarde que con Chaplin, mimo mudo, «la mejor política era el silencio». D'Arrast fue asistente de Chaplin dos veces pero pronto la enemistad fue la única forma de comunicación entre los dos amigos. D'Arrast tuvo un breve crédito en *La avalancha,* pero cuando Chaplin estrenó su versión sonorizada en los años cuarenta, D'Arrast le dijo a Eleanor Boardman, camino del cine, escéptico como siempre: «A que Charley quitó mi nombre de los créditos». Así fue. D'Arrast no apareció por parte alguna en la versión sonora. De ser por Chaplin, D'Arrast habría desaparecido también del mapa del cine. Pero era muy tarde.

Adolphe Menjou, estrella de *Una mujer de París* (había convencido a Chaplin de que era ideal para su *salonnier* porque era uno de los pocos actores del cine que sabía cómo hacer el lazo a su corbatín de noche y dónde colocar el pañuelo en un smoking), que fue siempre un aristócrata del cine, reconoció a D'Arrast como un noble de la vida real. Este actor, anacrónico y astuto, que actuaba siempre con el bigote encerado, llevó a D'Arrast consigo a la Paramount. Fue allí donde D'Arrast dio las mejores pruebas de su talento. D'Arrast y Menjou, franceses favoritos, aparecieron juntos en más de una muestra del arte mudo mutuo.

D'Arrast hizo tres películas sonoras que perduran más que duran. El resto, antes y después, fueron intentos malogrados donde quiera, de preferencia en Hollywood. D'Arrast, por ejemplo, iba a dirigir *Hallelujah I'm a Bum (El alcalde y el mendigo),* a la que no hay que confundir con *Aleluya,* la obra maestra de King Vidor, primer marido de la mujer de D'Arrast: en Hollywood el que hace incesto hace un ciento. Pero Al Jolson, que era entonces una estrella fulgurante, vetó a D'Arrast declarando que un aristócrata francés no podía saber de mendigos americanos. Le trajeron a Lewis Milestone, judío rudo como Jolson, que fue echado a patadas por el cantante blanco que tenía el alma negra. Era el gallo con más galillo del corral entonces: pero, como se sabe, su canto no duró más allá del amanecer sonoro.

Después de su fiasco español, D'Arrast se retiró a su castillo francés. La vida en el *chateau* ancestral de los D'Arrast terminó como su matrimonio: en ruinas. Eleanor Boardman, que había dejado su carrera por D'Arrast, regresó a Hollywood, donde terminó viviendo, cosa curiosa, en un bungalow propiedad de Marion Davies. D'Arrast dejó el castillo tratando de reconstruirlo como intentaba recobrar a su mujer: por el método, raro en el país de Descartes, de irse a vivir a Montecarlo para poder desbancar al casino con un solo golpe de suerte. Uno creía ver a D'Arrast, antes perdedor en Hollywood como ahora en Montecarlo, esgrimir una pistola de salón como su héroe Adolphe Menjou en *Un caballero de París* (1927) y casi presenciar cómo se levantaba la tapa de los sesos. Pero Menjou sólo levantó la tapa de su pitillera para extraer esa arma prohibida, un cigarrillo.

Herman Weinberg, amante activo del cine, del café y de los cigarros (pidió ser incinerado), escribió el mejor obituario que se pudiera haber escrito sobre Henri d'Abbadie d'Arrast, alias D'Arrast. A Weinberg debo muchos de mis datos. Dije datos y debí decir dados. La vida de D'Arrast estuvo regida por los juegos de azar y por el azar mismo. ¿Qué otra vida más azarosa que la de este vasco que nació en Buenos Aires y fue convertido en artista en Hollywood? Ahora D'Arrast se ganaba la vida y se ganó la muerte en las mesas de juego de Europa. Al final dejó de jugar al ver que no ganaba nunca: la diosa lo había abandonado. Era un perdedor que oía como si oyera llover al crupié (seguramente Marcel Dalio), susurrando junto a la ruleta rusa: «No va más», oyó en su otro idioma y lo aceptó como una indicación de su destino. Regresó a su castillo, solo, a esperar a ese crupié que nunca pierde, que siempre gana. Va vestido de noche, solapado y sonríe. D'Arrast abrió su pitillera y encendió su penúltimo cigarrillo. Un *Lucky Strike:* ese golpe de suerte que anhelaba, que inhalaba. *Rien ne va plus.*

Siglo y sigilo de Groucho
(1895-1995)

¿Cómo es que un cómico de vodevil, y educado por sí mismo entre actos, llegó a ser amigo literario de un poeta que era premio Nobel de literatura y mandarín de la cultura y una frase suya que no es suya sirva de epígrafe a un diccionario filosófico? La única explicación imposible no posible es que el genio, como el espíritu, sopla donde quiere. Esa es una posible metafísica. Ahora viene la moraleja, tú caerás. Es una risible ironía de la historia, esa ama de todas las llaves, que a la larga Groucho Marx sea mejor venido que Karl. Todos han oído hablar (incluso han hablado) del auge y caída del comunismo representado más *ad hoc* por el muro que por la Plaza Roja. Marx habrá muerto pero Groucho vive. La filosofía comunista puede estar representada por Humpty Dumpty, que se subió al muro para caer pero el muro cayó antes. Un escritor español convierte a Karl en un actor de televisión, pero deja saber que Groucho estuvo ya allí. La confusión, como quería Shakespeare en *Macbeth,* tirano tropical, ha hecho su obra maestra. Que se llama la familia Marx o Marx por cuatro: Groucho, Harpo, Chico y Zeppo. Un momento, detén el arca, Noé: falta Gummo. Pero Groucho será el timonel y a veces el capitán, el capitán Spaulding, explorador africano, cazador blanco aunque judío de nombre anglo.

Groucho no era el mayor pero sí el más amado de los miembros de la bien llamada familia. El padre, no hay que olvidarlo, hacía ternos tercos pero como sastre era un desastre. Cosía trajes a destajo y los clientes siempre se quejaban: «Este saco es un asco». Por suerte estaba Minnie Marx, madre de los Marx con una disposición tan heroica como la de Cornelia, madre de los Graco. Pero Minnie no hablaba latín sino yiddish, aunque Groucho, siempre *snob,* solía decir que en casa se hablaba alemán —hasta que llegó Hitler. Esto explica, según algunos, la mudez de Harpo y el italiano de Brooklyn de Chico, a veces Chicolini, es por culpa de Mussolini. Pero ¿y los juegos de palabras de Groucho? Son intraducibles a otro idioma, como los juegos malabares mudos de Harpo no son traducibles para nada. Que el arte de los Marx, tan local, tan loco, se haya hecho universal (Groucho diría que Universal no, sino Paramount) no se debe al cine. Creo que se debe a nuestra reverencia por la irreverencia.

La necesidad será la madre de la invención, pero las necesidades eran la madre de la madre de los Marx y sus invenciones fueron el motor de arranque (que viene de arrancado) de toda la familia, excepto el viejo Marx que seguía en su misión imposible de hacer un traje a la medida. Cualquier medida. Minnie Marx ideó un día que el camino de la Prosperidad, o como se llame vivir bien, pasaba por las tablas del vodevil. Que no es vil sino el nombre que en Nueva York se le daba al *music hall.* La idea no le vino como un bombillo que se alumbra (ellos tenían que usar velas), sino porque un tío, más o menos, llamado Al Shean (anglicanización que los Marx no tuvieron que hacer como hicieron los Marx ingleses, que se cambiaron de Marx para Marks y así ponerle a su tienda Marks & Spencer cuando eran Marx & Spengler, filósofos) era un cómico de la *lingua franca* del vodevil en pareja con un cómico irlandés llamado Gallagher. Ambos hacían un dúo de diálogos dudosos. Ejemplo de duda: Mr. Gallagher se quejaba de que era una pena que la Venus de Milo no tuviera brazos. Respondía Mr. Shean, con ese doble sentido que era un sexto sentido en Groucho, «¿No tiene brazos, Mr. Gallagher? Palabra que no lo he notado.» Groucho convertiría estos genes en genio.

Los Marx triunfaron todos, pero no eran una *troupe,* eran una tropa. Minnie Marx, tan pequeña como Minnie Mouse, dejó las tablas (o las tablas la dejaron a ella) y la Familia Marx se convirtió en los Hermanos Marx que se anunciaban como «Cinco Esta Noche Cinco». En el cine los cinco se redujeron a cuatro primero, luego a tres y finalmente en su decadencia (qué de cadencias) Groucho se hizo único. Pero ya en la pantalla, encubiertos, en *Cocos,* Harpo le hizo caso sólo al arpa y Chico con su piano afinaba su dedo pistola. Aunque siempre el trío era Groucho y sus secuaces en secuela tras secuela que hizo escuela.

Más interesante que su estrepitosa relación con sus hermanos en sus tenues disfraces invariables era la interacción de Groucho con Margaret Dumont, amable y cortés pero a veces su contrincante femenino, a la que corteja con una rudeza despectiva capaz de hacer fracasar de antemano cualquier perspectiva matrimonial. Groucho para hablar con ella siempre se sube a un pedestal. Típico cortejo de Groucho: «¿Me amas? ¿Tienes dinero? Contesta la segunda pregunta primero». La dama Dumont, no hay otra manera de llamarla, con su porte real y sus maneras de extrema, divertida cortesía, hizo siete películas con Groucho. (Los otros hermanos apenas contaban para ella). Desde la primera de todas, *Cocos,* hasta la última, *Grandes almacenes,* Dumont era el bastión de la dignidad, las buenas maneras y la respetabilidad como otros tantos trapos rojos para las embestidas de Groucho, toro de «Lydia», su canción preferida, «la dama tatuada». Groucho sabía como tratar a estas señoras: cuando joven compartió la escena con Sarah Bernhardt y tuvo que dormir no en sus laureles sino en sus tablas.

La Dumont cambiaba de nombre tantas veces como su pareja dispareja (ella le sacaba la cabeza al diminuto Groucho), pero el afecto es, se ve, invariable y mutuo. Groucho estaría perdido en su laberinto de trampas (o en las trampas de su laberinto) para cobrar la misma pieza, sino fuera por la presencia constante como una ninfa entrada en carnes que lo llamará

a contar. Doña Dumont es una dama eduardina con adornos victorianos. Es también hermosa, alta y un tanto imponente. Pero
Groucho no es impotente y la coge a ella como blanda pared de
rebote de sus dardos cargados con palabras engañosas, ganan-
ciosas, ociosas.

En una frase final al principio: a Groucho no le interesan
las relaciones humanas, fuente de la comedia desde Aristófanes,
saeta de Sócrates. Le fascinan las posibles conexiones (como en
los autos el embrague) entre los personajes por medio de la palabra. Así no sólo reduce la pompa en todas las circunstancias, dis-
minuyendo desde su estatura baja a gente que se cree (pero no se
sabe) importante. En su obra maestra, *Duck Soup (Sopa de ganso, Héroes de ocasión* en América) Margaret Dumont, dama acau-
dalada, lo nombra presidente de Freedonia, pero Groucho
abofetea más de una vez al embajador Trentino, enviado por la
envidia, venido a Freedonia a meter cizaña y engaña. También
corto y perezoso mientras corteja a la dama Dumont, enamora a
la rotunda Raquel Torres, vuelve a abofetear al embajador Trentino, declara la guerra al tiempo que se declara a Dumont: ella altiva, él desde su altura. Su oportunismo erótico se vuelve heroico.
Modelo de declaración amorosa a Raquel: «Bailaría contigo hasta
que la rana crie pelos». O en su defecto: «Bailaría con una rana
hasta que críes pelos». Después de una corte corta Dumont dice:
«Su Excelencia no sé qué decir». Groucho: «Yo en tu lugar tampoco sabría, sobrina».

El cortejo de Groucho a Margaret Dumont se desplaza
como un acorazado por todas las películas del trío. Pero en la última que vale la pena, *Una noche en Casablanca,* Margaret Dumont
o está retirada o ha muerto. O las dos cosas. Pero todavía Groucho
tiene ojos y cejas (sobre todo cejas) para decir un requiebro a través del bigote pintado. «Soy Beatrice», le dice la seductora Liset-
te Verea, «y paro en el hotel». Groucho: «Soy Dante y no tengo
reparos». El último amor de Groucho en *Love Happy* (su última
película de 1949) no puedo describirlo. Por favor, trate. Sólo le

diré sus iniciales, MM. ¿Y el resto? Lo dejo a su imaginación, que la mía ya no funciona. ¿MM? ¿Quién sería? ¿Un dato? Ella está verde entre viejos verdes. Por vencido.

El arte de Groucho no se redujo al teatro, al cine, a la radio y a la televisión. También su humor irrespetuoso se expresa por carta y las misivas marxistas son otro correo del zar. A la notoria revista *Confidential,* que hacía revelaciones sobre la vida privada de gente pública, le escribió Groucho: «Si continúan ustedes sin publicar artículos escandalosos sobre mi persona, me veré obligado a cancelar mi suscripción». Otra era a alguien más íntimo, su hermano Chico: «Mi productor favorito estuvo a cenar en casa y cada vez come más alto. Chupando los huesos del pollo y comiendo mazorcas de maíz se le podía oír a cien kilómetros a la redonda». La carta está escrita en plena guerra: y «la gente pensó que se trataba de un *raid* aéreo y empezó a correr las cortinas para apagones y apagaron las luces».

Su correspondencia con Eliot es casi como de poeta a poeta (o de cómico a cómico) y Groucho expresa su vanidad literaria cuando el poeta de *La tierra baldía* le solicita, como un *fan* feudal, ¡una foto autografiada!

Hay muchas, muchas más cartas de un humor que se podría llamar vítreo sino se llamara así al vitriolo. La más famosa, la más citable y tal vez la mejor fue la carta que dirigió Groucho a Warner Brothers. Los tres hermanos iban a hacer una película llamada *Una noche en Casablanca,* que es prácticamente su canto del cínico.

Pero el tema es Casablanca. Los Warner protestaron de que una película se atreviera a usar el nombre de la ciudad africana estando tan cerca su *Casablanca.* Hubo amenazas de acción legal y Groucho respondió con una carta nada blanca:

«Queridos hermanos Warner:
... cuando nosotros contemplamos hacer esta película no tenía ni idea de que la ciudad de Casablanca pertene-

ciera en exclusiva a los hermanos Warner. Sin embargo, hace sólo unos días después de nuestro anuncio, recibimos su largo, ominoso documento legal advirtiéndonos no usar el nombre Casablanca.

Parece ser que en 1471, su bisabuelo Ferdinando de Balboa Warner, mientras buscaba un atajo a la ciudad de Burbank, fue a dar a las costas de África y levantando su picacho llamó a la playa Casablanca.»

La carta, demasiado larga para ofrecer el texto íntegro y desintegrador, tiene momentos tan descacharrantes como cuando Groucho advierte a los Warner que ellos eran hermanos profesionales mucho antes de que existiera Warner Brothers: «Antes de nosotros hubo otros hermanos. Entre ellos los hermanos Karamazov». En cuanto al nombre Warner, Groucho recuerda al magnate que el apellido existía «antes de que naciera». Enseguida Groucho pone la mirilla en el mayor de los Warner, Jack. «¿Qué me dices de Jack the Ripper, que cortaba y recortaba su figura» en Londres. Y firmaba: «Sinceramente, Groucho Marx». Su nombre grouchesco era original del cómico que nació Julius. Pero ¿qué tendría que decir del apellido Marx?

Las dotes antinaturales de Groucho son la astucia ante enemigos, no sólo numerosos sino todos hechos por él mismo. Su sigilo en su siglo (que es el veinte, que se cumplen cien sin haber acabado) es una característica de su personalidad pero también de su raza. De haber limitado su capacidad de disimulo y disfraz, por ejemplo, en *Una noche en la ópera,* todos se hubieran convertido en polizones, como su vivo hermano tiene su camarote, (canta) «en medio del mar se mece su camarote».

La cima (no lejos de la sima, de la suma última) le llegó oral a Groucho, curiosamente, fuera del cine. Fue en sus apariciones en televisión de maestro de ceremonias de *You Bet Your Life,* en que siempre apuntaba con su pistola que hacía *pun* y donde al entrevistar a una señora que tenía veinte hijos, al preguntarle por qué y cómo y ella decir: «Amo a mi marido», Groucho disparó desde la cadera: «A mí me gusta mucho mi puro, pero de vez en cuando me lo saco de la boca».

Su creación, tal vez única en el cine y ciertamente sólo posible en el cine hablado, está llena de paranomasias. T. S. Eliot (a quien Groucho llamaba, a petición, Tom) vio bien que su arte con el juego de palabras era una forma de poesía. Pero el creador, Groucho mismo, tenía otra opinión, creo que más justa: «Mi forma de hablar», dijo en una entrevista, «es una forma de locura». No dijo, como Bergson y como Freud, judíos ambos, que todo humor es, de mente a mente, demente —el deseo de Desiderio Erasmo, autor del *Elogio de la locura*.

El arte (de amar y de odiar) de Groucho está hecho de palabras. Aún sus interludios musicales son canciones con palabras, como su himno del riesgo: *«Hello, I must be going».* (Hola, que ya me voy.) Dichas más que cantadas por el capitán Spaulding, *«American explorer».* Groucho tuvo escritores como Morrie Ryskind, ganador del premio Pulitzer en el teatro y el eminente humorista S. J. Perelman, ingenios y genios del humor judío americano. Pero, esencialmente, Groucho tuvo a Groucho. Usando inversiones, versiones, *quid proquos, non sequiturs, quolidbets* y *puns*, paranomasias y parodias, el lenguaje era su idioma. Pero la última frase dicha en voz baja (él que habló siempre en alta voz) fue en una confesión a un periodista, al que dijo:

—Soy un *schmuck*.

En Nueva York un *schmuck* es un estúpido, pero en yiddish, de donde viene, también quiere decir miembro viril. En la dicción de Groucho Marx todas las acepciones son posibles. Su epitafio dice: *Hello, I must be going.*

Variaciones sobre un enigma

En agosto de 1962 el director de cine francés François Truffaut grabó una entrevista con Hitchcock que era una conversación de 50 horas entre los dos cineastas. La famosa entrevista (que dio lugar a un tomo tan grueso como Hitch) fue precedida por un largo estudio crítico de los directores franceses Claude Chabrol y Eric Rohmer, publicado en París. El anterior encuentro entre Hitchcock, Truffaut y Chabrol ocurrió cuando ninguno de los dos fanáticos franceses eran todavía directores de cine sino meros entusiastas. Tanto que en el primer encuentro, ocurrido en Cannes, Chabrol y Truffaut terminaron zambulléndose en una fuente helada, ebrios de emoción. Fue entonces que los dos dedicados entrevistadores dieron a Hitchcock la idea de que el color verde no sólo era importante en su cine sino esencial: era el recuerdo. Hitchcock les admitió que le gustaba el verde porque era un color natural. También le gustaba el marrón por las mismas razones. Y el rojo y el azul y el amarillo. Los últimos además de naturales eran fácilmente encontrables en banderas (la americana, la inglesa y la francesa) y en casi todos los semáforos instalados en cada esquina, invención francesa. Hitch no podía haber admitido esa paleta populosa años atrás, cuando todas sus películas eran en blanco y negro, para no mencionar todos y cada uno de los episodios de televisión que lo hicieron rico y famoso.

Su primera película en colores, *La soga,* la filmó Hitch en 1948. En ella el verde, que significa nostalgia, no aparece más destacado que el resto de los colores del espectro. *La soga* es la menos nostálgica de las películas. De hecho, su única nostalgia es atroz: sólo uno de los dos jóvenes asesinos desea volver al momento en que todavía no habían ahorcado a su incauta víctima. Pero —siempre un pero viene a entrometer su realidad en la más feliz metafísica— ya en su tercera película, *Downhill*, Hitch hizo teñir de verde pálido la secuencia del delirio del héroe. Hitchcock luego explicaría que lo había adoptado (y adaptado) de una memoria infantil. «Recuerdo», recordó, «una obra de teatro que vi en 1905, en la que el villano entraba en escena bañado por una luz verde. También se usaba entonces la luz verde para fantasmas y malvados». Hay que recordar que en Inglaterra y en los países anglosajones el verde no es el color de la esperanza. Más bien al contrario: Shakespeare llama a los celos «monstruo de ojos verdes».

Hitchcock podría reclamar su ascendiente católico, pero la tradición dramática en que se había insertado era poderosamente protestante, es decir victoriana. En el *slang* de los *cockneys,* la clase obrera a la que pertenecía Hitchcock, verde es el nombre del dinero. Pero, lo que también fascinaba y asustaba al joven Hitch, significa comercio sexual. Hay, es cierto, un elemento de nostalgia en la frase «días de ensalada», aunque Shakespeare, que la anotó, dice enseguida: «cuando mi juicio estaba verde». Pero Truffaut *et al* declaraban, como Lorca, «verde que te quiero Hitch».

«La nuestra», solía decir Hitch, «era una familia católica. En Inglaterra ya de por sí esto era una excentricidad». (Esto es el evangelio) Sus padres eran polleros (Inglaterra es un país de tenderos) y su dirección quedaba ahí detrás de las cajas de cartón vacías y las plumas: Hitch tenía que atravesar la pollería para alcanzar su casa. ¿Es por eso que Hitch odiaba los huevos? Recuérdese que en *Para atrapar al ladrón* Jessie Royce Landis, madre americana de la más bella rubia de su colección, Grace Kelly, apagaba un cigarrillo en la yema de un huevo frito en el comedor del más elegante hotel de la Riviera. ¿Obsesiones católicas? Tal vez. Pero Violet Trefusis, más famosa por lesbiana que por novelista, amante de Vita Sackville-West, la mujer que fue *Orlando* y creadora de la frase «¿Quién le teme a Virginia Woolf?», después de terminar su Virginidad aunque la dejara *virgo intacta,* la Trefusis solía apagar sus cigarrillos en todas partes: una barra de mantequilla, la sopa, un huevo. Hitchcock ya de mayor, ya el Maestro, ya uno de los hombres más ricos del cine, cenaba cada noche, cenara lo que cenara, no huevos pero patatas fritas: un componente eterno de la cena obrera inglesa.

A los dieciséis años Hitch descubre las obras de Edgar Allan Poe. «Es porque me fascinaban tanto los cuentos de Poe», declaraba, «que luego hice películas de suspense». Ahora se comparaba con Poe con típica inmodestia: «Poe y yo somos prisioneros del suspense. Si yo hiciera *Cenicienta* película todo el mundo buscaría el cadáver. Si Poe hubiera escrito *La bella durmiente* todo el mundo buscaría al asesino». Pero la influencia ética más que estética mayor del Hitchcock joven fue G. K. Chesterton, el hombre que fue jueves pero también viernes santo. Chesterton afirmó: «La moral es la más oscura y atrevida de las conspiraciones». Hitch siempre se sintió tirado por una oreja por la moral y al otro oído le susurraban conspiraciones mil. Todo su cine es pura paranoia y la conspiración es la más paranoica de las actividades humanas.

Una declaración de amor: «Quería ser, primero, director de cine, luego, el marido de Alma». Alma Mahler, Alma Mahler Gropius Werfel, Alma Mater, Alma Reville, Alma Reville Hitchcock. Alma-Tadema es el más grande de los pintores eróticos victorianos: *il a voulu être pompier.*

Dijo un cineasta que conoció a Hitch de joven: «Aparte de sus películas, Alfred Hitchcock no existe». Su biógrafo autorizado, John Rusell Taylor, escribe: «No existe en ninguna parte una sola foto de Hitchcock niño». El biógrafo también anota que no hay muchas fotos suyas anteriores a 1930. Las pocas que hay muestran que Hitch fue siempre Hitch: casi calvo, feo, gordo, pequeño y culón. Hitch solía contar un extraño cuento de su prisión infantil. Siendo niño cometió una falta menor que para su padre era una fechoría. Hitchcock padre habló con un policía amigo, que vino a buscar al niño para prenderlo y meterlo en la cárcel por una noche. Desde entonces Hitch tenía terror a la policía. El cuento parece apócrifo pero su fobia a la ley y a sus agentes era verdadera. Tan intenso era este miedo que Hitchcock dejó de conducir en los Estados Unidos cuando yendo hacia San Francisco tiró su puro encendido a la carretera. El resto del viaje fue presa de la angustia más terrible: la conciencia de violar la ley. Pero, es curioso, dejó de conducir, no de fumar.

Desde un principio Hitch se sintió, como Von Sternberg, cómodo en compañía de mujeres. Es curioso que ambos directores son a menudo acusados de misóginos, mientras que George Cukor, un activo pederasta pasivo, sea considerado el director de mujeres por excelencia. Hitch, por su parte, no comenzó a rodearse de rubias hasta *Treinta y nueve escalones,* hecha casi al final de su carrera inglesa. Hitch las prefiere rubias pero se casó con una morena. Sin embargo las películas en que su heroína no ha sido rubia (como Ruth Roman en *Strangers on a Train)* la actriz, a pesar de su belleza estatuaria, ha dejado de tener ese aspecto de Galatea nórdica que tienen las rubias en sus películas. Como la principal relación amorosa en *La soga* es homosexual, la pequeña, la poquita cosa de Joan Chandler no es precisamente la dama morena de los sonetos. La más sugerente de sus trigueñas en apuros fue Teresa Wright en *La sombra de una duda,* donde era pueblerina y popular y a la vez inmensamente atractiva, elegante. Como contrapartida Hitch tuvo en *Mr and Mrs Smith* a la rubia más *sexy* audaz y simpática, Carole Lombard, en una de sus peores películas. *Ad ars per aspera.*

Los galanes, Hitch parecía preferirlos, como Mae West, altos, morenos y apuestos. En todo caso los actores que estuvieron más con Hitch al otro lado de la cámara fueron Cary Grant (4 veces), James Stewart (4 veces) y Gregory Peck (2 veces), aunque el boca torcida Robert Cummings estuvo tanto ante la cá-

mara como Peck. Hitchcock parece haber querido ser Cary
Grant alguna vez en su vida. Inglés de clase obrera y con acento
modificado, Grant estaba sin duda más cerca de Hitch que Stewart o Peck, americanos promedio sin remedio. Por supuesto
Hitch nunca pudo aspirar a la apostura ni a la gracia de Grant.

«A Hitch lo conocían como un buen tipo», escribe su
biógrafo Taylor, «lleno de ideas y siempre dispuesto a reír». Más
bien a hacer reír, como demostraría más tarde. Entonces Hitch
no tenía más que veinte o veintiún años y estaba comenzando.
Cuando se casó con Alma todavía no había hecho esa *Downhill*
que contrariaba su título: todo para Hitch sería *uphill*. Hitch y
Alma se mudaron para el último piso del 153 de Cromwell Road,
que queda a apenas cinco cuadras de mi casa ahora. Hitch tenía que subir todos los días no treinta y nueve escalones sino noventa y a veces también Alma. Vivían en confortable medianía
inglesa. Luego, cuando fue famoso y rico, Hitch se negó a mudarse a un apartamento menos modesto, a Mayfair o a cualquier
otro barrio elegante. «Nunca», dijo Hitch, «tuve el menor deseo
de cambiarme a otra clase que no fuera la mía». Pero Hitch comía como no comía su clase. Iba a menudo a *Simpson's* en el
Strand, inclusive antes de casarse. Ahí cenaba solo como sólo ce-
naban (y cenan) los ricos. Después Alma, tan delicada, aprendió
su gusto por la buena mesa. De vez en cuando compartían la
cama, aunque Hitch tenía su almohada propia. Acerca del buen
tipo (nunca físico) su importador americano, David O. Selznick,
le escribía a su esposa que Hitch no era mal muchacho. «Pero no
es», precisaba, «exactamente un hombre para ir de romería».

Blackmail es la primera película hablada de Hitchcock
y la primera película hablada inglesa —gracias a la doble voluntad de Hitch. Todos o casi todos saben cómo Hitchcock transformó esta película muda en una película hablada y cómo hizo
que su estrella, la alemana Annie Ondra, hablara. El hecho de que
Annie, una Venus surgida de Ondra, no pudiera hablar inglés
impidió que fuera la primera rubia gélida de Hitchcock. Aun-

que Ondra era casi tan vivaz (y tan *sexy*) como Clara Bow. Lo muestra bien la prueba de sonido que le hizo Hitchcock que se conserva en el Archivo Nacional de Cine Inglés, así como en el Museo de Pesas y Medidas de Sèvres:

HITCH: Vamos a ver, Miss Ondra. Vamos a hacer una prueba de sonido. ¿No es lo que quería? Venga acá.

ONDRA: No sé qué decir. ¡Estoy nerviosa!

HITCH: ¿Ha sido buena chica?

ONDRA *(riendo)*: ¡Oh no!

HITCH: ¿No? ¿No se ha acostado con nadie?

ONDRA: ¡No!

HITCH: ¿No?

ONDRA: ¡Ay, Hitch que me embarazas! *(Se ríe a más no poder)*

HITCH: Venga acá ahora y no se mueva de este lugar o si no, como le dijo la criadita al soldado, no va a salir bien.

(Anny Ondra se muere de risa)

HITCH: ¡Corten!

(A pesar de su humor hace poco aquí que Hitch supo qué era la menstruación)

Finalmente Anny Ostra fue doblada por una actriz inglesa mediante un proceso nuevo pero primitivo: Ondra movía los labios primero y salía la voz en *off*. De regreso a Alemania la muy polaca Ondra se casó con el muy ario Max Schmelling, el boxeador favorito de Hitler. Cuando Hitch lo supo le cablegrafió: «¿UN BOXER? ¿PERO ESO NO ES UN PERRO ALEMÁN? Schmelling era en realidad un Goliat del ring. Anny fue su Ondra de David.

Fue en *Chantaje* la primera vez que Hitch apareció en la pantalla, convirtiendo su imagen de inglés feo en un camafeo. Hitchcock asegura (y él debía saberlo mejor que nadie) que ocurrió porque estaba corto de dinero y de extras: su debut fue en *El huésped.* Pero el mismo Hitch no estaba seguro de que esta aparición fuera de alguna consecuencia. En *Chantaje* está de pasajero en el metro de Londres en lucha incierta con una de sus bestias negras, un niño. (Nunca una niña, como Lewis Carroll.) Luego vienen los sucesivos camafeos en cada película. Excepto en *El hombre equivocado,* donde la seriedad dramática del tema lo empuja a aparecer en un prólogo innecesario. Ahora su intérprete es Henry Fonda, un actor que detestaba («Es exactamente igual en todas sus películas, y encima cobra por ello») y encuentra por primera vez a su mejor colaborador, el compositor Bernard Hermann. Hermann tiene aquí uno de sus golpes de música memorable, como el solo de trompeta que anuncia el *picnic* en *Ciudadano Kane.* En *El hombre equivocado* (que es la historia de un músico adocenado que, como José K. es acusado de un crimen del que es totalmente inocente) Hermann usa una de sus piezas cubanas que casi son caricaturas desesperadas (en *El hombre equivocado* es una rumba lenta y violenta, en *Vértigo* es una habanera esquizoide) y sirve sólo para la presentación y los títulos. Mientras la orquesta toca mecánica al fondo, las parejas que bailan son cada vez menos, hasta que el salón de baile queda vacío y los músicos que empacan comienzan a adquirir una individualidad fatigada. La rumba mecánica, como la histérica *suite* de cuerdas de *Psicosis* es de una maestría musical pocas veces igualadas en el cine. Hermann fue víctima y victimario de la moda, cuando el estudio decidió que no podía ser el compositor de *Cortina rasgada* porque estaba pasado, para reaparecer haciendo una poderosa partitura para uno de los directores de la más joven generación y complimentando con sordos acordes esa obra maestra, *Taxi Driver.* Es por la ausencia sonora de Bernard Hermann que *Cortina rasgada* es sólo un divertimento maestro.

Hitchcock, un hombre que debía tener horror de su figura (emprendía constantes, inconstantes dietas) y de su cara, las multiplicó hasta su muerte. Aparte de las breves brevas de su aparición en el cine, presentó incontables programas de televisión, acompañado siempre por los compases risueños de *La marcha fúnebre de una marioneta,* de Gounod. En sus camafeos del cine a menudo llevaba a cuestas un obvio instrumento musical: chelos con celo, contrabajos sin trabajo. En otras apariciones (que ahora tienen un sentido más espiritista que espiritual) paseaba a lo lejos su enorme vientre de ballena muerta a la orilla del mar. Pero su presencia por ausencia más notable ocurrió en *Náufragos,* donde, como no cabía en la balsa, aparecía en un periódico en alta mar: en su última página se ofrecían unas píldoras de dieta llamadas «Reduco». Para ilustrar la eficacia de «Reduco» aparecían dos Hitchcocks: uno «Antes» y otro «Después». Por esa época Hitch estaba más gordo que nunca. (Recuerdo cómo en un Festival de San Sebastián una cierta Miss Perborato se ofreció a curar mi discreta dispepsia ofreciéndome albóndigas rellenas con perborato que, según ella, ¡curaban la indigestión que producían!) Hitchcock aseguraba que recibió muchas peticiones de «Reduco». (Por mi parte puedo asegurar que si nadie pidió las indigestas albóndigas sanativas, muchos se sintieron tentados por la oferta de Miss Perborato). La última aparición de Hitch ocurrió, como tenía que ser, en su última película, *Family Plot,* uno de sus mejores títulos, pues se puede leer como ardid familiar o como la tumba de la familia. Aquí Hitch aparece como una sombra detrás de una puerta cerrada: se le ve tras el cristal oscuro. Un letrero en la puerta dice: «Registro de Nacimientos y Defunciones». Vanidoso y veraz, al explicar por qué introducía ahora su instantánea casi al comienzo de cada film, dijo: «No vaya a ser que el público por esperar mi visita no preste atención a la vista».

Hitchcock solía citar a Kuleshov y a Pudovkin y sus teorías del montaje, pero nunca citaba a Eisenstein, que fue el mejor popularizador del montaje. La teoría del montaje, que algunos creen rusa y privativa del cine (están equivocados dos veces), es la que sostiene que dos imágenes cuando se yuxtaponen, dan lugar a una tercera imagen que es el resultado de la alteración que sufre cada imagen por contigüidad. Para el cine soviético esta teoría era idéntica a la ideología hegeliana, adoptada por Marx, de la dialéctica del juego. Declara Hegel que una tesis, enfrentada en su antítesis, siempre produce la síntesis. La teoría del cine ruso estaba ilustrada por un experimento visual de Lev Kuleshov con el actor Mosyukin, tomado en *close-up* y con una mirada neutral, que es opuesta sucesivamente a un plato de sopa, a una bella rubia y a un entierro que pasa. Mosyukin, que permanecía impasible parecía reaccionar ante la sopa con hambre, ante la rubia con lujuria y ante el entierro con miedo. Esta sabida lección de Kuleshov fascinaba a Hitchcock que se declaraba partidario acérrimo de la teoría del montaje.

La teoría opuesta, expresada por el esteta francés Alexandre Astruc con su idea de la *camera-stylo* o de la cámara como una pluma, consideraba al cine como una escritura. Otro esteta francés, André Bazin, opuso la *mise-en-scène* (que es más bien la puesta en cámara) al montaje. Uno de sus ejemplos era Orson Welles en *Citizen Kane,* otro el Alfred Hitchcock de casi todas sus películas. Hitch creó el ejemplo total de la *mise-en scène* en *La soga,* donde experimentó con la ausencia radical del montaje. Toda la película se vio convertida en un continuo movimiento de cámara, donde el lente y la escena y los actores se movían en planos paralelos que sólo se encontraban en el infinito del fin. Pero Hitch, para mostrar que es un espíritu de contradicción, basó toda la ejecución de *Psicosis* (tal vez su película más popular mientras que *La soga* fue un fracaso) en el montaje. Así la muerte de Janet Leigh bajo la ducha y lo que Borges llama el «íntimo cuchillo» (aquí habría que echar una visión sangrienta a la relación casi eterna entre Hitch y el cuchillo desde *Chantaje,* donde la heroína que es una asesina, después de acuchillar a un chantajista, regresa a casa, a la comodidad de la cocina y al cotidiano desayuno para oír cómo la cháchara de una vecina se convierte en un monólogo de una sola palabra: cuchillo, lo opuesto de Ionesco en *La lección,* donde la palabra cuchillo se convierte en un cuchillo letal, ambos, Ionesco y Hitch invirtiendo la hazaña de Adán), tal vez la muerte más súbita y sorprendente del cine, está construida por 70 emplazamientos de la cámara: el baño, la ducha, la duchada, la asesina y finalmente la cortina de la ducha y sus presillas y el obsceno hueco de la bañera que se convierte en el ojo perennemente abierto de la pobre Janet Leigh, que conoció temprano la vida y el amor y también el horror de su muerte.

Hitch hizo en *Psicosis* una obra maestra compuesta siguiendo la teoría del montaje, y así burló una de sus leyes básicas. Según Hitch el suspense, que si no inventó lo hizo central en nuestras vidas, es lo contrario de la sorpresa. Lo ilustró en conversaciones y en entrevistas muchas veces. Suspense era el niño que llevaba una bomba en el bus de Londres en sabotaje. Su hermana lo ignora pero su marido, el malvado terrorista, lo sabe bien y con él —he aquí la clave del suspense— el público, el cómplice que espera en angustiosos minutos que la bomba estalle entre los brazos de un niño doblemente inocente y vuele junto con los pasajeros no menos inocentes. La sorpresa sería hacer estallar la bomba ya, sin preámbulo, sin el menor conocimiento de dónde está, quién la lleva, cuándo estallará. Pero en *Psycho* Hitch utiliza sólo la sorpresa (todas las muertes son violentas, inesperadas y súbitas) y el estallido de la locura deja como estela un leve suspenso o más bien una intriga. ¿Quién es esta asesina anciana con un alevoso cuchillo que canta como un cuclillo demente? ¿Qué es ese cuchillo que brilla un momento antes de clavarse en su víctima propicia? El cuchillo es también un signo de admiración.*

---

* Hitchcock y los cuchillos. En *El huésped,* su primera verdadera película, el protagonista visible, invisible es Jack el destripador cuya arma favorita era el escalpelo, una forma de cuchillo. *Chantaje* es la película cuchillo. En *El agente secreto* el *modus operandi* del mexicano calvo es la cuchilla al aire. En *El hombre que sabía demasiado* el agente secreto francés es apuñalado por la espalda, modo favorito de Hitchcock para asesinar al cuchillo. En *Los treinta y nueve escalones* la huésped de una noche es asesinada con un cuchillo en la espalda. En *Sabotaje* la heroína mata al villano de una puñalada, como en *Chantaje,* con un cuchillo de cocina. En *Recuerda* el héroe, con una navaja de afeitar en la mano, parece dispuesto a cortar la yugular y la vida de la heroí-

Hitch declaró descarado que el mejor sentimiento que encarna un actor es el miedo. «Los actores son capaces de expresar el miedo muy bien... El miedo es la emoción a que están más acostumbrados. Los actores siempre tienen miedo, a ser contratados, a no ser contratados. Lo actúan muy bien. El miedo y el erotismo». Aquí, claro, Hitch estaba dando las dos claves (como los instrumentos musicales las claves son siempre dos) de su arte: miedo y amor. O amor y miedo. O, como en *Psicosis,* miedo y medio.

En cuanto a su teoría del cine, Hitch estaba más cerca de los rusos de lo que François Truffaut, tan francés, hubiera deseado. Dijo Pudovkin: «El hombre fotografiado es el único material para la futura composición de su imagen en el film arreglado según el montaje». Un ideólogo temprano escribió que en el cine «todo se reduce al alimento de la cámara». Eisenstein mismo declaró: «No creo en el sistema de estrellas. En mi película *(Lo nuevo y lo viejo)* los principales personajes son una lechera, un toro y una separadora de crema». Hitchcock tal vez recordando las frases vacunas de Eisenstein dijo más de una vez: «Los actores son ganado».

Pero Hitch siempre buscaba a las estrellas. Aún para su película inconclusa, que se iba a titular *La noche corta,* quería a Robert Redford como protagonista, como antes buscó en vano a Ives Montand para *Topaz*[*] (Montand rechazó la oferta con

---

na. En *Dial M for Murder* la heroína apuñala por la espalda al villano con una tijera usada como un cuchillo. En *La ventana indiscreta* el asesinato y el desmembramiento se han hecho con el arma más a mano: un cuchillo casero. En *El hombre equivocado* una gorda tendera italiana se defiende del ladrón agresor con un cuchillo de salami. En *Con la muerte en los talones* cuando el héroe se entrevista con el embajador ante las Naciones Unidas en su sede, volando viene un anónimo cuchillo y se clava en la espalda de Su Excelencia. *Psicosis* es, ya se ha dicho, una sinfonía de cuchillos dementes. En *Los pájaros* el pico de las aves es un cuchillo multiplicado. *Cortina rasgada* es la apoteosis del cuchillo. Hitchcock, cuando no emplea el cuchillo usa el arma más a mano: la mano. En sus películas hay tanta estrangulación como puñaladas. El arte de Hitch es una prueba de que el crimen bien hecho paga.
[*] Ésta es, por cierto, en un tercio la mejor película hecha sobre Cuba.

una frase que hoy repudiaría: «No trabajaré jamás en un film anticomunista»), como había encontrado a Sean Connery para *Marnie,* como había buscado y encontrado a su Némesis, Paul Newman para *Cortina rasgada.* Aquí ocurrió un mal encuentro que resume la Teoría de la Actuación Según Alfred Hitchcock. La toma en conflicto es un *close-up* de Newman, sólo de su cara (*shot* al que Hitch dio el nombre tan al uso ahora en la televisión de «cabeza que habla») y Hitch necesitaba una cabeza que piensa. Como se recordará, en *Cortina* Newman era un brillante físico atómico usado como espía en Alemania Oriental. Los motores zumbaban, la cámara rodaba, el micrófono colgaba y Hitch dijo bajo: «Acción». Pero Newman mandó a parar la toma. Ya Hitch le había dado instrucciones de que mirara al frente, luego al lado. «Un momento, Hitch», dijo Newman, «se te olvidó decirme lo que estoy pensando. ¿Qué estoy pensando?». Pausa. «Paul», dijo Hitch bajo y lento, «no estás pensando nada. No quiero que pienses. Sólo que mires al frente y luego al lado, de derecha a izquierda. Eso es todo». «Pero Hitch...» «Ya sabes, Paul, los ojos al frente, luego al lado». Paul, con disgusto que es evidente en la pantalla aún hoy día, hizo lo que Hitch le mandaba y luego Hitch dijo: «Corten».

El mejor momento de *Cortina rasgada* es el asesinato de un policía político alemán por Paul Newman y una de esas mujeres secundarias que son tan eficaces desde el comienzo del cine de Hitchcock. Se llama Carolyn Conwell y ella ayuda a Newman a matar a Wolfgang Kieling, el extraordinario actor alemán que encarna (es descarnado) al policía Gromek. Todo el macabro negocio de la muerte se realiza en silencio porque Gromek tiene un camarada ahí mismo al lado. Nunca un cuchillo convertido en arma ha sido más ineficaz porque la víctima es renuente. Nunca desde *Chantaje* un cuchillo ha sido menos una palabra y más un objeto doméstico. Nunca un cuchillo en el cine ha sido menos íntimo. Es además, para Hitch el último cuchillo.

Yo también conocí a Samuel Fuller

A finales de los años cincuenta, cuando la cresta de la Nueva Ola era apenas perceptible, Jean Luc Godard pudo conocer a uno de sus ídolos de su cine ideal (con el tiempo Godard llegaría a abominar de esa idolatría, pero esa es otra historia), un director aparentemente sin importancia. Dijo Godard, que siempre fue parco, a sus amigos: «¡Conocí a Samuel Fuller!», como si hubiera conocido a D. W. Griffith. Yo conocía a Samuel Fuller como el arquetipo de director americano que era en esa época un anticomunista atroz. La primera película suya que había visto, *Casco de acero,* me pareció pura propaganda para un conflicto en que yo, ingenuamente, había creído la contrapropaganda comunista y podía jurar que Sud Corea invadida había en realidad invadido a Corea del Norte. La película me pareció mediocre y su director un realizador de Película B sin talento para la acción. Me había equivocado otras veces pero nunca estuve más equivocado.

Su siguiente película, *Pick Up on South Street,* fue protagonizada por un actor, como otros, al que el estrellato había convertido de una gran amenaza secundaria, en una estrella adocenada —Richard Widmark. Estaba también una de mis caras favoritas, Jane Peters, y como en *Yo maté a Jesse James, Cascos de oro* y *Bayoneta calada,* había un conjunto de actores secundarios que eran notables en su ejercicio dramático. No sabía entonces que mucha de esa pericia era acreditable al director. *Pick Up on South Street* me hizo sin embargo prestar atención a su nombre. Pero Fuller, en su próxima película, *Hell and High Water,* un

338

pésimo drama de la Guerra Fría, volvió a defraudarme. Lo iba a dejar por imposible cuando vi su *House of Bamboo,* una película de gángsters americanos en Tokio, cuyo argumento era aparentemente policial pero cuyo tema escondido era la traición, la doble traición, aún la triple traición —y esto la hacía para mí interesante: el tema del traidor entre los discípulos, Jesús y Judas, intrigante, imperecedero. Había además un uso de las texturas como elemento dramático —la cortina de bambú entre la prostituta japonesa y el policía americano que duermen juntos— que era inusitado para un director a menudo apresurado por la acción, por no decir chabacano para los detalles.

Run of the Arrow, la próxima película de Fuller lograba un tono épico por medio de conflictos psicológicos y raciales. Era como si *House of Bamboo* se hubiera extendido al terreno de la epopeya. Aquí además el tema de la traición era sustituido por los conflictos de la lealtad. Su héroe —un soldado sureño que se negaba a aceptar la capitulación del General Lee— intentaba hacerse indio, para encontrarse por su fidelidad al Sur en un doble renegado, de la nación americana y de la raza blanca. Al final reconocía que no pertenecía ni al estado americano ni al mundo indio y se volvía, con su mujer india, hacia la pradera y el desierto, a la naturaleza.

Lo que hacía estas películas *sui generis* es que Samuel Fuller no sólo las dirigía sino que siempre las escribía y muchas veces era su propio productor: pertenecían por completo a Fuller y suyos eran sus aciertos y sus errores. Después dejé de ver películas de Fuller, por razones diversas y personales y así me encontré años más tarde con su *Underworld, USA,* en que el film de gángsters toma una dimensión nacional, pero no hay una intención de denuncia periodística a la manera por ejemplo de *The Phoenix City Story,* tan en boga en los años cincuenta —aunque, cosa curiosa, Samuel Fuller venía del periodismo y ese oficio fue su primer y último amor. Es al periodismo con pasión que Fuller dedicó una de sus películas mejores y tal vez su mayor fracaso, *Park Row,* historia del periodismo americano al doblar el siglo y descripción de la trabazón entre la noticia y la tecnología, tan imbricada en este film que uno de sus héroes es Ottmar Mergenthaler, retratado durante la acción de inventar el linotipo.

Las cuatro últimas películas de Fuller son, respectivamente, un fracaso menor, un éxito calificado, un gran éxito y un estruendoso fracaso. Esas películas se titulan *Merrill's Marauders, Shock Corridor, The Naked Kiss* y *Shark.*

Merrill's Marauders es Fuller de nuevo en el campo de batalla durante la Segunda Guerra Mundial y es la historia de una campaña menor, dirigida por el histórico Brigadier General Frank Merrill contra los japoneses, en Birmania. El general Merrill debe hacer con el ejército regular una guerra de guerrillas para tomar posiciones japonesas al extremo oriental de Birmania. Cuenta solamente con mil quinientos hombres mientras la espesura birmana bulle de japoneses. Merrill debe librar también una campaña contra su propio cuerpo, ya que está gravemente enfermo del corazón. La película cuenta esta historia de triunfo y de fracaso con un realismo suficiente y habitual durante casi todo su largo —pero de pronto surge lo inesperado, para revelar el talento visual de Fuller, un director famoso por sus largas tomas, sus *travellings* interminables y sus planos complicados de realizar pero fáciles de ver. Ocurre casi al final de la película, cuando los merodeadores de Merrill toman una estación de trenes. Toda la breve batalla tiene lugar entre unos obstáculos obstinados: esa construcción absurda es un dédalo. Así esta secuencia se empata directamente con otra batalla en *The Steel Helmet,* que tiene lugar entre la niebla. Las dos muestran a Fuller como un mitificador de la guerra como una lucha en el centro del laberinto, cuya única salida parece ser la muerte.

Ese laberinto puede encontrarse también en la paz y en *Shock Corridor* un periodista ambicioso (Fuller es siempre parcial a los periodistas) se encierra voluntariamente en un manicomio, aparentemente para investigar un crimen y solucionar su misterio. En realidad el héroe va en busca de la locura y el manicomio pronto se le convierte en un laberinto cuya única salida parece inencontrable porque es la sanidad mental.

La última película de Fuller que merece la pena verse es tal vez su obra maestra. En ella Constance Towers, una mujer de la calle sin salida, decide encontrarla en un pequeño pueblo, donde oculta no sólo su identidad sino su pasado. Pero allí tropieza con formas de corrupción desconocidas a su profesión. Casi se casa pero su novio, el prohombre del pueblo, se revela como un degenerado al que gustan no las mujeres corrompidas sino corromper niñas. Constance Towers (actriz favorita de Fuller) lo mata al descubrir su perversión —con un verdadero *coup de téléphone*. En *The Naked Kiss* (ése es el título de este melodrama que se vuelve una tragedia) Fuller muestra claramente su verdadero oficio: se trata de un maestro de la Película B y sabemos que siempre lo fue, con pequeños presupuestos, como en *The Naked Kiss,* con poca plata como en *Pick up on South Street* y con demasiado dinero como en *Hell and High Water.* Su originalidad, su gusto por la acción, su afición por los actores secundarios y una comodidad en cierta minuciosa intimidad lo hacen un director de película B que llegó, vio, triunfó y fracasó —como en *The Shark* (1967). Pero hay algo más. Fuller es a pesar de la técnica de Hollywood, a pesar de los actores experimentados, a pesar de la fotografía siempre cuidada, un verdadero primitivo, tal vez el último de los primitivos del cine americano.

Conocí a Samuel Fuller cuando viajé a Hollywood en 1970. Teníamos el mismo agente y coincidimos en una fiesta que dio éste en su casa en un cañón. Conversamos brevemente, pero por azares de las distancias en Los Ángeles y el transporte siempre precario, él y su mujer alemana se ofrecieron a llevarme a mi hotel. Al conocerlo me sorprendió la escasa estatura de Fuller, la ausencia de esa truculencia exhibida en sus fotos y aún en su breve aparición en *Pierrot le Fou,* donde Godard le hizo un homenaje visual después de haberle dedicado su *Made in USA* antes. Fuller, en la vida, era un viejito amable a quien cualquier director de reparto hubiera asignado enseguida el papel de sabio europeo en una película de espionaje atómico de los años cincuenta. Durante el largo trayecto en su auto, pudimos conversar. Quise llevar la conversación, casi un interrogatorio al terreno del cine, a pesar de que sabía su renuencia a discutir el tema.

—¿Cuál es el momento que mejor recuerda en el cine?

Después de un silencio que me hizo creer que no me había oído, con el ruido del motor y el aire vibrando en el cañón, me dijo:

—Cuando descubrí el cadáver de Jeanne Eagles, siendo un periodista novato.

Me pareció sorprendente y al mismo tiempo esperado. No sabía que Fuller había encontrado el cadáver de la belleza del cine silente que murió víctima de las drogas, pero era característico que Fuller escogiera no un recuerdo cinematográfico sino periodístico. Dejé esperar un rato para preguntarle por sus proyectos, que son siempre el único futuro posible en Hollywood.

—No tengo ninguno. Pero le voy a decir cuál es mi sueño. Sé que le va a parecer raro. Lo que quiero es ser dueño de un periódico y dirigirlo.

No me pareció raro habiendo visto sus películas y sabiendo que el proyecto en que había hundido todo su dinero años antes había sido una película sobre un hombre para quien su sueño —y su pesadilla— fue fundar y dirigir un diario. Sin embargo las mejores películas de Fuller, aún las que tienen que ver con periódicos y periodistas, están bien lejos del periodismo, ya que parecen hechas no para hoy, como los periódicos, sino para mañana. En ese futuro se inscriben. Es así como he visto la mayor parte de ellas: no en el hoy de su estreno sino en el mañana de cines de clásicos, en retrospectivas y, unión de lo inmediato con lo perdurable, en la televisión. Samuel Fuller, finalmente, ha alcanzado la salida del laberinto de hacer películas en la posteridad del cine.

Lang y los Nibelungos

Vi (en el cine siempre la primera persona es singular) por primera vez *Los Nibelungos* en la Cinemateca de Cuba, que habíamos fundado, entre otros, Germán Puig, Néstor Almendros, Tomás Gutiérrez Alea, el fallecido Roberto Branly y yo y gracias a la generosidad de Henri Langlois, que prestaba sus obras maestras a los desconocidos insólitos, solitos. La noche de la exhibición (las películas venían de París como los recién nacidos) fue casi la noche de la no exhibición. Las muescas de la cinta saltaban o no cogían las cruces y la sala, el amplio pero nada dotado auditorio del Colegio Odontológico, quedaba a oscuras hasta que el operador ensartaba este film más elusivo que el dragón invisible para los espectadores. A la tercera vez que quedamos a oscuras, Germán Puig se hizo del micrófono y en la noche tropical resonó su voz potente para decir: «Las interrupciones son debidas a las perforaciones» y no decir más. Germán no se refería a las perforaciones más obvias, con Siegfried penetrando al dragón por sus partes blandas, sino a una falla técnica. Pero su frase, una verdadera *catch phrase,* fue más memorable que la película y la noche. *Los Nibelungos* de Lang quedaron marcados más por la sombra que por las luces y el temido dragón parece, en la distancia, un pariente descolorido del dragón chiflado. Casi como el ballenato que cantó en la ópera. Hay que decir que en la primera parte el dragón es esencial a la trama. Prepotente y altivo, es una especie de *Lang ex machina.*

Como en toda trama complicada (piénsese en *El beso mortal* o *Vértigo)* la historia es simple. Siegfried mata por fin al dragón y se casa con la princesa en apuros. Pero la reina, el verdadero dragón, mata a Siegfried y venga al dragón. La viuda, hecha ahora un dragón, se casa con Etzel (Atila) que procede a aniquilar a todos los burgundios, cualesquiera que sean. La leyenda fue escrita ahora por Thea von Harbou, esposa de Lang, que después de perder a su marido en el exilio por culpa de los nazis, se hizo nazi.

Tal vez la historia matrimonial habría sido más atractiva que este mito que nutrió a Wagner y a Lang. Más interesante (y más influyente) fue Lang, antes, en *El Dr. Mabuse, tahúr* y, por supuesto en *Metrópolis* después. *Mabuse* fue celebrada por Goebbels pero Lang prefiere *El testamento del Dr. Mabuse* (1933), que contenía elementos subversivos con sus diálogos hechos de frases dizque de discursos de Goebbels. El buen doctor no se enteró o se sintió halagado y convocó a Lang a su oficina, que era entonces no mayor que el teatro de la ópera, ambos en Berlín. (Más más tarde.)

Los Nibelungos es un mito nórdico escrito por los austríacos y saqueado por los alemanes. Richard Wagner, en el colmo de su megalomanía, lo hizo suyo. Todo folklore aspira a la condición de poesía y Lang aceptó el reto en imágenes. Un momento memorable de la leyenda (la valkiria durmiendo su sueño mágico en medio de un amenazante círculo de fuego) tiene varias versiones visibles y el poema se hace fuego fatuo. Siegfried, llamado Sifrit y luego Sigfried, salta a caballo las llamas para romper el círculo y salvar a Brunilda. Pero luego Brunilda, demostrando que el agradecimiento es sólo para agradecidos, instiga con Hagen para que mate a Siegfried. Muerto Siegfried, Krimilda (sin parentesco con Brunilda) mata a Hagen. (Hay una versión de Robert Benchley, autor y actor, que es ligeramente diversa.)

Lang viene después de Wagner pero esos poetas nórdicos o germanos estuvieron aquí antes. *Los Nibelungos,* la película, no usó inicialmente la música de Wagner (la compuso Gottfried Huppertz) aunque luego la UFA distribuyó otra versión acompañada por Wagner. Luego Lang, acompañado por Thea von Harbou, visitó Nueva York y de esa visita surgió la idea de *Metrópolis,* film fascista que Lang achacaba a «la señora Von Harbou». Según unos fue esta concepción que lo llevó al grandioso despacho de Goebbels. Otra versión presenta al mismo Hitler extasiado ante *Los Nibelungos* en general y en particular con la figura de Siegfried. La película se subtitula «Canción por un héroe alemán» lo que condujo a dos movimientos paralelos. Hitler le dijo a Goebbels: «Hay que impedir por todos los medios que Bruno Walter dirija la música de Wagner», que se hizo, y *Get Lang,* que se hizo parcialmente. Lang cuenta y falsifica. Todos los directores de cine son mentirosos: está en el oficio.

Siegfried aprendió el lenguaje de las aves y podía silbar como un pájaro. A pesar de su encuentro fatal con el dragón (una especie en peligro) Siegfried era un ecologista temprano. Los metales que suenan y resuenan en *Los Nibelungos* no son el ruido de la batalla sino el eco del sablista: Wagner pedía dinero a diestra, a siniestra y al medio. Lang sólo quiso lo que Hollywood no le podía dar: independencia en vez de pendencia. De Louis B. Mayer pasando por Spencer Tracy hasta Dana Andrews su carrera americana fue una contienda perenne. Su monóculo, su larga boquilla humeante y sus maneras teutonas lo alienaban, pero como en Alemania buscó refugio en las mujeres. Una de ellas fue Barbara Stanwyck, tan sugestiva como Brigitte Helm (héroe y heroína de *Metrópolis*) pero mejor actriz. Que Lang se haya apoyado dos veces en la atractiva fealdad de Gloria Grahame (a la que incluso desfigura aún más en *The Big Heat)* es una muestra de su cálido amor por las mujeres, disfrazado detrás de un monóculo justamente. Un director que usa no utiliza a Barbara Nichols (la memorable Carmen rubia de *Sweet Smell of Success,* vendiendo cigarrillos y amor con marca) tiene que ser un amante de las mujeres. A pesar de Thea von Harbou y la Helm el Fritz Lang de Hollywood es el mejor Lang, como lo son Robert Siodmak, John Brahm y Douglas Sirk. Ophuls, un artista mayor, vino, miró y vio y volvió a Europa en un retorno que era más bien un doble exilio adorado.

La carrera de Fritz Lang en Alemania culmina y queda trunca por la visita al gabinete del Dr. Goebbels: interminable oficina, enorme mesa y el orden del Nuevo Orden por todas partes. Lang se encargó de que esta cita quedara en una ambigüedad nada alemana. Hay quienes llaman a *M* por el título de *Un asesino entre nosotros* y quieren que sea una alusión al Führer antes de ser Führer: la película se hizo en 1930, Hitler llegó al poder por las urnas en 1933. Otros (y entre ellos a veces el mismo Lang) dicen que Goebbels convocó a Lang a su despacho aduciendo que Hitler era un admirador de *Metrópolis*. Según Lang, el único que quedó para contarlo, Goebbels, después de elogiarlo, le ofreció el cargo de director de la industria de cine nazi. Lang recuerda que le dijo a Goebbels que su madre era judía. Goebbels, evidentemente, ya lo sabía. «Eso no tiene la menor importancia», dijo el ministro de propaganda: «Usted es un alemán». Lang repitió una y otra vez que pidió tiempo para pensarlo y esa misma noche, sin equipaje, dejando atrás su casa, sus enseres y a Thea ardiendo de rabia, tomó el expreso nocturno para París.

Prefiero creer que el film preferido de Hitler es *Die Nibelungen* porque Hitler creía no sólo en los horóscopos sino que se creía un mito teutón encarnado. ¿Qué mejor representación mítica que la saga de los Nibelungos, llena de ruido y frenesí que significan el poder total y el amanecer de los dioses nórdicos? La película de Lang es una excesiva reproducción de la imaginería de Arnold Böcklin, cuya influencia en el arte alemán de este siglo es abrumadora. Goering se apropió cuadros de Böcklin, Hitler, menos audaz, sólo de su mitología, Lang, más visual, ordenó su fresco móvil siguiendo el orden visual de Böcklin. Los tres son, a su manera, creadores pangermánicos. Curiosamente, de ellos el único que no era alemán era Hitler.

Me pregunta Miriam Gómez de sopetón: «¿Y cuándo fue la última vez que viste *Los Nibelungos?*» Respondo de zoquetón: «En 1950». Hace ya cuarenta años pero padezco de memoria súbita. Recuerdo un falso arcoiris y la profusión de lanzas

y su duración excesiva que me hizo llamarla *Los Nibelungos.*
Recuerdo también que, como en *Tristán e Isolda,* en varias versiones, los amantes están condenados por la virtud del amor. Es
prodigioso lo que uno puede recordar de una película memorable. Sobre todo cuando toma notas. Debía hablarle de los símbolos, pero vi la película en La Habana y, como dice Fritz Lang,
en América no se necesitan símbolos.

El primer vuelo de la generación perdida

Un día de 1925 una señora gorda y su pequeña acompañante, las dos americanas, las dos judías, atravesaron París en un coche sin caballos. La señora gorda era en realidad enorme y llevaba el pelo corto bien corto. La señora pequeña llevaba su pelo largo, aunque no era más largo que su bigote. Era un bigote hermoso para los que gustan de los bigotes grandes y se parecía mucho al bigote de los generales de la revolución mexicana. Fue gracias a Marlon Brando, tiempo después, que este bigote se conoció como bigote a lo Zapata. La señora pequeña estaba muy orgullosa de su bigote zapatista, que mantenía erguido con cera de bigote. La señora gorda parecía un monumento a una señora gorda y Picasso le hizo un retrato clásico en que se veía como la clásica señora gorda. Ahora la señora pequeña indicaba el camino y la señora gorda guiaba.

Momento para un comercial. El auto que conducía la señora gorda era un Ford de ocho cilindros.

La señora gorda se llamaba Gertrude Stein y era escritora y era rica y nunca tuvo que escribir en un periódico. Conocía a todo el mundo en París y todo el mundo en París la conocía a ella. Todo el mundo entonces eran Picasso, Juan Gris, Sherwood Anderson, Scott Fitzgerald y por supuesto Ernest Hemingway que escribía en un periódico. Fue Hemingway quien contó la historia de la travesía de París pero no en un periódico. También dijo que le habría gustado acostarse con Gertrude Stein. Tal vez porque era lesbiana. Nadie sabe qué habría dicho Gertrude Stein pero todos sabemos lo que dijo Alice B. Toklas, que era la señora pequeña, conocida en los años sesenta porque dio la receta de una torta al haschish sin kitsch. Peter Sellers la probó. Aprobó.

Gertrude Stein estaba orgullosa de su Ford y de Alice B. Toklas, en ese orden. Alice B. Toklas no tenía ojos más que para Gertrude Stein siempre y para la carretera ahora. Gertrude Stein sabía que no había una mujer a la vista que se atreviera a conducir un coche esa noche o cualquier otra noche. Ahora, todavía de día, iba a pedir una segunda opinión a un mecánico del *banlieu* que le habían recomendado como experto en autos americanos, aunque no sabía inglés. Los otros mecánicos franceses no sabían inglés ni nada de autos americanos.

Este mecánico tenía varios ayudantes que se comportaban como golfos guturales. Ninguno le hizo el menor caso ni al francés de Gertrude Stein ni a su auto americano. Intervino el dueño. Era un mecánico experto y arregló el auto en menos de lo que se dice un Ford de ocho cilindros. Gertrude Stein le preguntó qué le pasaba a la muchachada inútil y el mecánico francés le dijo en francés: «*C'est une génération perdue, Madame*».

Gertrude Stein pensó que esta frase era lapidaria y la tradujo al joven Hemingway, que no sabía francés: «Es una generación perdida». Hemingway supo apreciar la ironía de la frase francesa y quiso apropiársela para el título de su primera novela. Pero finalmente decidió lo contrario y llamó a su libro *Siempre sale el sol,* mala elección sin duda. *La generación perdida* habría podido ser tan pertinente como la Era del Jazz de Fitzgerald. El título inglés, *The Sun Also Rises* se hizo famoso al tiempo en que el productor David O. Selznick se casaba con la hija de Louis B. Mayer, jerarca de la Metro Goldwyn Mayer. Al casarse el suegro ascendió al hijo y al hacerlo creó una parodia, *the son-in-law also rises.* O siempre sube el yerno. Desde entonces ese título parece un subtítulo.

Hemingway, querámoslo o no, es el más influyente escritor americano nacido en este siglo. Su influencia en el cine americano es enorme. Sus cuentos se publicaron antes de la llegada del sonido, pero su primera novela salió en 1927, justo cuando el cine mudo se hizo hablado. La mayor parte de los guiones de entonces eran comedias de Broadway, pero un poco más tarde cada personaje de cada película de Hollywood no sólo hablaba como los personajes de Hemingway sino que bebían y eran alegres pero infelices, igual que los personajes de Hemingway. Pronto no se podía saber si los personajes de Hemingway hablaban como actores de cine o si los actores de cine hablaban como personajes de Hemingway. Un poderoso paradigma es *El halcón maltés,* en que todos los personajes de Dashiell Hammett hablan como personajes de Hemingway y un actor en particular, Humphrey Bogart, hablará para siempre así. Hasta el director John Huston se mostraría un epígono como persona y como personaje. Todo por culpa de unos cuantos americanismos y una repetición encantatoria.

En *Siempre sale el sol* los personajes están heridos metafísicamente, no por la guerra sino por la paz. En *The Last Flight* los personajes fueron heridos en la gran guerra. Incluso se ve cómo quedaron inválidos y hasta hay un médico militar que dice cuando los mira salir del hospital: «Ahí van, a enfrentar la vida mientras su entrenamiento fue todo una preparación para la muerte». Luego dice fulminante: «Balas gastadas, es lo que son». Si ese diálogo no tiene un antecedente en Hemingway, los personajes descritos se comportarán en segundos en personajes salidos de *Siempre sale el sol.*

Los personajes de *Siempre sale el sol* salen de París para ir al sol de Pamplona y ver los toreros desde la barrera. De ahí van a Madrid, no a morir sino a vivir y a beber. En *The Last Flight* van a Lisboa, a ver los toros. Pero en Lisboa los toros se llaman cómicamente *touros* y nadie los mata en la *praza.* Es aquí, sin embargo, que la tragedia ausente de *Siempre sale el sol* está bien presente, en la plaza. Es una tragedia de contrastes: la corrida es una broma pero los toros son serios. Luego en la noche de Lisboa la tragedia se repite y la película termina en una nota triste como un fado. Pero fado quiere decir hado. No tienen ustedes que deprimirse sin embargo. Helen Chandler tiene la última palabra y su frase final es un memorándum: hay que recordarla por ella. Helen Chandler, por si no lo recuerdan, es la bella heroína perseguida por Bela Lugosi en *Drácula* y, como lo muestra esta película, una de las mujeres más graciosas de todo el cine americano. No hay que sorprenderse de que todo el reparto se enamore de ella.

The Last Flight es sin duda una obra maestra. De no ser así yo estaría ahora vendiendo billetes para *Dirty Dancing*. Esta es la mejor película sobre la generación perdida que se ha hecho y esto incluye el original que, con el título de *Siempre sale el sol* se convirtió, años más tarde, en una broma impensada. Tyrone Power entra en una barra o *boîte* española y cuando sale el mozo en la Plaza del Sol pide Power: «Dos *fundadors* por favor». El camarero, lingüista que es, le trae jerez.

Richard Barthelmess es, como en *Sólo los ángeles tienen alas,* un anti-héroe. Es su mejor actuación en una vida en el cine. Barthelmess parece un herido perenne: lo cruzan cicatrices mentales y morales. En esta película es como la improbable cruza de un Cary Grant encogido y un Peter Lorre hermoso. Es una hazaña histriónica, ya que no vivió como Peter Lorre (morfinómano y mujeriego) ni como Cary Grant —rico pero tacaño. Mientras que Helen Chandler dejó el cine para casarse con un escritor pobre y vivieron infelices hasta el fin de sus días. Murió en 1965, sin haber cumplido los sesenta y todavía bella. Tuvo una feliz frase final: «Los escritores me dieron los mejores diálogos y la peor vida».

The Last Flight, que quiere decir el último vuelo, es una película más ligera que el aire. La dirigió William Dieterle, famoso por sus biografías filmadas: Pasteur, Juárez y Zola que debió llamarse «lo que Zola quiere». El resto era «lo consigue Paul Muni», monstruo sagrado de la Warner. Después hizo *El jorobado de Nuestra Señora,* una jiba que le dio suerte, *Un pacto con el diablo* (que es el que hizo con Warner Brothers), película que se llamó originalmente *Todo lo que compra el dinero.* Su obra maestra, casi al final de su carrera americana, fue *El retrato de Jenny,* que era, asombrosamente, la película favorita de Luis Buñuel —o eso decía él.

Dieterle fue, como todos los directores alemanes, autoritario y espectacular y tan íntimo como una fornicación debajo del Eros de Piccadilly. Iba al estudio a filmar llevando pantalones de montar, botas de caña y media y en el ojo un monóculo. También usaba guantes blancos, tal vez para manejar a los actores. Que pudiera hacer cine con este atuendo es ya una hazaña. Que haya hecho una o dos grandes películas es casi un milagro. Como Fritz Lang, Robert Siodmak y Douglas Sirk, Dieterle regresó a Alemania a morir. Pertenecía a la Escuela del Elefante Herido, que hace cine por sus colmillos y después busca su cementerio.

Entre todos los pilotos muertos está David Manners, que tenía fama de ser uno de los actores más bellos del cine de su tiempo. Manners es el héroe de *Drácula, La momia* y *El gato negro* y el hombre que competía en belleza con Katharine Hepburn en *Acta de divorcio.* Es el único miembro del reparto que vive todavía. Se retiró a tiempo para poner con su amigo una tienda de antigüedades en Nueva York. También escribió varias novelas mientras esperaba clientes. No dejen de ver, si ven *The Last Flight,* a Eliot Nugent, que luego se hizo director y siempre se hizo el loco, hasta que terminó loco. Nugent tiene aquí uno de los mutis por el foro de la noche más misteriosos, conmovedores y trágicos del cine. Pero no olviden mirar a Richard Barthelmess, uno de mis actores favoritos de siempre. Hay pocos más trágicos en Hollywood. De Griffith a Howard Hawks siempre dio una nota curiosamente personal. Fue un maestro de la economía de medios y moralmente era un parco nato. Si el maestro del zen (o Zenón) me mandara a buscar a un estoico, no tendría que ir muy lejos. Sólo subir a la pantalla y decir: «Dick, voy contigo». Su mirada clara, claro, me sumiría en un *fade out.*

El metro de Budapest

De haber visto *Medianoche* de niño me habría dado cuenta enseguida de que es otra vez Cenicienta, convertida ahora en un cuento de hadas, de hados y desenfados. En un momento de la película explica Claudette Colbert, su heroína: «Cada Cenicienta tiene su medianoche», y hasta le dice a Don Ameche, su héroe renuente, que es un chófer de taxi húngaro en el París de anteguerra, refiriéndose a su taxi: «Ésta es una calabaza y tú eres el hada padrino» o inversión por el estilo. Pero vi *Medianoche* en televisión (comparto ese placer minoritario con unos cuantos españoles noctámbulos), ese museo del cine vivo. Me costó así trabajo entender que el título aludía a la medianoche fatal en que Cenicienta corre como en una pesadilla (esto es lo que son los cuentos de hadas: sueños que atormentan recurrentes) para evitar que las mostacillas vuelvan a ser mostaza, que las zapatillas de cristal devengan de nuevo chanclos (o peor, chancletas) o el suntuoso vehículo soñado sea una vez más cosas de carrozas.

La Cenicienta actual duerme en su vagón de tercera (o al menos así parece) venida de Montecarlo arruinada y llega a París de noche y lloviendo: la Ciudad Luz fundida. Encuentra bajo la lluvia un chófer que es un viejo lobo del mal aunque no tiene treinta años. Se llama Tibor Czerny (sin parentesco con el compositor de ejercicios para dos dedos) y para huir de sus fauces veloces, se escapa y entra en una cueva social donde debe asumir otra identidad: la baronesa Czerny. En el salón de moda conoce a John Barrymore, que se convierte en su verdadera hada. Al huir con su identidad hacia el hotel Ritz, un nombre al azar, Cenicienta descubre que en el hotel la esperan con una *suite* si no real por lo menos regia. Al día siguiente despierta no a la dura realidad de una ciudad inhóspita (todas las ciudades lo son) sino al regalo de un vestuario espléndido y una invitación al *château* de campaña de Barrymore, cuyo nombre es Georges Flammarion y está tan majareta como el celebrado astrónomo francés, que veía innúmeros espíritus amables a través de su telescopio para mirar las estrellas. Lo que sigue es una comedia de enredos a la manera de los años treinta, cuando el humor hablado mejor compitió con la comedia silente.

Medianoche es en realidad la culminación del género de la comedia loca y no es casualidad que Claudette Colbert esté en las mejores de ellas, desde *Sucedió una noche,* en que hacía sufrir al tosco Clark Gable, como a Gary Cooper en *La octava esposa de Barbazul* y al joven Joel McCrea en *Palm Beach.* Esta Eve Peabody es más sáfica que zafia y dentro de ella Claudette Colbert muestra un manojo de ardides que son arte: una lección de cómo evitar a los hombres y encontrar un buen marido. Cuando Ameche se disfraza del barón que es o pudo haber sido y llega a rescatarla de la compañía de lobos o de ricos con manía lupina, ella lo acosa, le tiende trampas y lo reduce a la domesticidad demostrando que la mujer es un lobo para el hombre. Ameche se ha aparecido al castillo vestido de frac y cuando ella trata de amansarlo en su cuarto, él le dice a ella: «¡Cuidado! Llevo un traje alquilado». Lo que conviene a un chófer de alquiler pero no al pretendido noble húngaro barón Czerny, ahora sin parentesco con Karl Czerny, que enseñó a Franz Liszt, autor de raudas rapsodias. La deliciosa Claudette, con parentesco con Colette, sortea sus pies calzados por entre las trampas y las trabas, ayudada por Barrymore, tercero en concordia. Al verla por primera vez y para conocerla Barrymore le pregunta a Claudette: «¿Ya terminaron el metro de Budapest?» y ella muerde cebo y anzuelo. Eve Peabody no puede ser la baronesa que pretende: el metro lo acabaron en 1893. La película, por supuesto tiene un final feliz: es una comedia y este género es siempre menos realista que el drama, que insiste en cortejar las lágrimas y casarse con la tragedia.

Medianoche está escrita (y esta es una película que no oculta la literatura de sus diálogos ni la parodia de su origen) por Billy Wilder, quien ya en los finales de los años cincuenta, bien lejos de los felices treinta, hizo una obra maestra llamada en España, con gran acierto, *Con faldas y a lo loco.* Wilder tenía sus antecedentes en otras películas escritas por una mente demente, como *Bola de fuego* (parodia de «Blancanieves y los siete enanitos») y *El mayor y la menor* (Caperucita pelirroja: así era Ginger Rogers en su esplendor dorado), cuentos de hadas para adúlteros o canción de cama para niños pródigos. Wilder peleó todo el tiempo que duró el rodaje con Mitchell Leisen, uno de los directores más excéntricos de Hollywood. John Huston lo redujo a mero decorador de su casa de casado, Wilder dice que Leisen era capaz de detener la filmación para arreglarle el dobladillo de ojo a una actriz secundaria. Pero lo cierto es que Leisen tuvo que luchar con Wilder y con Barrymore para conseguir lo que es su obra maestra. Uno de los homosexuales más escandalosos del cine, era también un hombre de un exacto gusto visual y aunque desdeñaba por igual diálogos y construcción dramática, tuvo en *Medianoche* una comedia que a Wilder le costó años igualar sin superarla. Ésta es la obra maestra del género y una de las películas más vivaces que ha hecho Hollywood. A pesar de una indiferente Mary Astor en rol rico (tal vez como resaca del escándalo al hacerse pública su vida privada: si no hay niños presentes, la contaré algún día) y de la espléndida aparición de John Barrymore en la pantalla pero también, ay, en el *set,* según Leisen. En uno de sus días más claros (Barrymore vivía en la bruma del alcohol, que es peor que el humo de un puro) entró, equivocado o no, en el baño de las damas. Estaba ya orinando cuando entró la inspectora y le gritó: «¡Esto es para las mujeres!» John Barrymore, el dulce príncipe, como le llamaban, se volvió a la intrusa y todavía con el pene en la mano, le explicó: «Y esto también». Mitchell Leisen no se rió con el cuento pero su película hace reír a damas y caballeros. Lo que *Medianoche,* para que opere su magia, no se debe *nunca* exhibir después de medianoche.

Tres eran (son) tres

Muchos me han preguntado por qué aparece ausente John Ford de mi libro *Arcadia todas las noches.* Los ensayos recogidos en este volumen, muchos años después de haber dejado de estar en estado crítico, eran conferencias ilustradas. Como no pude incluir *The Searchers* por estar destruida (en Cuba se quemaban los *westerns* como el cura en el *Quijote* quemaba libros), me negué a hablar solamente de *La diligencia,* tan vista, tan oída, y los films menores de Ford, todos inocuos ante esta gran tragedia de la pradera que niega a Aristóteles. (El griego creía que la tragedia sólo podía tener lugar en espacios cerrados). *The Searchers* es la única de estas tres películas que pude criticar en el poco tiempo que fui crítico de cine (poco más de cinco años), pero por razones que no es el caso mencionar, la dejé ir. Como *Midnight* y como *In a Lonely Place* la vine a ver en Inglaterra, en su idioma original y, atención, en la televisión. Esta es la única película en colores que he escogido. Entre otras cosas porque para mí el cine en blanco y negro es el verdadero cine, o el que me gusta de veras. No estoy solo: otros cinéfilos como Néstor Almendros y Woody Allen comparten mi afición. Lamentablemente, hoy una película en blanco y negro es una rareza, pavorreal blanco, tigre de las nieves. Es casi un monstruo: un albino. *The Searchers* es, no puedo olvidarlo, una de las obras maestras de John Ford. Acusada de racista, de reaccionaria y hasta de solemne, esta cinta hermosa y fatal se mueve con el paso lento, deliberado de las grandes ocasiones y es, efectivamente, una película que se toma su tiempo a pesar de durar menos de dos horas. Al lado de *Heaven's gate,* por ejemplo, es una llama viva que se apaga antes de que podamos verla. Pero podemos recordarla (y celebrarla) como, posiblemente, el mejor *western* jamás hecho. O en todo caso como una que nunca se volverá a repetir. John Wayne es, como el Cid de Charlton Heston, una figura noble a pesar de sus debilidades (o bajezas) y su odisea al revés, como la de Ulises, es también la historia de una obsesión. No puede haber señor, o actor, más magnífico.

Como *Midnight* y al revés de *The Searchers, In a Lonely Place* es una película que nunca pude criticar. Entre otras cosas porque se estrenó en Cuba en 1950. La he visto en Inglaterra en televisión, en versión original, y está como *Midnight* y *The Searchers* en mi colección de vídeo. Pero esta copia no la presto jamás: tal es su rareza. *In a Lonely Place* está dirigida por uno de mis favoritos, Nicholas Ray (mientras que *Midnight* la dirigió Mitchell Leisen, a quien John Huston, ridículo, ¡redujo a decorador de su entonces esposa, Evelyn Keyes!) y fue producida por Santana. Como se sabe Santana era la productora de Humphrey Bogart. Es la historia, sucinta, de un escritor de Hollywood (otra cosa es un escritor en Hollywood) y parecería raro que el personaje interesara tanto a Bogart. Es que en cada actor hay escondido un escritor pugnando por salir. (Véase el caso de Tom Tryon o, más cerca, de Fernán Gómez. O las múltiples autobiografías de los actores que en cine han sido).

Aparte Humphrey Bogart. Gloria Grahame es una de mis vanas vampiresas (ella siempre pierde al final, vencida por la vida, como todos los demás) y en *In a Lonely Place,* dirigida por su entonces marido Nicholas Ray, nunca ha estado mejor. Ese espléndido labio largo paralizado por una novocaína natural, esa boca hecha para la displicencia más audaz y esos ojos pelados porque lo han visto todo son de una fealdad tan atractiva que verla es encontrarse con la Duquesa Fea revivida (o rediviva) tres siglos más tarde. Sólo su cuerpo (que no es gran cosa: lo que la hace parecerse a otra gran fea del cine, Ida Lupino) nos puede revelar su alma. Como lo hacen en *The Big Heat,* donde con menos elementos que Rita Hayworth nos descubre su magnificencia siempre menor y al dejar caer su estola de armiño al desgaire se revela como un torero que no teme a ningún toro —aunque se llame Lee Marvin—. Esa Heroína (en efecto, ella es la droga) conoce el amor, el desdén, el odio, el miedo y el hastío en unas cuantas incursiones a ese lugar solitario a que el título alude y ella elude.

Apenas he hablado de Bogart como escritor, que retrata tan bien la violencia de una suerte de Norman Mailer menor (¿o es tal vez Mailer a secas?), para quien escribir es atacar la máquina como si se tratara de otro contrincante o de una esposa. Después de todo, ¿no fue Mailer quién apuñaló a su mujer una madrugada? En todo caso, Bogart es creíble cuando está violento, es increíble como el lento escritor que no le tiene miedo a la página en blanco sino a la pantalla vacía. Ambos, Bogart y Grahame, convergen en la historia de amor que es el centro de este magnífico melodrama.

En un lugar del infierno

Las películas se hacen para ser contadas. Su visión, en el recuerdo, es el cuento que cuenta un cuento. Cuando un espectador encuentra a otro en una esquina, otro que no ha visto la película, siempre hace una pregunta que es apenas una pregunta: «¿De qué va?». La respuesta es contar la película o hacer una sinopsis oral. «Pues mira», dice el que ha mirado al que no ha visto. Un crítico es siempre una avanzada del progreso de la trama —o del tema. Ya en la primera página, en la primera frase de *Tristán e Isolda* el autor hace una pregunta que contiene todas las respuestas: «¿Quieren que les cuente un cuento de amor, de locura y de muerte?».

Esa puede ser la premisa mayor de *En un lugar solitario* —*In a Lonely Place*. Dixon Steele (Humphrey Bogart como nunca, mejor que nunca) es un escritor en el purgatorio de Hollywood. Lleva el acero en su nombre y en la punta de la lengua: es agudo y penetrante en sus respuestas y pertinente, impertinente en no pocas preguntas. Vive en precario porque es el último de los justos: aquel que da al estudio su merecido. (Estudio significa aquí productores en la silla de montaje o la mediocridad al galope.) Steele sólo tiene dos amigos: su agente, el pequeño grande Art Smith y un antiguo tespiano, como él mismo dice: un viejo actor disuelto en alcohol, que es Robert Warwick, reducido en la película a actor secundario cuando fue par de John Barrymore. Luego se verá que Bogart fue amigo de un teniente de la policía (el siempre excelente y malogrado Frank Lovejoy) que ahora es su ángel guardián —o sólo su guardia.

Por su carácter —mordaz, agresivo, independiente—
Bogart aparece en la lista de indeseables de cada estudio. Pero
gracias a su agente consigue un posible trabajo con tal de que,
al revés de todos los escritores, se lea un libro para adaptar. Como todos los escritores Bogart da el libro a leer a otro: en este
caso, justa elección, a la encargada del guardarropa de un restaurante, que ya ha leído esta muestra maestra. (Leer esto con
ironía.) Bogart se ha bebido ya cena y media y medio borracho
se lleva a la sombrerera a casa a que le cuente el cuento. Bogart,
como siempre, está más interesado en el seso que en el sexo de
las mujeres y cuando la guardarropa le aburre por tonta sin cuento, la manda a paseo —o a casa en un taxi. Lo que quede más
lejos. A la mañana siguiente la mujer aparece muerta en la carretera. Aquí y para que el primer acto termine mal interviene la
policía para acusar a Bogart de sospechoso de asesinato en primer grado. (Grave, muy grave.) Pero por la estrecha puerta del
recinto policial Bogart entra en su paraíso —que es otro nombre para el infierno.

Interviene ahora la rubia Isolda, Gloria Grahame, más
fea pero más seductora que nunca: esa cara ha lanzado mil roles
y todos fueron buenos. Lo único que no le perdono al difunto
John Kobal, que sin ser astrónomo coleccionaba estrellas, es que
no me presentara a la Grahame cuando los dos eran una pareja
en Londres. Los coleccionistas suelen ser celosos. Pero hay una
razón de esta sinrazón. Gloria a menudo tenía que ver con escritores, como Dick Powell, que era su marido y querido cornudo
en *The Bad and the Beautiful.* Allí era esposa de un escritor de
*best-sellers.*En *In a Lonely* es la amante de un guionista, escritor
frustrado. En la primera muere ella en un avión volando hacia el
adulterio, en la segunda casi la mata de amor Bogart. Originado-
ra de celos del circo en *The Greatest Show on Earth* el domador
Lyle Talbot casi le aplasta la cabeza rubia con la pata de un elefante. En *The Big Heat,* haciendo honor al título, Lee Marvin (que no
lee) le arroja una cafetera de café hirviente a la cara. Tullida pero

no vencida Gloria hace de su tránsito una carrera estoica. *En un lugar solitario,* que es donde van a morir los elefantes literarios, ella salva de la cárcel y tal vez de la muerte a Bogart. ¿Cómo le paga él, celoso odioso? Torciéndole el cuello hasta casi asfixiarla. Parecería que, como Olga Guillot, ella cantara: «Siempre fui llevada por la mala». Pero Gloria parece decir que en el acoso está el gozo.

En *In a Lonely Place,* como un anillo de compromiso, Bogart le recita un versito que es un programa romántico: «Nací cuando me besaste». Bogart no es culpable de acoso sexual sino de abuso físico. Casi como en *The Two Mrs. Carroll* es un amante demente, capaz de estallidos de violencia mortal pero indiferente al sexo. La Grahame nunca ha estado más apetecible: aparece llena de morados de enamorado. Esa mujer no es hija sino consorte del maltrato. Bogart, por su parte, despliega una capacidad de violencia casi patológica: él todo *mens insana,* ella de *corpore sano:* nunca insepulto. Son los dos una pareja romántica a la que el amor conduce casi a la muerte, a una muerte de amor. Pero a una segura muerte del amor.

In a Lonely Place es sin embargo la película de amor perfecta —aunque no la crónica de un amor perfecto. Parece una versión blanca de *Otelo* en que Desdémona es inocente y a la vez culpable de amar a Otelo, mientras que el celoso *in extremis* es ahora un guionista de cine y casi su propio Yago: se gana la vida urdiendo tramas que vende —o que no llega a vender en este film. En ambos casos, Otelo de celo y Yago villano de sí mismo, la dimensión del drama se hace melodrama, forma favorita del cine, y la tragedia trunca no impide ver la trama detrás de la trama, casi casera. Nicholas Ray se enamoró aparentemente de Gloria Grahame y fue contratado para hacer un proyecto concebido por y para Humphrey Bogart que se convirtió en una declaración especial y dolorosamente personal. (Más, más adelante.)

Además de film romántico *In a Lonely Place* es un *film noir* «que cumple con la especificaciones del género de una manera cabal», según Kobal. Estrenada sin pena ni gloria ha encontrado su nicho negro en blanco y negro en la televisión. Sobre todo en Inglaterra, donde se pone y repone con mayor frecuencia que todas las demás cintas de Ray —incluyendo *Rebelde sin causa* en color. Esta glorificación de Gloria Grahame fue, desde la primera visión en los años sesenta, una de mis películas favoritas, que veo una y otra vez como cine romántico, como cine negro, como cine *tout court.* Gracias, estoy seguro, a Gloria Grahame: como antes, mejor que antes.

Pauline Kael, que sabe más, llama a Gloria Grahame, junto con Jean Harlow, Lana Turner y Kim Novak, «una presencia iconográfica». Nunca estuve tan de acuerdo con la Kael. Es más, nunca estuve de acuerdo como ahora: llamar icono a esa GG es un acto de justicia fílmica.

En *Melvin y Howard,* su penúltima película, Gloria peleaba contra el cáncer invisible y con la presencia bien visible de Mary Steenburgen, que es otra de esas bellas feas de Degas que son actrices fuera de molde. Kael, de nuevo, habla de «la maravillosa calidad barriotera» de Gloria al compararla con la rubia a la moda Cybill Shepherd y añade ante su escasa técnica que «no tiene su control como actriz». Aunque, continúa, «ella despierta la misma ansia de venganza masculina». «Los hombres», concluye, «querrían coger (a Gloria) y borrarle de la cara esa sonrisita burlona».

Nicholas Ray, su marido y futuro suegro, habla de cómo Gloria Grahame vino a *Un lugar solitario* y a su vida: «De manera», dijo Harry Cohn, el *boss of bosses* (traducción a la lengua de Hollywood del italiano *capo di tutti capi),* «que tienes problemas con tu dama joven». «No tengo ningún problema», dijo Ray que dijo Ray. «Lo que no quiero es a Ginger Rogers.» «¿A quién quieres?» «A Gloria Grahame.» «Estás casado con ella, ¿no?» «¿Y qué carajo tiene eso que ver? Es perfecta para el papel.» «Bueno dile a tu jefe (Howard) Hughes que hable conmigo.» Hughes habló con Cohn, pero en su territorio y a su hora: «Dile», le dijo, «que me encuentre en la esquina de Santa Mónica y Formosa a medianoche, en la gasolinera que hay por allí». Harry encontró a Howard en esa esquina peligrosa y lo hizo entrar en «su Chevrolet asqueroso y me tuvo dando vueltas por todo Santa Mónica ¡toda la santa noche!» ¿Resultado? Cohn, después de otra cita demente, accedió a que Gloria Grahame fuera Laurel Gray. De manera que no sólo debemos esa aparición gloriosa (de Gloria) a Nicholas Ray sino también a Howard Hughes. *Sic transit.*

Contrario a lo que se cree Ray no conoció a Gloria Grahame durante el rodaje de *En un lugar.* Ya se habían casado y separado antes de comenzar la película que ahora nos parece autobiográfica. Pero fue Ray quien la impuso a Howard Hughes, entonces no sólo productor de raros espectáculos sino dueño de RKO. Aunque *En un lugar* era una producción para la Columbia, su zar, Harry Cohn, temía, como todos, la autoridad del dinero que gastaba Hughes en el cine. Cohn quiso imponer a Ginger Rogers como la protagonista que amaba y odiaba Humphrey Bogart. Ginger Rogers, una de las grandes bellezas del cine, con pelo y pecas tan *sexy* como la piel de Louise Brooks, no era, no podía ser, hay que decirlo, tan conmovedora como Gloria Grahame —y yo no estaría escribiendo ahora sobre esta actriz tal vez única. Aunque avasallado por el *sex appeal* de Ginger Rogers (muy menguado) nada sería lo mismo porque Gloria es la Laurel y esta Laurel que vive más allá de la muerte de la actriz es Gloria *in excelsis.*

Nicholas Ray, un hombre cruel con todos y consigo mismo, nunca estuvo enamorado de Gloria Grahame y se casó con ella de rebote y por su insistencia. Gloria nunca estuvo mejor que en ese papel de mujer enamorada, presa de la violencia y finalmente abandonada. Pero al revés de Ray entonces Bogart fue un perdedor total que claro perdía también a Gloria. En un nivel actual Bogart es abusador con todos: su agente, un autista que pasa, con su mujer que no será nunca su mujer. Gloria le ama, le amará tal vez para siempre: ella nació cuando él la besó. Ese amor, cruel sentimiento dramático de la vida, fue el que sintió Gloria Grahame por Nicholas Ray. Ella, que era la mujer infiel por anto-nomasia en casi todas sus películas (excepto, ironías del arte, en *En un lugar solitario)* fue fiel a Ray más allá de la muerte (él murió en 1979, ella en 1981) y se casó con su hijo. ¿Quieren un mejor cuento de amor y de muerte?

De entre los zombies

Cuando se estrenó *La invasión de los ladrones de cuerpos* (*Invasion of the Body Snatchers:* su título ahora parece otra película más de George A. Romero) alguien escribió que era una alegoría anticomunista. Años después se dijo que era una referencia clara a la llamada Era de McCarthy. El péndulo de la ambigüedad había completado su vaivén. La realidad es que *Muertos vivientes,* dentro del género que inaugura y que cabalga a la vez, la ciencia ficción y el horror, es una película antitotalitaria: no hay otra manera de verla. Pero que las palabras alegoría y totalitario se refieran a lo que fue una pequeña película B, para exhibirse de relleno en programas dobles, muestra hasta qué punto la obra maestra de Don Siegel (cuando todavía no se firmaba Donald Siegel) al ser fiel a su época era una película visiblemente adelantada —y copiada a veces y hasta calcada después en un *remake* inútil por suntuoso, otro *remake* de Abel Ferrara. Hay sólo un axioma para el espectador: los que no recuerdan las viejas películas están condenados a ver refritos. (Véanse *Psycho Dos, Witness for the Prosecution, The Bride of Frankenstein:* todas *remakes* o secuelas.)

La historia es simple. Un médico joven (Kevin McCarthy, hermano de Mary pero sin parentesco con el senador Joseph) regresa a Santa Mira, su pueblito, después de una breve ausencia y encuentra extraños síntomas entre los vecinos: una sobrina dice que su tío no es su tío, un niño llora porque su madre parece su madrastra: hasta tal grado son idénticos pero ajenos. La enfermedad no está en los libros de medicina (un *dejà-vu* convertido en *ja-*

mais-vu) y el médico se limita a enviar a sus enfermos al psiquiatra local. (Como son los años cincuenta, ya tiene analista el pueblo.) Esa noche, sin embargo, un amigo escritor (se conoce enseguida que es escritor: habla con una pipa en la boca) convoca al médico a su casa y le muestra, pálido sobre verde (está sobre una mesa de billar: hay películas en blanco y negro que llegan en su intensidad a evocar el color), una extraña visita no invitada: un facsímil exacto, no informe pero todavía en formación de la vera efigie del escritor, casi como una invitación a una inmortalidad prematura. Luego aparecen otros duplicados de los próceres del pueblo y hasta de los más humildes. La epidemia no reconoce clases: todas las copias son iguales, aunque, por su conducta, algunas copias son menos iguales que otras. Así el psiquiatra tendrá otro psiquiatra por copia, pero el jardinero seguirá siendo jardinero. Sólo ha cambiado su carácter: todos son de una pasividad extrema y parecen, sí, zombies. Al final, para horror del médico, todavía *sui generis,* aparece la réplica de Dana Wynter, su novia, más bella que nunca, casi caquéctica pero dorada al sol de California. (¿Por qué objetar dos Danas entonces: una para el verano. ¿Por qué objetarla? Porque una es una copia clónica en la que todo ardor perecerá.) Las copias (humanas más que humanas: camino de utopía) aparecen por doquier: Salen de unas vainas verdes gigantes que parecen el alimento de dioses dementes: todo verdor es cruel. Son en realidad la avanzada de unos *aliens* que vienen a sustituir a cada ser humano individual por una copia perfecta como un maniquí de cera animado: son los zombies blancos que vienen de entre los vivos. Es el amanecer de los magos malos.

La huida de McCarthy y Dana Wynter, todavía *virgo intacta,* de una suerte peor que la muerte —la vida futura perfecta y eterna: el paraíso terrenal— es lo que hace que al terror de perder la identidad se añada el horror de verse rodeado por un mundo perfectamente inocente, cotidiano y sin embargo hostil —hasta que la catequesis nocturna te hace converso. El momento en que McCarthy descubre que durante el sueño Dana Wynter también ha sido trocada (su cabeza, su mente, su espíritu) y su escape solo y el ulterior descubrimiento de que toda la pesadilla sufrida en la pequeña Santa Mira (no Santa María) ocurrirá en otros pueblos del condado condenado, en otras ciudades sitiadas y, finalmente, en el mundo entero convertido en un orbe obrero: todo eso es lo que hace de la breve *Invasión* (apenas 80 minutos aún contando el imbécil prólogo y el epílogo anodino que impuso el estudio o Allied Artists, quien fuera: dorar el lirio aquí significa quitarle las espinas a la rosa) una alegoría política, un aviso sutil y el encuentro de la ciencia ficción con el cine de horror político, donde Orwell conoce al Dr. Pretorius: el comunismo es Marx más ersatz.

Treinta años más tarde la ciencia ficción se haría puro horror en *Alien,* que no pretende más que el entretenimiento por el *shock* nervioso, pero *Invasión,* una obra maestra de la Serie B, muestra que el verdadero *alius* no viene del espacio exterior: se lleva dentro, *alienus. Invasion of the Body Snatchers* es lo opuesto a una metamorfosis kafkiana: el ser ha sido sustituido por el perfecto símil sin ser. Gregorio Samsa no es ya un escarabajo que piensa sino un vegetal vivo. Mejor que *body snatchers* (los robacadáveres, con la ambigüedad de que *body* significa en inglés cuerpo y a la vez cuerpo muerto) debían ser *mind snatchers,* los ladrones de mentes. La caña pensante de Pascal ha quedado por fin hueca y vacía. ¡Vivan los muertos!

En serie pero «sui generis»

No hay más que dos películas en toda la historia de Hollywood de las que se sepa todo: cuándo se concibió cada una, cómo se hicieron, qué se fizieron. Una de esas películas es *Lo que el viento se llevó* (1939), la otra es *Casablanca* (1942). En otro tiempo *Casablanca* pareció la pariente pobre. Era gris en blanco y negro y ni siquiera encendían una hoguera en la *casbah*. Pero ha sido *Casablanca* la que se quedó entre nosotros para siempre. Todo el mundo puede cantar «Así que pasa el tiempo», que era la canción de Ingrid y Bogey, pero ¿quién tararea el tema de Tara? Todos recitan de memoria muchos de sus diálogos, en los que hay frases hechas («Hagan una redada de los sospechosos de siempre») y frases felices (Bogart a Bergman: «Recuerdo hasta el último detalle. Los nazis iban de gris, tú de azul») y aún el brindis en inglés intraducible (un motivo repetido: *«Here's looking at you kid!»),* saludo que suena siempre a una felicidad que queremos recordar, como la letra de un bolero de ayer. *Casablanca* es una película feliz, finalmente, porque sabe unir su fin con su principio: caos y creación.

Casablanca comenzó como la respuesta de Warner Brothers a *Argel* de la Metro, y se pensó primero en la pareja Dennis Morgan y Hedy Lamarr. la hermosa némesis de Charles Boyer en *Argel.* Ahora se le añadieron nazis. Luego se descartó a la primera pareja por otra tan ideal: ella era bella y pelirroja pero a él le amputaron medio cuerpo la última vez que salieron juntos. Adivinaron: ¡eran Ann Sheridan y Ronald Reagan! Reagan no consiguió *Casablanca* para consolarse luego con la Casa

Blanca. Por último se creyó que Humphrey Bogart con su éxito renovado y un nuevo tupé arriba y una actriz romántica al lado podría enfrentar de nuevo a sus rivales de *El halcón maltés.* Sobre todo si el halcón de plomo se convertía en unas cartas de contraseña y el enemigo fuera sólo toda la Gestapo, seis SS y un coronel nazi. La trinchera de Bogart, además de impermeable, sería a prueba de balas.

Pero por uno de esos quites en el juego de poder del cine entre el productor David Selznick y Paramount Pictures para ver por quién doblarían las campanas (doblaron por Hemingway), Ingrid Bergman fue a dar con sus bellos huesos suecos a la Warner y al *set* de Casablanca, en Marruecos, Hollywood. Cayó del costado de Bogart al que, como se sabe, aún en sandalias sacaba casi la cabeza. La película tenía un título —y poco más. El guión era otro espejismo del desierto, mientras que su situación romántica estaba sacada de una pieza de teatro olvidada y cubierta de arena. Alguien desempolvó una tonada sin éxito para competir con un *hit* de moda: *La marsellesa.* Personajes no habría todavía pero ya se contaba con un reparto extraordinario para encarnarlos: todas las estrellas secundarias bajo contrato con la Warner, del pequeño Peter Lorre a Dan Seymour con su (metro noventa) seis pies de sevicia. El gran Dan no aparece en los créditos pero lo reconocerán ustedes enseguida: es una versión negra de Nerón que ahora cubre su faz con un fez. Hasta el eminente actor inglés Claude Rains tenía una segunda parte que la fragmentaria escritura del guión día por día, hora *pro novis,* hizo buena. Tan buena parte que la última frase romántica de *Casablanca* es dicha por Bogart no a la Bergman sino a Rains, a quien sugiere: «Louis, creo que éste es el comienzo de una bella amistad». Y platónicos pero peripatéticos se alejan ambos hacia el FIN.

En mis días de crítico (o mis días críticos, como los calificó un íntimo enemigo) escribí cuando Caín de *Casablanca:* «¿Es esta cinta obsoleta, distante, casi ridícula y seguramente falsa la que uno recordaba con amor?». Claro que era mi crítica la obsoleta, la absoluta. Hoy exalto a *Casablanca* por su presencia eterna entre nosotros mientras tantas cosas, incluyendo a los nazis, se han ido con el viento. ¿Qué ha cambiado? El medio. *Casablanca* ha sido declarada ahora la película de mayor popularidad en la televisión anglosajona y la televisión es sin duda la forma más popular de entretenimiento jamás conocida. Es aún más popular que el cine porque la televisión es el cine por otro medio.

Como declaró Alfred Hitchcock, Ingrid Bergman sería bella pero no era la más inteligente de las actrices. En Londres, meses antes de morir, fue entrevistada ella en el *National Film Theatre* y dijo dos despropósitos y tres tonterías. Reveló cómo se había preparado para su papel (que apenas existía) leyendo la historia de Marruecos, mirando un atlas de África, escrutando mapas del desierto y planos de Casablanca. Luego llegó al estudio, vio los decorados y exclamó ahora como ayer: «Todo era tan falso». Pero, claro, de eso se trata. ¿Quién quiere la verdadera Casablanca en el cine? Ni un hijo del jeque. Hay que decir que Ingrid Bergman se repuso al ver *Casablanca* en la blanca pantalla. Exclamó entonces en voz alta un elogio que todos corearon: «¡Pero qué buena película que era!» Que es, que es.

Homenaje a «El beso mortal», que es la obra maestra absoluta de las películas B

Estábamos sentados a una mesa del restaurante Le Bistro de South Kensington, Londres, además de Miriam Gómez y yo, un productor del clan Coppola, Tom Luddy, Louis Malle, cineasta francés y un director italiano que debe permanecer en el anónimo para proteger al inocente. De pronto y sin venir a cuento, casi como un exabrupto, el director italiano exclamó: «¡Qué gran director es Aldrich! Que *Kiss Me Deadly* sea su *primera* película». Aldrich es Robert Aldrich y *Kiss Me Deadly* es *El beso mortal* y no es su primera película. Se lo dije al director italiano, que replicó: «¡Cómo vas a decir que no es su primera película!» Los directores de cine no debían desmentirme: cuando se trata de historia del cine tengo mis cifras preparadas como un revólver cargado y a la menor provocación disparo. «*Sí signore*. Antes hizo *Apache* y *Veracruz*». Pero el parmesano no admitía que se había convertido en un gruyère: se le veían los hoyos. «Esas vinieron *después*», adujo. Por su testarudez que no nos llevaba a ninguna parte, le informé: «Vea a *Katz*». Lo refería a *The Film Encyclopedia*, la máxima autoridad en cuestiones de créditos del cine. «¿*Cats*?», se asombró el italiano. «¿Qué tiene que ver una comedia musical con Aldrich?» Todos los presentes —y hasta un ausente— estallaron en risas como una granada de fragmentación. «*Katz*» le expliqué, «es la enciclopedia del cine».

El *regista* se quedó amoscado, pero también debía de estarlo yo. Cuando regresé a casa esa noche consulté mi *Katz* buscando a Aldrich, Robert, director nacido en Rhode Island en 1919 y muerto en Los Ángeles de fallos del riñón en 1983. Aldrich, hijo de familia rica, había venido a Hollywood a trabajar como empleado de oficina de la RKO y había sido, primero, asistente de dirección para varios directores antes de ser asistente de Chaplin en *Candilejas.* Ahora venía mi momento brillante —que Katz hizo trizas. Aldrich había hecho *dos* películas anteriores a *Apache* y ¡cuatro antes de hacer *Kiss Me Deadly!*

Cuando regresaba a Los Ángeles una noche el detective privado Mike Hammer *(El Martillo* encarnado, de veras, por Ralph Meeker, uno de los actores de Hollywood de más brutal, vulgar aspecto), detective privado, le hace señas de parar en la carretera una mujer que dice llamarse Cristina y que trata de evadir, pasajera, las preguntas que le hace Hammer. Ella va descalza y desnuda debajo de su impermeable. Pero Hammer deduce por su aspecto que se ha escapado de un manicomio cercano. Sin embargo la lleva más allá de una barrera que ha erigido la policía haciéndola pasar, literalmente, por su amante. Un poco más allá, cuando Hammer para en una estación de gasolina, la desconocida le ruega, «Recuérdame», en caso de que le pase algo. Hammer, luego, se despista y queda medio inconsciente mientras torturan y matan a Cristina. Su auto es empujado por un acantilado y arde.

Hammer recobra el conocimiento en un hospital, donde su secretaria Velda y un detective amigo le informan que de la fiscalía federal quieren interrogarlo. Este interrogatorio y las crípticas frases finales de Cristina lo hacen desobedecer los avisos aviesos para iniciar su propia investigación. Sigue las pistas más disímiles que apuntan sin embargo a un científico asesinado hace poco, crimen cometido por un gángster local, Carl Evello que no es bello. Los conspiradores tratan de comprar a Hammer regalándole un auto deportivo nuevo, aparentemente en pago del viejo que perdió. Pero el auto es un caballo de Troya: tiene dos bombas ocultas. Un mecánico amigo, Nick, que siempre reacciona con exclamaciones explosivas («¡Va va voom!» es una de ellas), desmantela las bombas, mientras Hammer decide visitar a Evello y es recibido por su hermana Bella. Hammer no sólo seduce a la hermana sino que reduce por la fuerza a los secuaces de Evello. Luego busca y encuentra a la compañera de Cristina, llamada por ahora Lily Carver, escondida en su apartamento. Todas las mujeres con que se encuentra Hammer son bellas y fugaces, pero Lily es tan neurótica y repulsiva que Hammer se interesa en ella. Pero Nick es asesinado en su garaje antes de poder decir «Va» y Hammer es secuestrado por Evello.

Todos los tahures se reúnen en la casa de la playa propiedad de un tal Dr. Soberin. Al hablar el doctor Hammer reconoce la voz del torturador que mató a Cristina. Sobreponiéndose a una buena dosis de pentotal sódico (en este caso sádico) que es el suero de la verdad y la venganza, Hammer mata a Evello y a su mejor matón y se escapa. Cuando regresa a casa encuentra que Velda ha desaparecido pero, con Carver, descifra el mensaje mortal de Cristina: «Recuérdame» viene de un verso de Christina Rosetti. El poema, musical, da la clave. Rompiéndole una mano al guardián de guardia del necrocomio, Hammer obtiene gentilmente la llave de una casilla de un club atlético y encuentra lo que Velda llamó *«the great whasit»,* la gran incógnita: Una caja negra. Deja la caja como la encontró, pero Lily (como Velda y las dos como Albertina) ha desaparecido. Luego lo espera la policía que le revela que la caja en cuestión contiene plutonio radiactivo, tesoro tras el que están «innúmeros espíritus armados». Cuando Hammer y su amigo policía encuentran la taquilla vacía (lo que ocurre a menudo con muchas películas), Hammer sigue una pista vieja como si fuera una carretera nueva —que conduce a la casa en la playa y al Dr. Soberin. Allí descubre que Lily Carver, alias Gabrielle, alias el ángel de las tinieblas, ha atacado al Dr. Soberin por haberle propuesto unos pocos rompecabezas en griego (la caja de Pandora, Cerbero que guarda el Averno, etc.), enigmas que son enemas para la

Lily, quien no solo mató al mal doctor sino que le dispara a Hammer a quemarropa. Cuando ella finalmente abre la caja que contiene la bomba atómica, el artefacto nuclear le quema la ropa primero y luego todo el cuerpo y la casa de paso —mientras Hammer rescata a Velda de donde la tenían escondida. Los dos se refugian en el océano Pacífico cercano. *The end*.

Pero para enriquecer esta película hecha de paranoia pura los productores han fabricado dos finales distintos. En uno Hammer y Velda se salvan en el mar en un bautizo contra el mal. En el otro, la casa, como todo el mundo, estalla en fuegos de artificio narrativo. El Dr. Soberin, Lily, Velda y Hammer perecen consumidos por la llama blanca de la bomba. Afortunado que soy tengo copias de la cinta con ambas soluciones.

Restreno de una obra maestra

Cuando se estrenó *El beso mortal* nadie le hizo caso. En su estreno sólo José Luis Guarner le dio su merecido y para titularlo en España sugirió el título cubano: este otro cronista siempre estaba al día y a la noche del cine.

Kiss Me Deadly es la joya de la corona de las películas B. Una película B es aquella que tiene un presupuesto escaso por no decir mínimo. Antes se exhibían en la primera parte del programa, aunque segundas partes fueran malas. Las mayores productoras de películas B eran la Republic y la Monogram, a quien Jean-Luc Godard dedicó su primera película, *À bout de souffle,* un calco y un homenaje al mismo tiempo. Pero, ay, Jean Paul Belmondo no era Bogart, a quien copiaba. Hoy las películas B han sido sustituidas por las películas para la televisión, *made for TV,* cuya mediocridad ha creado un género y un estilo y un lenguaje y como dicen, *TV gives you TB:* la televisión da tisis.

El beso mortal está ahora más al día que muchos estrenos. ¿No han oído hablar ustedes de los ladrones de material atómico que nadan en agua pesada con dólares y trafican con la posibilidad de hacer una bomba atómica en el patio de la casa de Saddam Hussein? Estos son los personajes de *Kiss Me Deadly,* esta es la materia de que están hechos sus sueños —es decir, muchas pesadillas.

El reparto

Ralph Meeker vino del teatro donde sustituyó en Broadway a Marlon Brando en *Un tranvía llamado Deseo.* Debutó en el cine con *Teresa,* siempre haciendo después de soldado o de vaquero villano. Volvió a ser elegido por Robert Aldrich para *The Dirty Dozen,* donde era un recluta díscolo. Murió de un ataque al corazón en 1988. Irónicamente sus dos últimas películas se titulan *El invierno mata* y *Sin aviso.*

Albert Dekker fue uno de esos villanos perfectos: alto, autoritario y bronco adornó con su aspecto viril y vil y su dicción correcta más de un personaje unívoco. Sus mejores momentos fueron el del vesánico gigante de la ciencia en *Dr. Cíclope* y este Dr. Soberin, más modesto y menos científico pero más peligroso de *El beso mortal.* Dekker se suicidó en 1968 al meter su cabeza en una bolsa de plástico. Estaba vestido con sostén, liguero y pantaleta negros y sandalias de tacón alto, también negras —el villano que muere como una víctima.

Hay un tercer hombre en el reparto, Fortunio Bonanova, uno de mis actores secundarios favoritos. En *El beso mortal* está haciendo, ¿qué otra cosa?, de un fanático de la ópera, que oye cantar a Caruso en su vieja vitrola mientras él mismo canta un ¡aria de *Martha!* Para sacarle información Hammer le rompe un disco de su colección —y claro, Bonanova, canta.

La estrella que cayó del cielo

Cuando por fin se estrenó *Performance,* en 1970, tres años después de hecha (luego de haber estado prohibida por la propia Warner Brothers, que la produjo, cuando su productor declaró que «esa película atroz» sólo se estrenaría por encima de su cadáver, llegando inclusive a secuestrar el negativo), la pregunta sin respuesta en el mundo del cine era quién había sido el verdadero director de esta cinta singular, tal vez la mejor del lustro inglés. *Performance* aparecía —una cosa rara más en un filme raro— como correalizada por dos directores. La pregunta se hacía doble. ¿Había sido dirigida en realidad por Donald Cammell, que escribió el guión y era un buen conocedor del mundo *pop* de Londres y de las muchas complicaciones posibles en el sexo? ¿O había sido su realizador Nicholas Roeg, el brillante técnico que fotografió, entre otros filmes, *Farenheit 451, Lejos del mundanal ruido* y, sobre todo, *Petulia?* Cammell cayó en el silencio después de *Performance**, pero Roeg hizo otras películas, como *Walkabout,* filmada en Australia, un fracaso menor, y *Don't look now,* filmada en Venecia, un éxito menor. Sin embargo, su próximo filme despejó las dudas sobre quién era el verdadero talento detrás de *Performance.* Ese filme es *El hombre que cayó a la tierra.*

No revelo mucho si cuento que un día un hombre cayó del espacio exterior a la Tierra, ya que la revelación está en el título. Ocurrió en un lugar solitario (aparentemente porque esta

---

* Donald Cammell finalmente se suicidó en Los Ángeles en 1996.

criatura extraterrestre era vigilada constantemente) de Kentucky. En un pueblo vecino extrae un pasaporte de un bolsillo, dice (con acento de Londres) que es inglés y cambia un anillo de oro puro por dinero. Pronto revela al espectador una vasta colección de anillos de oro y reúne suficiente dinero para comprar los conocimientos de un abogado de patentes (Buck Henry, mejor actor que escritor) en Nueva York, a quien acto seguido muestra un espécimen aparentemente plástico que resulta electrónico y unas hojas llenas de símbolos matemáticos. El visitante dice que su nombre, prediciblemente, es Newton. El abogado declara con pasmo que sus descubrimientos pondrán fuera de mercado a la Ica, Eastman Kodak y Dupont, como se sabe los tres más poderosos consorcios químicofotográficos del mundo.

Thomas Jerome Newton adquiere en seguida un Cadillac negro con teléfono, por el que se comunica exclusivamente con su abogado, y se va a vivir a un hotel de tercera en Nuevo México. Allí tiene una extraña crisis de agotamiento físico con hemorragia nasal y vómitos, y es ayudado por una sirviente solícita, Mary-Loy (Candy Clark, la inolvidable rubita de *American Graffiti),* que lo cuida y le procura un televisor como entretenimiento. Newton resulta un adicto, no a las drogas ni al alcohol, sino al agua y a la televisión —pronto tiene seis televisores en el cuarto, todos encendidos a la vez—. Mientras tanto, en Chicago, Nathan Bryce (Rip Torn, ese excelente actor), profesor de química que sostiene peligrosas relaciones promiscuas con sus alumnas, recibe de regalo un libro que trata significativamente de poesía y pintura, y lo abre (¿al azar?) por la página que tiene una reproducción de *La caída de Ícaro.* Una de sus alumnas que muestra idéntica pasión por la gimnasia sexual y por la fotografía, le muestra el testimonio de su reciente coito en un rollo de fotos reveladas e impresas a color instantáneamente, procedimiento tan novedoso que sería la envidia de la Polaroid. Bryce decide dejar su cátedra y sus alumnas y solicita trabajo de la compañía que produce tales maravillas químicas —no sin antes echar una ojeada de nuevo a *La caída de Ícaro* y a la página opuesta, donde viene un fragmento de poema que alguien dedicó al cuadro de Bruegel, la cámara acercándose luego sobre la reproducción hasta descubrir la pierna zambullente, que es la única evidencia de la caída del hijo de Dédalo, el inventor.

Por su parte, Mary-Lou y Newton se han hecho amantes, y el Icaro moderno, que padece *flashbacks* de extrañas criaturas depiladas o viscosas en un desierto extraterrestre, puede detectar visiones de los desaparecidos pobladores del Oeste. Al mismo tiempo, se ha hecho construir una casa junto a un lago (su pasión por el agua) en la que ha instalado doce televisores, que mira a la vez. Bryce logra establecer una extraña relación con Newton, quien aparentemente puede teleportarse y presentarse antes de que ambos hombres se conozcan. El profesor sospecha que Newton es algo más que un excéntrico y prepara un artefacto oculto para obtener evidencia sobre su identidad real. Newton, que es capaz de ver los rayos X, se da cuenta de la trampa, pero está demasiado borracho para intervenir. Bryce descubre que Newton es un extraterrestre por medio de la radiografía, pero Newton mismo se revela a Mary-Lou, ahora una amante exigente, por un procedimiento que puede llamarse *strip-tease* total. Thomas Jerome Newton, o como se llame esta criatura, aparece totalmente desnudo y viscoso, dejando sobre la piel tibia de Mary-Lou, que insiste en hacer el amor con este monstruo, una baba repelente que es la huella de su mano.

Por fin, Newton confía a Bryce que es un extraterrestre (después que hemos visto innúmeras visiones de criaturas muriendo de sed en el desierto imposible, pero todavía viscosas: su familia dejada detrás por la que siente un conmovedor afecto) que ha venido a la tierra en busca de un refugio con agua, como el que ha visto por la televisión en su planeta, pero al momento siguiente le comunica que intenta regresar en un cohete de su creación. Pero agentes no identificados quieren acabar con el poderoso consorcio de Newton, y cuando éste va a partir en su

nave espacial particular, en medio de turbas adulantes, es secuestrado —y aquí la película se deshace, pero no termina—.
Parecen haber pasado años, porque el abogado ha envejecido
considerablemente, lo que no impide que él y su amigo íntimo
sean lanzados desde el rascacielos en que viven por los misteriosos agentes, Ubicuo y Rencoroso. Pasan más años y Bryce y
Mary-Lou, que son amantes desde hace tiempo, aparecen viejos
y casi decrépitos. Newton, por su parte, se mantiene tan joven
como un Dorian Gray extraterrestre, pero está confinado en
una especie de arresto domiciliario y sometido a absurdas in-
vestigaciones médicas. Mary-Lou, añorante, intenta ver a Newton, y lo consigue, para encontrarse al antiguo amante abstemio
convertido en alcohólico, y tienen un curioso reencuentro amoroso, en el que Newton, que aborrecía la violencia, hace el amor
con auxilio de un enorme revólver, cargado con salvas. Pasan
más años todavía y Bryce, siempre tras la pista del visitante del
espacio exterior, encuentra un disco que por razones privadas
del argumentista le conduce a Newton. El de ellos es el encuentro entre un anciano y un joven vestido como afectado petimetre
de los últimos años treinta, de sombrero de fieltro y traje cruzado. Pero es Bryce quien tiene la última palabra ante el borracho
Newton: «Mister Newton ha bebido más de la cuenta», le dice
al camarero y el filme termina con Newton bajando los ojos, la
cabeza y el sombrero de fieltro, mientras se oye sonar *Stardust,*
ese nostálgico *Polvo de estrellas,* en la versión de Artie Shaw.

Si he contado la película entera es para ayudar al lector
que vaya a ser espectador, pues Roeg (auxiliado por Paul Ma-
yersberg, el guionista) ha hecho su filme con complicación más
que complejidad, lleno de saltos de choque, disoluciones de la
continuidad y cargas de *flashbacks* y proyecciones al futuro. Es,
sin duda, su película más ambiciosa (incluyendo *Performance),*
pero, como dice Raymond Chandler, «el problema con la ficción fantástica como regla general es el mismo problema que
afecta a los dramaturgos húngaros: no hay tercer acto». No hay

tercer acto en *The man who fell to earth,* que es una película que parecía prometedora y resultó malograda. Las escenas de sexo (la recurrencia más visible en el filme, aparte de las visiones extraterrestres), son menos gratuitas que el coito en *Don't look now* (del que se dijo que Donald Sutherland y Julie Christie «lo hicieron de veras», como si esta realización tuviera que ver con el arte), pero no tienen la necesidad de ocurrir que tenían en *Performance,* que trata de la identidad sexual. En el resto del filme impera la gratuidad. Hay, sin embargo, una revelación extraordinaria en *El hombre que cayó a la Tierra.* Se llama David Bowie.

David Bowie, que ya era famoso en el mundo *pop* (porque no se puede hablar de *rock* en su música y aparición escénica), otorga a la película una dimensión extraña. Desde el principio, con su pelo teñido de un rojo imposible, con su figura de extrema delgadez, casi caquéctica, su cara larga de labios finos o sus raros ojos, es de veras una aparición de otro mundo, del mundo de la belleza que Oscar Wilde celebraba como venida de una tierra de extrañas flores y sutiles perfumes, una tierra donde todas las cosas son perfectas y ponzoñosas. Pocas veces ha aparecido en el cine (tal vez desde Katharine Hepburn) una belleza andrógina tan cautivante. Dice el director Howard Hawks que la cámara se complace en retratar los ojos claros, y Nicholas Roeg, como buen fotógrafo, ha captado los ojos azules de Bowie hasta hacerlos zarcos, verdes, amarillos, jugando con una mirada que está hecha para el cine. También sabe apreciar su belleza asexuada y en las muchas ocasiones en que lo fotografía desnudo, jamás muestra su sexo. Así, en su *strip-tease* a la Allais, cuando se despoja de su piel falsamente humana, lo que se ve es una aparición más que andrógina, sin sexo, o para usar una palabra cara a la ciencia-ficción, el androide perfecto. David Bowie era una superestrella de la música *pop* —en esta película se ha convertido, para el cine, en la estrella que cayó del cielo.

Las tribulaciones del alumno Yentl

A Nedda y Enrique Anhalt

El título también podría ser *Yentl va a la yeshiva*. Pero Yentl no es nombre de hombre en hebreo: es nombre de hembra, y las judías no podían ir a la yeshiva.

¿Y qué cosa, señor, es esa yeshiva tan exclusiva, tan elusiva? La yeshiva es la escuela tradicional judía, dedicada tradicionalmente al estudio de toda la literatura rabínica. Entonces no se permitía ingresar en la yeshiva a las mujeres, que tampoco podían estudiar en privado las Sagradas Escrituras. Ése es el dilema de *Yentl,* una muchacha que quiere ser muchacho sólo para estudiar el Talmud y la Tora. Entonces es cuando Isaac Bashevis Singer era joven en la siempre fluctuante frontera de Rusia con Polonia.

¿Quién es Isaac Bashevis Singer? Un escritor norteamericano de origen polaco que escribía en yiddish, ganador del premio Nobel y el más famoso de todos los escritores yiddish.

¿Qué es el yiddish? El idioma que hablan los judíos askenazi, derivado del hebreo y del alemán, y del ruso, y del polaco, pero escrito con caracteres levíticos. Singer escribió en yiddish *Yentl, alumno de la yeshiva.* Es un cuento que traducido al inglés comienza así en español:

«Después de la muerte de su padre, Yentl no tenía razón para permanecer en Yanev.

Quedó totalmente sola en la casa. Por supuesto que había huéspedes dispuestos a mudarse con ella y pagar renta, y las casamenteras acudieron a su puerta de Lublín, Tomashev, Zamosoc.

Pero Yentl no quería casarse. Muy adentro una voz le repite una y otra vez «¡no!». ¿Qué le pasa a una mujer una vez que se acabó el casorio? En seguida comienza a tener hijos y a cuidarlos. Y su suegra es la que manda. Yentl sabía que no estaba hecha para la vida de mujer. No sabía coser, no sabía tejer. Dejaba quemar el guisado, se le desbordaba la leche. Yentl prefería las actividades masculinas a las femeninas.

Su padre, Reb Todros, descanse en paz, durante los años que estuvo baldado estudiaba la Tora con su hija como si fuera ella un hijo.

Le decía a Yentl que echara el pestillo a la puerta y corriera las cortinas de las ventanas, entonces ambos se encimaban sobre el Pentateuco, la Misna, la Gemara, y hasta los Comentarios. Había demostrado ser tan buena alumna que su padre solía decir: "Yentl tienes alma de hombre". "¿Y entonces por qué nací mujer?" "Hasta Dios comete errores".»

El cuento sigue con Yentl cortándose el pelo, vendiendo las propiedades paternas y saliendo al mundo en busca de... ¿aventuras?, ¿amores?, ¿fortuna? Nada de eso: sólo en busca del conocimiento.

Tiene aventuras, sí, pero son su manera de vencer sus obstáculos en el camino del saber. Tiene amores, pero a pesar suyo. Y su riqueza es la sabiduría adquirida, y conocer los caminos que van a Dios y estudiar la oculta Tora y el arcano Talmud. En su búsqueda del conocimiento prohibido, Yentl, ahora llamada Anshel, llega a casarse con una hermosa virgen judía, entabla amistad tierna y eterna con un joven estudiante que aspira al rabinato y al final huye hacia América, después que ha descartado el disfraz de Anshel y es de nuevo Yentl, todavía ansiosa de la sabiduría sagrada.

El tema menor (una mujer que se disfraza de hombre y pasa por tal hasta ser descubierta) es muy antiguo, tan antiguo como el del hombre que se disfraza de mujer para huir o evadir la captura: Aquiles, que no quiere ir a la guerra. Todavía es actual en el cine: *Con faldas y a lo loco* y *Tootsie.*

El más eminente ejemplo dramático de mujer que se disfraza de hombre es el de *Como gustéis,* en que Shakespeare aborda el tema del travestismo con humor y gracia ejemplar. En Shakespeare las sustituciones se complican hasta el vértigo, ya que al estar prohibida la presencia de mujeres en la escena isabelina, un efebo actor debía hacer de Rosalinda, la heroína que se convierte en héroe. Así, un muchacho disfrazado de muchacha en la escena debía a su vez disfrazarse de muchacho en la comedia. Es decir, asumir su propio sexo como disfraz.

Shakespeare sabía que la batalla de los sexos es un juego de identidades.

Pero en *Yentl,* la película, no es el sexo lo que motiva a la heroína, sino la búsqueda de la felicidad por el conocimiento. Además *Yentl* es una comedia musical, pero una comedia musical en que un sólo actor canta, la actriz, Barbra Streisand, la protagonista.

La Streisand no es sólo la heroína de la farsa feliz, es también la escritora, la productora y la directora del film. La cantante se ha convertido ahora en mujer orquesta. La película es un total triunfo y sólo le impide ser una obra maestra la fotografía, toda de tonos calientes, ámbar, casi ocres, que parecen como si el sol se estuviera poniendo rojo sobre el más próximo horizonte a toda hora, en todas partes: en la campiña eslovaca y también dentro de cada casa checa. Todo está sumergido en un baño sepia subido, bronce bruñido, ámbar solar y esta tonalidad cálida, cómoda, casera, termina por ser empalagosa cuando la película es, de veras, una realización impecable y, además, original.

¿Original? Sí, no ha habido nunca una cinta que tenga como tema la persecución de la sabiduría, la búsqueda del conocimiento y el acecho de las sombras (negro sobre blanco, blanco y negro) de la palabra impresa, del libro que es sagrado porque es la fuente del saber. En *Yentl* la letra con canto entra. Es esto lo que al verla produce un encuentro inusitado, y para mí un reconocimiento. Yo conozco esos judíos. Ingresé con ellos en la modesta academia de inglés de La Habana vieja, aprendí con ellos la ciencia oculta por difícil y las letras liberadoras en el vetusto caserón en que se cursaba el bachillerato entonces, estudié con ellos en sus casas del barrio judío habanero, y siempre me maravilló, me conmovió y me movió a imitarlos en su método: la locura de estudiar era el medio y el fin.

Ahora, al ver *Yentl* siento que esa muchacha que se corta el cabello, encaja en su cabeza el *yarmulke* (un capelo que es el pecado cardinal), se viste de estudiante hasídico y echa a andar por el camino que conduce a la ciudad del saber, podía haber sido uno de mis condiscípulos askenazis o sefardíes, y la reconozco como uno de los personajes más nobles que ha dado el cine moderno. Entre tanta gente dura o dócil, entre tanto alcohol anónimo o epónimo, entre tanto sentimentalismo ramplón, Barbra Streisand, actriz que nunca soporté antes, ha producido una cinta que une a la mujer con la búsqueda del bien por la escritura, con un feminismo veraz porque forma parte de la trama que ella ha tejido alrededor del argumento de Singer, autor *ex machina*.

La Streisand protestó, con razón, de que su película no tuviera bastantes candidaturas al premio de la Academia de Artes y Ciencias de Hollywood, ese Oscar que no por gusto es la efigie de un hombre emasculado. No importa. Cuando nadie recuerde cómo se llamaba la ganadora, ese novelón de bobería y banalidad (ahora ni acierto con su título), *Yentl* será recordada como un intento de reunir en el cine el bien moral con la bondad artística, y dejarnos ver, entrever más bien, la unión posible de la estética y la ética. Tora y Talmud tienen en hebreo una misma raíz, que es instruir y aprender a la vez. Así la religión, creada por un pueblo a su imagen y semejanza, ha terminado por recrear ella misma a su creador de origen. Esta dicotomía es única, pero los que amamos la literatura donde quiera que la encontremos, los que creemos en la letra, podremos reconocer a *Yentl* y a Yentl: son la salvación por el éxito.

El cine negro en blanco y negro

Cuando se dice «cine negro» no se quiere decir que es cine hecho en África y la frase misma no es más que la etiqueta para el melodrama más violento. No todo el cine negro está hecho en blanco y negro, pero hasta hace poco las sombras negras sobre la pantalla blanca eran la forma ideal para un género aparentemente menor.

El verdadero creador no del género sino del título del género, Marcel Duhamel, escribió: «El neófito debe tener cuidado: los volúmenes de la serie negra no pueden entregarse sin peligro a cualquiera». Esta advertencia ingenua recuerda un lema que solían llevar las viejas novelas de horror: «No debe leerse de noche». Pero Duhamel convoca nuevos fantasmas literarios y dice: «El simpático detective no siempre resuelve el misterio. A veces no hay misterio. Otras ni siquiera hay detective». El padre de la novela negra, según los franceses, fue Dashiell Hammett y por supuesto ya aparece el título de una revista hoy puesta de moda por una película a la moda. Se trata de *Black Mask* que originó la narración *pulp* —que le da el título a *Pulp Fiction*.

La primera novela de Dashiell Hammett, *Cosecha roja,* describe pero descubre la corrupción de toda una ciudad, Personville, apodada por el bajomundo *Poisonville:* la ciudad veneno. La estrategia del narrador y protagonista ha sido copiada varias veces por el cine, notablemente en *Yojimbo,* de Akira Kurosawa, y por Sergio Leone en *Por un puñado de dólares* —ninguna de las cuales tiene que ver nada, por cierto, con el cine negro. Es la siguiente novela de Hammett, *El halcón maltés,* que origina el cine negro. Fue al verla que un crítico hoy olvidado tuvo sus quince segundos de fama al catalogarla como *film noir.* Éste es el retrato que hace un personaje de ficción, Ellery Queen, de otro personaje de ficción, Sam Spade, el «héroe negativo», como le habría gustado llamarlo su autor, Hammett apodado por comunista «Hammer & Sickle», hoz y martillo. «He aquí al hombre que desprecia a su cliente pero descubre siempre al culpable. He aquí a este hombre de acción, un duro cuya sonrisa pensativa constituye su gesto más peligroso. Éste es el hombre que nunca perdona, a nadie: hombre o mujer, muerto o vivo». Todo lo que hizo Jonh Huston en esta primera muestra, muestra maestra del cine negro, fue seguir la novela, literalmente, desde el título, al pie de la letra. Por favor, si hasta el temblor de la mano mortal de Bogart ¡estaba en el libro!

Veinte años más tarde, en 1950, John Huston, cuya importancia para el género negro no hay que exagerar, produce otra obra mayor, *The Asphalt Jungle (La jungla de asfalto),* extraída de una novela de W. R. Burnett. El reparto de *El halcón* era ideal pero era menor y Warner Brothers lo permitió como anzuelo sin carnada para probar a un director no sólo bisoño, pero aún por estrenar: ésta era la primera película de John Huston. «Por otra parte Humphrey Bogart, hasta entonces un segundón, vino a la película porque George Raft se negó a aceptar ser un detective privado. «Si no tengo una chapa, no acepto». Huston: «¿Chapa de qué?». «De policía», y ahí terminó la entrevista con Raft. Peter Lorre había visto mejores oportunidades y Mary Astor ya no era la dama joven que fue. Por otra parte, Sidney Greenstreet no había actuado nunca en el cine y era un actor de carácter en Londres y en Broadway. El elenco (como siempre hará en el futuro Huston se negó a dirigir), contaba con lo que hace al cine negro: una abundancia de personajes únicos pero equívocos. El reparto de *La jungla* estaba hecho todo de actores secundarios, pero tenía una perla barrueca en una ostra de cul-

tivo: rubia, de piernas esculpidas y busto grande llegaría a ser
¡Marilyn Monroe! Huston, con su negativa a dar dirección a los
actores, logró otro elenco de actores de carácter y entre ellos
una actuación de esas que se ven cada diez años: Sam Jaffe era
el veterano maestro del hampa a quien le gustaban demasiado
las niñas —exactamente dieciséis años antes de *Lolita*.

El antihéroe de *La jungla de asfalto,* Sterling Hayden, es el
héroe perdedor de otra obra maestra del cine negro, *The Killing
(Casta de malditos)*. Es, prácticamente, la primera película de Stanley Kubrick, que luego dirigiría una memorable sátira política
(Dr. Strangelove) y una cumbre de la ciencia ficción *(2001)* y
otra de cine de horror *(The Shining)*. En *The Killing* se ve que Kubrick ha visto (y admirado) al Huston de la *Jungla*. El tema es casi el
mismo (el robo perfecto que termina en la derrota), iguales son
los personajes expertos en el crimen que se comportan como novatos y los aflige la misma codicia: la avaricia echando a perder la virtud del plan casi perfecto. De hombres como de ratones ingeniosos.

Es esta característica del héroe como perdedor nato que
informa al género. El cine negro, como la novela negra, está protagonizado no por héroes griegos, a los que pierden sus virtudes,
sino por el héroe moderno, a quien sus virtudes y sus defectos
determinan como aquel que nació para perder. Es una suerte de
fatalismo psicológico o una falla en el carácter: una grieta donde se creería un monolito. Un experto en esa clase de historias
derrotistas fue James Cain. Todas sus novelas de éxito han sido
llevadas al cine con parejo éxito: *Double Indemnity* por Billy Wilder con una Barbara Stanwyck rubia, amoral y peligrosa, *Mildred Pierce,* con Joan Crawford sufriendo y peleando por su hija,
una viciosa, y aquella que ha visto más versiones: *El cartero llama
dos veces*. Una en Italia, titulada *Ossessione* y dirigida (o mejor,
pirateada) por Luchino Visconti. Otra, la mejor, de Tay Garnett,
con una Lana Turner capaz de hacer de cualquier hombre un
asesino: por ella, para ella, contra ella, contrahecha moral. Más
bella y más peligrosa aún que Barbara Stanwyck en *Double In-*

demnity, Lana es la hembra fatal, la mantis religiosa hecha atea pero sexualmente más fatídica, fatal.

Hay muchas *movies* memorables en el género —y los títulos que siguen aparecen en inglés porque la traducción de títulos al español (como a cualquier idioma) no es nada fiable. *This Gun for Hire* (1942) donde Alan Ladd, ese arquetipo, es el ángel rubio vengador y a la vez un alma fría destinada a perder siempre. Como pierde Burt Lancaster en *The Killers* y en *Criss Cross* (1948), otra obra maestra de Robert Siodmak, uno de los maestros del género.

The Big Sleep (1946), *The Blue Dahlia* (1956), *The Big Heat* (1953), *Angel Face* (1953), *Brute Force* (1947), *Crack Up* (1946), *Crossfire* (1947), *Cry of the City* (1948), *Dark City* (1950), *Detour* (1948) —y esta extraña cinta parece declarar, por boca de su protagonista, la filosofía estoica pero no heroica del cine negro. «La suerte», dice el viajero hacia el absurdo, «o tal vez otra fuerza misteriosa, puede apuntarte con su dedo sin ninguna razón».

La lista, somera, no incluye a todas las películas del vasto repertorio del cine negro *made in USA.* Pero las fechas muestran que su apogeo tuvo lugar en los años cuarenta y se extendió a los años cincuenta. Es fácil ver que el cine negro debía gran parte de su arte a la ausencia de color. Pero a partir de los años sesenta aparece, visible, una intrusión del color en un mundo gris. *Chinatown* y *The Grifters* son muestras maestras del cine negro en colores. Es entrados ya los años ochenta, que ese viejo conocido, el cartero, viene a llamar una vez más, en lo que puede ser una segunda (o cuarta) versión.

El protagonista vagabundo marcado por los hados de *El cartero llama dos veces* es el héroe de *Chinatown,* Jack Nicholson, con su mezcla de súbito sadismo y la completa comprensión de la realidad pero a quien el sexo no le deja ver que su futuro no es incierto sino cierto: subirá siempre al patíbulo. Jessica Lange es el cebo sexual con que el destino adorna su anzuelo. La

Lange se dio a conocer como la muñeca rubia que se dejó desnudar por el enorme mono negro en la versión (o perversión) moderna de *King Kong*. Ella será una atracción fatal para Nicholson como lo fue para el simio: seducidos ambos. Ahora es a Lana Turner lo que fue antes a Fay Wray. Ella clama, reclama, que su Cora es más fiel no al libro «sino a la realidad». Por supuesto, *El cartero* es tan real como *Macbeth*. De hecho Nicholson es Macbeth en California del Sur: un usurpador.

Contagiado con lo que es una obsesión realista, el director Bob Rafelson (que nunca podrá siquiera dar betún a las botas blancas y negras de Tay Garnett, el verdadero director de la verdadera versión) se queja de que Lana Turner (cuya aparición en *El cartero* es una presencia sexual sólo comparable al momento en que las piernas, con esclavas, de Barbara Stanwyck bajan la escalera tan fatal como la que lleva al patíbulo) estaba vestida, en 1946, toda de blanco para acentuar su pureza por exigencias de la censura. Jamás intervino la censura en el color o la textura de la ropa de las actrices, solamente en su grado de desnudez: vestida o desvestida. El vestuario de Lana Turner, una de las mujeres más excitantes, incitantes del cine, estaba determinado por la iconografía de la estrella y los elementos emblemáticos del personaje y, en último término, por la cantidad específica de *noir* de la película. ¿Y qué dice la Lange de Lana?

«Es curioso», declaró, «cómo en todas las escenas de amor se ve tan impecable. Ni un solo pelo de su peinado en desorden ni una mancha en la ropa». Hay que perder toda esperanza, como advierte el Dante, de que Lange entienda si le aseguro que Lana Turner toda de blanco, con sus carnes esculpidas y la piel dorada por el sol y el pelo platinado por la moda, no encarna a la Inmaculada Concepción sino a una forma fatal del deseo.

Una nueva forma del cine negro en color es una película que Nino Frank (ese vidente que se ha hecho televidente al haber bautizado al género como *noir*) habría llamado *La negrèsse*. Me refiero a *Tráiganme la cabeza de Alfredo García,* en que

Sam Peckinpah mostró la evolución del cine negro hasta su culminación en una orgía de sangre: cuerpos que caen muertos como caen los cuerpos muertos: cadáveres que al morir bailan la danza de la muerte de rigor, antes de que se apodere de ellos otro rigor, el *rigor mortis.* Vemos espasmos en cámara lenta, estertores repetidos, cuerpos violentamente disparados hacia atrás por las balas, proyectiles que penetran la carne con extrema urgencia y estallan al completar su trayectoria como si todas las fuerzas fueran de dispersión. Es una violencia nada real sino hiper-realista porque en la realidad no hay una sola bala de la que se vea su penetración. Ésta es una violencia sugerida con brutalidad y de acuerdo con un diseño visual nuevo. Antes, aún en lo más tenebroso del cine negro, los muertos, un momento antes de morir, gozaban de una salud bien visible.

Si *El halcón maltés* es la obra de exordio del cine negro al reescribir fielmente la novela de Hammett, *Los asesinos,* de 1946, es una culminación temprana. De una rara fidelidad al texto de Hemingway, con su comienzo que se proyecta hacia un futuro curiosamente hecho de *flash-backs.* O sea de reminiscencias pertinentes al pasado del brutal asesinato con que se inicia la película. En este acto de violencia, precedido por una calma amenazante, es que *Los asesinos* calca a Hemingway: a los personajes de los *hit-men,* a su atuendo, a sus maneras más propias de cómicos de vodevil que de asesinos a sueldo.

Es de este comienzo, de esta historia publicada antes de que Hammett escribiera su primera novela, que viene la última culminación del cine negro. Se trata de *Pulp Fiction,* a la que su director hábilmente relaciona con la revista *Black Mask* y la ficción barata. *Pulp Fiction* viene, al contrario, de una ficción maestra y de los diálogos aparentemente naturalistas de Hemingway, que son, curiosamente, altamente estilizados. (Es decir, creados por una imaginación estética). En *Los asesinos* toda la violencia se recibe a través de la conversación, aparentemente neutral, de los dos asesinos que llegan a una fonda del medio oeste una tarde apacible.

Quentin Tarantino, en *Reservoir Dogs,* está más interesado en la conversación interminable de los pandilleros que en su acción letal. En *Pulp Fiction* la conversación está mechada, con ráfagas de muerte y la situación se resuelve, como en *Los asesinos,* en una suerte de comedia negra —que es principio y fin del cine negro. Ahora en glorioso technicolor.

«La plus que noire»

Los franceses, tan dados a las etiquetas como a la etiqueta, inventaron una apelación controlada para un género del cine americano, que los americanos descubrieron después de que acuñaron su nombre en Francia. El género era un híbrido de inglés y francés y lo llamaron *film noir*. Pero el remoquete, aunque viajó lejos, no declaraba su origen. Venía de la novela negra, un título genérico para la novela dura americana que no era racialmente negra. El creador, no del género sino del nombre, se llamaba Marcel Duhamel. Lo usó para bautizar una colección de la editorial Gallimard con tapas negras y coleccionaba autores como Dashiell Hammett y Raymond Chandler primero y luego James M. Cain, W. R. Burnett y Horace McCoy, escritor de un título notable entre novelas mediocres. El título ha pasado a ser como un programa existencial, *Matan a los caballos, ¿no verdad?* En esa novela el caballo es una yegua y es la única verdadera víctima de la novela. Siempre, en ese género, como la mantis religiosa, la hembra es la mala de la especie.

La mantis religiosa tiene ese nombre por su hábito de permanecer inmóvil o menearse suavemente de un lado al otro, la cabeza levantada y las patas frontales estiradas como brazos en lo que parece una actitud de súplica. En realidad la mantis no cree en nadie: es una feroz carnívora que llega en su ferocidad a matar a su consorte después del coito para devorarlo en una merienda sobre la yerba. El macho, más pequeño que la hembra, parece encontrar placer o por lo menos indiferencia ante estas devoraciones rituales que son su destino biológico. Una de las mantis más peligrosas para el macho tiene nombre de soprano de coro de iglesia, Iris Oratoria. La mantis religiosa parece una encarnación del feminismo y abunda, ¡cuidado!, en los trópicos.

El *film noir,* que a veces se traduce como *cine negro,* es como el Oeste, un género. Alguien ha dicho que no es un género sino un estilo. ¿Y cuál es la diferencia? Un género no es más que una forma a punto de hacerse fórmula y el estilo genera las formas. (Hay que dar crédito a Nino Frank, cineasta francés, que en 1946 inventó el nombre de la cosa.)

Ese año, el primero después de la Ocupación, vieron en Francia una plétora de películas que tenían en común una tiniebla fotográfica en blanco y negro y sus héroes eran casi siempre tenebrosos. Pero más negras eran sus heroínas. La primera película realmente *noir, El halcón maltés* (1941), era toda negra. Basada en la novela homónima de Dashiell Hammett, era la tercera tentativa para captar y ofrecer el mundo de miedo y mentira del original. Fue esta película la que hizo la carrera de Humphrey Bogart. Ustedes por supuesto conocen a Humphrey Bogart, pero seguro que no conocen ni recuerdan a su némesis llamada Brígida. Era un actriz veterana, del todo inusitada, Mary Astor. La película mostró por primera vez el extraordinario talento de John Huston para componer un reparto, pero la presencia de Mary Astor, ya no una niña, fue un golpe maestro. Hammett describe a Miss Wonderly (que es tan engañosa como para cambiar de nombre tres veces) de una manera sucinta y sensual: «El cabello que rizaba alrededor de su sombrero azul era de un rojo oscuro». Aquí hay que prestar atención pues el pelo de esta mujer, en la película, es negro —tan negro como sus intenciones. Éste es el debut de la malvada de pelo negro en el cine negro. Ella es la más negra o, como quería François Truffaut, *la plus que noire:* negra de cabeza, negra de alma. Habrá que esperar a Linda Fiorentino para encontrar a la de veras más negra.

Ahora un hiato hosco.

Desde Helena de Troya ha habido rubias peligrosas y París bien vale una misa negra. Pero en el *film noir,* como decía Carl Denham en *King Kong,* las rubias se hacen escasas. Vamos a verlas pasar.

El cartero siempre llama dos veces es la perfecta novela negra. Será por eso que se ha filmado tantas veces. Hay una versión francesa de 1939, *Le dernier tournant,* Visconti se la apropió en 1942 y la tituló *Ossessione.* Y la Metro la hizo para Lana Turner en 1946. (Hay otra versión reciente con Jack Nicholson.) La novela es de 1934 y la escribió James M. Cain cuando era un oscuro periodista y un aún más oscuro guionista (nadie podía ser más oscuro en Hollywood) que ya había cumplido cuarenta y dos años. Es la novela negra por antonomasia: con sólo ciento veinte páginas de mucho sexo y poco seso y es sucia. A su otra novela famosa, *Double Indemnity,* le bastó con una sola versión —que estaba hecha por Billy Wilder y escrita por Raymond Chandler. Es, hay que decirlo, mucho más perfecta que la novela original, llamada *Pacto siniestro.* Aquí no sólo es Fred McMurray el cabal héroe negro (es decir, un anti-héroe, como todos los protagonistas de Cain) sino que Barbara Stanwyck con una frondosa peluca rubia sentó, en 1944, las bases para la rubia rabiosamente peligrosa. Como Cora, otra heroína tan adjetiva como la droga que lleva su nombre, Lana Turner (rubia, toda de blanco) era como una clon de Stanwyck: taimada y mucho más implacable. Casi cincuenta años después el personaje, todavía rubia sucia, de Jessica Lange debía su carga sexual al libro, al decir, al pedir: «Muérdeme, muérdeme, rípiame». Pero su actuación no iba más allá de la rubia de rabia de Stanwyck. Por otra parte Lana Turner era más bella, más deseable y tan impoluta como una virgen-puta.

La hosca entre las hoscas que no ganó un Oscar fue Lizabeth (corrupción de Elizabeth) Scott (verdadero nombre Matzo), que era una rubia menuda con belfo y bigote. Su atractivo ambiguo le hizo poner un pleito a la revista *Confidential* por hacer públicas sus «preferencias sexuales». Su voz viriloide y su aire fuerte hicieron de Lizabeth Scott la perfecta amada andrógina. Ella era capaz de lidiar con cada macho cada noche para ser una mantis amante. Digo lidiar porque ella podía coger a sus maridos por los cuernos y hacer de ellos cabestros cabizbajos. La menuda Scott era capaz de apabullar machos. Entre ellos estuvieron Bogart, Burt Lancanster y Robert Ryan. Eso la hizo peligrosa y fascinante a la vez.

Marilyn Monroe, que era la escondida de Louis Calhern en *La jungla de asfalto,* hizo una sola película negra, *Niágara,* y a pesar de sus dotes, dos, la estruendosa catarata (agua con ruido) le robaba la película. Debió llevar una peluca de cuervo, como Uma Thurman, que es casi albina, llevó en *Pulp Fiction.* Para acentuar la negritud, Tarantino pintó las uñas de Uma color rojo negro gracias a Dior. Por cierto, desde las uñas verdes de Liza Minnelli en *Cabaret* un color de pintura de uñas no había hecho mayor impacto en las espectadoras para hacerlo *best-seller* en la sección de cosméticos.

La escasez de rubias como damas negras que dan siempre jaque mate es porque los delincuentes las prefieren negras, de pelo negro. Sharon Stone es la única rubia actual que puede protagonizar un *film noir.* De hecho lo hizo en *Instinto básico,* donde estaba más ocupada en demostrar que era rubia natural que en ser una encarnación del mal. Demi Moore, con su voz de niebla, de tiniebla, es más creíble como mujer peligrosa: un ángel con un mensaje mortal.

La mujer mala de melena negra aparece en *Los asesinos* de Robert Siodmak, que consigue en los primeros treinta minutos del film lo que es la adaptación perfecta del cuento de Hemingway *The Killers* y la recreación casi perfecta del ambiente americano, a la vez cotidiano y terrible, cuando dos asesinos profesionales vienen a un pequeño pueblo cerca de Chicago a matar a un hombre del que no conocen más que el nombre. La *femme fatale,* bella y peligrosa, es aquí una Ava Gardner novicia. ¿Hay que recordar que Ava se pronuncia en inglés Eva?

Burt Lancaster fue la víctima en *Los asesinos* y lo vuelve a ser en *Criss Cross,* la obra maestra de Robert Siodmak. Ahora la mujer mala es Ivonne de Carlo en el papel de su viuda, *de su vida.* Cuando se la ve por primera vez baila un ur-mambo nada menos que con ¡Tony Curtis! *Criss Cross,* como *Los asesinos,* es una tragedia que usa la forma del melodrama y el recurso narrativo del *flashback,* que es a la vez una nociva nostalgia y el perfume del recuerdo de una tierra donde todas las mujeres son perfectas —y venenosas. Ésa es la tierra donde el espectador sueña el sueño del cine negro, con terrores mágicos, ataques de enemigos imaginarios y fantasmas que pueblan la noche —y el día.

El sistema narrativo tomado por Robert Siodmak de la tradición expresionista alemana, lo usó el director Edward Dmytryk en una película derivada del cine negro. No, como quiere su director, capaz de haber inventado el género. Invención de la exarcebación del melodrama que podía reclamar mejor John Huston —y no lo hizo. Entre otras cosas porque Huston sabía que no había invención sino la ilustración, casi palabra por palabra, de la novela de Hammett, a la que pertenecían hasta los gestos de los personajes —como esa mano temblorosa que exhibe Bogart para mostrar su carácter. La película de Dmytryk es *Murder my Sweet,* adaptación de la novela de Raymond Chandler *Adiós preciosura.* Chandler tenía un axioma para novicios que era una regla de oro: «Cuando estás hecho un lío haz entrar a una mujer con dos tetas». Desde entonces el cine negro no ha hecho más que ilustrar esta regla de dos.

Después de esa emulsión de Scott (Lizabeth) la pantalla parece pertenecer toda a las morenas más negras. En una reciente resurrección del *film noir,* hay varias trigueñas que pueden ser las morenas de mi copia. Nicole Kidman, pelirroja que puede dar negra como Mary Astor, aparece en *Malice* tan irracionalmente malvada como en *To Die For.* Pero en *Malice* ella no es mala, es peor: es una calculadora atroz y una asesina por codicia. Desde Barbara Stanwyck en *Double Indemnity* no hay una mala más mala. Una morena de veras, en *Delusion,* Jennifer Rubin, se convierte en la malvada mantis del desierto. Viaja de consorte de un asesino a sueldo, a quienes encuentra el protagonista en una carretera, casi una tautología, del valle de la Muerte. Rubin, tan negra de cabeza como de intenciones, es una de las presencias físicamente más poderosas del género y de una rara efectividad para insinuar el mal que acecha tras la belleza y el sexo.

After Dark, My Sweet está basada, como *The Grifters,* en una novela negra entre las negras de Jim Thompson, el Raymond Chandler del género. Ahora la viuda negra no se ha casado todavía pero ya ha enviudado varias veces. Es la adulta, adusta Rachel Ward, que enreda en su telaraña letal a Jason Patric, un actor que se ha especializado en ser el perdedor que nunca gana, como antes Lancaster.

En *The Grifters* Anjelica Huston, como Stanwyck, aunque la pinten de rubia, negra es, negra se queda. Aquí es tan mentirosa como su pelo y a la vez mala madre. Para completar su currículo malvado es incestuosa y parricida y mata por dinero. La frase final de Thompson: «Ella se rió y dio al cadáver en el suelo una última mirada burlona». Ese cadáver es su hijo al que acaba de seducir.

John Dahl es el Robert Siodmak de nuestro tiempo. Como Siodmak el joven Dahl prolifera, como una flor del mal menor, en las películas B. Sólo que ahora no hay películas B en los cines: todas están hechas para la televisión. Pero Dahl, la fuerza del talento, ha conseguido tan buenas críticas para sus películas que ha forzado a los productores que saben lo que quieren (después que otros lo quieren) a darlas al cine. Dahl, por cierto, es un creyente en la maldad de los pelos negros. John Dahl (no confundir con el actor John Dall, favorito de Hitchcock en *La soga* y de Joseph Lewis en *Gun Crazy*) tiene tres películas que son otras tantas *noires.* Como Tarantino en sus dos películas y media (que escribió *True Romance* para Tony Scott pero descartó *Natural Born Killers* del siempre oportunista Oliver Stone) es de la generación del vídeo. Al revés de Tarantino y siguiendo a su maestro Hitchcock, Dahl prepara cada película, cada secuencia, cada *shot,* que es toma y daca, con el más meticuloso cuidado. Sus *story-boards* (el fotograma dibujado antes de ser película) tienen fama de casi ser el producto final. En su primer film, *noir* entre los *noirs, Kill Me Again,* su heroína es Joanne Whalley-Kilmer (entonces mujer de Val Kilmer, al que trata de matar varias veces), es tan negra de pelo como de intenciones y tiene el aspecto de una Frida Kahlo atractiva. En su segunda película, *Red Rock West,* Lara Flynn Boyle, la inocente protagonista de *Twin Peaks,* es negra, negra y mala, mala. *La última seducción* tiene al frente a Linda Fiorentino, que es la mantis negra sin otra religión que el dinero. Dahl es un poeta del humor negro. Una escena lo muestra maestro: su heroína, en un bar nada menos, antes de meter mano a su presunto *patsy* mete su mano por la bragueta, tantea y luego saca la mano y la huele como una catadora al tacto.

Ésta es, *la plus que noire,* Linda Fiorentino. Curiosamente Mary Astor en *El halcón* se llamaba de veras Brigid. En *La última seducción,* que es la mejor aparición de Fiorentino, ella se llama Bridget. Si la Brígida de Astor podía rimar con frígida, Fiorentino vive en la zona tórrida. Pero como hubiera querido su remoto antepasado, el Florentino, es una maquiavélica maquillada pero su sexo nunca es un simulacro.

Linda no quiere decir linda en inglés. En el alemán medieval quería decir siempre sierpe. Lo que le viene bien a Linda, ya que ella es a la vez Eva y la serpiente en todas su películas: la manzana queda entre sus piernas. No por gusto Fiorentino rima con Tarantino. Su verdadero nombre es Clorinda pero su nombre propio de alguna manera parece impropio. A veces unos cronistas la llaman Lilith, que es el nombre hebreo para la serpiente. Se dice que Lilith fue la primera mujer de Adán antes de que apareciera Eva. Lilith fue una mujer de la noche que se creía un espíritu del mal. En *La última seducción* Linda Fiorentino, una maestra del acto del sexo sucio, liquida a dos Adanes sin sentir la menor culpa. Su árbol del bien y del mal en vez de frutos produce dólares. Como versó José Jacinto Milanés hace cien años: «Ver hojas verdes sólo te incita». Ésta es la vera efigie de Linda Fiorentino en su última seducción del espectador. Para ella cada coito es una bifulca y a veces una trifulca. Su sexo deja de ser latente sólo para hacerse patente. Resulta irónico que esta reina de la noche negra hizo una prueba para *Instinto básico* que consistía en tenderse en una cama, negra sobre blanca, sin ropa. No consiguió el papel como se sabe. Pero no se sabe que fue porque desnuda en vez de tetas tenía teticas. Ganaron las ubres completas. Y casi perdimos nosotros a la mujer más fascinante del cine —que es otro nombre para el paraíso.

El brillante Brian (De Palma)

Cuando se preguntan los nombres de los cinco directores jóvenes más importantes del Hollywood actual invariablemente se oye la respuesta como una lista: George Lucas, Steven Spielberg (hace dos años Spielberg habría venido primero), Martin Scorsese, Francis Ford Coppola y Brian de Palma. (Personalmente, yo eliminaría a Coppola, porque no sólo es mayorcito ahora sino que ya estaba haciendo películas, como *You're a Big Boy Now,* en 1967.) Steven Spielberg es sin duda el que más imaginación visual tiene del grupo, como prueban *Tiburón* y *Encuentros en la tercera fase,* la última la más imaginativa cinta de ciencia ficción desde *Odisea del espacio* y una que no debe nada a la excelente serie de televisión *Star Trek.* Martin Scorsese muestra siempre una capacidad para enmascarar su pretendido realismo con toques imaginarios, como el prólogo que contagia a *Alicia ya no vive aquí* o exaltando la realidad al estado de pesadilla, como en *Taxi Driver,* en que las calles de Nueva York son versiones visuales del infierno. Pero es Brian de Palma el que ha hecho de la imaginación su *terra firma:* no ha saltado, como Lucas, del neorrealismo nostálgico de *American Graffiti* a la falsa fábula de *La guerra de las galaxias,* sino que desde su primera película importante, *El fantasma del Paraíso* (1974), ha mantenido una constante de tema y tratamiento de absoluta coherencia. De Palma, que fue el descubridor de dos estrellas aclamadas hoy, Robert De Niro y Jill Clayburgh, comenzó haciendo comedias y *thrillers,* como *Sisters,* que gira alrededor del doble cuerpo de unas hermanas siamesas y si ha descontinuado la veta cómica desde *El fantasma,* sus *thrillers* se hacen cada vez más misteriosos, más imaginativos, decididamente fantásticos.

El fantasma del Paraíso es del género grotesco, donde la parodia no del original maestro con Lon Chaney, mudo, con colores ocasionales y una de las películas más hermosas del cine silente, sino de las sucesivas copias, con Claude Rains (1943), con Herbert Lom, inglesa (1962), con Jason Robards y Herbert Lom otra vez (1971), empresa difícil pues parece imposible parodiar lo que es ya parodia. *El fantasma* se anuncia dondequiera como una película de horror *rock* y a pesar de su poco éxito inicial se ha convertido con justicia en un film de culto. Pocas películas han reunido tan bien el *rock,* el horror y un tema que era *pop* antes del *pop,* la novela en que Gaston Leroux acertó con un mito universal. Venido sin duda de un mito menor, *El jorobado de Nuestra Señora,* Leroux, mejor inventor que Víctor Hugo, encarnó ese espectro de una casa encantada, en una versión del mal —que a su vez tiene origen en la bondad, el bien destruido por otras formas de la maldad enmascaradas. De Palma concibió a su malvado fantasma como un pobre compositor, Winslow Leach, robado de sus creaciones por el empresario Swan y enamorado sin esperanza de Phoenix, que como su nombre indica es una reencarnación eterna. La película sustituye la ópera por el *rock* y el Teatro de la Ópera por el Paraíso *pop* y la parodia, que alcanza extremos de comicidad, es a la vez un homenaje a ese personaje conmovedor, el pobre desfigurado fantasma —y que el compositor robado, escarnecido y convertido en monstruo sea a su vez interpretado por el autor de la música del film remite a un juego infinito de espejos entre la fantasía y la verdad del cine.

La próxima película de De Palma fue asombrosa porque no sólo declaró su admiración por un director de cine de veras admirable, Alfred Hitchcock, sino que el homenaje estaba hecho de la materia misma con que están hechos los films de Hitchcock, con que están hechos los sueños. *Obsesión* es no sólo la historia de una obsesión sino la crónica de un amor doble. Cliff

Robertson (admirable aún para los que no aceptan a este actor) se casa con una mujer bella y frágil y destinada a un fin trágico: la bella, frágil Genevieve Bujold. Hay un secuestro inesperado en la mansión del millonario Robertson y por incapacidad de la policía su mujer y su hija secuestradas sufren una muerte violenta. Tiempo después, visitando en Florencia un lugar que era común a ambos, Robertson se encuentra con la exacta réplica italiana de su mujer muerta —de quien se enamora tan perdidamente como del amor nuevamente encontrado. Hasta aquí existe un parecido buscado con *Vértigo* pero, más atrás, hay una semejanza extraña con *Más allá del olvido* (1958), la excelente película de Hugo del Carril. ¿Es que el original francés de Hitchcock, *De entre los muertos,* de Boileau-Narcejac, como la novela argentina deben todo a *El gran juego,* la cinta de Feyder hecha en 1934? Poco importa para De Palma quien, pese al homenaje a Hitchcock (hasta se apropió del músico maestro del mejor Hitchcock, Bernard Herrmann), prosigue la trama con dobles y triples torceduras, hasta revelar que, al revés de *Vértigo,* el verdadero tema de su film es esa forma de amor imposible: el amor carnal entre carnales. Pero como el que hace incesto hace un ciento, la película termina con el padre y la mujer perdida y la hija encontrada amándose eternamente —o mientras dure la música y la imagen, románticas, arrebatadas.

Carrie es el encuentro de De Palma con otra forma de energía mental, más poderosa que el amor y más letal que el odio: la telekinesis. Para los no iniciados en la física metafísica de las ciencias ocultas hay que informar que la telekinesis es la capacidad física que tiene la mente de mover objetos sin intervención del cuerpo, desafiando la lógica y burlando la gravedad y las leyes de la dinámica. Carrie, una inocente colegiala, es ignorante: no sólo ignora todo lo de su cuerpo (fenómenos naturales como la menstruación) sino todo lo de su mente (fenómenos sobrenaturales como la telekinesis) y padece por esa doble ignorancia, debida mayormente a su madre (la todavía bella y ahora actriz extraordinaria Piper Laurie) y a su fanatismo religioso. Carrie, la muchacha, sufre la crueldad fanática de su madre y la crueldad impensada de sus amigas, hasta que Carrie, su mente, se venga de manera inconsciente de unas y consciente de la otra, en un paroxismo de cuchillos que vuelan solos para crucificar a su madre en una parodia sádica del martirio de una santa diabólica. El film termina, después de un breve respiro, en una de las pesadillas más efectivas del cine —con la bella amiga de Carrie casi arrastrada a la tumba. Esa amiga, esa actriz se llama Amy Irving.

Amy Irving es la protagonista de la mejor película de De Palma, *The Fury.* Entre nombres tan conocidos como Kirk Douglas y John Cassavettes, se destaca no sólo su sana belleza sino el vuelco dramático que da a sus suaves facciones americanas para convertirle en una verdadera furia, encarnación contemporánea de las antiguas erinnias. El tema es de nuevo el poder de la mente, como en *Carrie,* pero esta vez no sólo es la telekinesis sino la capacidad de destrucción del poder mental, ahora tan letal como un explosivo lento —o violento, según avanza el film. La película comienza plácida en el Mediterráneo, *mare nostrum* que se convierte enseguida en *terra incognita* por la violencia súbita. La siguiente parada es Chicago pero no es la Mafia, cara a Coppola, la que amenaza en las calles oscuras, sino una misteriosa agencia gubernamental, ante la que la CIA es una tía. Visualmente el Chicago de De Palma no es la Nueva York de Scorsese y aún las persecuciones que terminan en la muerte están vistas con una belleza bucólica, si se puede aplicar este adjetivo a la ciudad: es increíble que tanta urbanidad esconda tal maldad: calles neblinosas, elevados borrosos, autos fugaces son el camuflaje del mal. Otras escenas, en que se muestra el poder mortal de la mente, pasan en ricas mansiones soleadas —y el final, ante cuya violencia el fin de *Carrie* es juego de adolescentes, ocurre no de noche como el clímax sino de día y es, literalmente, una explosión visceral. La factura de este film hermoso visualmente (el mejor que ha hecho De Palma hasta ahora) no sólo es impecable sino obra de un virtuoso artístico, de un técnico maestro, de una brillantez rara aún en un cine técnicamente tan perfecto como el cine americano actual. Sin duda, para repetir el título y unir el fin con el principio, felizmente, es brillante Brian de Palma.

La otra cara de «Caracortada»

Ahora la película se llama *El precio del poder,* que es más título de ensayo político que de filme. Pero en inglés y en América se titula *Caracortada,* como la versión original de 1932. Esa *Scarface* es una de mis memorias míticas:

«... entre todos los recuerdos hay el de un camión que pasaba, paseaba una tumbadora, una trompeta, una gangarria de conga y una voz estentórea que gritaba: "¡Por fin! ¡Esta noche! ¡Por fin! ¡La película del año! ¡Sin escatimar gastos!"... Era, lo adivinaron ustedes, *Caracortada,* en la que "trabajaba" Paul Muni, con George Raft y una cierta Ana de nombre impronunciable, Ann Dvorak, durante mucho tiempo un ideal de belleza femenina. El programa, un volante que vino volando, elogiaba al filme como una "gran producción. La historia grandiosa del Rey del Hampa. Se abrió paso por el mundo a balazos y murió en las garras de la ley". Terminaba así la clamorosa confusión en una apoteosis: "¡No deje de verla! ¡Cautivará su corazón con el plomo homicida!". Desde entonces no he podido olvidar *Caracortada.* La he visto otras veces: de nuevo en mi niñez, cuando joven en La Habana, en Nueva York hace poco, pero siempre recuerdo aquel día de Cuaresma ardiente, aquella noche sofocada en que Paul Muni hablaba por el costado de la boca, pronunciando insinuaciones nasales o jurando violencias o haciendo el amor con frases carno-

406

sas... Muni moría en la calle bajo el letrero luminoso que prometía un mundo colorado».

Ésa era la *Caracortada* primera, la obra maestra de los filmes de gángsters, la cinta que hizo famosos a Paul Muni y al director Howard Hawks. Creo que Hawks tiene algo que decir sobre su origen:

«Algunas veces, de pronto se descubren los parentescos, como aquel de donde surgió el guión de *Caracortada*. Le pedí a Ben Hecht que lo escribiera y él me dijo: «¿Usted quiere hacer realmente un film de gángsters?», y yo le dije: «Sí, porque yo tengo una idea... Es la de que Capone es César Borgia y su hermana Lucrecia Borgia». «Comenzamos mañana», me dijo Hecht.

Pero sucede que Hawks es uno de los maestros de la mentira en el folklore del cine, atribuyéndose frases felices de Orson Welles o dicharachos de John Ford. No fue a él a quien se le ocurrió la idea de hacer un film de gángsters con Capone como *capo*. Tampoco se le ocurrió el bordado incestuoso que era central a la trama criminal. Ni aún se le ocurrió el título implacable: *Caracortada*. *Scarface* fue antes una novela de un tal Armitage Trail, publicada con seudónimo en 1930: nadie quería cortar la cara de Capone siquiera con una pluma. La idea de convertir el libro en película pertenece todavía menos a Hawks. Fue de su casi homónimo Howard Hughes, el excéntrico millonario que era entonces inventor moderno, apuesto piloto, audaz productor de cine, director él mismo y amante de cada estrella naciente o ya en declive, en una promiscuidad insospechada al ver al viejo misógino que murió en Las Vegas en 1976, incapaz siquiera de dar la mano por miedo al contacto que contamina.

Hughes contrató para escribir el guión a un escritor venido de Chicago a Hollywood que había escrito la sinopsis en que se basó la primera película del hampa, *Bajomundo,* dirigida por un mago del cine, Joseph von Sternberg. Esta *Underworld* hacía llorar al joven Borges en su estreno. (Todavía ahora declara haber aprendido el arte de narrar viendo ese filme precisamente.) Pero a *Bajo-mundo,* pese a su excelencia, le faltaba un elemento esencial para ser la perfecta película de gángsters: el sonido. En el cine es imposible poder apreciar el impacto de una bala sin su estampido: oír silbar el proyectil es tan efectivo como ver rasgar la carne o notar el humo del revólver. Para que *Caracortada* existiera como película hacía falta la invención del cine sonoro y, como siempre en Hollywood, tener por lo menos dos éxitos previos del mismo género. Las películas que conquistaron la taquilla a balazos eran *El pequeño César* (1930) y *El enemigo público* (1931). Hughes, con su habitual perspicacia comercial, después de contratar a Hawks como director había llamado a colaborar en su proyecto al único escritor que consideraba capaz de unir sus medios con el principio y hacer de *Caracortada* un fin, un film, la nueva *Bajomundo.* Pero *Scarface* ahora sería esa novedad que conoce ya la existencia anterior de Edward G. Robinson en *Little Cesar* y James Cagney en *Public Enemy.* Ese escritor se llamaba Ben Hecht y es nuestro último testigo.

«El trabajo que hice para Hughes fue una película llamada *Caracortada.* La noticia de que era un estudio biográfico de Al Capone trajo a mi vera a dos testaferros que venían a asegurarse de que nada infamante para el gran pistolero llegara a la pantalla. Los dos sicarios visitaron mi hotel. Era después de medianoche. Entraron en la habitación tan ominosos como un par de gángsters del cine, sus caras duras y las pistolas abultando bajo el abrigo. Traían una copia del guión de *Caracortada* en la mano. El diálogo que siguió estaba sacado del guión:

—¿Usted es el tipo que escribió esto?

Dije que sí.

—Lo leímos.

Les pregunté si les había gustado.

—Queremos hacerle una pregunta.

Les dije que arriba, que cuando quisieran.

—¿Esta cosa es sobre Al?

—Dios mío, no —les dije—. Ni siquiera conozco a Al.

—Nunca lo vio, ¿eh?

Les referí que había salido de Chicago cuando Al empezaba a ser prominente...

—Si esto no tiene que ver con Capone, ¿por qué lo llama *Caracortada*? Todo el mundo va a pensar que es él, Al.

—Ésa es precisamente la razón —les dije—. Al es uno de los hombres más famosos y fascinantes de nuestro tiempo. Si llamamos a la película *Caracortada,* todo el mundo pensará que se trata de Al y querrán verla. Eso se llama estar en la viva de la farándula.

Mis visitantes sopesaban mi respuesta y uno de ellos dijo finalmente:

—Se lo diré a Al —pausa—. ¿Quién carajo es este tipo Howard Hughes?

—No tiene nada que ver con nada —dije, diciendo la verdad por primera vez—. Es el culo del dinero.

—Okey. Que se vaya al carajo.

Mis visitantes se fueron.

(Ben Hecht en *Un hijo del siglo*)

Hecht, como Hawks, como Hughes, era un mentiroso de primera. (Aparentemente no hay manera de hacer cine sin mentir.) Una breve revista a la historia del cine y de la literatura de gángsters prueba que todos mentían. Aunque se trata de ver cine, no de decir la verdad. Todavía a más de medio siglo de estrenada la primera *Caracortada,* el productor Martin Bergman miente al decir que no considera su *Caracortada* un rehecho de *Scarface.* ¿Su razón comercial? «El bajomundo», declaró en Hollywood, «ha cambiado radicalmente desde los días de Al Capone». Pero no por cierto el argumento primero que viene de la novela de Trail y va hasta Brian de Palma, su director, para dejar una estela tan visible como la cicatriz que tiene en la cara Al Pacino: éste la acaricia, destaca y exhibe como una honrosa marca de fábrica. Casi casa con sus cosas Gucci y Cerrutti y su enorme bañera Jacuzzi. Si esta *Caracortada* no es un *remake* de la *Caracortada* original, que vengan Hughes, Hawks y Hecht y la vean. Cada uno de ellos, estoy seguro, reclamaría la paternidad del feto *ipso facto*.

La presente *Caracortada,* es cierto, omite la antigua metáfora del poder por el dinero expresado en el aprecio al lujo con la repetición sinuosa de la frase «*Expensive, eh?*» (que quiere decir «Carito, ¿eh?» y que puede aplicarse ahora también a la película, una producción de 32 millones de dólares que no asombrarían a un Tony Montana pero sí a usted y a mí) en la voz nasal y el falso falsete de Paul Muni, actor judío que hacía de italiano mafioso. Al Pacino, de origen italiano, es aquí un cubano *cui bono*.

Hay, sí, la transferencia del cetro usando más que un *petit* cetro una tagarnina barata, infumable, trocada por su jefe en un puro de marca. Esta vez no es como antes un habano real: la película respeta las interdicciones federales. No Havanas. Los hampones pueden traficar en cocaína y en vidas humanas pero nunca fumarán cigarros importados ilegalmente de Cuba. Asimismo la toma del poder por Al Pacino no se completa, como en la primera *Caracortada,* por la conquista pacífica de la mujer del jefe, que antecedía a su muerte violenta. Esta vez la muñeca sajona de «ojos septentrionales» del soneto detesta tanto a su primer amante como a su actual marido: los dos son sólo escoria para dar cuerpo a la coca. La actual camada cubana en el exilio es para ella aún más despreciable porque ha llegado a Miami, a su sociedad, en la cresta de la última ola de miseria humana expelida casi como materia fecal al mar, al mal. Pacino nunca conquistará a esta muñeca rubia de mirada azul, entre otras cosas porque no está interesado en la conquista amorosa sino sólo en la posesión física: su mujer es su casa y entra en ella como su amo. Ambos, sin embargo, están unidos por el impoluto pero infame cordón blanco de la coca.

(Viendo *Caracortada* se puede reflexionar sobre si la cocaína [como la morfina, como el LSD: vieja droga, droga nueva] figuraría en el Censo de la Maldad de Melville: el polvo blanco que puede cubrir el mal como un sudario: blanco polvo, muerte blanca. Se trata aquí, ahora, no del poder como droga sino de la droga como poder. La coca es vida y muerte. Como dice uno de los cocaineros del film: «En este negocio sucio uno puede hacerse muy rico muy pronto o terminar muy muerto». Al Pacino sufre ambas metamorfosis y termina en un sepulcro blanco.)

La palabra gángster se convirtió en nombre en Estados Unidos en el siglo XIX, pero fue el cine a finales de los años veinte, durante la prohibición, quien hizo el vocablo de uso forzoso. El gángster epónimo, según Hollywood, fue Alfonso Capone, apodado Scarface Al. *Caracortada,* la película, estrenada al final del auge del cine del hampa, llamaba a su héroe Tony Camonte y lo extrae sin declararlo del bajomundo italiano en cualquier Little Italy urbana: Chicago, Nueva York. *Caracortada 84* tiene por sede secreta a la Little Havana de Miami y por antihéroe a Tony Montana, un cubano expelido de Cuba por el Mariel. El marielito, al presentar credenciales al principio de la película, asegura que aprendió inglés viendo películas de gángsters. Este género del cine se había convertido así en una educación.

El género de gángsters comenzó, como se sabe, en el cine mudo donde la imagen silente imponía su mutismo al ladrido letal de las pistolas. Curiosamente, ahora una de las armas más eficaces en el arsenal del cine de violencia es un Magnum con *silenciador.* Inclusive el silenciador se emplea en un momento crucial de esta *Scarface* y fue un instrumento de horror novedoso en *Asalto al precinto 13,* donde hordas del hampa, mortales pero invisibles, atacan una estación de policía con armas de fuego que no se oyen al disparar. Al finar de nuestra *Caracortada* hay un ataque silencioso a la guarida del gran gángster por una chusma sigilosa, pero el film termina entre el estruendo de la violencia armada.

Algunos críticos han protestado por esta larga lucha letal. Para mí no es más que el paroxismo del melodrama que quiere ser tragedia. Tony Montana muere acribillado a balazos, entre espasmos que recuerdan el orgasmo que nunca tuvo cuando fornicaba con su muñeca de matón, bibeló abolido. Es más este coito con coca no se ve nunca. Ni siquiera los vemos a los dos en la cama y Montana se solaza solo en el baño. *Caracortada* es, para este tiempo, una película sin sexo. En la hagiografía del hampa americana, ya desde William Faulkner en *Santuario* (donde Popeye el hampón desflora a la muñeca de sociedad que ha raptado... con una mazorca de maíz), el gángster es un prepotente social. También es un impotente sexual.

Para juzgar estéticamente a *Caracortada* es necesario saber lo que quiere decir *Trash,* pues *trash* es la marca y medida de esta cinta. *Trash* es una palabra inglesa que significa basura y también deleznable. *Trash* es lo barato y burdo, *trash* es pacotilla, poca cosa. Pero lo *trash* fue elevado a concepto artístico, a *Trash,* en los años sesenta como una consecuencia del movimiento *pop. Trash* eran las desechables reproducciones de Andy Warhol, maestras pero perecederas, y, por supuesto, sus películas, todas *Trash.* Aún su asesinato frustrado fue obra de una *trashy* demente. Del cine *underground* en Nueva York la moda viajó a Hollywood y el *Trash* adquirió un oropel como vestuario. *Trash* son las primeras comedias de Woody Allen y las últimas comedias de Mel Brooks. *Trash* son también todas las películas de Burt Reynolds: *Trash* tras *Trash. Trash* es la exitosa *The Jerk,* con un Steve Martin que asume su condición de *white trash* entre negros. *Trash* es siempre cómico o paródico. Ahora *Scarface II* es *Trash* a la *grande maniera,* casi ¡*TRASH!*

De Palma, italo americano, ha elevado este concepto (o manera) a la categoría de gran guiñol. Pero no es la violencia ni la sangre derramada ni siquiera el sucio sadismo lo que nos molesta de *Caracortada,* sino su exagerado sentido de la vida y de la muerte. Su protagonista, Tony Montana, no se contenta con coger cocaína como cualquier actor sin carácter, sino que aspira, literalmente, montañas del codiciado polvo colombiano: blanco que te quiero blanco. Aquí el héroe es una exagerada versión del machismo montonero («Mis güebos están hechos de acero», anuncia Montana, mucho macho), pero la única heroína es la coca. Con Tony Montana, el marielito, el cubano, el nuevo Al Capone lo *trash* es realmente *trash*cendente.

Algún crítico ha dicho que Tony Camonte, en la primera *Caracortada,* «tiene la inocencia de un niño o de un salvaje». En la segunda *Caracortada* la única inocencia posible para Tony Montana es la del salvaje —y no precisamente la de un «noble salvaje» sino la de una bestia. La diferencia tal vez esté en que Tony Camonte era un emigrante italiano y Tony Montana es un paria de una isla. En todo caso Camonte puede aparecer por primera vez en la vieja versión como una sola sombra lenta que silba un aria de *Lucia di Lammermoor* —mientras viene a cometer su asesinato por contrato. El único contacto visible de Tony Montana con el arte es haber visto en Cuba castrista viejas películas de Cagney y de Bogart por televisión. Esta diferencia de referencias culturales —alta cultura, cultura popular— es importante. Si Tony Camonte puede ir a ver en *Caracortada* (1) una obra de teatro (*Lluvia,* de Somerset Maugham) a la que lamenta abandonar después del primer acto ya que debe ejecutar puntualmente a un pandillero rival (es de mala educación hacer esperar a la víctima), no hay en toda *Caracortada* (2) un solo momento en que Tony Montana sea espectador. Ni siquiera de la ubicua televisión, que usa sólo para vigilar los accesos a su mansión que es un bastión inexpugnable. No hay ocio para Montana: es un hombre todo acción. Su única diversión son los vicios: la cocaína o fumar un puro enorme sumergido en un baño de espuma blanca en su inmensa bañera barroca y dorada. Como Lee Marvin en *Los asesinos* (el primer malhechor total del cine moderno), Montana es un hombre que huye, un criminal con prisa: *A killer in a hurry.* «No tengo tiempo, señora», explica Marvin en susurro a la estruendosa Angie Dickinson, antes de perforar silenciosamente su cuerpo espléndido: el asesinato como violación final. Lee Marvin por cierto es el primer asesino del cine que mata, como los gángsters del *Bajomundo* mudo, sin ruido. Montana también usa una pistola silenciosa para liquidar a su antiguo *capo* cubano y a un policía americano que quiere que le aumenten su salario del vicio. Así, al silencio por el silenciador.

En *Caracortada* ahora, como antes, todo el mundo es un criminal en activo o vive del crimen o lo aprueba. Sólo la madre de Montana escapa a esta contaminación. Su madre y su herma- na, la incestuosa Gina. Aunque Gina se contaminará con la coca finalmente. Entre el dinero y el oropel y el vicio no hay lugar (ni tiempo) para la virtud. Ni siquiera para la ley y el orden. Al revés de la primera *Caracortada* aquí no interviene la policía al final para imponer una legalidad permanente o si se quiere precaria. Es otra forma feroz del hampa, las hordas de la coca, las que de- rrocan al Rey del Crimen —para instalar, por supuesto, a otro rey aún más implacable. Hay que recordar que Tony Montana es liquidado no por traicionar a su socio colombiano, sino por ne- garse a matar a un testigo peligroso al verlo acompañado de su mujer y sus hijos. Éste es el único instante de posible redención para el criminal cruel, pero el contexto de la película lo presenta como un comportamiento inexplicable, absurdo. Como diría Macbeth, Montana ha ido tan lejos en su lago de sangre que tra- tar de regresar es tan desatinado como continuar cruzándolo. (La referencia a *Macbeth* es oportuna porque en esta *Caracortada,* co- mo en la otra, todo acceso al poder es una usurpación por el ase- sinato alevoso en la madrugada.)

Pero ¿por qué dedicar tanto espacio y atención (y tiem- po) a un filme tan denostado por la crítica dondequiera, mal visto? Simplemente porque se trata de una muestra de arte po- pular que (como en las comedias musicales o en los oestes o en Walt Disney y su fauna animada) no quiere ser considerado como otra cosa que entretenimiento puro. En este sentido *Caracorta- da* tiene tanto que ver con la sociedad (o con la vida de Miami y el contrabando de coca o la moral al uso) como tenían que ver con la realidad otras películas de Brian de Palma, como *Carrie*

o aún ese asalto fantástico a la visión que fue *Furia*. En este sentido De Palma ha seguido la regla de oro del arte: nadie que se
considera artista piensa que el arte tiene que ofrecer soluciones
o siquiera plantear problemas. Esa prerrogativa queda para la ciencia o las ciencias aplicadas. O para la sociología, esa seudocien-
cia. El arte tiene que ver con el arte, aún si es arte popular, sobre
todo si es arte *pop*. Si *Caracortada* califica como arte es porque
es la reproducción (como el retrato de Marilyn Monroe por Warhol) de una obra de arte anterior, *Scarface,* que tenía que ver con
el mundo gangsteril lo que tenía que ver la relación incestuosa
de sus protagonistas con Lucrecia Borgia y su Cesare, hermanos históricos. Esta ecuación vale tanto para un falso Chicago
hecho en el estudio de Howard Hughes como para un Miami
reproducido por Universal. Tony Camonte (o Tony Montana)
nunca existió. Sólo existe ahora cada vez que se proyecte la
cinta: entre las luces y sombras de un cine o en una pantalla de
televisión.

Al final la película lleva un aviso: «*Caracortada* es un re-
cuento ficticio de las actividades de un pequeño grupo de criminales implacables». Ya en una lejana entrevista, hecha en Chicago, Al Capone se burló de las pretensiones de autenticidad de las
películas de gángsters. Sobre todo de las que pretendían ilustrar
su biografía ilustre con lustre. ¿Estará ahora en algún lugar de la
Florida, en la miasma del oropel, el original de Tony Montana,
Capone cubano, riéndose de las pretensiones de autenticidad de
una película que para él se llamará *El precio del poder,* que habrá
visto como arte y parte, crítico de excepción?

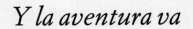
Y la aventura va

Indiana Jones y compañía
en el Templo del Mal

La aventura comienza con un coro de orquídeas orientales danzando a la luz de la luna pálida y amarilla. (Es en realidad un reflector de un cabaret y las flores figurantas chinas.) La corista central —alta, rubia (¿*rubia?* sí, rubia) y con piernas tan largas que bajan del techo— entona atonal pero pícara subsana el tono para hacerlo venturoso, aventurero. «*Anything goes!*», dice el estribillo que se sabe al dedillo, pero el resto de la canción está doblado, dobladillo, al estilo más mandarín: idioma chino, dialecto de Shanghai, acento de chop suey. «*Anything goes*» es la canción de Cole Porter pero también un programa para la película. Todo vale y todo va. ¿Tantos significados para un solo título? Cole Porter solía ser sutil y ahora en chino es sólo locuaz, parlanchino. Las chicas chinas bailan mientras la muchacha americana, todavía rubia, canta —y de pronto todas van a dar, dragón dulce, con sus piernas contra una banda de Tongs: ton ton ton, coge tu tono, son retozón.

Al frente de la comparsa hecha de piernas largas y de ideas cortas va, ¡sí señor!, Indiana Jones, a quien vimos por última vez recobrando, cobrando el arca perdida. Es difícil reconocerlo ahora porque no lleva su sombrero *trilby,* ni su foete, ¡chas!, ni su chaqueta que parece de cuero de puro sucia. Soez, eso es. Va vestido de noche y como la noche es china lleva un *dinner jacket* que es la parte tropical de un smoking, y en Shanghai, posesión inglesa entonces, es un *dinner suit.* Jones, para no hacer el indiano, lo llama tuxedo junco. Ahora el grupo de coristas coritas colisiona con los corifeos del Tong. ¡Ron ton ton! Con la mafia milenaria hemos topado, Mr. Jones. Evidentemente entre el buen baile y las piernas perfectas nos hemos olvidado de que acaba de ocurrir un momento mítico ¡Busby Berkeley encontró a Fu Manchú! Pero el encuentro es en Dolby Stereo histórico, donde una trompada suena a colisión entre un camión y una locomotora. ¡Tron Tong tons!

Comienza la aventura pura. Es decir, ya había comenzado hace diez minutos, pero ahora con el mudo choque de muchas piernas pálidas y ocho ojos oblicuos todo cambia, y hay una de esas peleas confusas que el cine, es decir Hollywood, hace tan bien, y que la vida, torpe empresaria, nunca puede igualar, ni siquiera imitar o paliar. Raro referí. La larga noche china prosigue, como en los buenos tiempos de Charlie Chan o de Von Sternberg: uno tenía un hijo llamado Número Dos y el otro una pupila azul llamada pájaro, llamada Shanghai Lily, llamada Marlene Dietrich. Ella también tenía piernas y muchos miembros. Pero ¿piernas? ¿Para qué tantas piernas? Usualmente hacen falta sólo dos para caminar y en un auto una sola pierna larga basta y hasta hace maravillas la mar de veces —se hacen maravillas con ella. Lo que no hizo la duquesa de Eboli con un ojo o Van Gogh con su oreja o Cervantes con un brazo hábil lo hace Marlene con una sola pierna. Si se ven dos, es un espejo.

Pero ahora en vez de Marlene tenemos otra aventurera rubia, capaz de ir de Shanghai a donde diga la bitácora. Pécora, eso se llama bruja, brújula, aguja de marear o astrolabio. Aunque, de verdad, tú con esa boca, bicoca. Ella se llama Willie en la aventura. ¿Nombre de hombre? Dice Faulkner que Billie no es nombre de hombre ni de hembra sino de mujer mala. Pero ¿Willie? Así se llamaba Somerset Maugham, a quien le gustaban más las aventuras en el Oriente. Bajo la lluvia protectora se sentaba siempre en la parte alta de su trastienda a ver pasar el miembro muerto de su amigo. Pero ¿y esta *Willie*? Se llama Kate Capshaw y su nombre difícil es fácil a la aventura y la doma. Kate era el nombre de Catalina en *La fierecilla domada* y es bueno para una mujer indómita que siente una dependencia dómita. En todo caso ella cuando no corre, vuela con Indiana por todas partes de la escena y como lo que sube debe caer, caen de una azotea alta: de toldo en toldo y del toldo al lodo de la calle de noche. Pero antes de dar con la dura, ruda realidad caen, caben, dentro de un auto abierto y oportuno manejado por un enano asiático. No es un enano, es un niño, amigo. Es un niño amigo con esa precocidad mayor que tienen los menores en las aventuras dominicales, de «Anita la huerfanita» a «Tintín». El auto, marca U, los conduce por Macao, cálido laberinto portugués en China continental, allí donde Orson Welles situó su *Historia inmortal* y dejó desnuda a Moreau. Esta de ahora es la aventura inmortal, la aventura que no muere: el rollo que no cesa.

Aquí, en el dédalo doloso de Macao, de vuelta en U a revuelta y media, sabemos que la película ha terminado, que puede terminar ahora mismo, desde ya, y volver a empezar: y esto es lo que pasa una y otra vez por la pantalla infinita. Unas aventuras son más graciosas que gráciles, otras son rápidas o lentas, otras más o menos increíbles. Las aventuras son incoercibles, compulsivas —y a veces repulsivas. Indiana Jones está acompañado ahora por una muchacha más bella y más rubia que ayer en África y lleva un socio sucio que es un niño vietnamita capaz de encantar al héroe y al Herodes. El público lo quisiera siamés para que hubiera otro como él. Eso se llama encanto. Su socia salaz, Willie, es esa amenazante criatura que un momento parece dispuesta a quedarse desnuda, rubia púbica, y al siguiente entregarse al primer tallador de diamantes de la India que pase con una piedra preciosa al cuello.

Dat St. Louis Woman wid her diamon' rings!

Y aquí, de pronto, en el Handy más a mano, encontramos la fuente y el origen de *Indiana Jones.* Lo otro, el *Temple of Doom,* no es más que un sonido de terror: *Doom, Boom, Tomb.* El arca perdida es ahora el Templo del Hado de lado. La película, estas aventuras de reacción en cadena, deben casi todo a ese

otro gran Milton, Caniff, el creador de *Terry y los piratas,* apodado el «Rembrandt de los comics». Todo estaba ahí, el aventurero
americano, alto y buen mozo y hasta hay un chico chino cómico:
el dúo de la dinamita. Eso es lo que componen en *Indiana Jones* el niño apodado *Short Round* o Asaltico en la aventura cómica.
¿Y quién era la muchacha blonda, oronda, esbelta pero llamada
Willie? Pues quién iba a ser. El propio Terry rubio perseguido
por la cruel, fiel Dama del Dragón: la imagen deliciosa de la
muerte, sedosa sevicia. Ella es para los que crecimos con la cuota
cotidiana de *strips* y la cuota adicional del *comic* dominical, la visión encarnada de la muerte: ahora se llama Dama y luego Lady.
En el Imperio del Sol Naciente la encarnación de la muerte es
encarnada y a veces viene de fulgurante blanco, como el día. La
Dama del Dragón siempre vestía de seda negra, en bata o en pi-
jama. Pero debo mencionar, si la discreción y la autocensura me
lo permiten, a la novia que tuvo Terry. No sólo para no dejar al
aventurero rubio y romántico de *habitué* de los bares *gay* de Sin-
gapore, sino para decir el nombre de esa belleza en dos dimensiones. Se llamaba, se llama, se llamará siempre April Kane: Miss
Kane, la menos cruel de las Abriles, ciudadana Kane. Nunca llo-
raremos bastante ese aciago 29 de diciembre de 1946 cuando
Caniff dejó la pluma a George Wunder para ceñir la espada a
Steve Canyon. Muchos entonces rebajamos al evangélico Milton
Caniff a la altura de uno de sus más violentos villanos, el capitán
Judas.

Pero todo estaba ya en *Terry y los piratas,* de veras. No
hay más que ver una sola de las imágenes que componen cualquier tira cómica de Caniff. En ésta, abigarrada pero nítida muestra ciega del arte de Milton, se ve al centro a la malvada Dama del
Dragón, armada de dos pistolas ajustadas a su corta cintura china, que hace de su mano mortal mordaza para acallar los gritos
de Burma. Ésta era, cosa curiosa, también rubia. Mientras a un
lado, Terry, todavía adolescente inocente, se ve amenazado por
un chino calvo que obsceno blande un garrote formidable y da

dobles mandobles. Al otro extremo del grabado (Milton Caniff es un artista tan minucioso, meticuloso como Gustavo Doré) Pat Ryan, que en las buenas traducciones de la era dorada se españolizaba en Pablo Ruano, acaba de despachar a un evidente trabajador del mal por encima del muro del muelle y de la muerte. Detrás de Pat aparece un héroe ubicuo, Connie, el culí cómico, trabado en lucha incierta con otro chino de la charada. O es, como quería Milton, ¿con ángeles alados, aliados? Hay que decir finalmente que todos los personajes principales, héroes, heroínas y villanos (y esa ávida villana, vil dama), aparecen arriba, en un plano superior, iluminados por unas candilejas invisibles, teatrales todos, mientras abajo, bien visibles pero en la penumbra baja, bulle una chusma china, diligente y aviesa, que quiere eliminarlos a todos del dibujo y de la vida.

Milton Caniff influyó a muchos dibujantes, pintores y cineastas y hasta la película *El general murió al amanecer* fue una imitación confesa del director Lewis Milestone. Ahora, con este segundo envío, Terry regresa —y represan los piratas. La película ocurre en una India más soñada que vista en los años treinta y ya desde el verdadero principio (cuando el héroe, la heroína y el heroíto se ven obligados a salvarse como puedan de un avión abandonado, ¡usando una balsa de goma como salvavidas! hay que aplicar lo que el poeta Coleridge llamó la suspensión del descreimiento [a veces del descrédito] y apretarse el cinturón del asiento de platea). Aquí, en *Indiana Jones,* como lo anunció la deleitosa Kate domada, ¡toda va!

O no todo va. A Indiana Jones (la película y su héroe) no le interesa el sexo nada. Ni siquiera el amor amorfo o la cópula. La única escena vagamente sexual de la cinta comienza por una tortura alimenticia. Al revés de la escena del banquete brutalmente sensual de *Tom Jones,* apenas pariente de Indiana, Indy tortura a la dulce Kate Capshaw, mujer que no dejaría yo sola en la jungla, mucho menos en una recámara real. La tortura turbia consiste en hacerle creer a ella (después de una cena escatológica llena de serpientes vivas, sopa de ojos y postre de cerebro dulce servido en su mismo mono) que la cestita que trae Jones a su cuarto es menos suculenta que supurada. Cuando al fin Indiana deja caer en su boca esa jugosa manzana que debía hablar de amor, no es Lara lo que se oye sino liras celestes, arpas, *apples*.

Aquí ya hace rato que habría tenido lugar una tórrida escena de sexo y exceso con James Bond (también apto para menores) y la manzana sería el postre de la concordia y no toda la cena y escena. Es que, según parece, el cine vuelve a ser decente —y docente. La entrada controlada en los cines americanos que han estrenado *Indiana Jones* muestra una afluencia récord, para todos los tiempos, de niños que lo saben todo del sexo pero ignoran la aventura de cruzar una calle solitaria. Como dijo hace poco uno de estos padres permisivos: «Yo no llevo a mis hijos a ver ese bodrio», se refería a *Indiana Jones*. «Pero no puedo impedir que se escapen furtivos». Las películas de Spielberg (su nombre quiere decir montaña de juego y una montaña rusa es el gran escenario de la persecución final) y las de su colega George Lucas son la amenaza mayor del cine para la televisión gratis desde que se inventó el Cinemascope en los años cincuenta. Treinta años más tarde *Indiana Jones* ¡está filmada en Cinemascope! *Sic transit*. Es el eterno retorno del cine: la tarde de estreno se ha hecho nietzscheana:

> Vuelve, vuelve,
> arañita en la cancela,
> a tejer tu tela.

King Kong que viene del ámbar

Hay que declararlo a la entrada (del cine, de este artículo), *Parque Jurásico* es una obra maestra: del entretenimiento, del cine comercial, del cine. Dicho esto sería bueno ver la película otra vez con una perspectiva histórica. ¿O prehistórica?

La película declara venir de un *best-seller* que lleva el mismo título y su autor Michael Crichton escribió el guión. *Parque Jurásico* es un libro donde no sólo se empollan saurios. También se empolla del autor y sus páginas están plagadas de conocimientos científicos adquiridos a la mayor velocidad. Así se habla rápido de ciertas teorías nuevas sobre tesis viejas en que los dinosaurios no eran reptiles sino animales de sangre caliente: muchos en vez de arrastrarse andaban en dos patas y se movían a mayor velocidad que un elefante. Pero la novela resulta uno de esos libros con que se tropieza uno en un aeropuerto y su lectura dura lo que dura el viaje. Todos están narrados con un estilo intercambiable y son píldoras de amnesia: están hechos para olvidar.

Parque Jurásico, la película, es otra cosa —pero viene visiblemente de *King Kong,* una de las películas más fascinantes, inolvidables y bellas de la historia del cine. Es también, junto con el cuento de Edgar Allan Poe «Los crímenes de la rue Morgue», creadora del mito de un animal poderoso y cercano al hombre que viene de la selva a poblar las pesadillas de una gran ciudad. Pero ¿y de dónde viene *King Kong*? De un antecedente que jamás tuvo lugar.

Creation (*La creación*), en que el animador se convierte en Dios para animar otro Adán y otra Eva en una nueva versión del Génesis, fue la película que nunca ocurrió. El presunto creador de esta épica de la animación, Willis O'Brien, nunca pudo hacerla, pero hizo algo mejor: fue el creador de un muñeco animado de apenas medio metro que se convertía en un gigante atroz —el más grande simio jamás visto (y oído), ¡King Kong! La creación de *Creation* era tan ambiciosa (y tan influyente) que Walt Disney le pidió prestado a O'Brien su historia del mundo antes de la Creación: la visualización con saurios, dinosaurios y terodáctilos de *La consagración de la primavera* o Igor Stravinski animado en *Fantasía*. Ahora *Parque Jurásico* viene de *Creation*, de *King Kong* y de Disney. La génesis, curiosamente, tuvo lugar en África, donde Merian C. Cooper (al que debemos, junto con Ernest B. Shoedsack, esa pesadilla colectiva que se llamó *King Kong*) estaba filmando un documental y se interesó en los hábitos del gorila en su *habitat*. Fue allí que «concibió la idea de un simio monumental con una inteligencia superior que creaba el terror en una ciudad moderna». Otra idea de Cooper era que el enorme gorila peleaba con un saurio prehistórico y encontraba su último refugio encima del rascacielos más alto del mundo entonces, el Empire State, donde era abatido por aviones de —¿qué otra cosa?— caza.

Todos hemos visto *King Kong*. Hasta mis nietos de cinco y siete años que odian las películas en blanco y negro, a las que llaman *grises* y no para describirlas. Ahora *King Kong* es hecha por otros medios y en gloriosos colores.

King Kong habita un parque jurásico con otros monstruos ferales añadidos de ñapa o regalía. Aún la visión del gorila que mira por la alta ventana de un rascacielos está calcada aquí (y a la vez invertida) en el ojo del saurio carnívoro que mira por la ventanilla redonda de la puerta de la cocina en un sótano. Las bestias van, o vienen, precedidas por una expectación creciente, exactamente como en *King Kong,* donde el simio gigante no aparece hasta el final del tercer rollo. La diferencia entre *Parque Jurásico* y *King Kong* es que el simio solitario no es una pasión sino el héroe y a la vez la víctima de una pasión, como él, desmedida. Es imposible ver a un tiranosaurio como otra cosa que una máquina de comer carne, implacable y voraz. De hecho un tiburón terrestre venido de la misma edad geológica.

Jacobito, cuando tenía cinco años, dijo después de ver *King Kong:* «Pobrecito el mono». El simio reducido a mono le había dado lástima. Eso, por supuesto, no se puede decir del tiranosaurio que salva a los dos niños (refugiados nada menos que en un museo de ciencias naturales) al devorarse a los dos saurios sueltos.

King Kong viene y va al mito y de paso a la poesía de las imágenes, a veces pedidas prestadas a la iconografía romántica —como la gruta en que mora y se demora desnudando a la rubia renuente. *Parque Jurásico* depende de una concepción más que de un concepto, esa paleo-DNA que es pura ciencia ficción, no del espacio exterior esta vez sino del espacio *anterior.* Pero estoy hablando del código genético mientras la película alude al Génesis —como, una vez más, en *Creation.* Los saurios salen de la sangre, su sangre, de un mosquito atrapado en fósil ámbar. (De paso debo esta referencia a *Horror Movies,* la obra maestra del difunto Carlos Clarens, que abandonó su Habana nativa para convertirse en uno de los grandes historiadores del cine.) De ahí la presencia del Dr. Malcolm (Jeff Goldblum), especialista en teoría del caos, quien contradice al Dr. Hammond (Richard Attenborough), el amo del parque y de su zoología atroz. El Dr. Hammond es una especie de científico que juega a ser Dios, como el rabino Low en Praga, para recrear no al golem, después de todo una criatura teológica, sino al mundo anterior a la Creación y trata de organizar el caos de la evolución de las especies no con una teoría ante-darwiniana sino con una práctica nefanda.

Hay un momento en que el viejo científico hace una comparación blasfema de su creación con un circo de pulgas que vio cuando era niño en Glasgow. El buen profesor quiere que su circo de pulgas nostálgico sea real ahora, no una alusión de una ilusión. El doctor Hammond, blanca barba y bata blanca, se lamenta parcialmente en español (la película sucede en una isla mar afuera de Costa Rica, que la película llama Isla Nublar en vez de Isla Nublada): «Ay, ay, ay. ¿Por qué no construimos todo en Orlando?». Que es donde Disney tiene su parque de diversiones en la Florida —y esto es precisamente lo que ha hecho Spielberg: un parque de diversiones de celuloide y efectos especiales.

Como ocurre con los magos de salón es imposible saber en *Parque Jurásico* cómo se ha logrado una ilusión tan perfecta. ¿Son maquetas o construcciones ilusas? ¿Es un acto de animatrón? ¿O es animación por *stop-frame,* en que se filman los cuadros con la cámara reducida a un fotograma cada vez? ¿O se ha usado animación por computadora? ¿O maquillaje creador? ¿O tal vez ese *Morphing* en que el objeto fotografiado se convierte ante el ojo que mira en otra cosa, emergiendo en un movimiento que ofrece la apariencia de una metamorfosis? Todos estos pases mágicos y muchos más se han empleado en *Parque Jurásico* para dar la ilusión de que los dinosaurios vuelven a la vida, de una manera maravillosa. Como cuando cantan a la luz de la luna, en un acto poético que habría deleitado al barón Humboldt, nuevo descubridor de América y amante de los saurios.

Los personajes que admiran, aman y temen a los saurios son menos verdaderos que los seres animados de mano maestra. Las deleitosas piernas de Laura Dern, Jeff Goldblum con sus ojos (¿de saurio?) antípodas, las gafas invisibles, visibles de Attenborough, una suerte de Santa Claus en guayabera y el cigarrillo perenne de Samuel Jackson son apenas más reales que el velociraptor, el braquiosaurio o el galliminus. O el tricerátopo enfermo que parece un elefante moribundo que no supo encontrar su cementerio. Todos son ilustraciones de una frase del Dr. Malcolm: *«Life finds a way».* «La vida», traduzco, «siempre

encuentra el camino». La vida no, el cine. Esta invención gloriosa que en cien años de creación siempre ha encontrado el camino de la magia, la ilusión y lo maravilloso. De Méliès a ese
nuestro Méliès, Steven Spielberg.

La caza del facsímil

Al principio de *El amargo té del general Yen,* esa obra maestra del cine exótico y erótico de 1932, en que China no era vecina sino remota y amenazante como un planeta Marte amarillo, Frank Capra (tal vez el más americano de los directores de Hollywood, aunque naciera en Sicilia) creaba una admirable escena de turbas asiáticas en pánico de hormigas ante el fuego y que luego repetiría con mayor desespero en *Horizontes perdidos,* ya convertido en un autor mayor del arte de la fuga. Ahora, en *Blade Runner,* China ya está entre nosotros: la ciudad del futuro es la Pekín del pasado. Es la ciudad de todos los ángeles caídos: del cielo al infierno. Los Ángeles contiene a Hollywood, que siempre ha contenido a Los Ángeles. Pero en el año 2019 es una enorme urbe letal: Los Ángeles es Los Ángeles Infernales. En la ciudad que vendrá (Los Ángeles es una de las ciudades más secas del hemisferio) llueve eternamente una lluvia ácida, espesa, casi viscosa: del cielo conquistado cae constantemente un agua, como la que asombró a Gordon Pym, que se puede cortar con un cuchillo y verla separarse en estrías estrechas. Ahora esa metrópoli es la meca del futuro, colmada de edificios de altura vertiginosa, pirámides que bajan del cielo a plomo, como la lluvia. Pero todas las torres altivas se ven ruinosas, cariadas y abandonadas a la erosión, como la babel indigente de cinco continentes y siete mares que bulle abajo y habla *desesperanto,* impenetrable mezcla de inglés, español, chino, japonés y, ¡sorpresa!, el holandés errante, errando aún más esa *lingua franca* y frenética: diez dialectos que conmueven la lengua.

Como en las ficciones de Ray Bradbury, la ciencia ficción es en este film una moraleja que rodea a una fábula, perla de cultivo monstruosa que es una excrecencia invertida. Para el año 2019, al revés de la China intestina de un siglo atrás, todo pánico perecerá y Los Ángeles, violentando la visión de Capra, será, es, una ciudad colmada y calma que canta en la lluvia como bajo una ducha de verde vitriolo. En las calles hay estancos más que fondas que son lo contrario a muchos McDonalds: sólo se venden viandas vegetales, en apariencia. No es éste el paraíso de Bernard Shaw o de Hitler, vegetarianos vigilantes, sino un producto de la invención del hombre: entonces el *ersatz* es de *rigor mortis*. No queda ya nada de carne ni pescado, el planeta convertido en un restaurante al que siempre se llega tarde. Toda la vida animal ha sido desplazada de la tierra por el hombre y la necesidad es la madre de esa invención de Dios que es su único, último error.

Blade Runner es, sin embargo, la apoteosis de esa radiante invención visual del siglo XX (el cine, se recordará, se inventó en el siglo XIX) que es el anuncio lumínico, luminoso más bien. Pero la ciudad vive en tinieblas, más cerca ahora del oscuro Piranesi que del alba de Alva Edison. Entre cárceles imaginarias y alucinaciones del opio del cine, la única fuente de luz audible viene de la parodia. En la banda sonora, una voz que recuerda un cruce telefónico entre Humphrey Bogart y Dick Powell, es la de Philip Marlowe, que regresa de entre los muertos para acechar su presa, zombies del futuro, fantasmata.

Los Ángeles ya no es más L. A., *lunatic asylum,* asilo de todos los locos, sino una visión de lo que vendrá: *nightmare* a la que despertaremos una noche. Los mitos ya no son el sueño colectivo sino la pesadilla de todos. La voz que narra sobre las luces y desde las sombras, como en la mejor tradición de la serie negra, es una voz amiga, segura, confiable. Es el sonido transmitido por el hilo de Ariadna para sacarnos del laberinto del pasado que se presenta como único porvenir posible. En *Blade Runner,* gracias a la parodia, la más risueña forma de homenaje, la luminosa ciencia ficción se casa con la novela negra y no tienen una cinta mulata, sino una hermosa alucinación en glorioso technicolor: la pesadilla sin aire acondicionado. Nada funciona ya en la tierra, excepto, claro, la más prodigiosa tecnología, capaz de mantener colonias activas en sofisticadas naves espaciales y de fabricar exactas reproducciones de esa criatura de la que nunca parece haber bastante: *homo erectus*. El mismo animal que aniquiló a todas las bestias de la tierra y con sus sueños ha creado la ficción admirable que cuenta un cuento que nunca debió empezar. *Ad astra per asperissima!*

Deckard, el protagonista, se llama también Rick, pero no es dueño del *Rick's Cafe Americain* durante una ocupación nazi futura de una *Casablanca* de cartón y telón pintado en Marruecos. Ni ha venido a Los Ángeles por las aguas (ni siquiera por el agua), sino que es un detective privado del futuro —es decir— del pasado. Antiguo policía, ha nacido y vivido y ahora agoniza en L. A., *locus abyssus abyssum*. Su especialidad es la caza del homúnculo, facsímiles perfectos de ese original que se cree aún más perfecto. Rickard es, en una fase brillante, un Blade Runner o rastreador matrero: un sabueso sofisticado y solitario, que sabe más por animal que por hombre. Es decir, confía en sus instintos mientras alrededor todos se dan al instante, el *carpe diem* del futuro. Al final, Rick Deckard (un Harrison Ford más maduro que en las *Galaxias*) demostrará quién sabe más: si el viejo diablo que fabrica facsímiles y los gasta, o el joven que nació con el fin de los siglos, el siglo XX, doble incógnita. Este siglo, por fortuna, es también el inventor de todas las imágenes imposibles y entre ellas, la más fascinante, el cine hablado. Para quien como yo detesta la lectura de libros de ciencia ficción, de Jules Verne a Arthur Clarke, pero se apasiona con el ingenio visual de *Star Trek* en la televisión, cada película de imágenes futuras, desde *Lo que vendrá* hasta *Dark Star* y *Silent Running,* es una invitación al viaje. O el viaje mismo a veces.

Ya era el viaje desde los días de ira infantil, pura pataleta, por no poder ver a la semana siguiente el otro episodio de

Flash Gordon cuando todavía se llamaba *Roldán el temerario* y el planeta Mongo no era un chiste ramoniano. Siguió siendo en esos años cincuenta en que se iba a la luna como al mismo misterio cósmico. O venían del espacio exterior arrojando imágenes como tecnología ingenua a la cara del espectador: pedradas en tercera dimensión. Lo fue aún más ante el aséptico mundo futuro de *2001: Odisea del espacio,* en que el mono más bruto de África se convertía en un simio superior, *homo sapiens,* y el mero hombre se trocaba en un superhombre, mono mayor o simio siniestro, con la ayuda de una laja fúnebre como una fosa y los acordes de todo Strauss posible, desde el vienés Johann hasta el nazi Richard en *Así habló Zaratustra.* Manes de Nietzsche y filiación que ha adoptado *Blade Runner* en este crepúsculo de los odiosos. De *2001* acá, la tecnología ha avanzado hasta parecerse al cine, forma visible de la magia, para dejar detrás todos los misterios que vendrán. Pase lo que pase en el espacio exterior, cada día es más obvio que estamos solos en el universo y más que una causa somos el efecto de una casualidad —o un juego de azar. O canicas de Einstein: pensantes bolitas de barro.

Ahora *Blade Runner,* la más excitante y perfecta de las películas de fantaciencia, de Fanta y ciencia, desde *2001,* muestra no un futuro promisorio sino, empeorando lo presente, un mañana peor: polvo eres y terminarás comiendo polvo. O fideos plásticos. Lo que encuentres primero. El futuro es de lo más odioso. En medio del entretenimiento más sofisticado, pocas películas han mostrado una realidad más espantosa que la muerte. Toda la historia que cuenta *Blade Runner,* un cuento de hados, desde el título que tiene el embrujo del hampa americana según el cine, puede quedar contenida en una cápsula terrestre, pero no para enviar al futuro, sino para abrir ahora, como el séptimo sello de Alka Seltzer.

Cuatro réplicas (y no replicantes como quiere el traductor: nadie replica a nada: robots más perfectos que el androide: un hombre con sus virtudes físicas y mentales centuplicadas, tanto como sus defectos morales), obreros ejemplares, regresan de un satélite artificial, el sino es vecino, a la tierra buscando prolongar su exigua vida de cuatro años adultos pero irremisibles. Las réplicas condenadas son dos hombres (uno fuerte como Atlas, Charles, otro inteligente como Einstein pero sin escrúpulos éticos: sabe que el hombre juega a las canicas con los androides) y dos mujeres bellas y brutales: un cuarteto listo y letal y armado con la total tecnología que los creó a imagen del hombre, dios menor. Todos no tienen más que un proyecto perentorio y una sola ilusión humana, terriblemente humana: durar, vivir un poco más ilustrando el verso: «Oír llover no más / sentirme vivo». Nada más Unamuno, nada más unánime. Pero al ver el espectador cuál es la vida en la tierra en el año 2019 este afán se hace inhumano. ¿Qué hombre, bestia o su exacta simetría quiere de veras vivir en ese mundo bajo la lluvia perenne, malvada ilustración del verso vasco? La tierra es ahora un inframundo bajo una lluvia perenne, ácida y aniquiladora: un universo vacío y hostil y a la vez atiborrado de una multitud : una masa compacta y promiscua que se hacina en ese infierno bajo el agua. ¿Vivir para ver llover no más?

Como en toda ficción política que usa la ciencia como vehículo convincente desde Swift hasta Orwell, un viaje al futuro no es más que la proyección implacable del presente: la utopía hecha distopía, deshecha. En *Blade Runner* ese porvenir es ya un huésped instalado entre nosotros. No hay más que visitar Times Square al atardecer para ver cómo convive la tecnología de las imágenes más inventiva, desde Disney en los anuncios de neón controlados por computadoras de animación, con el *escualor* más inhumano. ¿O es más humano? Es, como prevenía Ortega, una convivencia democrática: la revulsión de las masas. Pero su sola solución ahora no es un sistema sutil sino brutalmente autoritario. En *Blade Runner* ambos mundos forman un universo hostil y depravado, representado por ese parquímetro automático que, como castigo capital a una contravención menor, ejecuta *ipso facto* al conductor inadvertido que ignoró (o tal vez olvidó) las instrucciones para aparcar. El policía de tránsito es a la vez juez y verdugo. ¡Que le sirva de lección! La ley es letal, total.

Al final, cuando el Blade Runner mejor caza al réplica mayor, que muere (es decir, es destruido) luchando por vivir una vida invivible, puede uno terminar esta visión y el siglo que la hizo posible con las palabras de un bárbaro refinado (y por tanto cruel), ese señor de la guerra, el general Yen. Al acusarlo Barbara Stanwyck de que su auto raudo acaba de atropellar y matar a su pobre palanquín, como un mago manchú el general saca de la amplia manga de su bata mandarina un pañuelo de sutil seda para replicar cortés, cortesano, cartesiano, a la compasiva misionera americana, el chino a la vez impecable e implacable: «Si su palanquín ha muerto, señora, es entonces un hombre afortunado. La vida, en su mejor momento, es apenas tolerable».

Pero *Blade Runner* termina a la manera americana en una optimista luminosidad imprevista pero anhelada: la de la abierta naturaleza plácida de la pradera del sueño. El libro sin embargo acaba en la naturaleza creada por el hombre —atea, inhumana. Dos mujeres educadas tienen un intercambio telefónico (no hay por qué imaginar el aparato: la conversación es suficiente) que es fruto del futuro: «Quiero una libra de moscas artificiales, por favor. Pero eso sí, que vuelen y que zumben», dice una. Dice la otra: «¿Es para una tortuga eléctrica, señora?»

Prefiero por supuesto la película. No sólo porque tiene a Harrison Ford, ahora un Houdini de la época, maestro del arte del escape, y esos efectos especiales (antes eran defectos espaciales) que la inundan de luz como de lluvia en una cascada luminosa. Sino también porque está en ella la dulce belleza anacrónica de Sean Young, la *fanciulla* del Oeste del año 2019 que va vestida como Joan Crawford en su apogeo. ¿O era ya perigeo? Ella es, gracias a la tecnología del cine, un facsímil redimible: modelito para amar. Es ella la que forma el film del futuro. Allí donde, como quería Oscar Wilde, las flores serán extrañas y de sutil perfume, donde todas las cosas serán perfectas y ponzoñosas.

«The Lynch Mob»

Cierto capitán Lynch, infame, creó una especie de ley de fuga en la que los reos eran condenados sin otro juicio que el extremo prejuicio de Charles Lynch, que organizaba partidas de caza humana en el verano y en cualquier otra estación. Los linchamientos (ya la palabra está españolizada) o justicia violenta a lo Lynch y su grupo llamados *Lynch mobs* y luego *lynching mobs* comenzaron en Virginia. Pero después se extendieron por todas partes de la Unión y sus víctimas eran siempre negros. Hoy la práctica ha desaparecido de los Estados Unidos pero se practica en Liberia, donde el negro es el peor enemigo del negro.

Hay toda una literatura del linche, de Erskine Caldwell a William Faulkner, quienes solucionan sus problemas tramáticos con una soga y un árbol. Faulkner tiene varios cuentos en que el hincha lincha, y una novela, *Luz de agosto,* en que se castra y se lincha a un negro con un arma blanca. Una película memorable, *The Ox-Bow Incident,* contiene un linchamiento central que condena la práctica pero relata el proceso con elán mordaz. Ahora una *Lynch mob* es esa multitud que se agolpa a las puertas del cine que exhibe una nueva película de David Lynch. Para algunas almas blancas que no puedan distinguir entre la violencia dentro del cine de la que ocurre fuera, estas turbas turbias no anuncian nada nuevo. Pero la violencia en la pantalla tampoco es nueva ya en la primera película de argumento, *El gran robo al tren,* un forajido no contento con matar a sus semejantes en sombras vuelve su revólver al público y dispara a quemarropa, en lo que es el primer *close-up* dramático. Parecería que Lynch, por persona interpuesta, dispara al público en cada *close-up.*

Eraserhead es la primera película de largo metraje de Lynch. *Eraserhead* por cierto es un título que no debe nunca traducirse, aunque admite la explicación. Primero hay que decir lo que no es. *Eraserhead* no es Erewhon, que quiere decir en ninguna parte al revés: una utopía que como todas se vuelve distopía. Etiopía, por ejemplo, es Abisinia convertida en utopía. En Erewhon los criminales van al médico y los enfermos a la cárcel, lo que la convierte en una novela realista. Este castigo del inocente, tan contemporáneo, es el tema (o el *leitmotiv*) de Lynch en *Eraserhead*.

«La Academia Francesa reportó en 1752 que un francés con el nada francés nombre de Magallanes propuso el uso (rima inevitable) del caucho para reemplazar las migas de pan usadas para borrar las trazas del plomo, que se usaba en vez del grafito para punta de los lápices. Magallanes al parecer adujo que así los escolares con hambre dejarían de comerse la miga. (Lo que no impidió que escolares bien alimentados se comieran la goma.) Un químico inglés tiene el dudoso crédito de haber usado el término "borrador" *(rubber)* para el caucho que desde 1770 se usaba para borrar lo indeseable. El borrador moderno es esencialmente una mezcla de aceites vegetales vulcanizados y piedra pómez fina y azufre, todo bien mezclado con caucho a temperaturas tropicales. Esta mixtura se procesa y vulcaniza con procedimientos vulgares. La primera patente para un lápiz integral con goma de borrar fue concedida a Joseph Rechendorfer de Rochester, N. Y. en 1858. Todo lápiz que lleva una goma en su cabeza debe su término a la cabeza de Rechendorfer, llamado desde entonces "Eraserhead". Pero no parece gustarle.

College de Pataphysique de France»

En medio de *Eraserhead,* no contento su héroe con la pesadilla viva que vive, tiene una pesadilla con lo que se ha dado en llamar avatares. Es en realidad lo que sufre cada hombre que huye de su mujer, una odisea (odiosa sea) y pierde, literalmente, la cabeza. La recoge un niño, furtivo, que la vende a lo que después de una operación más primitiva que cibernética se revela como una fábrica de lápices. La cabeza de Eraserhead termina en *eraser*. Lo que después de todo no es más que tomar el apodo por el todo. La pesadilla real de Eraserhead era más lateral y más interesante, con el novio que carga con su novia madre. La pareja tiene un bebé que es un feto y muestra como un ente que es la cruza de una cabra desollada y un extraterrestre intruso. La cabra, el extraterrestre o lo que sea bala toda la noche. Hasta que Eraserhead, sufrido pero harto, mata al infante con sólo cortar los vendajes que son pañales con una tijera. El bebé se disuelve en lo que Edgar Allan Poe llamaría una «masa pútrida, informe». Al final Eraserhead no tiene fin y como al principio, tocado por un peinado que es una torre de rizos, debe sufrir una suerte peor que la muerte. Kafka y compañía (léase Beckett) debían reclamar derechos.

Un incongruo Fats Waller al órgano desgarra una canción popular.

Lynch, delineante antes, llena *Eraserhead* de ruidos de fábricas, pitos, sirenas. Comienza con una rocalunar y la melancolía de una muchacha que ve llover. Esta muchacha, por cierto, es Katharine Coulson, la señora que carga un leño a todas partes en *Twin Peaks*. Lynch suele ser más fiel a sus actores que a sus espectadores. John Nance, el torturado Eraserhead, aparece en *Dunas,* reaparece en *Blue Velvet* y vuelve a aparecer en *Wild at Heart* y, por supuesto, en *Twin Peaks*. Kyle MacLachlan, el héroe planetario de *Dunas,* con su asombroso parecido con el joven Tyrone Power, es el héroe del vecindario en *Blue Velvet* para reaparecer como el ingenioso agente Cooper («del FBI») en *Twin Peaks*. Laura Dern, la digna hija del talentoso, espantoso Bruce Dern, es la cándida Alba Sandy en *Blue Velvet* y la lujuriosa Lula de *Wild at Heart*. Mientras que su madre, Diane Ladd, es su madre en la vida real. En *Wild* por cierto la Ladd se embarra la cara de lápiz rojo y con esa máscara grotesca y atroz persigue a Sailor, que no es un marino sino el marido de su hija. El creyón de labios sirve para aumentar la sexualidad (perversa) de Isabella Rossellini en *Blue Velvet* (en *Wild at Heart,* otra fiel, ella es Perdita Durango, mitad puta, mitad Frida Kahlo) y define el sexo (anverso, perverso) de Dennis Hopper, el *easy rider* convertido finalmente en harto narco, en algo soez, atroz en *Blue Velvet.*

El agente Cooper llega, en *Twin Peaks,* a la escena del crimen *in medias res pública,* probando y aprobando el café local, elogiando el pastel de frambuesas y mezclando en su pesquisa a Sherlock Holmes y al maestro del zen.

Las primeras palabras que se oyen (y casi las únicas) en *Eraserhead* son: «Are you Henry?» Es la novia de Henry que apenas lo reconoce. Ella estaba en la ventana y por lo menos llovía, mientras la única ventana de Henry da a un muro de ladrillos negros. Cuando la suegra salaz le pregunta a Henry como si no lo conociera: «¿Qué hace usted?», Henry responde como si su hiato fuera eterno: «Estoy de vacaciones». Tal vez, por el momento, vacante de su radiador, que día y noche irradia no calor, sino sonidos secos. Henry es impasible, imposible: nadie puede ser tan bueno.

Mientras la tormenta ruge el bebé bala.

La reticencia, la retina como esencia, es la mirada ubicua de Lynch en un realismo no sucio sino asqueroso, donde las posibilidades del horror son insectos imposibles, larvas, tenias. Las pesadillas del cine son la realidad de Lynch.

Algunos, el historiador John Kobal entre ellos, ven a Lynch como el continuador de James Whale, el director que con *Frankenstein* (1931) creó prácticamente él solo el cine de horror. *Frankenstein* dio el nombre al monstruo y se olvidó de su creador llamado a veces Victor, otras Henry pero nunca Prometeo moderno, como quería Mary Shelley. Whale empezó donde ha terminado Lynch, como caricaturista, después fue escenógrafo. *Frankenstein* y *La novia de Frankenstein* revelan una mano segura para el decorado y, lo que es más importante, para el maquillaje creador: en el monstruo, en su novia. Su cámara siempre se mueve con una segura fluidez y en sus películas, como en las de Lynch, los monstruos de la razón crían sueños. Whale se ahogó en su casa en 1957. Su apellido (el señor Ballena) en conjunción con una piscina llena produjo no poca chacota en su tiempo. Más significativo es que una película casi al final de su carrera se llamó *El hombre de la máscara de hierro.*

¿Es que el tiempo de los pintores ha llegado? Dalí fue un centinela perdido pero David Lynch era un delineante y artista comercial y ahora detrás viene, arrollando, Kathryn Bigelow, pintora de vanguardia convertida en cineasta y directora de cine, cuyo *Loveless* la hizo conocida como una fuerza nueva. Como Dalí, como Lynch, la Bigelow cultiva el *shock* y el horror y la coincidencia de un vampiro sobre la defensa de un camión por medio de una ciudad del oscuro, luminoso oeste: una oscura pradera le convida.

Lynch es alto, rubianco y no se parece nada ni a Eraserhead ni al hombre elefante. Al presentar su última película, *Wild at Heart* (que no podría llamarse nunca *Wilde in the Heart*) a los técnicos y a los actores que colaboraron en soñar esta pesadilla en la carretera, Lynch aparece vestido de negro y con un acento muy del medioeste no explica nada sino que introduce la cinta ya no azul sino escarlata. No explica su vida ni siquiera su carrera —que comenzó con dibujos animados. De la animación a la emoción. (Su primera película animada se llamó *El alfabeto,* a no demasiados años de 1946, cuando nació en Montana.) Al final de su presentación, Lynch llama a su película *«a wild, modern romance».* Esas tres palabras (un romance moderno y salvaje) son aptas para mayores.

La exigua obra de David Lynch descansa sobre dos obras maestras, *Eraserhead* y *Blue Velvet.* Fue *Eraserhead* por la persona interpuesta de ¡Mel Brooks! quien hizo posible *El hombre elefante,* que es una película bien hecha lastrada a veces por el evidente patetismo del tema: un monstruo que quiere, Quasimodo a ras de tierra, echar raíces en el cielo. *The Elephant Man* hizo posible que ¡Dino de Laurentis! pusiera miles de millones de pesetas para usufructo, pero nunca uso y disfrute, del joven director a quien el proyecto se le convirtió en un elefante blanco en una locería futura llamado *Dunas,* hechas de arenas movedizas. Con todo *Dune* parece un fracaso a primera vista pero resulta divertida en un segundo pase (como dicen en Hollywood), cuando las piruetas técnicas ya no deslumbran y puede uno (o dos) gozar el espectáculo de gusanos de mil pies de largo y altos como un rascacielos que padecen tormentas eléctricas en su boca abierta. Lynch ya había hecho experiencias *in vitro* con gusanos en *Eraserhead,* pero eran detestables en su tamaño natural. *Dunas* nunca fueron de oro (al contrario, la película fue un sonado desastre comercial) pero De Laurentis (¡o su hija interpuesta!) financió la filmación de *Blue Velvet,* que tuvo de todo: película culto, éxito comercial y celebración crítica. *Wild at Heart* (los títulos en inglés salvan la incompetencia de su traducción), ganó la palma de oro en el Festival de Cannes y ha sido acogida con estruendo por los espectadores jóvenes —y denostada por los críticos ya no tan jóvenes: su salvaje erotismo y su violencia son implacables, impecables. *Wild at Heart* se ganó una X (reservada hoy día sólo para el porno pesado) pero la eliminación de un cerebro que rueda por el suelo fuera de su cráneo y una fornicación hecha menos explícita por la exclusión de un fotograma o dos de un pubis ululante rebajó la infame impronta a una R. *Wild at Heart* no es una obra maestra, dista de, pero es una película que abre el apetito a las emociones más inmediatas. Eso se llama estimulante. Como en *Dune,* una segunda visión, pasado el alarido de esta crónica de corazones solidarios, es un espectáculo tan lírico como ver a media docena de elefantes bailar una polka en el circo: el *show* púbico no es menos elemental ni menos milagroso. Hay que advertir que Laura Dern, la amante que arde eternamente como la llama en la tumba de un soldado conocido (su usufructuador, Nicholas Cage, se llama Sailor s.o.a.), sobrevive a la batalla de los sexos. Quizás ayude algo si se dice que Sailor está obsesionado con Elvis Presley. Con su música, con su musa.

Blue Denim viste una probabilidad parecida: dos jovencitos tienen los dos una preñez ilegítima mientras se divierten pero no divierten. Aparentemente la idea de *Eraserhead* (que tomó seis años en completarse entre largos compases de espera: Lynch trabajó como plomero, carpintero, como experto en radiadores para poder producirla) le vino a Lynch de una preñez impensada. Quiero creer otra posibilidad: Lynch hizo su película negra (es todo el color visible) después de Kafka, venido de Poe y sus poemas macabros, sus cuentos de horror, de pesadilla y de muerte. (El mismo Lynch confiesa que un único guión tenía la forma de un poema.) La estética de Lynch, aquí y en todas partes, es una forma nueva del viejo gótico americano y llega a nuestros días a través de los escritores sureños. Todos son herederos del olvidado Charles Brockden Brown (1771-1810) y sus «complejos cuentos de horror y de intriga», a veces con escenarios tan atroces como una Filadelfia asolada por la peste. Brown también, después de un brote de ficción, entró en los negocios, como John Franklin Bardin pero también como Lynch. Todos, por supuesto, vienen de E.T.A. Hoffmann, músico y cuentista, creador de «El violín de Cremona», que fascinó a Poe y protagonista de «Los cuentos de Hoffmann», que engendró a Offenbach que engendró a Michael Powell y que engendró la noción del horror como expresión en los románticos febriles de Mary Shelley a James Whale y a, ¡sorpresa!, David Lynch y su patrulla del crepúsculo.

Escribe Poe de M. Valdemar, su sujeto de experiencias que se pueden llamar vivificación: «De toda su carcasa y en el espacio de un minuto o tal vez menos —se encogió, se demolió, se pudrió en mis manos!» Antes, poco antes, Poe poeta con mano maestra: «Sobre la cama y ante los ojos de toda la compañía yacía una masa casi líquida de una atroz —de detestable podredumbre». Léase en vez de «sobre la cama» ante una sábana y sustitúyase «ante los ojos de toda la compañía» por delante de un público y se tendrá una sesión de *horror movies*. La proliferación del cine de horror en nuestros tiempos es un síntoma más de que el cine se ha Poetizado. O como diría Poe hablando latín con acento sureño, *in extremis*.

Los labios pintados de rojo llameante de Temple Drake en *Santuario* se doblan, se desdoblan en los labios carmesí de Dorothy Valens en *Blue Velvet*. Hay más de un gran plano de estos labios tumefactos untados del color del deseo.

Malraux opinó que *Santuario* es la intrusión de la tragedia griega en el campo (¿de maíz?) de la novela policial. *Blue Velvet* es la intrusión de la canción *pop* (inocente, sacarosa) en la tragedia griega, aunque el héroe es premiado por su virtud. No destruido. A Popeye lo llaman Mr. Death pero peor es Frank Booth. Ese Mr. Evil, señor del mal moral. Hay una relación sexual entre Popeye y Frank Booth: ambos violan a sus amantes con otros instrumentos que el pene. Popeye con una tusa (llamada justamente espata) de maíz, Booth con su puño desnudo. Temple sin embargo protege a Popeye de toda culpa. El gángster es también aquel impotente que le produjo una gran gratificación sexual con un consolador vegetal.

Elaborando el supuesto poeiano (por no decir poético) de la belleza de la melancolía, tan cara a los románticos, *Blue Velvet* está situada en un mundo crespuscular.

Nicholas Cage, comentando sobre su personaje en *Wild of Heart*, un mal salvaje, después de matar a golpes de pared y de piso, declara: «*That may be extreme!*». Es extremoso. Pero, añade: «Esa acción extrema viene del amor».

El aura surreal (Dalí, Ernst, Magritte) es una claridad atroz. En la atmósfera expresionista (Lang, Siodmak, Hitchcock) hay un predominio del claroscuro. Piranesi con sus *Carceri* y Fuseli con su «Pesadilla» contribuyen notablemente a la opresión de la arquitectura y a una sensualidad siniestra que hacen de *Eraserhead* una pesadilla de la que no se suele despertar, entre otras razones porque hay también presente una amenaza erótica.

Pero Poe mismo objetaba: «Hay ciertos temas en los cuales el interés es absorbente pero resultan enteramente horribles al propósito de toda ficción legítima». Extasis o *stasis* —esa es la cuestión. *Stasis* en la emoción, caos en movimiento. El éxtasis es siempre lánguido.

Los duros no se acuestan sobre el sofá, para alivio de Freud que sólo admitía enfermos suaves: una neurótica vienesa, un caballero judío pero de medios, una doncella deliciosa. Ahora la desnuda Dorothy escoge el sofá momentáneo para seducir al imberbe Jeffrey, mirón a pesar suyo. Bien pudo cerrar los ojos para no ver cómo el brutalmente franco Frank se animaba al coito gritando la palabra soez en todas sus tesituras. Mientras Dorothy, con apenas una bata de pana azul sobre sus carnes fácilmente amorales para convertirse en moradas, se dejaba penetrar por un puño casi comunista en su erección y dejarle a él el grito (¿de triunfo, de impotencia?) y no decir ella esa boca es mía. Frank, como Edgar Poe, sobre el sofá y ante los ojos del público (el cine nos ha hecho Charles Voyeurs a todos) ve cómo yacía allí una carne lúcida de detestable podredumbre moral. La emisión de Frank es la misión de Jeffrey. Resistente él a la tentación, digna de un San Antonio americano de ver, de tener a Dorothy desnuda ya no en el sofá sino en mullida cama, mientras ella aúlla: «¡Pégame, pégame!», como si fuera un bálsamo de Séneca: estoica estoy. (Este camino de toda carnada lo ha transitado también Pedro Almodóvar en *Átame*. Sólo que ahora no es Poe sino John Fowles visto por William Wyler en *El coleccionista*.) Dalí (más que Buñuel: todos sabemos de dónde viene el poder visual de *Un perro andaluz*) es el maestro más remoto, terremoto. Si Lynch no lo conoce, cualquier espectador lo reconoce: no hay que tener una gran cultura cinemática para saber que Dalí, en ese extraño interludio, fue más lejos que Lautréamont y sus «alucinaciones servidas por la voluntad». Reducidas entonces a un paraguas y a una máquina de coser sobre una mesa quirúrgica, ahora ampliadas por alucinaciones involuntarias hechas, gracias al cine, imaginería inimaginables como el burro pútrido sobre un piano de cola y el ojo (¿del espectador castigado por su voyeurismo?) vaciado en dos por una navaja. Después de Dalí, sin duda, el diluvio de imágenes imposibles. Buñuel, por su parte, no hizo más que mexicanizar esa audacia. Con más sentido del humor que del amor, Buñuel pudo, sin embargo, ayudar a surrealizar el cine. Lynch en *Eraserhead* es más Dalí que Buñuel, pero en sus películas posteriores hay algo del *eros* de Buñuel, aunque no de su *ethos* que resulta arcaico —si es que la moral envejece.

Como nuestro Popeye en *Santuario* todo sadismo es terrible. Frank Booth y su ira colosal (de cíclope, de bestia con un ojo) no son más que máscaras de su perversión sexual. El sadismo es una manifestación del masoquismo. El sadista es un *felo de se* que se ignora. Pero Frank (*«The name's Booth!»*) echa la máscara a un lado para pintarse los labios y besar a Jeffrey ferozmente. Abuelita, ¡qué rojos labios tienes! Para besarte mejor. Finalmente lo fornica por sobre la ropa mientras Jeffrey está atado por las manos cómplices de sus *par ci, par là* ahí al lado. Como cuando Frank fornica a Dorothy con su puño en un *fist fucking* heterosexual, el sádico tiene las manos manchadas. «El horror de que escribo», escribió Poe, «no es el horror de Alemania, es el horror del alma».

Todo lo que es verde en español es azul en inglés. Azul como los zapatos de ante de antes, los que calzó Elvis Presley, mientras una voz descarnada canta al terciopelo cierto azul. *Out of the blue velvet* tiene una canción y una actitud. Todo verdor perecerá pero todo azul también.

Barbazul es el franco Frank, gángster, expendedor, adicto al oxígeno (su máscara es su barba) o tal vez al éter que huele dulce, que no duele, que llena todo el vacío espectral, que para

los griegos era ese cielo, ¿cómo no?, azul. El alcohol se puede
transformar en éter. También Ester. Los ojos verdes son azules
en inglés. *Blue bottle* es una mosca verde y también esas bellas
flores azules que crecen en el mismo camino y azul es la yerba
verde de Kentucky. Pero la luna es azul casi nunca. Verde que te
quiero verde nunca se traduce por *blue I want you blue* tal vez
porque un *blue* es un morado. Un lápiz azul no un lapislázuli
sirve como censor. Mientras que la *blue note* es la *nota bene* del
jazz no del blues. La vela azul es la enseña para dejar el puerto.
Cuento verde, viejo verde que va a ver *blue movies* y debajo del
gabán lleva su cuchillo. Chillo.

Aparte del tenue tema que comienza con la frase ritual
de todo misterio policial (¿Quién mató a Laura Palmer?), la
ley de Lynch se aplica también a la televisión. Hay un momento
en *Twin Peaks* que es ejemplar y mágico a pesar de ser tan cotidiano. El agente Cooper («Del FBI») tiene un sueño que como
todos los sueños de Lynch se continúa en una pesadilla incoer-
cible. Laura la muerta, como en *Laura,* visita al policía Cooper.
No aparece horrible, como en muchos sueños del cine, sino bella
y sensual y gárrula. Pero habla una jerga que necesita títulos: es
el inglés de los sueños que vuelve a sonar como un idioma nórdico. Laura se ve bella pero la acompaña un extraño enano vestido chillón. El enano también habla en inglés arcaico, que no
es más que el inglés como lo escribía Chaucer. De pronto se levanta no para agredir a Cooper (el FBI siempre inspira respeto)
sino para bailar una danza demente sobre un suelo adornado
con figuras de una rara simetría. Su baile, rítmico y lento, es obsesivo y Cooper, a pesar del FBI (el enano es obviamente un de-
lincuente), admira esta gracia deforme. Más que todos los posibles avatares de Laura, más que el intrincado misterio visible, el
misterio oculto de ese sueño es memorable.

Lynch se considera hombre de hábito y su atuendo es
casi conventual, de hombre que prefiere el negro y el morado
más que la vestimenta de colores habitual en Hollywood, mien-

tras dibuja una tira cómica diaria (la fuerza del hábito) para un periódico local sobre un perro inmóvil, asumiendo la fijeza del cartón no animado. Es la historia del perro más triste del mundo, tal vez porque está agobiado por una metafísica expresada en los letreritos —lo único que cambia.

Blue Velvet comienza con una naturaleza viva: tres rosas rojas se recortan contra una cerca de madera blanca en la que cada tabla termina en una flecha aguda. Luego aparece el *robin* (un petirrojo americano) que será también el logotipo de *Picos* y termina con el orden cruel de la naturaleza muerta: el *robin* tiene ahora un insecto todavía aleteante entre su pico.

Blue Velvet es la vida, pasión y muerte de Frank Booth, el sádico del sábado. *Wild at Heart* es la fuga de las voces del amor, del deseo y de la muerte. Si Faulkner, como dijo Nabokov, no es más que Victor Hugo en el Deep South, donde Esmeralda se casa con el tío Tom y todos viven infelices por el doble racismo (joven gitana ama a negro viejo), *Wild at Heart* es una suerte de *Luz de agosto* en que Joe Christmas no parece húngaro sino que es italiano y su violencia tiene la fiebre funesta de la Mafia. David Lynch, hay que decirlo de una vez por todas, es el Faulkner de los años noventa: *Gothic horror, horror show,* que se pronuncia, como en ruso, jaraschó —todo está bien porque bien acaba.

Mujeres que ruedan

Un director de cine no es más que un empecinado al que dejan dirigir una película. Al revés de una orquesta o del teatro, el oficio de director no existía cuando se inventó el cine. Es obvio, me parece, que los directores vinieron después. En Europa en los años cincuenta la *politique des auteurs* se volvió con Truffaut, Godard *et al* en *la politique des amateurs.* Pero en Hollywood, la meca de todo profesional, muchos directores no nacieron para el oficio. El mismo Orson Welles, que parece el director de cine por antonomasia, al principio pensaba en la ópera, en la escena o en la radio antes de pensar en el cine. Welles fue el director de fábula al que dejaron hacer *El ciudadano:* solo, a su forma y manera. (El escándalo vino después.) Pero su segunda película, *Magnificent Ambersons,* fue magnífica pero no para Welles, que siempre se quejó de que el estudio (la RKO, la misma compañía que le concedió antes todas las licencias) se apropió de su obra, la tradujo más que la cortó y alguien le añadió un final que no era el suyo. Si así van los hombres así van todas.

Las mujeres. Hay dos mujeres directoras de cine ejemplares. Una es la autoritaria Dorothy Arzner, que adoptó la mejor vestimenta y las peores costumbres (sobre el *set)* de los hombres. La otra es la dulce y peligrosa Leni Riefenstahl. Miss Arzner (como insistía que la llamaran: eso fue antes de la odiosa introducción de la diosa como Ms, como ahora insisten las nuevas feministas) llegó a dirigir por un tortuoso camino que empezó como montadora de las escenas de toros de *Sangre y arena* (1922). Después de ser escritora, ayudante de dirección y amiga de los directores que iban al café de su padre en Hollywood Boulevard, donde era esa risueña camarera amable antes de ser esa directora dura como un director. Fraulein Riefenstahl era la acogedora y bella bailarina de gráciles formas que llamaron la atención del Dr. Goebbels, conocedor. A través de Goebbels llegó a Hitler, el fascinador fascinado, y así fue como consiguió dirigir dos obras maestras del documental y de la propaganda política. *El triunfo de la voluntad* (1935) y *Olimpia* (1938), fueron una ferviente exaltación del macho ario y del nazismo. Al revés de Arzner, Riefenstahl era una fanática heterosexual. Su carrera fue más brillante pero más desastrosa que la de la apagada Arzner, que sólo tiene un triunfo mayor en una obra menor, *Dance, Girl, Dance*. Riefenstahl pagó su devoción al bello Adolfo, después de la caída de Berlín, con dos años de cárcel, la desnazificación parcial y la totalitaria cabeza rapada no por piojos en el pelo sino por parásitos políticos dentro.

Las directoras de ahora lo tienen todo más seguro. Cuando ruedan saben que no rodarán sus cabezas. Saben que escogen una carrera que puede terminar en la oscuridad de Arzner, pero nunca acabarán haciendo penitencia entre los negros del África como Riefenstahl, que purgó así su culto original al rubio de ojos azules exaltado por ella y el nazismo. (La segunda parte de *Olimpia* se llamó en efecto *Festival de la belleza*.) Una de las mujeres a la que dejan (el estudio, los productores, la política de los autores políticos) dirigir ahora es esta extraordinaria Kathryn Bigelow, una mujer formidable en más de un aspecto.

Bigelow (se pronuncia Bíguelo), a quien no le gusta, como a Dorothy Arzner, que le digan directora (habrá que decir entonces *la* director), viene no del teatro ni de la literatura y no es una técnica como Arzner, pero como Riefenstahl domina cualquier *set* con su sola presencia: ella es bella como una actriz y alta como un actor (mide uno ochenta). Viene su autoridad además de una considerable capacidad intelectual (se dice que su cociente de inteligencia es tan alto como ella), en un mundo donde el intelecto paga menos que el crimen. Tiene, es obvio en la pantalla, un ojo certero. Bigelow era una pintora elitista en Nueva York antes de derivar al cine amateur y llegar finalmente a Hollywood con 20:20 de visión plástica. También la ayuda, en el mundo de la imagen, su estupenda belleza bruna, fotogénica aún detrás de la cámara. Es más bella, en foto y en la televisión, que algunas de las actrices que ha dirigido, como Jamie Lee Curtis o Lori Petty. A Bigelow la han llamado por todos los nombres posibles en la nomenclatura del cine: *action woman, macho woman, ¡muy macha!* No la llamaron virago porque no nació en Chicago. Y, sobre todo, por su aspecto decididamente femenino: esos ojos nunca los tuvo Alfred Hitchcock.

«Tiendo», dice ella, «a no tratar de dignificar mi profesión por su género». La declaración es equívoca, ya que en el cine género no significa precisamente paño. «Me veo como una cineasta, ya está. Si la gente quiere verme como una novedad, ése es su problema». No hay problema de este lado de la pantalla.

La Bigelow, que ha dejado detrás a todas sus congéneres (Susan Seidelman, Penny Marshall, Gilian Armstrong: directoras de ahora), hace, dicen, películas que usualmente sólo hacen los hombres. Casada con el también director James Cameron (famoso por su cine de violencia fantástica, como los dos *Terminators)* si su cama tiembla de noche no es de miedo, es un efecto especial. Interrogada una y otra vez sobre su visión violenta y su sexo, Bigelow responde (ella siempre responde: se ve que es una mujer) con extrema seriedad ante un extremo prejuicio: «Claro que hay desigualdad (para las mujeres) detrás de la cámara. No es que las mujeres no puedan hacer cine, sino que mucha gente cree que no pueden». (Incluida entre la gente no pocas mujeres.) Bigelow, con cuatro cintas admirables en los ocho años que lleva en Hollywood, prueba, al menos, que ella puede.

Su primera película, *The Loveless,* aunque compartía créditos por la dirección, tiene sin duda su visión coherente, visualmente impecable. Su héroe sin amor es un rebelde sin causa pero con motocicleta, típico personaje de los años cincuenta. Encarnado sobre su moto que es su motín de uno solo por el siempre excelente Willem Dafoe (el cine moderno detesta su imagen de villano violento: el Bobby Perú que sigue su sendero luminoso en *Wild at Heart* hasta violar la ley de Lynch), enmarcado como un cromo que ilustra un ritmo de *rock 'n' roll*. Tomando a Marlon Brando en *El salvaje* como punto de partida, Bigelow no deja que su héroe/antihéroe diga frases preñadas de sentido hasta dar a luces (como en el intercambio penoso de Señora: «Pero, ¿contra qué te rebelas?» y Brando: «Dígame qué tiene») es la rebelión existencial, para el que sólo existe su moto como meta en cualquier punto de una carretera hacia la nada.

Su ángel cayendo, Dafoe lo mismo se acuesta con una niña *punk avant la lettre* que la deja suicidarse sola, después de matar ella a su padre incestuoso, ante sus ojos, con idéntica indiferencia que cuando vio antes su cuerpo púber en la cama. Pero la ética de *The Loveless (Sin amor)* no es lo que cuenta sino su estética. Toda la cinta está construida por un Moebius pintor con un cuadro vivo en cada fotograma y su visión (no su misión: las misiones hay que dejarlas a los jesuitas, siempre en posición de misioneros) de la vida es una belleza que la violencia no amortaja. Bigelow viene de la pintura y todavía tiene el ojo demorado de un pintor: cada cuadro de sus películas tiene un dibujo suyo previo. Es asombroso sin embargo que fuera una pintora abstracta cuando sus visiones, tan móviles, animan la concreta coreografía de una danza de la muerte por la música. Hay pocas películas de los 80 tan bellas y amorales como *The Loveless*. Es una perfecta lección de filosofía existencial en que la letra entra con sangre por los ojos. Camus habría estado de acuerdo.

Near Dark (Cercana tiniebla), su próxima película, es también una pieza de género (en Hollywood no hay hoy más que género y vacío), pero de un género insospechado para Bigelow, que se muestra de veras capaz de hacerlo todo sobre la sábana blanca del cine. Es una de vampiros y al mismo tiempo su versión del mito de Orfeo en los infiernos que va en busca de Eurídice Smith. Ahora los no-muertos son una banda de sucios y soeces vagabundos disfrazados de anarquistas al aire libre de la noche americana: una oscura pradera los convida. Todavía son inmortales (los que no *pueden* morir) pero en vez de condenados condes húngaros o eximios exiliados rumanos (como el ingenuo húngaro ungido de *El regreso de Drácula* (1958), que viene a América, emigrado emaciado, protegido por el lúcido *larvatus prodeo* de su tenue disfraz: no un cambio de sexo sino de nombre y se llama ahora *Alucard,* Drácula en el espejo que lo delata) son ratas del desierto de la muerte.

Como todas las películas de Bigelow, *Near Dark* es un cuadro que sangra. Pero la sangre del cine, lo sabe hasta el *fan* fetal, no es más que salsa de tomate y, en el caso de Bigelow, pura pintura roja. Aunque como película de terror es espantosamente eficaz, jugando con los elementos convencionales (vampiros destructibles sólo por la luz del día, vampiresas más letales cuando más inocentes, la muerte exangüe) entre autos, red de radios y caminos que llevan a una encrucijada fatal.

En *Blue Steel* el acero azul del título se refiere al pavonado de las armas para preservarlas, como decía Otelo irónico, «del orín de la noche». Este es, hasta ahora, el único film feminista de Bigelow, aunque anuncia una amenazante doncella: *Juana de Arco.* Aquí la masculina Curtis, que tiene un cuerpo cuando lo descubre que delata su feminidad, es una recluta de la policía, orgullosa de serlo, que entra en contacto violento (al parecer no hay para Bigelow otro contacto posible entre los sexos que la violencia) con un psicópata, suerte de neonazi que juega en la lonja el riesgoso juego de la bolsa o la vida de las acciones que suben y bajan. La recluta, como todas las heroínas de Bigelow, puede llevar el cabello corto o largo pero no tiene un pelo de tonta. Ese es su lema, su tradición: las mujeres son siempre las más inteligentes. Nuestra policía se da cuenta de que tiene por amante a un asesino absurdo, el más peligroso por gratuito. Al final Curtis mata al *murderer* pero se olvida, culpa de Bigelow, de que un policía no es más que un agente de la ley, nunca el fiscal, el jurado o el juez y mucho menos el verdugo. Curtis no arresta al culpable sino que lo juzga, lo condena y lo ajusticia ante la cámara impasible. El público, por su parte, vitorea.

Lo extraordinario en esta película es cómo Bigelow muestra la panoplia de las armas con grandes planos en que un enorme revólver de reglamento y una gigantesca pistola ilegal combaten entre los reflejos del acero y la dimensión de las armas con el peligroso pavón que da al aséptico azul su pavoneo letal.

Point Break (el título es un término del *surf,* el deporte de la navegación sobre la cresta de una ola visto como arte) es una película de género también. Pero Bigelow no está interesada esta vez en el género sino, como en *Blue Steel,* en el carácter de sus personajes. O en las fallas de su carácter, fisuras que pueden originar la catástrofe emocional. Es la emoción cinética que movió a los Beach Boys y conmovió a los fanáticos de la *surf music* en los años sesenta. Su emoción es más nueva y más estable.

La cinta descansa sobre tres secuencias maestras (aunque el guión es el peor con que se haya hecho Bigelow) y en la emoción por el movimiento. Frente al océano, y al mar de Magallanes, con su cámara registrando las vueltas de una ola gigante, su ruido, su rugido de espuma, de la manera envolvente que permite ahora el sistema Dolby, sonido total. Una doble secuencia aérea con los jinetes del mar convertidos en navegantes del aire en caída libre. Otra aún es una de las más originales persecuciones con caza humana que se haya hecho en el cine (y sí se han hecho), usando hasta el límite las posibilidades de la *Steadycam,* la cámara ubicua. Las secuencias de *surfing* son de una belleza espantosa, pero esta sinfonía del mar (la termina con una magna, magnífica tempestad cíclica que se supone que ocurre en el Pacífico austral, al otro lado del océano, cada cien años) hay no sólo que oírla sino que verla.

De las tres secuencias de movimiento perpetuo la que parece más fácil es la más difícil, con la larga cacería de uno de los cuatro asaltantes de bancos que se llaman a sí mismos los Ex-presidentes y llevan máscaras con las caricaturas de Regan, Carter, Nixon y Johnson. El cabecilla, «Reagan», al que el agente del FBI persigue con saña demócrata, por calles, callejones, pasillos, solares yermos o habitados, a través de casas, patios y jardines y sobre múltiples cercas (de madera, de metal, de cemento) que convierten a la larga secuencia impecable en una carrera de los obstáculos más previsibles pero inusitados fuera de un estadio olímpico: el maratón de la muerte.

Bigelow, como lady Macbeth, no tiene sexo ahora y aunque contó con la ayuda de su marido (que ya ha dejado de serlo) y camarada Cameron, maestro de efectos especiales, esta película, en sí, no tiene efectos especiales. La cámara nos deja ver que el agente secreto (Keanu Reeves, especie de Gregory Peck de las islas) viaja sobre las olas tan mal como sobre una tabla de planchar y el anarquista que se vuelve, se insuelve (llamado Bodhi: en sánscrito, «iluminación») asesino, Patrick Swayze (el *revenant* de *Espectros),* especialista en matamorfosis baratas, es su propio doble en el mar y en el aire. Lo es todavía cuando recuerda sus inicios como bailarín al dar unos alegres pasos de baile mientras roba un banco, cabeza de Reagan, pies de Astaire.

Kathryn Bigelow ha hablado de la influencia que James Cameron ha tenido en su vida y en su arte. También ha murmurado alguna confidencia sobre «la confluencia de voluntades», como si Cameron fuera Nietzsche con un visor. Pero no hay que exaltar a Nietzsche sino disminuir a Schopenhauer al decirles que Bigelow lleva una melena larga pero sus ideas, en el cine, son todo menos cortas. No es corto su ojo que mira por el objetivo de la cámara para hacerlo siempre subjetivo.

En *Un tranvía llamado deseo* Blanche Dubois, patética protagonista, prepara su propia *mise-en-scène* para ocultar la verdad de su cara, mientras atrae y rechaza al brutal Kowalski, que bebe cerveza de la botella, eructa y anda en camiseta, sucio y soez. «No quiero realismo», exclama Blanche ante su presencia.

«¡Quiero magia!» Muchos hemos creído con Kowalski que el realismo es poderoso y político. Es decir, la expresión literaria del machismo. Ahora Kathryn Bigelow y las suyas nos muestran, demuestran que siempre, en nuestras noches Blanche, lo que hemos querido en el cine es sólo magia.

San Quentin Tarantino

El cine ha venido del teatro (necesidad de fotografiar actores y, desde la invención del *vitafón,* de oírlos) o de la novela (necesidad del prestigio de los libros). Es solamente ahora que el cine viene del cine. De ahí la proliferación de *remakes* o relaboración de lo que ya ha sido cine antes. Fue en 1940, en *El ciudadano Kane,* que el cine parecía venir del teatro y de la novela al mismo tiempo. Pero *Kane,* con tanto actor prestigioso en su reparto, con un actor eminente aunque joven detrás y delante de la cámara, Orson Welles, y con tanto truco y verdad de la cámara, manejada por ese genio de la cinematografía que fue Greg Toland, con tanto montaje y a la vez la profundidad de visión de una cámara que era un testigo atrevido, era, más que nada, una película locuaz, elocuente, casi gárrula. La película se podía oír tanto como ver y un crítico inglés, Kenneth Tynan, sugirió en una crónica que *Kane* debía verse ¡con los ojos cerrados! ¿Por qué? Porque, sencillamente, su arte procedía en gran parte de la radio. Welles venía de Wells (H. G.) y del escándalo de su emisión de *La guerra de los mundos* con que aterrorizó a todo Estados Unidos y escandalizó a Wells. Ese fue su boleto sonoro para entrar en Hollywood por la puerta grande. De no haber existido la radio Welles nunca hubiera sido Orson y no habría podido pronunciar estas palabras amenazantes con su voz cavernosa y cultivada que detenía una rumba de salón por la orquesta de Ramón Raquello (nombre improbable) para decir: «Interrumpimos este programa de música bailable para traerles un boletín especial». El resto es historia de la radio —y pandemonio real.

La radio después de Welles (cuya última película hecha en Hollywood, una brutal versión de *Macbeth,* una pieza brutal, era Shakespeare por radio) mantuvo su influencia durante todos los años cuarenta. Hasta un *thriller* de Michael Curtiz, el director de acción por excelencia de los años treinta, *The Unsuspected,* había sido ofrecido primero a Welles y ante su negativa obtuvo el papel Claude Rains, un actor cuya característica mejor era una voz educada a la inglesa. El protagonista, casi no hay que decirlo, era una personalidad de la radio convertido en asesino. Rains fabricaba sus coartadas por radio y era en la radio que confesaba sus crímenes.

Los años cincuenta, con la televisión *ad portas,* obligó a Hollywood a traer todo su nuevo talento (productores, actores, directores) de la televisión, que todavía residía, como la radio antes, en Nueva York. El Shakespeare entonces más a mano era un escritor de televisión, Paddy Payefsky, que tenía nombre irlandés y apellido judío como para demostrar que la sangre de Manhattan corría dos veces por sus venas. Payefsky fue el autor del guión de varios de los éxitos de entonces. *Marty* fue un gran éxito de público y de arte. Su intérprete, Ernest Effron Borgnine, se ganó un Oscar y muchos premios extranjeros. Aunque Payefsky fracasó en *Despedida de soltero, Doce hombres en pugna,* que era pura televisión (todo pasaba en el cuarto del jurado que delibera) fue un éxito artístico y de crítica. Todos los directores de talento venían de la televisión entonces, pero Hollywood no sabía que eran griegos trayendo presentes. Pronto una televisión de éxito clamoroso instaló sus estudios —en Hollywood.

Los años sesenta fueron de decadencia del cine y aún mayor auge de la televisión y al final aún los futuros genios del cine, como Steven Spielberg, estaban haciendo televisión o, como Scorsese y Coppola, en escuelas de cine y eran productos de la adicción a la televisión. Fue Spielberg quien produjo su primera obra maestra, *Duelo,* para la televisión.

Los años setenta fueron malos para el cine como arte y peores para la industria. Pero fue en esta década que Coppola desarrolló (con ayuda de la ingeniería electrónica imitando a Jerry Lewis) usar la televisión como monitor de una cámara de cine la toma de las escenas en producción. En los ochenta, Woody Allen, que se burlaba de la televisión en sus homenajes constantes a Bergman y a Fellini, produjo una comedia, *Días de radio,* que era una mirada nostálgica a la radio de su niñez. Es de sus películas más entrañables.

Ahora, en los noventa, ha aparecido un director que no debe nada al teatro ni a la radio. No es uno solo, son dos por lo menos: Robert Rodríguez y Quentin Tarantino. Robert Rodríguez (*tex-mex,* nacido en Austin, Texas) no sólo lo ha aprendido todo de la televisión, sino del *videotape,* viendo cine en *tapes* pasados por la televisión. Tuve el extraño honor de presentar al público del Festival de Telluride a un artista no sólo nuevo sino también extraordinario. La primera y única película de Robert, *El mariachi,* venía con un grupo de películas mexicanas tan malas que había que tener un corazón de cine serio para no reírse de tanta tragedia tremendista.

El mariachi fue el éxito de este festival dirigido por dos dedicados al cine más esotérico, Tom Luddy y Bill Pence, donde acuden todas las estrellas del vecino Hollywood. La película de Rodríguez, hecha por 7.000 dólares y filmada enteramente ¡en videotape! fue luego transferida a 18 milímetros y finalmente, ya con el logo de la dama con antorcha de la Columbia Pictures, fue trasladada a 35 milímetros. La última versión fue la que vieron los expedicionarios de Telluride, entre las montañas de Colorado. Es una aldea (de una sola calle) que había sido primero muy rica en el siglo pasado, luego pobre y finalmente casi un pueblo fantasma. Donde en sucesivas simetrías se filmaron las primeras escenas de *Butch Cassidy* y *Sundance Kid.* En su apogeo el banco local sufrió el primer asalto real de los dos bandoleros que el cine inmortalizó casi cien años después. Robert, como Butch y Sundance, había encontrado en Telluride su bonanza: el festival lo lanzó a la fama. Ahora filma *El Mariachi Dos* con Antonio Banderas y muchos millones de esa veta de plata que se llama Hollywood.

Curiosamente en ese mismo festival de Telluride entregué una medalla de plata a Harvey Keitel (a quien llamé entonces «el Edward G. Robinson de los noventa») por haber protagonizado *El teniente malo* y, ¡sorpresa! *Reservoir Dogs.* No vi esa película entonces ni conocí a Quentin Tarantino, sino en el Festival de Cannes y en un cine de Londres. Tarantino, ahora famoso, cuenta entre sus *cuates* a Robert Rodríguez.

«El crimen no paga» fue un temprano lema del FBI. La Warner Brothers iba a demostrar todo lo contrario: el crimen, en el cine al menos, paga y paga bien. La primera película con un tema de gángsters (sin contar la seminal *Underworld* de Von Sternberg pero silente: el estruendo de las armas no se podía oír todavía) fue *El pequeño César,* curiosamente con Edward G. Robinson encarnando a Cesare Bandello, aquel que moría nada poderoso y sí muy patético diciendo: «Madre de Dios, ¿es éste el fin de Rico?» Desde entonces la pantalla se pobló del humo de las pistolas con *Caracortada, El enemigo público* y *Callejón sin salida* hasta todos los padrinos y sus numerosos ahijados. El crimen también paga para Quentin Tarantino ahora. Su primera película, *Reservoir Dogs,* es ese genio que duerme dentro de una botella. En este caso, dentro de la pantalla. Nunca desde *El ciudadano Kane,* salvando todas las distancias dramáticas, el debut de un director ha sido acogido por la crítica con mayor reclamo. Como Welles, Tarantino escribe sus guiones y es intérprete acaso menor de sus únicas dos películas. Tarantino (y tal vez aquí resida toda su originalidad) viene de una educación para el cine hecha de videotapes. Aparte de *Reservoir Dogs* y *Pulp Fiction* (a la que colaboré a premiar en el festival de Cannes con la prestigiosa Palma de Oro) Tarantino escribió el guión de otra película de gángsters, *True Romance.* Pero esta vez había balas y besos y, al revés de las anteriores, el amor triunfaba todo en esta versión de un Virgilio con pistolas exaltado por la droga favorita de Hollywood ahora que el alcohol queda sólo para los viejos. Esa droga se llama cocaína pero también champán en polvo: antes cuando se hablaba del polvo de las estrellas se aludía a una emanación cósmica. Ahora la coca es cósmica y, a veces, cómica.

La educación de Quentin Tarantino se ha hecho toda en el cine pero delante de la pantalla. Fue hasta acomodador de un cine de porno duro. Desde entonces, declara, ha odiado las escenas eróticas. No hay una sola (si se exceptúa *True Romance* que no dirigió) en sus dos películas. En *Reservoir Dogs* no aparecen más que dos mujeres raudas: una camarera asténica y una señora en un automóvil con una pistola letal. Esta escena es tan fugaz y forma parte de un *flashback* que casi es la visión retrógada de un sueño —o de una pesadilla. Hay, además, en sus películas más discurso que acción. Lo que es inusual para narraciones de gángsters.

Reservoir Dogs comienza en un restaurante durante un almuerzo de los duros futuros. Pero todo lo que hablan es discutir incansablemente sobre si hay que ¡dar o no dar propina! Luego hay interminables discusiones sobre la conveniencia de un atraco y, más tarde, realizado el atraco sobre si hay que liquidar a un policía al que le han cortado una oreja. (Por cierto las orejas, mordidas, cercenadas en un jardín (en *Terciopelo azul),* cortadas en *Reservoir Dogs* se han vuelto para el cine americano moderno tan cruciales como para Van Gogh. La cámara hace de Gauguin.) Las palabras en *Reservoir Dogs* y *Pulp Fiction* abundan tanto como en las películas de David Mamet, que vienen todas del teatro y en las que, al revés del *dictum* tradicional en Hollywood (el diálogo sirve solo para hacer avanzar la acción), las palabras *son* la acción y hay que ver las dos únicas películas de Tarantino como alegorías por la palabra y las malas palabras. Es, en definitiva, un cine moral y Tarantino mismo confiesa su apego al difunto Código Hays por el que se rigió Hollywood durante décadas. Para él, como para el J. Edgar Hoover del FBI, el crimen no paga. Se trata de llegar a Dios por la blasfemia como el Robert Bresson de

Pickpocket. Esta vez la alegoría de la violencia tiene una moral contra la violencia. En *Reservoir Dogs* y en *Pulp Fiction* sólo mueren los violentos. Hace tiempo que no pasaba esto en Hollywood. De hecho, desde los tiempos del Código Hays.

Tarantino, actor aspirante, es antes que nada escritor. Lo primero que escribió y se llevó al cine fue su guión para *True Romance* que realizó Tony Scott. En ella aparece como una opción que se hace obsesión Patricia Arquette, a la que la película confiere esa aura de rubia de oro que tenía, por ejemplo, Lana Turner en *El cartero llama dos veces.* Pero en *Reservoir Dogs* no hay una sola mujer y la banda de seis lo que produce es una relación equívoca. Como dice Gore Vidal: «La reunión íntima de hombres, ya sea en el deporte o en el ejército, siempre produce homosexuales». En este caso el *gang* de ladrones termina en la destrucción física y en un abrazo final de dos hombres. Sin embargo, esta película, el guión de *True Romance* y la concepción entera de *Pulp Fiction* no la originó la pantalla de cine sino la pantallita para visualizar vídeos. Fue trabajando en una tienda de venta y alquiler de videotapes que Tarantino concibió sus dos obras maestras. Este establecimiento fue lo más cerca que pudo llegar Tarantino a Hollywood entonces. Aunque era un sueño infantil de Quentin.

Un niño del cine, su madre lo llevaba a ver toda clase de películas, incluso *Conocimiento carnal,* una película que no era entonces apta para menores de 18 años. Quentin contaba con cinco años. Para Tarantino todo lo que le produjo la película fue un aburrimiento mayúsculo. Nadie explica cómo la madre de Quentin (que le había puesto este nombre porque *sabía* que sería famoso de mayor, pero a la que nadie le dijo que el Quentin más notorio era la cárcel de Saint Quentin) logró que admitieran al menor a todas estas películas que interesaban a Quentincito más por las rositas de maíz que por las estrellas femeninas brillando plateadas allá arriba. El momento culminante de la biografía de Tarantino ocurrió cuando consiguió trabajo en esa vidriera de vídeos ahora famosa. «Era el trabajo ideal», explica. «Podía ver todas las películas gratis y además me dejaba tiempo para leer y escribir.» ¿Qué veía Quentin? «Todas las películas del mundo.» ¿Qué leía Tarantino? «Los libros más baratos, más baratos aún que los paperbacks.» Leía, según él, *pulp fiction.*

Pero ¿qué es entonces *pulp?* En su primera acepción es un *magazine* impreso en papel barato. También «cualquier *magazine* dedicado a una literatura sensacionalista y efímera... estereotipada y usualmente escrita con un objetivo puramente comercial». Se puede aplicar por supuesto a la mayor parte del contenido de las películas, sean de violencia o no, *thrillers,* oestes y hasta las películas de amor que apasionaban a la señora Tarantino. Pero no las películas de su hijo. Tarantino, que es muy astuto, cogió *Pulp fiction* como título porque es muy pegajoso y su definición derogatoria no lo es ya más porque la designación ha caído en desuso. Aún cuando estuvo en uso en los años veinte y era aplicable, por ejemplo, a la revista *Black Mask* (La máscara negra, nombre que pegaba mejor a Arsenio Lupin), no se podía aplicar a sus principales colaboradores, Dashiell Hammett y Raymond Chandler. La ficción de pulpa se salvaba, sobre todo, por el estilo. ¿Y quién era el máximo estilista entonces en boga? Ernest Hemingway por supuesto. Toda la literatura de *Black Mask* venía de un cuento de Hemingway publicado años atrás, «Los asesinos».

En esta narración breve y maestra la violencia era implícita y sólo se hacía explícita en el diálogo de los dos asesinos (ahora se llaman *hit men)* que entraban en un comedor del medioeste vestidos como dos cómicos de vodevil. Su diálogo era duro primero, luego amenazante y finalmente letal. Ni más ni menos es el diálogo entre Vince Vega (John Travolta) y Jules (Samuel Jackson) frente a los tres muchachos que sabemos que van a eliminar, tanto como sabemos, en «Los asesinos», qué van a hacer con el Sueco los dos visitantes de estrechos gabanes, Al y Max. Ahora Jules, que es negro, antes de dar en sus blancos, recita unos versículos de Ezequiel que predicen por oráculo la caída de Israel. *Pulp Fiction* comienza de una forma humorística: reír antes de morir. Toda la película mantiene este tono de humor negro aunque Tarantino nos obliga a tomarla en serio y su estilo se balancea entre el humor y la violencia más horrible. Aparte de la muerte de los muchachos que se han olvidado de entregar el dinero al matón mayor, hay un muerto por accidente dentro de un auto, la amante del matón sufre un colapso por inhalar cocaína con morfina, un boxeador vende su pelea para apostar a sí mismo y ganarla con lo que traiciona al matón, una pareja pederasta sodomiza al matón, el boxeador se venga de uno de los sodomitas mientras el matón castra al sodomizante con dos tiros a la entrepierna y, finalmente, la violencia que vuelve al principio, porque *Pulp Fiction* está contada en historias que regresan y hacen de la película una especie de ronda del horror. Tarantino ha aprendido con Hemingway a contar su segunda película y aunque acude a la etiqueta de *pulp fiction* esta *Pulp Fiction* es ficción pero no es pulpa. Es, por el contrario, una película de acción elemental como *Reservoir Dogs,* pero contada con la sofisticación que tenían las viejas películas de Warner Brothers, esas que antes hacían al público pagar por el crimen. Sólo que ahora el crimen no sólo paga sino que gana premios por encima de las pretendidas películas de arte, esas que han tomado el rábano del cine por las hojas pretenciosas del séptimo arte. Dice Tarantino, que es tan generoso con su aprecio como fue Orson Welles, de otra película: «Es una película que reinventa el cine». Esto podría decirse de *Reservoir Dogs,* pero sobre todo de *Pulp Fiction*. Es el cine que reinventa el cine.

A través del mundo de Abbas Kiarostami

De vez en cuando aparece en el cielo del cine, la pantalla, una estrella fulgurante. Casi siempre es una actriz o un actor elevados a una categoría divina por la publicidad y la prensa. Pocas veces la estrella es un director, como en el caso reciente de Quentin Tarantino. Otra de esas raras apariciones estelares es el iraní Abbas Kiarostami. Sólo tres películas le han bastado a Kiarostami. cuyo nombre comienza a ser familiar, para ocupar el lugar cimero del difunto Satyayit Ray, otra estrella en el oriente. Hay que decir sin embargo que Kiarostami no se parece a nadie, mucho menos a Mizogushi, Ozu o Kurosawa, los directores japoneses que brillaron en la primera posguerra ocupando el sitial de las astutas estrellas que se esconden tras la cámara —para estar siempre presentes. Kiarostami, en *A través de los olivos,* no oculta al director sino que lo muestra, lo esconde para volver a mostrarlo y finalmente, como en un acto de magia, lo convierte en omnipresente— y esta su última película está hecha con la magia del cine por un prestidigitador que enseña las manos vacías para colmarlas con imágenes en un pase ante los mismos ojos. Kiarostami es, en efecto, un mago persa.

Como Ray en su trilogía de Apu *(Pather Panchali, Aparajito* y *El mundo de Apu),* Kiarostami ha conseguido una trilogía perfecta. Como en Ray los niños son centrales hasta la culminación adolescente. Pero el cine de Ray era un cruel ejercicio en realismo que apabullaba al espectador con la miseria y el fatalismo o la perra suerte de sus personajes: eran películas para llorar. Se celebraba (si es que se puede celebrar el infortunio) en ellas la capacidad de sufrimiento de sus personajes y, lo que es peor, su resignación, un sentimiento que es central al pueblo hindú. Vive como quieras se ha transformado allí en sufre como puedas. Una última película hindú, aptamente llamada *Destino,* de Shaji N. Karun, prolongó un grito de sufrimiento que duró dos horas y media en el festival de Cannes y resultó insoportable para el público y para el jurado. No porque fuera mala como otras muestras de la Mostra, sino porque, como quiere T. S. Eliot, nadie puede soportar tanta realidad. En todo caso no esa realidad en que el destino es más cruel que el hombre. Kiarostami en sus tres mejores películas hace magia, pero el arte del iraní por supuesto no tiene nada que ver con el realismo mágico.

Pero antes hay que mencionar una película suya en las antípodas, *Close-up,* que es un divertimento que viene de la crónica policial. *Close-up* es la cómica crónica de un impostor que todo lo que quiere ser es un director de cine. Para lograrlo usurpa no sólo su nombre y su oficio, también su imagen. En la película el falsario es, al fin, una estrella de cine. O al menos lo más cerca de ello posible: un falso director de cine en una película de veras. Pero *Close-up* no tiene nada que ver con *¿Dónde queda la casa de tu amigo?, Y la vida continúa* y *A través de los olivos,* que forman la Trilogía de Quoquer y una de las obras de conjunto más sólidas, insólitas y bellas del cine más reciente.

¿Dónde queda la casa de tu amigo? es un canto a la amistad entre niños y es al mismo tiempo una lección de moral. Ésta es la fábula. El concienzudo maestro de primaria amonesta a Reza por haberse olvidado de escribir la tarea en la libreta adecuada en dos ocasiones seguidas. El maestro, que además de ordenado es puntilloso, le advierte a Reza que lo expulsará de la clase si comete esa falta otra vez. Amad, condiscípulo y amigo de Reza que vive en la aldea vecina, cuando llega a casa se encuentra con la desagradable sorpresa de que ha cargado con la libreta de su amigo —y aquí comienza la aventura. Es, sin embargo, la búsqueda inútil. Amad decide, contra la voluntad ma-

terna, ir a Quoquer a buscar a su amigo para devolverle su libreta. Para lograrlo corre a campo traviesa perseguido por la noche, busca de casa en casa, pregunta a todo el mundo, tantea en la oscuridad y finalmente tiene que regresar acuciado por el título que es la clave: ¿dónde queda la casa de tu amigo?

Esta búsqueda empezó en la Edad Media con el Santo Grial, continuó con Shakespeare en *La comedia de los errores* y en el pasado siglo tuvo su culminación en *Moby Dick* con la busca de la ballena blanca. En este siglo lo ha hecho varias veces, de modo maestro, Kafka con su «Confusión cotidiana» y «K ante las puertas de la ley». Ahora Kiarostami, K de nuevo, añade un toque de ternura a la inquisición: es un niño el que busca a otro niño. No lo encuentra y ya es noche cerrada. Decide regresar cuando encuentra la solución. En el camino un viejo casi ciego le regala una flor para que la aprese en su libreta. Cuando el maestro examina la libreta de Reza (¿ha visto o no ha visto la colaboración de Amad?) aparece entre sus páginas la flor encontrada. Que es el final. Que es una delicadeza conmovedora. Que es la visión del niño de Kiarostami.

Hace mucho tiempo, casi desde de *Ladrón de bicicletas* con Enzo Staiola descubierto en la calle por De Sica, que no veía en el cine un niño que no es un actor profesional actuar con tanta maestría. Por supuesto el arte mayor es de Kiarostami con actores de la calle, pero Babak Amadpur (que hace de Amad, mientras su hermano Amad hace de Reza: otra confusión cotidiana para K) tiene no sólo la cara sino los ojos del cine: el arte de la mirada es su arte.

La segunda cinta, en que Babak Amadpur es sólo una cara en una fotografía, es otra búsqueda. Un director de cine va hacia Quoquer buscando al niño actor no para otra película, sino para saber si sobrevivió al terrible terremoto que acabó con el norte de Irán en 1990. Va acompañado de su joven hijo, aún más niño que Amad antes. La búsqueda lo lleva por diversas derrotas y al final no encuentra al niño perdido. La última toma

(que es esa vista lejana pero no imparcial con que termina Kiarostami *A través de los olivos*) es del auto del director tratando
de negociar una cuesta en su encuesta. Parece que no lo logrará,
el auto se atasca. ¿Es el fin el fracaso? No. Unos momentos más
tarde vemos cómo el pequeño auto se hace móvil y culmina la
cinta en la cima.

Antes han ocurrido dos momentos memorables. Uno
de ellos ocurre cuando un vecino a cargo de un campo de dam-
nificados trata de instalar una antena de televisión para que los
otros vecinos puedan ver un partido decisivo de fútbol. Detesto
el fútbol y Kiarostami afortunadamente no muestra el juego
sino la decisión final de estos pobres iraníes. El vecino ha perdido dos hermanos en el terremoto pero declara que la vida sigue
su curso. El otro momento es cuando el niño, al oír decir que el
terremoto es la obra de Dios, responde a esa mujer resignada
que Dios seguramente no tomó parte en esa desgracia. «El terremoto no es de Dios», recapitula el niño hablando de las cincuenta mil víctimas y de la destrucción generalizada. «El terremoto es un perro rabioso. Eso es lo que es».

El tercer momento (todo es tres) es una visión casual de
una casa con altos, una mujer que riega geranios y un joven que
sentado en la escalera se pone los zapatos. Conversa con el director en la cinta y se oye una conversación que el joven sostiene con la mujer que puede ser o no ser su mujer. No hay metafí-
sicas musulmanas en la conversación: sólo una charla cotidiana
—que lleva no a la confusión sino a la tercera película de Kiarostami, su obra maestra.

A través de los olivos no es más que la conversación de
este joven recién calzado con esa mujer oculta por sus silencios
y su *chador*. La casa es soleada y más azul que solía y hay nuevos
geranios en el balcón. Su fachada no ha cambiado pero el tiempo físico —que no es el tiempo del cine, claro— ha transcurri-
do. Se filma ahora el film que estamos viendo cómo se hace. El
director es otro, diferente del que buscaba a su niño intérprete

en *Y la vida continúa.* Pero es el mismo Kiarostami quien relata. O mejor, no relata sino que hace participar al espectador del rodaje de una película al mismo tiempo que se ve y un plano se repite una y otra vez. Este juego de repeticiones del juego es una partida con un rey y una reina, los protagonistas, y los peones del rodaje que avanza. Si los iraníes no inventaron el ajedrez lo complicaron para hacerlo intelectualmente más difícil. El final del juego se anuncia con una frase persa: «jaque mate».

Ha habido muchas películas que hacen ver cómo se hace una película. Notablemente *Uno más uno* (un fracaso) de Jean-Luc Godard y un éxito parcial: *La noche americana* de François Truffaut y otros intentos que olvido. Pero *A través de los olivos* es la última palabra. Las palabras de la película se repiten una y otra vez con las sucesivas tomas, pero siempre crean, como la secuencia en música, una carga anterior que lleva a la culminación —esta vez fuera de la casa con geranios. Que por cierto recuerda a Matisse en su cromatismo y su paleta primaria. A los que crean que el Islam prohíbe la repetición de la figura humana porque el hombre no es Alá, hay que advertir que la cultura de Kiarostami no es sólo cinematográfica, después de todo una invención occidental, para avisar que en *Y la vida continúa* se oyen fragmentos del *Concierto para dos trompas* de Vivaldi. Exquisita es la fotografía de Farad Saba (aquí y en *¿Dónde queda la casa?*) que Kiarostami ha controlado, como controló las imágenes de *Y la vida continúa,* con un ojo avizor.

El final de *A través de los olivos* repite el esquema último de *Y la vida,* sólo que esta vez los seres humanos aunque empequeñecidos por la distancia visual no están dentro de un auto sino entre los olivos y más allá de las colinas: formando parte del paisaje iraní. Esta última secuencia es uno de los finales más bellos y justos del cine —y es, como siempre en Kiarostami, un final feliz. Es *Romeo y Julieta* con una infinita postergación de la escena del balcón en Verona y sin los sucesivos suicidios que perpetró Shakespeare. Es, en un final, un final adecuado a un film feliz.

Todos conocen ahora la biografía de Abbas Kiarostami y sus opiniones («Si me dieran a escoger entre soñar y ver, escogería sin duda soñar», «El cine merece ser adorado», «Creo que lo que pasa detrás de la cámara es más fascinante que lo que pasa delante», «¡Viva la ensoñación!»), además de su ingenioso juego de los tres directores en *A través*. Pero lo que no saben es que como jurado del festival de Cannes hice lo posible para que ganara el premio de la crítica, que se dividió entre dos películas políticas, *Quemado por el sol* y *¡Vivir!* Ambas opuestas pero finalmente producto del realismo socialista en que crecieron sus directores, uno ruso y el otro chino. Algún día, cuando pase la prohibición de hablar de los debates del jurado, contaré cómo un ejercicio de cine puro como *A través* fue relegado ante la evidencia del stalinismo y el maoísmo de la que estamos saturados.

Conocí a Kiarostami en la cena final del festival. Es un hombre alto, muy moreno y deferente ante mi evidente indisposición que me impidió decirle que el único destino de un artista es producir una obra maestra y él lo había cumplido más de una vez. Como apenas hablé con él es por esto que escribo esta crónica. También porque *A través de los olivos* no es una película, es una cultura y la obra de un poeta. ¿Qué mejor que terminar con un verso de otro poeta que describe a los olivos y tal vez a *A través de lo olivos?* «Arbolé, arbolé, seco, y verdé».

El indiscreto secreto de Pedro Almodóvar

La flor de mi secreto, la última película de Pedro Almodóvar, comienza, como *Mujeres al borde de un ataque de ner-
vios,* con una mentira: el doblaje antes, ahora una entrevista de
médicos terminales con una madre que sufre. Pero no es, como
Mujeres, una comedia loca, sino la vida, pasión y muerte (literaria) de una mujer casada que se quiere divorciar. No de su marido ausente, al que ama con un amor de un sólo lado, sino de su
oficio de sueños felices. Son felices sus novelas, como todo lo
que roza lo rosa, pero la novelista sufre, infeliz desmesurada. Como solían sufrir las mujeres antes de hacerse feminista el cine:
cuando era políticamente incorregible. Siempre he creído que
hay autores, como Manuel Puig, que conocen mejor a las mujeres que la mayor parte de los hombres y, por supuesto, más que
muchas feministas, que han convertido el feminismo en una causa:
la exacta contrapartida del machismo. Ahora Almodóvar se proyecta mucho, como lo hacía Manuel. Pero está más cerca de Lorca
que de Puig, con esa extraña mezcla de inteligencia y de intui-
ción poética, la combinación que hacía combustión interna en
el genio del poeta que Buñuel y Dalí llamaban el perro andaluz
antes de que lo matara la descarga que lo hizo inmortal.

Pero, como dice Jules, el negro asesino a sueldo de *Pulp
Fiction,* antes de entrar a matar: «Vamos a ponernos en carácter».

Fue Oscar Wilde quien declaró que la diferencia entre
una gran pasión y un capricho es que el capricho dura más. Almodóvar apuesta por la gran pasión y ésta, claro, no dura nada.
Pero no hay peor sugestión que la que no se hace.

La novelista Leo no es una novelera sino una neurótica incapaz de quitarse las botas románticas a pesar de la ayuda ajena: se le convierten, como al soplón en las vidas de gángsters, en zapatos de cemento. Son lo opuesto a las botas de siete leguas del cuento de hadas. Pero la definición de un hada es un «ser fantástico... con figura de mujer de maravillosa belleza, que emplea su poder en hacer beneficios a sus elegidos». No sólo conviene al personaje principal, sino al arte de Almodóvar, quien con su varita mágica moderna reparte beneficios (y oficios) a sus personajes. Esta Leo de ahora es una autora que firma con el sonoro pero opaco nombre de Amanda Gris.

El crítico como artista, la dicotomía de Wilde al final del siglo XIX, la resolvieron los directores franceses de la Nueva Ola cincuenta años más tarde al convertirse los críticos en artistas. Pero Almodóvar no le debe nada a la crítica de cine ni a ese ejercicio inútil, la crítica de la sociedad. Sus películas no se parecen a nadie ni a nada. Si se parecen a algo es a otra película de Almodóvar. Eso se llama, en otras partes del arte, estilo. En cine, ya lo ha dicho Alfred Hitchcock, «el estilo se parece a la antropofagia, pero sólo cuando uno es caníbal de sí mismo». Si algo se repite, es lo comido.

A mí me gusta Almodóvar cuando ríe porque nos hace reír. Pero, cosa curiosa, su obra maestra absoluta, *La flor de mi secreto* no da risa. Es, por el contrario, su película más dramática, de veras desesperada y es a la vez una flor de ese género que el cine cultivó desde su primer jardín, la película para mujeres. La *woman's picture* en que temprano descollaron actrices expertas en ser mujeres que sufren. Como Greta Garbo en casi todas sus películas, Barbara Stanwyck (especialmente en *Stella Dallas*) y, mucho más cerca, Joan Crawford en *Mildred Pierce*. El título en español de esta obra maestra de Michael Curtiz (más maestra que *Casablanca,* que dirigió también por ese tiempo) es *Sacrificio de una madre* y es todo un programa de acción para la protagonista, que siempre sufre, como sufre ahora más que nadie, mejor que nadie, Marisa Paredes.

471

El personaje de Paredes se parece al que ella hizo en *Tacones:* una cantante ya mayor pero un mito menor recibe el homenaje entre puro y paródico de un travestí. La cantante es extraordinaria solamente en la ficción. En realidad es una enferma más del yo que del corazón: un ser enfermo del ser. El suyo es un corazón todo tiniebla, apenas redimido por el final trágico. Ahí termina y comienzan los parecidos.

Las películas (llamarlas filmes sería un insulto) de Almodóvar muestran un sentido de la estructura interna ya desde el guión, que él mismo siempre escribe con un seguro oficio del cine y una ingenuidad literaria no exenta de cierto encanto (popular). Hace rato que Nietzsche dijo que quien trata de separar la forma del fondo no es un artista, es un crítico. Una película, una novela, un cuento, que todos cuentan, tienen una estructura que es el fondo y la forma, hechos visibles no como una binidad sino como unidad. La más saliente característica del arte de Almodóvar es su inteligencia, en un director que parece a primera vista totalmente intuitivo, que improvisa más que prepara, que labora más que elabora, en una orquestación de las partes que se ve musical, mientras que el mismo Almodóvar para conseguir su atmósfera sexual o sentimental (es lo mismo, sólo se diferencian en la expresión) depende directamente de la música y casi siempre de la música popular. Ahora es Bola de Nieve cantando su propio bolero, firmado por su *alter ego* Ignacio Villa, «Ay, amor» —que debiera llamarse «Hay amor».

(Con un guiño hace incurrir al petulante magistral de Juan Echanove en pecado concebido al afiliar al Bola al *feeling.)*

Uno de los antecedentes de la novela rosa radial es, cosa curiosa, un bolero. Su autor, Félix B. Caignet, fue también el autor de *El derecho de nacer,* estruendoso éxito primero en Cuba y luego en todo el continente donde fue contenido. Su aura sonora llegó hasta el Japón, que se hizo la tierra del Mojito, nombre japonés para una bebida cubana. Ese bolero viejo decía: «Te odio y sin embargo te quiero./ El odio es cariño,/no me cabe duda/ pues te odio y te quiero a la vez/ y me muero por ti».

El protagonista femenino de *La flor* bien podía adoptar este verso masoquista como divisa. Es lo que hace en casi toda la película y en un momento el símil poético, «me muero por ti», la lleva a cometer un suicidio afortunadamente fallido —para ella y para nosotros los espectadores. Que el personaje que se obliga a perder gana permite presenciar todo el juego (el español es un idioma en que los actores no juegan, como en inglés y en francés, sino que trabajan) que es el arte de Marisa Paredes. Almodóvar, que la colocó en el centro de *Tacones lejanos,* ahora la hace el eje concéntrico, en una actuación que recuerda por su intensa soledad a la Joan Crawford sufrida de los años cuarenta y cincuenta, de *Mildred Pierce* y *Hojas muertas,* melodramas maduros. En *Hojas* Joan también escribe incesante a máquina como Marisa, pero, como advierte Leo, ella es una escritora, mientras la Crawford era una mecanógrafa. Ella atribuye a Capote la distinción, pero las memorias de una mecanógrafa, *Leaves,* es una película clave para Puig, que llamaba a Crawford Santa Juana de América. Según Manuel esa película le salvó la vida una vez. Ahora Almodóvar viene a conferirle a Marisa Paredes la inmortalidad. Joan Crawford ha muerto pero Paredes permanece.

Almodóvar parece aquí fascinado por la letra impresa y hace que su protagonista, como Quijote en Barcelona, vaya a un periódico, *El País,* y visite la redacción, a la que accede entre fragmentos de *vitraux* como a una catedral sumergida en el silencio de los ordenadores. Luego ella, como Cervantes antes, se deja seducir por el estruendo de la imprenta. Tal parecería que Gutenberg inventó la novela. Pero la novela rosa ha estado ahí antes de 1440. Mucho antes.

Dafnis y Cloe, la primera novela rosa porque se describían en ella los sentimientos más que los actos de su héroe y, muy importante, su heroína, estaba escrita en griego antiguo y se tradujo al inglés en 1657. Un primer *slogan* romántico proclamaba que era *«an amorous handbook for ladies»*. Es decir, un manual amoroso (leve guiño de pestañas postizas) para las damas. Sobre las novelas rosa en general y en particular sus variaciones modernas sobre un tema de Longo (novelita de serie, novela radial, novelón de televisión, especialmente en colores cuando se llama culebrón, que el diccionario define, de veras, como mujer intrigante y, anoten, de mala fama) llevé un curso y recurso en las escuelas de verano de El Escorial. Entre escritores y profesores se sentaron por derecho propio dos cultivadores del género, mujeres de genio: Corín Tellado, mi maestra en *Vanidades* («revista para la mujer y la moda»), y Delia Fiallo, la reina del culebrón, ambas hechas ricas y famosas por su oficio. (Pero no vino la viuda en rosa, a quien quiero mantener en su anónimo antillano.) De oyente que tiene oído y opiniones propias estaba Pedro Almodóvar. Vino, lo sospecho, a ver y oír a Corín, que se había marchado ya, pero Pedro se quedó a poner reparos al género. Ya escribía «La flor de mi secreto» como guión, aunque alguien que lo oyó con atenta atención pudo haber detectado una cierta aversión (o por lo menos reticencia) al género que tiene más de dos mil años literarios.

Almodóvar habló de malos actores, de peores diálogos, de situaciones falsas. Él, mejor que nadie, debía saber que esos ingredientes forman parte para algunos de su sabor artificial: un edulcorante que crea hábito. Para otros (miles, millones de ellos) ahí reside su fascinación. (Que viene del latín y quiere decir también mal de ojo —como el que produce la televisión: mal de ojo único.)

Sospecho que la «cosa secreta», uno de los nombres del sexo, es el rechazo de la protagonista a su oficio del siglo veinte de escritora rosa. Esto estaba ya escrito o pensado por Almodóvar cuando escaló El Escorial. La otra parte (cuando la protagonista vive su vida nada rosa que tiene una culminación rosa) se le ocurrió al bajar a un Madrid que una vez estuvo

a merced de las imágenes y los diálogos de *Cristal,* la novela escrita por Delia Fiallo y realizada en Caracas. Como en el culebrón, los males de las mujeres en *La flor* vienen, como una sífilis
del espíritu, de los hombres, de sus hijos y, ay, amantes. Todas
ellas sufren ese mal venéreo, desde Paredes hasta Rossy de Palma, con su belleza que crea canon. «Sufre, mujer, sufre», pro-
ponía Fats Waller al piano y ellas siempre sufren. Hasta Manue-
la Vargas, fuerte como el flamenco, sufre.

Es curioso que *La flor de mi secreto* (título que podría
adoptar un novelón venezolano) termine con una escena que es
una parodia del final de *Ricas y famosas.* Esa es la película favorita
de una escritora catalana, feminista y familiar, y mucha gente jura
por su feminismo fílmico. En *La flor de mi secreto* el secreto final
es que aquí el excelente Echanove en el papel (periódico) de
Ángel y la novelista, que no por gusto se llama Leo (de Leocadia,
su nombre, pero también de leer), se sientan al amor de la lum-
bre, el único amor posible entre ella y él. Es, como muchas veces
en Almodóvar, un final feliz.

Como Tarantino, Almodóvar está tremendamente interesado en los transgresores. Pero al revés de Tarantino no rinde
culto a la violencia sino a la parodia: sus actos de violencia son
siempre paródicos.

(La violación en *Kika* es tan cómica como cuando Laurel y Hardy tratan de dormir en la misma precaria cama.) Inclusive en su película más dada a la transgresión (y de paso la más
rica en provocaciones), *Tacones lejanos,* la violencia aparece como
una referencia, un dato lejano.

En el asesinato del odioso marido de Victoria Abril es
un estampido y un fogonazo dentro de una casa de la que se ve
sólo la fachada. Victoria, muy principal, confiesa su crimen delante de las cámaras de la televisión de la que es una modesta
speakerine. Pero esa confesión, que debiera ser dramática, se ve
(ese es el verbo) convertida en la versión oral de los gestos, a
veces desesperados, con que otra locutora, esta vez muda, re-

meda el lenguaje manual de los sordomudos. Es, como es a menudo la televisión, una comedia de horrores.

La única violencia visible en *Tacones* es sexual, heterosexual por más señas. No es una última seducción a la Linda Fiorentino, sino que es Victoria, derrotada, la que es seducida por un travesti que, semivestido de mujer, se da a un *cunnilingus* desesperado. Como representación sexual, es decir teatral, este coito abrupto pero no interrupto es uno de los ejemplos de conocimiento carnal más crudos y a la vez estilizados del último cine español.

Las películas de Almodóvar (*Mujeres, Tacones, Kika*) parecen pertenecer a lo que se llama «efímero *pop*», donde hay que diferenciar entre el *pop* industrial de Andy Warhol y el *pop* pictórico puro de David Hockney. Hay elementos en el arte de Almodóvar en que las referencias pictóricas son bien visibles. Esta es la diferencia entre él y Quentin Tarantino, su semejante. Los dos hacen arte referencial, pero las referencias de Tarantino son siempre otras películas, aunque haga referencia en su título más conocido al arte literario popular de los novelistas *pulp* no *pop*. Las referencias de Almodóvar son ocultas pero más cultas.

Hay dos interregnos. Uno es la vuelta a la aldea como un útero al que se vuelve para volver a nacer. Ocurrió en *Átame* en un final feliz. Ocurre en *La flor in medias res*. Ahora la aplastante verticalidad urbana da paso al horizonte de un campo de flores amarillas para siempre en nuestros ojos. Mientras el comentario sonoro es un poema que recita Chus Lampreave, siempre sabia, con la conmovedora sencillez que sabe que «Mi aldea» abre las páginas sonoras del pasado «para hacer oír a ustedes la emoción y el romance de un nuevo capítulo», que era el lema de la *Novela del aire* en la radio que no cesa en la memoria, escrito cada noche a las nueve por la inolvidable Caridad Bravo Adams.

El otro interregno en su reino es la música de los créditos finales. En *La ley del deseo* Almodóvar le cedió la voz a Bola de Nieve, en *Mujeres* La Lupe cantó *Teatro* como nadie. Ahora le toca el turno a ese asombroso músico que es Caetano Veloso, que canta «La tonada de la luna llena», que es tan delicada como el campo amarillo que es un tránsito para que Leo vuelva a ser la Leocadia de la aldea. Como contraste entre una realidad y otra, Madrid la pinta Almodóvar sofisticada y elegante y macarra, hecha de piedra y cristal, dinámica. Si Roma era de Fellini y Nueva York es de Woody Allen, Madrid le pertenece a Almodóvar.

En la historia de los sentimientos viene primero el amor —que aquí rima con flor. Es un *tour de force* de Almodóvar crear una historia de sentimientos previsibles y armar con ellos una novela de amor. Hay ahora un gran romance en vez de una pasión. Romance es un amor intenso y breve, que, por supuesto, dura más que un capricho. Hablar en romance por la televisión es una pasión americana.

Sentado en un vestíbulo de Televisión Española esperando una tarde para ser entrevistado, vi a varios actores españoles viendo *Cristal* y los oí. Veían fascinados pero oían a regañadientes: les molestaba el acento americano. «Ese acento es insoportable», decían unos, mientras que otros manifestaban: «A mí que me cuenten las cosas en cristiano». Rezongaron hasta que el actor Escrivá, *debonair,* se vio obligado a intervenir y dijo de buen aire: «Pero señores, eso es parte de su encanto». La novela rosa y la reacción contra la novela rosa que sufre la autora (y, supongo, el autor de sus días y noches: la noche en Almodóvar es siempre cómplice, de un crimen y de una pasión y de un crimen pasional) tejen y destejen la trama con Paredes de Penélope renuente. Esas contradicciones forman parte de su encanto porque ese encanto, hay que decirlo, es otra novela rosa.

Ni tan divertida como *Mujeres* ni tan inquietante como *Tacones, La flor de mi secreto* es la mejor película de Almodóvar hasta ahora. La más perfecta técnicamente. La mejor escrita y la más moralmente integrada, este espectador sintió siempre que estaba ante una obra mayor. Olvídense de George Cukor, de

Mitchell Leisen y hasta de Claude Chabrol que Pedro Almodóvar, ahora, es el mejor inventor de mujeres del cine: una suerte de Adán con costillas disponibles para crear varias Evas.

Freud, no en su suave sofá sino en su lecho de muerte, confesó que nunca supo qué querían las mujeres. Ahora yo sé: Almodóvar sabe. Ése es el secreto de esa flor que lleva en su solapa, solapado.

Por un final feliz

El final feliz fue inventado, como tantas otras cosas, por los griegos. Homero en *La ilíada* creó el final terrible. A petición, en *La odisea,* originó el final feliz. Después de tantos tumbos y mujeres maliciosas, Ulises regresa a casa, a reunirse con su pareja Penélope, su hijo Telémaco y su padre Laertes. Es cierto que antes, de regreso, hace una carnicería de los pretendientes de su esposa. Pero eso es *peccata minuta.* La matanza no importa, lo que importa es que Ulises describe el lecho de su amada antes de volver a compartirlo. *The End.*

Que, ya ven, Hollywood parecía haberlo inventado.

Índice onomástico y de películas

Este libro
se terminó de imprimir
en los Talleres Gráficos
de Unigraf, S. L.
Móstoles, Madrid (España)
en el mes de marzo de 1998